卷5

General Collection of Eight Great Literators' Essays of the Tang and Song Dynasties

唐宋八大家散文总集

新版校评 修订本

郭预衡 郭英德◎主编

王安石

章琼◎校评

河北出版传媒集团
河北人民出版社

王安石散文集

章琼 校评

前　言

一

王安石，字介甫，号半山，抚州临川（今江西省临川县）人。生于宋真宗天禧五年（1021），卒于宋哲宗元祐元年（1086）。宋代著名的政治家、思想家、文学家。曾封舒国公、荆国公，死后追赠舒王，谥文。世称荆公、舒王、王文公、王临川。

王安石出生于一个中下层官吏家庭。王氏一门，从安石的叔祖父王贯之咸平三年（1000）中进士，至安石之弟王安国熙宁元年（1068）赐进士及第止，仅六十年间，就有八人登第。安石的父亲王益，二十二岁中进士，先后在今江西、四川、广东、江苏等地任职，历任韶州（今广东省韶关市）知州、江宁（今江苏省南京市）通判等官。其母吴氏，好学强记，为人正直，教子甚严。王益就官常携妻小同行，安石从小随他辗转各地，拓宽了视野，增长了见识。安石自幼聪明过人，胸怀大志。好读书，博学强记，文思敏捷，《宋史·王安石传》称他“少好读书，一过目终身不忘。其属文，动笔如飞，初若不经意，既成，见者皆服其精妙”。安石行三，兄弟七人：兄安仁、安道，弟安国、安世、安礼、安上；妹三人：大妹嫁张奎、二妹嫁朱明之、三妹嫁沈季长。夫人吴氏，生二子、二女。长子王雱，“为人慓悍阴刻，无所顾忌。性敏甚，未冠，已著书数万言”（《宋史·王安石传》)，曾官崇政殿说书，佐安石变法，为安石所钟爱，卒年三十三岁；次子王旁，安石退居江宁时，曾就官江宁府粮料院，就近照料。长女适吴安持，次女适蔡卞。安石之夫人、兄弟姐妹、子女皆通文墨，能为诗，与安石时有唱和。

仁宗宝元二年（1039），王益卒于江宁通判任上，年仅46岁。安石与而二兄一面居丧，一面用功读书，其间结识了曾巩、孙侔、李通叔等朋友。庆历二年（1042），安石应进士第，中第四名。随即被派住扬州，在韩琦幕下任签书淮南节度判官。在扬州任上，他仍然谢绝一切应酬，刻苦自砺，发愤苦读，期待着有一天能以所学报效国家。其时，曾作《忆昨诗示诸外弟》，其中有云："男儿少壮不树立，挟此穷老将安归？吟哦图书谢庆吊，坐室寂寞生伊威。材疏命贱不自揣，欲与稷契遐相希。"可以说是他少年、青年时期读书生活的真实写照。庆历七年（1047），调任明州鄞县（令浙江省鄞县）知县。上任后，他实地考察了鄞县东西十四乡，利用农闲，组织乡民兴修水利；并在每年青黄不接的时候，贷仓谷与民，让乡民在秋收后，加二分利息连本归还——这实际上就是日后的青苗法。皇祐三年（1051），就任舒州（今安徽省潜山县）通判；至和元年（1054），授群牧司判官。前此，朝中大臣文彦博、欧阳修等，都曾先后上书皇帝，称赞安石"学问文章，知名当世，守道不苟，自重其身，议论通明，兼时才之用"（欧阳修《再论水灾状》），建议重用他。朝廷也曾授他京官，但安石以家贫口众、难住京师为由，力辞，意欲"得因吏事之力，少施其所学"（王安石《上执政书》）。在上京赴任的路上，认识了青年诗人王令，二人相得甚欢。安石与他有数度书信往来，十分欣赏他的才华和操守。他曾向许多朋友谈到过王令，极力称赞他的才华，为他的早逝哀叹不已。入京后，得以拜谒仰慕已久的、北宋文坛领袖欧阳修。此前，安石的好友曾巩已多次致书欧阳修，推荐王安石，但二人一直没有机会见面。

欧阳修十分赏识王安石的才华，作《赠介甫诗》云："翰林风月三千首，吏部文章二百年。老去自怜心尚在，后来谁与子争先？朱门歌舞争新态，绿绮尘埃试拂弦。常恨闻名不相识，相逢樽酒盍留连。"安石亦作《奉酬永叔见赠》，表达了自己对欧阳修的倾服："欲传道义心虽壮，强学文章力已穷。他日若能窥孟子，终身何敢望韩公？抠衣最出诸生后，倒屣尝倾广座中。只恐虚名因此得，嘉篇为贶岂宜蒙！"嘉祐二年（1057），迁太常博士、知常州；嘉祐三年（1058），改提点江东刑狱，旋奉诏入京为度支判官。甫入京，即作《上仁宗皇帝万言书》，将自己思索多年的治国对策，陈之于仁宗。文章分析了宋王朝内外交困的现状，提出在"法先王"的旗号下，变更法度，并认为，变更法度、整顿吏治必须从培养人才入手，抓好"教之、养之、取之、任之"四个环节。但这篇著名的变法纲领性文章并没有引起仁宗及执政大臣的重视。嘉祐六年（1061），迁知制诰。嘉祐八年（1063），母吴氏病故，丁忧免官，扶灵柩归葬江宁。居丧期满，在江宁收门徒讲学，弟子有陆佃、龚原、李定、蔡卞等。

治平四年（1067），英宗驾崩，神宗即位，安石复起，知江宁府。是年二月，安石长子王雱进士及第。

神宗年富力强，不愿因循苟且，思强国雪耻、有所作为。熙宁元年（1068）召安石进京，越次入对。神宗问安石方今治国之所急，安石对以"择术为先"，并作《本朝百年无事札子》，追溯了宋立国百年的历史，分析了当时积贫、积弱的现实，告诉神宗"大有为之时，正在今日"，激励他变更法度。神宗对安石的应对十分满意，次年便任命他为参知政事，从此拉开了变法的序幕。熙宁二年（1069），安石奉诏筹建制置三司条例司，由安石与陈升之同领其事，负责筹划变法的具体事宜。熙宁三年（1070），迁安石为同中书门下平章事。此后五六年间，虽然遭到韩琦、文彦博、富弼、司马光等一干大臣的强烈反对，安石在神宗的支持下，力排众议，毅然推行新法，陆续推出了均输、青苗、募役、保甲、置将、市易、方田均税、农田水利等法，在理财、强兵、发展农业生产等方面进行变革，力图改变有宋百年以来积贫积弱的局面。同时，安石十分重视对人才的培养，以适应改革的需要。首先是改组太学，增加生员名额；其次是改革科举制度，以经义、策论代替诗赋以取士，并废除了明经诸科；第三，亲自注《诗经》、《尚书》、《周礼》三经，称《三经新义》，作为科举应试解经的标准，推荐县学、府学、太学诸生使用。新法的推行，在缓和政府财政危机、抑制地主富贾的兼并、培养人才、增强国力等方面，收到了一定的实效。但这种在封建专制体系内部的修修补补，触及了地主阶级的自身的利益，因而遭到了众多王公大臣乃至皇太后的强烈反对；再加上安石自己的偏执、操之过急，以及用人不当和变法派内部的重重矛盾，变法的最后失败自然是不可避免的。

随着变法的逐步深入，朝野保守势力对变法的攻击也日趋激烈。熙宁七年（1074），他们利用天旱、蝗虫等自然灾害大作文章，皇太后更是流涕劝神宗出安石。安石迫于无奈，只得上书求去。是年四月，安石罢相，出知江宁府。但朝中的斗争并未因此结束，变法派与保守派、变法派内部斗争日趋激烈，朝政几陷于混乱。于是，神宗又于熙宁八年（1075）召回安石，使复相位，进尚书仆射兼门下侍郎、监修国史。但由于保守派的激烈反对、变法派的内讧、两宫皇太后的压力、儿子王雱的早逝，使安石陷入极端苦闷与孤立的境地，难以再有作为。因迭次上书，称病求去。十月，诏准免相，使出判江宁。

熙宁十年（1077），安石辞去江宁府之职，仅保留集禧观使这一没有实务的头衔。此后，他闲居江宁，日以读书、作诗为事，偶亦携小僮数人，忘情于山水之间。晚年好参禅，曾注佛经两种，呈神宗，并将所居“半山园”施舍为僧舍，神宗赐额

“报宁禅寺”。

元丰八年（1085），神宗病逝，哲宗即位，皇太后垂帘听政，起用司马光为相。从此，新法被逐渐罢去。安石在江宁日闻新法被废，内心忧愤异常，“在书院读书时，时时以手扶床而叹”（《研北杂志》）。元祐元年（1086）四月，安石含愤病逝于江宁，终年66岁。

对于王安石及其所施行的变法，历来评价不一，或奉为圣人而盛赞其事，或斥为大奸而予全盘否定，褒贬悬殊之大，在历史人物中实属罕见。攻击、诋毁安石的人很多，其言论大抵见于《涑水记闻》、《璅语》、《东轩笔录》、《邵氏闻见录》、《宋名臣言行录》等，他们甚至把安石死后几十年的靖康之耻（徽、钦二帝被俘），归罪于王安石。为此，历来为安石鸣不平的也大有人在，如宋代的陆九渊、明代的王宗沐、李光祚，清代的颜元、杨希闵、蔡上翔、梁启超等。柯昌颐在《王安石评传》中说：“自来诋訾安石者，虽莫不振振有词，然一按其究竟，殆未有不叛于事实。”又引颜元语云：“荆公廉洁高尚，浩然有古人正己以正天下之意。及既出也，慨然欲尧舜三代其君。”

我们认为，对王安石及其变法，整体上应予以肯定。

上述两派各执一词，因掺入太多的感情因素，评价难免失之偏颇。《宋史·王安石传》虽多有诬蔑不实之词，但对安石的评价尚有可取之处；另外，宋神宗及反对变法的唐介、司马光的看法，大概也能说明一些问题。现摘录如下：“安石性强伎，遇事无可否，自信所见，执意不回。至议变法，而在廷交执不可，安石传经义，出己意，辩论辄数百言，众不能诎。”“安石未贵时，名震京师，性不好华腴，自奉至俭，或衣垢不澣，面垢不洗，世多称其贤。”（《宋史·王安石传》）“神宗谓：‘人言安石奸邪则过，但太执不晓事耳！’唐介谓：‘安石好学，惟护前。’”（宋杜大珪《琬琰集删存》卷三）“介甫文章节义，过人处甚多。但性不晓事，而喜遂非。”（司马光《司马文正公集》）我们认为这几段话比较客观，从中不难看出安石为人、行事之大概。

王安石所推行的变法，并非简单地“泥古”或哗众取宠，而是有其思想基础和社会根源的。王安石的哲学思想中有很多朴素的唯物论和辩证法的成分。他曾提出著名的“三不足”之说，即“天变不足畏，祖宗不足法，人言不足恤”（《宋史·王安石传》）。他认为，天下万物都是由金、木、水、火、土五种物质构成，而天象人事无不“新旧相除”；一柔一刚，一晦一明，故有正有邪，有美有恶，有丑有好，有凶有吉，性命之理、道德之意皆在是矣”（《洪范传》）。他一生崇奉儒学，兼取百家。他行事以孔子、孟子、韩愈等为榜样，同时认为“百家众技，皆有所长，时有所用”，在致他的好友、著名散文家曾巩的《答曾子固书》中，他说：“某自百家诸子之书，至于《难经》、《素问》、《本草》，诸小说，无所不读；农夫女工，无所不问。”“而（子固）教之以佛经乱俗；某但言读经，则何以别于中国圣人之经？”他既曾注过《诗经》、《尚书》、《周礼》等三经，也曾为《金刚般若经》、《维摩诘所说经》作解，并进献神宗。政治上，他倡导“仁政”，注意民间疾苦；自幼有矫世变俗之志，反对“因循苟且，逸豫而无为”（《上时政疏》），希望通过“改易更革”达到“富国强兵”、致君尧舜的目的。他所倡导的改革，在一定时期内，对维护宋王朝的统治，改变有宋百余年来积贫、积弱的局面，起到了一些作用。列宁称之为“中国十一世纪的改革家”，是有根据的。

二

宋代是我国古代散文创作的繁荣时期。欧阳修、曾巩、王安石、苏洵、苏轼、苏辙，唐宋八大家居其六，而且出现在同一时期，可谓一大盛事。宋初骈体及骈散互用的文体盛行，绮靡、浮艳的西昆体风行一时。牛希济、柳开、王禹偁等先后继承了中唐以来古文运动的传统，举起了反对骈体文，法韩愈、柳宗元散文的旗帜。而欧阳修则进一步扩大了散文的影响，和曾巩、王安石、苏洵、苏轼、苏辙、宋祁、宋庠一起彻底扫荡了不务实际的骈体文及其绮靡、晦涩的文风，使散文走上了平易畅达、反映现实生活的道路。

安石的文学思想与哲学思想紧密相关，主要继承儒家的传统，同时也接受了其他各家的一些影响。他的文学见解与孔子、孟子、荀子、墨子、扬雄、韩愈、柳宗元一脉相承，而平生尤服孟子、韩愈。他主张“文以载道”，认为写文章不仅要宣传仁义道德，而且要服务于当前的政治教化。在与人论文时，他多次谈到这个问题，如《与祖择之书》云：“治教政令，圣人之所谓文也。书之策，引而被之天下之民，一也。圣人之于道也，盖心得之，作而为治教政令也，则有本末先后……其书之策也，则道其然而已矣。”在《上人书》中则提出为文“以适用为本”，“务为有补于世”，着重强调文章的社会职能。他提倡“明而不华，喜讽道而不刻切”（《张刑部诗序》），反对浮华、绮靡的文风。在《答孙长倩书》中，他即对某一“甚贵且有名”的人提出了批评。而在《上邵学士书》中，他则进一步阐明了这种观点：“某常患近世之文，辞弗顾于理，理弗顾于事，以襞积故实为有学，以雕绘语句为精新，譬之撷奇花之英，积而玩之，虽光华馨采，鲜缛可爱，求其根柢济用，则蔑如也。”在文章的形式与内容的关系上，他明确指出：“且所谓文者，务为有补于世而已矣。所谓辞者，犹器之有刻镂绘画也。诚使巧且华，不必实用，诚使实用，亦不必巧且华。要之以实用为本，以刻镂绘画为之容而已。不适用，非所以为器，不为之容，岂亦若是乎？否也。然容亦未可已也，勿先之其可也。”（《上人书》）

安石这一系列文学主张，基本体现在他的文学实践上。他的文学创作，很多直接受他的政治活动的影响，为变法革新服务。

安石既是散文大家，又是著名诗人。相比较而言，他更为重视散文创作，而视诗歌为余事。在《唐百家诗选序》中，他指出："废日力于此，良可悔也。"

安石的散文所反映的社会现实生活的面并不宽，本书将其分为十二类，按论说、记叙、书简、序跋、赠序、传记、赋颂、奏议、诏册、碑志、祭吊、杂体编排。从篇目数量上看，十二类中，书简、奏议、诏册、论说几类较多，传记、赋颂仅数篇而已。考虑到交叉情况的存在（比如说政论文，除"论说"类里有外，"奏议"、"书简"类中也有，前者如《上仁宗皇帝万言书》、《本朝百年无事札子》，后者如《答司马谏议书》、《答曾子固书》），我们不再一类一类地探讨它的艺术特色，仅择要分析如下。

安石的散文长于说理，他的政论文逻辑严密，分析精辟，说理透彻，极富感染力，是他的文集中最重要的部分之一。著名的《上仁宗皇帝万言书》，分析了宋王朝所面临的内外交困的局面，阐述了培养人才、改革变法的必要性，是他关于变法的纲领性文章。这篇文章气势纵横、论证充分，虽长达万言，但脉络清晰，"中间丝联绳牵，提挈起伏，照应收缴，动娴法则，极长篇之能事"（沈德潜《唐宋八家文读本》）。《本朝百年无事札子》则对有宋百年来的历史作了总结，分析宋王朝所面临的种种危机和积贫积弱的现状，指出变更法度势在必行。其他如《上五事札子》、《上时政疏》等，和他的政治实践紧密联系，为变法的推行、实施制造舆论，提供理论依据，也都是这方面的代表作。

安石学识渊博，行文每每旁征博引，"贯穿经史古今，不可穷诘"（《苕溪渔隐丛话后集》卷二十五）。其散文受孟子、扬雄、韩愈的影响很大。柯昌颐云："就安石之文论之，盖最能学韩愈之奇倔者。昔张裕钊教人治古文，谓学昌黎当先学王半山。

诚以其学韩愈即骎骎乎韩愈之文也。”（《王安石评传》）但其早年的文章摹拟孟、韩的痕迹较为明显，且略嫌拘谨，不够舒展。欧阳修曾告诫他“少开廓其文，勿用造语及模拟前人”，“孟、韩文虽高，不必似之也，取其自然耳”（《曾巩集·与王介甫第一书》）。这对王安石形成自己简洁、挺拔、奇倔的散文风格，卓然成为一大家，无疑有很重要的作用。

相比较而言，安石的短篇小品文写得尤佳。其《读孟尝君传》，推翻了“孟尝君能得士”的传统说法。该文全篇不足一百字，却持之有据，言之成理，行文抑扬吞吐，曲尽其妙。《伤仲永》则是通过仲永由神童变为庸才这一事实，说明了后天教育的重要性。文章叙议结合、寓理于事，可谓“词简而精，义深而明”（王安石《上邵学士书》）。其他如《孔子世家议》、《书刺客传后》、《知人》、《太古》等，皆为不可多得的佳作。

安石的文集中，书启数量颇多，除应酬问候者，多以议政论学为主。其《答司马谏议书》就是我国古代散文中的典范之作。熙宁三年（1070），当王安石推行新法之际，司马光写了一封长达三千余字的信给安石，对变法提出了批评，并冠以“侵官、生事、征利、拒谏”等罪名。安石于是作此书，对四条罪状一一予以批驳，并深刻分析了“怨诽之多”的原因所在。文章理直气壮、义正词严，语言简洁犀利，一气呵成。《答曾子固书》则是与好友曾巩讨论治学问题，认为不仅应该读儒家经典，于诸子百家乃至佛经亦应兼收并蓄。这种观点在当时至为难能可贵。

安石的文集中，收有墓志铭、墓志、墓表、神道碑共约百余篇。梁启超称这些文章“结构无一同者，或如长江大河，或如层峦叠嶂，或拓芥子为须弥，或笼东海于袖石，无体不备，无美不搜，昌黎之外，一人而已”（转引自《王安石评传》）。这个评价虽然不免带一些个人喜好的感情色彩，但基本属实。嘉祐四年（1059），安石的好友、青年诗人王令（字逢原）病逝，年仅28

岁，安石为作《王逢原墓志铭》。这篇文章虽然不长，但感情十分真挚，表达了万分痛惜之情。安石自称“此于平生为铭，最为无愧者也”（《与崔伯易书》）。其他如《王深甫墓志铭》、《金溪吴君墓志铭》等，皆可圈可点。当然，其中也有一些是替人歌功颂德或碍于情面而作者，如《赠奉宁军节度使追封祁国公宗述墓志铭》、《赠右屯卫大将军世仍墓志铭》等。但总的来看，安石作墓志铭的态度是严谨的。他曾为钱公辅的母亲作《永安县太君蒋氏墓志铭》，钱公辅看了后不满意，要求修改。安石立即作《答钱公辅学士书》，表明自己作墓志在于记大节，不愿修改。

此外，安石的记叙体散文中，也多有佳作，如《游褒禅山记》、《芝阁记》等，都是我国古代散文中的精品。

总的看来，安石的散文长于说理，逻辑性强，布局严整，文势跌宕起伏，运笔倔强、峭拔，柯昌颐引魏禧之言云“介甫文如断岸千尺，又如高士溪刻”（《王安石评传》）。其文笔极为简洁而用意深长，刘熙载《艺概》说：“半山文善用揭过法，只下一二语，便可扫却他人数大段，是何简贵！”又云：“荆公文，是能以品格胜者。看其人取我弃，自处尽高。”安石的散文的缺憾在于缺乏感情色彩，有人批评他为他弟弟王常甫作的墓志铭过于冷漠，没有人情味，不为诬枉。安石的论说文，旁征博引，于关键之处，要言不烦、反复论证，这本是他的长处；但有时不免枯躁乏味，给人以绕得太远、“强为之说”的感觉。

三

王安石的著作很多，今传世者有《临川集》一百卷、《王文公文集》一百卷、《周礼新义》十六卷、《王荆公诗注》五十卷、《唐百家诗选》二十卷。其散文存于《临川集》、《王文公文集》中。

《临川集》最早的传世刻本，乃南宋绍兴十年（1140）桐庐詹大和校定重刻本。后陆续有南宋淳熙十五年（1188），钱塘钱象山刻本；明嘉靖二十五年（1546），象山应云鹭刻本；嘉靖三十九年（1560），德安何中丞刻本；明万历四十年（1612），安石玄孙凤翔荆岑之光启堂刻本。其中以上海涵芬楼《四部丛刊》内影印之明嘉靖应云鹭刻本最为精善。1959 年，中华书局上海编辑所以明嘉靖应氏刻本为底本，参照其他各本及《宋文鉴》、《四库全书考证》等校勘，出《临川先生文集》一百卷，每卷后出校勘记，并有集佚一卷题《临川集补遗》附后。

《王文公文集》一百卷，编次、篇目与《临川集》均有所不同，系南宋绍兴年间两浙东路刊刻，中华书局有影印本。1974 年，上海人民出版社以影印南宋龙舒本为底本，参照其他版本，校勘、标点出版。

本书收录 1959 年中华书局版《临川先生文集》之全部散文，并补入《临川先生文集》所未收而仅见于《王文公文集》者，一一校勘并予新式标点。全书按论说、记叙、书简、序跋、赠序、传记、赋颂、奏议、诏册、碑志、祭吊、杂体十二类重新编排；每类按写作时间的先后排列，时间不明的放在最后。每篇文章后附解题，对写作时间、主旨、思想特色、艺术特色，加以说解。某些写作时间不可考、篇幅较短的，则类聚，一并说明。

章　琼

1994 年 12 月

目　　录

一、论　　说

二、记　　叙

三、书　　简

四、序　　跋

五、赠　　序

六、传　　记

七、赋　　颂

八、奏　　议

九、诏　　册

十、碑　　志

十一、祭 吊

十二、杂　　体

一　论说

汴　　说

古者卜筮有常官，所诹有常事。若考步人生辰星宿所次，訾相人仪状色理，逆斥人祸福，考信于圣人无有也，不知从何许人传。宗其说者，澶漫四出，抵今为尤蕃，举天下而籍之，以是自名者，盖数万不啻，而汴不与焉。举汴而籍之，盖亦以万计。

予尝睬汴之术士，善挟奇而以动人者，大抵宫庐服舆食饮之华，封君不如也。其出也，或召焉，问之，某人也，朝贵人也；其归也，或赐焉，问之，某人也，朝贵人也。坐其庐旁，历其人之往来，肩相切，踵相籍，穷一朝暮，则已错不可计。窃异之，且窃叹曰：吾侪治先圣人之言而修其术，张之能为天子营太平，敛之犹足以禔身正家，顾未尝有公卿彻官若是其即之勤也。或曰："子知乎？渴者期于浆，疾者期于医，治然也。子诚能为天子营太平，禔身正家。彼所存势与位尔。势不盈，位不充，则热中，热中则惑。势盈位充矣，则病失之，病失之则忧。惑且忧，则思决。以彼为能决，子亦能乎？不能，则无异其即彼疏此也。"因寤不复异。

久之，补吏淮南，省亲江南，有金华山人者，率然相过，自言能逆斥祸福。噫！今之世，子之术奚适而不遇哉？因以《汴说》谂之。

【解题】

本文写作时间难以确考，大约成文于宋仁宗庆历年间。文章分析了术士之所以能“挟奇而以动人”的原因。

非礼之礼

古之人以是为礼，而吾今必由之，是未必合于古之礼也；古之人以是为义，而吾今必由之，是未必合于古之义也。夫天下之事，其为变岂一乎哉？固有迹同而实异者矣。今之人諰諰然求合于其迹，而不知权时之变，是则所同者古人之迹，而所异者其实也。事同于古人之迹而异于其实，则其为天下之害莫大矣，此圣人所以贵乎权时之变者也。

孟子曰“非礼之礼、非义之义，大人不为”，盖所谓迹同而实异者也。夫君之可爱而臣之不可以犯上，盖夫莫大之义而万世不可以易者也，桀、纣为不善而汤、武放弑之，而天下不以为不义也。盖知向所谓义者，义之常，而汤、武之事有所变，而吾欲守其故，其为蔽一，而其为天下之患同矣。使汤、武暗于君臣之常义，而不达于时事之权变，则岂所谓汤、武哉？

圣人之制礼也，非不欲俭，以为俭者非天下之欲也，故制于奢俭之中焉。盖礼之奢为众人之欲，而圣人之意未尝不欲俭也。孔子曰“麻冕，礼也，今也纯，俭，吾从众”，然天下不以为非礼也。盖知向之所谓礼者，礼之常，而孔子之事为礼之权也。且奢者为众人之所欲而制，今众人能俭，则圣人之所欲而礼之所宜矣，然则可以无从乎？使孔子蔽于制礼之文而不达于制礼之意，则岂所谓孔子哉？故曰：“非礼之礼、非义之义，大人不为。”释者曰：“非礼之礼，若娶妻而朝暮拜之者是也。非义之义，若借交以报仇是也。”夫娶妻而朝暮拜之，借交以报仇，中人之所不为者，岂待大人而后能不为乎？呜呼，盖亦失孟子之意矣！

【解题】

本文写作时间不详。文章认为，古人之礼、之义，未必合乎今，一味泥古，“为天下之害莫大矣”，因此要“达于时事之权变”，并引孔子、汤、武之事为证。这种达于时变的观念，正是他变法的思想基础。

九变而赏罚可言

万物待是而后存者，天也；莫不由是而之焉者，道也；道之在我者，德也；以德爱者，仁也；爱而宜者，义也。仁有先后，义有上下，谓之分；先不擅后，下不侵上，谓之守。形者，物此者也；名者，命此者也。所谓物此者，何也？贵贱亲疏，所以表饰之其物不同者是也。所谓命此者，何也？贵贱亲疏，所以称号之其命不同者是也。物此者，贵贱各有容矣，命此者，亲疏各有号矣，因亲疏贵贱任之以其所宜为，此之谓因任。因任之以其所宜为矣，放而不察乎，则又将大弛，必原其情，必省其事，此之谓原省。原省明而后可以辨是非，是非明而后可以施赏罚。故庄周曰：“先明天而道德次之，道德已明而仁义次之，仁义已明而分守次之，分守已明而形名次之，形名已明而因任次之，因任已明而原省次之，原省已明而是非次之，是非已明而赏罚次之。”是说虽微庄周，古之人孰不然？古之言道德所自出而不属之天者，未尝有也。

尧者，圣人之盛也，孔子称之曰“惟天为大，惟尧则之”，此之谓明天；“聪明文思，安安”，此之谓明道德；“允恭克让”，此之谓明仁义；次九族，列百姓，序万邦，此之谓明分守；修五礼，同律度量衡，以一天下，此之谓明形名；弃后稷，契司徒，皋陶士，垂共工，此之谓明因任；三载考绩，五载一巡狩，此之谓明原省；命舜曰“乃言底可绩”，谓禹曰“万世永赖，时乃功”，“蠢兹有苗，昏迷不恭”，此之谓明是非；“皋陶方祗厥叙，方施象刑，惟明”，此之谓明赏罚。至后世则不然，仰而视之曰：“彼苍苍而大者何也？其去吾不知其几千万里，是岂能知我何哉？吾为吾之所为而已，安取彼？”于是遂弃道德，离仁义，略分守，慢形名，忽因任，而忘原省，直信吾之是非，而加人以其赏罚。于是天下始大乱，而寡弱者号无告。圣人不作，诸子者伺其间而出，于是言道德者至于窈冥而不可考，以至世之有为者皆不足以为，言形名者守物诵数，罢苦以至于老而疑道德，彼皆忘其智力之不赡，魁然自以为圣人者此矣，悲夫！

庄周曰：“五变而形名可举，九变而赏罚可言”，“语道而非其序，安取道？”善乎，其言之也！庄周，古之荒唐人也，其于道也荡而不尽善，圣人者与之遇，必有以约之，约之而不能听，殆将摈四海之外而不使之疑中国。虽然，其言之若此者，圣人亦不能废。

【解题】

本文写作时间不详。文章阐释了庄周之“九变而赏罚可言”的观点，进而批评了那些“直信吾之是非，而加人以其赏罚”者。

王　霸

仁义礼信，天下之达道，而王、霸之所同也。夫王之与霸，其所以用者则同，而其所以名者则异，何也？盖其心异而已矣。其心异则其事异，其事异则其功异，其功异则其名不得不异也。

王者之道，其心非有求于天下也，所以为仁义礼信者，以为吾所当为而已矣。以仁义礼信修其身而移之政，则天下莫不化之也。是故王者之治，知为之于此，不知求之于彼，而彼固已化矣。霸者之道则不然：其心未尝仁也，而患天下恶其不仁，于是示之以仁；其心未尝义也，而患天下恶其不义，于是示之以义。其于礼信，亦若是而已矣。是故霸者之心为利，而假王者之道以示其所欲；其有为也，唯恐民之不见而天下之不闻也。故曰其心异也。

齐桓公劫于曹沫之刃而许归其地，夫欲归其地者，非吾之心也，许之者，免死而已。由王者之道，则勿归焉可也，而桓公必归之地。晋文公伐原，约三日而退，三日而原不降，由王者之道则虽待其降焉可也，而文公必退其师，盖欲其信示于民者也。凡所为仁义礼信，亦无以异于此矣。故曰其事异也。

王者之大，若天地然，天地无所劳于万物，而万物各得其性，万物虽得其性，而莫知其为天地之功也。王者无所劳于天下，而天下各得其治，虽得其治，然而莫知其为王者之德也。霸者之道则不然，若世之惠人耳，寒而与之衣，饥而与之食，民虽知吾之惠，而吾之惠亦不能及夫广也。故曰其功异也。

夫王、霸之道则异矣，其用至诚，以求其利，而天下与之。故王者之道，虽不求利，而利之所归。霸者之道，必主于利，然不假王者之事以接天下，则天下孰与之哉？

【解题】

本文写作时间不详。文章认为，仁、义、礼、信是王、霸之道，而王、霸之事、之功皆异，并引齐桓公、晋文公之事证明之。

子　　贡

予读史所载子贡事，疑传之者妄，不然子贡安得为儒哉？夫所谓儒者，用于君则忧君之忧，食于民则患民之患，在下而不用则修身而已。当尧之时，天下之民患于泽水，尧以为忧，故禹于九年之间三过其门而不一省其子也。回之生，天下之民患有甚于泽水，天下之君忧有甚于尧，然回以禹之贤，而独乐陋巷之间，曾不以天下忧患介其意也。夫二人者，岂不同道哉？所遇之时则异矣。盖生于禹之时而由回之行，则是杨朱也；生于回之时而由禹之行，则是墨翟也。故曰贤者用于君则以君之忧为忧，食于民则以民之患为患，在下而不用于君则修其身而已，何忧患之与哉？夫所谓忧君之忧、患民之患者，亦以义而后可以为之谋也；苟不义而以能释君之忧、除民之患，贤者亦耻为之矣。

《史记》曰：齐伐鲁，孔子闻之，曰："鲁，坟墓之国，国危如此，二三子何为莫出？"子贡因行，说齐伐吴，说吴以救鲁，复说越，复说晋，五国由是交兵，或强，或破，或乱，或霸，卒以存鲁。观其言，迹其事，乃与夫仪、秦、轸、代无以异也。嗟乎，孔子曰"己所不欲，勿施于人"，己以坟墓之国而欲全之，则齐、吴之人岂无是心哉，奈何使之乱欤？吾所以知传者之妄，一也。于史考之，当是时，孔子、子贡穷为匹夫，非有卿相之位、万钟之禄也，何以忧患为哉？然则异于颜回之道矣。吾所以知其传者之妄，二也。坟墓之国，虽君子之所重，然岂有忧患为谋之义哉？借使有忧患为谋之义，则可以变诈之说亡人之国而求自存哉？吾所以知其传者之妄，三也。子贡之行虽不能尽当于义，然孔子之贤弟子也。孔子之贤弟子之所为固不宜至于此，矧曰孔子使之也。

太史公曰："学者多称七十子之徒，誉者或过其实，毁者或损其真。"子贡虽好辩，讵至于此邪？亦所谓毁损其真者哉！

【解题】

本文写作时间不详。文章先阐明儒者用于君者和不用于君者所应采取的两种不同的处世态度；次论证《史记》所载子贡之事之不可信。发人之未发，且持之有据，言之成理。

季　　子

先王酌乎人情之中以制丧礼，使哀有余者俯而就之，哀不足者企而及之。哀不足者，非圣人之所甚善也，善之者，善其能勉于礼而已。

延陵季子，其长子死，既封而号者三，遂行。孔子曰："延陵季子之于礼，其合矣乎。"夫长子之丧，圣人为之三年之服，盖以谓父子之亲，而长子者为亲之后，人情之所至重也。今季子三号遂行，则于先王之礼为不及矣。今论者曰：当是之时，季子聘于齐，将君之命。若夫季子之心，则以谓不可以私义而缓君命，有势不得以两全者，则当忍哀以徇于尊者之事矣。今将命而聘，既聘而反，遂少缓而尽哭之哀，则于事君之义岂为不足而害于使事哉？君臣父子之义，势足以两全而不为之尽礼也，则亦薄于骨肉之亲而不用先王之礼尔。其言曰："骨肉归复于土，命也；若魂气，则无所不之矣。"夫骨肉之复于土，魂气之无不之，是人情之所哀者矣。君子无所不言命，至于丧则有性焉，独不可以谓命也。昔庄周丧其妻，鼓盆而歌；东门吴丧其子，比于未有。此弃人齐物之道，吾儒之罪人也。观季子之说，盖亦周吴之徒矣。

父子之亲，仁义之所由始，而长子者继祖考之重，故丧之三年，所以重祖考也。今季子不为之尽礼，则近于弃仁义、薄祖考矣。

孔子曰："丧事不敢不勉也。"又曰："临丧不哀，吾何以观之哉？"临人之丧而不哀，孔子犹以为不足观也，况礼之丧三年者乎？然则此言宜非取之矣。盖记其葬深不至于泉，敛以时服，既葬而封，广轮掩坎，其高可隐。孔子之称之，盖称其葬之合于礼尔。独称葬之合于礼，则哀之不足可知也。卫有送葬者，夫子观之，曰："善哉，此可以为法矣！"若此，则夫子之所美也。圣人之言辞隐而义显，岂徒然哉？学者之所不可不思也。

【解题】

本文写作时间不详。文章认为延陵季子葬子而哀不足，不合乎丧礼。并就孔子"延陵季子之于礼，其合矣乎"进行分析，说明"圣人之言，辞隐而义显"，"学者之所不可不思也"。

周　公

甚哉，荀卿之好妄也！载周公之言曰："吾所执贽而见者十人，还贽而相见者三十人，貌执者百有余人，欲言而请毕事千有余人。"是诚周公之所为，则何周公之小也！

夫圣人为政于天下也，初若无为于天下，而天下卒以无所不治者，其法诚修也。故三代之制，立庠于党，立序于遂，立学于国，而尽其道以为养贤教士之法，是士之贤虽未及用者，而固无不见尊养者矣。此则周公待士之道也。诚若荀卿之言，则春申、孟尝之行，乱世之事也，岂足为周公乎？且圣世之事，各有其业，讲道习艺，患日之不足，岂暇于游公卿之门哉？彼游公卿之门，求公卿之礼者，皆战国之奸民，而毛遂、侯嬴之徒也。荀卿生于乱世，不能考论先王之法，著之天下，而惑于乱世之俗，遂以为圣世之事亦若是而已，亦过也。且周公之所礼者，大贤与，则周公岂唯执贽见之而已，固当荐之天子，而共天位也。如其不贤，不足与共天位，则周公如何其与之为礼也？

子产听郑国之政，以其乘舆济人于溱、洧，孟子曰："惠而不知为政。"盖君子之为政，立善法于天下，则天下治，立善法于一国，则一国治，如其不能立法，而欲人人悦之，则日亦不足矣。使周公知为政，则宜立学校之法于天下矣；不知立学校而徒能劳身以待天下之士，则不唯力有所不足，而势亦有所不得，周公亦可谓愚也。

又曰："仰禄之士犹可骄，正身之士不可骄也。"夫君子之不骄，虽闇室不敢自慢，岂为其人之仰禄而可以骄乎？

呜呼，所谓君子者，贵其能不易乎世也。荀卿生于乱世，而遂以乱世之事量圣人。后世之士，尊荀卿以为大儒而继孟子者，吾不之信矣。

【解题】

本文写作时间不详。文章批驳了《荀子》所载周公待士之言，认为荀卿是"以乱世之事量圣人"，不足以继孟子。

伯　夷

事有出于千世之前，圣贤辩之甚详而明，然后世不深考之，因以偏见独识，遂以为说，既失其本，而学士大夫共守之不为变者，盖有之矣，伯夷是已。

夫伯夷，古之论有孔子、孟子焉，以孔、孟之可信而又辩之反复不一，是愈益可信也。孔子曰："不念旧恶，求仁而得仁，饿于首阳之下。逸民也。"孟子曰："伯夷非其君不事，不立恶人之朝，避纣居北海之滨，目不视恶色，不事不肖，百世之师也。"故孔、孟皆以伯夷遭纣之恶，不念以怨，不忍事之，以求其仁，饿而避，不自降辱，以待天下之清，而号为圣人耳。然则司马迁以为武王伐纣，伯夷叩马而谏，天下宗周，而耻之，义不食周粟而为《采薇之歌》，韩子因之，亦为之颂，以为微二子，乱臣贼子接迹于后世，是大不然也。

夫商衰而纣以不仁残天下，天下孰不病纣？而尤者，伯夷也。尝与太公闻西伯善养老，则往归焉。当是之时，欲夷纣者，二人之心岂有异邪？及武王一奋，太公相之，遂出元元于涂炭之中，伯夷乃不与，何哉？盖二老，所谓天下之大老，行年八十余，而春秋固已高矣。自海滨而趋文王之都，计亦数千里之远，文王之兴以至武王之世，岁亦不下十数，岂伯夷欲归西伯而志不遂，乃死于北海邪？抑来而死于道路邪？抑其至文王之都而不足以及武王之世而死邪？如是而言伯夷，其亦理有不存者也。

且武王倡大义于天下，太公相而成之，而独以为非，岂伯夷乎？天下之道二，仁与不仁也。纣之为君，不仁也；武王之为君，仁也。伯夷固不事不仁之纣，以待仁而后出。武王之仁焉，又不事之，则伯夷何处乎？余故曰圣贤辩之甚明，而后世偏见独识者之失其本也。呜呼，使伯夷之不死，以及武王之时，其烈岂减太公哉！

【解题】

本文写作时间不详。文章以孔、孟论伯夷与韩愈、司马迁所论之不同，阐明事有“圣贤辩之甚明，而后世偏见独识者之失其本”者。

三　圣　人

孟子曰：“可欲之谓善，有诸己之谓信，充实之谓美，充实而有光辉之谓大，大而化之之谓圣。”圣之为名，道之极、德之至也。非礼勿动，非礼勿言，非礼勿视，非礼勿听，此大贤者之事也。贤者之事如此，则可谓备矣，而犹未足以钻圣人之坚，仰圣人之高，以圣人观之，犹太山之于岗陵，河海之于陂泽，然则圣人之事可知其大矣。《易》曰“与天地合其德，与日月合其明，与鬼神合其吉凶”，此盖圣人之事也。德苟不足以合于天地，明苟不足以合于日月，吉凶苟不足以合于鬼神，则非所谓圣人矣。

孟子论伯夷、伊尹、柳下惠，皆曰圣人也，而又曰伯夷隘，柳下惠不恭，隘与不恭，君子不由也。夫动、言、视、听，苟有不合于礼者，则不足以为大贤人，而圣人之名非大贤人之所得拟也，岂隘与不恭者所得僭哉？

盖闻圣人之言行不苟而已，将以为天下法也。昔者，伊尹制其行于天下，曰：“何事非君，何使非民，治亦进，乱亦进。”而后世之士多不能求伊尹之心者，由是多进而寡退，苟得而害义，此其流风末俗之弊也。圣人患其弊，于是伯夷出而矫之，制其行于天下，曰：“治则进，乱则退，非其君不事，非其民不使。”而后世之士多不能求伯夷之心者，由是多退而寡进，过廉而复刻，此其流风末世之弊也。圣人又患其弊，于是柳下惠出而矫之，制其行于天下，曰：“不羞污君，不辞小官，遗逸而不怨，厄穷而不悯。”而后世之士多不能求柳下惠之心者，由是多污而寡洁，恶异而尚同，此其流风末世之弊也。此三人者，因时之偏而救之，非天下之中道也，故久必弊。至孔子之时，三圣人之弊，各极于天下矣，故孔子集其行而制成法于天下，曰：“可以速则速，可以久则久，可以仕则仕，可以处则处。”然后圣人之道大具，而无一偏之弊矣。其所以大具而无弊者，岂孔子一人之力哉，四人者相为终始也。故伯夷不清不足以救伊尹之弊，柳下惠不和不足以救伯夷之弊。圣人之所以能大过人者，盖能以身救弊于天下耳，如皆欲为孔子之行而忘天下之弊，则恶在其为圣人哉？

是故使三人者当孔子之时，则皆足以为孔子也，然其所以为之清、为之任、为之和者，时耳，岂滞于此一端而已乎？苟在于一端而已，则不足以为贤人也，岂孟子所谓圣人哉？孟子之所谓隘与不恭，君子不由者，亦言其时尔。且夏之道岂不美哉，而殷人以为野，殷之道岂不美哉，而周人以为鬼，所谓隘与不恭者，何以异于是乎？

当孟子之时，有教孟子枉尺直寻者，有教孟子权以援天下者，盖其俗有似于伊尹之弊时也。是以孟子论是三人者，必先伯夷，亦所以矫天下之弊耳。故曰圣人之言行，岂苟而已？将以为天下法也。

【解题】

本文写作时间不详。文章先阐明“圣人”的内涵，次论述伯夷之隘、柳下惠之不恭，皆在于“矫天下之弊”，说明“圣人之言行，岂苟而已？将以为天下法也”。

鲧　　说

尧咨孰能治水，四岳皆对曰：“鲧。”然则在廷之臣可治水者，惟鲧耳。水之患不可留而俟人，鲧虽方命圮族，而其才则群臣皆莫及，然则舍鲧而孰使哉？当此之时，禹盖尚少，而舜犹伏于下而未见乎上也。夫舜、禹之圣也，而尧之圣也，群臣之仁贤也，其求治水之急也，而相遇之难如此。后之不遇者，亦可以无憾矣。

【解题】

本文写作时间不详。文章以尧命鲧治水为例，说明君臣相遇之难。

夔

舜命其臣而敕戒之，未有不让者焉，至于夔，则独无所让，而又称其乐之和美者，何也？夫禹、垂、益、伯夷、龙，皆新命者也，故畴于众臣而后命之，而皆有让矣。弃、契、皋陶、夔当是时，盖已为是官，因命是五人者而敕戒之焉耳，故独无所让也。孔氏曰禹、垂、益、伯夷、夔、龙皆新命者，盖失之矣。圣人之聪明虽大过于人，然未尝自用聪明也，故舜之命此九人者，未尝不咨而后命焉，则何独于夔而不然乎？使夔为新命者，则何称其乐之和美也？使夔之受命之日已称其乐之和美，则贤人之举措亦少轻矣。孔氏之说，盖惑于"命汝典乐"之语尔。夫"汝作司徒"、"汝作士"之文，岂异于"命汝典乐"之语乎？且所以知其非新命者，盖舜不畴而命之，而无所让也。舜之命夔也，亦无所畴，夔之受命也，亦无所让，则何以知其为新命乎？

夫击石拊石，而百兽率舞，非夔之所能为也，为之者，众臣也。非众臣之所能为也，为之者，舜也。将有治于天下，则可以无相乎，故命禹以宅百揆也。民窘于衣食，而欲其化而入于善，岂可得哉，故命弃以为稷也。民既富而可以教矣，则岂可以无教哉，故次命契以为司徒也。既教之，则民不能无不帅教者，民有不帅教，则岂可以无刑乎，故次命皋陶以为士也。此皆治人之所先急者，备矣，则可以治末之时也。工者，治人之末者也，故次命垂以为共工也。于是治人之事具，则宜及于鸟兽草木也，故次命益以为虞也。夫其所以治，至于鸟兽草木，则天下之功至矣，治天下之功至，则可以制礼之时也，故次命伯夷以为典礼也。夫治至于鸟兽、草木，而人有礼以节文之，则政道成矣，可以作乐以乐其成也，故次命夔以为典乐也。借使禹不能总百揆，稷不能富万民，契不能教，皋陶不能士，垂不能共工，伯夷不能典礼，然则天下乱矣。天下乱，而夔欲击石拊石，百兽率舞，其可得乎？故曰为之者众臣也。使舜不能用是众臣，则是众臣亦不能成其功矣，故曰非众臣之所能为也，为之者，舜也。夫夔之所以称其乐之和美者，岂以为伐耶？盖以美舜也。孔子之所谓"将顺其美”者，其夔哉！

【解题】

本文写作时间不详。文章认为，舜命群臣，群臣皆有所让，独夔不让，且称其乐之和美者，非为自伐，“盖以美舜”，即孔子所谓“将顺其美”者。文章一环紧扣一环，层层深入，论述精当。

庄　周　上

世之论庄子者不一，而学儒者曰：“庄子之书，务诋孔子以信其邪说，要焚其书、废其徒而后可，其曲直固不足论也。”学儒者之言如此，而好庄子之道者曰：“庄子之德，不以万物干其虑而能信其道者也。彼非不知仁义也，以为仁义小而不足行已；彼非不知礼乐也，以为礼乐薄而不足化天下。故老子曰：‘道失后德，德失后仁，仁失后义，义失后礼。’是知庄子非不达于仁义礼乐之意也，彼以为仁义礼乐者，道之末也，故薄之云耳。”夫儒者之言善也，然未尝求庄子之意也；好庄子之言者固知读庄子之书也，然亦未尝求庄子之意也。

昔先王之泽，至庄子之时竭矣，天下之俗，谲诈大作，质朴并散，虽世之学士大夫，未有知贵己贱物之道者也。于是弃绝乎礼义之绪，夺攘乎利害之际，趍利而不以为辱，殒身而不以为怨，渐渍陷溺，以至乎不可救已。庄子病之，思其说以矫天下之弊而归之于正也。其心过虑，以为仁义礼乐皆不足以正之，故同是非，齐彼我，一利害，而以足乎心为得，此其所以矫天下之弊者也。既以其说矫弊矣，又惧来世之遂实吾说而不见天地之纯、古人之大体也，于是又伤其心于卒篇以自解。故其篇曰：“《诗》以道志，《书》以道事，《礼》以道行，《乐》以道和，《易》以道阴阳，《春秋》以道名分。”由此而观之，庄子岂不知圣人者哉？又曰：“譬如耳目鼻口，皆有所明，不能相通，犹百家众技，皆有所长，时有所用。”用是以明圣人之道其全在彼而不在此，而亦自列其书于宋钘、慎到、墨翟、老聃之徒，俱为不该不遍一曲之士，盖欲明吾之言有为而作，非大道之全云耳。然则庄子岂非有意于天下之弊而存圣人之道乎？伯夷之清，柳下惠之和，皆有矫于天下者也，庄子用其心亦二圣人之徒矣。然而庄子之言不得不为邪说比者，盖其矫之过矣。夫矫枉者，欲其直也，矫之过则归于枉矣。庄子亦曰：“墨子之心则是也，墨子之行则非也。”推庄子之心以求其行，则独何异于墨子哉？

后之读庄子者，善其为书之心，非其为书之说，则可谓善读矣，此亦庄子之所愿于后世之读其书者也。今之读者，挟庄以谩吾儒曰：“庄子之道大哉，非儒之所能及知也。”不知求其意，而以异于儒者为贵，悲夫！

【解题】

本文写作时间不详。文章认为，《庄子》一书有意于“存圣人之道”，批评了那些读此书而不能推原其本意者。

庄　周　下

学者诋周非尧、舜、孔子，余观其书，特有所寓而言耳。孟子曰：“说《诗》者，不以文害辞，不以辞害意，以意逆志，是为得之。”读其文而不以意原之，此为周者之所以讼也。

周曰：“上必无为而用天下，下必有为而为天下用。”又自以为处昏上乱相之间，故穷而无所见其材。孰谓周之言皆不可措乎君臣父子之间，而遭世遇主终不可使有为也？及其引太庙牺以辞楚之聘使，彼盖危言以惧衰世之常人耳。夫以周之才，岂迷出处之方而专畏牺者哉？盖孔子所谓隐居放言者，周殆其人也。然周之说，其于道既反之，宜其得罪于圣人之徒也。

夫中人之所及者，圣人详说而谨行之，说之不详，行之不谨，则天下弊。中人之所不及者，圣人藏乎其心而言之略，不略而详，则天下惑。且夫谆谆而后喻、诿诿而后服者，岂所谓可以语上者哉？惜乎，周之能言而不通乎此也！

【解题】

本文写作时间不详。这篇文章实际是补充论述《庄周上》，可参见。

太　古

太古之人不与禽兽朋也几何，圣人恶之也，制作焉以别之。下而戾于后世，侈裳衣，壮宫室，隆耳目之观，以嚣天下，君臣、父子、兄弟、夫妇皆不得其所当然，仁义不足泽其性，礼乐不足锢其情，刑政不足网其恶，荡然复与禽兽朋矣。圣人不作，昧者不识所以化之之术，顾引而归之太古。太古之道果可行之万世，圣人恶用制作于其间？必制作于其间，为太古之不可行也。顾欲引而归之，是去禽兽而之禽兽也，奚补于化哉？吾以为识治乱者当言所以化之之术，曰归之太古，非愚则诬。

【解题】

本文写作时间不详。文章论述了“太古之不可行”，认为那些要求回归太古的人，“非愚则诬”。

材　论

天下之患，不患材之不众，患上之人不欲其众；不患士之不欲为，患上之人不使其为也。夫材之用，国之栋梁也，得之则安以荣，失之则亡以辱。然上之人不欲其众、不使其为者，何也？是有三蔽焉。其敢蔽者，以为吾之位可以去辱绝危，终身无天下之患，材之得失无补于治乱之数，故偃然肆吾之志，而卒入于败乱危辱，此一蔽也。又或以谓吾之爵禄贵富足以诱天下之士，荣辱忧戚在我，是吾可以坐骄天下之士，而其将无不趋我者，则亦卒入于败乱危辱而已，此亦一蔽也。又或不求所以养育取用之道，而諰諰然以为天下实无材，则亦卒入于败乱危辱而已，此亦一蔽也。此三蔽者，其为患则同。然而用心善而犹可以论其失者，独以天下为无材者耳。盖其心非不欲用天下之材，特未知其故也。

且人之有材能者，其形何以异于人哉？惟其遇事而事治，画策而利害得，治国而国安利，此其所以异于人者也。故上之人苟不能精察之，审用之，则虽抱皋、夔、稷、契之智，且不能自异于众，况其下者乎？世之蔽者方曰："人之有异能于其身，由锥之在囊，其末立见，故未有有其实而不可见者也。"此徒有见于锥之在囊，而固未睹夫马之在厩也。驽骥杂处，其所以饮水食刍，嘶鸣蹄啮，求其所以异者盖寡。及其引重车，取夷路，不屡策，不烦御，一顿其辔而千里已至矣。当是之时，使驽马并驱方驾，则虽倾轮绝勒，败筋伤骨，不舍昼夜而追之，辽乎其不可以及也，夫然后骐骥騕褭与驽骀别矣。古之人君，知其如此，故不以为天下无材，尽其道以求而试之耳，试之之道，在当其所能而已。

夫南越之修簳，镞以百炼之精金，羽以秋鹗之劲翮，加强弩之上而彍之千步之外，虽有犀兕之捍，无不立穿而死者，此天下之利器，而决胜觌武之所宝也。然而不知其所宜用，而以敲扑，则无以异于朽槁之挺也。是知虽得天下之瑰材桀智，而用之不得其方，亦若此矣。古之人君，知其如此，于是铢量其能而审处之，使大者小者长者短者强者弱者无不适其任者焉。其如是则士之愚蒙鄙陋者，皆能奋其所知以效小事，况其贤能智力卓荦者乎？呜呼！后之在位者，盖未尝求其说而试之以实也，而坐曰天下果无材，亦未之思而已矣。

盖闻古之人于材有以教育成就之，而子独言其求而用之者何也？曰："因天下法度未立之先，必先索天下之材而用之，如能用天下之材，则所以能复先王之法度。能复先王之法度，则天下之小事无不如先王时矣，况教育成就人材之大者乎？此吾所以独言求而用之之道者。"

噫！今天下盖尝患无材可用者。吾闻之，六国合从而辩说之材出，刘、项并世而筹画战斗之徒起，唐太宗欲治而谟谋谏诤之佐来。此数辈者，方此数君未出之时，盖未尝有也，人君苟欲之，斯至矣，今亦患上之不求之、不用之耳。天下之广，人物之众，而曰果无材者，吾不信也。

【解题】

本文写作时间不详。文章阐述了人才对于国家的重要性和选拔、使用人材的方法，指出"天下之广、人物之众"，人才不患没有，而"患上之不求之、不用之耳"。

性　说

孔子曰："性相近也，习相远也。"吾是以与孔子也。韩子之言性也，吾不有取焉。然则孔子所谓"中人以上可以语上，中人以下不可以语上，惟上智与下愚不移"，何说也？曰：习于善而已矣，所谓上智者；习于恶而已矣，所谓下愚者；一习于善，一习于恶，所谓中人者。上智也、下愚也、中人也，其卒也命之而已矣。有人于此，未始为不善也，谓之上智可也；其卒也去而为不善，然后谓之中人可也。有人于此，未始为善也，谓之下愚可也；其卒也去而为善，然后谓之中人可也。惟其不移，然后谓之上智，惟其不移，然后谓之下愚，皆于其卒也命之，夫非生而不可移也。

且韩子之言弗顾矣，曰："性之品三，而其所以为性五。"夫仁、义、礼、智、信，孰而可谓不善也？又曰："上焉者之于五，主于一而行之四；下焉者之于五，反于一而悖于四。"是其于性也，不一失焉，而后谓之上焉者，不一得焉，而后谓之下焉者。是果性善，而不善者，习也。

然则尧之朱、舜之均、瞽瞍之舜、鲧之禹、后稷、越椒、叔鱼之事，后所引者皆不可信邪？曰：尧之朱、舜之均，固吾所谓习于恶而已者；瞽瞍之舜、鲧之禹，固吾所谓习于善而已者。后稷之诗以异云，而吾之所论者常也。《诗》之言，至以为人子而无父，人子而无父，犹可以推其质常乎？夫言性，亦常而已矣；无以常乎，则狂者蹈火而入河，亦可以为性也。越椒、叔鱼之事，徒闻之左丘明，丘明固不可信也。以言取人，孔子失之宰我；以貌，失之子羽。此两人者，其成人也，孔子朝夕与之居，以言貌取之而失。彼其始生也，妇人者以声与貌定，而卒得之，妇人者独有过孔子者邪？

【解题】

本文写作时间不详。文章以孔子"性相近也，习相远也"为论据，批驳了韩愈《原性》之"性三品说"。

知　　人

贪人廉，淫人洁，佞人直，非终然也，规有济焉尔。王莽拜侯，让印不受，假僭皇命，得玺而喜，以廉济贪者也。晋王广求为冢嗣，管弦遏密，尘埃被之，陪扆未几，而声色丧邦，以洁济淫者也。郑注开陈治道，激昂颜辞，君民翕然，倚以致平，卒用奸败，以直济佞者也。於戏！“知人则哲，惟帝其难之”，古今一也。

【解题】

本文写作时间不详。文章以王莽、杨广、郑注为例，阐明“知人”不易。文章虽短，但论据翔实，立论确不可移。

兴　贤

国以任贤使能而兴，弃贤专己而衰。此二者必然之势，古今之通义，流俗所共知耳。何治安之世有之而能兴，昏乱之世虽有之亦不兴，盖用之与不用之谓矣。有贤而用，国之福也，有之而不用，犹无有也。商之兴也有仲虺、伊尹，其衰也亦有三仁。周之兴也同心者十人，其衰也亦有祭公谋父、内史过。两汉之兴也有萧、曹、寇、邓之徒，其衰也亦有王嘉、傅喜、陈蕃、李固之众。魏、晋而下，至于李唐，不可遍举，然其间兴衰之世，亦皆同也。由此观之，有贤而用之者，国之福也，有之而不用，犹无有也，可不慎欤？

今犹古也，今之天下亦古之天下，今之士民亦古之士民。古虽扰攘之际，犹有贤能若是之众，况今太宁，岂曰无之，在君上用之而已。博询众庶，则才能者进矣；不有忌讳，则谠直之路开矣；不迩小人，则谗谀者自远矣；不拘文牵俗，则守职者辨治矣；不责人以细过，则能吏之志得以尽其效矣。苟行此道，则何虑不跨两汉、轶三代，然后践五帝、三皇之涂哉？

【解题】

本文写作时间不详。文章以商、周、两汉的历史事实论证了

“国以任贤使能而兴，弃贤专己而衰”，说明只要当今君上能“兴贤”，必可“跨两汉、轶三代，然后践五帝、三皇之涂”。

老　子

道有本有末。本者，万物之所以生也；末者，万物之所以成也。本者，出之自然，故不假乎人之力而万物以生也；末者，涉乎形器，故待人力而后万物以成也。夫其不假人之力而万物以生，则是圣人可以无言也、无为也；至乎有待于人力而万物以成，则是圣人之所以不能无言也、无为也。故昔圣人之在上而以万物为己任者，必制四术焉。四术者，礼、乐、刑、政是也，所以成万物者也。故圣人唯务修其成万物者，不言其生万物者，盖生者尸之于自然，非人力之所得与矣。

老子者，独不然，以为涉乎形器者皆不足言也、不足为也，故抵去礼乐刑政而唯道之称焉。是不察于理而务高之过矣。夫道之自然者，又何预乎？唯其涉乎形器，是以必待于人之言也、人之为也。其书曰：“三十辐共一毂，当其无，有车之用。”夫毂辐之用，固在于车之无用，然工之琢削未尝及于无者，盖无出于自然之力，可以无与也。今之治车者知治其毂辐，而未尝及于无也，然而车以成者，盖毂辐具，则无必为用矣。如其知无为用而不治毂辐，则为车之术固已疏矣。

今知无之为车用，无之为天下用，然不知所以为用也。故无之所以为用者，以有毂辐也；无之所以为天下用者，以有礼乐刑政也。如其废毂辐于车，废礼乐刑政于天下，而坐求其无之为用也，则亦近于愚矣。

【解题】

本文写作时间不可确考。当王安石变法之时，保守派纷纷用老子“无为而治”的观点来指斥他，他因而写作本文，对“无为而治”的观点进行批驳。

原　性

或曰：“孟、荀、杨、韩四子者，皆古之有道仁人，而性者，有生之大本也，以古之有道仁人而言有生之大本，其为言也宜无惑，何其说之相戾也？吾愿闻子之所安。”

曰：“吾所安者，孔子之言而已。夫太极者，五行之所由生，而五行非太极也。性者，五常之太极也，而五常不可以谓之性。此吾所以异于韩子。且韩子以仁、义、礼、智、信五者谓之性，而曰天下之性恶焉而已矣。五者之谓性而恶焉者，岂五者之谓哉？”

“孟子言人之性善，荀子言人之性恶。夫太极生五行，然后利害生焉，而太极不可以利害言也。性生乎情，有情然后善恶形焉，而性不可以善恶言也。此吾所以异于二子。孟子以恻隐之心人皆有之，因以谓人之性无不仁。就所谓性者如其说，必也怨毒忿戾之心人皆无之，然后可以言人之性无不善，而人果皆无之乎？孟子以恻隐之心为性者，以其在内也。夫恻隐之心与怨毒忿戾之心，其有感于外而后出乎中者有不同乎？荀子曰：‘其为善者伪也。’就所谓性者如其说，必也恻隐之心人皆无之，然后可以言善者伪也，为人果皆无之乎？荀子曰：‘陶人化土而为埴，埴岂土之性也哉？’夫陶人不以木为埴者，惟土有埴之性焉，乌在其为伪也？且诸子之所言，皆吾所谓情也、习也，非性也。

“杨子之言为似矣，犹未出乎以习而言性也。古者有不谓喜、怒、爱、恶、欲情者乎？喜、怒、爱、恶、欲而善，然后从而命之曰仁也、义也；喜、怒、爱、恶、欲而不善，然后从而命之曰不仁也、不义也。故曰有情然后善恶形焉。然则善恶者，情之成名而已矣。孔子曰：‘性相近也。习相远也。’吾之言如此。”

“然则‘上智与下愚不移’，有说乎？”曰：“此之谓智愚，吾所云者，性与善恶也。恶者之于善也，为之则是；愚者之于智也，或不可强而有也。伏羲作《易》，而后世圣人之言也，非天下之至精至神，其孰能与于此？孔子作《春秋》，则游、夏不能措一辞。盖伏羲之智，非至精至神不能与，惟孔子之智，虽游、夏不可强而能也，况所谓下愚者哉。其不移明矣。”

或曰：“四子之云尔，其皆有意于教乎？”曰：“是说也，吾不知也。圣人之教，正名而已。”

【解题】

本文写作时间不详。文章以问答的方式展开论述，阐述了自己对“性”的认识。

命　　解

先王之俗坏，天下相率而为利，则强者得行无道，弱者不得行道，贵者得行无礼，贱者不得行礼。孔子修身絜行，言必由绳墨，陈、蔡大夫恶其议己，率众而围之，此乃所谓不得行道也。公行有子之丧，右师往吊，入门，有进而与右师言者，有出位而与右师言者，孟子不与右师言，右师不说。孟子曰：“我欲为礼也。”方是时，不独右师不说，凡与右师言者盖皆不说也，此乃所谓不得行礼也。然孔子不以弱而离道，孟子不以贱而失礼，故立乎千世之上而为学者师。右师、陈、蔡之大夫卒亦不得伤焉，以其有命也。

今不知命之人，刚则不以道御之，而曰：“有命焉，彼安能困我？”由此则死乎岩墙之下者犹正命也。柔则不以礼节之，而曰："不出，惧及祸焉。"由此则是贫贱可以智去也。夫柔而不以礼节之，刚而不以道御之，其难免一也，故《易·旅》之初六与上九同患。悲夫！离道以合世，去礼以从俗，苟命之穷矣，孰能恃此以免者乎？

【解题】

本文写作时间不详。文章批评了"离道以合世，去礼以从俗"者，并引孔、孟之事进行论述。

推命对

吴里处士有善推命知贵贱祸福者，或俾予问之，予辞焉。他日复以请，予对曰："夫贵若贱，天所为也；贤不肖，吾所为也。吾所为者，吾能自知之；天所为者，吾独懵乎哉？吾贤欤，可以位公卿欤，则万钟之禄固有焉。不幸而贫且贱，则时也。吾不贤欤，不可以位公卿欤，则箪食豆羹无歉焉，若幸而富且贵，则咎也。此吾知之无疑，奚率于彼者哉？且祸与福，君子置诸外焉。君子居必仁，行必义，反仁义而福，君子不有也，由仁义而祸，君子不屑也。是故文王拘羑里，孔子畏于匡，彼圣人之智，岂不能脱祸患哉？盖道之存焉耳。"

曰："子以为贵若贱，天所为也，然世贤而贱，不肖而贵，亦天所为欤？"曰："非也，人不能合于天耳。夫天之生斯人也，使贤者治不贤，故贤者宜贵，不贤者宜贱，天之道也；择而行之者，人之谓也。天人之道合，则贤者贵，不肖者贱；天人之道悖，则贤者贱而不肖者贵也；天人之道悖合相半，则贤不肖或贵或贱。尧、舜之世，元凯用而四凶殛，是天人之道合也；桀、纣之世，飞廉进而三仁退，是天人之道悖也；汉、魏而下，贤不肖或贵或贱，是天人之道悖合相半也。盖天之命一，而人之时不能率合焉，故君子修身以俟命，守道以任时，贵贱祸福之来，不能沮也。子不力于仁义以信其中，而屑屑焉甘意于诞谩虚怪之说，不以溺哉？”

【解题】

本文写作时间不详。文章从推命谈起，阐述了自己对贤、不肖与贵、贱之间关系的认识。

对　难

予为《杨孟论》以辨言性命者之失，而有难予者曰：“子之言性则诚然矣，至于言命则予以为未也。今有人于此，其才当处于天下之至贱，而反处于天下之至贵，其行当得天下之大祸，而反得天下之大福；其才当处于天下之至贵，而反处于天下之至贱，其行当得天下之至福，而反得天下之至祸。此则悖于人之所取，而非人力之所及者矣。于是君子曰，为之者天也。所谓命者，盖以谓命之于天云耳。昔舜之王天下也，进九官，诛四凶；成王之王天下也，尊二伯，诛二叔。若九官之进者，以其皆圣贤也；四凶之诛者，以其皆不肖也。二伯之尊者，亦以其皆圣贤也；二叔之诛者，亦以其皆不肖也。是则人之所为矣。使舜为不明，进四凶而诛九官，成王为不明，尊二叔而诛二伯，则所谓非人力之所及而天之所命者也。彼人之所为，可强以为之命哉？”

曰：“圣贤之所以尊进，命也；不肖之所以诛，命也。昔孔子怀九官、二伯之德，困于乱世，脱身于干戈者屡矣。遑遑于天下之诸侯，求有所用，而卒死于旅人也。然则九官、二伯虽曰圣贤，其尊进者，亦命也。盗跖之罪浮于四凶、二叔，竟以寿死，然则四凶、二叔虽曰不肖，其诛者，亦命也。是以圣人不言命，教人以尽乎人事而已。呜呼，又岂唯贵贱祸福哉，凡人之圣贤不肖，莫非命矣！”

曰：“贵贱祸福皆自外至者，子以谓圣贤之贵而福，不肖之贱而祸，皆有命，则吾既闻之矣，若夫圣贤不肖之所以为圣贤不肖，则在我者也，何以谓之命哉？”

曰：“是诚君子志也，古之好学者之言，未有不若此者也。然孟子曰：‘仁之于父子也、义之于君臣也、礼之于宾主也、知之于贤者也、圣人之于天道也，命也，有性焉，君子不谓命也。’由此而言之，则圣贤之所以为圣贤，君子虽不谓之命，而孟子固曰命也已；不肖之所以为不肖，何以异于此哉？”

【解题】

本文写作时间不详。作者曾作《杨孟论》，论述了“性”和“命”；有人对其论“命”之说提出疑问，安石因作此文论证：贵贱、祸福与圣贤、不肖皆由于“命”。可参看《推命对》。

三　不　欺

昔论者曰：君任德，则下不忍欺，君任察，则下不能欺，君任刑，则下不敢欺，而遂以德察刑为次。盖未之尽也。此三人者之为政，皆足以有取于圣人矣，然未闻圣人为政之道也。夫未闻圣人为政之道，而足以有取于圣人者，盖人得圣人之一端耳。且子贱之政使人不忍欺，古者任德之君宜莫如尧也，然则驩兜犹或以类举于前，则德之使人不忍欺岂可独任也哉？子产之政使人不能欺，夫君子可欺以其方，故使畜鱼而校人烹之，然则察之使人不能欺岂可独任也哉？西门豹之政使人不敢欺，夫不及于德而任刑以治，是孔子所谓“民免而无耻”者也，然则刑之使人不敢欺岂可独任也哉？故曰此三人者未闻圣人为政之道也。

然圣人之道有出此三者乎？亦兼用之而已。昔者尧、舜之时，比屋之民皆足以封，则民可谓不忍欺矣。放齐以丹朱称于前，曰：“嚚讼可乎?”则民可谓不能欺矣。四罪而天下咸服，则民可谓不敢欺矣。故任德则有不可化者，任察则有不可周者，任刑则有不可服者。然则子贱之政无以正暴恶，子产之政无以周隐微，西门豹之政无以渐柔良，然而三人者能以治者，盖足以治小具而高乱世耳，使当尧、舜之时所大治者，则岂足用哉?盖圣人之政，仁足以使民不忍欺，智足以使民不能欺，政足以使民不敢欺，然后天下无或欺之者矣。

或曰：刑亦足任以治乎?曰：所任者，盖亦非专用之而足以治也。豹治十二渠以利民，至乎汉，吏不能废，民以为西门君所为，不从吏以废也，则豹之德亦足以感于民心矣。然则尚刑，故曰任刑焉耳。使无以怀之而惟刑之见，则民岂得或不能欺之哉?

【解题】

本文写作时间不详。文章认为，为政须德、察、刑三者兼用方能天下大治，使民“三不欺”。

性　情

性情一也。世有论者曰“性善情恶”，是徒识性情之名而不知性情之实也。喜、怒、哀、乐、好、恶、欲未发于外而存于心，性也；喜、怒、哀、乐、好、恶、欲发于外而见于行，情也。性者情之本，情者性之用，故吾曰性情一也。

彼曰性善无它，是尝读孟子之书，而未尝求孟子之意耳。彼曰情恶无它，是有见于天下之以此七者而入于恶，而不知七者之出于性耳。故此七者，人生而有之，接于物而后动焉。动而当于理，则圣也、贤也；不当于理，则小人也。彼徒有见于情之发于外者为外物之所累，而遂入于恶也，因曰情恶也，害性者情也。

是曾不察于情之发于外而为外物之所感，而遂入于善者乎？盖君子养性之善，故情亦善；小人养性之恶，故情亦恶。故君子之所以为君子，莫非情也；小人之所以为小人，莫非情也。彼论之失者，以其求性于君子，求情于小人耳。

自其所谓情者，莫非喜、怒、哀、乐、好、恶、欲也。舜之圣也，象喜亦喜，使舜当喜而不喜，则岂足以为舜乎？文王之圣也，王赫斯怒，使文王当怒而不怒，则岂足以为文王乎？举此二者而明之，则其余可知矣。如其废情，则性虽善，何以自明哉？诚如今论者之说，无情者善，则是若木石者尚矣。是以知性情之相须，犹弓矢之相待而用，若夫善恶，则犹中与不中也。曰："然则性有恶乎？"曰："孟子曰'养其大体为大人，养其小体为小人'，杨子曰'人之性善恶混'，是知性可以恶也。"

【解题】

本文写作时间不详。文章认为，人之性为体，情为用，性情是一致的；那些认为性善、情恶的人，是因为他们"求性于君子，求情于小人"。

杨　孟

贤之所以贤，不肖之所以不肖，莫非性也；贤而尊荣寿考，不肖而厄穷死丧，莫非命也。论者曰："人之性善，不肖之所以不肖者，岂性也哉？"此学乎孟子之言性，而不知孟子之指也。又曰："人为不为命也，不肖而厄穷死丧，岂命也哉？"此学乎杨子之言命，而不知杨子之指者也。孟子之言性，人之性善；杨子之言性，人之性善恶混。孟子言命，莫非命也；杨子之言命，人为不为命也。孟、杨之道未尝不同，二子之说非有异也，其所以异者，其所指者异耳。此孔子所谓言岂一端而已，各有所当者也。故孟子之所谓性者，独正性也；杨子之所谓性者，兼性之不正者言之也。杨子之所谓命者，独正命也；孟子之所谓命者，兼命之不正者言之也。

夫人之生，莫不有羞恶之性，且以羞恶之一端以明之。有人于此，羞善行之不修，恶善名之不立，尽力乎善，以充其羞恶之性，则其为贤也孰御哉？此得乎性之正者，而孟子之所谓性也。有人于此，羞利之不厚，恶利之不多，尽力乎利，以充羞恶之性，则其为不肖也孰御哉？此得乎性之不正，而杨子之兼所谓性者也。有人于此，才可以贱而贱，罪可以死而死，是人之所自为也。此得乎命之不正者，而孟子之兼所谓命者也。有人于此，才可以贵而贱，德可以生而死，是非人之所为也。此得乎命之正者，而杨子之所谓命也。今夫羞利之不厚，恶利之不多，尽力乎利而至乎不肖，则杨子岂以为人之性而不以罪其人哉，亦必恶其失性之正也。才可以贱而贱，罪可以死而死，则孟子岂以为其人之命，而不以其人之罪哉，亦必恶其失命之正也。孟子曰：“口之于味也、目之于色也、耳之于声也、鼻之于臭也、四支之于安逸也，性也，有命焉，君子不谓之性也。仁之于父子也、义之于君臣也、礼之于宾主也、知之于贤者也、圣人之于天道也，命也，有性焉，君子不谓之命也。”然则孟、杨之说果何异乎？

今学者是孟子则非杨子；是杨子则非孟子，盖知读其文而不知求其指耳，而曰我知性命之理，诬哉！

【解题】

本文写作时间不详。文章认为孟子和杨子的性命之理并无不同，如果不了解这一点，就不能说是真正了解知性命之理。

杨　墨

杨、墨之道，得圣人之一而废其百者是也。圣人之道，兼杨、墨而无可无不可者是也。墨子之道，摩顶放踵以利天下，而杨子之道，利天下拔一毛而不为也。夫禹之于天下，九年之间三过其门，闻呱呱之泣而不一省其子，此亦可谓为人矣。颜回之于身，箪食瓢饮以独乐于陋巷之间，视天下之乱若无见者，此亦可谓为己矣。杨、墨之道，独以为人、为己得罪于圣人者，何哉？此盖所谓得圣人之一而废其百者也。是故由杨子之道则不义，由墨子之道则不仁，于仁义之道无所遗而用之不失其所者，其唯圣人之徒欤？

二子之失于仁义而不见天地之全，则同矣，及其所以得罪，则又有可论者也。杨子之所执者为己，为己，学者之本也。墨子之所学者为人，为人，学者之末也。是以学者之事必先为己，其为己有余而天下之势可以为人矣，则不可以不为人。故学者之学也，始不在于为人，而卒所以能为人也。今夫始学之时，其道未足以为己，而其志已在于为人也，则亦可谓谬用其心矣。谬用其心者，虽有志于为人，其能乎哉？由是言之，杨子之道虽不足以为人，固知为己矣。墨子之志虽在于为人，吾知其不能也。呜呼，杨子知为己之为务，而不能达于大禹之道也，则亦可谓惑矣。墨子者，废人物亲疏之别，方以天下为己任，是其所欲以利人者，适所以为天下害患也，岂不过甚哉？故杨子近于儒，而墨子远于道，其异于圣人则同，而其得罪则宜有间也。

【解题】

本文写作时间不详。文章认为杨子、墨子之道，皆“得圣人之一而废其百者”，如果盲从二人之道，非为惑，则为所害。

荀　卿

荀卿载孔子之言曰：“‘由，智者若何？仁者若何？’子路曰：‘智者使人知己，仁者使人爱己。’子曰：‘可谓士矣。’子曰：‘赐，智者若何？仁者若何？’子贡曰：‘智者知人，仁者爱人。’子曰：‘可谓士君子矣。’曰：‘回，智者若何？仁者若何？’颜渊曰：‘智者知己，仁者爱己。’子曰：‘可谓明君子矣。’”是诚孔子之言欤？吾知其非也。夫能近见而后能远察，能利狭而后能泽广，明天下之理也。故古之欲知人者必先求知己，欲爱人者必先求爱己，此亦理之所必然，而君子之所不能易者也。请以事之近而天下之所共知者谕之。

今有人于此，不能见太山于咫尺之内者，则虽天下之至愚，知其不能察秋毫于百步之外也，盖不能见于近则不能察于远明矣。而荀卿以谓知己者贤于知人者，是犹能察秋毫于百步之外者为不若见太山于咫尺之内者之明也。今有人于此，食不足以厌其腹、衣不足以周其体者，则虽天下之至愚，知其不能以赡足乡党也，盖不能利于狭则不能泽于广明矣。而荀卿以谓爱己者贤于爱人者，是犹以赡足乡党为不若食足以厌腹、衣足以周体者之富也。由是言之，荀卿之言，其不察理已甚矣。故知己者，智之端也，可推以知人也；爱己者，仁之端也，可推以爱人也。夫能尽智、仁之道，然后能使人知己、爱己，是故能使人知己、爱己者，未有不能知人、爱人者也。能知人、爱人者，未有不能知己、爱己者也。今荀卿之言，一切反之，吾是以知其非孔子之言而为荀卿之妄矣。

杨子曰：“自爱，仁之至也。”盖言能自爱之道，则足以爱人耳，非谓不能爱人而能爱己者也。噫，古之人爱人不能爱己者有之矣，然非吾所谓爱人，而墨翟之道也。若夫能知人而不能知己者，亦非吾所谓知人矣。

【解题】

本文写作时间不详。文章认为《荀子》所载孔子之言，实非孔子之言；论证了只有知己、爱己，然后才能知人、爱人，然后才能使人知己、爱己。

夫子贤于尧舜

孟子曰："可欲之谓善，有诸己之谓信，充实之谓美，充实而有光辉之谓大，大而化之之谓圣，圣而不可知之谓神。"圣之为称，德之极；神之为名，道之至。故凡古之所谓圣人者，于道德无所不尽也。于道德无所不尽，则若明之于日月，尊之于上帝，莫之或加矣。《易》曰"大人者与天地合其德，与日月合其明，与四时合其序，与鬼神合其吉凶"，此之谓也。由此观之，则自传记以来，凡所谓圣人者，宜无以相尚，而其所知宜同。宰我曰："以予观于夫子，贤于尧舜远矣。"而世之解者必曰："是为门人之私言，而非天下公共之论也。"而孟子亦曰："生民以来，未有如夫子。"是岂亦门人之私言而非天下公共之论哉？为是言者，盖亦未之思也。

夫所谓圣贤之言者，无一辞之苟。其发也，必有指焉；其指也，学者之所不可不思也。夫圣者，至乎道德之妙而后世莫之增焉者之称也，苟有能加焉者，则岂圣也哉？然孟子、宰我之所以为是说者，盖亦言其时而已也。

昔者道发乎伏羲，而成乎尧、舜，继而大之于禹、汤、文、武。此数人者，皆居天子之位，而使天下之道浸明浸备者也；而又有在下而继之者焉，伊尹、伯夷、柳下惠、孔子是也。夫伏羲既发之也，而其法未成，至于尧而后成焉。尧虽能成圣人之法，未若孔子之备也。夫以圣人之盛，用一人之知，足以备天下之法，而必待至于孔子者何哉？盖圣人之心不求有为于天下，待天下之变至焉，然后吾因其变而制之法耳。至孔子之时，天下之变备矣，故圣人之法亦自是而后备也。《易》曰"通其变，使民不倦”，此之谓也。故其所以能备者，岂特孔子一人之力哉？盖所谓圣人者，莫不预有力也。孟子曰“孔子集大成者”，盖言集诸圣人之事，而大成万世之法耳。此其所以贤于尧、舜也。

【解题】

本文写作时间不详。文章阐释了“圣人”的内涵，认为孔子“集诸圣人之事，而大成万世之法”，故能贤于尧舜。

仁智

仁者圣之次也，智者仁之次也，未有仁而不智者也，未有智而不仁者也，然则何智、仁之别哉？以其所以得仁者异也。仁，吾所有也，临行而不思，临言而不择，发之于事而无不当于仁也，此仁者之事也。仁，吾所未有也，吾能知其为仁也，临行而思，临言而择，发之于事而无不当于仁也，此智者之事也。其所以得仁则异矣，及其为仁则一也。

孔子曰“仁者静，智者动”，何也？曰：譬今有二贾也，一则既富矣，一则知富之术而未富也，既富者虽焚舟折车无事于贾可也，知富之术而未富者则不得无事也，此仁智之所以异其动静也。吾之仁足以上格乎天，下浃乎草木，旁溢乎四夷，而吾之用不匮也，然则吾何求哉？此仁者之所以能静也。吾之知欲以上格乎天，下浃乎草木，旁溢乎四夷，而吾之用有时而匮也，然则吾可以无求乎？此智者之所以必动也。故曰：“仁者乐山，智者乐水。”山者，静而利物者也；水者，动而利物者也。其动静则异，其利物同矣。

曰：“仁者寿，智者乐，”然则仁者不乐，智者不寿乎？曰：智者非不寿，不若仁者之寿也；仁者非不乐，乐不足以尽仁者之盛也。

能尽仁之道，则圣人矣，然不曰仁而目之以圣者，言其化也。盖能尽仁道则能化矣，如不能化，吾未见其能尽仁道也。颜回，次孔子者也，而孔子称之曰“三月不违仁”而已，然则能尽仁道者非若孔子者谁乎？

【解题】

本文写作时间不详。文章用类比等手法，对仁、智之异同一一加以辨析。

勇　惠

世之论者曰：“惠者轻与，勇者轻死，临财而不訾，临难而不避者，圣人之所取，而君子之行也。”吾曰不然。惠者重与，勇者重死，临财而不訾，临难而不避者，圣人之所疾，而小人之行也。

故所谓君子之行者有二焉：其未发也，慎而已矣；其既发也，义而已矣。慎则待义而后决，义则待宜而后动，盖不苟而已也。《易》曰“吉凶悔吝生乎动”，言动者贤不肖之所以分，不可以苟尔。是以君子之动，苟得已，则斯静矣。故于义有可以不与不死之道而必与必死者，虽众人之所谓难能，而君子未必善也；于义有可与可死之道而不与不死者，虽众人之所谓易出，而君子未必非也。是故尚难而贱易者，小人之行也；无难无易而惟义之是者，君子之行也。《传》曰：“义者，天下之制也。”制行而不以义，虽出乎圣人之所不能，亦归于小人而已矣。

季路之为人，可谓贤也，而孔子曰：“由也好勇过我，无所取材。”夫孔子之行，惟义之是，而子路过之，是过于义也。为行而过于义，宜乎孔子之无取于其材也。勇过于义，孔子不取，则惠之过于义，亦可知矣。

孟子曰："可以与，可以无与，与伤惠；可以死，可以无死，死伤勇。"盖君子之动，必于义无所疑而后发，苟有疑焉，斯无动也。《语》曰"多见阙殆，慎行其余，则寡悔"，言君子之行当慎处于义尔。而世有言孟子者曰："孟子之文，传之者有所误也。孟子之意当曰'无与伤惠，无死伤勇'。"呜呼，盖亦弗思而已矣。

【解题】

本文写作时间不详。文章主要阐发孟子"可以与，可以无与，与伤惠；可以死，可以无死，死伤勇"的论点，认为"轻与"、"轻取"皆非君子之行而圣人所不取。

中　述

君子所求于人者薄，而辨是与非也无所苟。孔子罪宰予曰"于予与何诛"，罪冉有曰"小子鸣鼓而攻之可也"。二子得罪于圣人若当绝也，及为科以列其门弟子，取者不过数人，于宰予有辞命之善则取之，于冉求有政事之善则取之，不以不善而废其善。孔子岂阿其所好哉？所求于人者薄也。管仲功施天下，孔子小之；门弟子三千人，孔子独称颜回为好学，问其余，则未为好学者，闵损、原宪、曾子之徒不与焉；冉求、宰我之得罪又如此。孔子岂不乐道人之善哉？辨是与非无所苟也。

所求于人者薄，所以取人者厚；盖辨是与非者无所苟，所以明圣人之道。如宰予、冉求二子之不得列其善，则士之难全者众矣，恶足以取人善乎？如管仲无所贬，则从政者若是而止矣；七十子之徒皆称好学，则好学者若是而止矣，恶足以明圣人之道乎？取人如此，则吾之自取者重，而人之所处者易。明道如此，则吾之与人，其所由可知已。故薄于责人，而非匿其过，不苟于论人，而非求其全，圣人之道本乎中而已。《春秋》之旨，岂易于是哉？

【解题】

本文写作时间不详。文章以孔子论人为依据，阐释君子“所求于人者薄，所以取人者厚”，“而辨是与非也无所苟”。

行　述

古之人仆仆然劳其身以求行道于世，而曰“吾以学孔子者”，惑矣。孔子之始也，食于鲁，鲁乱而适齐，齐大夫欲害己，则反而食乎鲁。鲁受女乐不朝者三日，义不可以留也，则乌乎之，曰：“甚矣，卫灵公之无道也！其遇贤者，庶乎其犹有礼耳。”于是之卫。卫灵公不可与处也，于是不暇择而之曹，以适于宋、郑、陈、蔡、卫、楚之郊。其志犹去卫而之曹也，老矣，遂归于鲁以卒。孔子之行如此，乌在其求行道也？

夫天子、诸侯不以身先于贤人，其不足与有为明也，孔子而不知，其何以为孔子也？曰：“沽之哉！沽之哉！我待价者也。”仆仆然劳其身以求行道于世者，是沽也。子路曰：“君子之仕，行其义也；道之不行，已知之矣。”盖孔子之心云耳。然则孔子无意于世之人乎？曰：“道之将兴欤，命也；道之将废欤，命也。苟命矣，则如世之人何？

【解题】

本文写作时间不详。文章认为，若天子、诸侯本身不会有所作为，而世人仍“仆仆然劳其身以求行道于世”，非圣人之行。

禄　隐

孔子叙逸民，先伯夷、叔齐而后柳下惠，曰：“不降其志，不辱其身，伯夷、叔齐也，柳下惠降志辱身矣。”孟子叙三圣人者，亦以伯夷居伊尹之前，而杨子亦曰：“孔子高饿显，下禄隐。”夫圣人之所言高者，是所取于人而所行于己者也；所言下者，是所非于人而所弃于己者也。然而孔、孟生于可避之世而未尝避也，盖其不合则去，则可谓不降其志不辱其身矣。至于杨子，则吾窃有疑焉尔。当王莽之乱，虽乡里自喜者知远其辱，而杨子亲屈其体为其左右之臣，岂君子固多能言而不能行乎？抑亦有以处之，非必出于此言乎？

曰：圣贤之言行，有所同，而有所不必同，不可以一端求也。同者道也，不同者迹也，知所同而不知所不同，非君子也。夫君子岂固欲为此不同哉？盖时不同，则言行不得无不同，唯其不同，是所以同也。如时不同而固欲为之同，则是所同者迹也，所不同者道也。迹同于圣人而道不同，则其为小人也孰御哉？

世之士不知道之不可一迹也久矣。圣贤之宗于道，犹水之宗于海也。水之流，一曲焉，一直焉，未尝同也；至其宗于海，则同矣。圣贤之言行，一伸焉，一屈焉，未尝同也；至其宗于道，则同矣。故水因地而曲直，故能宗于海；圣贤因时而屈伸，故能宗于道。

孟子曰：“伯夷、柳下惠，圣人也，百世之师也。”如其高饿显，下禄隐，而必其出于所高，则柳下惠安拟伯夷哉？杨子曰：“涂虽曲而通诸夏，则由诸；川虽曲而通诸海，则由诸。”盖言事虽曲而通诸道，则亦君子所当同也。由是而言之，饿显之高，禄隐之下，皆迹矣，岂足以求圣贤哉？唯其能无系累于迹，是以大过人也。如圣贤之道皆出于一而无权时之变，则又何圣贤之足称乎？圣者，知权之大者也；贤者，知权之小者也。昔纣之时，微子去之，箕子为之奴，比干谏而死。此三人者，道同也，而其去就若此者。盖亦所谓迹不必同矣。《易》曰“或出或处，或默或语”，言君子之无可无不可也。使杨子宁不至于耽禄于弊时哉？盖于时为不可去，必去，则杨子之所知亦已小矣。

【解题】

本文写作时间不详。文章反驳了“孔子高饿显，下禄隐”的说法，认为圣贤皆以道为行为准则，至于其行事不同，则是因为权时变之故。

礼乐论

气之所禀命者，心也。视之能必见，听之能必闻，行之能必至，思之能必得，是诚之所至也。不听而聪，不视而明，不思而得，不行而至，是性之所固有，而神之所自生也，尽心尽诚者之所至也。故诚之所以能不测者，性也。贤者，尽诚以立性者也；圣人，尽性以至诚者也。神生于性，性生于诚，诚生于心，心生于气，气生于形。形者，有生之本。故养生在于保形，充形在于育气，养气在于宁心，宁心在于致诚，养诚在于尽性，不尽性不足以养生。能尽性者，至诚者也；能至诚者，宁心者也；能宁心者，养气者也；能养气者，保形者也；能保形者，养生者也；不养生不足以尽性也。生与性之相因循，志之与气相为表里也。生浑则蔽性，性浑则蔽生，犹志一则动气，气一则动志也。先王知其然，是故体天下之性而为之礼，和天下之性而为之乐。礼者，天下之中经；乐者，天下之中和。礼乐者，先王所以养人之神，正人气而归正性也。是故大礼之极，简而无文；大乐之极，易而希声。简易者，先王建礼乐之本意也。

世之所重，圣人之所轻；世之所乐，圣人之所悲。非圣人之情与世人相反，圣人内求，世人外求，内求者乐得其性，外求者乐得其欲，欲易发而性难知，此情性之所以正反也。衣食所以养人之形气，礼乐所以养人之性也。礼反其所自始，乐反其所自生，吾于礼乐见圣人所贵其生者至矣。世俗之言曰“养生非君子之事”，是未知先王建礼乐之意也。

养生以为仁，保气以为义，去情却欲以尽天下之性，修神致明以趋圣人之域。圣人之言，莫大于颜渊之问，“非礼勿视，非礼勿听，非礼勿言，非礼勿动”，则仁之道亦不远也。耳非取人而后聪，目非取人而后视，口非取诸人而后言也，身非取诸人而后动也，其守至约，其取至近，有心有形者皆有之也。然而颜子且犹病之，何也？盖人之道莫大于此。非礼勿听，非谓掩耳而避之，天下之物不足以干吾之聪也；非礼勿视，非谓掩目而避之，天下之物不足以乱吾之明也；非礼勿言，非谓止口而无言也，天下之物不足以易吾之辞也；非礼勿动，非谓止其躬而不动，天下之物不足以干吾之气也。天下之物岂特形骸自为哉？其所由来盖微矣。不听之时，有先聪焉；不视之时，有先明焉；不言之时，有先言焉；不动之时，有先动焉。圣人之门，惟颜子可以当斯语矣。是故非耳以为聪，而不知所以聪者，不足以尽天下之听，非目以为明，而不知所以明者，不足以尽天下之视。聪明者，耳目之所能为；而所以聪明者，非耳目之所能为也。是故待钟鼓而后乐者，非深于乐者也；待玉帛而后恭者，非深于礼者也。蒉桴土鼓，而乐之道备矣；燔黍捭豚，污尊抔饮，礼既备矣。然大裘无文，大辂无饰，圣人独以其事之所贵者何也？所以明礼乐之本也。故曰礼之近人情，非其至者也。

曾子谓孟敬子：“君子之所贵乎道者三：动容貌，斯远暴慢矣；正颜色，斯近信矣；出辞气，斯远鄙倍矣。笾豆之事，则有司存。”观此言也，曾子而不知道也则可，使曾子而为知道，则道不违乎言貌辞气之间，何待于外哉？是故古之人目击而道已存，不言而意已传，不赏而人自动，不罚而人自畏，莫不由此也。是故先王之道可以传诸言、效诸行者，皆其法度刑政，而非神明之用也。《易》曰：“神而明之，存乎其人；默而成之，不言而信，存乎德行。”去情却欲而神明生矣，修神致明而物自成矣，是故君子之道鲜矣。齐明其心，清明其德，则天地之间所有之物皆自至矣。君子之守至约，而其至也广；其取至近，而其应也远。《易》曰：“拟之而后言，议之而后动，拟议以成其变化。”变化之应，天人之极致也。是以《书》言天人之道，莫大于《洪范》,《洪范》之言天人之道，莫大于貌、言、视、听、思。大哉，圣人独见之理、传心之言乎，储精晦思而通神明！

君子之所不至者三：不失色于人，不失口于人，不失足于人。不失色者，容貌精也；不失口者，语默精也；不失足者，行止精也。君子之道也，语其大则天地不足容也，语其小则不见秋毫之末，语其强则天下莫能敌也，语其约则不能致传记。圣人之遗言曰“大礼与天地同节，大乐与天地同和”，盖言性也。大礼性之中，大乐性之和，中和之情通乎神明。故圣人储精九重而仪风凰，修五事而关阴阳，是天地位而三光明，四时行而万物和。《诗》曰：“鹤鸣于九皋，声闻于天。”故孟子曰：“我善养吾浩然之气，充塞乎天地之间。”杨子曰：“貌、言、视、听、思，性所有，潜天而天，潜地而地也。”

呜呼，礼乐之意不传久矣！天下之言养生修性者，归于浮屠、老子而已。浮屠、老子之说行，而天下为礼乐者独以顺流俗而已。夫使天下之人驱礼乐之文以顺流俗为事，欲成治其国家者，此梁、晋之君所以取败之祸也。然而世非知之也者，何耶?特礼乐之意大而难知，老子之言近而易晓。圣人之道得诸己，从容人事之间而不离其类焉；浮屠直空虚穷苦，绝山林之间，然后足以善其身而已。由是观之，圣人之与释、老，其远近难易可知也。是故赏与古人同而劝不同，罚与古人同而威不同，仁与古人同而爱不同，智与古人同而识不同，言与古人同而信不同。同者道也，不同者心也。

《易》曰：“苟非其人，道不虚行。”昔宓子贱为单父宰，而单父之人化焉。今王公大人有尧、舜、伊尹之势而无子贱一邑之功者，得非学术素浅而道未明欤？夫天下之人非不勇为圣人之道，为圣人之道者，时务速售诸人以为进取之阶。今夫进取之道，譬诸钩索物耳，幸而多得其数，则行为王公大人；若不幸而少得其数，则裂缝掖之衣为商贾矣。由是观之，王公大人同商贾之得志者也，此之谓学术浅而道不明。由此观之，得志而居人之上，复治圣人之道而不舍焉，几人矣。内有好爱之容蛊其欲，外有便嬖之谀骄其志，向之所能者日已忘矣，今之所好者日已至矣。孔子曰："有颜回者，好学，不迁怒，不贰过。"又曰："吾见其进，未见其止也。"夫颜子之所学者，非世人之所学。不迁怒者，求诸己；不贰过者，见不善之端而止之也。世之人所谓退，颜子之所谓进也；人之所谓益，颜子之所谓损也。《易》曰"损，先难而后获"，颜子之谓也。耳损于声，目损于色，口损于言，身损于动，非先难欤？及其至也，耳无不闻，目无不见，言无不信，动无不服，非后得欤？是故君子之学，始如愚人焉，如童蒙焉，及其至也，天地不足大，人物不足多，鬼神不足为隐，诸子之支离不足惑也。是故天至高也，日月星辰阴阳之气可端策而数也；地至大也，山川丘陵万物之形、人之常产可指籍而定也。是故星历之数、天地之法、人物之所，皆前世致精好学圣人者之所建也，后世之人守其成法，而安能知其始焉？传曰"百工之事，皆圣人作"，此之谓也。

故古之人言道者，莫先于天地；言天地者，莫先乎身；言身者，莫先乎性；言性者，莫先乎精。精者，天之所以高，地之所以厚，圣人所以配之。故御，人莫不尽能，而造父独得之，非车马不同，造父精之也。射，人莫不尽能，而羿独得之，非弓矢之不同，羿精之也。今之人与古之人一也，然而用之则二也。造父用之以为御，羿用之以为射，盗跖用之以为贼。

【解题】

本文写作时间不详。文章阐述了礼乐之所以建立的原因及其功用，认为礼是“天下之中经”，乐是“天下之中和”，礼、乐是养人之神、之气而正性者，批评了那些“驱礼乐之文而顺流俗”者。

易象论解

君子之道，始于自强不息，故于《乾》也，“君子以自强不息”。自强不息，然后厚德载物，故于《坤》也，“君子以厚德载物”。自强积德以有载也，乃能经纶，故于《屯》也，“君子以经纶”。经纶者，君子有事之时，故于《蒙》也，“君子以果行育德”。果行育德，则无事矣，故于《需》也，“君子以饮食宴乐”。饮食宴乐，所以待人而与之从事者也，故于《讼》也，“君子以作事谋始”。作事谋始则能为物主，故于《师》也，“君子以容民畜众”。建万国，亲诸侯，容民畜众之大者，故于《比》也，“先王以建万国，亲诸侯”。诸侯亲，则无所用武，故于《小畜》也，“君子以懿文德”。德以礼为体，故于《履》也，“君子以辨上下，定民志”。礼也者，因时之会通，以财成辅相天地者也，故于《泰》也，“后以财成天地之道，辅相天地之宜，以左右民”。物不能终《泰》，故于《否》也，“君子以俭德避难，不可荣以禄”。泰则通，否则辨，故于《同人》也，“君子以类族辨物”。族各有其类，物各有其辨，则君子小人见矣，故于《大有》，“君子以遏恶扬善，顺天休命”。虽遏恶也不可以为偏亢，故于《谦》也，“君子以裒多益寡，称物平施”。顺天休命而以谦平施，则人乐之，故于《豫》也，“先王以作乐崇德，殷荐之上帝，以配祖考”。乐成而息，故于《随》也，“君子以向晦入宴息”。物不可终息，故于《蛊》也，“君子以振民育德”。振民育德，莫大乎教思无穷，容保民无疆，故于《临》

也，“君子以教思无穷，容保民无疆”。教思无穷，容保民无疆，莫大乎省方观民设教，故于《观》也，“先王以省方观民设教”。教至矣，则明罚敕法继之，故于《噬嗑》也，“先王以明罚敕法”。明罚敕法者，所以待之而非敢于折狱，故于《贲》也，“君子以明庶政，无敢折狱”。无敢折狱者，将以厚下也，故于《剥》也，“上以厚下安宅”。厚下者，将使人无失其性命之情也。欲不失其性命之情，则亦不违其性命之理而已，故于《复》也，“先王以至日闭关，商旅不行，后不省方”者，所以应时。知应时然后知对时育物，故于《无妄》也，“先王以茂对时，育万物”。对时育物者，非稽古畜德之主则不能，故于《大畜》也，“君子以多识前言往行以畜其德”。畜德莫大乎养，故于《颐》也，“君子以慎言语节饮食”。知自养，然后出处皆有以大过人，故于《大过》也，“君子以独立不惧，遁世无闷”。出则欲独立不惧，处则欲遁世无闷，则德不可无习，故于《坎》也，“君子以常德行，习教事”。德行不失其事，教事不废其习，然后可以继明照四方，故于《离》也，“大人以继明照于四方”。所谓明者，非恃其所明，则资诸人而已，故于《咸》也，“君子以虚受人”。惟以虚受人而有节于内，故于《恒》也，“君子以立不易方”。所以有时而远小人，故于《遁》也，“君子以远小人不恶而严”。所谓严者，亦礼而已矣，故于《大壮》也，“君子以非礼勿履”。非礼勿履，德之所以昭也，故于《晋》也，“君子以自昭明德”。明者自明，非所以莅众，故于《明夷》也，“君子以莅众用晦而明”。知自明又知所以莅众，则言有物而行有常，故于《家人》也，“君子以言有物而行有常”。言有物，行有常，则知所同，知所异，故于《睽》也，“君子以同而异”。同故能有容，异故能有辨，反身修德，言有辨也，故于《蹇》也，“君子以反身修德”。赦过宥罪，言有容也，故于《解》也，“君子以赦过宥罪”。能反身修德，赦过宥罪，则其欲也惩而窒矣，故于《损》也，“君子以惩忿窒欲”。能惩忿窒欲，然后见善迁，有过改，故于《益》也，“君子以见善则迁，有过则改”。以居则修德，以动则有功，功不可以擅，德不可以居也，故于《夬》也，“君子以施禄及下，居德则忌”。能施禄及下，居德则忌，则众之所听也，故于《姤》也，“后以施命诰四方”。众之所听，不可不戒，故于《萃》也，“君子以除戎器，戒不虞”。不虞知戒矣，德之所以积也，故于《升》也，“君子以顺德积小以高大”。积小以至高大，而至于命，则志遂矣，故于《困》也，“君子以致命遂志”。至于命，则所以成己也，而后可以成民教，故于《井》也，“君子以劳民劝相”。劳民劝相，莫大乎恭爱，故于《革》也，“君子以治历明时”。能治历明时，然后能正位凝命。故于《鼎》也，“君子以正位凝命”，正位凝命不可恃，故于《震》也，“君子以恐惧修省”。修省之道在于正己而已，故于《艮》也，“君子以思不出其位”。能正己，则贤德可居，俗可善，故于《渐》也，“君子以居贤德善俗”。俗善矣，其终不能无爱，爱则敝矣，故于《归妹》也，“君子以永终知敝”。知敝，则所以待人者尽矣，故于《丰》也，“君子以折狱致刑”。折狱以刑，君子所以明慎之时也，故于《旅》也，“君子以明慎用刑而不留狱”。不留狱，则治道终矣，终则有始，故于《巽》也，“君子以申命行事”。申命行事，不可以无学，故于《兑》也，“君子以朋友讲习”。所讲习者，仁义而已，故于《涣》也，“先王以飨帝立庙”。飨帝立庙，则仁之至、义之尽矣，其推行之也，度数不可以无制，德行不可以无议，故于《节》也，“君子以制数度，议德行”。制数度，议德行，则欲急己以缓人，故于《中孚》也，“君子以议狱缓死”。急己以缓人者，依于仁而已，故于《小过》也，“君子以行过乎恭，丧过乎哀，用过乎俭”。依于仁，则无患矣，故于《既济》也，“君子以思患而豫防之”。物不穷也，故于《未济》也，“君子以慎辨物居方”。辨物居方者，物之终始也。

【解题】

本文写作时间不详。文章对《易》六十四卦之卦象，用仁、义、礼、信的原则，一一加以诠释。

使　医

“一人疾焉而医者十，并使之欤?”曰：使其尤良者一人焉尔。“乌知其尤良而使之?”曰：众人之所谓尤良者，而隐之以吾心，其可也。夫能不相逮，不相为谋，又相忌也，况愚智之相百者乎？人之愚不能者常多，而智能者常少，医者十，愚不能者乌知其不九邪？并使之，智能者何用？愚不能者何所不用？一日而病且亡，谁者任其咎邪？故予曰：使其尤良者一人焉尔。

使其尤良者有道，药云则药，食云则食，坐云则坐，作云则作。夫然，故医也得肆其术而无憾焉，不幸而病且亡，则少矣。药云则食，坐云则作，曰姑如吾所安焉尔，若人也，何必医，如吾所安焉可也。凡疾而使医之道皆然，而腹心为甚，有腹心之疾者，得吾说而思之其庶矣！

【解题】

本文写作时间不详。文章提出：病者择医，应择其“尤良者一人”，并指出“疾而使医之道”与治国之道道理是相通的。

复仇解

或问复仇，对曰：非治世之道也。明天子在上，自方伯、诸侯以至于有司，各修其职，其能杀不辜者少矣。不幸而有焉，则其子弟以告于有司，有司不能听；以告于其君，其君不能听；以告于方伯，方伯不能听；以告于天子，则天子诛其不能听者，而为之施刑于其仇。乱世则天子、诸侯、方伯皆不可以告。故《书》说纣曰："凡有辜罪，乃罔恒获。小民方兴，相为敌仇。"盖仇之所以兴，以上之不可告，辜罪之不常获也。方是时，有父兄之仇而辄杀之者，君子权其势，恕其情而与之，可也。故复仇之义，见于《春秋传》，见于《礼记》，为乱世之为子弟者言之也。

《春秋传》以为父受诛，子复仇，不可也。此言不敢以身之私，而害天下之公。又以为父受诛，子复仇，可也。此言不以有可绝之义，废不可绝之恩也。

《周官》之说曰："凡复仇者，书于士，杀之无罪。"疑此非周公之说。曰：凡所以有复仇者，以天下之乱，而士之不能听也。有士矣，不使听其杀人之罪以施行，而使为人之子弟者仇之，然则何取于士而禄之也？古之于杀人，其听之可谓尽矣，犹惧其未也，曰："与其杀不辜，宁失不经。"今书于士则杀之无罪，则所谓复仇者，果所谓可仇者乎？庸讵知其不独有可言者乎？就当听其罪矣，则不杀于士师，而使仇者杀之，何也？故疑此非周公之法也。

或曰：世乱而有复仇之禁，则宁杀身以复仇乎？将无复仇而以存人之祀乎！曰：可以复仇而不复，非孝也；复仇而殄祀，亦非孝也。以仇未复之耻，居之终身焉，盖可也。仇之不复者，天也。不忘复仇者，己也。克己以畏天，心不忘其亲，不亦可矣。

【解题】

本文写作时间不详。文章认为，治世无复仇者，是因为有司可以依靠；乱世多复仇者，有禁不可止，而复仇亦义之所当然。

周秦本末论

周强末弱本以亡，秦强本弱末以亡，本末惟其称也。

周有天下，疆其地为千八百国，制方伯、连率之职，诸侯有不享者，举天下之众以临之，有不道者，合天下之兵以诛之，自以为善计也。及其敝，巨吞细，盛凭弱，而莫之能禁也，以至于亡，无异焉，强末弱本之势然也。

秦戒周之亡，郡而不国，削诸侯之城，销天下之兵聚咸阳，使奸人虽有觎心，无所乘而起，自以为善计也。及其敝，役夫穷匠操钽耰棘矜以鞭笞天下，虽欲全节本朝，无坚城以自婴也，无利兵以自卫也，卒顿颡而臣之。彼驱天下之众以取区区孤立之咸阳，不反掌而亡，无异焉，强本弱末之势然也。

后之世变秦之制，郡天下而不国，得之矣，圣人复起不能易也。销其兵，削其城，若犹一也，万一逢秦之变，可胜讳哉？

【解题】

本文写作时间不详。文章认为：秦之亡，以其本强而末弱；周亡，因其末强而本弱，唯有本末相称方可免遭灭国之灾。

对　　疑

己亥敕书：“自今内殿崇班以上，大丧致其事，供奉官以下，则勿致，如其故。”于是有疑者，以为供奉官以下亦士大夫也，而朝廷独遇之如此。顾而问曰：“今子以谓如何？”尝窃原朝廷之意以对曰：

先王之制丧礼，不饮酒，不食肉，不御于内，以致其哀戚者，所谓礼之实，而其行之在我者也。不论其人之贵贱，不视其世之可否，而使之同者也。然而有疾则虽贱者亦使之饮酒而食肉，此所谓以权制者也。或不言而事行，或言而后事行，或身执事而后行者，所谓礼之文，而其行之在物者也。论其人之贵贱，视其世之可否，而为之节者也。视其世之可否，而为之节，故金革之事，则虽贵者亦有时乎而无辟，此所谓以权制者也。

今欲使三班趋走给使之吏，大丧则皆无以身执事，而从古者卿士大夫之礼，此固盛世之所宜急，而先王以孝理天下之意。然而事又有先于此者。古之时，卿大夫之丧，所以听身不执事者，为其可以不身执事也。其可以不身执事者，何也？古之人君于其卿士大夫之丧，所以存问养恤者，盖不诎于其在事之时，其有大丧而得不以身执事者，以其臣属足使而禄赐足以事养故也。今三班趋走给使之吏，其素所以富养之，非备厚也。一日使去位而治丧，则朝廷视遇与庶人之在野者无以异。庶人之在野者，所以葬祭其先人，畜养其妻子，有常产矣。三班趋走给使之吏，去位而治丧，则其使令非有臣属，事养非有禄赐，一日无常产，则其穷乃有欲比于庶人而不得者。若用事者不为之忧此，而曰汝必无以身执事，则亦有饿而死者耳！然而世之议者方曰今之小吏去位而治丧者众矣，吾未见有饿而死者。夫今之去位而治丧者，身非多积余藏，有以活身，则孰能无以身执事者乎？今欲使之去位而治丧，故欲使其致丧之实而无以身执事也。苟不能使之无以身执事，而徒使之去位，则岂盛世之所急，而先王以孝理天下之意也？愚故曰事又有先于此者，谓所以存问恤养士大夫如古之时者，今之所先也。

夫明吾政以赡天下之财，而存问恤养士大夫如古之时，此吾之所易为也。仰无以葬祭其先人，俯无以畜养其妻子，然且去位而治丧，无以身执事，以致古者士大夫之礼，此人所难行也。舍吾之所易为而忽不谋，曰：是皆先王之事，非吾今日之所能为也。操人之所难行而诛之不释，曰：古之士大夫皆然，尔奚事而不为？朝廷或者以为此非先王以权制丧、内恕及人之道，故止而不为。虽然，愚亦有疑焉，欲内恕以及人而不为吾之所易为者，何也？

【解题】

本文写作时间不详。文章从《己亥敕书》入手，发表自己对致丧之理及其权变的看法。

闵习

父母死，则燔而捐之水中，其不可，明也；禁使葬之，其无不可，亦明也。然而吏相与非之乎上，民相与怪之乎下，盖其习之久也，则至于戕贼父母而无以为不可，顾曰禁之不可也。呜呼！吾是以见先王之道难行也。先王之道不讲乎天下，而不胜乎小人之说，非一日之积也。而小人之说，其为不可，不皆若戕贼父母之易明也。先王之道，不皆若禁使葬之之易行也。呜呼！吾是以见先王之道难行也。贞观之行其庶矣，惜乎其臣有罪焉。作《闵习》。

【解题】

本文写作时间不详。文章认为，小人之说不可行，“不皆若戕贼父母之易明也”，感叹陈规陋习破除不易和“先王之道难行”。

风俗

夫天之所爱育者民也，民之所系仰者君也。圣人上承天之意，下为民之主，其要在安利之。而能安利之之要不在于它，在乎正风俗而已。故风俗之变，迁染民志，关之盛衰，不可不慎也。

君子制俗以俭，其弊为奢。奢而不制，弊将若之何？夫如是，则有殚极财力僭渎拟伦以追时好者矣。且天地之生财也有时，人之为力也有限，而日夜之费无穷。以有时之财，有限之力，以给无穷之费，若不为制，所谓积之涓涓而泄之浩浩，如之何使斯民不贫且滥也！国家奄有诸夏，四圣继统，制度以定矣，纪纲以缉矣，赋敛不伤于民矣，徭役以均矣，升平之运未有盛于今矣，固当家给人足无一夫不获其所矣。然而窭人之子，短褐未尽完，趋末之民，巧伪未尽抑，其故何也？殆风俗有所未尽淳欤？

且圣人之化，自近及远，由内及外。是以京师者风俗之枢机也，四方之所面内而依仿也。加之士民富庶，财物毕会，难以俭率，易以奢变。至于发一端，作一事，衣冠车马之奇，器物服玩之具，旦更奇制，夕染诸夏。工者矜能于无用，商者通货于难得。岁加一岁，巧眩之性不可穷，好尚之势多所易，故物有未弊而见毁于人，人有循旧而见嗤于俗。富者竞以自胜，贫者耻其不若，且曰："彼人也，我人也，彼为奉养若此之丽，而我反不及！"由是转相慕效，务尽鲜明，使愚下之人有逞一时之嗜欲，破终身之赀产而不自知也。

且山林不能给野火，江海不能实漏卮。淳朴之风散，则贪饕之行成，贪饕之行成，则上下之力匮。如此则人无完行，士无廉声，尚陵逼者为时宜，守检押者为鄙野，节义之民少，兼并之家多，富者财产满布州域，贫者困穷不免于沟壑。夫人之为性，心充体逸则乐生，心郁体劳则思死，若是之俗，何法令之能避哉！故刑罚所以不措者此也。

且坏崖破岩之水，原自涓涓；干云蔽日之木，起于青葱。禁微则易，救末者难。所宜略依古之王制，命市纳贾，以观好恶。有作奇技淫巧以疑众者，纠罚之；下至物器馔具，为之品制以节之；工商逐末者，重租税以困辱之。民见末业之无用，而又为纠罚困辱，不得不趋田亩，田亩辟则民无饥矣。以此显示众庶，未有辇毂之内治而天下不治矣。

【解题】

本文写作时间不详。文章认为"风俗之变，迁染民志，关之盛衰，不可不慎”，而“京师者风俗之枢机”，为天下表率。文章最后就“制俗以俭”的具体问题发表意见。

谏　官

以贤治不肖，以贵治贱，古之道也。所谓贵者何也？公卿大夫是也。所谓贱者何也？士庶人是也。同是人也，或为公卿，或为士，何也？为其不能公卿也，故使之为士；为其贤于士也，故使之为公卿。此所谓以贤治不肖，以贵治贱也。

今之谏官者，天子之所谓士也，其贵则天子之三公也。惟三公于安危治乱存亡之故，无所不任其责，至于一官之废，一事之不得，无所不当言，故其位在卿大夫之上，所以贵之也。其道德必称其位，所谓以贤也。至士则不然。修一官而百官之废不可以预也。守一事而百事之失可以毋言也。称其德，副其材，而命之以位也。循其名，傃其分，以事其上而不敢过也。此君臣之分也，上下之道也。今命之以士，而责之以三公，士之位而受三公之责，非古之道也。孔子曰："必也正名乎！"正名也者，所以正分也。然且为之，非所谓正名也。身不能正名，而可以正天下之名者，未之有也。

蚳鼃为士师，孟子曰："似也，为其可以言也。"鼃谏于王而不用，致为臣而去。孟子曰："有言责者不得其言则去，有官守者不得其守则去。"然则有官守者莫不有言责，有言责者莫不有官守。士师之谏于王是也。其谏也，盖以其官而已矣，是古之道也。古者官师相规，工执艺事以谏。其或不能谏，谓之不恭，则有常刑。盖自公卿至于百工，各以其职谏，则君孰与为不善？自公卿至于百工，皆失其职，以阿上之所好，则谏官者，乃天子之所谓士耳，吾未见其能为也。

俟之已轻，而要之以重，非所以使臣之道也。其俟己也轻，而取重任焉，非所以事君之道也。不得已，若唐之太宗庶乎其或可也。虽然，有道而知命者，果以为可乎？未之能处也。唐太宗之时，所谓谏官者，与丞弼俱进于前。故一言之谬，一事之失，可救之于将然，不使其命已布于天下，然后从而争之也。君不失其所以为君，臣不失其所以为臣，其亦庶乎其近古也。今也上之所欲为，丞弼所以言于上，皆不得而知也。及其命之已出，然后从而争之。上听之而改，则是士制命而君听也；不听而遂，则是臣不得其言而君耻过也。臣不得其言，士制命而君听，二者上下所以相悖而否乱之势也。然且为之，其亦不知其道矣。及其谆谆而不用，然后知道之不行，其亦辨之晚矣。或曰："《周官》之师氏、保氏，司徒之属而大夫之秩也。"曰：尝闻周公为师，而召公为保矣，《周官》则未之学也。

【解题】

本文写作时间不详。文章阐述了谏官的职守及谏官对人君、国家之重要性，认为谏官应与"丞弼俱进于前"，以便救谬失于未然。

易泛论

柔巽隐伏、制得其道则易制者，鱼也，民之象也，小人、女子之象也。贪暴而止乎高者，隼也。贪窃而动乎阴者，鼠也。狐，疑也，不果也。牛，顺而强也。羊，很也。羊，前其刚以触者也。鲋，物之在下污而微者也。鸟，飞而止则困者也。雉，文明见乎外者也。豹，文之蔚然者也。虎，文之炳然者也。虎豹刚健，君子大人之象也。虎之搏物，拟而后动，动而有获者也。鹤，洁白以远举，鸣之以时而远闻者也。鸿，进退以时而有序者也。禽，饮井之无择者也。豮，豕之牙能畜其刚而不可犯者也。豕，污秽也。豚，豕之微者也。龟有灵德，潜见以时而不志于养者也。龟，人之所恃以知吉凶者也。龙，天类也，能见，能跃，能飞，能云雨，而变化不测、人不可系而服者也。马，地类也。能行而系乎人，其为物有常者也。鬼，物之无形者也。

几，尊物也，所冯以为安者也。床，安上以止者也。车，载其上以行者也。轮，有运动之材，而非车之全也，可以为车之一器者也。舆，有承载之材，而亦非车之全者也。辐，车舆所以行者也。缶，圆虚以容而应者也。矢，直而利乎行者也。弧，攻远之器也。鼎，成物之器也。铉，所举鼎而行之者也。鼎耳，虚中以受铉者也。瓶，井之上水者也。瓮，井水之已出乎上而受之者也。筐，女所以承实者也。匕鬯，所以事宗庙社稷之器也。樽酒簋贰，祭之约也。贰簋，享之约也。

幽而能正时者，斗也。暮夜者，阴盛之时也。日中者，丰之时也。日昃者，过中当退之时也。昼日者，明进已盛而未至乎中之时也，日中则照天下矣；日以明进，至昼日，其极盛也。甲，仁属也。庚，义属也。月几望，阴盛而不亢也。云，阴上也。雨，阴阳应也。霜，阴刚之微也。坚冰，阴刚而疑阳也。

膏，阳之泽也。血，阴之伤也。汗，出而不反也。肤，柔物之为间而易侵者也。趾，在下而行者也。拇，在下之微而无能为者也。腹，容物者也。颀，上体之见乎外而无能为者也。臀，下体之无能为者也。身，躬己也。项，首之上者也。面，见乎外者也。心，体之主也。限，上下之所同也。夤，上体之接乎限者也。须，柔而附刚者也，阳物之饰也。背，体之不接乎物而止者也。尾，后也。首，先也，上也。足，下也。角，刚之上穷者也。肱，上体之随而附者也。股，下体之随而附者也。腓，趾之上、股之下而体之随而附者也。垂其翼，下也。耳，所听也。

东北，止以近险也。西南，顺以远险也。西南，众也。南，明也。西南，坤之地也。东北，违坤之所也。西，阴所也。东，阳所也。左，下也。右，上也。

载者，载上也。负，后也。负者，下道也；乘者，上道也。载鬼，以鬼为在上也。负涂，以涂为在后也。往，从之也；往，之外也；往，之上也。来，之己也；来，之内也。渝，变其德也。亿，安也。居，不行也。安，以静居也。逐，从求之也。血，去不来也。出自穴，出不去也。复，反而得其所也，反，自外来而复也。见，见彼也。处，不行也。征，进也。盘桓，动未进也。枕，止而安之也。动，方征也。起，方往也。遇，逢而见之也。跻，升也。孕，女之得其配也，以有为而未功也。字，育女之功也。

田，兴事之大者也；弋，兴事之小者也。飞，宜下不宜上者也。且，方然也。或，疑辞也，方也，后也。乃，徐也，方此爻之时未可以然也，要其终则然也。田，平夷著见之地也，非龙之所宜宅也。大川，险也。沙，近险而无难也；泥，则近险而有难也。沛，泽之困乎水者也。穴，阴之宅也。在穴，动物在阴之小者也。渊，龙之宅也。在天，则龙有为之地。陆，高平也。陵，陆之大也。涂，污也。井，泥浊也。谷，下也。井谷，旁出而下流也。鼿卼，乘刚也。石，坚而不动者也。金，刚而趣变者也。玉，温润粹美、刚而不可变者也。干，鸿之在下而不失其宜者也，鸿所宜居者也。桷，木之在上者也。株，木不能庇荫其下者也。磐，进于干而不失其安者也。

甘，物之所美也。苦，物之所恶也。黄，地色也。玄，天色也。黄，中之见乎色者也。白，成色之主也；白，未受饰乎物者也。朱绂，天子饰下者也。赤绂，人臣饰下者也。

泣血，阴之忧也。涕，忧之见乎容貌者也。号、嗟，忧之见乎音声者也；号，甚乎嗟者也。藩，内外之隔也。庐，人所庇也。升虚邑，小而易之也。升阶，平易以有序，以渐升而得位也。伐邑，小之也。伐国，大事也；伐邑，小事也。城，地道上承而外捍也；复于隍，则不上承、不外捍矣。墉，捍外以保内也，自下之高者也。二簋，阴象也。门，阴象也。户，阳象也。《易》曰："犹未离其类也，故称血焉。"《易》象之大概，见于乾坤之说，推而长之，则凡《易》之象可不疑矣。栋，室壁之所恃也。野，空旷也。同人于野，无适莫也。龙战于野，无君臣也。邑，有事之地也，趣时而为之者也。郊，远乎有事之地。次，师旅之安舍也。巷，出门庭而未易道也。自牖，自幽以即明也。

婚媾，内外之合也。邻，比己者也。妻，配也。王母，幽以远也，以父为阳，以母为幽也；以母为近，则王母为远也。妣，以顺配祖者也。臣，以顺承君者也。考，父之有成德之称也。长子，一也；弟子，不一也。仆，卑以顺也。童，未有与也。妇，一乎顺者也。妾，配之不正者。士，未成夫之辞也。女，未成妇之辞也。娣，女归而不得正配者也。

衣，上饰也。袽，所以窒隙也。裳，下之饰也。鞶带，在下体之上而以柔为饰也。袂，体乎衣者也。囊，所以畜物也。茀，所以蔽车也。履，践下而承上也。履，上道也。载，下道也。

不可，甚乎不利也。可，其为利仅也。有凶，不必凶而凶在其中也。有厉，不必厉而厉在其中也。有悔，不必悔而悔在其中也。

【解题】

本文写作时间不详。文章从《乾》、《坤》两卦入手对《易》六十四卦的卦象及有关名词进行说解。

卦 名 解

刚柔始交而难生，动乎险中，故曰"云雷屯"。屯已大亨，则雷雨之动满盈，而为解，故曰“雷雨作，解”，“动而免乎险，解”。山下有险，非险在前也，可往而止焉，必蒙者也，故为蒙。蹇，则险在前者也，险在前则不可以往，故为蹇。《象》曰：“见险而能止，知矣哉。”知者，反乎蒙者也。需，亦险在前也，其不为乾健而进也，非若艮之止也，非坎之所能陷也，待时而进耳，故为需。柔得位而上下应之，小者之畜也；小者畜，则其畜亦小矣，故为小畜。以小而畜大，非柔之中也。柔得位而不中，不中而上下应之，小畜之道也。能止健，大者之畜也；大者畜，则其畜亦大矣，故为大畜。四阳过二阴，而阳得中，故为大过。大过者，大者过也；大者过，则亦事之大过越也。四阴过二阳，而阴得中，故为小过。小过，小者过也；小者过，则亦事之小过越者耳。大有，能有大者也，大者应之也；柔得尊位，大有者也。同人，同乎人者也，柔得位、得中而应乎乾者也。巽而丽乎内，故为家人；止而丽乎外，故为旅。少男长女必惑，山下有风必挠。蛊者，挠惑之名也，为天下之蛊者事也，故为蛊。少女少男，男下女，故为咸。咸者，交感之名也。长男长女，男上女下，故为恒。姤阴遇阳，故为姤。阳终决阴，故为夬。柔履刚，故为履。履，礼也。礼者，以柔履刚者也。刚应顺而以动，故为豫。上下交，故为泰；不交，故为否。以刚中为主而下顺从，故为比。顺而止，故为谦。动而说，故为随。大者在上，故为观。大者壮，故为大壮。刚浸长以临柔，故为临。临者，大临小之名，故曰“临者大也”。柔来文刚，分刚上而文柔，故为贲。柔变刚为剥。剥者，消烂之名也。剥穷上而刚反，故曰复。复者，反而得其所之名也。天下雷行，物应之，故为无妄。雷之感物，物之所以应，无妄者也。刚退，故为遁。明入地中，故为明夷。明者，伤于暗之名也，文王与纣当其象矣。以爻考之，自三以下，周象也；自四以上，殷象也。明出地上，晋，臣进之象卦也。明出地上，则方昼而未至乎中，中则照天下。昼则进之盛而不亢乎王者也。损上益下，主于自损者也。故为益；损下益上，主于自益者也，故为损。乾道成男，坤道成女。凡女卦皆受损者也，凡男卦皆受益者也。损上益下，损下益上，此之谓也。巽乎水而上水，故为井。以木巽火，故为鼎。明以动，故为丰。丰者，光明盛大之卦也。刚上下而实在其间，颐中有物之象也。颐中有物必噬，噬则合矣，故为噬嗑。嗑者，有间而通之之卦也。上险下说，说以行险，故为节。柔在内而刚得中，说而巽，故为中孚。柔亦在内，可谓对矣。中孚者，至诚之卦也；无妄，则不妄而已。一阳陷于二阴，故为坎。坎者，陷也；内明，水象也。一阴丽于二阳，故为离。离，丽也；外明，火象也。水之为物，陷者也；火之为物，丽者也。推此则震、巽、艮、兑可以类知之也。上火下泽，睽。睽者，不合之名也，二女之卦也。火在水上，未济。未济者，有济之道也，男女之卦也。水上火下，男女相逮之卦也，故为既济。泽上火下，二女不相得之卦也，故为革。不相得而相违，革之所以生也。以众行险，故为师。上刚下险，险而健，故为讼。上动而下止，止而动，故为颐。止而动，颐之道也。上说而下顺，故为萃。上巽而下险，险而巽，故为涣。涣者，离散之名也。巽而免乎险，则不蹇不困；下虽险，上巽而不健，则不讼。故为涣而已困，则刚见揜者也，在难中者也，不可以不动矣。蹇，则难在前者也，不可以往而已，故《彖》曰“利西南”也。顺而巽，其进也孰御焉？故为升。止而巽，有止之道，故为渐。归妹者，归女之卦也。妹，少女也；少女为主于内，故曰归妹。归妹，女归之以其时也，故曰“动而说，所以为归妹”也。阳在下，则动而进，故为震。进在阴上，已得其所则止，故为艮。内柔伏，故为巽；外柔见，故为兑。

此其文皆在《系辞》，或《彖》、《系》所不言，以其所言反求其所不言，则知其所以然也。

【解题】

本文写作时间不详。文章根据《易·系辞》和各卦彖词对六十四卦的卦名及各卦间相承关系进行说解。可与《易泛论》参看。

委　任

人主以委任为难，人臣以塞责为重，任之重而责之重可也，任之轻而责之重不可也。愚无他识，请以汉之事明之。高祖之任人也，可以任则任，可以止则止。至于一人之身，才有长短，取其长则不问其短；情有忠伪，信其忠则不疑其伪。其意曰："我以其人长于某事而任之，在它事虽短何害焉？我以其人忠于我心而任之，在它人虽伪何害焉？"故萧何刀笔之吏也，委之关中，无复西顾之忧。陈平亡命之虏也，出捐四万余金，不问出入。韩信轻猾之徒也，与之百万之众而不疑。是三子者，岂素著忠名哉？盖高祖推己之心而置于其心，则它人不能离间而事以济矣。

后世循高祖则鲜有败事，不循则失。故孝文虽爱邓通，犹逞申屠之志；孝武不疑金、霍，终定天下大策。当是时，守文之盛者，二君而已。元、成之后则不然，虽有何武、王嘉、师丹之贤，而胁于外戚竖宦之宠，牵于帷嫱近习之制，是以王道寖微，而不免负谤于天下也。中兴之后，唯世祖能驭大臣，以寇、邓、耿、贾之徒为任职，所以威名不减于高祖。至于为子孙虑则不然，反以元、成之后，三公之任多胁于外戚、竖宦、帷嫱近习之人而致败，由是置三公之任，而事归台阁，以虚尊加之而已。然而台阁之臣，位卑事冗，无所统一，而夺于众多之口，此其为胁外戚、竖宦、帷嫱近习者愈矣。至于治有不进，水旱不时，灾异或起，则曰三公不能燮理阴阳而策免之，甚者至于诛死，岂不痛哉！冲、质之后，桓、灵之间，因循以为故事。虽有李固、陈蕃之贤，皆挫于阉寺之手，其余则希世用事全躯而已，何政治之能立哉？此所谓任轻责重之弊也。

噫！常人之性，有能有不能，有忠有不忠，知其能则任之重可也，谓其忠则委之诚可也。委之诚者人亦输其诚，任之重者人亦荷其重，使上下之诚相照，恩结于其心，是岂禽息鸟视而不知荷恩尽力哉？故曰："不疑于物，物亦诚焉。"且苏秦不信天下，为燕尾生，此一苏秦倾侧数国之间，于秦独以然者，诚燕君厚之之谓也。故人主以狗彘畜人者，人亦狗彘其行，以国士待人者，人亦国士自奋。故曰：常人之性，有能有不能，有忠有不忠，顾人君待之之意何如耳。

【解题】

本文写作时间不详。文章以两汉故事为据，论证了"委之诚者人亦输其诚，任之重者人亦荷其重"的观点。

取　　材

夫工人之为业也，必先淬砺其器用，抡度其材干，然后致力寡而用功得矣。圣人之于国也，必先遴柬其贤能，练核其名实，然后任使逸而事以济矣。故取人之道，世之急务也，自古守文之君，孰不有意于是哉？然其间得人者有之，失士者不能无焉，称职者有之，谬举者不能无焉。必欲得人称职，不失士，不谬举，宜如汉左雄所议诸生试家法、文吏课笺奏为得矣。

所谓文吏者，不徒苟尚文辞而已，必也通古今，习礼法，天文人事，政教更张，然后施之职事，则以详平政体，有大议论使以古今参之是也。所谓诸生者，不独取训习句读而已，必也习典礼，明制度，臣主威仪，时政沿袭，然后施之职事，则以缘饰治道，有大议论则以经术断之是也。

以今准古，今之进士，古之文吏也；今之经学，古之儒生也。然其策进士，则但以章句声病，苟尚文辞，类皆小能者为之；策经学者，徒以记问为能，不责大义，类皆蒙鄙者能之。使通才之人或见赘于时，高世之士或见排于俗。故属文者至相戒曰："涉猎可为也，诬艳可尚也，于政事何为哉？"守经者曰："传写可为也，诵习可勤也，于义理何取哉？"故其父兄勖其子弟，师长勖其门人，相为浮艳之作，以追时好而取世资也，何哉？其取舍好尚如此，所习不得不然也。若此之类，而当擢之职位，历之仕涂，一旦国家有大议论，立辟雍明堂，损益礼制，更著律令，决谳疑狱，彼恶能以详平政体，缘饰治道，以古今参之，以经术断之哉？是必唯唯而已。

文中子曰："文乎文乎，苟作云乎哉？必也贯乎道。学乎学乎，博诵云乎哉？必也济乎义。"故才之不可苟取也久矣，必若差别类能，宜少依汉之笺奏家法之义。策进士者，若曰邦家之大计何先，治人之要务何急，政教之利害何大，安边之计策何出，使之以时务之所宜言之，不直以章句声病累其心。策经学者，宜曰礼乐之损益何宜，天地之变化何如，礼器之制度何尚，各傅经义以对，不独以记问传写为能。然后署之甲乙以升黜之，庶其取舍之鉴灼于目前，是岂恶有用而事无用，辞逸而就劳哉？故学者不习无用之言，则业专而修矣，一心治道，则习贯而入矣，若此之类，施之朝廷，用之牧民，何向而不利哉？其他限年之议，亦无取矣。

【解题】

本文写作时间不详。文章认为，"取人之道，世之急务也"，指出了当今取士之弊，提出"策进士"可以"少依汉之笺奏家法之义"。

进　说

古之时，士之在下者无求于上，上之人日汲汲惟恐一士之失也。古者士之进，有以德，有以才，有以言，有以曲艺。今徒不然，自茂才等而下之至于明法，其进退之皆有法度。古之所谓德者才者，无以为也。古之所谓言者，又未必应今之法度也。诚有豪杰不世出之士，不自进乎此，上之人弗举也。诚进乎此，而不应今之法度，有司弗取也。夫自进乎此，皆所谓枉己者也。孟子曰："未有枉己能正人者也。"然而今之士，不自进乎此者未见也。岂皆不如古之士自重以有耻乎？

古者井天下之地而授之氓。士之未命也，则授一廛而为氓。其父母妻子裕如也。自家达国，有塾，有序，有庠，有学，观游止处，师师友友，弦歌尧、舜之道自乐也。磨砻镌切，沉浸灌养，行完而才备，则曰："上之人其舍我哉？"上之人其亦莫之能舍也。

今也地不井，国不学，党不庠，遂不序，家不塾。士之未命也，则或无以裕父母妻子，无以处。行完而才备，上之人亦莫之举也，士安得而不自进？呜呼！使今之士不若古，非人则然。势也。势之异，圣贤之所以不得同也。孟子不见王公，而孔子为季氏吏，夫不以势乎哉？士之进退，不惟其德与才，而惟今之法度，而有司之好恶，未必今之法度也。是士之进，不惟今之法度，而几在有司之好恶耳。今之有司，非昔之有司也，后之有司，又非今之有司也。有司之好恶岂常哉？是士之进退，果卒无所必而已矣。噫！以言取人，未之失也，取焉而又不得其所谓言，是失之失也，况又重以有司好恶之不可常哉！古之道，其卒不可以见乎？士也有得已之势，其得不已乎？得已而不已，未见其为有道也。

杨叔明之兄弟，以父任皆京官，其势非吾所谓无以处、无以裕父母妻子，而有不得已焉者也。自枉而为进士，而又枉于有司，而又若不释然。二君固常自任以道，而且朋友我矣，惧其犹未寤也，为《进说》与之。

【解题】

本文写作时间不详。文章比较了古今取士之不同，认为当今取士之弊，使士不得“不自进”。

原 过

天有过乎？有之，陵历斗蚀是也。地有过乎？有之，崩弛竭塞是也。天地举有过，卒不累覆且载者何？善复常也。人介乎天地之间，则固不能无过，卒不害圣且贤者何？亦善复常也。故太甲思庸，孔子曰“勿惮改过”，杨雄贵迁善，皆是术也。

予之朋有过而能悔，悔而能改，人则曰：“是向之从事云尔，今从事与向之从事弗类，非其性也，饰表以疑世也。”夫岂知言哉？

天播五行于万灵，人固备而有之。有而不思则失，思而不行则废。一日咎前之非，沛然思而行之，是失而复得，废而复举也。顾曰非其性，是率天下而戕性也。且如人有财，见篡于盗，已而得之，曰：“非夫人之财，向篡于盗矣。”可欤？不可也。财之在己，固不若性之为己有也。财失复得，曰非其财，且不可；性失复得，曰非其性，可乎？

【解题】

本文写作时间不详。文章认为，人皆不能无过，能改则不害其圣且贤，批评了世俗言改过者“非其性也”的说法。

原 教

善教者藏其用，民化上而不知所以教之之源。不善教者反此，民知所以教之之源，而不诚化上之意。

善教者之为教也，致吾义忠，而天下之君臣义且忠矣；致吾孝慈，而天下之父子孝且慈矣；致吾恩于兄弟，而天下之兄弟相为恩矣；致吾礼于夫妇，而天下之夫妇相为礼矣。天下之君君臣臣、父父子子、兄兄弟弟、夫夫妇妇，皆吾教也。民则曰：“我何赖于彼哉?”此谓化上而不知所以教之之源也。

不善教者之为教也，不此之务，而暴为之制，烦为之防，劬劬于法令诰戒之间，藏于府，宪于市，属民于鄙野，必曰臣而臣，君而君，子而子，父而父，兄弟者无失其为兄弟也，夫妇者无失其为夫妇也，率是也有赏，不然则罪。乡闾之师，族酂之长，疏者时读，密者月告，若是其悉矣。顾有不服教而附于刑者，于是嘉石以惭之，圜土以苦之，甚者弃之于市朝，放之于裔末，卒不可以已也。此谓民知所以教之之源，而不诚化上之意也。

善教者浃于民心，而耳目无闻焉，以道扰民者也。不善教者施于民之耳目，而求浃于心，以道强民者也。扰之为言，犹山薮之扰毛羽，川泽之扰鳞介也，岂有制哉？自然然耳。强之为言，其犹囿毛羽、沼鳞介乎，一失其制，脱然逝矣。噫！古之所以为古，无异焉，由前而已矣；今之所以不为古，无异焉，由后而已矣。

或曰：“法令诰戒不足以为教乎?”曰：“法令诰戒，文也，吾云尔者，本也。失其本，求之文，吾不知其可也。”

【解题】

本文写作时间不详。文章通过对“善教者”与“不善教者”的对比，揭示了“教”的特点。

河图洛书义

孔子曰：“河出图，洛出书，圣人则之。”图必出于河而洛不谓之图，书必出于洛而河不谓之书者，我知之矣。图以示天道，书以示人道故也。盖通于天者河，而图者以象言也。成象之谓天，故使龙负之，而其出在于河；龙善变，而尚变者天道也。中于地者洛，而书者以法言也。效法之谓人，故使龟负之，而其出必于洛；龟善占，而尚占者人道也。此天地自然之意，而圣人于《易》所以则之者也。

【解题】

本文写作时间不详。文章分析了河之所以出图、洛之所以出书的原因，认为是“天地自然之意”。

周南诗次解

王者之治，始之于家，家之序，本于夫妇正，夫妇正者，在求有德之淑女为后妃以配君子也，故始之以《关雎》。夫淑女所以有德者，其在家本于女工之事也，故次以《葛覃》。有女功之本，而后妃之职尽矣，则当辅佐君子求贤审官，求贤审官者，非所能专，有志而已，故次之以《卷耳》。有求贤审官之志以助治其外，则于其内治也，其能有嫉妒而不逮下乎，故次之以《樛木》。无嫉妒而逮下，则子孙众多，故次之以《螽斯》。子孙众多，由其不妒忌，则致国之妇人亦化其上，则男女正，婚姻时，国无鳏民也，故次之以《桃夭》。国无鳏民，然后好德贤人众多，故次之以《兔罝》。好德贤人众多，是以室家和平，而妇人乐有子，则后妃之美具矣，故次之以《芣苢》。后妃至于国之妇人乐有子者，由文王之化行，使南国江汉之人无思犯礼，此德之广也，故次之以《汉广》。德之所及者广，则化行乎汝坟之国，能使妇人闵其君子而勉之以正，故次之以《汝坟》。妇人能勉君子以正，则天下无犯非礼，虽衰世公子皆能信厚，此《关雎》

之应也，故次之以《麟之趾》焉。

【解题】

本文写作时间不详。文章对《诗经·周南》各诗的排列顺序作了具体分析，提出了自己的看法。

大人论

孟子曰：“充实而有光辉之谓大，大而化之之谓圣，圣而不可知之之谓神。”夫此三者皆圣人之名，而所以称之之不同者，所指异也。由其道而言谓之神，由其德而言谓之圣，由其事业而言谓之大人。古之圣人，其道未尝不入于神，而其所称止乎圣人者，以其道存乎虚无寂寞不可见之间。苟存乎人，则所谓德也。是以人之道虽神，而不得以神自名，名乎其德而已。夫神虽至矣，不圣则不显，圣虽显矣，不大则不形，故曰此三者皆圣人之名，而所以称之之不同者，所指异也。

《易》曰：“蓍之德圆而神，卦之德方以智。”夫《易》之为书，圣人之道于是乎尽矣，而称卦以智不称以神者，以其存乎爻也。存乎爻，则道之用见于器，而刚柔有所定之矣。刚柔有所定之，则非其所谓化也。且《易》之道，于《乾》为至，而《乾》之盛，莫盛于二五，而二五之辞皆称“利见大人”，言二爻之相求也。夫二爻之道，岂不至于神矣乎？而止称大人者，则所谓见于器而刚柔有所定尔。盖刚柔有所定，则圣人之事业也；称其事业以大人，则其道之为神、德之为圣可知也。

孔子曰：“显诸仁，藏诸用，鼓万物而不与圣人同忧，盛德大业至矣哉。”此言神之所为也。神之所为，虽至而无所见于天下。仁而后著，用而后功，圣人以此洗心，退藏于密。及其仁济万物而不穷，用通万世而不倦也，则所谓圣矣。故神之所为，当在于盛德大业。德则所谓圣，业则所谓大也。世盖有自为之道而未尝知此者，以为德业之卑不足以为道，道之至在于神耳，于是弃德业而不为。夫为君子者皆弃德业而不为，则万物何以得其生乎？故孔子称神而卒之以德业之至，以明其不可弃。盖神之用在乎德业之间，则德业之至可知矣。故曰神非圣则不显，圣非大则不形。此天地之全，古人之大体也。

【解题】

本文写作时间不详。文章认为“大人”、“圣”、“神”，皆圣人之名，只是从不同的角度指称而已，并分析了用这样指称的原因。

致　一　论

万物莫不有至理焉，能精其理则圣人也。精其理之道，在乎致其一而已。致其一，则天下之物可以不思而得也。《易》曰“一致而百虑”，言百虑之归乎一也。苟能致一以精天下之理，则可以入神矣。既入于神，则道之至也。夫如是，则无思无为寂然不动之时也。虽然，天下之事固有可思可为者，则岂可以不通其故哉？此圣人之所以又贵乎能致用者也。

致用之效，始见乎安身。盖天下之物，莫亲乎吾之身，能利其用以安吾之身，则无所往而不济也。无所往而不济，则德其有不崇哉？故《易》曰“精义入神以致用，利用安身以崇德”，此道之序也。孔子既已语道之序矣，患乎学者之未明也，于是又取于爻以喻焉。非其所困而困，非其所据而据，不耻不仁，不畏不义，以小善为无益，以小恶为无伤，凡此皆非所以安身、崇德也。苟欲安其身，崇其德，莫若藏器于身，待时而后动也。故君子举是两端以明夫安身、崇德之道，盖身之安不安，德之崇不崇，莫不由此两端而已。身既安，德既崇，则可以致用于天下之时也。致用于天下者，莫善乎治不忘乱，安不忘危；莫不善乎德薄而位尊，智小而谋大。孔子之举此两端，又以明夫致用之道也，盖用有利不利者，亦莫不由此两端而已。

夫身安德崇而又能致用于天下，则其事业可谓备也。事业备而神有未穷者，则又当学以穷神焉。能穷神，则知微知彰，知柔知刚。夫于微彰刚柔之际皆有以知之，则道何以复加哉？圣人知道，至于是而已也。且以颜子之贤而未足以及之，则岂非道之至乎？圣人之学至于此，则其视天下之理皆致乎一矣。天下之理皆致乎一，则莫能以惑其心也。故孔子取《损》之辞以明致一之道曰："三人行则损一人，一人行则得其友也。"夫危以动、惧以语者，岂有它哉，不能致一以精天下之理故也。故孔子举《益》之辞以戒曰："立心勿恒，凶。"勿恒者，盖不一也。

呜呼，语道之序，则先精义而后崇德，及喻人以修之之道，则先崇德而后精义，盖道之序则自精而至粗，学之之道则自粗而至精，此不易之理也。夫不能精天下之义，则不能入神矣；不能入神，则天下之义亦不可得而精也。犹之人身之于崇德也，身不安则不能崇德矣；不能崇德，则身岂能安乎？凡此宜若一，而必两言之者，语其序而已也。

【解题】

本文写作时间不详。文章认为"万物"皆有至理，而通其理之道在于"致其一"，"致其一，则天下之物可以不思而得也"。

九卦论

处困之道，君子之所难也，非夫智足以穷理、仁足以尽性、内有以固其德而外有以应其变者，其孰能无患哉？古之人有极天下之困而其心能不累、其行能不移、患至而不伤其身、事起而不疑其变者，盖有以处之也。处之之道，圣人尝言之矣。《易》曰“履以和行，谦以制礼，复以自知，恒以一德，损以远害，益以兴利，困以寡怨，井以辨义，巽以行权”，此其处之之道也。夫君子之学，至于是则备矣，宜其通于天下也，然而犹困焉者，非吾行之过也，时有利不利也。盖古之所谓困者，非谓夫其行自困者，谓夫行足以通而困于命者耳。盖于此九卦者，智有所不能明，仁有所不能守，则其困也，非所谓困，而其处困也疏矣。夫惟深于此九者而能果以行之者，则其通也宜，而其困也有以处之，惟其学之之素也。

且君子之行大矣，而待礼以和，仁义为之内，而和之以礼，则行之成也。而礼之实存乎谦。谦者，礼之所自起；礼者，行之所自成也。故君子不可以不知履，欲知履，不可以不知谦。夫礼，虽发乎其心而其文著乎外者也。君子知礼而已，则溺乎其文而失乎其实，忘性命之本而莫能自复矣。故礼之弊，必复乎本，而后可以无患，故君子不可以不知复。虽复乎其本，而不能常其德以自固，则有时而失之矣，故君子不可以不知恒。虽能久其德，而天下事物之变相代乎吾之前，如吾知恒而已，则吾之行有时而不可通矣，是必度其变而时有损益而后可，故君子不可以不知损益。

夫学如此其至，德如此其备，则宜乎其通也，然而犹困焉者，则向所谓困于命者也。困于命，则动而见病之时也，则其事物之变尤众，而吾之所以处之者尤难矣，然则其行尤贵于达事之宜而适时之变也。故辨义行权，然后能以穷通。而井者，所以辨义；巽者，所以行权也。故君子之学至乎井巽而大备，而后足以自通乎困之时。孔子曰：“作《易》者其有忧患乎？”谓其言之足以自通乎困之时也。呜呼，后世之人一困于时，则忧思其心而失其故行，然卒至于不能自存也。是岂有他哉，不知夫九者之义故也。

【解题】

本文写作时间不详。文章认为，通九卦之义，“其通也宜，而其困也有以处之”，“足以自通乎困之时也”。

国风解

《周南》、《召南》者，文王之诗。曰：言文王之化被民深，则诗人歌者其志远，以见圣人之风，而属之周公，故为《周南》也；言文王之教化人浅，则诗人歌者其志近，以见贤人之风，而属之召公，故为《召南》也。然其诗则文王，其事则后妃、夫人，不言美。而《甘棠》美召伯，《江有汜》美媵，《何彼襛矣》美王姬，而皆言美者，盖召伯也、媵也、王姬也，各主于一人而美之也，若后妃、夫人，则皆文王教化之所致，其美不足以为言也。故先以《周南》，而《召南》次之也。

《邶》、《鄘》、《卫》，皆卫诗。三国本商纣之地，而武王伐纣，裂其地以封纣子武庚并管、蔡者，及其叛而周公诛之，乃以余民封康叔。而后之刺美其君者，三国之人咸有所赋，是以分《邶》、《鄘》、《卫》焉。故《邶》、《鄘》之诗序必曰卫者，以别其《卫》诗尔，至于《卫》则无所言卫矣。有《凯风》、《定之方中》、《干旄》、《淇澳》、《木瓜》以美文公、桓公、武公，而《凯风》、《木瓜》虽非其君，然国之淫风流行而有尽孝道以慰其母心之子，国为狄人所灭而有救而封之之齐桓公，则所以美之者，其君亦与焉，故次《召南》也。

《王》者，周也。自平王东迁，其后政不足以及天下，而止于一国，于是为《风》而不《雅》矣。不言周者，盖平、桓、庄王德之不修，政之不讲，非周之罪也，故次《卫》也。

《郑》有《缁衣》，武公之美，而次于《王》后者，盖王之皆刺而不能加于多美之诸侯者，天下之公义也。若诸侯之少美矣，虽王之皆刺而不足以胜之，岂非君与臣善恶不相远，则君得以先其臣，而理所可也，故次《王》也。

《齐》皆刺也，然有《木瓜》美桓公系于《卫》诗之末，故次《郑》也。

《魏》皆刺也，而无所主名，言为魏之君者皆甚恶尔。夫序《诗》者，岂以一端而已。皆美而无所主名则先之，好其善之盛也，《周南》是也；皆刺而无所主名则先之，丑其恶之极也，《魏》是也，故次《齐》也。

《唐》本晋诗，而美武公者《无衣》也，然武公始并晋国，而大夫为之请命于天子之使而作是诗也。夫不请命于天子，虽云美而君子所不与，犹若武公无美焉尔。或曰："鲁之有《颂》，亦请命于周，乃列于《周》、《商》之间，而于此诎晋何也?"曰：鲁请于天子，而史克作《颂》，与夫请天子之使而为之者异矣，弟贤于无美者也，故次《魏》也。

《秦》之《车邻》，美秦仲，《驷驖》、《小戎》美襄公，虽贤于唐，然本西垂，秦仲始大，至于襄公方列于诸侯，故次《唐》也。

《陈》，皆刺也，而所刺主于幽公、僖公之徒，言其余君或不至于是，然刺诗多矣，故次《秦》也。

《桧》，皆刺也，而无所主名，犹《魏》也，故次《陈》也。

《曹》，皆刺也，然所刺止于昭公、共公，犹《陈》也，故次《桧》也。

《豳·七月》，周公摄政之诗也，所美见于《东山》、《破斧》、《伐柯》、《九罭》、《狼跋》也。其《七月》陈王业，《鸱鸮》以遗王者，皆公所自为，故不言美也。然名之以《雅》，则公非王也，次之以《周南》，则公非诸侯，因其陈王业、先公之所由，乃以属于《豳》也。不属于《周》者，周，王国也，周公何所系焉？所以居《小雅》之前，而处《变风》之后，故次《豳》也。

或曰：“《国风》之次，学士大夫辨之多矣，然世儒犹以为惑，今子独刺美序之，何也？”曰：“昔者圣人之于《诗》，既取其合于礼义之言以为经，又以序天子诸侯之善恶而垂万世之法，其视天子诸侯，位虽有殊，语其善恶则同而已矣。故余言之甚详，而十有五国之序不无微意也。呜呼，惟其序善恶以示万世，不以尊卑小大之为后先，而取礼之言以为经，此所以乱臣贼子知惧而天下劝焉！”

【解题】

本文写作时间不详。文章以“刺美”为据，对《诗经》十五国风的排列顺序进行说解，提出了自己的看法。

礼　论

呜呼，荀卿之不知礼也！其言曰“圣人化性而起伪”，吾是以知其不知礼也。知礼者贵乎知礼之意，而荀卿盛称其法度节奏之美，至于言化，则以为伪也，亦乌知礼之意哉？故礼始于天而成于人，知天而不知人则野，知人而不知天则伪。圣人恶其野而疾其伪，以是礼兴焉。今荀卿以谓圣人之化性为起伪，则是不知天之过也。然彼亦有见而云尔。凡为礼者，必诎其放傲之心，逆其嗜欲之性。莫不欲逸，而为尊者劳；莫不欲得，而为长者让；擎跽曲拳以见其恭。夫民之于此，岂皆有乐之之心哉？患上之恶己，而随之以刑也，故荀卿以为特劫之法度之威，而为之于外尔，此亦不思之过也。

夫斫木而为之器，服马而为之驾，此非生而能者也，故必削之以斧斤，直之以绳墨，圆之以规，而方之以矩，束联胶漆之，而后器适于用焉。前之以衔勒之制，后之以鞭策之威，驰骤舒疾，无得自放，而一听于人，而后马适于驾焉。由是观之，莫不劫之于外而服之以力者也。然圣人舍木而不为器，舍马而不为驾者，固亦因其天资之材也。今人生而有严父爱母之心，圣人因其性之欲而为之制焉，故其制虽有以强人，而乃以顺其性之欲也。圣人苟不为之礼，则天下盖将有慢其父而疾其母者矣，此亦可谓失其性也。得性者以为伪，则失其性者乃可以为真乎？此荀卿之所以为不思也。

夫狙猿之形非不若人也，欲绳之以尊卑而节之以揖让，则彼有趋于深山大麓而走耳，虽畏之以威而驯之以化，其可服邪？以谓天性无是而可以化之使伪耶，则狙猿亦可使为礼矣。故曰礼始于天而成于人。天则无是，而人欲为之者，举天下之物，吾盖未之见也。

【解题】

本文写作时间不详。文章运用譬况等多种手法论证了“礼始于天而成于人”。

二　记叙

扬州新园亭记

诸侯宫室台榭，讲军实，容俎豆，各有制度。扬古今大都，方伯所治处，制度狭庳，军实不讲，俎豆无以容，不以逼诸侯哉。宋公至自丞相府，化清事省，喟然有意其图之也。今太常刁君实集其意，会公去镇郓，君即而考之，占府乾隅，夷茀而基，因城而垣，并垣而沟，周六百步，竹万箇覆其上。故高亭在垣东南，循而西三十轨，作堂曰爱思，道僚吏之不忘宋公也。堂南北乡，袤八筵，广六筵，直北为射埒，列树八百本，以翼其旁，宾至而享，吏休而宴，于是乎在。又循而西十有二轨，作亭曰隶武，南北乡，袤四筵，广如之，埒如堂，列树以乡，岁时教士战射坐作之法，于是乎在。始庆历二年十二月某日，凡若干日卒功云。初，宋公之政务，不烦其民，是役也，力出于兵，材赀于宫之饶，地瞰于公宫之隙，成公志也。噫！扬之物与监，东南所规仰，天子宰相所垂意，而选继乎宜有若宋公者，丞乎宜有若刁君者。金石可弊，此无废已。庆历三年四月某日，临川王某记。

【解题】

本文作于仁宗庆历三年（1043）。文章记叙了扬州“新园亭”之兴建与体制。

鄞县经游记

庆历七年十一月丁丑余自县出，属民使浚渠川，至万灵乡之左界，宿慈福院。戊寅，升鸡山，观碶凿石，遂入育王山，宿广利寺，雨不止。辛巳，下灵岩，浮石湫之壑以望海，而谋作斗门于海滨，宿灵岩之旌教院。癸未，至芦江，临决渠之口，转以入于瑞岩之开善院，遂宿。甲申，游天童山，宿景德寺。质明，与其长老瑞新上石望玲珑岩，须猿吟者久之，而还食寺之西堂，遂行，至东吴，具舟以西。质明，泊舟堰下，食大梅山之保福寺庄，过五峰，行十里许，复以西，至小溪以夜中。质明，观新渠及洪水湾，还食普宁。日下昃，如林村。夜未中，至资寿院。质明，戒桃源、清道二乡之民以其事。凡东西十有四乡，乡之民毕已受事，而余遂归云。

【解题】

本文作于仁宗庆历七年（1047）。是年，王安石出任鄞县知县。他一赴任，便下乡巡查，走访东西十四乡，督办水利。

抚州招仙观记

招仙观在安仁郭西四十里，始作者与其岁月，予不知也。祥符中常废，废四五十年，而道士全自明以医游其邑，邑之疾病者赖以治，而皆忧其去。人相与言州，出材力，因废基筑宫而留之。全与其从者一人为留，而观复兴。全识予舅氏，而因舅氏以乞予书其复兴之岁月。夫宫室器械衣裳饮食凡所以生之具，须人而后具，而人不须吾以足，惟浮图、道士为然。而全之为道士，人须之而不可以已也，其所以养于人也，视其党可以无愧矣。予为之书，其亦可以无愧焉，故为之书。庆历七年七月，复兴之岁月也。

【解题】

本文作于仁宗庆历七年（1047）。文章记叙了招仙观之重建与作本文之原由。

明州新修刻漏铭

戊子王公，始治于明。丁亥孟冬，刻漏具成。追谓属人，嗟汝予铭。自古在昔，挈壶有职。匪器则弊，人亡政息。其政谓何，弗棘弗迟。君子小人，兴息维时。东方未明，自公召之。彼宁不勤，得罪于时。厥荒懈废，乃政之疵。呜呼有州，谨哉维兹，维兹其中，俾我后思。

【解题】

本文作于仁宗庆历七年（1047）。是年，王安石充明州鄞县知县，为州之新修刻漏作此铭记。

越州余姚县海塘记

自云柯而南，至于某，有堤若干尺，截然令海水之潮汐不得冒其旁田者，知县事谢君为之也。始堤之成，谢君以书属予记其成之始，曰："使来者有考焉，得卒任完之以不隳。"谢君者，阳夏人也，字师厚，景初其名也。其先以文学称天下，而连世为贵人，至君遂以文学世其家。其为县，不以材自负而忽其民之急。方作堤时，岁丁亥十一月也，能亲以身当风霜氛雾之毒，以勉民作而除其灾，又能令其民翕然皆劝趋之，而忘其役之劳，遂不逾时，以有成功。其仁民之心，效见于事如此，亦可以已，而犹自以为未也，又思有以告后之人，令嗣续而完之，以求其存。善夫！仁人长虑却顾图民之灾，如此其至，其不可以无传。而后之君子考其传，得其所以为，其亦不可以无思。

而异时予尝以事至余姚，而君过予，与予从容言天下之事。君曰："道之阏大隐密，圣人之所独鼓万物以然而皆莫知其所以然者，盖有所难知也。其治政教令施为之详，凡与人共，而尤丁宁以急者，其易知较然者也。通涂川，治田桑，为之堤防沟浍渠川以御水旱之灾，而兴学校，属其民人相与习礼乐其中，以化服之，此其尤丁宁以急，而较然易知者也。今世吏者，其愚也固不知所为，而其所谓能者，务出奇为声威，以惊世震俗，至或尽其力以事刀笔簿书之间而已，而反以谓古所为尤丁宁以急者，吾不暇以为，吾曾为之，而曾不足以为之，万有一人为之，且不足以名于世而见其材。嘻！其可叹也。夫为天下国家且百年，而胜残去杀之效，则犹未也，其不出于此乎？"予良以其言为然。既而闻君之为其县，至则为桥于江，治学者以教养县人之子弟，既又有堤之役，于是又信其言之行而不予欺也已。为之书其堤事，因并书其言终始而存之以告后之人。庆历八年七月日记。

【解题】

本文作于仁宗庆历八年（1048）。文章题为"海塘记"，主要篇幅却用来叙述作者与筹建海塘的谢景初"从容言天下之事"。

伍子胥庙记

予观子胥出死亡逋窜之中，以客寄之一身，卒以说吴，折不测之楚，仇执耻雪，名震天下，岂不壮哉！及其危疑之际，能自慷慨不顾万死，毕谏于所事，此其志与夫自恕以偷一时之利者异也。孔子论古之士大夫，若管夷吾、臧武仲之属，苟志于善而有补于当世者，咸不废也。然则子胥之义又曷可少耶？

康定二年，予过所谓胥山者，周行庙庭，叹吴亡千有余年。事之兴坏废革者不可胜数，独子胥之祠不徙不绝，何其盛也！岂独神之事吴之所兴，盖亦子胥之节有以动后世，而爱尤在于吴也。后九年，乐安蒋公为杭使，其州人力而新之，余与为铭也。

烈烈子胥，发节穷逋。遂为册臣，奋不图躯。谏合谋行，隆隆之吴。厥废不遂，邑都俄墟。以智死昏，忠则有余。胥山之巅，殿屋渠渠。千载之祠，如祠之初。孰作新之，民劝而趋。维忠肆怀，维孝肆孚。我铭祠庭，示后不诬。

【解题】

本文作于仁宗皇祐二年（1050）。作者嘉子胥之志、之节，为新修之伍子胥庙作记、作铭。

抚州祥符观三清殿记

临川之州城横溪上。西出，出城之上，有宫岿然，溪之沄沄，流过其下，东南之山，皆在其门户窗牖之间者，曰祥符观。观之中有屋四注，深五十五尺，广七十二尺，升之高，居深十八分之一，楹二十有四，门两夹窗，中象三，旁象二十有六者，曰三清殿。用其师之说以动人，而能有此者，曰道士黎自新。出其力以归于道士之说，而卒成此者，曰里之人邓佺。佺之子表，故尝与予游，予之归，表语其父之事，而乞予文，予不能拒也。夫用其师之说以动人者，道士也，予力顾出道士下，复何云哉。皇祐二年五月二十五日。

【解题】

本文作于仁宗皇祐二年（1050）。文章详细叙述了祥符观三清殿之规模及写作本文的缘由。

信州兴造记

晋陵张公治信之明年，皇祐二年也，奸强帖柔，隐诎发舒，既政大行，民以宁息。夏六月乙亥，大水。公徙囚于高岳，命百隶戒，不共有常诛。夜漏半，水破城，灭府寺，包人民庐居。公趋谯门，坐其下，敕吏士以桴收民，鳏寡孤老癃与所徙之囚，咸得不死。

丙子，水降。公从宾佐按行隐度，符县调富民水之所不至者夫钱户七百八十，收佛寺之积材一千一百三十二。不足，则前此公所命富民出粟以赒贫民者三十三人，自言曰："食新矣，赒可以已，愿输粟直以佐材费。"于是募人城水之所入，垣郡府之缺，考监军之室，立司理之狱。营州之西北亢爽之墟，以宅屯驻之师，除其故营，以时教士刺伐坐作之法，故所无也。作驿曰饶阳，作宅曰回车。筑二亭于南门之外，左曰仁，右曰智，山水之所附也。梁四十有二，舟于两亭之间，以通车徒之道。筑一亭于州门之左，日宴月吉，所以属宾也。凡为城垣九千尺，为屋八。以楹数之，得五百五十二。自七月甲午，卒九月丙戌，为日五十二，为夫一万一千四百二十五。中家以下，见城郭室屋之完，而不知材之所出，见徒之合散，而不见役使之及己。凡故之所有必具，其无也，乃今有之。公所以救灾补败之政如此，其贤于世吏则远矣。

今州县之灾相属，民未病灾也，且有治灾之政出焉。施舍之不适，裒取之不中，元奸宿豪舞手以乘民，而民始病。病矣，吏乃始謷然自德，民相与诽且笑而不知也。吏而不知为政，其重困民多如此。此予所以哀民，而闵吏之不学也。由是而言，则为公之民，不幸而遇害灾，其亦庶乎无憾矣。某月某日临川王某记。

【解题】

本文作于仁宗皇祐二年（1050）。文章叙述了信州遭水灾后复兴，并盛赞治此州之张公“救灾补败之政如此，其贤于世吏则远矣”。

芝阁记

祥符时，封泰山以文天下之平，四方以芝来告者万数。其大吏，则天子赐书以宠嘉之，小吏若民，辄锡金帛。方是时，希世有力之大臣，穷搜而远采，山农野老，攀缘狙杙，以上至不测之高，下至涧溪壑谷，分崩裂绝，幽穷隐伏，人迹之所不通，往往求焉。而芝出于九州、四海之间，盖几于尽矣。

至今上即位，谦让不德。自大臣不敢言封禅，诏有司以祥瑞告者皆勿纳，于是神奇之产，销藏委翳于蒿藜榛莽之间，而山农野老不复知其为瑞也。则知因一时之好恶，而能成天下之风俗，况于行先王之治哉？

太丘陈君学文而好奇。芝生于庭，能识其为芝，惜其可献而莫售也，故阁于其居之东偏，掇取而藏之。盖其好奇如此。噫！芝一也，或贵于天子，或贵于士，或辱于凡民，夫岂不以时乎哉？士之有道，固不役志于贵贱，而卒所以贵贱者，何以异哉？此予之所以叹也。皇祐五年十月日记。

【解题】

本文作于仁宗皇祐五年（1053）。文章从芝在祥符时贵于天子，而在仁宗时则辱于凡民写起，感叹有道之士“卒所以贵贱”

与芝一样，取决于时。

通州海门兴利记

余读豳诗，以其妇子，“馌彼南亩，田畯至喜。”嗟乎！豳之人帅其家人戮力以听吏，吏推其意以相民，何其至也。夫喜者非自外至，乃其中心固有以然也。既叹其吏之能民，又思其君之所以待吏，则亦欲善之心出于至诚而已，盖不独法度有以驱之也。以赏罚用天下，而先王之俗废。有士于此，能以豳之吏自为，而不苟于其民，岂非所谓有志者邪？

以余所闻，吴兴沈君兴宗海门之政，可谓有志矣。既堤北海七十里以除水患，遂大浚渠川，酾取江南，以灌义宁等数乡之田。方是时，民之垫于海，呻吟者相属。君至，则宽禁缓求，以集流亡。少焉，诱起之以就功，莫不蹶蹶然奋其忿而来也。由是观之，苟诚爱民而有以利之，虽创残穷敝之余，可勉而用也，况于力足者乎？

兴宗好学知方，竟其学，又将有大者焉，此何足以尽吾沈君之才，抑可以观其志矣。而论者或以一邑之善不足书文，今天下之邑多矣，其能有以遗其民而不愧于豳之吏者，果多乎？不多，则予不欲使其无传也。至和元年六月六日，临川王某记。

【解题】

本文作于仁宗至和元年（1054）。王安石作此文，意在劝诫其时为官为吏者，以爱民为心。

游褒禅山记

褒禅山亦谓之华山，唐浮图慧褒始舍于其址，而卒葬之，以故其后名之曰褒禅。今所谓慧空禅院者，褒之庐冢也。距其院东五里，所谓华山洞者，以其乃华山之阳名之也。距洞百余步有碑仆道，其文漫灭，独其为文犹可识，曰花山。今言“华”如“华实”之“华”者，盖音谬也。其下平旷，有泉侧出，而记游者甚众，所谓前洞也。由山以上五六里，有穴窈然，入之甚寒。问其深，则其好游者不能穷也，谓之后洞。余与四人拥火以入，入之愈深，其进愈难，而其见愈奇。有怠而欲出者，曰：“不出，火且尽。”遂与之俱出。盖予所至，比好游者尚不能十一，然视其左右，来而记之者已少。盖其又深，则其至又加少矣。方是时，予之力尚足以入，火尚足以明也。既其出，则或咎其欲出者，而予亦悔其随之，而不得极夫游之乐也。

于是予有叹焉。古之人观于天地、山川、草木、虫鱼、鸟兽，往往有得，以其求思之深，而无不在也。夫夷以近，则游者众；险以远，则至者少。而世之奇伟瑰怪非常之观，常在于险远，而人之所罕至焉。故非有志者，不能至也。有志矣，不随以止也，然力不足者，亦不能至也。有志与力而又不随以怠，至于幽暗昏惑，而无物以相之，亦不能至也。然力足以至焉，于人可为讥，而在己为有悔。尽吾志也而不能至者，可以无悔矣，其孰能讥之乎？此予之所得也。余于仆碑，又以悲夫古书之不存，后世之谬其传而莫能名者，何可胜道也哉！此所以学者不可以不深思而慎取之也。

四人者：庐陵萧君圭君玉、长乐王回深父，余弟安国平父、安上纯父。至和元年七月某日，临川王某记。

【解题】

本文作于仁宗至和元年（1054）。这是一篇说理性游记，先写游山经过，然后抒发感慨，由实到虚。

桂州新城记

依智高反南方，出入十有二州，而十有二州之守吏，或死或不死，而无一人能守其州者，岂其才皆不足欤？盖夫城郭之不设，兵甲之不戒，虽有智勇，犹不能胜一日之变也。唯天子亦以为任其罪者非独吏，故特推恩褒广死节，而一切贷其失职。于是遂推选士大夫所论以为能者，付之经略，而今尚书工部郎中余公靖当广西焉。

寇平之明年，蛮越接和，乃大城桂州。其木、甓、瓦、石之材，以枚数之，至四百万有奇。用人之力，以工数之，至二十余万。凡所以守之具，无一求而不给者焉。以至和元年八月始作，而以二年之六月成。夫其为役亦大矣，盖公之信于民也久，而费之欲以卫其材，劳之欲以休其力，以故为是有大费与大劳，而人莫或以为勤也。

古者君臣、父子、夫妇、兄弟、朋友之礼失，则夷狄横而窥中国。方是时，中国非无城郭也，卒于陵夷、毁顿、陷灭而不救。然则城郭者，先王有之，而非所以恃为存也。及至喟然觉寤，兴起旧政，则城郭之修也，又尝不敢以为后。盖有其患而图之无其具，有其具而守之非其人，有其人而治之非其法，能以久存而无败者，未之闻也。故文王之起也，有四夷之难，则城于朔方，而以南仲；宣王之起也，有诸侯之患，则城于东方，而以仲山甫。此二臣之德，协于其君，于其为国之本末与其所先后，可谓知之矣。虑之以悄悄之劳，而发之以赫赫之名，承之以翼翼之勤，而续之以明明之功，卒所以攘夷狄，而中国以全安者，盖其君臣如此，而守卫之有其具也。

今余公亦以文武之材，当明天子承平日久，欲补弊立废之时，镇抚一方，修扞其民，其勤于今，与周之有南仲、仲山甫盖等矣，是宜有纪也。故其将吏相与谋而来取文，将镂之城隅，而以告后之人焉。

【解题】

本文作于仁宗嘉祐元年（1056）。文章叙述了侬智高之乱平定后，余公兴建桂州城之经过，并比之于南仲、仲山甫。

度支副使厅壁题名记

三司副使，不书前人名姓。嘉祐五年，尚书户部员外郎吕君冲之，始问之众吏，而自李纮已上至查道，得其名；自杨偕以上，得其官；自郭劝已下，又得其在事之岁时。于是书石而镵之东壁。

夫合天下之众者财，理天下之财者法，守天下之法者吏也。吏不良，则有法而莫守；法不善，则有财而莫理。有财而莫理，则阡陌闾巷之贱人，皆能私取予之势，擅万物之利，以与人主争黔首，而放其无穷之欲，非必贵强桀大而后能。如是而天子犹为不失其民者，盖特号而已耳。虽欲食蔬衣弊，憔悴其身，愁思其心，以幸天下之给足，而安吾政，吾知其犹不行也。然则善吾法，而择吏以守之，以理天下之财，虽上古尧、舜犹不能毋以此为先急，而况于后世之纷纷乎？

三司副使，方今之大吏，朝廷所以尊宠之甚备。盖今理财之法，有不善者，其势皆得以议于上而改为之。非特当守成法，吝出入，以从有司之事而已。其职事如此，则其人之贤不肖，利害施于天下如何也！观其人，以其在事之岁时，以求其政事之见于今者，而考其所以佐上理财之方，则其人之贤不肖，与世之治否，吾可以坐而得矣。此盖吕君之志也。

【解题】

本文作于仁宗嘉祐五年（1060）。三司副使是朝廷专管理财之法之大官，其贤与不肖，利害关乎天下。王安石对朝廷理财之法十分在意，其变法之“青苗法”、“均输法”，均属此类。文章行文严谨、简洁。

城陂院兴造记

灵谷者，吾州之名山，卫尉府君之所葬也。山之水东出而北折，以合于城陂。陂上有屋，曰城陂院者，僧法冲居之，而王氏诸父子之来视墓者，退辄休于此。当庆历之甲申，法冲始传其毁而有之。至嘉祐之戊戌，而自门至于寝，浮图之所宜有者，新作之皆具。乃聚其徒而谋曰：“自吾与尔有此屋，取材于山，取食于田，而又推其余以致所无，然犹不足以完也，而又取货力于邑人以助，盖为之以八年而后吾志就，其勤如此，不可无记。惟王氏世与吾接，而卫尉府君之葬于此也，试往请焉，宜肯。”于是徒相与砻石于庭，而使来以请。

【解题】

本文作于仁宗嘉祐年间。城陂院乃灵谷山上一处寺院，文章记叙了该院之兴废与作记之由来。

虔州学记

虔于江南地最旷，大山长谷，荒翳险阻，交、广、闽、越铜盐之贩，道所出入，椎埋、盗夺、鼓铸之奸，视天下为多。庆历中，尝诏立学州县，虔亦应诏，而卑陋褊迫不足为美观。州人欲合私财迁而大之久矣。然吏尝力屈于听狱，而不暇顾此，凡二十一年，而后改筑于州所治之东南，以从州人之愿。盖经始于治平元年二月，提点刑狱宋城蔡侯行州事之时，而考之以十月者，知州事钱塘元侯也。二侯皆天下所谓才吏，故其就此不劳，而斋祠、讲说、候望、宿息，以至庖湢，莫不有所。又斥余财市田及书，以待学者，内外完善矣。于是州人相与乐二侯之适己，而来请文以记其成。

余闻之也，先王所谓道德者，性命之理而已。其度数在乎俎豆、钟鼓、管弦之间，而常患乎难知，故为之官师，为之学，以聚天下之士，期命辨说，诵歌弦舞，使之深知其意。夫士，牧民者也。牧知地之所在，则彼不知者驱之尔。然士学而不知，知而不行，行而不至，则奈何？先王于是乎有政矣。夫政，非为劝沮而已也，然亦所以为劝沮。故举其学之成者，以为卿大夫，其次虽未成而不害其能至者，以为士，此舜所谓庸之者也。若夫道隆而德骏者，又不止此，虽天子，北面而问焉，而与之迭为宾主，此舜所谓承之者也。蔽陷畔逃，不可与有言，则挞之以诲其过，书之以识其恶，待之以岁月之久而终不化，则放弃杀戮之刑随其后，此舜所谓威之者也。盖其教法，德则异之以智、仁、圣、义、忠、和，行则同之以孝友、睦姻、任恤，艺则尽之以礼、乐、射、御、书、数。淫言诐行诡怪之术，不足以辅世，则无所容乎其时。而诸侯之所以教，一皆听于天子，命之教，然后兴学。命之历数，所以时其迟速；命之权量，所以节其丰杀。命不在是，则上之人不以教而为学者不道也。士之奔走、揖让、酬酢、笑语、升降，出入乎此，则无非教者。高可以至于命，其下亦不失为人用，其流及乎既衰矣，尚可以鼓舞群众，使有以异于后世之人。故当是时，妇人之所能言，童子之所可知，有后世老师宿儒之所惑而不寤者也；武夫之所道，鄙人之所守，有后世豪杰名士之所惮而愧之者也。尧、舜、三代，从容无为，同四海于一堂之上，而流风余俗咏叹之不息，凡以此也。

周道微，不幸而有秦，君臣莫知屈己以学，而乐于自用，其所建立悖矣，而恶夫非之者。乃烧《诗》、《书》，杀学士，扫除天下之庠、序，然后非之者愈多，而终于不胜。何哉？先王之道德，出于性命之理，而性命之理，出于人心。《诗》、《书》能循而达之，非能夺其所有而予之以其所无也。经虽亡，出于人心者犹在，则亦安能使人舍己之昭昭，而从我于聋昏哉？然是心非特秦也，当孔子时，既有欲毁乡校者矣。盖上失其政，人自为义，不务出至善以胜之，而患乎有为之难，则是心非特秦也。墨子区区，不知失者在此，而发《尚同》之论，彼其为愚，亦独何异于秦。

呜呼！道之不一久矣。杨子曰："如将复驾其所说，莫若使诸儒金口而木舌。"盖有意乎辟雍学校之事，善乎其言，虽孔子出，必从之矣。今天子以盛德新即位，庶几能及此乎？今之守吏，实古之诸侯，其异于古者，不在乎施设之不专，而在乎所受于朝廷未有先王之法度；不在乎无所于教，而在乎所以教未有以成士大夫仁义之材。

虔虽地旷以远，得所以教，则虽悍昏嚚凶，抵禁触法而不悔者，亦将有以聪明其耳目而善其心，又况乎学问之民？故余为书二侯之绩，因道古今之变及所望乎上者，使归而刻石焉。

【解题】

本文作于英宗治平元年（1064）。文章叙述了虔州州学、县学之兴建、扩大，并云："先王之道德，出于性命之理，而性命之理，出于人心"，论述了兴学的必要性及其古今之变。

万宗泉记

僧道光得泉之三年，直岁善端治屋龙井之西北，发土得氿泉二，万宗命沟井而合焉。东为二池，池各有沟，注于南池，而东南其余水以溉山麓之田。既甃，善端请名，余为名其泉曰万宗。熙宁十年十二月日，临川王安石记。

【解题】

本文作于神宗熙宁十年（1077）。文章记叙了万宗泉得泉之经过及泉名之由来。

庐山文殊像现瑞记

番阳刘定尝登庐山，临文殊金像所没之谷，睹光明云瑞，图示临川王某，求记其事。某曰：有有以观空，空亦幻；空空以观有，幻亦实。幻实果有辨乎？然则如子所睹，可以记，可以无记，记、无记果亦有辨乎？虽然，子既图之矣，余不可以无记也。定以熙宁元年四月十日、十年九月二十七日睹，某以元丰元年十一月二十三日记。

【解题】

本文作于神宗元丰元年（1078）。文章就刘定所说文殊像现瑞，提出："有有以观空，空亦幻；空空以观有，幻亦实。"在当时，其见识实非常人能及。

大中祥符观新修九曜阁记

安石自扬州归，与叔父会京师。叔父曰："大中祥符观所谓九曜者，道士丁用平募民钱为堂庖庑，已又为阁，置九曜象其下，从吾乞汝文，记其年时，汝为之。"

临川之城中，东有大丘，左溪水，水南出而北并于江。城之东，以溪为隍，吾庐当丘上，自北折而东百步，为祥符观。观岸溪水，东南之山不奄乎人家者，可望也。安石少时固尝从长者游而乐之，以为溪山之佳，虽异州，乐也，况吾父母之州，而又去吾庐为之近者邪！虽其身去为吏，独其心不须臾去也。今道士又新其居，以壮观游，阁焉，使游者得以穷登望之胜，使可望者不唯东南而已，岂不重可乐邪？道士之所为，几吾之所乐，而命某文，又叔父也，即欲已，得邪？惜乎，安得与州之君子者游焉，以忘吾忧而尉吾思邪？阁成之日，某年月日也。

【解题】

本文写作时间难以确考，约作于仁宗庆历年间。文章记叙了临川祥符观之新修，寄托了自己思乡之情。

涟水军淳化院经藏记

道之不一久矣，人善其所见，以为教于天下，而传之后世。后世学者或徇乎身之所然，或诱乎世之所趋，或得乎心之所好，于是圣人之大体，分裂而为八九。博闻该见有志之士，补苴调胹，冀以就完而力不足，又无可为之地，故终不得。盖有见于无思无为，退藏于密，寂然不动者，中国之老、庄，西域之佛也。既以此为教于天下而传后世，故为其徒者，多宽平不忮，质静而无求，不忮似仁，无求似义。当士之夸漫盗夺，有已而无物者多于世，则超然高蹈，其为有似乎吾之仁义者，岂非所谓贤于彼，而可与言者邪？若通之瑞新、闽之怀琏，皆今之为佛而超然，吾所谓贤而与之游者也。此二人者，既以其所学自脱于世之淫浊，而又皆有聪明辩智之才，故吾乐以其所得者间语焉，与之游，忘日月之多也。

琏尝谓余曰：“吾徒有善因者，得屋于涟水之城中，而得吾所谓经者五千四十八卷于京师，归市甌而藏诸屋，将求能文者为之书其经藏者之岁时，而以子之爱我也，故使其徒来属，能为我强记之乎?”善因者，盖常为屋于涟水之城中，而因瑞新以求予记其岁时，予辞而不许者也。于是问其藏经之日，某年月日也。夫以二人者与余游，而善因属我之勤，岂有它哉?其不可以终辞，乃为之书，而并告之所以书之意，使镌诸石。

【解题】

本文写作时间不详。文章先论中国的老、庄与西域之佛；次论其门徒；最后交代了作是记之缘由。

扬州龙兴寺十方讲院记

予少时，客游金陵，浮屠慧礼者，从予游。予既吏淮南，而慧礼得龙兴佛舍，与其徒日讲其师之说。尝出而过焉，庳屋数十椽，上破而旁穿，侧出而视后，则榛棘出人，不见垣端。指以语予曰：“吾将除此而宫之。虽然，其成也，不以私吾后，必求时之能行吾道者付之。愿记以示后之人，使不得私焉。”当是时，礼方丐食饮以卒日，视其居枵然。余特戏曰：“姑成之，吾记无难者。”后四年来，曰：“昔之所欲为，凡百二十楹，赖州人蒋氏之力，既皆成，盍有述焉?”噫！何其能也！

盖慧礼者，予知之，其行谨洁，学博而才敏，而又卒之以不私，宜成此不难也。世既言佛能以祸福，语倾天下，故其隆向之如此，非徒然也，盖其学者之材，亦多有以动世耳。今夫衣冠而学者，必曰自孔氏。孔氏之道易行也，非有苦身窘形，离性禁欲，若彼之难也。而士之行可一乡、才足一官者常少，而浮图之寺庙被四海，则彼其所谓材者，宁独礼耶?以彼其材，由此之道，去至难而就甚易，宜其能也。呜呼！失之此而彼得焉，其有以也夫！

【解题】

本文写作时间不详。文章记叙了龙兴寺十方讲院为何得以修建，对浮屠慧礼之志、之学十分敬佩。

抚州通判厅见山阁记

通判抚州、太常博士施侯，为阁于其舍之西偏。既成，与客升以饮，而为之名曰“见山”。且言曰：“吾人脱于兵火，洗沐仁圣之膏泽，以休其父子者，余百年。于今天子恭俭，陂池、苑囿、台榭之观，有堙毁而无改作，其不欲有所骚动，而思称祖宗所以悯仁元元之意殊甚。故人得私其智力，以逐于利而穷其欲。自虽蛮夷湖海山谷之聚，大农富工豪贾之家，往往能广其宫室，高其楼观，以与通邑大都之有力者争无穷之侈。夫民之富溢矣，吏独不当因其有余力，有以自娱乐、称上施耶？又况抚之为州，山耕而水莳，牧牛马，田虎豹，为地千里，而民之男女以万数者五六十，地大人众如此，而通判与之为之父母，则其人奚可不贤，虽贤岂能无劳于为治，独无观游食飨之地，以休其暇日，殆非先王使小人以力养君子之意。吾所以乐为之就此而忘劳者，非以为吾之不肖能长有此，顾不如是不足以待后之贤者尔。且夫人之慕于贤者，为其所乐与天下之志同而不失，然后能有余以与民，而使皆得其所愿。而世之说者曰：‘召公为政于周，方春舍于蔽芾之棠，听男女之讼焉，而不敢自休息于宫，恐民之从我者勤，而害其田作之时。盖其隐约穷苦，而以自媚于民如此。故其民爱思而咏歌之，至于不忍伐其所舍之棠，今《甘棠》之诗是也。’嗟乎！此殆非召公之实事，诗人之本指，特墨子之余言赘行，吝细褊迫者之所好，而吾之所不能为。”

于是酒酣，客皆欢，相与从容誉施侯所为，而称其言之善。又美大其阁，而嘉其所以名之者曰："阁之上，流目而环之，则邑屋草木川原阪隰之无蔽障者皆见，施侯独有见于山，而以为之名，何也？岂以山之在吾左右前后，若蟠若踞，若伏若骛，为独能适吾目之所观邪？其亦吾心有得于是而乐之也。"

施侯以客为知言，而以书抵予曰："吾所以为阁而名之者如此，子其为我记之。"数辞不得止，则又因吾叔父之命以取焉，遂为之记，以示后之贤者，使知夫施侯之所以为阁而名之者，其言如此。

【解题】

本文写作时间不详。文章不直叙其事，而是借施侯与其客之对答，点明建见山阁的原因和其得名的由来。

真州长芦寺经藏记

西域有人焉，止而无所系，观而无所逐。唯其无所系，故有所系者守之；唯其无所逐，故有所逐者从之。从而守之者，不可为量数，则其言而应之、议而辨之也，亦不可为量数，此其书之行乎中国，所以至于五千四十八卷，而尚未足以为多也。

真州长芦寺释智福者，为高屋，建大轴两轮，而栖匭于轮间，以藏五千四十八卷者，其募钱至三千万，其土木丹漆珠玑，万金之闳壮靡丽，言者不能称也，唯观者知焉。夫道之在天下莫非命，而有废兴，时也。知出之有命，兴之有时，则彼所以当天下贫窭之时，能独鼓舞得其财以有所建立，每至于此，盖无足以疑。智福有才略，善治其徒众，从余求识其成，于是乎书。

【解题】

本文写作时间不详。文章先论西域之书何以能行中国，后记长芦寺僧智福建屋藏经之事。

石门亭记

石门亭在青田县若干里，令朱君为之。石门者，名山也，古之人咸刻其观游之感概，留之山中，其石相望。君至而为亭，悉取古今之刻，立之亭中，而以书与其甥之婿王安石，使记其作亭之意。

夫所以作亭之意，其直好山乎？其亦好观游眺望乎？其亦于此问民之疾忧乎？其亦燕闲以自休息于此乎？其亦怜夫人之刻暴剥偃踣而无所庇障且泯灭乎？夫人物之相好恶必以类，广大茂美，万物附焉以生，而不自以为功者，山也，好山，仁也。去郊而适野，升高以远望，其中必有概然者。《书》不云乎：“予耄逊于荒。”《诗》不云乎：“驾言出游，以写我忧。”夫环顾其身无可忧，而忧者必在天下，忧天下亦仁也。人之否也敢自逸？至即深山长谷之民，与之相对接而交言语，以求其疾忧，其有壅而不闻者乎？求民之疾忧，亦仁也。政不有小大，不以德则民不化服，民化服然后可以无讼，民不无讼，令其能休息无事，优游以嬉乎？古今之名者，其石幸在，其文信善，则其人之名与石且传而不朽，成仁之名而不夺其志，亦仁也。作亭之意，其然乎？其不然乎？

【解题】

本文写作时间不详。文章用一系列的问句，说明建石门亭的原因，全文结构紧凑，一气呵成。

太平州新学记

太平新学在子城东南，治平三年，司农少卿建安李侯某仲卿所作。侯之为州也，宽而有制，静而有谋，故不大罚戮，而州既治。于是大姓相劝出钱，造侯之廷，愿兴学以称侯意。侯为相地迁之，为屋若干间，为防环之，以待水患。而为田若干顷，以食学者。自门徂堂，闳壮丽密，而所以祭养之器具。盖往来之人，皆莫知其经始，而特见其成。既成矣，而侯罢去，州人善侯无穷也，乃来求文以识其功。

嗟乎！学之不可以已也久矣，世之为吏者或不足以知此，而侯知以为先，又能不费财伤民，而使其自劝以成之，岂不贤哉！然世之为士者知学矣，而或不知所以学，故余于其求文而因以告焉。

盖继道莫如善，守善莫如仁，仁之施自父子始。积善而充之，以至于圣而不可知之谓神，推仁而上之，以至于圣人之于天道，此学者之所当以为事也，昔之造书者实告之矣。有闻于上，无闻于下，有见于初，无见于终，此道之所以散，百家之所以成，学者之所以讼也。学乎学，将以一天下之学者。至于无讼而止。游于斯，铺于斯，而余说之不知，则是美食逸居而已者也。李侯之为是也，岂为士大夫之美食逸居而已哉？

【解题】

本文写作时间不详。文章记叙司农少卿李侯在太平州兴建州学之事，称赞李侯能兴学而不费财伤民。

明州慈溪县学记

天下不可一日而无政教，故学不可一日而亡于天下。古者井天下之田，而党庠、遂序、国学之法立乎其中。乡射饮酒、春秋合乐、养老劳农、尊贤使能、考艺选言之政，至于受成、献馘、讯囚之事，无不出于学。于此养天下智仁圣义忠和之士，以至一偏之伎，一曲之学，无所不养。而又取士大夫之材行完洁，而其施设已尝试于位而去者，以为之师。释奠、释菜，以教不忘其学之所自。迁徙逼逐，以勉其怠而除其恶。则士朝夕所见所闻，无非所以治天下国家之道。其服习必于仁义，而所学必皆尽其材。一日取以备公卿大夫百执事之选，则其材行皆已素定；而士之备选者，其施设亦皆素所见闻而已，不待阅习而后能者也。古之在上者，事不虑而尽，功不为而足，其要如此而已。此二帝、三王所以治天下国家而立学之本意也。

后世无井田之法，而学亦或存或废。大抵所以治天下国家者，不复皆出于学。而学之士，群居、族处，为师弟子之位者，讲章句、课文字而已。至其陵夷之久，则四方之学者，废而为庙，以祀孔子于天下，斫木抟土，如浮屠、道士法，为王者象。州县吏春秋帅其属释奠于其堂，而学士者或不豫焉。盖庙之作，出于学废，而近世之法然也。

今天子即位若干年，颇修法度，而革近世之不然者。当此之时，学稍稍立于天下矣，犹曰县之士满二百人，乃得立学。于是慈溪之士，不得有学，而为孔子庙如故，庙又坏不治。今刘君居中言州，使民出钱，将修而作之，未及为而去，时庆历某年也。

后林君肇至，则曰：“古之所以为学者，吾不得而见，而法者，吾不可以毋循也。虽然，吾有人民于此，不可以无教。”即因民钱作孔子庙，如今之所云，而治其四旁为学舍，构堂其中，帅县之子弟，起先生杜君醇为之师，而兴于学。噫！林君其有道者耶！夫吏者，无变今之法，而不失古之实，此有道者之所能也。林君之为，其几于此矣。

林君固贤令，而慈溪小邑，无珍产、淫货以来四方游贩之民；田桑之美，有以自足，无水旱之忧也。无游贩之民，故其俗一而不杂；有以自足，故人慎刑而易治。而吾所见其邑之士，亦多美茂之材，易成也。杜君者，越之隐君子，其学行宜为人师者也。夫以小邑得贤令，又得宜为人师者为之师，而以修醇易治之俗，而进美茂易成之材，虽拘于法，限于势，不得尽如古之所为，吾固信其教化之将行，而风俗之成也。夫教化可以美风俗，虽然，必久而后至于善。而今之吏其势不能以久也。吾虽喜且幸其将然，而又忧夫来者之不吾继也，于是本其意以告来者。

【解题】

本文写作时间不详。王安石历来重视人才的培养，认为必须抓住“教之、养之、取之、任之”四个环节，积极主张兴学。而按照宋代规定，县之学士满二百人者方可有学。明州慈溪本一小邑，不该有学，而县令林肇兴之。安石“喜且幸”其如此，为作是文。

君子斋记

天子诸侯谓之君，卿大夫谓之子，古之为此名也，所以命天下之有德。故天下之有德，通谓之君子。有天子、诸侯、卿大夫之位，而无其德，可以谓之君子，盖称其位也。有天子、诸侯、卿大夫之德而无其位，可以谓之君子，盖称其德也。位在外也，遇而有之，则人以其名予之，而以貌事之。德在我也，求而有之，则人以其实予之，而心服之。夫人服之以貌而不以心，与之名而不以实，能以其位终身而无谪者，盖亦幸而已矣。故古之人以名为羞，以实为慊，不务服人之貌，而思有以服人之心。非独如此也，以为求在外者，不可以力得也。故虽穷困屈辱，乐之而弗去，非以夫穷困屈辱为人之乐者在是也，以夫穷困屈辱不足以概吾心为可乐也已。

河南裴君主簿于洛阳，治斋于其官而命之曰“君子”。裴君岂慕夫在外者，而欲有之乎？岂以为世之小人众，而躬行君子者独我乎？由前则失己，由后则失人，吾知裴君不为是也，亦曰勉于德而已。盖所以榜于其前，朝夕出入观焉，思古人之所以为君子，而务及之也。独仁不足以为君子，独智不足以为君子，仁足以尽性，智足以穷理，而又通乎命，此古之人所以为君子也。虽然，古之人不云乎“德輶如毛，毛犹有伦”，未有欲之而不得也。然则裴君之为君子也，孰御焉。故余嘉其志，而乐为道之。

【解题】

本文写作时间不详。文章先阐释“君子”的含义，次及裴君之“君子斋”，称赞了裴君“乐为”君子之道之志。

繁昌县学记

奠先师先圣于学而无庙，古也。近世之法，庙事孔子而无学。古者自京师至于乡邑皆有学，属其民人相与学道艺其中，而不可使不知其学之所自，于是乎有释菜、奠币之礼，所以著其不忘。然则事先师先圣者，以有学也，今也无有学，而徒庙事孔子，吾不知其说也。而或者以谓孔子百世师，通天下州邑为之庙，此其所以报且尊荣之。夫圣人与天地同其德，天地之大，万物无可称其德，故其祀，质而已，无文也。通州邑庙事之，而可以称圣人之德乎？则古之事先圣，何为而不然也？

宋因近世之法而无能改，至今天子，始诏天下有州者皆得立学，奠孔子其中，如古之为。而县之学士满二百人者，亦得以为之。而繁昌小邑也，其士少，不能中律，旧虽有孔子庙，而庳下不完，又其门人之像，惟颜子一人而已。今夏君希道太初至，则修而作之，具为子夏、子路十人像。而治其两庑，为生师之居，以待县之学者。以书属其故人临川王某，使记其成之始。夫离上之法，而苟欲为古之所为者，无法，流于今俗而思古者，不闻教之所以本，又义之所去也。太初于是无变今之法，而不失古之实，其不可以无传也。

【解题】

本文写作时间不详。宋律：州必有州学，县之学士满二百人者，方可有县学。繁昌乃一小邑，本不该有学，而夏希道为预置，以俟来者。安石然其事，为作此记。

三　书简

谢及第启

三月二十二日，皇帝御崇政殿放进士，蒙恩赐及第释褐者。四方之杰，茂对清光。一介之技，猥尘华选。冒荣之辱，抚已而惭。窃以国家揽八宇之广，具万官之富，一化所染，人有善行，数路之举，野无滞材。取士如此之详，得人于斯为盛。然犹谦不自足，乐于旁求。比诏郡邑，详延岩穴，向非蔚有声采，著在观听，何以酵上勤伫，塞人烦言？如某者族敝而贱，材顽且疏，逢世治文，追师乡道。员冠方屦，有贱儒之名；高文大册，无作者之实。昊乾不吊，先子夙丧，侨家异土，归扫穷阎。上不能执轩冕以取高，下不能力稼穑而为养，俯首干进，蕲荣逮亲。适会诏之兴畎，遂负书而应令。乡老署其行，荐之明朝；春官訾其材，置以异等。率趋法座，辈试殊庭，仅成骫骳之谈，复玷高华之选。夫何抵此？厥有繇然。兹盖伏遇某官德厚兼容，风华博照。斟酌元气，洪纤溥被其仁；雕刻众形，妍恶曲成其汇。乘云洒润，秉律嘘枯，使是寒士，阶于荣路。敢不审图大方，惇率常宪，取所承学，著之行事？唯仁之守，唯谊之循。不以邪曲，回精忠之操；不以宠利，污廉洁之尚。庶期尽齿，无负大赐，易此而他，未知所裁。

【解题】

本文作于仁宗庆历二年（1042）。是年三月，安石进士及第，因上此谢启于座师杨置。

上徐兵部书

伏蒙执事畀之严符，开以归路。暮春三月，登舟而南，浮江绝湖，绵二千里，风波劲悍，雨潦湍猛，穷两月乃抵家。展先人之墓，宁祖母于堂，十年萦郁，一旦释去。戴执事之赐，此时为重。还职不时，以惧以惭。然去父母之道，古人所为迟迟也。不识执事谪之贳之，宜将何如？区区之怀，无以自处矣。

恭惟执事，宽通精明，暴著有年，宜留本朝，辅助风教。利权之柄，国家诚重，荐绅之论，犹为嗟咨。宠灵降集，可拱以俟。伏惟为国自寿，迓迎休福。

某此月治行，承序于左右在旦暮矣。下情无任依归颂愿之至。

【解题】

本文作于仁宗庆历三年（1043）。是年三月，王安石回临川老家探亲，将返任所时作是书。

与祖择之书

治教政令，圣人之所谓文也。书之策，引而被之天下之民，一也。圣人之于道也，盖心得之，作而为治教政令也，则有本末先后，权势制义，而一之于极。其书之策也，则道其然而已矣。彼陋者不然，一适焉，一否焉，非流焉则泥，非过焉则不至。甚者置其本，求之末，当后者反先之，无一焉不悖于极。彼其于道也，非心得之也，其书之策也，独能不悖耶？故书之策而善，引而被之天下之民反不善焉，无矣。二帝、三王引而被之天下之民而善者也，孔子、孟子书之策而善者也，皆圣人也，易地则皆然。

某生十二年而学，学十四年矣。圣人之所谓文者，私有意焉，书之策则未也。间或悱然动于事而出于词，以警戒其躬若施于友朋，褊追陋庳，非敢谓之文也。乃者，执事欲收而教之使献焉，虽自知明，敢自盖邪？谨书所为书、序、原、说若干篇，因叙所闻与所志献左右，惟赐览观焉。

【解题】

本文作于仁宗庆历六年（1046）。安石献文若干于祖择之，并作是书阐述自己为文之准则。

与马运判书

运判阁下：比奉书，即蒙宠答，以感以怍。且承访以所闻，何阁下逮下之周也！尝以谓方今之所以穷空，不独费出之无节，又失所以生财之道故也。富其家者资之国，富其国者资之天下，欲富天下则资之天地。盖为家者，不为其子生财，有父之严而子富焉，则何求而不得？今阖门而与其子市，而门之外莫入焉，虽尽得子之财，犹不富也。盖近世之言利虽善矣，皆有国者资天下之术耳，直相市于门之内而已，此其所以困与？在阁下之明，宜已尽知，当患不得为耳。不得为，则尚何赖于不肖者之言耶？

今岁东南饥馑如此，汴水又绝，其经画固劳心。私窃度之，京师兵食宜窘，薪刍百谷之价亦必踊，以谓宜料畿兵之驽怯者就食诸郡，可以舒漕挽之急。古人论天下之兵，以为犹人之血脉，不及则枯，聚则疽，分使就食，亦血脉流通之势也。傥可上闻行之否？

【解题】

本文作于仁宗庆历七年（1047），时王安石任鄞县知县。文章指出，国家困穷，“不独费出之无节，又失所以生财之道故也”。提出“欲富天下则资之天地”，强调通过发展农业生产来增加国家财政收入。

上相府书

某闻古者极治之时，君臣尽道以业天下之民，匹夫匹妇有不预其泽者，为之焦然耻而忧之。瞽聋、侏儒，亦各得以其材，食之有司。其诚心之所化，至于牛羊之践，不忍不仁于草木，今《行苇》之诗是也。况于所得士大夫也哉？此其所以上下辑睦而称极治之时也。

伏惟阁下方以古之道治天下，而某之不肖，幸以此时窃官于朝，受命佐州，宜竭罢驽之力，毕思虑，治百姓，以副吾君吾相于建官、任材、休息元元之意，不宜以私慁上，而自近于不敏之诛。抑其势有可言，而亦阁下之所宜怜者。某少失先人，今大母春秋高，宜就养于家之日久矣。徒以内外数十口，无田园以托一日之命，而取食不腆之禄，以至于今不能也。今去而野处，念自废于苟贱不廉之地，然后有以共裘葛，具鱼菽，而免于事亲之忧，则恐内伤先人之明，而外以累君子养完人材之德。濡忍以不去，又义之所不出也。故辄上书阙下，愿滨先人之丘冢，自托于管库，以终犬马之养焉。

伏惟阁下观古之所以材瞽聋、侏儒之道，览《行苇》之仁，怜士有好修之意者，不穷之于无所据以伤其操，使老者得养，而养者虽愚无能，无报盛德，于以广仁孝之政而曲成士大夫为子孙之谊，是亦君子不宜得已者也。黩冒威尊，不任皇恐之至。

【解题】

本文作于仁宗庆历七年（1047），时王安石任鄞县知县。此信写给尚书门下平章事文彦博，请求回乡迎养祖母。

上郎侍郎书二

一

某启：伏念先人为韶州，明公使按其部，存全挽进，谊固已厚。先人不幸，诸孤困蹶，而又遭明公于此时，闵闵煦煦，视犹子侄。两世受惠，缺然不报，唯其心不敢一日置也。

身贱地远，又不敢辄以书通左右。得邑海上，道当出越，庶几进望庭下，解积年企仰之意。失于问听，到越而后知安车迁在杭也。不敏之罪，无所辞诛，伏惟尊明赦之，不遽弃绝，以终夙昔之赐，幸也，不敢必然觊也。

既到职下，拘于法，不得奔走以诇下从者。伏惟以道自寿，下情不任倦倦之至。

二

某启：昔者幸以先人之故，得望步趋，伏蒙抚存教道，如亲子侄。而去离门墙，凡五六年，一介之使，一书之问，不彻于隶人之听。诚以苛礼不足报盛德，空言不能输欲报之实，顾不知执事察不察也。

去年得邑海上，涂当出越，而问听之缪，谓执事在焉。比至越而后知车马在杭。行自念父党之尊，而德施之隆，去五六年而一书之不进，又望门不造，虽其心之勤企而欲报者犹在，而执事之见察，其可必也，且悔且恐，不知所云。辄试陈不敏之罪于左右，顾犹不敢必左右之察也。不图执事，遽然贬损手教，重之蜀笺、兖墨之赐。文辞反复，意指勤过，然后知大人君子仁恩溥博，度量之廓大之如此。小人无状，不善隐度，妄自悔恐，而不知所以裁之也。

一官自缀，势不得去，欲趋而前，其路无由。唯其思报，心尚不怠。

【解题】

上二书分别作于仁宗庆历七年（1047）和庆历八年（1048），时安石任鄞县知县。前信对郎侍郎对己的两世之恩表示感激，说明久未通问之缘由；后信乃得郎侍郎之复信后又作。

上杜学士言开河书

十月十日，谨再拜奉书运使学士阁下：某愚不更事物之变，备官节下，以身得察于左右。事可施设，不敢因循苟简，以孤大君子推引之意，亦其职宜也。

鄞之地邑，跨负江海，水有所去，故人无水忧。而深山长谷之水，四面而出，沟渠浍川，十百相通。长老言钱氏时置营田吏卒，岁浚治之，人无旱忧，恃以丰足。营田之废，六七十年，吏者因循，而民力不能自并。向之渠川，稍稍浅塞，山谷之水，转以入海而无所潴。幸而雨泽时至，田犹不足于水。方夏历旬不雨，则众川之涸，可立而须。故今之邑民最独畏旱，而旱辄连年。是皆人力不至，而非岁之咎也。

某为县于此，幸岁大穰，以为宜乘人之有余，及其暇时，大浚治川渠，使有所潴，可以无不足水之患。而无老壮稚少，亦皆惩旱之数，而幸今之有余力，闻之翕然皆劝趋之，无敢爱力。夫小人可与乐成，难与虑始。诚有大利，犹将强之，况其所愿欲哉！窃以为此亦执事之所欲闻也。

伏惟执事，聪明辨智，天下之事，小之为无间，大之为无崖岸，悉已讲而明之矣，而又导利去害，汲汲若不足。夫此最民之利当致意者，故辄具以闻州，州既具以闻执事矣。顾其厝事之详，尚不得彻，辄复件其详以闻。唯执事少留聪明。有所未安，教而勿诛，幸甚。

【解题】

本文作于仁宗庆历八年（1048）。庆历七年，王安石调任鄞县知县，到任不久，就实地调查了鄞县的水利状况（参见《鄞县经游记》），于是作此书呈送给杜学士，报告了鄞县的实际情况，提出要组织人力兴修水利。

请杜醇先生入县学书二

一

人之生久矣，父子、夫妇、兄弟、宾客、朋友其伦也。孰持其伦？礼乐、刑政、文物、数制、事为其具也。其具孰持之？为之君臣，所以持之也。君不得师，则不知所以为君；臣不得师，则不知所以为臣。为之师，所以并持之也。君不知所以为君，臣不知所以为臣，人之类其不相贼杀以至于尽者，非幸欤？信乎其为师之重也。

古之君子，尊其身，耻在舜下。虽然，有鄙夫问焉而不敢忽，敛然后其身似不及者，有归之以师之重而不辞，曰："天之有斯道，固将公之，而我先得之，得之而不推余于人，使同我所有，非天意，且有所不忍也。"

某得县于此逾年矣，方因孔子庙为学，以教养县子弟，愿先生留听而赐临之以为之师，某与有闻焉。伏惟先生不与古之君子者异意也，幸甚。

二

惠书何推褒之隆而辞让之过也。仁人君子，有以教人，义不辞让，固已为先生道之。今先生过引孟子、柳宗元之说以自辞。孟子谓“人之患在好为人师”者，谓无诸中而为有之者，岂先生谓哉！彼宗元恶知道？韩退之毋为师，其孰能为师？天下士将恶乎师哉？

夫谤与誉，非君子所恤也，适于义而已矣。不曰适于义，而唯谤之恤，是薄世终无君子，唯先生图之。示诗质而无邪，亦足见仁人之所存，甚善，甚善！

【解题】

本文作于仁宗庆历八年（1048）。时安石任鄞县知县，设立县学，这两封信是写给杜醇先生，邀请他担任教授，作是二书。

上运使孙司谏书

伏见阁下令吏民出钱购人捕盐，窃以为过矣。海旁之盐，虽日杀人而禁之，势不止也。今重诱之，使相捕告，则州县之狱必蕃，而民之陷刑者将众，无赖奸人将乘此势，于海旁渔业之地搔动艚户，使不得成其业。艚户失业，则必有合而为盗，贼杀以相仇者，此不可不以为虑也。

鄞于州为大邑，某为县于此两年，见所谓大户者，其田多不过百亩，少者至不满百亩。百亩之直，为钱百千，其尤良田，乃直二百千而已。大抵数口之家，养生送死，皆自田出，州县百须，又出于其家。方今田桑之家，尤不可时得者，钱也。今责购而不可得，则其间必有鬻田以应责者。夫使良民鬻田以赏无赖告讦之人，非所以为政也。又其间必有扞州县之令而不时出钱者，州县不得不鞭械以督之。鞭械吏民，使之出钱，以应捕盐之购，又非所以为政也。

且吏治宜何所师法也，必曰："古之君子。"重告讦之利以败俗，广诛求之害，急较固之法，以失百姓之心，因国家不得已之禁而又重之，古之君子盖未有然者也。犯者不休，告者不止，粜盐之额不复于旧，则购之势未见其止也。购将安出哉？出于吏之家而已，吏固多贫而无有也，出于大户之家而已，大家将有由此而破产失职者。安有仁人在上，而令下有失职之民乎？在上之仁人有所为，则世辄指以为师，故不可不慎也。使世之在上者，指阁下之为此而师之，独不害阁下之义乎？上好是物，下必有甚者。阁下之为方尔，而有司或以谓将请于阁下，求增购赏，以励告者。故某窃以谓阁下之欲有为，不可不慎也。

天下之吏，不由先王之道而主于利。其所谓利者，又非所以为利也，非一日之积也。公家日以窘，而民日以穷而怨。常恐天下之势，积而不已，以至于此，虽力排之，已若无奈何，又从而为之辞，其与抱薪救火何异？窃独为阁下惜此也。在阁下之势，必欲变今之法，令如古之为，固未能也。非不能也，势不可也。循今之法而无所变，有何不可，而必欲重之乎？

伏惟阁下，常立天子之侧，而论古今所以存亡治乱，将大有为于世，而复之乎二帝、三代之隆，顾欲为而不得者也。如此等事，岂待讲说而明？今退而当财利责，盖迫于公家用调之不足，其势不得不权事势而为此，以纾一切之急也。虽然，阁下亦过矣，非所以得财利而救一切之道。阁下于古书无所不观，观之于书，以古已然之事验之，其易知较然，不待某辞说也。枉尺直寻而利，古人尚不肯为，安有此而可为者乎？

今之时，士之在下者浸渍成俗，苟以顺从为得，而上之人，亦往往憎人之言，言有忤己者，辄怒而不听之。故下情不得自言于上，而上不得闻其过，恣所欲为。上可以使下之人自言者惟阁下，其职不得不自言者某也，伏惟留思而幸听之。文书虽已施行，追而改之，若犹愈于遂行而不反也。干犯云云。

【解题】

本文作于仁宗庆历八年（1048）。文章从鄞县的实际状况（王安石时任鄞县知县）及自古以来吏治之理等多方面进行阐述，进言孙司谏，不可“出钱购人捕盐”。

上张太博书二

一

某愚不识事物之变，而独古人是信。闻古有尧、舜也者，其道大中至正，常行之道也。得其书，闭门而读之，不知忧乐之存乎己也。穿贯上下，浸淫其中，小之为无间，大之为无崖岸，要将一穷之而已矣。中不幸而失先人，母老弟弱，衣穿食单，有寒饿之疾，始怃然欲出仕，往即焉而乃幸得，于今三年矣。唯是忧患疾疢筋力之懦而神明之昏也，学日以落，而废职之咎，几不能以免，其敢出所有以求当世贵者之识哉？其亦偷禄焉而已矣。

今也执事延之勤，问之密，而又使献其所为文，其又敢自闭匿以重不敏，而虚教命之辱哉？谨书所为原、说、志、序、书、词凡十篇献左右。夫文者，言乎志者也，既将献，故又书所志以为之先焉。冒犯威重，惟赦之。

二

某蠢昧浅薄，不知所以为文。得君子过顾，不能闭伏所短，以终取怜，闻命之辱，辄具以献。追自悔恐，且得罪戾，而失所以望于君子者。

伏蒙执事有时之盛名而不以矜愚，有使者之重而不以骄微贱，报之书，援之欲其至于道，加赐所作，使得觇而法之，诚见执事之贤于人也。贤与众人之所以异，不在此其将安在？

伏惟执事之用心，持久而力行，则瑰伟闳廓自重之士，将皆愿缀于门阑之游，岂独某哉？其将从某者始也。既拜赐，敢不献其将然。

【解题】

上二书写作时间不可确考，大约作于仁宗庆历年间安石任淮南签书判官或鄞县知县时。前信应邀将自己文章献给张太博，后者乃得答复后的回复。

答孙元规大资书

某不学无术，少孤以贱，材行无可道，而名声不闻于当世，巨公贵人之门无可进之路，而亦不敢辄有意于求通，以故闻阁下之名于天下之日久，而独未尝得望履舄于门。比者得邑海上，而闻左右之别业实在敝境，犹不敢因是以求闻名于从者，卒然蒙赐教督，读之茫然不知其为愧且恐也。

伏惟阁下危言谠论，流风善政，简在天子之心，而讽于士大夫之口，名声之盛，位势之尊，不宜以细故苟自贬损。今咳唾之余，先加于新进之小生，疑左右者之误，而非阁下之本意也。以是不敢即时报谢，以忤视听，以累左右，而自得不敏之诛，顾未尝一日而忘拜赐也。

今兹使来，又拜教之辱，然后知阁下真有意其存之也。夫礼之有施报，自敌以下不可废，况王公大人而先加礼新进之小生，而其报谢之礼缺然者久之，其为罪也大矣。虽聪明宽闳其有以容而察于此，而独区区之心不知所以裁焉。

【解题】

本文当作于仁宗庆历年间，时安石任鄞县知县。安石先接孙元规书，遂作此以复。

答王该秘校书二

一

某不思其力之不任也，而唯孔子之学，操行之不得，取正于孔子焉而已。宦为吏，非志也，窃自比古之为贫者，不知可不可耶？今之吏，不可以语古。拘于法，限于势，又不得久，以不见信于民，民源源然日入贫恶。借令孔子在，与之百里，尚恐不得行其志于民。故凡某之施设，亦苟然而已，未尝不自愧也。足下乃从而誉之，岂其听之不详耶？且古所谓蹈之者，徒若是而止耶？殆不若是而止也。易子之事，未之闻也。幸教之，亦未敢忽也。

二

某顿首：自足下之归，未得以书候动止而以慰左右者之忧。乃辱书告以所不闻，幸甚。如见誉则过其实，甚矣！告者欺足下也。其尤显白不可欺者，县之狱，至或历累月而无一日之空。属民治川，苟自免以得罚者以十数。安在乎民之无讼而服役之不辞哉？且某之不敏，不幸而无以养，故自縻于此。盖古之人有然者，谓之为贫之仕。为乘田，曰“牛羊蕃而已矣”；为委吏，曰“会计当而已矣”。牛羊之不蕃，会计之不当，斯足以得罪。牛羊蕃而已矣，会计当而已矣，亦不足道也。唯其所闻，数以见告，幸甚。

【解题】

上二文写作时间不可确考，大约作于仁宗庆历年间安石任鄞县知县时。前书称己行事“取正于孔子焉而已”，而一县又不足以施展抱负；后书则叙人誉过其实。

上通判启

飙驰岁事，斗旷音尘，咏德所深，摇旌曷谕？伏审某官升华储幄，显被于王灵，贰政侯藩，益隆于宸寄。忝守官于支邑，将仰庇于公材，欣忭之诚，倍万常品。

答定海知县启

窃邑海旁，得邻境上。布私书之未暇，辱重问以相先。惟知感悰，岂易偻指？未涯占对，尤积咏思。惟加自颐，良副所望。

与楼郁教授书

某窃邑无状，每自隐度，宜得罪于贤者。敢图不遗，辱赐手笔，而副以褒扬之辞乎？此乃重某之不肖，使不得闻其过恶，而非所以望教诲之意也。足下学行笃美，信于士友，穷居海濒，自乐于屡空之内，此某所仰叹也。

上发运副使启

海滨重复，天韵阔疏，想经制之会烦，固和倪之粹隐。恭惟某官材为时栋，名著吏师，澄清废置之纲，仰给兵农之大，寖成久次，即冠近班。属阳月之届和，谅福基之敦裕，未涯拜伏，益用瞻祈。

谢邻郡通判启

右某备官于兹，闻问之久，非席趋承之旧，难陈向慕之私。敢图高明，过自贬损，授之温教，奖以谦辞，惟兹感铭，其敢忘去？进德之盛，知名于今，当褒以迁，可拱而俟。仰惟自寿，下副所瞻。

答陈推官启

某受材无它，窃邑于此。高明赐教，褒谕过情。窥观以思，惧恐且愧。未由占对，良自保绥。

【解题】

以上六信写作时间难以一一确考。从内容看，可能作于仁宗庆历年间，时安石任鄞县知县。

谢范资政启

窃陶大化，瞻若重霄，执讯隆堂，近修于常礼，占辞记室，屡致于尊光，赐逾褒衮之荣，仰极高山之咏。恭想镇海都会，宣国福威，御六气之和，荐百嘉之祐。伏惟某官，道宗当世，名重本朝，思皇廊庙之材，均逸股肱之郡，即还大政，以泽含生。某容迹海滨，被光台照，童乌署第，夙荷于揄扬，立鲤联荣，复深于契眷，幸当栖芘，以处钧成。

【解题】

本文作于仁宗庆历年间，时安石任鄞县知县。范资政，即资政殿学士范仲淹。

上明州王司封启

伏审使旌来临州部，犯江湖之重阻，留淮楚之近藩，令德所存，明神来相。茂惟兴止，休有福祥。恭以某官，国之老成，士所素仰，入参省计，出拥州麾。窃听海濒之谣，迎贪善政；特忧朝佐之计，思得壮猷。曾无几时，遂去兹土。某窃邑无状，芘身有归。

上李仲偃运使启

伏念某得邑海濒，寄身节下，操舟取道，持版过庭。自顾下寮之愚，敢扳先子之雅，坐蒙高义，曲借善颜。载惟恩私，有过分愿，去离门守，来造署居，取芘自今，驰情无远。要之蚤莫，唯是旷官之忧；庶也始终，不为爱己之负。岁时回薄，气候冱寒，明贤之姿，休福所向。伏惟顺节自寿，副人所瞻。

【解题】

上二文写作时间不详。文中言“得邑海濒”，则当作于仁宗庆历年间，时安石任鄞县知县。

上信州知郡大谏启

怀德名之重，窃伏猷为；仰庭角之姿，何尝贽见。敢谓玉堂之彦，时飞宝刻之音，垂赍尘容，过形谦柄，外惟荣佩，中所铭藏。恭惟某官挺不世之资，敦绝俗之器，敷扬大业，陟降泰庭，演润銮坡，光大训辞之美，保厘天邑，具瞻表则之材。属邪正之汇连，亦劳逸之均致。银符补郡，聊福于民艰；鸱厅赞谋，即稽于天若。某海滨承乏，宇荫未趋，伏希上为本朝精调均履。

【解题】

本文作于仁宗庆历年间，安石任鄞县知县时。文中盛赞信州知郡为“不世之资”、“绝俗之器”。

上扬州韩资政启

某受才素卑，趋时尤拙，冒干从事之选，积有败官之忧，汔由恩临，得以理去。违离大旆，留止近邦，惟德之依，无时以懈。整仆夫之驾，方尔就途；摧使者于庭，遽然承教。未忘故吏之贱，加赐上樽之余，望不素然，报将安所？念当远适，顾独长怀。行愿高明之才，还处机要；坐令衰废之俗，复观太平。伏惟为上自颐，副人所望。

【解题】

本文当作于仁宗庆历年间。韩资政，指时任资政殿学士韩琦。王安石曾在韩琦幕下任签书判官，此当系安石离韩琦幕府后所作。

答余京书

某行不足以配古之君子，智不足应今时之变，窃食穷县而无势于天下，非可以道德而谋功名之合也。今足下贬损手笔，告之所存，文辞博美，义又宏廓，守而充之，以卒不迁，其至可量邪？顾告之非其所，推褒之语，不以实称，类有以不敏欺足下者。孔子曰："不患人之不己知，患己不知人也。"此亦足伤足下知人之明，独愧而已，不敢当也。

【解题】

本文当作于仁宗庆历年间。文中赞余京"文辞博美"，而自己坚辞余京之誉，谓"推褒之语，不以实称"。

答钱公辅学士书

比蒙以铭文见属，足下于世为闻人，力足以得显者铭父母，乃以属于不腆之文，似其意非苟然，故辄为之而不辞。不图乃犹未副所欲，欲有所增损。鄙文自有意义，不可改也。宜以见还，而求能如足下意者为之耳。

家庙以今法准之，恐足下未得立也。足下虽多闻，要与识者讲之。如得甲科为通判，通判之署，有池台竹林之胜，此何足以为太夫人之荣，而必欲书之乎？贵为天子，富有天下，苟不能行道，适足以为父母之羞。况一甲科通判，苟粗知为辞赋，虽市井小人，皆可以得之，何足道哉？何足道哉？故铭以谓闾巷之士，以为太夫人荣，明天下有识者不以置悲欢荣辱于其心也。太夫人能异于闾巷之士，而与天下有识同，此其所以为贤而宜铭者也。至于诸孙，亦不足列。孰有五子而无七孙者乎？七孙业文有可道，固不宜略。若皆儿童，贤不肖未可知，列之于义何当也？诸不具道，计足下当与有识者讲之。南去愈远，君子惟慎爱自重。

【解题】

本文作于仁宗皇祐六年（1054）。前此，安石应钱公辅之请，为其母作《永安县太君蒋氏墓志铭》，钱看了不甚满意，来信要求修改。安石不愿意修改，遂作此书，称“鄙文自有意义，不可改也”，并一一反驳了钱氏要求修改的理由。

上杭州范资政启

某近游淛壤，久挹孤风，当资斧之无容，幸曳裾之有地。粹玉之彩，开眉宇以照人；缛星之文，借谈端而饰物。羁琐方嗟于中路，逢迎下问于翘材，仍以安石之甥，复见牢之之舅。兹惟雅故，少稔燕闲，言旋桑梓之邦，骤感神麻之咏。写吴绫之危思，未尽攀瞻；凭楚乙之孤风，但伤间阔。恢台贯序，虚白调神，祷颂之私，不任下悃。

【解题】

本文写作时间难以确知，大约作于仁宗皇祐年间。范资政，即资政殿学士范仲淹。前此有《谢范资政启》，可以参见。

上执政书

窃以方今仁圣在上，四海九州冠带之属，望其施为以福天下者，皆聚于朝廷，而某得以此时备使畿内，交游亲戚知能才识之士，莫不为某愿，此区区者思自竭之时也。

事顾有不然者。某无适时才用，其始仕也，苟以得禄养亲为事耳，日月推徙，遂非其据。今亲闱老矣，日夜惟诸子壮大，未能以有室家，而某之兄嫂尚皆客殡而不葬也，其心有不乐于此。及今愈思自置江湖之上，以便昆弟亲戚往还之势，而成婚姻葬送之谋。故某在廷二年，所求郡以十数，非独为食贫而口众也，亦其所怀如此。

非独以此也。某又不幸，今兹天被之疾，好学而苦眩，稍加以忧思，则往往昏聩不知所为。以京师千里之县，吏兵之众，民物之稠，所当悉心力耳目以称上之恩施者，盖不可称数。以某之不肖，虽平居无他，尚惧不给，又况所以乱其心如此，而又为疾病所侵乎？归印有司，自请于天子，以待放绌而归田里，此人臣之明义，而某之所当守也。顾亲老矣，而无以养，势不能为也。偷假岁月，饕禄赐以侥一日之幸，而不忖事之可否，又义之所不敢为。窃自恕而求其犹可以冒者，自非哀怜，东南宽闲之区，幽僻之滨，与之一官，使得因吏事之力，少施其所学，以庚禄赐之入，则进无所逃其罪，退无所托其身，不唯亲之欲有之而已。

盖闻古者至治之世，自瞽蒙、昏聩、朱儒、蘧蒢、戚施之人，上所以使之，皆各尽其才，鸟兽、鱼鳖、昆虫、草木，下所以养之，皆各得尽其性而不失也。于是《裳裳者华》、《鱼藻》之诗作于时而曰：“左之左之，君子宜之，右之右之，君子有之。惟其有之，是以似之。”言古之君子，于士之宜左者左之，宜右者右之，各因其才而有之，是以人人得似其先人也。曰：“鱼在在藻，依于其蒲，王在在镐，有那其居。”鱼者潜逃微眇之物，皆得其所安而乐生，是以能那其居也。方今宽裕广大，有古之道，大臣之在内，有不便于京而求出，小臣之在外，有不便于身而求归，朝廷未尝不可，而士亦未有以此非之者也。

至于所以赐某者，亦可谓周矣。为其贫也，使之有屋庐而多禄廪；为其求在外而欲其内也，置之京师，而如其在外之求。顾某之私，不得尽闻于上，是以所怀龃龉而有不得也。今敢尽以闻于朝廷，而又私布于执事矣。伏惟执事察其身之疾，而从之尽其才，怜其亲之欲，而养之尽其性，以完朝廷宽裕广大之政，而无使《裳裳者华》、《鱼藻》之诗作于时，则非特于某为幸甚。

【解题】

本文作于仁宗嘉祐元年（1056）。是年，王安石在京任提点开封府界诸县镇公事。本文是请求朝廷调其外任。

上欧阳永叔书

今日造门，幸得接余论，以坐有客，不得毕所欲言。

某所以不愿试职者，向时则有婚嫁葬送之故，势不能久处京师。所图甫毕，而二兄一嫂相继丧亡。于今窘迫之势，比之向时为甚。若万一幸被馆阁之选，则于法当留一年，借令朝廷怜闵，不及一年，即与之外任，则人之多言，亦甚可畏。

若朝廷必复召试，某亦必以私急固辞。切度宽政，必蒙矜允。然召旨既下，比及辞而得请，则所求外补，又当迁延矣。亲老口众，寄食于官舟而不得躬养，于今已数月矣。早得所欲，以纾家之急，此亦仁人宜有以相之也。

翰林虽尝被旨与某试，然某之到京师，非诸公所当知。以今之体，须某自言，或有司以报，乃当施行前命耳。万一理当施行，遽为罢之，于公义亦似未有害，某私计为得，窃计明公当不惜此。区区之意，不可以尽，唯仁明怜察而听从之。

【解题】

本文作于仁宗嘉祐元年（1056），为王安石首次拜见欧阳修后所作。王安石十分仰慕欧阳修的道德文章，而欧阳修也很欣赏王安石的才华，欧阳修作《赠王介甫》诗云：“翰林风月三千首，吏部文章二百年，老去自怜心尚在，后来谁与子争先？”王安石《奉酬永叔见赠》则称：“抠衣最出诸生后，倒屣尝倾广座中。只恐虚名因此得，嘉篇为贶岂宜蒙！”

上欧阳永叔书三

一

某以不肖，愿趋走于先生长者之门久矣。初以疵贱，不能自通。阁下亲屈势位之尊，忘名德之可以加人，而乐与之为善。顾某不肖，私门多故，又奔走职事，不得继请左右。及此蒙恩出守一州，愈当远去门墙，不闻议论之余，私心眷眷，何可以处。道途邅回，数月始至敝邑，以事之纷扰，未得具启，以叙区区乡往之意。

过蒙奖引，追赐诗书，言高旨远，足以为学者师法。惟褒被过分，非先进大人所宜施于后进之不肖，岂所谓诱之欲其至于是乎？虽然，惧终不能以上副也。辄勉强所乏，以酬盛德之贶，非敢言诗也。惟赦其僭越，幸甚。

二

某以五月去左右，六月至楚州，即七舍弟病，留四十日。至扬州，又与四舍弟俱，失郡牧所，生一子。七月四日，视郡事。承守将数易之后，加之水旱，吏事亦尚纷冗，故修启不早，伏惟幸察。

阁下以道德为天下所望，方今之势，虽未得远引，以从雅怀之所尚，惟摅所蕴，以救时敝，则出处之间，无适不宜。此自明哲所及者，承余论及之，因试荐其区区。某到郡侍亲，幸且顺适，但以不才而临今日之民，宜得罪于君子，固有日矣。

三

某以疵贱之身，闻门愿见，非一日积，幸以职事，二年京师，以求议论之补。蒙恩不弃，知遇特深，违离未久，感恋殊甚。然以私门多故，未尝得进一书，以谢左右。伏蒙恩怜，再赐手书，推奖存抚，甚非后进所当得于先生大人之门，以愧以恐，何可以言也？秋冷，伏惟动止万福，惟为时自重，以副四方瞻望之意。

【解题】

本文作于仁宗嘉祐二年（1057）。是年，王安石改官太常博士、出知常州。这是他离京后陆续写给欧阳修的信。

答王深甫书三

一

某拘于此，郁郁不乐，日夜望深甫之来，以豁吾心。而得书，乃不知所冀。况自京师去颍良不远，深甫家事，会当有暇时，岂宜爱数日之劳而不顾我乎？朋友道丧久矣，此吾于深甫不能无望也。

向说天民，与深甫不同。虽蒙丁宁相教，意尚未能与深甫相合也。深甫曰：“事君者，以容于吾君为悦；安社稷者，以安吾之社稷为悦；天民者，以行之天下而泽被于民为达。三者皆执其志之所殖而成善者也，而未及乎知命，大人则知命矣。”某则以谓善者，所以继道而行之可善者也。孔子曰：“智及之，仁能守之，庄以莅之，动之不以礼，未善也。”又曰：“武尽美矣，未尽善也。”孔子之所谓善者如此，则以容于吾君为悦者，未可谓能成善者也，亦曰容而已矣。以容于吾君为悦者，则以不容为戚；安吾社稷为悦，则以不安为戚。吾身之不容，与社稷之不安，亦有命也，而以为吾戚，此乃所谓不知命也。夫天民者，达可行于天下而后行之者也。彼非以达可行于天下为悦者也。则其穷而不行也，岂以为戚哉？视吾之穷达，而无悦戚于吾心，不知命者，其何能如此？且深甫谓以民系天者，明其性命莫不禀于天也。有匹夫求达其志于天下，以养全其类，是能顺天者，敢取其号亦曰天民。安有能顺天而不知命者乎？

深甫曰：“安有能视天以去就，而德顾贬于大人者乎？”某则以谓古之能视天以去就，其德贬于大人者有矣，即深甫所谓管仲是也。管仲，不能正己者也。然而至于不死子纠而从小白，其去就可谓知天矣。天之意，故尝甚重其民。故孔子善其去就，曰：“岂若匹夫匹妇之为谅也，自经于沟渎而莫之知也。”此乃吾所谓德不如大人，而尚能视天以去就者。

深甫曰：“正己以事君者，其道足以致容而已，不容，则命也，何悦于吾心哉？正己而安社稷者，其道足以致安而已，不安，则命也，何悦于吾心哉？正己以正天下者，其道足以行天下而已，不行，则命也，何穷达于吾心哉？”某则以谓大人之穷达，能无悦戚于吾心，不能毋欲达。孟子曰：“我四十不动心。”又曰：“何为不豫哉？然而千里而见王，是予所欲也。不遇故去，岂予所欲哉？王庶几改之，予日望之。”夫孟子可谓大人矣，而其言如此，然则所谓无穷达于吾心者，殆非也，亦曰无悦戚而已矣。

深甫曰：“惟其正己而不期于正物，是以使万物之正焉。”某以谓期于正己而不期于正物，而使万物自正焉，是无治人之道也。无治人之道者，是老、庄之为也。所谓大人者，岂老、庄之为哉？正己不期于正物者，非也；正己而期于正物者，亦非也。正己而不期于正物，是无义也；正己而期于正物，是无命也。是谓大人者，岂顾无义命哉？杨子曰："先自治而后治人之谓大器。"杨子所谓大器者，盖孟子之谓大人也。物正焉者，使物取正乎我而后能正，非使之自正也。武王曰："四方有罪无罪，惟我在，天下曷敢有越厥志！"一人横行于天下，武王耻之。孟子所谓"武王一怒而安天下之民"。不期于正物而使物自正，则一人横行于天下，武王无为怒也。孟子没，能言大人而不放于老、庄者，杨子而已。

深甫常试以某之言与常君论之，二君犹以为未也，愿以教我。

二

某启：僶俛从事，不能无劳，略尝奉书，想已得达。承手笔，知与十二娘子侍奉万福，欣慰可知。

所示异论具晓。然道德性命，其宗一也。道有君子有小人，德有吉有凶，则命有逆有顺，性有善有恶，固其理也，又何足以疑？伊尹曰："兹乃不义，习与性成。"去善就恶，谓之性亡，不可谓之性成，则伊尹之言何谓也？召公曰："惟不敬厥德，乃早坠厥命。"所谓命凶也。命凶者，固自取，犹谓之命。若小人自取，或幸而免，不可谓之命，则召公之言何谓也？夫古之人，以为无君子道为无道，无吉德为无德，则去善就恶谓之性亡，亦不可也。虽然，可以谓之无道，不可谓道无小人；可以谓之无德，不可以谓德无凶；可以谓之性亡，不可以谓之性无善。孔子曰："性相近也，习相远也。"此言相近之性以习而相远，则习不可以不慎，非谓天下之性皆相近而已也。

孔子见南子为有礼，则孔子何不告子路曰"是礼也"，而曰

“天厌之”乎？孟子曰：“男女授受不亲，礼也。嫂溺而援之以手者，权也。”若有礼而无权，则何以为孔子？天下之理，固不可以一言尽。君子有时而用礼，故孟子不见诸侯；有时而用权，故孔子见南子也。孔子与蒲人盟而适卫者，将以行法也。不如是，则要盟者得志矣。且有制于人而不得行，则圣人之无所奈何，孔子适卫，非蒲人之所能制，则孔子何为而不适卫？适卫然后足以明义，此孔子所以适卫也。

凡此，皆略为深甫道之。以深甫之明，何难于答是，而千里以书见及，此固深甫之好问嗜学之无已也。久废笔墨，言不逮意，幸察。知罢官遂见过，幸甚。然某疲病，恐不能久堪州事，不知还得相见于此否？向秋自爱！

三

某学未成而仕，仕又不能俯仰以赴时事之会，居非其好，任非其事，又不能远引以避小人之谤谗，此其所以为不肖而得罪于君子者，而足下之所知也。往者，足下遽不弃绝，手书勤勤，尚告以其所不及，幸甚，幸甚。顾私心尚有欲言，未知可否，试尝言之。

某尝以谓古者至治之世，然后备礼而致刑。不备礼之世，非无礼也，有所不备耳；不致刑之世，非无刑也，有所不致耳。故某于江东，得吏之大罪有所不治，而治其小罪。不知者以谓好伺人之小过以为明，知者又以为不果于除恶，而使恶者反资此以为言？某异于此，以为方今之理势，未可以致刑。致刑则刑重矣，而所治者少，不致刑则刑轻矣，而治者多，理势固然也。一路数千里之间，吏方苟简自然，狃于养交取容之俗，而吾之治者五人，小者罚金，大者才绌一官，而岂足以多乎？工尹商阳非嗜杀人者，犹杀三人而止，以为不如是不足以反命。某之事，不幸而类此。若夫为此纷纷，而无预于道之废兴，则既亦知之矣。抑所谓君子之仕行其义者，窃有意焉。足下以为如何？

自江东日得毁于流俗之士，顾吾心未尝为之变。则吾之所存，固无以媚斯世，而不能合乎流俗也。及吾朋友亦以为言，然后怵然自疑，且有自悔之心。徐自反念，古者一道德以同天下之俗，士之有为于世也，人无异论。今家异道，人殊德，又以爱憎喜怒变事实而传之，则吾友庸讵非得于人之异论变事实之传，而后疑我之言乎？况足下知我深，爱我厚，吾之所以日夜向往而不忘者，安得不尝试言吾之所自为，以冀足下之察我乎？使吾自为如此，而可以无罪，固大善，即足下尚有以告我，使释然知其所以为罪，虽吾往者已不及，尚可以为来者之戒。幸留意报我，无忽。

【解题】

此三书作于仁宗嘉祐二年（1057）或稍晚。王深甫，名回，字深父（亦作深甫），是王安石的好友。

知常州谢运使元学士启

叨恩两观，备任一州，以无能之贱身，在有道之深庇。依归之志已结于东南，诇问之仪当尘于左右。某官为国玮器，有时盛名，久矣践更之劳，此焉寄属之重。传节所在，神民具依，膺时维休，介福有裕。约赍上路，将前受于指令；请祝下风，唯更加于调护。

【解题】

本文作于仁宗嘉祐二年（1057）。是年，授安石太常博士、知常州。元学士，名绛。曾任广东转运使等官职。

与吴司录议王逢原姻事书二

一

某启：仲冬严寒，伏惟尊体动止万福。王令秀才，近见文学、才智、行义皆高过人，见留他来此修学。虽贫不应举，为人亦通，不至大段苦节过当。他恐二舅不欲与作亲，久不得委曲，不审尊意如何？传闻皆不可信也。某目见其所为如此，甚可爱也。未拜见，千万乞保尊重。

二

某启：新正，伏惟二舅都曹尊体动止万福。向曾上状，不审得达左右否？王令秀才，见在江阴聚学，文学智识，与其性行，诚是豪杰之士。或传其所为过当，皆不足信。某此深察其所为，大抵只是守节安贫耳。近日人从之学者甚众，亦不至绝贫乏，况其家口寡，亦易为赡足。虽然不应举，以某计之，今应举者未必及第，未必不困穷，更请斟酌。此人但恐久远非终困穷者也。虽终困穷，其畜妻子，当亦不至失所也。渠却望二舅有信来，决知亲事终如何，幸一赐报也。尚寒，伏乞善保尊重。

【解题】

本文作于仁宗嘉祐二年（1057）。这两封信替自己的好友王逢原说项，劝舅父吴司录（名蕡）把女儿嫁给于王逢原。

知常州上中书启

将母之求，屡关于听览；长民之寄，终累于陶镕。势则便安，心焉震悸。盖闻抱关击柝，所以待士之为贫；直镈蒙镠，所以处人之有疾。其志卑者其获少，其能薄者其任轻，自非审分以取容，则必近刑而速谤。如某者湮沦素业，邀会时恩，备官牧人，既以贫而择利，奉使畿县，又以疾而告劳。甚矣！能薄而志卑，宜乎任轻而获少。尚蒙优诏，猥备方州，自惟缺然，何以称此？兹盖伏遇某官上同一德，而以宽裕处心，旁烛万情，而以平均待物，遂令疏贱，亦至叨逾。永惟忧国之所存，独可勤民而上副。顾今州部，已远朝廷，田畴多荒，守将数易，教条之约束，人无适从，簿书之因缘，吏有以肆。惟是妄庸之旧，当兹凋瘵之余，自非上蒙宠灵，少假岁月，则牧羊弗息，彼将何望于少休，画土复墁，此亦无逃于大谴。更期元造，终赐曲成。

知常州上监司启

蒙恩宽裕，得郡便安，诹日造官，以身受察。窃念某鄙陋之质，拙疏于时，闻先子之绪余，慕古人之名节，黾勉仕宦，聊尽为贫之谋，苟简岁时，亦预在庭之数。来佐群牧，甫更二年，数求州符，就更畿县。顾神明之罢耗，当事役之浩穰，惭非其宜，辞得所欲。遂以一身之贱，猥分千里之忧。荷覆露之生成，出隽贤之抚按。窃惟幸会，良用震惊。惟此陋邦，近更数守，吏卒困将迎之密，里闾苦听断之烦。自非函容，少赐优假，缓日月之效，使教条之颁，则何以上称督临，下宽凋瘵？伏惟某官逢亨嘉之会，奋将明之材，简在清衷，久于烦使，体爱养元元之意，乐扶持断断之能，庶几始终，得出庇赖。未期望履，尤切驰情，愿顺节宣，以需褒宠。

【解题】

以上二文作于仁宗嘉祐二年（1057）。是年，安石由群牧司判官改太常博士、知常州，将赴任，上书中书、监司陈情。《王文公文集》此二文分别题《谢执政启》、《谢提转启》。

与刘原父书

辱手教勤勤，尤感愧，伏承动止万福，又良慰也。河役之罢，以转运赋功本狭，与雨淫不止，督役者以病告，故止耳。昔梁王堕马，贾生悲哀；泔鱼伤人，曾子涕泣。今劳人费财于前，而利不遂于后，此某所以恨愧无穷也。

若夫事求遂，功求成，而不量天时人力之可否，此某所不能也。不能，则论某者之纷纷，岂敢恶哉？阁下乃以初不能无意为有憾，此非某之所敢闻也。方今万事所以难合而易坏，常以诸贤无意耳，如鄙宗夷甫辈稍稍骛于世矣。仁圣在上，故公家元海未敢跋扈耳。阁下论为世师，此虽戏言，愿勿广也。前月被使江东，朝夕当走左右，自余须面请。

【解题】

本文当作于仁宗嘉祐二年（1057）。文中所提到的“河役”，本与王安石无涉，信的内容于人于事，俱有不符。蔡上翔《王荆公年谱考略》叹本文“何谬误至此”。刘原父，即刘敞。庆历进士，历知制诰、集贤院学士等职。

与孙莘老书

某昨日相见，殊匆匆。所示及讯狱事，深思如此难处，足下试思其方，因书示及。今世人相识，未见有切磋琢磨如古之朋友者，盖能受善言者少，幸而其人有善人之意，而与游者犹以为阳不信也。此风甚可患。如某之不肖，虽不为有道，计足下犹当以善言处我，而未尝有善言见赐，岂以为不足语乎？足下尚如此，复何望于今世人也！是为事，某亦虽多复辩论，非敢自强蔽以所识，直以为不如是，则亦有所未悟，彼此之理，不尽在他人，恐以不能敬受其说，而欲是者因而已。在足下聪明，想宜知鄙心，要当往复穷究道理耳。

古之人，未有不须友以成者。盖无朋友，则不闻其过，不闻其过，最患之大者。况某之不肖，所学者非世之所可用，而所任者非身之所能为，忍心拂性，苟取衣食，而冒人之寄属，其大过宜日日有，方理稽求可以自脱，冀足下时以见谕也。

盐秤子搔扰事，幸疏示其详，不敢作足下文字施行，要约束今后耳。足下既受人民社稷于上官，势亦不得有所避，避太过，则其事将不直，而职事亦何由理也。如盐秤子事，悉望疏示，自足下职事，然某不敢漏露也。至麾岭乡诗，奉寄一览也。秋冷，自爱。

答孙莘老书

某启：丘园自屏，烦公远屈，衰疾不获奉迓。仰惟营从跋涉劳苦，谨遣人驰此奉候。不宣。某启上。

【解题】

前书作于仁宗嘉祐三年（1058）。安石在信中提出，朋友之间应互相规诫过错，互相磨励。后书作于安石退居金陵时。孙莘老，名觉，字莘老，安石之友。

上曾参政书

某闻古之君子立而相天下，必因其材力之所宜，形势之所安，而役使之。故人得尽其材，而乐出乎其时。今也，某材不足以任剧，而又多病，不敢自蔽，而数以闻执事矣。而阁下必欲使之察一道之吏，而寄之以刑狱之事，非所谓因其材力之所宜也。某亲老矣，有上气疾之日久，比年加之风眩，势不可以去左右。阁下必欲使之奔走跋涉，不常乎亲之侧，非所谓因其形势之所安也。伏惟阁下，由君子之道以相天下，故某得布其私焉。

论者或以为事君，使之左则左，使之右则右，害有至于死而不敢避，劳有至于病而不敢辞者，人臣之义也。某窃以为不然。上之使人也，既因其材力之所宜，形势之所安，则使之左而左，使之右而右，可也。上之使人也，不因其材力之所宜，形势之所安，上将无以报吾君，下将无以慰吾亲，然且左右惟所使，则是无义无命，而苟悦之为可也。害有至于死而不敢避者，义无所避之也；劳有至于病而不敢辞者，义无所辞之也。今天下之吏，其材可以备一道之使，而无不可为之势，其志又欲得此以有为者，盖不可胜数。则某之事，非所谓不可辞之地，而不可避之时也。

论者又以为人臣之事其君，与人子之事其亲，其势不可得而兼也。其材不足以任事，而势不可以去亲之左右，则致为臣而养可也。某又窃以为不然。古之民也，有常产矣，然而事亲者犹将轻其志、重其禄，所以为养。今也仕则有常禄，而居则无常产，而特将轻去其所以为养，非所谓为人子事亲之义也。且某之材，固不足以任使事矣，然尚有可任者，在吾君与吾相处之而已尔。固不可以去亲之左右矣，然仕岂有不便于养者乎？在吾君与吾相处之而已尔。

然以某之贱，未尝得比于门墙之侧，而慨然以鄙朴之辞，自通于阁下之前，欲得其所求。自常人观之，宜其终龃龉而无所合也；自君子观之，由君子之道以相天下，则宜不为远近易虑，而不以亲疏改施，如天之无不焘，而施之各以其命之所宜，如地之无不载，而生之各以其性之所有。彼常人之心，区区好忮而自私，不恕己以及物者，岂足以量之邪？

伏惟阁下垂听而念焉，使天下士无复思古之君子，而乐出乎阁下之时。而又使常人之观阁下者，不能量也。岂非君子之所愿而乐者乎？冒黩威尊，不任惶恐之至。

【解题】

本文可能作于仁宗嘉祐三年（1058）。是年，王安石由常州知州改任提点江东刑狱。他上书曾参政，以“材力非所宜”为由力辞。文章以“论者”为假想论敌，论证了“君子之相天下”，必“人尽其材”。

与王逢原书七

一

某顿首逢原足下：比得足下于客食中，窘窘相造谢，不能取一日之闲，以与足下极所欲语者，而舟即东矣。间阅足下之诗，窃有疑焉，不敢不以告。足下诗有叹苍生泪垂之说，夫君子之于学也，固有志于天下矣，然先吾身而后吾人，吾身治矣，而人之治不治，系吾得志与否耳。身犹属于命，天下之治，其可以不属于命乎。孔子曰：“不知命，无以为君子。”又曰：“道之将行也欤，命也；道之将废也欤，命也。”孔子之说如此，而或以为君子之学，汲汲以忧世者，惑也。惑于此而进退之行，不得于孔子者有之矣，故有孔不暇暖席之说。吾独以圣人之心，未始有忧。有难予者曰：然则圣人忘天下矣。曰：是不忘天下也。《否》之象曰：“君子以俭德避难，不可荣以禄。”《初六》曰：“拔茅茹，以其彚贞吉。”象曰：“拔茅贞吉，志在君也。在君者，不忘天下者也，不可荣以禄者，知命也。吾虽不忘天下，而命不可必合，忧之其能合乎？易曰："遁世无闷，乐天知命是也。《诗》三百，如《柏舟》、《北门》之类，有忧也，然仕于其时，而不得其志，不得以不忧也。仕不在于天下国家，与夫不仕者，未始有忧，《君子阳阳》、《考槃》之类是也。借有忧者，不能夺圣人不忧之说。孟子曰："伊尹视天下匹夫匹妇有不被其泽者，若己推而纳之沟中。"可谓忧天下也。然汤聘之，犹嚣嚣然曰："我处畎亩之间，以乐尧舜之道。"岂如彼所谓忧天下者，仆仆自枉而幸售其道哉。又论禹、稷、颜回同道，曰：乡邻有斗者，被发缨冠而救之，则惑也。今穷于下，而曰我忧天下，至于恸哭者，无乃近救乡邻之事乎？孔子所以极其说于知命不忧者，欲人知治乱有命，而进不可以苟，则先王之道得伸也。世有能谕知命之说，而不能重进退者有矣，由知及之，仁不能守之也。始得足下文，特爱足下之才耳。既而见足下衣刓屦缺，坐而语，未尝及己之穷，退而询足下，终岁食不荤，不以丝忽妄售于人。世之自立如足下者有几？吾以谓知及之，仁又能守之，故以某之所学报足下。

二

某顿首：读所辱书辞，见足下之材，浩乎沛然，非某之所能及。问诸邑人，知足下之行，学为君子而方不已者也。惜乎某之行亟，不得久留从足下以游，及求足下所称满君者而见之。所示藁副，辄留传玩，不审定复枉顾否，不胜幸望也。

三

某顿首：逢原近已附书，亦得所赐教，殊感慰。唯逢原见教，正得鄙心之所欲，方欲请，而已被旨还都，遂得脱此，亦可喜也。但今兹所除，复非不肖所宜居，不免又干溷朝廷，此更增不知者之毁。然吾自计当如此，岂能顾流俗之纷纷乎。不久到真州，冀逢原一来见就，不知有暇否，幸因书见报。某止寓和州耳，来真唯迎亲老，来视女弟，既而归和俟命也。冬寒，自爱。

四

某顿首：被命使江东，按刑狱事，明日遂行，欲至扬州宿留，别乞一差遣。切欲一见逢原，幸枉驾见追，只于丹阳奉候，切勿以事为解也。它须面陈，此不详悉，切见过，专奉迟，切切。

五

某顿首：自别逢原，一得书，遂不知行李所在，伏计已达暨阳。今此介往，幸喻动止之详，以慰思渴也。居江阴果可以徙否？某之势恐未能自脱于此矣。罪衅日积，而缺然无友朋之救，此寤寐所以怵惕而不知所为者也。逢原不知可以游番乎？番亦多士，可以优游卒岁，试思之也。人还一报，余自爱重。

六

某顿首：得手教，承尚在江州，思企何可胜言。某昨到金陵，忽忽遂归番，冬末须一到金陵，不知逢原此行以何时到江阴？今必与吴亲同舟而济，但到金陵莫须求客舟以往否？近制船难为谋，自金陵至润，只一两程，到润则求舫至江阴亦易矣。某处此遂未有去理，如孙少述、丁元珍、曾子固尚以书见止，不宜自求便安，数溷朝廷，它人复可望其见察者乎？罪衅日积，而不知所以自脱，足下安以为我谋哉？配兵不习水事，甚善。但计今之势，如此等事，皆不可与论说，不知足下意以为当如何施行，幸试疏示，更有所闻，悉望见教。所至幸望留意，访以所不逮也。至冬末到金陵，欲望逢原一至金陵见访，不知可否？私心极有事欲面谒，切试思之，幸能一来，为惠大矣。

七

某顿首：逢原足下，方欲作书，而得所赐书，尤感慰。唯逢原所以教我，得鄙心所欲出者。穷僻无交游，所与议者，皆不出流俗之人，非逢原之教我，尚安得闻此。方力求所欲，但未知何时得耳。及冬春之交，未得脱此，冀相遇于江宁，不审肯顾否？承教许如此，当可如约也。但不谋润居，何也？江阴岂不可留乎？若在润，则相遇尤易耳。配卒事，须面叙乃悉，余更有所闻，悉望见教。今世既无朋友相告戒之道，而言亦未必可用，大抵见教者，欲使某同乎俗合乎世耳。非足下教我，尚何望于他人，切无所惜也。冬寒，自爱。

【解题】

以上《答王逢原》七书，写作时间难以一一确考。唯王逢原死于嘉祐四年（1059），故以上七书都应作于此前。安石于至和元年（1054）结识王逢原（名令），遂引为知己，在给王逢原和其他朋友的信中，由衷地表达了对王氏才华、操守的钦佩。

答王逢原书

某启：不见已两月，虽尘劳汩汩，企望盛德，何日无之。忽辱惠书，承以《论语义》见教，言微旨奥，直造孔庭，非极高明，孰能为之？仰羡仰羡！近蒙子固、夷甫过我，因与二公同观，尤所叹服。何时得至金陵，以尽远怀？不宣。某再拜。

【解题】

王逢原死于仁宗嘉祐四年（1059），文中又有“何时得至金陵”等语，则本文写作时间当在仁宗至和、嘉祐年间。

上富相公书

某不肖，当朝廷选用才能、修举法度之时，不以罪废而蒙器使，此其幸固已多矣。某窃自度，守一州尚不足以胜任，任有大于一州者，固知其不胜也。自被使江东，夙夜震恐，思得脱去，非独为私计，凡以此也。三司判官，尤朝廷所选择，出则被使漕运，而金谷之事，某生平所不习，此所以蒙恩反侧而不敢冒也。

惟不肖常得出入门下，蒙眷遇为不浅矣。平居不敢具书，以勤左右之观省，幸缘缪恩所及，敢布其私心。诚望阁下哀其至诚，裁赐一小州幽闲之区，寂寞之滨。其于治民，非敢谓能也，庶几地闲事少，夙夜悉心力，易以塞责，而免于官谤也。

若夫私养之势，不便于京师，固尝屡以闻朝廷，而熟于左右者之听矣。今兹蒙恩厚赐禄多，岂宜复言私计不便乎？虽然，所辞者才力所不能，而所愿犹未敢分理也。亦冀阁下哀之。

【解题】

本文作于仁宗嘉祐四年（1059）。是年，王安石改官三司度支判官，因上书宰相富弼，坚辞。

与崔伯易书

伯易足下：得书于京师，所以开我者不敢忘。而人事纷纷，不得修报，以为到高邮即奉见，得道所欲言者。去军城止三十里，而遇亲舟，遂挽以北。念还军中，则重烦亲友，然遂不得一见足下而西，殊悒悒也。

逢原遽如此，痛念之无穷，特为之作铭，因吴特起去奉呈，此于平生为铭，最为无愧者也。如此人而年止如此，以某之不肖，固不敢自谓足以知之，然见逢原所学所为日进，而比在高邮见之，遂若不可企及。切以谓可畏惮而有望其助我者，莫如此君，虽足下之言，亦以谓如此。今则已矣，可痛，可痛！然此特可为足下道尔。人之爱逢原者多矣，亦岂如吾两人者知之之尽乎？可痛，可痛！莘老必朝夕见之于京师，不别致书，为致意。

【解题】

本文作于仁宗嘉祐四年（1059）。书中叙述了对好友王逢原的哀悼及与崔伯易之交。

回皇亲谢及第启

伏审校艺中程，霈恩移镇，凡兹有识，皆谓至荣。今国家兴学校以养育天下之材，而材犹未能有成；革科举以新美天下之士，而士或未尽去故。况于以公子之乐善，而能先儒者以试经，倘匪非常之才，孰能出类如此？伏惟某官世绵瓜瓞，材韡棣华，不以富贵而自骄矜，而为贫贱之所求取，决科异等，有光汉族之文章，进秩重藩，益壮周家之屏翰，非特为荣于宗室，盖将有激于士风。某限列谏垣，莫趍宫屏，未能驰谢，乃枉赐言。惟荷眷之至深，非多辞之可喻云云。

【解题】

本文作于仁宗嘉祐六年（1061）。是年，王安石任进士、明经诸科详定官，某宗室及第，谢安石，安石因作是文。

谢知制诰启

据非其称，惭甚于荣。切以通会朝之籍于禁中，出诰命之书于天下；自昔必求乎良士，方今尤谓之美官。非夫能道先王之言，又通当世之务，文章足以润色，知术足以讨论，一有误居，必乖众论。某素出贫贱，偶逢盛明，读书虽勤，未免是古之累，更事虽久，终无适时之才，制作淹迟而不工，思虑短浅而不敏。有此一物，自足穷于多士之时；兼是四端，岂宜辱于迩臣之列？此盖伏遇某官，以忠纯翼戴，以宽大甄收，谓其引分而无求，倘或负能而有待，因加奖借，使得超逾。盖大公之赐所加，唯至诚之报为称，敢不内尽致身之德，庶以上同许国之心。

【解题】

本文作于仁宗嘉祐六年（1061）。是年六月，安石迁知制诰，因作此谢启致执政。

上龚舍人书

闰八月七日，具位王某谨白书于安抚谏院舍人：某读《孟子》，至于“不见诸侯”，然后知士虽厄穷贫贱，而道不少屈于当世，其自信之笃、自待之重也如此。是皆出处之义，上下之合，不可苟也。为人上者而不以是，不足与有为，为人下者而不以是，虽有材，不足以有为，其进几于祸矣。在上不骄，在下不谄，此进退之中道也。某尝守此言，退而甘自处于为贱，夜思昼学，以待当世之求，而未尝怀一刺、吐一言，以干公卿大夫之间，至于今十年矣。

已而思之，方孟子之时，天下纷乱，诸侯皆欲自以为王，强攻弱，大并小，战伐侵入，无岁无之。此乃存亡得失之秋，所谓得士则兴、失士则亡之时也。故下得以自重，而上不可以不求焉。方今席弈世之基业，治虽未及三代、两汉，然亦可以谓之亡事矣。其选才取士，外则贤良进士诸科之举，内则公卿提转郡守之荐。然皆士自媒绍其所长，以干于当世，然后得充其选，未尝闻公卿大夫能自察其贤而荐之者。则士之包羞冒耻，栖栖屑屑，伺人之颜色，徇时之好尚，以谋进退者，世未尝为辱也。又岂知论出处进退之义者哉？今公卿大夫之取士，无问贤否，而媚于己者好之，今士之进退不以义，而惟务苟合而已。吁！可悲也。

方公卿大夫，据高明之势，外以富贵自尊，内以智能自负，必不欲求于人，欲人之求己，士不欲求于人，如此则上下之合，无时可得矣。某是以翻然改曰："苟一往公卿大夫之门，与之议论，察其为人，可与言则进，不可与言则退，于道宜未为屈也。"由是颇欲虚游于当世公卿大夫之间，以观可否而去就之。方自窜于穷远僻陋之地，其势不得以往也。

比闻天子念东南之民，困于昏垫，辍侍从之臣，亲至其地以劳徕安集之。某私切自喜，以其所谓当世之公卿大夫，将得而见之矣。既而问某者果谁邪？又有以阁下名告之者，而因含笑大喜曰："以阁下之势，方用于朝廷，以阁下之贤，尝闻于天下，则某不待接其议论，察其为人，而后知其可以说干之也。"矧阁下官曰谏诤，出宣霈泽，当思所以副朝廷待之之意。则天下之利害，生民之疾苦，未宜忽之而不以夙夜疚怀也。傥有意于此，则非夫士君子不可与论焉。然则某之言，可冀其合矣。辄冒尊严，以进其说，阁下其择焉。某再拜。

再上龚舍人书

闰八月九日，具位王某再白书于安抚舍人阁下：某前日辄以狂瞽之言，有闻于下吏。伏蒙阁下不间疏贱，借之以颜色，接之以从容，使极论而详说之，是其可以吐胸中之有发露于左右之时也。然辞有所未尽，意有所未竭，盖将有以。何哉？前日所与某言者，不过欲计校仓廪，诱民出粟，以纾百姓一时之乏耳。某之所欲言者，非此之谓也。愿毕其说，阁下其择焉。

某尝闻善为天下计者，必建长久之策，兴大来之功，当世之人，涵濡盛德，非谓苟且一时之利，以邀浅鲜之功而已。夫水旱者，天时之常有也。仓廪财用者，国家常不足也。以不足之用，以御常有之水旱，未见其能济焉，甚非治国养民之术也。

某不敢远引古昔，止于近者十数年间耳目之所经者论之。顷自庆历八年，河北、山东饥；皇祐二年、三年，两浙、淮南饥；三年、四年，江南饥；嘉祐五年，两浙饥；四年，福建饥；今年，淮南、两浙又饥。其川、广、夔、陕、京西、河东，则某闻见所不及，不可得而言也。某窃计之，历年才一纪，而岁之空匮，民至流亡殍死，居其太半，卒未闻朝廷有救之之术，岂非政失于苟且，而不建长久之策者哉？伏自庆历以来，南北饥馑相继，朝廷大臣，中外智谋之士，莫不恻然不忍民之流亡殍死，思所以存活之。其术不过发常平、敛富民，为馇粥之养，出糟糠之余，以有限之食，给无数之民。某原其活者，百未有一，而死者，白骨已被野矣。此有惠人之名，而无救患之实者也。

某窃谓百姓所以养国家也，未闻以国家养百姓者也。《记》曰："君者所养，非养人者也。"有子曰："百姓不足，君孰与足？"此之谓也。昔者梁惠王尝移粟以救饥馑，孟子论而非之，所谓"徒善不足以为政，徒法不能以自行"。若夫治不由先王之道者，是徒善、徒法也。且五帝、三王之世，可谓极盛最隆，亦不能使五谷常登，而水旱不至。然而无冻馁之民者何哉？上有善政，而下有储蓄之备也。

某历观古者以还，治日常少，而乱日多。今宋兴百有余年，民不知有兵革，四境之远者至万余里，其间可桑之野，民尽居之，可谓至大至庶矣。此诚旷世不可逢之嘉会，而贤者有为之时也。今朝廷公卿大夫，不以此时讲求治具，思所以富民化俗之道，以兴起太平，而一切惟务苟且，见患而后虑，见灾而后救，此传所谓“毂既破碎，乃大其辐，事已败矣，乃重太息”，其云益乎？

某于阁下，无一日之好，论其相知，固已疏矣。然自阁下之来，以说干阁下再矣。某固非苟有觊于阁下者也。某尝谓大丈夫有学术才谋者，常患时之不遭也，既遭其时，患言之不用也。今阁下势在朝廷，不可谓时不遭矣；居可言之地，不可谓言不用矣。惟阁下未为之尔。某故感激而屡干于左右者以此。阁下其亮之。某再拜。

【解题】

上二书写作时间不可确考，大约是仁宗嘉祐六年、七年时事。两书一为八月七日、一为八月九日，相隔两天。前书批评了当时取士之弊，发表了自己的看法；后者阐述了“治国养民之术”，认为“上有善政，而下有储蓄之备”，可使民无冻馁之虞。

上郎侍郎启二

一

伏蒙过采浮议，使承乏官，借宠则荣，循涯而惧，愿留平听，得究下情。顽疏之人，滞固于事，席先子之绪业，玷太常之寺名，备位于兹，历年无状，安全者幸，废去乃宜，何言误知，欲观颂试。审处私计，追惟旧闻，不越俎以代庖，盖言有守，未操刀而使割，可必无伤。辄敢用是固辞，诚愿易而他使。依违王事，虽名理之未安；妄冒人知，亦生平之不欲。高明在上，悃愊发中，临启征忪，果于得请。

二

某备官有守，望履无阶，职是簿书之忧，缺然竿牍之献。顾惟薄陋，最荷庇存，实赖盛恩之临，不诛苛礼之废。惟春且暮，于气已喧，伏惟养福有经，卫生无恙。伏惟某人望隆先进，德茂老成，言归典刑，动应的表，早收功于要路，晚得谢于明时，贵而能贫，恬有养智，为时所向，于义可师。伏惟顺序节宣，慰人所望。

【解题】

上二文作于仁宗嘉祐年间、安石任太常博士时。前此，安石有《上郎侍郎书二》，可以参见。

上宋相公书

某愚戆浅薄，动多触罪，初叨一命，则在幕府，当此之时，尤为无知。自去吏属之籍，以至今日，虽尝获侍燕语，然不能自同众人之数也。阁下抚接顾待，久而加亲，及以罪逆扶丧归葬，阁下发使吊问，特在诸公之先，而所以顾恤之尤厚。此盖仁人君子，乐于以礼长育成就人材，哀念一日之雅，而忘其终身不肖之丑。顾在私心，宜何以报？

当阁下以三公归第、四方奔走贺庆之时，而某尚以衰麻之故，不能有一言自献，以赞左右之喜。岁时不居，奄及丧除，可以有献矣，然所能进于左右，乃不过如此。盖心之委曲，有不胜言，冀蒙有以恕之而已。

伏惟阁下以直道相先帝，虽已不在政事之地，然纯德至行，九州四海所共矜式，朝廷大议，在所谋谟。伏惟为时自重，幸甚。

【解题】

本文写作时间难以确考，当作于仁宗嘉祐末。信中感激宋相公知遇之恩及在自己服丧时所给予的关怀，贺其“以三公归第”。

上张枢密书

某蠢陋褊迫，不知所向。在京师时，自以备数有司，而阁下方断国论，故非公事未尝敢以先人之故私请左右，修子侄之礼。及以罪逆扶丧归葬，阁下方以医药自辅，哀疚迷谬，阙于赴告。凡此皆宜得疏绝之罪者也。

然阁下拊循顾待，既久而加亲，追赐手笔，哀怜备厚。当是时，某方累然在丧服之中，无以冀于全存，故不能有所献，以谢恩礼之厚。今既除丧，可以叙感矣，然所能致于左右者，不过如此。盖拳拳之心，书不能言，实冀宽大仁明有以容而亮之而已。

伏惟阁下以正直相天下，翊尧戴舜，功不世有，辞宠去寄，而退托一州，所以承下风而望余泽，非特门墙小人而已。伏惟为国自重，幸甚。

【解题】

本文写作时间难以确考，当作于仁宗嘉祐末，与《上宋相公书》同时。信中对自己服丧时张枢密给予的关怀表示感谢。

上浙漕孙司谏荐人书

某今日遂出城以西，度到润州必得复望履舄，故不敢造辞以变起居。

明州司法吏汪元吉者，其为吏廉平，州人无贤不肖皆推信其行，喜近文史，而尤明吏事。有《论利害事》一编，今封献左右。伏惟暇日略赐观省，其言有可采者，不以某之言为妄，则傥可以收备从吏役，使有仕进之望乎？

盖薄恶之俗，士大夫之修行义者少矣，况身处污贱之势，而清议所不及者乎！劝奖之道，亦当先录小善，务以下流之有善者为始。今世胥史，士大夫之论议常耻及之，惟通古今而明者，当不以世之所耻而废人之为善尔。

【解题】

本文写作时间不详，当作于仁宗时。安石作此文，专为向孙司谏推荐明州司法吏汪元吉。

上杜学士书

窃闻受命改使河北，伏惟庆慰。国家东西南北，地各万里，统而维之，止十八道。道数千里而转运使独一二人。其在部中，吏无崇卑，皆得按举。虽将相大臣，气势烜赫，上所尊宠，文书指麾，势不得恣。一有罪过，纠诘按治，遂行不请。政令有大施舍，常咨而后定；生民有大利害，得以罢而行之。金钱粟帛、仓庾库府、舟车漕引，凡上之人，皆须我主。信乎是任之重也。而河北又天下之重处，左河右山，强国之于邻，列而为藩者皆将相大臣，所屯无非天下之劲兵悍卒，以惠则恣，以威则摇。幸时无事，庙堂之上，犹北顾而不敢忽；有事，虽天子其忧未尝不在河北也。

今执事按临东南，无几何时，浙江东西十有五州之吏士民，未尽受察，便宜当行，而害之可除去者，犹未毕也。而卒然举河北以付执事，岂主上与一二股肱之臣，不惟付予必久而后可要以效哉？且以为世之士大夫无足寄以重，独执事为能当之耳。

伏惟执事名行于天下，而材信于朝廷，而处之宜，必有补于当世。故虽某蒙恩德最厚，一日失所依据，而释然于心，不敢恨望，唯公义之存，而忘所私焉。

【解题】

本文写作时间不详，当作于仁宗时。杜学士由东南改河北转运使，安石作此书以上。

上邵学士书

仲详足下：数日前辱示乐安公诗石本及足下所撰《复鉴湖记》，启封缓读，心目开涤，词简而精，义深而明，不候按图而尽越绝之形胜，不候入国而熟贤牧之爱民，非夫诚发乎文，文贯乎道，仁思义色，表里相济者，其孰能至于此哉？因环列书室，且欣且庆，非有厚也，公议之然也。

某尝患近世之文；辞弗顾于理，理弗顾于事，以襞积故实为有学，以雕绘语句为精新，譬之撷奇花之英，积而玩之，虽光华馨采，鲜缛可爱，求其根柢济用，则蔑如也。某幸观乐安、足下之所著，譬犹笙磬之音，圭璋之器，有节奏焉，有法度焉，虽庸耳必知雅正之可贵、温润之可宝也。仲尼曰："有德必有言。""德不孤，必有邻。"其斯之谓乎？昔昌黎为唐儒宗，得子婿李汉，然后其文益振，其道益大。今乐安公懿文茂行，超越朝右，复得足下以宏识清议，相须光润。苟力而不已，使后之议者必曰："乐安公，圣宋之儒宗也，犹唐之昌黎而勋业过之。"又曰："邵公，乐安公之婿也，犹昌黎之李汉而器略过之。"是则韩、李、蒋、邵之名，各齐驱并骤，与此金石之刻不朽矣。所以且欣且庆者，在于兹焉。

郡庠拘率，复偶足下有西笑之谋，未获亲交谈议，聊因手书以道钦谢之意，且贺乐安公之得人也。

【解题】

本文写作时间不详，当作于仁宗时。信中对邵学士及乐安公之诗文大加赞赏，比之唐韩愈、李汉。文章对近世浮艳的文风提出了批评。

上范资政先状

某此者之官敝邑，取道乐郊，引舟将次于近圻，敛板即趋于前屏。瞻望麾戟，下情无任。

远迎宣徽太尉状

伏以远驱台旆，甫次国都，朝论具依，上心虚伫。阻于官制，莫遂郊迎，冀趋命之弗迟，副瞻风之已久。

与李修撰书

某启：比得奉余论，殊以不从容为恨。忽复改岁，岂胜思仰！乃烦枉教，慰感何可复言，尤喜动止多福。日冀别膺休命，复得展晤于丘园。未间，良食自寿。不宣。某启上审言修撰阁下。

与柳承议书

某启：承诲示，感愧。公方护丧归里，应接必多，岂敢费烦厚馈！糖冰谨已拜贶，余辄纳还，冀蒙亮悉也。

与交代赵中舍启

尝请代期，当留听下。单舟在境，敢无告于候人；善政可师，将有求于令尹。自余占对，乃尽布陈。

与张护戎启

鼎来敝邑，甫次近郊，传闻使旌，适在州部，将亲盛德，尤激欢悰。

与谭主簿启

爰兹治舟，亦以造境，将联职治，可丐规模，惟喜则多，非陈所悉。

答宋保国书

某启：使人三至，示以经解，副之佳句，勤勤如此，岂敢卤莽，以虚来旨。所示极好，尚有少疑，想营从非久淹于符离，冀异时肯顾我，可以究怀。未尔，为时自爱。不宣。某启上。

与彭器资书

某启：数得会晤，深以慰释。遽当乖阔，岂胜系恋！衰疾无缘追路，且为道自爱。谨勒此以代面叙。某启上。

答马太博启二

一

伏审进被恩章，来临职任。兹惟幸会，得奉光仪。敢图隆私，先赐华问，感佩之至云云。

二

伏审光奉圣恩，已谐礼上。未皇修好，先辱赐书，感慰至深，叙陈不既。

【解题】

以上十一篇，写作时间不可确考。各书内容简短，大约皆作于仁宗时。

答田仲通书

某再拜仲通兄足下：向时在京师，欲走阳翟见颜色，以事卒不果，至今悔恨，非复可自解释。自得从足下游，私心未尝一日忘。羁穷不幸，不得常从，以进道艺，其恨岂有忘时哉？而足下于交游中，亦最见爱。云云。

答熊伯通书二

一

某启：幸得会晤，岂胜欣慰，遽复乖阔，实深怅恋。明日当展亲墓，不获追送。瞻傃旌旆，重增愧恐。唯冀为时自重。度非久北还，余非面叙不可宣究也。某启上。

二

某启：久欲相送于崇果，适值展墓。今日闻舟师尚次淮滨，犹欲与七弟一往，而疲惫殊甚，惓惓之情，何可具言？重烦诲喻，感激，感激！沈氏书即驰送，幸托婚姻之末，岂胜欣慰？冬寒跋涉自爱。想公非久淹南方，冀复朝夕会晤于此。为时自爱。不宣。某启上知府舍人。

答交代张廷评启

某受才无它，窃邑于此，更书始下，已倾自附之诚，赐问俯临，重荷相存之意。维兹地所，邈在海滨，方条教之未孚，得仁贤而复治。恭以某人天材粹美，地势高华，生逢盛时，进取显仕，分一雷之土，虽屈远图，抚千室之弦，坐期美政。趣承在近，企仰居深。

谢提刑启

叨备一官，甫更三岁，不时罢废，实赖全安。遭会使车，按临州部，颇望风而震恐，将投劾以去归。敢图高明，见遇优过，载衔盛德，尤激下情。违离尚新，企仰殊甚。茂惟贤隽，善迓福祥，固有神明，阴来辅相，褒升之宠，倚立以须。伏惟为上自寿，副人所望。

与杨蟠推官书二

一

某顿首推官足下：辱手笔，所以见教者过当，不敢当也。安石不为通乎道者，曰有志乎道可也。方当求正乎人，其敢正人乎哉？读足下之文，但知畏之而已。足下固尝得贤人者而师之，愿造请所闻焉，以私故未遑，谨奉手启。不宣。安石顿首。

二

某顿首：区区之意，已白左右，卒不见亮，而相责望加焉。夫岂敢有爱哉？特无以当所欲耳。虽然，得间将试进其疑者，亦冀足下或有以开之。不宣。安石顿首。

谢夏噩察推启

伏审某官，策足盛时，收名异等，以才自称，为议所归。时惟私幸之多，代有同升之义。惟当造请，势未暇遑。敢图高明，不自重贵，亲存弊馆，申贶华笺。切观以思，惧恐且愧。《咸池》无赖于海鸟，章甫不加乎越人。夫何谦辞，乃尔虚辱。方且揆日，以时造门。

谢林肇长官启

伏蒙贬损，猥先临存。方以出行渠川，未尝得望车骑，继陈悃愊，叙谢高明。敢图仁人，见遇如旧，申锡重问，相存有加。唯贱且贫，尤愚不肖，学焉昧道，仕则旷官，荷推褒之过情，处负愧以终日。三阳肇岁，万物同春。茂惟贤明，休有祉福。以时自寿，良副所瞻。

【解题】

以上书信九封，写作时间难以一一确考。大约作于仁宗、英宗朝。其文简短，多系礼节性酬答。

答孙少述书

少述足下：某天禀疏介，与时不相值，生平所得，数人而已，兄素固知之。置此数人，复欲强数，指不可诎。唯接兄之日浅，而相爱深，别后焦然如失所凭。兄赐问者八九，奉答卒不过一再而已。以为吾党之相与，情谊何如尔，问之密疏，不足计也。不然，今之游交竿牍之使，午行于涂，岂某于兄顾不能哉？

此月十二日抵真州，明日当舟行无事，当为朱先生叙字，且赓所贶诗以寄元珍。六月代去，民先受郓辟，为之奈何？近日人事可嗟可怪者众，何时见兄论之。春暄，自重。

【解题】

本文写作时间不可确考，大约作于仁宗时。信中称“平生所得，数人而已，兄素固知之”。孙少述，名侔，字正之，一字少述。参见《送孙正之序》、《与孙侔书三》。

与孙侔书三

一

某顿首：辱书具感恩意之厚。先人铭固尝用子固文，但事有缺略，向时忘与议定。又有一事，须至别作，然不可以书传。某于子固，亦可以忘形迹矣，而正之云然，则某不敢易矣。虽然，告正之作一碣，立于墓门，使先人之名德不泯，幸矣。子固亦近得书，甚安尔，云不复来此，遂入京，恐欲知，故及此。

朱氏事固如足下说，而朱秘校乃已入京，考于礼，盖亦皆如足下之说。但愁痛不能具道此意，以质于贤者耳。

铭事子固不以此罪我两人者，以事有当然者。且吾两人与子固岂当相求于形迹间耶？然能不失形迹，亦大善，唯碣宜速见示也。某忧痛愁苦，千状万端，书所不能具，以此思足下，欲飞去，可以言吾心所欲言者，唯正之、子固耳。思企，思企，千万自爱！

二

某辱手笔，感愧。近亦闻正之丧配，未敢即问，人生多难，乃至此乎？当归之命耳！人情处此，岂能无愁？但当以理遣之，无自苦为也。然此乃某不能自胜者。二年之间，愁衅相仍，居常忽忽不自聊，勉从俗往还，其心唯欲闭门坐卧耳。

欲往奉见久矣，况以书见趣乎？亲老常多病，生事怵迫，如坐烧屋之下，不可以一日辍而不图，其能远来千里之外乎？欲足下一至广德，某当走见矣。为十日之会，亦足以晤言矣。或润州亦可也。诸俟面论，此不复云矣。

正之或来润，或广德，不可复以它为解矣。某甚重去亲侧，若正之难来此，亦无所系著，但至润及广德，尤为易耳。

三

某到京师已数月，求一官以出，既未得所欲，而一舟为火所燔，为生之具略尽，所不燔者人而已，家人又颇病，人之多不适意，岂独我乎？然足下之亲爱我良厚，其亦欲知我所以处此之安否也，故及此耳。知与公蕴居甚适，何时当邂逅，以少释愁苦之心乎？且频以书见及。某自度不能数十日，亦当得一官以出，但不知何处耳。子高当已入京，不知得及相见于京师否？诸不一一，千万自爱！

【解题】

上书信三篇，写作时间不可确考，大约写于仁宗时。安石与孙侔友善，所述极为坦诚亲切。参见前文《送孙正之序》、《答孙少述书》。

与丁元珍书

某顿首：过广曾欲作书，遣人奉诇动止，以有故亟归，是以虽作书而不果遣。辱教，承知屡赐问，然不得也，亦尝附状，何为皆不至乎？曹振佳士，已为发令状。如此人，虽微元珍之教，固不敢失，况重以元珍之见喻乎？前书已报左右，恐不到，故复以闻。求郡固且止，甚荷见教。然某之所请，不为无辞。若执政不察，直以为罪，则某何敢解免？如欲尽其辞，而然后加之罪，则某事固有本末，非今日苟然欲避烦劳而求佚也。古者一道德以同俗，故士有揆古人之所为以自守，则人无异论。今家异道、人殊德，士之欲自守者，又牵于末俗之势，不得事事如古，则人之异论，可悉弭乎？要当择其近于礼义，而无大谴者取之耳。不审足下终将何以为仆谋哉？秋冷，自爱重之。望冬间复到广州，冀或一邀从者，为境上之会，不审可求檄来否耳？不宣。

【解题】

本文写作时间不可确考，约作于仁宗时。丁元珍为安石之好友。信中叙述了自己求郡之由，并征求丁元珍的意见。

先状上韩太尉

昔者幸以鄙身，托于盛府，无薄才以参筹策之用，有疏节以累含容之宽。久而再惟，滋以自愧。伏惟某官忧国爱君之操，仁民恤物之方，宾礼贤豪，包收疵贱。盖尝沐浴于余泽，而且歌舞于下风，孰云去离，遂自疏斥。徒以地殊南北，势隔卑尊，小夫竿牍之勤，不足自效，莫府文书之众，或以为烦。方随传车，得望步履，固愿阶缘于畴昔，因得钻仰于绪余。敢图高明，先赐劳来，贵以下贱，不矜其行之疵，贤而容愚，不诛其礼之旷。夫惟昔之有道，皆慎所以与人，欲示其自养之污隆，必观其所遇之能否。深惭固陋，有玷奖成，将次郊关，即趋墙屏，其为感喜，岂易谈言。

【解题】

本文写作时间不详。韩太尉，即韩琦。安石曾任韩琦幕官，故称“托于盛府”。此因韩琦存问在先，安石遂上此状。

贺昭文相公启

恭审肃被宠灵，参司枢要，伏惟庆慰。窃以安危所系，文武相须，眷注意之殊时，崇仰成之异体。至若万务通于四海，二柄萃于一门，简在休辰，职繇全德。恭以某官风华博照，天韵雄成，挟旦、奭之谋谟，袭韦、平之系胄，逢辰鼎盛，序爵弥高。清议被民，卓冠一时之杰；丰规振俗，遄跻三代之隆。嗟彼羌豪，警吾边吏，有严天讨，爰整王师。上方深拱以倚平，博谋而取重，畀兹全责，钦若壮猷。舆诵所同，岩瞻惟允。昔馈通函谷，医沛邑之宗臣；威被匈奴，实汉家之真宰。宜今具美，与古兼徽。某夙附末光，雅烦善庇。仕藩城而待罪，隐若目安；占宿邸之移文，跫然滋喜。依归之素，有过等夷。

【解题】

本文写作时间不详。此贺启是代宋宣献公拟，文辞华丽、体制严整。

与王深父书二

一

某顿首：自与足下别，日思规箴切劘之补，甚于饥渴。足下有所闻，辄以告我，近世朋友，岂有如足下者乎？此固某所望于足下者。惜乎，与足下相去远，过失日甚，而不肯传闻于足下，诚使尽闻而尽教之，虽某之愚，其庶几少有成乎？惟足下不以数附书为勤。幸甚，幸甚。

二

某顿首：近已奉状，不知到否？竟不得脱省中。而今日就职，闻足下当入都下，幸能早来，冀得一见。若足下来差池，则某此月乞去至淮南迎亲矣。出不过三四十日，则还至都下。幸足下且留，以待某还，事欲讲于左右者甚众，切勿遽去。若今不得一见，又不知何时奉见，切勿亟归也。有王逢原者，卓荦可骇，自常州与之如江南，已见其有过人者。及归而见之，所学所守愈超然，殆不可及。忽得报死矣，天于善人君子如此，可叹，可叹。如逢原者，求之于时，殆未见比，不知常君方之孰贤耳？可痛！可痛！恨足下不得见之耳。书不尽意，自爱，自爱。

【解题】

上二书写作时间不可确考，约作于仁宗时。王深父，名回，字深父（一作深甫）。书中对二人之友谊充分肯定，亟盼见其一面。文中提到的王逢原，亦系安石之好友，安石在写给朋友的书信中屡屡提到他，对他的早逝，叹惜不已。参见《答王深甫书三》。

答韩求仁书

比承手笔，问以所疑，哀荒久不为报。勤勤之意，不可以虚辱，故略以所问致左右，不自知其中否也，唯求仁所择尔。

盖序《诗》者不知何人，然非达先王之法言者，不能为也。故其言约而明，肆而深，要当精思而孰讲之尔，不当疑其有失也。二《南》皆文王之诗，而其所系不同者，《周南》之诗，其志美，其道盛。微至于赳赳武夫、兔罝之人，远至于江、汉、汝、坟之域，久至于衰世之公子，皆有以成其德。《召南》则不能与于此，此其所以为诸侯之风，而系之召公者也。夫事出于一人，而其风不同如此者，盖所入有浅深，而所施有久近故尔。

所谓《小雅》、《大雅》者，诗之序固曰："政有小大，故有《小雅》焉，有《大雅》焉。"然所谓《大雅》者，积众小而为大，故《小雅》之末，有疑于《大雅》者，此不可不知也。又作诗者，其志各有所主，其言及于大而志之所主者小，其言及于小而志之所主者大，此又不可不知也。司马迁以为《大雅》言王公大人，而德逮黎庶；《小雅》讥小己之得失，而其流及上。此言可用也。又宣王之《大雅》，其善疑于小；而幽王之《小雅》，其恶疑于大。盖宣王之善微矣，其大者如此而已；幽王之恶大矣，其小者犹如此也。

凡《序》言刺某者，一人之事也，言刺时者，非一人之事也。刺言其事，疾言其情也。或言其事，或言其情，其实一也。何以知其如此？"《墙有茨》，卫人刺其上也"，而卒曰"国人疾之而不可道也"，是以知其如此也。刺乱为乱者作也，闵乱为遭乱者作也。何以知其如此？平王之《扬之水》，先束薪而后束楚，忽之《扬之水》，先束楚而后束薪。周之乱在上，而郑之乱在下故也。乱在上则刺其上，乱在下则闵其上，是以知其如此也。管、蔡为乱，成王冲幼，周公作《鸱鸮》以遗王，非疾成王而刺之也，特以救乱而已，故不言刺乱也。言刺乱、刺褊、刺奢、刺荒，序其所刺之事也。言刺时者，明非一人之事尔，非谓其不乱也。

《关雎》之诗，所谓"悠哉悠哉，辗转反侧"者，孔子所谓"哀而不伤"者也。《何彼秾矣》之诗所谓"平王"者，犹格王宁王而已，非东周之平王也；所谓"齐侯"者，犹康侯宁侯而已，非营丘之齐侯也。《郑·缁衣》之诗宜也、好也、席也，此其先后之序也。此诗言武公父子善善之无已，故《序》曰："以明有国善善之功焉。"席，多也，宜者，以言其所善之当也，多者，以言其所善之众也。缁衣者，君臣同朝之服也；“适子之馆”者，就之也；为之改作缁衣而授之以粲者，举而养之也。能就之，又能举而养之，此所以为有国者之善善，而异于匹夫之善善也。夫有国善善如此，则优于天下矣，其能父子善于其职，而国人美之，不亦宜乎？《生民》之诗，所谓“是任是负，以归肇祀”者，言后稷既开国，任负所种之谷以归而肇祀尔，非以谓兆帝祀于郊也。所谓“卬盛于豆，于豆于登，其香始升，上帝居歆”者，言我既为天子得祀郊，则盛于豆登，其香始升，而上帝居歆尔，非以为后稷得郊也。其卒曰“胡臭亶时，庶无罪悔，以迄于今”者，言上帝所以居歆，何臭之亶时乎？乃以后稷肇祀，则庶无罪悔，以迄于今，得郊祀之时尔。盖所谓“文、武之功，起于后稷，故推以配天”者此也。卫有邶、鄘之诗，而说者以谓卫后世并邶、鄘而取之，理或然也。既无所受之，则疑而阙之是也。

意诚而心正，则无所为而不正。故孔子曰：“《诗》三百，一言以蔽之，曰：思无邪。”此《诗》之言。故曰“《诗》三百，一言以蔽之”也，非以它经为有异乎此也。吾之所受者为此，则彼者吾之所弃也。所谓“彼哉彼哉”者，盖孔子之所弃也。孔子曰“管仲如其仁”，仁也。杨子谓“屈原如其智”，不智也。犹之《诗》以不明为明，又以不明为昏。考其辞之终始，则其文虽同，不害其意异也。

忠足以尽己，恕足以尽物，虽孔子之道，又何以加于此？而论者或以谓孔子之道，神明不测，非忠恕之所能尽。虽然，此非所以告曾子者也。“好勇过我”也者，所谓能勇而不能怯者也，能勇而不能怯，非成材也，故孔子无所取。古者凤鸟至，河出图。皆圣人在上之时。其言“凤鸟不至，河不出图”者，盖曰无圣人在上而已矣。

颜子具圣人之体而微，所谓美人也。其于尊五美，屏四恶，非待教也。若夫郑声佞人，则由外铄我者也。虽若颜子者，不放而远之，则其于为邦也，不能无败。《书》曰："能哲而惠，何忧乎驩兜？何畏乎巧言令色孔壬。"由此观之，佞人者，尧、舜之所难，而况于颜子者乎？夫佞人之所以入人者，言而已。言之入人，不如声之深. 则郑声之可畏，固又甚矣。孔子曰："如有所誉，其有所试矣。"谓颜子"三月不违仁"者，盖有所试矣。虽然，颜子之行，非终于此，其后孔子告之以"克己复礼"而请事斯语矣。夫能言动视听以礼，则盖已终身未尝违仁，非特三月而已也。

语道之全，则无不在也，无不为也，学者所不能据也，而不可以不心存焉。道之在我者为德，德可据也。以德爱者为仁，仁譬则左也，义譬则右也。德以仁为主，故君子在仁义之间，所当依者仁而已。孔子之去鲁也，知者以为为无礼也。乃孔子则欲以微罪行也。以微罪行也者，依于仁而已。礼，体此者也；智，知此者也；信，信此者也。孔子曰："志于道，据于德，依于仁。"而不及乎义礼智信者，其说盖如此也。杨子曰："道以道之，德以得之，仁以人之，义以宜之，礼以体之，天也。合则浑，离则散，一人而兼统四体者，其身全乎。"老子曰："失道而后德，失德而后仁，失仁而后义，失义而后礼。"杨子言其合，老子言其离，此其所以异也。韩文公知"道有君子有小人，德有凶有吉"，而不知仁义之无以异于道德，此为不知道德也。

管仲九合诸侯，一正天下，此孟子所谓天之大任者也；不能如大人正己而物正，此孔子所谓小器者也。言各有所当，非相违也。

昔之论人者，或谓之圣人，或谓之贤人，或谓之君子，或谓之仁人，或谓之善人，或谓之士。《微子》一篇，记古之人出处去就，盖略有次序。其终所记八士者，其行特可谓之士而已矣。当记此时，此八人之行，盖犹有所见，今亡矣，其行不可得而考也。无君子小人，至于五世则流泽尽，泽尽则服尽，而尊亲之礼息。万世莫不尊亲者，孔子也。故孟子曰："予未得为孔子徒也，予私淑诸人也。"

孟子所谓"市廛而不征，法而不廛"者，先儒以国中之地谓之廛，以《周官》考之，此说是也。廛而不征者，赋其市地之廛，而不征其货；法而不廛者，治之以市官之法，而不赋其廛。或廛而不征，或法而不廛。盖制商贾者恶其盛，盛则人去本者众；又恶其衰，衰则货不通。故制法以权之，稍盛则廛而不征，已衰则法而不廛。文王之时，关讥而不征，及周公制礼，则凶荒札丧，然后无征，盖所以权之也。贡者，夏后氏之法，而孟子以为不善者。不善，非夏后氏之罪也，时而已矣。

责难于君者，吾闻之矣，责善于友者，吾闻之矣。虽然，其于君也，曰"以道事之，不可则止"，其于友也，曰"忠告而善道之，不可则止"。王驩于孟子，非君也，非友也。彼未尝谋于孟子，则孟子未尝与之言，不亦宜乎？

求仁所问于《易》者，尚非《易》之蕴也。能尽于《诗》、《书》、《论语》之言，则此皆不问而可知。某尝学《易》矣，读而思之，自以为如此，则书之以待知《易》者质其义。当是时，未可以学《易》也，唯无师友之故，不得其序，以过于进取。乃今而后知昔之为可悔，而其书往往已为不知者所传，追思之未尝不愧也。以某之愧悔，故亦欲求仁慎之。盖以求仁之才能，而好问如此，某所以告于左右者，不敢不尽，冀有以亮之而已。至于《春秋》三传，既不足信，故于诸经尤为难知，辱问皆不果答，亦冀有以亮之，

【解题】

本文作于英宗治平元年（1064）。是年，王安石居丧江宁。文章就《诗经》及有关问题与韩求仁进行探讨。

上富相公书

某以阁下在相位时，独蒙拔擢，在常人之情，固以归德于左右。然某以谓大君子以至公佐天子进天下士，而某适以不肖，误在选中，阁下非故为赐也，则某宜不知所得矣。及以不孝得罪天地，扶丧南归，阁下以上宰之重，亲屈手笔，拊循慰勉，过于朝夕出入墙屏之人，又加赐物，以助其丧祭，然后慨然有感慨于私心，而虽在攀号摧割之中，不能以须臾忘也。

近闻以旌纛出抚边镇，而尚以衰麻故，不得参问动止，卷卷之情，何可以胜！日月不处，既除丧矣，而继以疾病，又念心之曲折，造次不足以自达，故旷日引久，而阙然不即叙感，实冀宽大仁明，有以容而察之而已。

伏惟阁下以盛德伟誉、丰功茂烈，为天下所向往，而又忠言谠议，终始如一，此志义之士所以尤勤勤于祝颂也。伏惟体道，为国自重，以答舆人之心，幸甚。

【解题】

本文作于英宗治平二年（1065）。文章对宰相富弼给予的栽培表示感激，对他在自己居丧时给予的关怀、慰藉表示感谢。

贺韩魏公启

伏审判府司徒侍中宠辞上宰，归荣故乡，兼两镇之节麾，备三公之典策，贵极富溢而无亢满之累，名遂身退而有褒加之崇，在于观瞻，孰不庆羡？伏惟某官受天间气，为世元龟，诚节表于当时，德望冠乎近代。典司密命，揔揽中权，毁誉几至于万端，夷险常持于一意，故四海以公之用舍一时为国之安危。越执鸿枢，遂跻元辅。以人才未用为大耻，以国本不建为深忧，言众人之所未尝，任大臣之所不敢，及臻变故，果有成功。英宗以哀疾荒迷，慈圣以谦冲退托，内揆百官之众，外当万事之微，国无危疑，人以静一。周勃、霍光之于汉，能定策而终以致疑；姚崇、宋璟之于唐，善致理而未尝遭变。记在旧史，号为元功。未有独运庙堂，再安社稷，弼亮三世，敉宁四方，崛然在诸公之先，焕乎如今日之懿。若夫进退之当于义，出处之适其时，以彼相方，又为特美。某久叨庇赖，实预甄收。职在近臣，欲致尽规之义；世当大有，更怀下比之嫌。用自绝于高闳，非敢忘于旧德。逖闻新命，窃仰遐风，瞻望门阑，不任向往之至。

【解题】

本文作于英宗治平三年（1066）。韩魏公，即韩琦。王安石曾任其幕僚，故称“久叨庇赖”。王安石十分推崇韩琦，将他比作汉代的周勃、霍光，唐代的姚崇、宋璟。

上中书辞参政上两府启

忽奉明缗，俾参大政，蒙恩则厚，抚己不遑。切以圣明之时，尤艰辅弼之任，置人或误，累上非轻。内揆拙疏，仰惭优渥，虽已陈情而恳避，犹疑涣汗之难回，敢竭吝衷，更烦公议。伏惟某官望隆熙世，谋协睿聪。倘矜一介之诚，愿借半辞之助。使安常分，无忝盛时。亦所以正选用之缪恩，不独荷保全之私惠。

【解题】

本文作于神宗熙宁二年（1069）。是年二月，神宗迁安石参知政事，安石屡辞不获，复上书两府，请为说项。

除参知政事谢执政启

比者登备近司，与闻大政，误膺休命，良积愧怀。窃念某早以孤生，出阶贱仕，稍蒙推擢，遂至叨逾，久于侍从之班，初乏论思之效。皇明继照，符守外分，亟被召还，得参劝讲。已污禁林之选，更陪宰席之延，据非其宜，知有所自。此盖伏遇某官贯行忠恕，启佑善良，因令危拙之身，亦与订谟之地，敢不自致进为之义，庶以上同经济之心。

【解题】

本文作于神宗熙宁二年（1069）。是年，神宗任安石为参知政事，安石因援例作此谢启。

参知政事回宗室贺启

比者叨被上恩，使陪国论，惟才能之浅陋，荷眷遇之特殊。逊避弗容，省循知畏。此盖伏遇某官，道存博爱，志务上同，肩许国之至怀，乐推贤而与共，因令孤拙，得冒宠灵。先蒙庆问之勤，尤积愧颜之厚。

【解题】

本文作于神宗熙宁二年（1069）。是年，神宗超擢安石为参知政事，宗室俱贺，安石作此书回谢。

与赵卨龙图书

议者多言遽欲开纳西人，则示之弱，彼或崛强。以事情料之，殆不如此。以我众大，当彼寡小，我尚疲敝厌兵，即彼偷欲得和可知。我深闭固距，使彼不得安息，则彼上下忿惧，并心一力，致死于我，彼所以能崛强也。我明示开纳，则彼孰敢违众首议欲为崛强者？就令有敢如此，则彼举国皆将德我而怨彼，孰肯有为之致死？此所以怒我而怠彼也。老子曰：“抗兵相加，哀者胜矣。”此之谓也。

至于开纳之后，与之议和，乃不可遽，遽则骄而易我。盖明示开纳，所以怠其众而纾吾患；徐与之和，所以示之难而坚其约。圣上恐龙图未谕此旨，故令某以书具道前降指挥。如西人有文字，词理恭顺，即与收接闻奏。宜即明示界上，使我吏民与彼举国，皆知朝廷之意。

【解题】

本文作于神宗熙宁二年（1069）。文章认为，对虎视眈眈的西夏人，应“明示开纳，所以怠其众而纾吾患”，而“与之议和，乃不可遽，遽则骄而易我”。

答吴孝宗论先志书

某辱书，又示以先志，而怪安石尚有欲为吾弟道者，责以一言尽之。吾弟所为书博矣，所欲为吾弟道者，非可以一言尽。然吾弟自以为才不及子贡，而所言皆子贡所欲闻于孔子而不得者也。则安石有欲为吾弟道者，可勿怪也。

积忧久病，废学疲懒，书不能逮意。知已就试国学，隆暑自爱。他俟试罢见过面尽。不宣。某再拜。

答吴子经书

比得周秀才所示书，即欲奉报，以多病多事，未能如志。重承手问，尤以感愧。知生事弥困，为之奈何？某亦以姻事见迫，又田入不足，故私计亦未能不以经心。然劳逸有命，当顺以听之耳。

前书所示，大抵不出先志。若子经欲以文辞高世，则世之名能文辞者，已无过矣。若欲以明道，则离圣人之经，皆不足以有明也。自秦汉已来儒者，惟杨雄为知言，然尚恨有所未尽。今学士大夫，往往不足以知雄，则其于圣人之经，宜其有所未尽。子经诚欲以文辞高世，则无为见问矣；诚欲以明道，则所欲为子经道者，非可以一言而尽也。

子经所谓邪凿以矫舟，背枘以矫矢，此天下之所同，而舟矢已来，未之改也。先志所论，有非天下之所同，而特出子经之新意者，则与矫舟矢之意为不类。又子经以为《诗》、《礼》不可以相解，乃如某之学，则惟《诗》、《礼》足以相解，以其理同故也。子经以谓如何？

两家各多难，无由会合，许明年见过，幸甚。未尔，自爱！

【解题】

上二文作于神宗熙宁三年（1070）。吴子经，名孝宗，字子经。王安石外家亲戚。

答司马谏议书

某启：昨日蒙教，窃以为与君实游处相好之日久，而议事每不合，所操之术多异故也。虽欲强聒，终必不蒙见察，故略上报，不复一一自辩。重念蒙君实视遇厚，于反复不宜卤莽，故今具道所以，冀君实或见恕也。

盖儒者所重，尤在于名实。名实已明，而天下之理得矣。今君实所以见教者，以为侵官、生事、征利、拒谏，以致天下怨谤也。某则以谓受命于人主，议法度而修之于朝廷，以授之于有司，不为侵官。举先王之政，以兴利除弊，不为生事。为天下理财，不为征利。辟邪说，难任人，不为拒谏。至于怨诽之多，则固前知其如此也。

人习于苟且非一日，士大夫多以不恤国事，同俗自媚于众为善。上乃欲变此，而某不量敌之众寡，，欲出力助上以抗之，则众何为而不汹汹然？盘庚之迁，胥怨者民也，非特朝廷士大夫而已。盘庚不为怨者改其度。盖度义而后动，是而不见可悔故也。如君实责我以在位久，未能助上大有为，以膏泽斯民，则某知罪矣。如曰今日当一切不事事，守前所为而已，则非某之所敢知。无由会晤，不任区区向往之至。

【解题】

神宗熙宁三年（1070），王安石推行变法之际，翰林学士兼右谏议大夫司马光多次致书王安石，要求废止新法、恢复旧制。王安石因作是书，回击司马光的责难。文章结构严谨，语言简洁犀利，是政论文中典范之作。

答曾公立书

示及青苗事。治道之兴，邪人不利，一兴异论，群聋和之，意不在于法也。孟子所言利者，为利吾国，如曲防遏籴，利吾身耳。至狗彘食人食则检之，野有饿莩则发之，是所谓政事。政事所以理财，理财乃所谓义也。一部《周礼》，理财居其半，周公岂为利哉？奸人者因名实之近，而欲乱之，眩惑上下，其如民心之愿何？始以为不请，而请者不可遏；终以为不纳，而纳者不可却。盖因民之所利而利之，不得不然也。然二分不及一分，一分不及不利而贷之，贷之不若与之。然不与之而必至于二分者，何也？为其来日之不可继也。不可继则是惠而不知为政，非惠而不费之道也，故必贷。然而有官吏之俸，辇运之费，水旱之逋，鼠雀之耗，而必欲广之，以待其饥不足而直与之也，则无二分之息可乎？则二分者，亦常平之中正也，岂可易哉？公立更与深于道者论之，则某之所论无一字不合于法，而世之哓哓者，不足言也。因书示及，以为如何？

【解题】

本文作于神宗熙宁三年（1070）。是年，变法逐步推行，革新派与保守派就青苗法展开论战。本文即是因此而作。

除宰相上两府大王免启二

一

伏奉制命特授云云。纶綍之言，布宣于朝廷；钧衡之任，总率于臣工。必收特出之才，乃称具瞻之实。某叨尘事任，参豫政机，虽有许国之愚忠，初无济时之明效。久思自弛，以免庶尤。敢图眷注之私，更置辨章之地。方蒙曲谕，未获终辞。伏望某官深亮悬诚，俯垂怜恻，少借半辞之助，以纾旷责之惭。

二

窃以钧衡之任，实总于百工，苟非经济之材，曷熙于庶绩？某曩叨柄用，已乏事功，方追虚责之尤，岂称具瞻之实？敢图隆眷，未获固辞。伏惟某官仁以曲成，义惟兼济，愿借重言之助，庶逃虚授之惭。

【解题】

此二文作于神宗熙宁四年（1071）。前一年十二月，神宗授安石同中书门下平章事，安石固辞未获，上书两府，乞求代为说项，“逃虚授之惭”。

与王子醇书四

一

某启：得书承动止万福，良以为慰。洮河东西，蕃汉集附，即武胜必为帅府，今日筑城，恐不当小。若以目前功多难成，城大难守，且为一切之计，亦宜勿廮旧城，审处地势，以待异时增广。城成之后，想当分置市易务，为蕃巡检大作廨宇，募蕃汉有力人假以官本，置坊列肆，使蕃汉官私两利，则其守必易，其集附必速矣。因书希详喻经画次第。秋凉自爱。不宣。

二

某启：承已筑武胜，又讨定生羌，甚善。闻郢成珂等诸酋，皆聚所部防拓，恩威所加，于此可见矣。然久使暴露，能无劳费，恐非所以慰悦众心，令见内附之利。谓宜喻成珂等放散其众，量领精壮人马防招，随宜犒劳，使悉怀惠。城成之后，更加厚赏。人少则赏不费财，赐厚则众乐为用，不知果当如此否？请更详酌。荡除强梗，必有谷可获以供军，有地可募人以为弓箭手。特恐新募，未便得力。若募选秦凤、泾原旧人投换，仍许其家人刺手承占本名，官土人员节级更与转资，即素教之兵，足以镇服初附。事难遥度，心所谓然，聊试言之尔。诸当条奏，想不惮烦。露次劳苦，为时自爱。不宣。

三

某启：得书喻以御寇之方，上固欲公毋涉难冒险，以百全取胜，如所喻甚善甚善。方今熙河所急，在修守备，严戒诸将，勿轻举动。武人多欲以讨杀取功为事，诚如此而不禁，则一方忧未艾也。窃谓公厚以恩信抚属羌，察其材者收之为用，今多以钱粟养戍卒，乃造足备属羌为变，而未有以事秉常、董毡也。诚能使属羌为我用，则非特无内患，亦宜赖其力以乘外寇矣。自古以好坑杀人致畔，以能抚养收其用，皆公所览见。且王师以仁义为本，岂宜以多杀敛怨耶？喻及青唐既与诸族作怨，后无复合，理固然也。然则近董毡诸族，事定之后，以兵威临之而宥其罪，使讨贼自赎，随加厚赏，彼亦宜遂为我用，无复与贼合矣。与讨而驱之，使坚附贼为我患，利害不侔也。事固有攻彼而取此者服，诚能挫董毡，则诸羌自服，安所事讨哉？又闻属羌经讨者，既亡蓄积，又废耕作，后无以自存，安得不屯聚为寇，以梗商旅往来？如募之力役及伐材之类，因以活之，宜有可为，幸留意念恤。边事难遥度，想公自有定计，意所及，尝试言之。春暄，为国自爱。不宣。

四

某启：久不得来问，思仰可知。木征内附，熙河无复可虞矣。唯当省冗费、理财谷，为经久之计而已。上以公功信积著，虚怀委任，疆埸之事，非复异论所能摇沮。公当展意，思有以报上，余无可疑者也。某久旷职事，加以疲病，不能自支，幸蒙恩怜，得释重负。然相去弥远，不胜惓惓。唯为国自爱，幸甚，不宣。

【解题】

以上四书，其一作于神宗熙宁五年（1072），后三书作于次年。熙宁五年，秦凤路沿边安抚司王韶（字子醇，一作子纯）出任镇洮军节度使。八月，破木征于巩令城，复熙州。次年，又复河、岷、叠、宕诸州。王安石时任同中书门下平章事，极为关心边事，因屡屡致信王子醇。

罢相出镇回谢启

比奉制恩，许还宰柄。妨贤废事，但淹历于岁时；辞剧就安，更叨逾于宠数。受方国蕃宣之寄，兼将相威仪之多，在于无功，是谓叨宠。此盖留守太师忠能与善，美务成人，顾惟疲曳之余，每赖推扬之助，得纡符绂，归赍丘园，仰玷宠光之私，实逾分原之素。

【解题】

本文作于神宗熙宁七年（1074）。是年，安石罢相出知江宁府，因作是书致留守太师，谢其“推扬之助”。

上执政辞仆射启

窃以中台揆路之要，左省侍班之崇，以畴茂勋，乃称公论。某误尸宰事，久旷天工，方惭莫副于具瞻，岂意更叨于殊奖。比陈愚款，未赐俞音，伏惟某官仁在曲成，义惟兼善，特借半辞之助，庶逃虚授之尤。

【解题】

本文当作于神宗熙宁九年（1076）。时安石罢相居金陵，神宗诏授右仆射，安石屡辞不获，上书请执政代为说项。

与参政王禹玉书二

一

某启：越宿伏惟台候万福。某久尸宰事，每念无以塞责，而比者忧患之余，衰疹浸加，自惟身事，漫不省察，持此谋国，其能无所旷废以称主上任用之意乎？况自春以来，求解职事，至于四五。今则疾病日甚，必无复任事之理。仰恃契眷，谓宜少敦僚友之义，曲为开陈，使得早遂所欲，而不宜迪上见留，以重某逋慢之罪也。区区之怀，言不能尽，惟望深赐矜怜而已。不宣。

二

某启：继蒙赐临，传喻圣训，彷徨踧踖，无所容措。某羁孤无助，遭值大圣，独排众毁，付以宰事。苟利于国，岂辞糜殒。顾自念行不足以悦众，而怨怒实积于亲贵之尤；智不足以知人，而险诐常出于交游之厚。且据势重而任事久，有盈满之忧；意气衰而精力弊，有旷失之惧。历观前世大臣，如此而不知自弛，乃能终不累国者，盖未有也。此某所以不敢逃逋慢之诛，欲及罪戾未积，得优游里闾，为圣时知止不殆之臣。庶几天下后世，于上拔擢任使，无所讥议。伏惟明公，方佐佑大政，上为朝廷公论，下及僚友私计，谓宜少垂念虑，特赐敷陈。某既不获通章表，所恃在明公一言而已。心之精微，书不能传，惟加悯察，幸甚。不宣。

【解题】

本文作于神宗熙宁九年（1076）。王安石自熙宁八年复相，以疾辞之四五，皆不获准。遂请同僚代为进言，乞解机务。本文即是致书参知政事王珪（字禹玉，或作禼玉），请代为陈情。

贺吕参政启

窃闻明命，登用大儒，是宜夷夏之交欢，岂特亲朋之私庆。某官以君子之器，值圣人之时。直道正言，石投水而必受；淫辞诐行，雪见晛而自消。果膺梦卜之求，式受钧衡之任。王功方就，庶无一篑之亏；国势已安，更加九鼎之重。岂徒惠好，过示㧑谦，冀同雅操之坚，以称茂恩之厚。

【解题】

本文写作时间难以确考，大约作于神宗熙宁年间。吕参政，即参知政事吕惠卿。

答桂帅余侍郎启

受才无状，驰义有年，矧以先人，是为雅故。夫何竿牍之问，乃后门阑之厮，诚以贤否之分殊，而又卑尊之势隔。恭惟某官以挺生辅世，以简僚帅边，戒滑夏之近忧，兴保民之长利。有纪之政，当谨后世之传；无能之词，敢虚远人之属？过蒙收引，先赐拊循。丹青甚微，本累玉莹之粹；土木至陋，猥承绨绣之华。莫副推扬，徒知感服，念当拜赐，宜在至前。冀归节于本朝，得望尘于末路，私怀未果，善祷良深。

【解题】

本文写作时间不详，似作于安石入相时。书中称余侍郎“以挺生辅世，以简僚帅边”，表露了自己“冀归节于本朝”之意。

与陈和叔内翰书

某启：早承以券致馈，喻使来请。与和叔交游三十年，非敢相求于末度，然人道交际，又须以礼，是以不果拜赐。久客于此，每以烦费公帑为惭，自是台无馈也，不亦善乎？勒此布左右。不宣。某上。

【解题】

本文作于神宗元丰元年（1078）。陈和叔是安石的朋友，二人曾数度共事。

答吕吉甫书

某与公同心，以至异意，皆缘国论，岂有它哉？同朝纷纷，公独助我，则我何憾于公？人或言公，我无与焉，则公何尤于我？趣时便事，则吾不知其说焉；考实论情，则公宜照其如此。开喻重悉，览之怅然。昔之在我者，既无细故可疑；则今之在公者，尚何旧恶足念？然公以壮烈，方进为于圣世，而某苶然衰疾，特待尽于山林，趣舍异路，则相呴以湿，不如相忘之愈也。相趣召在朝夕，惟良食，为时自爱。

承累幅勤勤，为礼过当，非所敢望于故人也。不敢视此以为报礼，想蒙恕察。承已祥除，伏惟尚有余慕。知有所论著，恨未见之。惟赖恩覆，以得优游，然以疾惫弃日，茫然未有获也。诸令弟各想禔福。

再答吕吉甫书

承诲示勤勤，岂胜愧感。闻有太原新除，然不知果成行否？想遂治装而西也。示及法界观文字，辄留玩读，研究义味也。观身与世，如泡梦幻，若不以此洗心而沈于诸妄，不亦悲乎！相见无期，惟刮摩世习，共进此道，则虽隔阔，常若交臂，虽衰苶眊，敢不勉此？犹冀未死间或得晤语，以究所怀。未尔，良食为时自爱。令弟各想安裕，必同时西上也。

惠及海物，愧荷不忘，村落无物将意，栗二簏驰献。某今年虽无大病，然年弥高矣，衰亦滋极，稍似劳动，便不支持。向著《字说》，粗已成就，恨未得致左右。观古人意，多寓妙道于此，所惜许慎所传止此，又有伪谬，故于思索难尽耳。

【解题】

上二文作于神宗元丰三年（1080）。吕吉甫，名惠卿。蒙安石拔擢，曾是安石的得力助手，后背叛了安石。

回苏子瞻简

某启：承诲喻累幅，知尚盘桓江北。俯仰逾月，岂胜感怅。得秦君诗，手不能舍。叶致远适见，亦以为清新妩丽，与鲍谢似之。不知公意如何。余卷正冒眩，尚妨细读。尝鼎一脔，旨可知也。公奇秦君，数口之不置。吾又获诗，手之不舍。然闻秦君尝学至言妙道，无乃笑我与公嗜好过乎？未相见，跋涉自爱。书不宣悉。

【解题】

本文作于神宗元丰七年（1084）。苏子瞻，名轼，字子瞻，著名文学家。是年七八月间，苏轼自黄州过金陵，拜谒了王安石。二人彼此推重，互有唱和。后苏轼又致信安石，希望他能奖掖秦观，安石因回是简。

与章参政书

自闻休命，日与贤士大夫同喜。承诲示，重以感愧，又喜动止多福。某外尸荣禄，幸可以小愒，而痞喘稍瘳，即苦瞀眩。投老残年，况不复久。唯祝公为时自爱，勉建功业，称明主眷遇而已。书不逮意，想蒙恕亮。

贺章参政启

承闻大号，登用正人，国论所归，帝举时当。伏惟参政谏议，素所蕴蓄，实在生民，久于韬湮，乃遇明主。远大盖存乎道术，绪余宜见夫功名。湖海残生，门阑末契，方士师之未立，可谓曰知；于乐正之有为，云胡不喜？更荷诲言之无间，但惭庆礼之不先。

【解题】

上二书写作时间难以确考，当作于神宗元丰年间。章参政，即参知政事章惇。

上泉州毕少卿启

自去容晖，何尝候问。朅来冗局，顾委琐之自为；阴想价藩，知崇高之难附。伏审履和嘉月，静事雄堂，讼犴昼清，道环天粹。恭惟知府凝姿恬懿，远器廉深，出相衮之名家，而无重衣之逸；领使符于壮齿，而无巧宦之讥。全德所高，上意必简。方将治成坐镇，擢置近班，习练台阁之规，光大勋业之旧。某最惟孤苦，夙佩奖知。短羽卑飞，已甘心于枝粒；阴虬自跃，思远耀于风云。尚遥堂下之趋，益切城中之咏。

上梅户部启

右某一涯承乏，自晦于尘容；百舍怀贤，坐倾于风美。钦想承流之暇，妙均安节之休。恭惟某官奥学丕天，懿文华国，跻荣肮仕，逢吉太辰，由郡署之阶，擢台端之要。公毅执法而邪孽不奸，谟明尽规而权纲自正。畴咨心术之具，往贰计侯之司，式是均劳，遂淹补外。朱幡问俗，访山水之昔游；文石疏恩，即枫槐而日见。入持政柄，允副民瞻。属临怀气之辰，尚远隆堂之拜。愿臻颐卫，前对宠光。

上宋相公启

此者冒跻官次，荣托使车，躬裁琐琐之文，私布惓惓之意，干磨为吝，震叠于怀。会走干之鼎来，辱縢书而宠答，优为体貌，略去等夷，繄奖予之大隆，滋回皇之失次。恭审镇临以简，保御惟和，积有休祥，来护兴寝。伏况某官风华灵茂，天韵闳深，早冠冒于士人，亟奋祥于朝野。谠言善策，发为天子之光；厚实美名，布在舆人之诵。惟江都之旧壤，乃天堑之上游。地接京师，聊倚诸侯之重；民瞻岩石，方图师尹之贤。曾是顽疏，终然庇赖，尚兹婴薄，未即趋驰。

上集贤相公启

为吏南州，抗尘末路。处洪钧之大器，小以自持；瞻英衮之尊踪，孤而难附。恭惟法宫议道，贤业熙天，燮精祲之至和，纳亨嘉之盛福。伏惟某官，乘堪舆浩直之气，为庙堂倚平之才，逢辰清明，发策高妙，垂绅近署之列，直笔中台之端。龙阁之富图书，密承顾问；蜀部之风教化，遂协都俞。遽促锋车，入参畯嘏。旋属圜虚耀狼角之色，狂寇毒清河之民，击义节以请行，先堂兵而制胜。淮西入命，晋公大宣慰之名；朔方熚威，子仪开幕府之盛。尽刘大憝，入奏元功，式尊通宰之荣，上正文昌之坐。方将图讲熙事，修举治纲。坯冶一陶，辅成于醇化；箫勺群慝，跻格于太宁。顾惟干进之微，获此庇晖之下。伏希上为国体，保固台严。西首钧庭，下情无任云云。

上江宁府王龙图启

右某位貌间殊，风规高远。思贤百舍，无阶贽见之仪；承乏一涯，弥阔门墙之便。恭审镇临会府，燕息黄堂，讼鲕昼清，道环天粹。伏惟知府龙图岩廊佳品，时栋上材，达亨会于凝旒，跻荣阶于近署。龙图司秘阁之奥，使台峻右陕之邦，均逸方城，为国臣屏。帝晖温晬，召还即对于清光；台座荧煌，图任必归于旧德。萧辰方肃，宇荫尚遥，伏希上为治朝保和福履。

【解题】

以上五启写作时间不详，当作于早年。此五书篇幅简短，多溢美之辞，殆为进身干谒者。

上田正言书二

一

正言执事：安石五月还家，八月抵官。每欲介西北之邮布一书，道区区之怀，辄以事废。

杨，东南之吭也，舟舆至自汴者，日十百数。因得问汴事与执事息耗甚详。其间荐绅道执事介然立朝，无所跛倚，甚盛，甚盛！顾犹有疑执事者，虽安石亦然。安石之学也，执事诲之；进也，执事奖之。执事知安石不为浅矣。有疑焉不以闻，何以偿执事之知哉？

初，执事坐殿庑下，对方正策，指斥天下利害，奋不讳忌。且曰："愿陛下行之，无使天下谓制科为进取一涂耳！"方此时，窥执事意，岂若今所谓举方正者猎取名位而已哉？盖曰行其志云尔。

今联谏官，朝夕耳目天子行事。即一切是非，无不可言者。欲行其志，宜莫若此时。国之疵、民之病亦多矣，执事亦抵职之日久矣。向之所谓疵者，今或痤然若不可治矣；向之所谓病者，今或痌然若不可起矣。曾未闻执事建一言寤主上也。何向者指斥之切而今之疏也？岂向之利于言而今之言不利邪？岂不免若今之所谓举方正者猎取名位而已邪？人之疑执事者以此。

为执事解者，或曰："造辟而言，诡辞而出，疏贱之人，奚遽知其微哉？"是不然矣。传所谓"造辟而言"者，乃其言则不可得而闻也，其言之效，则天下斯见之矣。今国之疵、民之病，有滋而无损焉，乌所谓言之效邪？

复有为执事解者曰："盖造辟而言之矣，如不用何?"是又不然。臣之事君，三谏不从则去之，礼也。执事对策时，常用是著于篇。今言之而不从，亦当不翅三矣。虽惓惓之义，未能自去，孟子不云乎："有言责者，不得其言则去。"盍亦辞其言责邪?执事不能自免于疑也必矣。虽坚强之辩，不能为执事解也。

乃如安石之愚，则愿执事不矜宠利，不惮诛责，一为天下昌言，以寤主上；起民之病，治国之疵，蹇蹇一心，如对策时。则人之疑不解自判矣。惟执事念之。如其不然，愿赐教答，不宣。某顿首。

二

某闻公卿大夫，才名与宠兼盛于世，必有大功以宜之，否则君子扐之。执事姿略颖然出常士之表，应进士中甲科，举方正为第一。将朝车通举刺史事，又入善策，得玺书召。名与宠不已兼盛于世邪?所未较著者功尔。

本朝太祖武靖天下，真宗以文持之，今上接祖宗之成，兵不释翳者盖数十年，近世无有也。所当设张之具，犹若阙然。重以羌酋梗边，主上方揽众策以济之。天下举首戴目，属心执事者难以一二计。为执事议者曰："朝廷借不吾以宜，且自赞以植显效，酧天下属己之意。矧上惓惓然命之乎?此固策大功之会也。"抑闻之：峣峣者易缺，皦皦者易污。执事才名与宠，可谓易污、易缺者，必若策大功，适足宜之而已，可无茂邪?

恭惟旦暮辅佐天子秉国事，修所当设张之具，复边人于安，称主上所以命之之意，使天下举首戴目者，盈其愿而退，则后世之书，可胜传哉?董仲舒有是才名，顾不获此宠；公孙季有此宠，不成此功。有此宠而成此功者，宜在执事，不宜在它。草鄙之人，不达大谊，辱奖训之厚，敢不尽愚。

【解题】

上二书写作时间难以确考，当是作于早年。前书不避冒昧，请田正言“不矜宠利，不惮诛责，一为天下昌言……起民之病，治国之疵”，以释天下人疑。后书称田正言“名与宠兼盛于世”，“所未较著者功尔”，劝其策大功。

上田正言启

谢去宾庭，归安子舍，逮今旋月，惟日想风，会稽考之相仍，顾縢书而不暇。伏况贤哲异禀，神明与休，起居安恬，福履腌厚。恭以某官，刚素不倚，沈深内明，逢辰以征，取位如拾，朝所恃赖，士相据依。矧惟甚盛之才，实在可言之职，庙谟中失，物议否臧，有足敷陈，谅无回隐。仰裨大政，取显官联，四面所瞻，一心以徯。某早烦教育，晚出荐延，方兹办装，不日临职。趣驰之地，固未有涯；芘赖之心，尚安所适？

【解题】

本文写作时间未可确知，大约作于早年。前有《上田正言书二》，可参见。

上蒋侍郎书

某尝读《易》，见《晋》之初六曰：“晋如摧如，贞吉。罔孚，裕，无咎。”此谓离明在上，已往应之。然处卦之初，道未章著，上虽明照而未之信，故摧如不进，宽裕以待其时也。又《比》之上六曰：“比之无首，凶。”此谓九五居中，为上下之主，众皆亲比，而己独后期，时过道穷，则人所不与也。斯则圣人赜必然之理，寓卦象以示人事，欲人进退以时，不为妄动。时未可而进，谓之躁，躁则事不审而上必疑；时可进而不进，谓之缓，缓则事不及而上必违。诚如是，是上之人非无待下之意，由乎在下者动之不以时，干之不以道，不得中行而然耳。

夫读圣人之书，师圣人之道，约而为事业，奋而为文辞，而又胸中所蕴，异乎世俗之所尚，凡闻当世贤公卿大夫之名，则必蕲一见，以卜特达之知，庶乎道有所闻，而志有所展。其于进退之理，可以不观时乎？

故自执事下车受署，于兹数月；士之借于郡者，皆获见于左右。然某独以区区之质，保在逆旅，适当宇下，屏息退处，终未能伏谒麾棨。岂无意乎？盖以声迹沉下，最处疏贱，旧未为执事之知。加公庭兼视之初，宾游接武之际，虽神明之政，尚或未周。某当是之时，苟一而进，则才之与否，窃虑未察，故晋之义，有摧如之退也。

今执事聪明视听，悉已周洽，风俗之美恶，士流之能否，皆得而知之矣。况复侧聆执事屡以羁齿挂于余论。某当此之时，苟不自进，是在比之义，有后夫之凶也。故窃自蹈于二卦之象，当可进之时，得其中而行之，则或几于圣人之训矣。

恭惟执事，禀天正气，为朝名臣，以文雅蹇谔简在上意。是以出入台阁，践履中外，朝廷百执事，天下之人，孰不惮执事之威名，服执事之德望，谓师尹庶士，坯冶群品，天子用之，期于匪久。虽某居丧之制，越在草土，厌冠苞屦，不入公门，苟候外除，然后请于左右。倏然朝廷走一封之传，升执事于严近，与诸公对掌机政，召和气于天下，则必廉隅之上，体貌之殊绝，廊庙之间，贵贱之不接，某于是时，愿拜风采，则无因而至前矣。今所以道可进之时，不以丧礼自忌，直诣铃下，期一拜伏者，诚以斯时之难得会也。

执事必以某进得其时，于道无所戾，赐之坐次，察其言行。若乃时政之得失，国家之大体，虽不能尽识其所底，至于前古之盛鉴，圣贤之大意，亦少见其素蕴焉。而某受知于执事，岂止于兹乎？冀异时执事陶熔之下，庶或裨于均政之万一。言质意直，干浼英听，无任惶越之至。

【解题】

本文写作时间不详，似应作于早年。文章以《易·晋》之初六，《易·比》之上六，喻"人进退以时，不为妄动"。

与王宣徽书三

一

某顿首再拜：阻阔门墙，浸弥年月，惓惓乡往，岂可胜言！某屏居丘园，衰疾日婴，阙于修问，想蒙矜恕。北都衙校，偶至北山，得闻比日动止康豫，深慰鄙情也。南北辽阔，无缘进望履舄，惟冀为时倍保崇重，无任祷颂之至。某惶恐再拜留守宣徽太尉台座。谨空。

二

某顿首再拜留守宣徽太尉台座：久远言侍，岂胜瞻仰！山川阻阔，修问旷疏。窃惟尊体动止万福，门内吉庆。新正，伏冀为国自重，下情祷颂之至。不宣。某顿首再拜。

三

某惶恐再拜：伏承屡求自佚，圣上贪贤，想必未遂高怀。无缘造诣，岂胜企仰！某衰疾日积，待尽丘园，每荷眷记，但深感切。某惶恐再拜。

答范峋提刑书二

一

某启：久阻阔，岂胜向往。承诲喻示及，知舟驭已在近关，良喜动止万福。冀得瞻晤，又重以喜，余非面叙不悉。某启上。

二

某启：承营从数辱丘园，得闻余论，多所开释。戒行有日，适以服药疲顿，不获追路，岂胜愧怅。冒涉方远，冀良食自寿，以慰系恋。谨奉启以代面叙。某启上提刑奉议。

答俞秀老书

某启：比遘危疾，疗治百端，仅乃小愈。窃闻秀老亦久伏枕，近才康复，不知营从何时如约一至此乎？岁尽当营理报宁庵舍，以伫游愒。余非面叙不悉。未相见间自爱。令弟见访，阙于从容，及间邀之，已过江矣。闻不久复来，不及别幅也。某启上。

与耿天骘书二

一

某启：比得诲示，以无便，不即驰报，然乡往何可胜言也。

岁月如流，日就衰苶。今夏复感眩瞀如去秋，偶复不死，然几如是而能复久存乎！旁妇已别许人，亦未有可求昏处，此事一切不复关怀。陶渊明所谓“身如逆旅舍，我为当去客”，于未去间，凡事缘督应之而已。藿香散并方附去，或别要应病药，不惜谕及。台上草木茂密，芙蕖极盛，未知何时可复晤语，千万自爱！

二

某启：承诲示勤勤，并致美梨，极荷不忘。纯甫事失于不忍小忿，又未尝与人谋，故至此。事已无可奈何，徒能为之忧煎耳。旁每荷念恤，然此须渠肯，乃可以谋，一切委之命，不能复计校也。药封上。未审营从何时能如约见过，日以企伫。稍凉自爱，贵眷各吉庆。不宣。某启上。

【解题】

以上八书写作时间不可确考。以内容考之，当作于安石罢相退居金陵时。文中每每感叹病衰，不胜凄凉。

回贺生日启

闾史记时，永念劬劳之报；牙兵传教，乃蒙慰赐之加。仰荷眷怜，岂胜感恻？伏惟判府留守太尉望隆国栋，声冠时髦。如畎亩之余生，乃门阑之旧物，尚负品题之赐，每愧愚憧，敢图恩纪之施，未遗幽远。仰承嘉惠，增激懦衷。

【解题】

本文写作时间不详，大约作于晚年退居金陵时。前此，留守太尉来信贺安石生日，安石因作此复函。

与程公辟书

某启：比承故人远屈，殊以不获从容为恨。更烦专使，贶以好音，岂胜感怅！阴晴不常，寒暄屡变，尤喜跋涉动止安豫。平字韵诗，不敢违指，聊供一笑。集古句亦勉副来喻，不足传示也。尚此阻阔，惓惓可知，千万自爱，以副情祷也。不宣。某再拜正议公辟老兄。

厚之康强，必数相见。久欲致书未果，幸因晤语，为道惓惓也。

【解题】

本文写作时间不详，似作于晚年。程公辟，名师孟，字公辟，安石之友。

与沈道原舍人书二

一

某启：辱手笔，感慰。又复冬至投老，触绪多感，但日有东归之思尔。上聪明日跻，然流俗险肤，未有已时，亦安能久自困苦于此。北山松柏，闻修雅说，已极茂长，一两日令俞逊往北山，因欲渐治垣屋矣。于道原欲略布所怀。

二

某启：久不作书，然思一相见，极饥渴也。近因歙州叶户曹至此，论及《说文》，因更思索鸟兽草木之名，颇为解释。因悟孔子使人多识，乃学者最后事也，续当录寄。道原何以淹留如此，若道原有除，吾甥当能一过江相见。诸欲面晤，何可胜言?此时四姐亦当可以一来相见矣。未间自爱。

与沈道原书三

一

某启：知在长芦，营造功德，无缘一造，岂胜向往！见黄吉父，说四姐甚瘦悴，恐久蔬食而然，切须斟量，勿使成疾。一切如梦，不须深以概怀，但精心祈向，亦不必常断肉也。每欲与七弟到长芦，相要会聚数日，然头眴多痰，动辄复剧，是以未果。稍寒自爱。念二谢书，思忆不可言也。某启上。

二

某启：承眷恤，重以感慰，衰莫眩昏，幸而获愈。然槁骸残息，待尽朝夕，顿伏床枕，无足言者。十四、念二，并烦存问，感愧，感愧！四妹且时时肉食，恐久而成疾也。相去虽近，无缘会晤，良食自爱。疲倦书不及悉。某启上。

三

某启：比承诲问，岂胜感慰！肿疡虽未溃，度易治，不烦念恤。推官到此，深喜阖门吉庆。疲困不宣悉，冀倍自爱。某启上。

【解题】

以上书信五篇，写作时间难以确考，大约皆作于安石退居江宁时。信中感叹“一切如梦”，“槁骸残息，待尽朝夕”。沈道原，字季长，安石妹夫。

与郭祥正太博书五

一

某叩头：得手笔存问，区区哀感，所不可言。示及诗篇，壮丽俊伟，乃能至此，良以叹骇也。辄留巾匭，永以为玩。山邑少事，不足以烦刲治，想多暇日，足以吟咏。无缘一至左右，惟自爱重，以副向往之私，幸甚。

二

某叩头：罪逆余生，奄经时序，咫尺无由自诉。伏承存录，贶以诗书，不胜区区哀感。诗已传闻两篇，余皆所未见。豪迈精绝，固出于天才，此非力学者所能逮也。虽在哀疚，把玩不能自休，谨辄藏之巾匭，永以为好也。知导引事稍熟，希为人慎疾自爱，幸甚。

三

某叩头：承示新句，但知叹愧。子固之言，未知所谓，岂以谓足下天才卓越，更当约以古诗之法乎？哀荒未能剧论，当俟异时尔。闻有殇子之衅，想能以理自释情累也。某罪逆荼毒，奄忽时序，诸非面诉无以尽。

四

某启：近承屈顾，殊不得从容奉颜色，遽此为别，岂胜区区愧恨。乍远，千万自爱！承行李朝夕当复来此，诸须面诉乃悉。

许诗不惜多以藁副见借为幸。

五

某顿首：比承手笔，尤剧欣慰。时序感心，不能自释，咫尺无由奉见，向往尤深。蒙许寄诗，幸甚。尚此留连，不惜数赐教也。冬寒自爱。舍弟近出，岁尽乃归，承书所以不得报也。

【解题】

上五书写作时间难以确考，大约作于安石退居金陵时。安石与郭诗文酬和较多，此五信即论此。

回元少保书二

一

某启：比承存问，不敢因邮叙感，日诇营从之东，驰布悃愊。专使临门，诲喻稠叠，区区感激，何可具言！承动止康宁，深以为慰。相望数驿，而衰惫日滋，无缘驰诣，但有向往。若春气喧和，乘兴游衍，得陪几杖，何幸如之。未尔间，伏乞良食自重。不宣。某再拜致政少保台座。

二

某启：久阙修问，岂胜企仰，新岁想膺多福，贵眷各吉庆。山川相望，拘缀无缘造晤，冀倍自寿重，以副惓惓也。程公辟想日得从容。某再拜致政少保台座。

【解题】

上二书写作时间难以确考，当作于安石退居金陵时，即神宗熙宁末或元丰年间。元少保，参知政事元绛。

与吴特起书

某启：适见钟检正世美言上舍吴师礼浙人也，有文学节行，欲为逢原婿。彼极多人欲婿之，而慕逢原节义，故欲娶其女。钟为人不妄，吴亦有名，故欲作书奉报，乃得来书，更请审择。特起肯远相过，甚慰思渴。老年待尽，若复得一相见，岂非幸愿？今岁暑雨特甚，多逃于北山。平生未尝畏暑，年老气衰，复值此非常气候，殊为惫顿。书不及悉，千万自爱。

【解题】

本文写作时间难以确考，当作于安石晚年、退居金陵时。文中谈到为亡友王逢原择婿之事。

答蔡天启

某启：近附书想达，比日安否如何？何时南来，日以企伫。得书说同生基，以色立诚如是也。所谓犹如野马、熠熠清扰者，日光入隙所见是也。众生以识精冰，合此而成身，众生为想所阴，不依日光，则不能见。想阴既尽，心光发宣，则不假日光，了了见此，此即所谓见同生基也。未即会晤，为道自爱，数以书见及，尊教授想比日安佳，未及为书。

【解题】

本文写作时间未可确考，当作于其退居金陵之时。安石晚年好参禅，本文即讨论“同生基”。

请秀长老疏二

一

伏以性无生灭，不出于如，法有思修，但除其病。故牟尼以无边阐教，诸祖以直指明宗，虽开方便之多门，同趣涅槃之一路。知言语之道断，凡尔忘缘；悟文字之性空，炽然常说。至于穷智之所不能到，谕言之所不可传，苟非其人，曷与于此？秀公早种多识，独悟惟心，或以群言开有学之迷，或以一指应无穷之问。云门法印，既所亲承；正觉道场，诚资演畅。宜从众志，来嗣一音。

二

伏以正法眼藏，诸祖之所亲传，大甘露门，众生之所祈向，非由开士，曷振宗源？伏惟某人性悟无生，识趋有学，喻法常知于舍筏，陶真已得于遗珠。灵焰无穷，能作千生之续；妙音普振，同沾一雨之滋。愿临真觉之道场，亲受云门之法印，仰惟慈证，俯徇众求。

【解题】

此二书写作时间未可确知，大约作于晚年、退居金陵时。安石晚年好参禅、谈佛事，此二书与秀长老所谈即是。

答程公辟议亲书

某启言：念某跂通德之门，驰诚数仞，叙宜家之庆，拜贶尺书。伏承贤郎推官，兰砌传芳，鲤庭禀训，辱好逑之首逮，见久要之弥敦，鸿仪之复问敢稽，鹊喜之叶占既吉。眷惟侄女，未习妇功，交秦晋之欢，仰从嘉命，望金张之馆，俯愧衰宗。荣幸所兼，敷陈畴悉，谨奉状谢，伏惟照察。谨状。

回曾签书免启

伏审显膺优诏，进贰中枢。伏惟欢慰。某官钟才宏远，逢运休明，夙柬注于宸心，克将明于王政。乃置民瞻之地，实资世济之才。明命诞敷，师言咸允，而剡章上奏，辞宠更坚。惟只若于王休，庶共釐于邦采。

回谢舍人启

伏审诏试公府，书命帝庭，茂对明缗之恩，遂膺显服之赐。豫游惟旧，怀慰良多。舍人美行迈伦，高材济务，自翱翔于朝路，实熠耀于士林。孚号载扬，师虞惟允。未皇赞喜，特枉鸣谦。感愧之私，敷言曷罄。

上抚州知州启

讲闻风声，积有时序，刺史之天所庇，先人之树固存，仰高之心，惟日为岁。顾贱官之有守，通私谒之无阶。恭惟班宣有条，保养多福。伏以某官学周事变，行应表仪，比以将明之才，遂当宽博之选。一麾坐府，犹屈于远图；三节造庭，宜膺于显数。伏惟为国自爱，副人所瞻。

贺知县启

光膺芝检，荣宰花封，凡属庇庥，良增欣抃。恭惟某官资性敏悟，器怀坦夷，直哉有古人之风，挺然生贤者之后。自历烦任，罄施干材，美声闻于帝聪，佳器称乎国宝。是乃拜纶綍之命，殿子男之邦，凛乎清风，耸是群望。操刀之能制锦，素显殊勋；弹琴之不下堂，行闻异政。

上运使孙司谏启

近者承颜使扆，获拜于真贤，恪次海滨，已虔于命署。顾赋材之艰拙，借容德之庇存，蹈景为怀，向风增悚。某官清机昭理，大业镇浮，以谟明抗论谏垣，以才识典校仙藏。赤裳按部，一新废置之纲；文石疏恩，即还清切之禁。伏冀为时宝练，延国宠章。

与徐贤良书

某叩首：罪逆苟活，向蒙贤者不以无状，远赐存省，区区哀感，所不可言。自后日欲修问，而乃重烦手教，先加抚慰，重以愧恻也。从是北征，计在旬月，过润去此甚近，以几筵之故，无由一至京口奉候，瞻向之情，可以意知也。自别后不复治礼，亦时时体中疾病，诸非面见，何可言也。千万自爱！数以书见及，幸甚。尊兄支福，不及别削也。

答戚郎中启

阻阔风貌，固常咏思。重庆诰章，擢升郎署，闻报之晚，裁贺未皇。敢意谦明，首形缄问，辞博以厚，义高且醇，承拜置前，诵玩无斁。喜闻王事优简，神宇粹平。某官奉国不回，处官以正，秩中台之显要，柄外镇之惨舒，民无隐情，治有异迹。伫闻旌召，续附庆书。

答林中舍启二

一

幸怜封畛，叨缀戚姻，仰风诚勤，奉问顾缺。敢图盛意，申贶华辞，荷相存之至隆，非遽数之可既。钦承德履，茂享春祺，更冀保绥，少符倾向。

二

去德不远，向风诚勤，日有简书之烦，久无竿牍之献。敢图风谊，远损书辞，仰衔存爱之隆，实重顽疏之过。未由占对，窃冀保绥，祷颂之私，指陈不既。

答福州知府学士启

某启：辞阔义风，累更元历，虽疆城之相比，愧缄疏之未皇。敢意谦明，首书存聘，赐之良实，重以好辞，无因至前，承拜知悚。某官卿材修固，国器方廉，登步本朝，汪翔盛问。维高闽之要地，实南越之旧都，顾赖忠良，镇此襟带，既闻善治，宜有宠章。用冀保和，且须来命。

谢徐秘校启

比因幸会，得奉光仪，甫荷眷存之深，遂伤睽隔之远。忽承高谊，特损谦辞，顾奖引之过中，非孤蒙之敢望，拜嘉之重，为愧则多。贤隽之材，神明所相，茂惟兴止，休有福祥。未即趋承，惟加调护，伫膺殊擢，以慰遐思。

答沈屯田启

趋承维旧，违去尚新，唯是思企之深，曾无忘去之顷。敢图恩纪，特赐书辞。仰荷眷存之尤，内怀恐愧之极。岁云燠沐，物且长嬴。茂惟贤明，多有休福。切况藩宣之盛，倚成陪贰之良。伏惟顺序自颐，副人所望。

【解题】

以上书信十一篇，写作时间不详。除《答程公辟议亲书》外，皆为应酬短笺或代人执笔。

回韩相公启

伏审祗服命书，已临使府。来章得请，尤欣闾里之还；旧俗去思，胥庆旌麾之入。伏惟某官气凝简厚，学造本元，忠义著于三朝，功名垂于一代。铜台坐镇，居多恬养之休；棠讼日清，久被仁渐之化。未遑驰庆，先辱贻书，愓然汗颜，俯以拜贶。其为感戢，实倍悃悰。

【解题】

本文写作时间不详。韩相公即宰相韩琦。安石前接韩琦之书，今作复。

贺留守太尉启

某启：恭闻孚号，崇奖耆明，肇建节旄，再司管籥，匪周邦之独慰，乃黎献之交欣。伏惟留守太尉，朝廷伟材，宗庙贵器，华问既大，宠禄用光。取甘茂之十官，最先诸老；间季友于两社，乃允具瞻。将坛之拜既崇，公衮之归岂晚。某旧蒙识拔，尚阻趋承，踊跃之私，实为倍百。

【解题】

本文写作时间不详。安石致此函贺留守太尉“肇建节旄，再司管籥”。

贺文太师启

伏以岁旦更始，物得以生，当命相布德之时，乃使民观象之月。伏惟致政仪同太师，王缵之事，天降之才。冕服命圭，极上公之贵号；神旗豹尾，总全魏之嘉师。宜获相于明灵，以时膺于戬谷。某限以病居在远，庆贺无阶，同善颂于舆人，以自输于微志。

回文侍中启

伏审显奉制书，荣迁官秩，暂解枢衡之密，出分藩辅之忧。伏惟某官器范旷夷，才猷肤敏，著三朝之茂烈，为一代之宗工。遽辞机务之繁，屡贡近藩之请。诏音赐可，顾志愿之莫违；宠数有加，唯德功之宜称。岂期明哲，尚屈谦虚，况当成命之行，允协佥言之望。冀回冲守，以对茂恩。

贺致政文太师启

右某启：伏审明制闵烦，安车归憩，位在三公之首，名兼两镇之崇。诞告敷闻，具瞻胥庆，岂惟末契，窃仰高风。恭惟致政仪同太师声冠时髦，望隆国栋。天应时而生德，帝考实而念功。萧何汉之宗臣，方叔周之元老。宠灵莫二，宜受祉之难穷；恳恻有加，遂留贤而弗获。瞻承虽阻，企慕实深。

回文太尉书

某再拜留守太尉仪同台座：久远言燕，岂胜怅仰，山川阻阔，久旷驰问，仰惟尊体动止万福。丘园衰疾，候望无阶，唯冀为时倍保崇重，下情祝望之至。不宣。某再拜。

【解题】

以上为安石致文彦博书信四通，写作时间不详。信中盛赞文彦博“天降之才”、“著三朝之茂烈，为一代之宗工”。

答徐绛书

某鄙朴，未尝得邂逅，而蒙以书辱于千里之远，固已幸甚。然足下求免于今之世，而求合于古之人，不以问世之能言，而欲有取于不肖，此某之所以难于对也。

自生民以来，为书以示后世者，莫深于《易》。《易》之所为作，不出足下之所求。文王以伏羲为未足以喻世也，故从而为之辞。至于孔子之有述也，盖又以文王为未足。此皆聪明睿智，天下至神，然尚于此不能以一言尽之，而患其喻之难也。况以区区之中材，而御变故之无穷，其能皆有所合而卒以自免乎？虽能有所合而有以自免，其可以易言而遽晓乎？此某夙夜勉焉而惧终不及者也，其能遽有以进左右者乎？

然学者患其志之不同，而有志者欲其为之不已。某与足下，幸志同矣。如为之不已，他日邂逅，得各讲其所闻，择其可以守之，庶其卒将有得焉。盖古之人其成未尝不以友者，此亦区区有望于君子也。

【解题】

本文写作时间未详。信中谈了自己对《易》的看法，期待他日与徐相逢，互相切磋。

与孟逸秘校手书十

一

某顿首仲休兄足下：自京师奉别，于今已八九年。事物之役，少休息时，不得驰问，但增勤企。忽得书，乃知尚滞下邑，幸得会合，欢慰固无量。顾惟忝一日之雅，而以公函见赐，窃惭怍，不知所谓也。拜见在近，千万自爱！他留面陈。

二

某顿首：昨日以旱事奉报，既而且以书抵王公，言今旱者皆贫民，有司必不得已，不若取诸富民之有良田得谷多而售数倍之者，贫民被灾，不可不恤也。度治所已接状矣。然民既为使者所沮，得无贫懦力不能复自诉者乎？唯念之。屯田必已入城矣，前治宿松事，何其详也！锦鸡更求两雌，不欲忤物性耳。秋凉自爱。

三

某顿首：数日得奉谈笑，殊自慰。怀渴殊深，伏惟动止万福。鹇已领得，感怍。当有元给之直，幸示下！不然，则鲁自是不赎人矣。按田良苦，惟宽中自爱。两日稍寒矣，尤宜自爱。

四

某顿首仲休兄足下：辱手笔，感尉。跋涉溪山之远，亦劳矣。然足以尉二邑元元之望，惟宽中自爱也。人求还急，修答不谨，幸见亮！有不逮，见教。

五

某顿首：到郡匆匆，欲一诣邑得奉见，尚未果。伏惟动止万福。岁饥如此，幸得贤令君相与为治，宜不至有失所者。然闻富室之藏，尚有所闭而未发者。切以谓方今之急，阁下宜勉数日之劳，躬往隐括而发之，裁其价以予民。损有余以补不足，天之道也，悠悠之议，恐不足恤，在力行之而已。不知鄙见果可行否，幸一报有以见教。幸多爱。屯田尊候万福，不及上状。不知端州何时可以到此？欲及其将至，使人以书迓之，幸一为致问示及。不久得奉见，未尔，自爱。

六

某顿首：某不肖，学不得尽意于文章，仕不得行其所学，苟居窃食，动辄愧心，而世之同好恶者已云少矣。遇足下于此，最为相尽，义不得讳其不腆之文，过蒙推褒，非所望也。朋友道丧之日久矣，以某之不肖，行于前而悔之于后，自已为多矣，况足下之明邪！每望教督，而终未蒙。惟足下不遗，以朋友之义见存，不胜幸甚。更数日遂东去。千万自爱，不胜思怀也。

七

某顿首：辱书感慰。想按田劳苦，乞自爱。惟下户所得亦不多，又诚可哀。至于豪右，虽所蠲至少，未为损也。仁明审处之而已。质利甚好，但某亦自质却数十千，恐不免嫌谤也。邑中但痛绳之，岂有不从者乎？按置一二人，自然趋令矣。日夕思一见无由，闻常因检覆至近郊，能入城否？或不欲入城，惮请谒之烦，即至近郊，可示谕，当走城外奉谒也。

八

某顿首：辱书感慰。非兄之爱厚，何其能勤勤不忘如此也？奔走南北，而事多不能如心，去就之际，未知所择，安能无劳于心邪？不知兄代者何时到乎？春暄，千万自爱，以慰鄙怀也。时以书见及，不胜幸愿。

九

某顿首：近别殊思渴，雨不足遽止，为之奈何？两日欲作书往，而私门不幸，再得小功之讣，愁苦岂可以言说邪！元规得南信否？昨日报之，当更重其爱思。然恐其急于得实，又当走人往候之故耳。前日所议云何？欲以公往，可否？然元规方内忧，暇议此否？此决无害事，但已之为不可耳，更裁之。黄任道书烦送去，无聊上问，不谨幸怜察！

十

某顿首：幸以一日之雅，而每辱以公礼见加，非所望也。蒙谕具晓盛意，举监若行辞不难也，至于阁下治行，自为诸公所知，不患无知己也。惟以道自释，余留面究也。蚕辫之人，今岁如何？邑亡岁之凶，固贤令仁佐政治之所及也，窃以为慰。

【解题】

以上与孟逸书十通，写作时间不详。此十信，篇幅简短，对孟逸“按田”，多方嘱咐。

答龚深父书

某得手笔，感慰，尤喜侍奉万福。所示王深父事甚晓。然不为小廉曲谨，以投众人耳目，而趣舍必度于仁义，是乃深父所以合于古人，而众人所以不识深父者也。言之于深父何病？

杨雄亦用心于内，不求于外，不修廉隅以侥名当世。故某以谓深父于为雄，几可以无悔。杨雄者，自孟轲以来，未有及之者。但后世学士大夫，多不能深考之尔。孟轲，圣人也。贤人则其行不皆合于圣人，特其智足以知圣人而已。故某以谓深父其知能知轲，其于为雄几可以无悔。杨雄之仕，合于孔子无不可之义，奈何欲非之乎？若以深父不仕为过于雄，则自雄以来能不仕者多矣，岂皆能过于雄乎？若以深父之不仕为与雄异，则孟子称禹、稷、颜回同道。深父之于为雄，其以强学力行之所至，仕不仕特其所遭义命之不同，未可以议于此。

深父吾友也，言其美，尤不敢略，亦不敢诬，所以致忠信于吾友。然以久废学，恐所论尚不中，不惜更详喻及也。

【解题】

本文写作时间不详。文章将王深父比作扬雄，并反复论证“其于为雄几可以无悔”。

答蒋颖叔书

阻阔未久，岂胜思渴。承手笔访以所疑，因得闻动止，良以为慰。如某所闻，非神不能变，而变以赴感，特神足耳。所谓性者，若四大是也。所谓无性者，若如来藏是也。虽无性而非断绝，故曰一性所谓无性，曰一性所谓无性，则其实非有非无，此可以意通，难以言了也。惟无性，故能变。若有性，则火不可以为水，水不可以为地，地不可以为风矣。长来短对，动来静对，此但令人勿著尔。若了其语意，则虽不著二边而著中边，此亦是著。故经曰：“不此岸，不彼岸，不中流。”

长爪梵志一切法不变，而佛告之以受与不受亦不受，皆争论也。若知应生无所住心，则但有所著，皆在所诃，虽不涉二边，亦未出三句。若无此过，即在所可，三十六对无所施也。《妙法莲华经》说实相法，然其所说，亦行而已。故导师曰，安立行净行，无边行上行也。其所以名芬陁利华，取义甚多，非但如今法师所释也。

佛说有性，无非第一义谛，若第一义谛，有即是无，无即是有，以无有象计度言语起而佛不二法。离一切计度言说，谓之不二法，亦是方便说耳。此可冥会，难以言了也。

【解题】

本文写作时间不详。文章主要就佛所谓“性”之有无进行阐释。

上凌屯田书

俞拊，疾医之良者也。其足之所经，耳目之所接，有人于此，狼疾焉而不治，则必欿然以为己病也。虽人也，不以病俞拊焉则少矣。隐而虞俞拊之心，其族姻旧故有狼疾焉，则何如也？末如之何，其已，未有可以治焉而忽者也。

今有人于此，弱而孤，壮而屯蹶困塞，先大父弃馆舍于前，而先人从之，两世之柩，窭而不能葬也。尝观传记，至《春秋》过时而不葬，与子思所论未葬不变服，则戚然不知涕之流落也。窃悲夫古之孝子慈孙，严亲之终，如此其甚也。今也乃独以窭故，犯《春秋》之义，拂子思之说，郁其为子孙之心而不得伸，犹人之狼疾，奚有间哉？

伏惟执事，性仁而躬义，悯艰而悼厄，穷人之俞拊也，而又有先人一日之雅焉，某之疾，庶几可以治焉者也。是敢不谋于龟，不介于人，跋千里之途，犯不测之川，而造执事之门，自以为得所归也。执事其忽之欤？

【解题】

本书为代人作，写作时间不详。文中叙其身世，至为感人。并以俞拊之于狼疾作喻，请凌屯田“悯艰而悼厄”。

贺韩史馆相公启

伏睹制命，登用臣宗，大忠当兴，众正欣赖。伏惟庆慰，恭惟史馆相公世载贤业，躬合圣时，道直方而行以不疑，气刚大而养之无害。逮专国柄，实佑帝庭，贪夫以廉，惟伯夷之行是效，枉者更直，则成汤之举可知。某久旷旧恩，尚窃荣禄，以承流而自效，知驰义之所归。

【解题】

本文写作时间不详。韩使馆相公，即曾任中书门下平章事韩琦。文章为贺韩琦任史馆相公而作。

回贺正启三

一

伏以杓回寅位，德盛木行，物乘引达之阳，朝布始和之令。伏惟留守司徒侍中深忠许国，令德在民。方谷旦之甫临，宜春祺之协应。某方兹居里，适阻造门，顾叙庆之弗遑，在驰诚而曷已。

二

伏以肇履岁端，始和治本，惟国元老，荷天纯休。伏惟某官抗志极高，守气甚约，措之事业而盛大，发为问望而辉光。暂息价藩，伫还宰席。瞻驰颂愿，倍百等夷。

三

伏以杓回寅位，德盛木行，品物时亨，吉人类长。伏惟某官元功致主，茂德宜民，丞庶之所咏歌，神明之所辅相。甫临谷旦，宜介吉祥。称庆未遑，鸣谦遽及，感铭之素，敷叙何殚？

回贺冬启三

一

伏以七始载华，三微遂著，方明主抚辰之盛，宜哲人膺祉之多。恭惟仪同太师，一代宗工，三朝寿俊，适履新阳之盛，备膺诸福之归。属以婴痾，阻于称寿，眷眷祝颂，实倍等夷。

二

伏以四序密移，一阳来复，气验管灰之应，官书云物之占。伏惟某官佐主以明将之材，庇民以平易之政，践扬机要，时所具瞻，就立功名，老方益壮。甫临谷旦，宜介多祥。邈无荐寿之由，第切驰情之极。

三

伏以阳明初复，圭景寖长，惟勋德之并隆，宜福休之荐至。伏以某官材高百辟，望重三朝，收善世之荣名，往蕃王室，畅经邦之远业，复荷天衢。延跂台华，弥增善颂。

【解题】

以上回贺启六道，写作时间不详。贺冬，庆贺冬至节；贺正，庆贺农历每年年首，即元旦日。

答郏大夫书

承教，并致令嗣埋铭祭文，发挥德美，足以传后，信今感恻，岂可胜言！衰疾倦于人事，惟顷见令嗣数邀请之，心所爱尚，不知应接之劳也。不图奄忽，遂隔生死，言及于此，祗伤慈念。然寿夭有命，悲痛无补，惟当以理自开释耳。无缘会晤，千万良食自爱！

【解题】

本文写作时间不详。郑大夫之子曾从安石游，今早逝，安石为作墓志铭、祭文，并致书郑大夫，劝其节哀。

答刘读秀才书

久不闻问，忽得书，承侍奉万福，良以为慰。见问进退去就之意，盖道之所存，意有所不能致，而意之所至，言有所不能尽。第深考《微子》一篇，则古之圣人君子，所以趣时合变，盖可睹矣。阻阔愈远，惟自爱，数以书见及。

【解题】

本文写作时间不详。刘秀才来书问安石进退去就之意，安石告之以“古之圣人君子，所以趣时合变”。

与刘元忠待制书

某启：久阻阔，岂胜向往。继奉手诲，勤勤恳恳，尤荷眷念。承欲求宫观，方主上躬亲庶政，求才如不及之时，人臣虽有邪心，安能有所轩轾？谓宜黾勉以俟休命，不须如所喻也。无缘面晤，幸深思鄙言而已。炎溽，为时自爱。

【解题】

本文写作时间不详。安石告诫刘元忠“方主上躬亲庶政，求才如不及之时”，劝他“黾勉以俟休命”。

谢高丽国王启

某启：伏以畿疆阻阔，覿止无阶，道义流闻，瞻言有素。使旃及国，挚宝在庭，逮以好音，申之嘉惠，眷存即厚，慰感实深。恭惟大王膺保德名，践修猷训，纂荣怀之旧服，袭寿恺之多祥。冀顺节宣，深绥福履。有少仪物，具如别笺。

【解题】

本文写作时间不详。高丽使者朝宋，敬献贡奉，安石作此谢文，交使者回呈高丽国王。

谢许发运启

近持悃愊，进叩高明，荷温教之见存，假善舟而使济。亦既就道，即将造门，惟兹下情，感喜殊甚。

答王致先生书

某顿首先生足下：久不见颜色，倾渴无量。蒙赐手笔，存奖尤过。新将颇慰民望，固幸甚。足下无事于职，而爱民之心，乃至于此，可以为仁矣。他留面陈，匆匆不谨。某顿首。

答杭州张龙图书

某启：阻阔岁久，岂胜乡往。承诲示，乃知舆卫近在京口，动止多福，重增企仰。无缘会晤，唯冀为时倍自寿重。衰疾书不宣悉。某启上知府龙图。

谢皇亲叔敖启

某启：此者叨被命书，延登揆路，方至神之独运，追群圣以上行，褒典所加，治功宜称。顾薄材之难强，岂高位之敢安？甫集愧怀，遽承庆问，拜嘉甚宠，叙感奚胜？

答许朝议书

某启：连得诲示，岂胜感慰，岁暮沍寒，想比日安佳。顷在朝廷，观公议法，每求所以生之，想今为州，亦用此意。公寿考康宁，子孙蕃衍；当以此也。咫尺思一相见，情何有已。唯冀良食自爱，永绥福履，不宣。

与曾子山书

某启：比闻上下呶呶，何故？人不患无材，患韬晦之为难。况州县之势，固已相辽，郡若摧县，易于拉朽，此不可不知也。

冬寒，千万自爱。

谢王供奉启

伏审拜恩，鼎来视职，惟兹疏贱，将庇高明。敢图恩私，先赐教督，感竦之极，敷言曷殚？

【解题】

以上七书写作时间不详。除《与曾子山书》外，皆答、谢之信函，内容简略。

答曾子固书

某启：久以疾病不为问，岂胜乡往！前书疑子固于读经有所不暇，故语及之。连得书，疑某所谓经者佛经也，而教之以佛经之乱俗。某但言读经，则何以别于中国圣人之经？子固读吾书每如此，亦某所以疑子固于读经有所不暇也。然世之不见全经久矣，读经而已，则不足以知经。故某自百家诸子之书，至于《难经》、《素问》、《本草》、诸小说，无所不读，农夫女工，无所不问，然后于经为能知其大体而无疑。盖后世学者，与先王之时异矣，不如是，不足以尽圣人故也。扬雄虽为不好非圣人之书，然于墨、晏、鄒、庄、申、韩，亦何所不读？彼致其知而后读，以有所去取，故异学不能乱也。惟其不能乱，故能有所去取者，所以明吾道而已。子固视吾所知，为尚可以异学乱之者乎？非知我也。方今乱俗，不在于佛，乃在于学士大夫沉没利欲，以言相尚，不知自治而已。子固以为如何？苦寒，比日侍奉万福，自爱。

【解题】

本文写作时间难以确考。曾子固，名巩，字子固，著名散文家。王、曾二人友情甚笃，后因政见不同，有些疏远。本文与曾巩探讨的是治学问题。

上枢密王尚书启

窃以璿玑上列，齐七政以均和，帝衮辅成，钦四邻之基命，亲逢华旦，允属宗工。恭惟某官与国忠纯，爽邦明哲，对越光华之旦，居然文雅之宗，简在上心，郁为时栋。雍容禁署，尝密赞于睿谋，参贰宰司，多委成于治体，奋庸甚盛，注意特隆。属恩诰之诞颁，分镇临之重寄。居留神甸，为表则于四方；宠进枢庭，当折冲于万里。声教所暨，庆抃率同。俯念空疏，夙叨存记，绾县章而祗役，望君幄以劳怀。恭听吉音，岂胜至愿。

【解题】

本文写作时间不详。此信不长，主要是称颂王尚书的位高权重、功德并茂。

上人书

尝谓文者，礼教治政云尔。其书诸策而传之人，大体归然而已。而曰“言之不文行之不远”云者，徒谓“辞之不可以已也”，非圣人作文之本意也。

自孔子之死久，韩子作，望圣人于百千年中，卓然也。独子厚名与韩并，子厚非韩比也，然其文卒配韩以传，亦豪杰可畏者也。韩子尝语人文矣，曰云云，子厚亦曰云云。疑二子者，徒语人以其辞耳，作文之本意，不如是其已也。孟子曰："君子欲其自得之也。自得之，则居之安；居之安，则资之深；资之深，则取诸左右逢其原。"独谓孟子之云尔，非直施于文而已，然亦可托以为作文之本意。且自谓文者，务为有补于世而已矣。所谓辞者，犹器之有刻镂绘画也。诚使巧且华，不必适用；诚使适用，亦不必巧且华。要之以适用为本，以刻镂绘画为之容而已。不适用，非所以为器也。不为之容，其亦若是乎？否也。然容亦未可已也，勿先之，其可也。

某学文久，数挟此说以自治。始欲书之策而传之人，其试于事者，则有待矣。其为是非邪，未能自定也。执事正人也，不阿其所好者，书杂文十篇献左右，愿赐之教，使之是非有定焉。

【解题】

本文写作时间不详。安石以文章十数篇献执事而附以此书。文章分析了为文之道，认为"以适用为本，以刻镂绘画为之容而已矣"。这也正是安石文学思想的重要组成部分。

谢张学士书

某顿首：某不肖，学不得尽意于文章，仕不得行其所学。苟居窃食，动辄愧心，而世之同好恶者，已云少矣。遇足下于此，最为相尽，义不得讳，其不腆之文，过蒙推褒，非所望也。朋友道丧，为日久矣。以某之不肖，行于前而悔于后，自已为多矣，况足下之明耶？每望教督，而终未蒙，惟足下不遗，以朋友之心见存，不胜幸甚。更数日遂东去，千万自爱，不胜思怀也。

【解题】

本文写作时间不详。信中叹"朋友道丧"，而十分看重张学士"以朋友之心见存"。

与孙子高书

子高足下：辱赐教，奖劳甚渥，反复诵观，惭生于心。某天介疏朴，与时多舛。始者徒以贫弊无以养，故应书京师，名错百千人中，不愿过为人知，亦诚无以取知于人。独因友兄田仲通得进之仲宝，二君子不我愚而许之朋，往往有溢美之言，置疑于人。抑二君子实过，岂某愿哉？兄乃板其辞以为贶，是重二君子之过，而深某之惭也，其敢承乎？

兄粹淳静深，文彩焰然，而摧缩锋角，不自夸奋，具大树立之器，人所趋慕，宜择豪异而朋之。顾眷于某，岂今所谓同年交者，固皆当然哉？某愿从兄游，诚不待同年然后定也。承日与介第讲肄图史，商较世俗，甚盛，甚盛！孔子曰："垂之空言，不如见之行事深切著明也。"私有望于兄焉。

此月奉计牒当渡江南，十一日尽室行。江山清华，有可叹爱，无良朋以共之，亦足怃然。春暄，职外奉亲自寿。

【解题】

本文写作时间不详。文中叙述了自己与田仲通、仲宝之交，以为孙子高等三人对自己过奖。

贺枢密相公启

恭审迁秩上公，联华冢宰，伏惟庆慰。窃以某官略非世出，韵自天成，时归英特之材，独禀高明之器。光华漫漫，遂适于泰辰；文学彬彬，适阶于朊仕。逮浚明之正统，图卫翼之元勋，周历清华之阶，越登机密之首。通规亮节，朝矜式以取平；深策远猷，上咨嗟而倚重。懋惟徽数，允合肤公，命布幅员，喜盈观听。某久从外补，逖听上胪，曾驰谒之未遑，第承风而窃忭。瞻依之厚，度越于常。

贺集贤相公启

恭以禁座流恩，政堂迁秩，宠兼常伯，守在冬官，伏惟庆慰。恭以某官袭气堪舆，禀精河岳。风华懋美，峣若东南之筠；天韵纯沦，温如西北之璞。不阶尺木，遂致青云。世图任于老成，日对扬于休命。股肱作相，素同国体之安；喉舌命官，遂致文明之政。兹为异数，允答具瞻。某充位外藩，希风上国。观文辩叙，弥高天老之台，通谒为仪，寖远豆晏之日。欢愉无状，震栗兼常。

【解题】

以上二文写作时间不详，都是代人作的贺启，文中皆溢美之词。

答黎检正书

某启：前得所示，熟读。盖自秦汉以来，所谓能文者，不过如此。窃以为士之所尚者志，志之所贵者道，苟不合乎圣人，则皆不足以为道。唯天下之英材，为可以与此。故欲以所闻告左右，而尝为尊叔父道之。足下闻之而遂自悔，以足下如此之才，而复之不远，又能如此，此何所不至？如某者衰久矣，徒知思而已，尚何能有所补助乎？辱书愧叹，以不即见为恨。飨寒自爱。

【解题】

本文写作时间不详。文中与黎检正论为文之道，并鼓励他

“以足下如此之才，而复之不远，又能如此，此何所不至”。

回王参政免启

伏审升拜帝恩，进陪国论，孚号布宣于朝位，欢言腾溢于士林，早与朋游，实先庆抃。恭惟某官元精发秀，冲气钟和，赞密命于三朝，骛隆名于四海。大忠无拂，常深简于上心，经德不回，非外移于众口。久蓄庇民之施，果膺置辅之求。方当上同扶世之猷，庶以自免瘝官之责，过烦重问，曲喻至怀，冀回操以就工，遂协谋而许国。

【解题】

本文写作时间不详。文中盛赞王参政之才德，请其“协谋而许国”。

谢知州启

某摄承人乏，附丽德辉，顾庸陋之无堪，辱庇存之尤厚。终逃官谤，得近宸慈，希骥仰高，惟日为岁。恭惟布宣善治，栖有太和。伏惟某官美业内充，懿文弥饰，傅会升平之世，跻升通显之官，风问日隆，宠灵交至。汉廷下诏，方尊千里之师；谢守论功，当为九伯之冠。行登近列，允副佥言。秋气正刚，风华浸远，詹依祷颂，倍万等伦。

谢王司封启

伏念某孤穷之人，少失所恃，虽勉心竭力，求以合于古人，而固陋颛蒙，动辄乖于时变，以此而游于世，未尝见恕于人。而自趋走下风，习闻余教，慰藉之礼，称扬之私，忤严颜而不加犯上之诛，拂盛指而更以首公为是。书文报答，骑从见临，不以先进略后生，不以上官卑下吏。以至其去，重烦送将，又赒其行，使不留滞。爰初就道，甫尔逾旬，乖离虽新，感恋殊甚。伏惟顺节自寿，副人所瞻。

谢林中舍启

乡风有年，修问无所，维家伯氏，得婚高门，顾惟幸会之多，曾是趍承之晚。比问州邸，云改县章，治所相望，私诚甚喜，谓宜朝夕，可布腹心。敢图高明，见遇勤恪，先赐抚存之教，曲加奖引之辞，虽睦姻之风可以厚俗，而贬损之意有如过中，言观以思，颇恐且愧。余暑谢去，薄寒来归，吉士所居，明神实相，茂惟体气，怡有休祥。未即承颜，惟祈养福。

【解题】

以上三谢启，写作时间不详。三文皆为致谢者，篇幅简短，多溢美之辞。

谢葛源郎中启

伏念某受材单少，趋道阔疏，时所谓贤，少焉知慕。矧先君之德友，实当世之名卿，唯门墙之高，未始得望，故竿牍之亵，无容自通，如其仰望之勤，岂有须臾之间？敢图风谊，亲贬书辞，追讲前人之欢，坐忘介子之丑，拜嘉已厚，论愧则多。恭以某官，邦之耆明，朝所贵重，声旧行乎四海，势犹屈于一州，虽牧养之仁，士民犹赖，而褒升之宠，日月以须。唯兹蠢愚，其卒芘赖。伏惟为道自爱，副人所瞻。

【解题】

本文写作时间不详。葛源郎中是安石父亲之友，他致信安石叙旧，安石因作此书。

谢孙龙图启

伏念某蕞尔之材，傥然而仕，进有官谤，未尝不忧，退无私田，可以自处，苟安村野之分，无意贤达之游。矧势位之尊严，加功名之隽伟，天子之所倚重，士人之所取平，敢干冒进之诛，自废退藏之守。过蒙收引，亲赐抚临，因使下材得闻余教。盖忘千乘以友贱贫之士，先匹夫而轻富贵之身，在古已希，岂今宜有？顾无报称，私用震惊。比闻治舟，既祖取道，恨造门之独后，惭追路之不遑，尚幸仁明，傥存哀恕。縻身于此，望履何阶？顺变于时，养安以节。瞻望门阑，下情无任。

【解题】

本文写作时间不详。安石先得孙龙图存问，遂作此书，致感激之意。

答段缝书

段君足下：某在京师时，尝为足下道曾巩善属文，未尝及其为人也。还江南，始熟而慕焉友之，又作文粗道其行。惠书以所闻诋巩行无纤完，其居家，亲友惴畏焉，怪某无文字规巩，见谓有党。果哉，足下之言也！

巩固不然。巩文学论议，在某交游中，不见可敌。其心勇于适道，殆不可以刑祸利禄动也。父在困厄中，左右就养无亏行，家事铢发以上皆亲之。父亦爱之甚，尝曰：“吾宗敝，所赖者此儿耳。”此某之所见也。若足下所闻，非某之所见也。巩在京师，避兄而舍，此虽某亦罪之也，宜足下之深攻之也。于罪之中有足矜者，顾不可以书传也。事固有迹，然而情不至是者，如不循其情而诛焉，则谁不可诛耶？巩之迹固然耶？然巩为人弟，于此不得无过。但在京师时，未深接之，还江南，又既往不可咎，未尝以此规之也。巩果于从事，少许可，时时出于中道，此则还江南时尝规之矣。巩闻之，辄瞿然。巩固有以教某也。其作《怀友书》两通，一自藏，一纳某家，皇皇焉求相切劘，以免于悔者略见矣。尝谓友朋过差，未可以绝，固且规之。规之从则已，固且为文字自著见然后已邪，则未尝也。凡巩之行，如前之云，其既往之过，亦如前之云而已，岂不得为贤者哉？

天下愚者众而贤者希，愚者固忌贤者，贤者又自守，不与愚者合，愚者加怨焉。挟忌怨之心，则无之焉而不谤，君子之过于听者，又传而广之，故贤者常多谤，其困于下者尤甚，势不足以动俗，名实未加于民，愚者易以谤，谤易以传也。凡道巩之云云者，固忌固怨固过于听者也。家兄未尝亲巩也，顾亦过于听耳。足下乃欲引忌者、怨者、过于听者之言，县断贤者之是非，甚不然也。孔子曰：“众好之，必察焉；众恶之，必察焉。”孟子曰：“国人皆曰可杀，未可也，见可杀焉，然后杀之。”匡章，通国以为不孝，孟子独礼貌之以为孝。孔、孟所以为孔、孟者，为其善自守，不惑于众人也。如惑于众人，亦众人耳，乌在其为孔、孟也。足下姑自重，毋轻议巩！

【解题】

本文写作时间不详。文章对“诋巩行无纤完”进行反驳，并引孔、孟之言劝段缝“善自守，不惑于众人”。

答王景山书

安石愚不量力，而唯古人之学，求友于天下久矣。闻世之文章者，辄求而不置，盖取友不敢须臾忽也。其意岂止于文章耶？读其文章，庶几得其志之所存。其文是也，则又欲求其质，是则固将取以为友焉。故闻足下之名，亦欲得足下之文章以观。不图不遗而惠赐之，又语以见存之意。幸甚，幸甚。

书称欧阳永叔、尹师鲁、蔡君谟诸君以见比。此数公今之所谓贤者，不可以某比。足下又以江南士大夫为无能文者，而李泰伯、曾子固豪士，某与纳焉。江南士大夫良多，度足下不遍识。安知无有道与艺，闭匿不自见于世者乎？特以二君概之，亦不可也。况如某者，岂足道哉？恐伤足下之信，而又重某之无状，不敢当而有也。孔子曰："十室之邑，必有忠信如丘者。"圣人之言如此，唯足下思之而已。闻将东游，它语须面尽之。

【解题】

本文写作时间不详。文章告诫王景山，不可将自己与欧阳修等相提并论，也不可言"江南士大夫为无能文者"。

答韶州张殿丞书

伏蒙再赐书，示及先君韶州之政，为吏民称诵，至今不绝，伤今之士大夫不尽知，又恐史官不能记载，以次前世良吏之后。此皆不肖之孤，言行不足信于天下，不能推扬先人之绪功余烈，使人人得闻知之，所以夙夜愁痛，疚心疾首而不敢息者以此也。

先人之存，安石尚少，不得备闻为政之迹。然尝侍左右，尚能记诵教诲之余。盖先君所存，尝欲大润泽于天下，一物枯槁，以为身羞。大者既不得试，已试乃其小者耳，小者又将泯没而无传，则不肖之孤，罪大衅厚矣，尚何以自立于天地之间耶？阁下勤勤恻恻，以不传为念，非夫仁人君子乐道人之善，安能以及此？

自三代之时，国各有史，而当时之史，多世其家，往往以身死职，不负其意。盖其所传，皆可考据。后既无诸侯之史，而近世非尊爵盛位，虽雄奇俊烈，道德满衍，不幸不为朝廷所称，辄不得见于史。而执笔者又杂出一时之贵人，观其在廷论议之时，人人得讲其然不，尚或以忠为邪，以异为同，诛当前而不栗，讪在后而不羞，苟以餍其忿好之心而止耳。而况阴挟翰墨，以裁前人之善恶，疑可以贷褒，似可以附毁，往者不能讼当否，生者不得论曲直，赏罚谤誉，又不施其间，以彼其私，独安能无欺于冥昧之间邪？善既不尽传，而传者又不可尽信如此。唯能言之君子，有大公至正之道，名实足以信后世者，耳目所遇，一以言载之，则遂以不朽于无穷耳。

伏惟阁下于先人非有一日之雅，余论所及，无党私之嫌，苟以发潜德为己事，务推所闻，告世之能言而足信者，使得论次以传焉，则先君之不得列于吏官，岂有恨哉？

【解题】

本文写作时间不详。文章对自己父亲之事迹不传“疚心疾首而不敢息”，批评了当时为史之弊。

答李秀才书

昨日蒙示书文，今日又得三篇诗。足下少年，而已能如此，辅之以良师友，而为之不止，何所不至？自泾至此，盖五百里，而又有山川之阨，足下乐从所闻而不以为远，亦有志矣。然书之所愿，特出于名，名者古人欲之，而非所以先。足下之才，力求古人之所汲汲者而取之，则名之归，孰能争乎？孔子曰：“君子去仁，恶乎成名？”古之成名，在无事于文辞，而足下之于文辞，方力学之而未止也，则某之不肖，何能副足下所求之意邪？

【解题】

本文写作时间不详。文章鼓励李秀才专心学业，对他“出于名”想法加以修正。

答陈柅书

某启：伏蒙不遗不肖，而身辱先之，示之文章，使得窥究其所蕴，又取某所以应见问者，序而存之，以宠其行。足下之赐过矣，不敢当也。某懦陋浅薄，学未成而仕，其言行往往背戾于圣人之道，频而后复者，非一事也。自度尚不足与庸人为师，况如足下之材良俊明，安能一有所补邪？虽然，足下过听，所序而存者，或非某所闻于师友之本指也，则义不得默而已。

庄生之书，其通性命之分，而不以死生祸福累其心，此其近圣人也。自非明智不能及此。明智矣，读圣人之说，亦足以及此。不足以及此，而陷溺于周之说，则其为乱大矣。墨翟非亢然诋圣人而立其说于世，盖学圣人之道而失之耳。虽周亦然。韩氏作《读墨》，而又谓子夏之后，流而为庄周，则庄、墨皆学圣人而失其源者也。老、庄之书具在，其说未尝及神仙。唯葛洪为二人作传以为仙。而足下谓老、庄潜心于神仙，疑非老、庄之实，故尝为足下道此。老、庄虽不及神仙，而其说亦不皆合于经，盖有志于道者。圣人之说，博大而闳深，要当不遗余力以求之。是二书虽欲读，抑有所不暇。某之所闻如此，其离合于道，惟足下自择之。

【解题】

本文写作时间不详。文章告诉陈梠："老、庄非潜心于神仙"者，"庄、墨皆学圣人而失其源者"。

答姚辟书

姚君足下：别足下三年于兹，一旦犯大寒，绝不测之江，亲屈来门，出所为文书，与谒并入，若将见贵者然。始惊以疑，卒观文书，词盛气豪，于理悖焉者希，间而论众经，有所开发。私独喜故旧之不予遗而朋友之足望也。

今衣冠而名进士者，用千万计。蹈道者有焉，蹈利者有焉。蹈利者则否，蹈道者则未离章绝句，解名释数，遽然自以圣人之术殚此者有焉。夫圣人之术，修其身，治天下国家，在于安危治乱，不在章句名数焉而已。而曰圣人之术殚此，妄也。虽然，离章绝句，解名释数，遽然自以圣人之术殚此者，皆守经而不苟世者也。守经而不苟世，其于道也几，其去蹈利者，则缅然矣。观足下固已几于道，姑汲汲乎其可急，于章句名数乎徐徐之。则古之蹈道者，将无以出足下上。足下以为何如？

【解题】

本文写作时间不详。文章批评了"离章绝句，解名释数"者，劝姚辟"于章句名数乎徐徐之"。

答孙长倩书

孙君足下：比过江宁，家兄道足下虽稚年有奇意，欲务行古人事于今世，发为词章，尤感切今世事，荦荦有可畏爱者。语未究，足下来门，见示以文，见责以教诲。观足下所为文，探足下志，信然，独责教诲为失其所焉尔。

古之道废踣久矣。大贤间起废踣之中，率常位庳泽狭，万不救一二，天下日更薄恶，宦学者不谋道，主禄利而已。尝记一人焉，甚贵且有名，自言少时迷，喜学古文，后乃大寤，弃不学，学治今时文章。夫古文何伤？直与世少合耳，尚不肯学，而谓学者迷。若行古之道于今之世，则往往困矣，其又肯行邪？甚贵且有名者云尔，况其下碌碌者邪？反于是，其亦几何矣。足下何觉之早邪？而独反于是邪？其亦谋道而不主利禄者邪？语曰："涂之人皆可以为禹。"道人人有善性，而未必善自充也。若足下者，充之不已，不惑以变，其又可量邪？某将企謦嗟慕之不遑，于教诲乎何敢！

【解题】

本文写作时间未详。文章称赞"欲务行古人事于今世"之志，又指出其不合于时，将"往往困矣"；后半部分对弃古文、为时文者提出了批评。

回谢馆职启

奉膺明诏，综理秘文，凡与交游，举同庆慰。惟馆阁图书之府，实朝廷俊乂之林，或起贤良进士之高科，或出公卿大臣之例荐。因循流弊，稍容滥进于平时；选用校雠，多得真才于近岁。盖为其谋谟之已审，故不必课试而后知。某官以甚高之资，加至美之行，服异能于大众，盖已千人，积素望于明时，固非一日，巨工所以极论而无避，先帝所以特用而不疑。虽列职书林，于偿未塞，然奋功朝路，其进可量。未获造门，先承枉驾，私怀感悫，岂易敷言？

【解题】

本文写作时间未详。安石荐某以馆职，得谢函，因作此文。

答张几书

张君足下：某常以今之仕进为皆诎道而信身者，顾有不得已焉者，舍为仕进，则无以自生，舍为仕进而求其所以自生，其诎道有甚焉，此固某之亦不得已焉者。独尝为《进说》以劝得已之士焉，得已而已焉者，未见其人也，不图今此而得足下焉。足下耻为进士，贵其身而以自娱于文，而贫无以自存，此尤所以为难者。凡今于此，不可无进谒也，况如某少知义道之所存乎？今者足下乃先贬损而存之，赐之书，词盛指过，不敢受而有也。惟是不敏之罪，不知所以辞，敢布左右，惟幸察之而已。

【解题】

本文写作时间不详。文章批评了“诎道而信身”以仕进者，赞扬了张几的节操。

答杨忱书

承赐书，屈欲交之，不知其为惧与愧也，已又喜焉。闻君子者，仁义塞其中，泽于面，浃于背，谋于四体而出于言，唯志仁义者察而识之耳。然尚有其貌济其言匮，其言济其实匮者，非天下之至察何与焉。

某尝穷观古之君子所以自为者，顾而自忖其中则欲然。又思昔者得见于足下，府数刻尔，就使其中有绝于众人者，亦未尝得与足下言也。足下何爱而欲交之邪？或者焯然察其有似邪？夫顾而自忖其中则欿然，其为貌言也，乃有以召君子之爱，宜乎不知其为惧与愧也。然而足下自许不妄交，则其交之也，固宜相切以义，以就其人之材而后已尔，则某也其有赖，其为喜也可以已邪？

【解题】

本文写作时间不详。安石接杨忱之书，言欲与安石交友，因作此文以答。

答王伯虎书

辱书问以所疑。如某者何足以语？然圣人君子之行，则尝闻于先生长者矣，盖曰不辱己、不害人而已。不辱己，所以为有义；不害人，所以为有仁。若夫操至治之成法，责备于叔世，以自绝于以仁施其身以及其亲，则皆圣人君子之所不为。不知足下以谓当如此否？因出见过，得复从容为左右道之。

【解题】

本文写作时间不详。文章系答王伯虎所疑，告诉他“圣人君子之行”，“不辱己，不害人而已”。

答李资深书

某启：辱书勤勤，教我以义命之说，此乃足下忠爱于故旧，不忍捐弃，而欲诱之以善也。不敢忘，不敢忘。虽然，天下之变故多矣，而古之君子，辞受取舍之方不一，彼皆内得于己，有以待物，而非有待乎物者也。非有待乎物，故其迹时若可疑；有以待物，故其心未尝有悔也。若是者，岂以夫世之毁誉者概其心哉？若某者，不足以望此，然私有志焉，顾非与足下久相从而熟讲之，不足以尽也耳。多病无聊，未知何时得复晤语，书不能一一，千万自爱！

【解题】

本文写作时间不详。文章认为，古之君子“皆内得于己，有以待物，而非有待乎物者也”。

答李参书

李君足下：留书奖引甚渥，卒曰：“教之育之，在执事耳。”某材德薄，不能堪，足下望之又何过也？夫教之育之，某之所以望于人也。足下曾某之望乎？岂欲享尫人以壮者之食，而强之负重乎？然足下自言不乐雷同，不喜趋竞。审如是，某诚爱焉，诚慕焉，诚欲告足下所闻焉。曰其人诚甚贵，有它长，稍近于谀，则疾之若数世之仇。审如是，亦过矣。天下靡靡然，足下之仇岂少邪？君子不为已甚者，求中焉其可也。

【解题】

本文写作时间不详。文章表示不敢接受李参的赞美，告诉李参：“君子不为已甚，求中焉其可也。”

答史讽书

前日蒙访及以《易说》一通为赐，且欲责某之一言以信之天下，大非某智力之所能任也。某于《易》，尝学之矣，而未之有得。故虽悦足下志意之高，辞说之明，而不敢断其义之是非，则何能推其义以信之天下。虽然，足下属我良重，不可以无说。

盖学者君子之本务，而教者圣人之余事。故学则求之，教则应之，有余则应，不足则求。盖有有余而求之者矣，未有不足而能应者也。盖有见求而不应者矣，未有不求而应之者也。为足下计，亦志于学而已。学足乎己，则不有知于上，必有知于下，不有传于今，必有传于后。不幸而不见知于上下，既不传于今，又不传于后，古之人盖犹不憾也。知我者其天乎，此乃《易》所谓知命也。命者，非独贵贱死生云尔，万物之废兴，皆命也。孟子曰："君子行法以俟命而已矣。"且足下求以诲人者，道无求人而诲之者，求人而诲之则丧道。丧道以求传道，则孰取以为道？足下其试思之。

【解题】

本文写作时间不详。史讽求安石为其推荐所著《易说》，以求使其行于天下。安石认为这种做法表明史讽非知《易》者，乃"丧道而求传道"者。

贺致政杨侍读启

伏审得谢中楹，戒归下国。孔戣致仕，议臣虽愿其留；疏广乞身，观者固荣其去。丁时翕艳，取道阻长，緊盛德之可师，宜明神之实相，茂惟兴止，休有福祥。伏惟某官逢辰清明，取位通显，义勇不挫，忠精无疵。登备谏工，尝已告嘉猷于后；奉将使节，则必下膏泽于民。仪仪会朝，凛凛侍从，功名之美既耀于将来，智略之闳犹嗟于不试。引年去位，循礼得中，唯其养恬，有以镇薄。某望尘非数，见器则深。窃冒上官之大知，唯所不欲；推扬后进之美意，云何敢忘？备位于兹，仰高无上。

贺钤辖柴太保启

荣拜恩章，总持师柄，伏惟庆慰。窃以一都会之府，二浙统于权维；诸刺史之兵，五符归于节制。国家以安娱之地，域民甚于富穰，备豫有经，置使新于纪律，宜得魁垒之士，以雄镇领之方。恭惟某官器范端良，机守强济，出天姻之贵而自任清节，持使斧之重而素高能声。此孰朝佥，遂董戎寄。韬谋成俗，坐肃于南州；轩陛图功，即膺于宠数。属关掌于支郡，阻面庆于宾荣，瞻企风棱，岂胜欣悚？

贺凤翔陈学士启

伏审拜命恩纶，颁条侯府，窃惟庆慰。某官器谋强济，业履粹明，名日起以贵成，势龙阶而独上。儒林材识之馆，方指事以载功；岐阳襟带之邦，出承流而宣化。国家试能补郡，吁俊熙天，即颁宽大之书，召还清切之禁。某衰晚无状，情契所同。顾海上之身，寖为俗吏；瞻膀中之彦，敢附青云。未涯贽见之仪，益切瞻言之素，愿臻持摄，前对宠光。

贺庆州杜待制启

伏审拜命宸章，作藩侯阃，凡假声猷之重，居深庆蹈之怀。恭惟某官华国粹贤，逢辰吉旦，以儒雅饰治术，以器业结上知，树绩计庭之司，飞荣书殿之秘。吴都按部，耸群吏之廉隅；陕服登车，峻列侯之风采。国家以边城之寄，戎路所圻，眷内阁之近班，督帅臣之重柄。申伯宣力，方维屏以显庸；韩侯献功，即介圭而入觐。伫参斖娓，以协具瞻。北律方严，冲真尚远，伏希上为宗社，保固襟灵。

贺杭州蒋密学启

右某近者伏审拜命徽章，陛荣北省，伏惟庆慰。窃以上大夫为内谏，汉擢忠良；府学士统要藩，唐称优显；逮宋兼任，非贤不居。某官天与粹温，岳储灵哲，夙抱经济，游天子之彤庭，首见推明，为士林之高选。断直躬以自处，仗大节而不回，名动一朝，官历两省。望之补外，理固非宜；阳城拜官，贺者甚众。上方图任，夕有召书。某展庆末遑，抃心窃倍，顾言尘冗，将幸坯陶，依戴所深，翰墨难致云云。

贺运使学士转官启

跻荣中旨，进秩郎闱，服显命之褒优，竦舆情而欢抃。某官器博以远，道粹而明，学际天人之端，识通治乱之本，紬秘延阁，刬剧外司。彼方碌碌以巧图，此独安安而养正，恬于所守，人之难能。本朝推越次之恩，旌非常之士，迁左兵之名部，实文台之美资。矜饰端廉，敦厚风教。尚烦使节之寄，以渐台衮之荣。某侧闻诏声，阻随宾庆，瞻望英重。

贺留守侍中启

伏以露章有请，辞宠甚坚，遂回涣号之孚，以徇㧑谦之美。爰田衍食，旧镇抚临，虽非朝廷爵以报功之心，兹见君子廉以激贪之节，高风所洎，薄俗以敦。恭惟留守太保侍中躬授将明之才，出逢开泰之运，谟谋王体，秉执事枢，勋庸已著于三朝，宠禄具膺于多祉，惟时出处，作世表仪。未遑庆牍之修，首辱占书之贶，永言感戢，实倍悃悰。

贺致政赵少保启

右某启：切审抗言辞宠，得谢归荣，繇西省谏诤之官，序东宫师保之位。殿庭鸣玉，尚仍前日之班；里舍挥金，甫遂高年之乐。伏惟庆慰。资政少保，懋昭贤业，寅亮圣时，伯夷之直惟清，仲山之明且哲。所居之名赫赫，岂独后思；尔瞻之节岩岩，方当上辅。遂从雅志，实激贪风。未即披承，徒深钦仰。

【解题】

以上八书写作时间不详。因皆为贺启，故篇幅简短，语多褒扬，皆溢美之辞。

四　序跋

张刑部诗序

刑部张君诗若干篇，明而不华，喜讽道而不刻切，其唐人善诗者之徒欤！君并杨、刘生，杨、刘以其文词染当世，学者迷其端原，靡靡然穷日力以摹之，粉墨青朱，颠错丛庞，无文章黼黻之序，其属情藉事，不可考据也。方此时，自守不污者少矣。君诗独不然，其自守不污者邪。子夏曰："诗者，志之所之也。"观君之志，然则其行亦自守不污者邪，岂唯其言而已！畀予诗而请序者，君之子彦博也。彦博字文叔，为抚州司法，还自扬州识之，日与之接云。庆历三年八月序。

【解题】

本文作于仁宗庆历三年（1043）。作者与张彦博友善，张因请安石为其父之诗作序。文章称赞张彦博父亲的诗"明而不华，喜讽道而不刻切"。

善救方后序

孟子曰："先王有不忍人之心，斯有不忍人之政。"臣某伏读《善救方》而窃叹曰：此可谓不忍人之政矣！夫君者，制命者也。推命而致之民者，臣也。君臣皆不失职，而天下受其治。

方今之时，可谓有君矣。生养之德，通乎四海，至于蛮夷荒忽，不救之病，皆思有以救而存之。而臣等虽贱，实受命治民，不推陛下之恩泽而致之民，则恐得罪于天下而无所辞诛。谨以刻石，树之县门外左，令观赴者自得而不求有司云。皇祐元年二月二十八日序。

【解题】

本文作于仁宗皇祐元年（1049）。《善救方》，指庆历八年颁布的《庆历善救方》。

老杜诗后集序

予考古之诗，尤爱杜甫氏作者，其辞所从出，一莫知穷极，而病未能学也。世所传已多，计尚有遗落，思得其完而观之。然每一篇出，自然人知非人之所能为，而为之者，惟其甫也，辄能辩之。

予之令鄞，客有授予古之诗世所不传者二百余篇。观之，予知非人之所能为，而为之实甫者，其文与意之著也。然甫之诗其完见于今者，自予得之。世之学者至乎甫，而后为诗不能至，要之不知诗焉尔。呜呼！诗其难惟有甫哉？自《洗兵马》下序而次之，以示知甫者，且用自发焉。皇祐壬辰五月日，临川王某序。

【解题】

本文作于仁宗皇祐四年（1052）。文章对杜甫之诗极为推崇，称“其辞所从出，一莫知穷极，而病未能学也”。

伴送北朝人使诗序

某被敕送北客至塞上，语言之不通，而与之并辔十有八日，亦默默无所用吾意。时窃咏歌，以娱愁思当笑语。鞍马之劳，其言有不足取者。然比诸戏谑之善，尚宜为君子所取。故悉录以归，示诸亲友。

【解题】

仁宗嘉祐五年（1060），时任度支判官的王安石奉敕伴送契丹使者回国，沿途作诗四十余首，回京后辑录一处，此即该集之序。

唐百家诗选序

余与宋次道同为三司判官时，次道出其家藏唐诗百余编，委余择其精者，次道因名曰《百家诗选》。废日力于此，良可悔也。虽然，欲知唐诗者，观此足矣。

【解题】

本文作于仁宗嘉祐五年（1060）。语言极其简洁，全文仅五十余字，而事情原委已尽在。

杨乐道文集序

《新秦集》者，故龙图阁直学士、尚书礼部郎中、知谏院虢略杨公之文。公以嘉祐七年四月某日甲子卒官。而外姻开封府推官、度支员外郎中山李寿朋廷老，治其藁为二十卷。

公讳畋，字乐道，世家新秦。其先人以忠力智谋为将帅，名闻天下，至公，始折节读书，用进士起家。尝提点荆湖北路刑狱，数自击叛蛮有功，得士卒心，故侬智高反时，自丧服中特起之往击。其后，为三司副使、天章阁待制、侍读、知制诰，数以言事有直名，故迁龙图阁直学士、知谏院。又数言事，于大臣无所顾望，其所言有人所不能言者。故其卒，天子录其忠，赙赐之加等。而士大夫知公者，为朝廷惜也。公所为文，庄厉谨絜，类其为人。而尤好为诗，其词平易不迫，而能自道其意。读其书，咏其诗，视其平生之大节如此。嗟乎！盖所谓善人之好学而能言者也。

【解题】

本文写作时间不详。成文当在英宗、神宗时。安石称杨乐道之文“庄厉谨絜，类其为人”，称其人为“善人之好学而能言者”。

周礼义序

士弊于俗学久矣，圣上闵焉，以经术造之，乃集儒臣，训释厥旨，将播之学校，而臣安石实董《周官》。

惟道之在政事，其贵贱有位，其先后有序，其多寡有数，其迟数有时。制而用之存乎法，推而行之存乎人。其人足以任官，其官足以行法，莫盛乎成周之时；其法可施于后世，其文有见于载籍，莫具乎《周官》之书。盖其因习以崇之，赓续以终之，至于后世，无以复加。则岂特文、武、周公之力哉？犹四时之运，阴阳积而成寒暑，非一日也。

自周之衰，以至于今，历岁千数百矣。太平之遗迹，扫荡几尽，学者所见，无复全经。于是时也，乃欲训而发之，臣诚不自揆，然知其难也。以训而发之之为难，则又以知夫立政造事追而复之之为难。然窃观圣上致法就功，取成于心，训迪在位，有冯有翼，亹亹乎向六服承德之世矣。以所观乎今，考所学乎古，所谓见而知之者，臣诚不自揆，妄以为庶几焉，故遂昧冒自竭，而忘其材之弗及也。

谨列其书为二十有二卷，凡十余万言。上之御府，副在有司，以待制诏颁焉。谨序。

诗 义 序

《诗》三百六篇，其义具存，其辞亡者，六篇而已。上既使臣雱训其辞，又使臣安石等训其义。书成，以赐之太学，布之天下，又使臣安石为之序。谨拜手稽首言曰：

《诗》上通乎道德，下止乎礼义。放其言之文，君子以兴焉。循其道之序，圣人以成焉。然以孔子之门人，赐也、商也，有得于一言，则孔子说而进之，盖其说之难明如此，则周衰以迄于今，泯泯纷纷，岂不宜哉？

伏惟皇帝陛下，内德纯茂，则神罔时恫，外行恂达，则四方以无侮，日就月将，学有缉熙于光明，则颂之所形容，盖有不足道也。微言奥义，既自得之，又命承学之臣，训释厥遗，乐与天下共之。顾臣等所闻，如爝火焉，岂足以赓日月之余光？姑承明制，代匮而已。

传曰："美成在久。"故《棫朴》之作人，以寿考为言，盖将有来者焉，追琢其章，缵圣志而成之也。臣衰且老矣，尚庶几及见之！谨序。

书 义 序

熙宁二年，臣安石以尚书入侍，遂与政。而子雱实嗣讲事。有旨为之说以献。八年，下其说太学，班焉。

惟虞、夏、商、周之遗文，更秦而几亡，遭汉而仅存，赖学士大夫诵说，以故不泯，而世主莫或知其可用。天纵皇帝大智，实始操之以验物，考之以决事。又命训其义，兼明天下后世，而臣父子以区区所闻，承乏与荣焉。然言之渊懿，而释以浅陋，命之重大，而承以轻眇，兹荣也，只所以为愧欤！谨序。

【解题】

熙宁六年三月，朝廷设置经义局，令王安石主持修《诗》、《书》、《周礼》之经义。熙宁八年，书成，王安石一一为之序。

字 说 序

文者，奇偶刚柔，杂比以相承，如天地之文，故谓之文。字者，始于一二，而生生至于无穷，如母之字子，故谓之字。其声之抑扬开塞，合散出入，其形之衡从曲直，邪正上下，内外左右，皆有义，皆出于自然，非人私智所能为也。与伏羲八卦，文王六十四，异用而同制，相待而成《易》。先王以为不可忽，而患天下后世失其法，故三岁一同。同者，所以一道德也。秦烧《诗》、《书》，杀学士，而于是时始变古而为隶。盖天之丧斯文也，不然，则秦何力之能为？

余读许慎《说文》，于书之意，时有所悟，因序录其说为二十卷，以与门人所推经义附之。惜乎先王之文缺已久，慎所记不具，又多舛，而以予之浅陋考之，宜有所不合。虽然，庸讵非天之将兴斯文也，而以予赞其始，故其教学必自此始。能知此者，则于道德之意，已十九矣。

【解题】

本文作于神宗元丰三年（1080）。《字说》一书，今已不存。本文言为二十卷，而《进字说表》则称二十四卷。全书皆以会意解释字的结构，颇多牵合。

灵谷诗序

吾州之东南有灵谷者，江南之名山也。龙蛇之神，虎豹、翚翟之文章，楩柟、豫章、竹箭之材，皆自山出。而神林、鬼冢、魑魅之穴，与夫仙人、释子、恢谲之观，咸付托焉。至其淑灵和清之气，盘礴委积于天地之间，万物之所不能得者，乃属之于人，而处士君实生其阯。

君姓吴氏，家于山阯，豪杰之望，临吾一州者，盖五六世，而后处士君出焉。其行，孝悌忠信；其能，以文学知名于时。惜乎其老矣，不得与夫虎豹、翚翟之文章，楩柟、豫章、竹箭之材，俱出而为用于天下，顾藏其神奇，而与龙蛇杂此土以处也。然君浩然有以自养，遨游于山川之间，啸歌讴吟，以寓其所好，终身乐之不厌，而有诗数百篇，传诵于闾里。他日，出其灵谷三十二篇，以属其甥曰："为我读而序之。"惟君之所得，盖有伏而不见者，岂特尽于此诗而已？虽然，观其镵刻万物，而接之以藻缋，非夫诗人之巧者，亦孰能至于此。

【解题】

本文写作时间不可确考。所序《灵谷诗》乃其舅吴处士之作。文章先叙灵谷之奇，次叙此地所生之吴处士之奇，则处士诗之奇不难推知。

新田诗序　并诗

唐治四县，田之入于草莽者十九，民如寄客，虽简其赋缓其徭，而不可以必留。尚书比部郎中赵君尚宽之来，问弊于民，而知其故，乃使推官张君恂以兵士兴大渠之废者一，大陂之废者四，诸小渠陂教民自为者数十。一年，流民作而相告以归。二年而淮之南、湖之北操囊耜以率其妻子者，其来如雨。三年而唐之土不可贱取，昔之菽粟者多化而为稌。环唐皆水矣，唐独得岁焉。船漕车挽负担出于四境，一日之间，不可为数，而唐之私廪固有余。循吏之无称于世久矣，予闻赵君如此，故为作诗。诗曰：

离离新田，其下流水。孰知其初，灌莽千里。其南背江，其北逾淮。父抱子扶，十百其来。其来仆仆，慢我杂屋。赵侯劬之，作者不饥。岁仍大熟，饱及鸡鹜。僦船与车，四鄙出谷。今游者处，昔止者流。维昔牧我，不如今侯。侯来适野，不有观者。税于水滨，问我鳏寡。侯其归矣，三岁于兹。谁能止侯，我往求之。

【解题】

本文写作时间不详。比部郎中赵尚宽在唐兴修水利，使流民复归而荒芜之良田得以耕作。安石喜见唐之变化，为作《新田诗》并附此序。

五 赠序

送孙正之序

时然而然，众人也，已然而然，君子也。已然而然，非私已也，圣人之道在焉尔。夫君子有穷苦颠跌，不肯一失诎己以从时者，不以时胜道也。故其得志于君，则变时而之道若反手然，彼其术素修而志素定也。时乎杨、墨，已不然者，孟轲氏而已。时乎释、老，已不然者，韩愈氏而已。如孟、韩者，可谓术素修而志素定也，不以时胜道也，惜也不得志于君，使真儒之效不白于当世，然其于众人也卓矣。呜呼！予观今之世，圆冠峨如，大裙襜如，坐而尧言，起而舜趋，不以孟、韩之心为心者，果异众人乎？

予官于扬，得友曰孙正之。正之行古之道，又善为古文，予知其能以孟、韩之心为心而不已者也。夫越人之望燕，为绝域也。北辕而首之，苟不已，无不至。孟、韩之道去吾党，岂若越人之望燕哉？以正之之不已，而不至焉，予未之信也。一日得志于吾君，而真儒之效不白于当世，予亦未之信也。正之之兄官于温，奉其亲以行，将从之，先为言以处予。予欲默，安得而默也？庆历二年闰九月十一日送之云尔。

【解题】

本文作于仁宗庆历二年（1042）。是年五月，王安石登进士第，被派往扬州任签书淮南节度判官厅公事，得以结识孙正之。

孙正之，名侔，字正之，一字少述。

送陈兴之序

先人为临江军判官，实佐今驾部员外郎陈公。其后二十五年，公之子兴之主泰之如皋簿，某为判官淮南，以事出如皋，遇之，相好也。其后二年归京师，兴之亦以进士得嘉庆院解，复遇之，相好加焉。

兴之试礼部有日，今宰相其世父也，奏前试罢之以避。兴之远宦，逾数月，乃得泉之晋江主簿去。陈公世大家，仕宦四十年，连坐谪流落，不得所欲，其意不能毋望兴之富贵世其家也。兴之亦诚博学能文词，有气节，吾意其为进士宜有得焉。今失所欲，又为所谓主簿者，远其亲三千里不啻，是其心独能毋介然者邪？夫大公之道行，上之人子弟苟贤者，任而进之无嫌也，下之人因亦不以嫌之。今兴之去，知者皆怜其才之可以进焉而不得，无以慰其亲也。吾于兴之又世故，故又为之思所以慰其亲，豁其心之介然者，不得其说，而独以悲大公之道不行焉。

【解题】

本文写作时间难以确考。从文章内容来看，当是作于仁宗庆历年间。陈兴之博学能文，有气节，中进士而不得进，被外派三千里之外就一卑官。安石哀其不幸，“悲大公之道不行”，为作是序。

送胡叔才序

叔才，铜陵大宗，世以赀名。子弟豪者，驰骋渔弋为己事；

谨者，务多辟田以殖其家。先时，邑之豪子弟有命儒者，耗其千金之产，卒无就。邑豪以为谚，莫肯命儒者，遇儒冠者，皆指目远去，若将浼己然，虽胡氏亦然。独叔才之父母不然，于叔才之幼，捐重币，逆良先生教之。既壮可以游，资而遣之无所靳。居数年，朋试于有司，不合而归，邑人之訾者半，窃笑者半。其父母愈笃，不悔，复资而遣之。

叔才纯孝人也，悱然感父母所以教己之笃，追四方才贤，学作文章，思显其身以及其亲。不数年，遂能褎然为材进士，复朋试于有司，不幸复诎于不己知。不予愚而从之游，尝为予言父母之思，而惭其邑人，不能归。予曰："归也，夫禄与位，庸者所待以为荣者也。彼贤者道弸于中，而襮之以艺，虽无禄与位，其荣者固在也。子之亲，矫群庸而置子于圣贤之途，可谓不贤乎？或訾或笑而终不悔，不贤者能之乎？今而舍道德而荣禄与位，殆不其然！然则子之所以荣亲而释惭者，亦多矣！昔之訾者窃笑者，固庸者尔，岂子所宜惭哉？姑持予言以归为父母寿，其亦喜无量，于子何如？"因释然寤，治装而归，予即书其所以为父母寿者送之云尔。

【解题】

本文写作时间难以确考，大约作于仁宗庆历、皇祐年间。胡叔才曾从安石游，以未得功名，恐见笑于乡人而无颜回乡。安石导之以"夫禄与位，庸者所待以为荣者也"，鼓励他即刻回乡探望父母，并为作此序。

送陈升之序

今世所谓良大夫者有之矣，皆曰是宜任大臣之事者。作而任大臣之事，则上下一失望，何哉？人之材有小大，而志有远近也。彼其任者小而责之近，则煦煦然仁而有余于仁矣，孑孑然义而有余于义矣。人见其仁义有余也，则曰是其任者小而责之近，大任将有大此者。然上下竢之云尔，然后作而任大臣之事。作而任大臣之事，宜有大此者焉，然则煦煦然而已矣，孑孑然而已矣，故上下一失望。岂惟失望哉！后日诚有堪大臣之事，其名实烝然于上，上必惩前日之所竢而逆疑焉。暴于下，下必惩前日之所竢而逆疑焉。上下交疑，诚有堪大臣之事者而莫之或任。幸欲任，则左右小人得引前日之所竣惩之矣。噫！圣人谓知人难，君子恶名之溢于实为此。则奈何？亦精之而已矣。恶之则奈何？亦充之而已矣。知难而不能精之，恶之而不能充之，其亦殆哉！

予在扬州，朝之人过焉者，多堪大臣之事，可信而望者，陈升之而已矣。今去官于宿州，予不知复几何时乃一见之也。子知升之作而任大臣之事，固有时矣。煦煦然仁而已矣，孑孑然义而已矣，非予所以望于升之也。

【解题】

本文写作时间不详，从文章内容看，当是作于仁宗皇祐年间。文章分析了“知人难，君子恶名之溢于实”的原因，以为陈升之堪当重任。后安石入相变法，陈升之与他共同创建了制置三司条例司，具体执行变法事宜。

送李著作之官高邮序

君之才，搢绅多闻之。初，君眡金陵酒政，人皆惜君不试于剧，而沦于卑冗，君将优为之，曰：“孔子尝为乘田、委吏矣，会计当而已矣，牛羊蕃而已矣。”既下，又得诸调高邮关吏，人复惜君不试于剧，而沦于卑冗，君言如初，色滋蔓喜。

於戏！今之公卿大夫，据徼乘机，钻隙抵巇，仅不盈志，则戚戚以悲，君乃皦然反之，此蒙所以高君也。抑有猜焉，古之柄国家者，有戢景藏采，恬处下列，拔而致之朝，使相谟谋。今岂不若古邪？奚遂君请而弗拔也？

【解题】

本文写作时间不可确考。李著作才闻于缙绅之间而淡泊于功名利禄，其将调高邮，安石作此序以送之。

送丘秀才序

古之人以婚姻为兢兢，合异德以复万世之故。春秋世，此礼始寖废。不亲迎者，吾闻之矣；先配而后祖者，吾闻之矣。时其遂不复振，人皆直情而径行，乌识所谓兢兢者乎？至隋文中子喟然伤之曰："昏礼废，天下无家道矣。"始采周公、孔子之旧，续而存之。贾琼者乃曰："今皆亡，焉用续？"夫琼何人也，世之所谓贤人也，亲炙子之教也。贤而亲炙子之教，然且云尔，其不在于程、仇、董、薛之列也宜。今世之读《中说》者，皆知琼之言非是，然而不为琼之所为者亦末矣。

夫人万一有喜事者，追古之昏礼而行之，世必指目，以怪迂之名被之矣，若之何其肯拂所习而从之也？於戏！古既往，后世不可期，安得法度士，与之奋不顾世独行古之所行也！南丘子学于金陵，以亲之命归逆妇，吾望其能然，以是谂之。

【解题】

本文写作时间不详。丘秀才学于金陵，遵亲命回乡娶妇，安石作此序以送之，冀其能遵古之婚礼。

六 传记

鲁国公赠太尉中书令王公行状

公讳德用，字元辅，其先真定人也。世以财雄北边，而蒋公、邢公皆倜傥，喜赴人急，岁饥，所活以千计。武康公当太宗时，贵宠任事，以殿前都指挥使受遗诏，辅真宗。葬其先公河南密县，县后分属郑州管城，故今为管城人焉。

公先丧其母韩国夫人朱氏，事继母鲁国太夫人张氏，以孝闻。至道二年，太宗五路出师，以讨李继迁之叛，而武康公出夏州。当是时，公为西头供奉官，而在武康之侧。年十七，自护兵当前，所俘斩及得马羊，功为多。及归，公又请殿将至隘，公以为归之至隘而争先，必乱，乱而继迁薄我，必败。于是，又请以所护兵驰前，至隘而阵。武康为公令于军曰："至阵而乱行者，斩。"公亦令曰："至吾阵而乱行者，吾亦如公令。"至阵，士卒帖然以此行，而武康公亦为之按辔，继迁兵相随属，左右望公莫敢近。于是武康公叹曰："王氏有儿矣。"及论功，武康公曰："吾为大将，不可使子弟与诸将分功"。绌公不列。三年，迁东头供奉官。咸平二年，迁内殿崇班。三年，换御前忠佐马军副都头。景德二年，为马军都头。大中祥符元年，为邢洺磁相巡检，提举捉贼。男子张鸿霸聚党界中为盗，朝廷以名捕，久之不得。公以毡车载壮士，伪服为妇人，诱之于野，于是鸿霸与其党三十二人皆得。朝廷以为能，移陕西东路提举捉贼。自陕以东为盗者，闻公擒鸿霸事，皆惴恐逃去。五年，为环庆路指挥使，奏事上前忤旨，责授郓州马步军都指挥使。是岁武康公薨，天子命公乘驿护丧归京师，已而还其旧职。七年，迁散虞候、散都头。八年，迁散员内殿直都虞候。天禧四年，为殿前左班都虞候、柳州刺史。乾兴元年，为捧日左厢都指挥使、英州团练使。天圣三年，改博州团练使，知康信军。城坏，公使禁军为筑。筑者久之，而无敢窃言望公使己以非其事者。城成，天子赐书奖谕。五年，移冀州兼马步军都部署。是岁除康州防御使、龙神卫四厢都指挥使，又除捧日四厢都指挥使。六年，除侍卫亲军步军都虞候。归就职，又除环庆路副都部署，不行。八年，除并、代州马步军副都部署，又除殿前都虞候。十年，除桂州观察使、侍卫亲军步军副都指挥使、权马军都指挥使。诸将皆迁，与士之请马者，皆不求有司而得。故事，取粪钱于军以给公使，自公始罢之，使各置库，以待其军用。明道元年，除福州观察使。军人挟内诏，求为军吏。公争曰："军人敢挟诏以干军制，后不可复治，且军吏不可使求而得，得则军人必大受其侵"。明肃太后固使与之，公固不奉诏。已而太后亦寤，卒听公。及太后崩，有司请卫士皆坐甲，公又不奉诏。曰："故事，无为太后丧坐甲也。"于是天子心贤公，以为可用。及阅太后宫得争军吏事，遂以公检校太保、签署枢密院事。公固辞，"武人不学，不足以当大任"。天子使中贵人趣公入院。公于朝廷临义慷慨，言无所顾计。至于亲戚故旧，待之亦皆当理而有恩。故人为人求官于公，公问："其得谢几何？"故人辞穷，以实对，公亦不拒也。归而使家人以银与之，曰："尔所求者在此矣，官非吾有，不可得。"居顷之，除枢密副使。三年，除明州奉国军节度观察留后、同知枢密院事。四年，除安德军节度使。五年，检校太尉、充宣徽南院使。宝元元年，李元昊叛，公尝请将以扞边，天子不许，曰："吾以公谋，可也。"卒所以镇抚扞治者，亦多公计策。始人或以公威名闻天下，而状貌奇伟，疑非人臣之相。御史中丞孔道辅因以为人言如此，公不宜典机密，在上左右。天子不得已，以公为武宁军节度使、徐州大都督府长史赴本镇，赐手诏慰遣，而言曰："皆尚论公未止也。"又以公为右千牛卫上将军、知隋州。人为公惧，恬然，唯不接宾客而已。移曹州，或闻孔道辅死，以告曰："是尝害公者，今死矣。"公愀然曰："孔中丞岂害某者乎？彼其心所以事君当如此也。惜乎朝廷无一忠臣"。言者服公，以谓有德，而终身自愧其言。曹人喜斗，多盗，他日狱未尝空也。公在曹，尝无一人囚者数矣。庆历二年，除检校司空、保静军节度使，天子以手诏赐公，曰："赐卿重地，勉视事，毋以人言为忧，有伤卿者，朕不听。"契丹使刘六符过澶州，喜曰："六符闻公久矣，遇于此，岂非幸也。今此州岁大熟，岂非公仁政之效也。"公谢曰："明天子在上，固常多丰年，此岂吾力也？今朝廷多贤士大夫可畏者，吾老矣，备位于此，不足以累公称数。"是岁移真定府等路，驻泊马步军都部署。求奏事京师，天子使中贵人谕公入觐，除宣徽南院使、判成德军，固辞不得。未行，以契丹使使求周世宗所取三关故地，聚兵幽，蓟，为若侵边者，乃移公判定州，兼三路都部署，听以便宜从事。而以杨崇勋知成德军。崇勋使客问公所以战，公曰："吾患不仁，不患不威；患不知，不患无功。盖见敌而后胜可制，吾所战，岂可以豫言也。"公至定州，则明赏罚以教战。契丹使人来觇，或以告，劝公执杀，公置之不问。曰："吾视士卒皆乐战，可用矣。使彼得归以告其主，是伏人之兵以不战也。"明日，大阅于郊，公提桴鼓誓师，进退坐作，终日不戮一人而毕。乃下令："具糗粮，听鼓于中军，将尽以汝行，唯吾其所乡。"契丹闻之震恐。已而天子密诏，问公方略，公上书论近世用兵之失与今所以料敌制胜之方甚备。会兵罢，徙公知陈州。过都，天子使中贵人劳赐，问公欲见否，公辞谢："备边无功，幸蒙上恩赦诛，徙内郡，非有公事当对者，不敢见。”三年，移孟州。召还，署宣徽院事，已而出判相州。六年，除同中书门下平章事，判澶州。七年，移郑州，封祁国公。八年，还，除会灵观使，又除检校太师，判郑州。过都，天子召见慰劳。皇祐二年，除集庆军节度使，进封冀国公。三年，以年老求致仕，诏以太子太师致仕，大朝会缀中书门下班。公威名，虽老矣，尚为四夷所惮，而天子亦贤公，以为可属大事也。四年，复强起公以为河阳三城节度使、同中书门下平章事，判郑州。六年，遂以为枢密使。契丹使至，公伴射，使曰：“南朝以公使枢密而相富公，可谓得人矣。”天子闻之，赐公御弓一、矢五十以宠焉。嘉祐九年，进封鲁国公，以年老求去位，至六七。天子为之不得已，犹以为忠武军节度使、景灵宫使，又以为同群牧制置使。有诏五日一会朝，给扶者，以一子若孙一人。是岁，公年七十八矣。明年二月辛未，公以疾薨。天子至其第，为之罢朝一日，又为之素服，发哀苑中，而以太尉、中书令告其第，又赐以黄金、水银、龙脑等物，出内人抚其诸子。

公忠实乐易，与人不疑，不诘小过。望之毅然，有不可犯之色，及就之，温如也。平生少玩好，不以名位骄人，而所得禄赐，多施之亲党。善治军旅，宽仁爱士卒，士卒乐为之尽。与士大夫游，士大夫亦多服其度，以为莫能窥也。夫人宋氏，武胜军节度使延渥之女也，累封安定郡夫人，先公卒。后以子追封荣国夫人，孝慈恭俭，有助于公。男子咸熙，东头供奉官，早卒，以子故累赠至右千牛卫将军；次咸融，西京左藏库使、果州团练使；次咸庶，内殿崇班，早卒；次咸英，供备库副使；次咸康，内殿承制。女四人：长嫁尚书驾部郎中张叔詹，其次嫁太常博士程嗣恭、国子博士寇谭，皆早卒。孙八人：泽、渊，皆内殿崇班阁门祇候；淑，左侍禁；淇，左班殿直；潭，右班殿直；沅、瀛，左侍禁；温，未仕。淑、淇皆早卒。曾孙二人：任，左侍禁；价，未仕。公子卜以五月甲申葬管城之先茔而国夫人祔。谨具公历官行事状，请牒考功、太常议谥，并史馆。

【解题】

本文作于英宗治平二年（1065）。文章记叙鲁国公王元辅生平事迹极详，条理清晰，叙述简洁。

彰武军节度使侍中曹穆公行状

公讳玮，字宝臣，真定府灵寿县人。少以荫为天平、武宁二军牙内都虞候。至道中，李继迁盗据河西银、夏等州，后又击诸部并其众，李继隆、范廷召等数出无功，而朝廷终弃灵武。继迁遂强，屡入边州为寇。当是时，公为东头供奉官，阁门祇候，年十九。太宗问大臣谁可使当继迁者，武惠王以公应诏。太宗以知渭州，而欲除诸司使以遣之，武惠王为公固让，乃以本官知渭州。真宗即位，改内殿崇班、阁门通事舍人、西上阁门副使，移知镇戎军。当是时，继迁虐使其众，人多怨者。公即移书言朝廷恩信抚纳之厚以动之。羌人得书，往往感泣，于是康奴诸族皆内附。咸平六年，继迁死，其子德明求保塞。公上书言："继迁擅中国要害地，终身旅拒，使谋臣狼顾而忧。方其国危子弱，不即捕灭，后更盛强，无以息民。"当是时，朝廷欲以恩致德明，寝其书不用。而河西大族延家妙等，遂拔其部人来归。诸将犹豫，未知所以应。公曰："德明野心，去就尚疑，今不急折其羽翮，而长养就之，其飞必矣。"即自将骑士入天都山，取之内徙。德明由此遂弱，而至死不敢窥边。

大中祥符元年，召还，除西上阁门使、邠宁环庆路兵马都钤辖，兼知邠州。东封，迁东上阁门使、高州刺史，再移真定府定州路都钤辖。已而又以为泾原路都钤辖兼知渭州。公乃图泾原、环庆两路山川城郭、战守之要以献，真宗留其一枢密院，而以其一付本路，使诸将出兵皆按图议事。祀汾阴，迁四方馆使。初，章埋骄于武延咸泊，拨臧掘强于平凉，公皆诛之，而汧渭之间，遂无一羌犯塞。八年，迁英州团练使、知秦州。秦西南羌唃厮啰、宗哥立遵始大，遵献方物，求称赞普。公上书言："夷狄无厌，足其求必轻中国。"大臣方疑其事，会得公书，遂不许，而犹以为保顺军节度使。公曰："我狃遵矣，又将为寇。吾治兵以俟尔。"遵使其舅赏样丹招熟户郭厮敦为乡导，公即诱样丹捕厮敦，而许以一州。样丹终杀厮敦，公遂奏以为颍州刺史，而样丹亦举南市城以献。先是，张吉知秦州，生事熟户多去为遵耳目，及公诛厮敦，即皆惶恐避逃，公许之入赎自首，还故地而至者数千人。后遂帖服，皆为用。至明年，啰、遵果悉众号十万，寇三都，公帅三将破之，追北至沙州，所俘斩以万计。事闻，除客省使、康州防御使。其后又破灭马波、叱腊、鬼留等诸羌，啰、遵遂以穷孤，逃入碛中。而公斥境陇上，置弓门、威远凡十寨，自是秦人无事矣。天禧三年，召还，除华州观察使。以西人之恃公也，复以为鄜延路马步军都部署。四年，遂除宣徽北院使、镇国军节度观察留后、签署枢密院事。丁晋公用事，稍除不附己者。既贬寇莱公，即指公为党，改宣徽南院使，出为环庆路都署，又降容州观察使、知莱州。晋公贬，乃以公为华州观察使、知青州。天圣三年，除彰化军节度观察留后、知天雄军，又移知永兴军，而诏使来朝，至则除昭武军节度使而复还之。天圣五年，以疾病求知孟州，得之。会言事者以公宿将有威名，不当置之闲处，乃以为真定路马步军都部署，知定州。七年，换彰武军节度使。八年正月，薨于位，年五十八。皇帝为罢朝两日，赠侍中，谥曰武穆。

公为将几四十年，用兵未尝败衄，尤有功于西方。旧羌杀中国人得以羊马赎死如羌法，公以谓如此非所尊中国而爱吾人，奏请不许其赎。又请补内附羌百族以为上军主，假以勋阶爵秩如王官，至今皆为成法。陕西岁取边人为弓箭手而无所给，公以塞上废地募人为之，若干亩出一卒，若干亩出一马，至其税敛发兵戍守，至今边赖以实，所募皆为精兵。在渭州取陇外笼干川筑城，置兵以守，曰："后当有用此者。"及李元昊叛兵数出，卒以笼干川为德顺将军，而自陇以西，公所措置，人悉以为便也。自三都之战，威震四海，唃厮啰闻公姓名，即以手加额。在天雄，契丹使过魏地，辄阴勒其从人，无得高语、疾驱至，多惮公不敢仰视。契丹既请盟，真宗于兵事尤重慎，即有边事，手诏诘难至十余反，而公每守一议，终无以夺。真宗后愈听信，有论边事者，往往密以付公可否。好读书，所如必载书数两，兼通《春秋》、《公羊》、《谷梁》、《左氏传》，而尤熟于左氏。始娶潘氏，冯翊郡夫人，忠武军节度使、同中书门下平章事韩国公美之子。后娶沈氏，安国太夫人，故相左仆射伦之孙，光禄少卿继宗之子。子男四人：僖，礼宾使，知仪州，当元昊叛时，以策说大将，不能用，反罪之，迁韶州以死；倚，终内殿崇班；偡，供备库副使，拒元昊于瓦亭，战死，赠宁州刺史；倩，右侍禁。一女子，适四方馆使、荣州刺史王德基。孙五人，谅、讽，东头供奉官；谊，右侍禁、阁门祗候；谓，三班奉职；谘，右班殿直。

【解题】

本文写作时间不详。所记曹玮，乃宋代名臣，久戍西北，威镇一方。文章记叙了曹玮一生事迹，叙述极为简明扼要。

兵部员外郎知制诰谢公行状

公讳绛，字希深，其先陈郡阳夏人，以试秘书省校书郎起家，中进士甲科，守太常寺奉礼郎，七迁至尚书兵部员外郎以卒。尝知汝之颍阴县，校理秘书，直集贤院，通判常州、河南府，为开封府三司度支判官，与修真宗史，知制诰，判吏部流内铨。最后以请知邓州，遂葬于邓，年四十六，其卒以宝元二年。

公以文章贵朝廷，藏于家凡八十卷。其制诰，世所谓常、杨、元、白不足多也。而又有政事材，遇事尤剧，常若简而有余。所至辄大兴学舍，庄懿、明肃太后起二陵于河南，不取一物于民而足，皆公力也。后河南闻公丧，有出涕者，诸生至今祠公像于学。邓州有僧某诱民男女数百人，以昏夜聚为妖，积六七年不发，公至立杀其首，弛其余不问。又欲破美阳堰，废职田，复召信臣故渠，以水与民而罢其岁役，以卒故不就。于吏部所施置，为后法。

其在朝，大事或谏，小事或以其职言。郭皇后失位，称《诗·白华》以讽，争者贬，公又救之。尝上书论四民失业，献《大宝箴》，议昭武皇帝不宜配上帝，请罢内作诸奇巧，因灾异推天所以谴告之意言时政。又论方士不宜入宫，请追所赐诏。又以为诏令不宜偏出数易，请繇中书、密院然后下。其所尝言甚众，不可悉数。及知制诰，自以其近臣，上一有所不闻，其责今豫我，愈慷慨欲以论谏为己事。故其葬也，庐陵欧阳公铭其墓，尤叹其不寿，用不极其材云。卒之日，欧阳公入哭其堂，椸无新衣，出视其家，库无余财。盖食者数十人，三从孤弟侄皆在，而治衣栉才二婢。平居宽然，貌不自持，至其敢言自守，矫然壮者也。

谢氏本姓任，自受氏至汉、魏无显者，而盛于晋、宋之间。至公再世有名爵于朝，而四人皆以材称于世。先人与公皆祥符八年进士，而公子景初等以历官行事来曰：“愿有述也，将献之太史。”谨撰次如右。谨状。

【解题】

本文写作时间不详。谢绛以文称于时，正直清廉，有贤名。他与王安石的父亲同为宋真宗大中祥符八年（1015）进士，其子谢景初、谢景回又与安石友善，故安石为作此文。

七　赋颂

历　山　赋　并序

余姚县人，有与季父争田，于县、于州、于转运使，不直，提点刑狱令余来直之。将归，闵然望历山而赋之。历山在县西上虞县界中，或曰舜所耕云。

历山之峨峨兮，予汝耕之，孰汝强之？此匪予私云然兮谁汝使，子人之子兮余师。历山之峨峨兮则维其常。人之子兮云曷而亡，云曷而亡兮我之思。今孰继兮我之悲，呜呼已矣兮来者为谁？

【解题】

本文写作时间难以确考，大约在仁宗嘉祐年间。作者西望历山，想起舜曾耕作于此，感而赋之。

龙　　赋

龙之为物，能合能散，能潜能见，能弱能强，能微能章。惟不可见，所以莫知其乡；惟不可畜，所以异于牛羊，变而不可测，动而不可驯，则常出乎害人，而未始出乎害人，夫此所以为仁。为仁无止，则常至乎丧已，而未始至乎丧已，夫此所以为智。止则身安，曰惟知几；动则物利，曰惟知时。然则龙终不可见乎？曰：与为类者常见之。

【解题】

本文写作时间不详。文章借龙喻人、托物言志，通过对龙的描写，寄托了自己宽广的胸襟和远大的抱负。

思　归　赋

蹇吾南兮安之，莽吾兮亲之思。朝吾舟兮水波，暮吾马兮山阿。亡济兮维夷，夫孰驱兮亡娀。风翛翛兮来去，日翳翳兮溟蒙之雨。万物纷披萧索兮，岁逶迤其今暮。吾感不知夫涂兮，徘徊彷徨以反顾。盍归兮，盍去兮，独何为乎此旅？

【解题】

这首小赋的写作时间不详。文章抒发了一个游子的思乡之情。

释　谋　赋

云冥冥兮蔽日，风浩浩兮吹沙，出于驰兮不得，块独处兮咨嗟。嗟天地兮无穷，暑与寒兮相客。以短褐兮忧亲，孰知予兮孔棘。维抱关兮击柝，乃予仕兮所宜。禄可辞兮尚冒，养孰割兮方亏。岂吾事兮固拙，宁我辱兮独悖。信物默兮有制，尚可侔兮内外。

【解题】

本文写作时间不详。文章抒发了自己的忧思和不屈服于世俗的志向。

蒋 山 钟 铭

于皇正觉，训用音闻，肆作大钟，以警沉昏。

蒋山觉海元公真赞

贤哉人也，行厉而容寂，知言而能默。誉荣弗喜，辱毁弗戚。弗矜弗克，人自称德。有缁有白，自南自北，弗句弗逆，弗抗弗抑。弗观汝华，惟食已实。孰其嗣之，我有遗则。

【解题】

上二文写作时间不详。蒋山，即南京京东北的钟山。安石晚年退居江宁，筑半山园，地近蒋山，常上山游玩并与寺僧唱酬。

梵 天 画 赞

梵天尚实，厥乘孔雀。鸡知时语，铃戒沈浊。皜身黄衣，于净无著。乃持赤幡，归趣正觉。

璨公信心铭

沔彼有流，载浮载沉。为可以济，一壶千金。法譬则水，穷之弥深。璨公所传，等观初心。

空觉义示周彦真

觉不遍空而迷，故曰觉迷。空不遍觉而顽，故曰空顽。空本无顽，以色故顽。觉本无迷，以见故迷。

维摩像赞

是身是像，无有二相。三世诸佛，亦如是像。若取真实，还成虚妄。应持香花，如是供养。

【解题】

以上四文写作时间不详。安石晚年退居江宁，借寄情山水、参禅来度余日，因有此作。

八 奏议

乞免就试状

准中书札子，奉圣旨，依前降指挥发来赴阙就试者。伏念臣祖母年老，先臣未葬，弟妹当嫁，家贫口众，难住京师。比尝以此自陈，乞不就试，慢废朝命，尚宜有罪，幸蒙宽赦，即赐听许。不图逊事之臣，更以臣为恬退。令臣无葬嫁奉养之急，而逡巡辞避，不敢当清要之选，虽曰恬退可也。今特以营私家之急，择利害而行，谓之恬退，非臣本意。兼臣罢县守阙，及今二年有余，老幼未尝宁宇，方欲就任，即令赴阙，实于私计有妨。伏望圣慈察臣本意止是营私，特寝召试指挥，且令终满外任，一面发赴本任去讫。

辞集贤校理状四

一

右臣今月二十二日准中书差人赍到敕牒一道，除臣集贤校理。闻命震怖，不知所以。伏念臣顷者再蒙圣恩召试。臣以先臣未葬，二妹当嫁，家贫口众，难住京师，乞且终满外任，比蒙矜允，获毕所图。而门衰祚薄，祖母二兄一嫂，相继丧亡，奉养婚嫁葬送之窘，比于向时为甚。所以今兹才至阙下，即乞除一在外差遣，不愿就试。以臣疵贱，谬蒙拔擢，至于馆阁之选，岂非素愿所荣。然而不愿就试，正以旧制入馆则当供职一年，臣方甚贫，势不可处。此臣所以不敢避干紊朝廷之罪，而苟欲就其营养之私。不图朝廷不加考试，有此除授。臣若避犯命之罚，受而不能自列，则是臣前所乞为以私养要君，而误陛下以无名加宠也。又闻朝廷特与推恩，不候一年，即与在外差遣。且一年供职，乃是朝廷旧制，臣以何名，敢当此恩，而累朝廷隳废久行公共之法？又见新制，近臣荐举官吏，非条诏指挥，不得用例施行。令出已来，未能十日。今臣有此除授，乃因近臣荐举，不加考试，又非条诏指挥，臣虽不肖，独何敢冒过分之宠，而以身为废法之首乎？伏望圣慈察臣本意，从臣私欲，追还所授，特与除一在外合入差遣，则使公义不亏于上，私行不失于下，臣不任激切祈恩待报之至。所有敕牒，臣不敢受，谨具状奏闻。

二

右臣三月二十二日准中书差人赍到敕牒一道，除臣集贤校理。臣以分不当得，已具状陈列，乞追还所授。今月五日，又准中书差人赍到敕牒，令臣受职，不得辞免。臣以微贱，误蒙采拔，非臣陨首，足以报称。然分有所不敢受，名有所不敢居，宁以慁上得罪，终不敢冒恩苟止。何则？臣以择利辞试，而朝廷因与免试推恩，是臣以辞试上要朝廷，而朝廷果以恩泽副之也。不独伤臣私义，固以上累国体，此臣所以惓惓至于再三，而终不敢止。且劝沮之方，失不在大，如臣心实择利，而迹有辞让之嫌，以故朝廷特有优假，臣恐进趋之士，有以窥度圣世，将或立小异以近名，托虚名以邀利，浸成弊俗，非复法令所能禁止。此亦朝廷所宜慎惜，不当遂已成之命而难于追改也。窃见近臣比有辞让官职，皆义所当得，而特以礼辞让，朝廷固宜必使受之而不听。

如臣卑贱，今所陈列，直以分不当得，非敢以为让也。伏望圣慈听臣所守，特与追还所授。臣区区之诚，期于得请而后敢已。所有敕牒，臣不敢受。

三

右臣三月二十二日准中书差人赍到敕牒一道，除臣集贤校理。臣以分不当得，已再具状奏闻，乞追还所授。今月九日，又准中书差人赍到敕牒，令臣不得辞免。是臣区区之意，终未蒙朝廷省察。臣于他官苟可以得，则或悉力以求之，唯恐利之不多，而势之不便，非能有所辞让也。至于私养之不给，则苟求冒取，亦无所不至。今朝廷特除以为校理，则再三干紊朝廷，而终不敢受者，诚以要君罔上之罪大，故宁以他得罪，而于此不敢顺命苟止也。所谓要君者，臣前状已言之矣。所谓罔上者，朝廷除校理必先考试，今独推恩异于寻常，朝廷不以臣为小有异能，则必以臣为小有异行，臣无其实而敢冒此恩，此乃所谓罔上也。且臣蒙恩与试久矣，臣非敢终辞也，特以势未便尔。若朝廷且从臣，欲使臣他日之力足以供职京师，而无乏养之忧，则臣自当援恩求试，岂敢上烦朝廷敦迫！何必遽加特恩，使朝廷为苟举，而臣为苟得者乎？臣闻之古人曰："明主可以理夺。"又曰："匹夫不可夺志。"臣敢守此语，以至于再三。伏乞圣慈特赐矜允。烦冒天威，臣无任祈恩待报惶恐迫切之至。

四

右臣蒙恩除集贤校理，以分不当得，已累曾具状奏闻，乞追还所授。今月二十四日，准中书札子，奉圣旨更不许辞让。臣以小官，非敢以礼为让也，直以分不当得，理当自言。盖闻当得而让，则上有所不得听；不当得而授，则下有所不敢承。不听不为迫下，不承不为慢上，以其有义也。臣诚不肖，然区区之私，具状四奏者，窃以为匹夫之志，有近于义，是以仰迫恩威，至于再三，终不敢受。伏望圣慈俯察臣愚，特与追还所授。臣无任。

【解题】

以上五篇作于仁宗皇祐三年（1051）。时王安石任舒州通判，宰相文彦博称王安石“恬然自守，未易多得”，朝廷特征王安石试馆职，安石作《乞免就试状》辞谢。旋朝廷直接授王安石集贤院校理，他又作《辞集贤校理状》，辞不赴任。

代王鲁公德用乞罢枢密使表三

一

臣闻周任有言曰：“陈力就列，不能者止。”自惟贱官之守，犹或不敢冒居。况于任重责大，安危所系，岂其癃昏惫耄，可以久饕？敢缘前言，上冒圣听。伏念臣以疵贱之身，遭逢陛下拔擢，兼官将相，典领机密。内之无陪辅将明之效，外之无折冲御侮之劳。是陛下所以宠臣者不可胜此言，而臣之所以报陛下者未尝能称。况今犬马之齿，七十有七，不能者止，宜在此时。顾贪恋圣世，未敢乞身田里，长违陛下左右。惟机务之众，非臣疲曳所能勉强。伏望陛下悯臣无状，赐罢枢密院职事，毋使久塞贤者之路。臣不任。祈恩待命激切之至。

二

臣比以残余之生，久壅贤路，愿还要职，退就散地。天听高邈，未蒙照省。惓惓之私，窃不自宁，敢缘厚恩，求必愚瞽。臣闻量臣以授官者，君之所以仁于下也；审己以从事者，臣之所以忠于上也。今臣罢老，虽近在臣身，谋之有所不给。况于官隆事剧，所总不一。以臣审己，诚不宜久叨权宠，畏负陛下任使之意。伏惟陛下量臣之聪明不足以逮事，量臣之强力不足以副礼。听臣所丐，毋令四方有议陛下信任之失，而臣亦赖陛下之赐，免于官谤。臣无任。

三

惓惓之私，至于再三，上慁圣德，而终未蒙省察。奖诱过渥，非臣所堪。区区之愚，岂敢苟止？伏念臣以颛蒙，遭遇拔擢，人臣贵宠，少在臣右，而劳烈行治，无称于时。机密之地，安危所系。虽臣方壮，固惧不称，况于残年余日，岂宜尚污印韨，为朝廷羞？方今明明在上，济济多士，足以典司枢要，补敝救失，称陛下任使，副元元之望者甚众。陛下虽欲苟私愚臣，臣虽欲自侍左右，称所以幸臣之意，岂惟公论于臣有所不容。诚恐覆悚以亏陛下知人之明，而令贤能宜在高位者久踦于圣世，则夷身毁宗，不足以塞责矣。伏惟陛下哀臣悬迫，听臣所丐，以终陛下眷宠老臣之赐。臣无任。

代王鲁公乞致仕表三

一

臣某言：臣闻下之所以忠于上，力已惫则不敢瘝厥官；君之所以爱其臣，年已至则不思劳以事。敢缘兹义，冒尽所言。中谢。伏念臣以斗筲之材，加犬马之齿，比尝得谢，误复见收。血气既衰，日月逾迈，固已积妨贤者之路，岂独多旷朝廷之仪？伏望圣慈许令致仕，则赖天之力，使终晚节之优游，讫臣之身，得免大诛之愦眊。臣无任。

二

臣某言：愚臣之在暮年，礼当求去；圣主之于旧物，恩不忍捐。顾在礼之可言，敢缘恩而苟止。中谢伏念臣起身疵贱，逢世休嘉。年除岁迁，遂尘于非望；夙兴夜寐，常愧于无劳。惟是宠荣，殊非所欲；矧知固陋，岂敢为高？徒以岁路之向穷，不胜人言之甚众。争前而冒宠，则辱之在后也或多；盖众以擅荣，则患之及身也常酷。是亦有伤于国体，岂惟无补于臣身。此臣所以迫切于归诚，而彷徨于受命也。况陛下接三后之烈，享百年之平，势盈则非易以持，法久则当通其变。此诚致慎于安危之际，而责难于将相之时。虽臣旅力之方刚，亦宜知止；岂此余生之无几，尚可妨贤。伏望天慈，俯循人欲。上以终爱人之德，下以免累国之诛。则膂力既愆，虽负捐躯之素志；余忠未讫，犹知请祝于明时。干冒宸严。臣无任。

三

臣某言：窃以将相之权，臣之所贪得；君亲之命，臣之所惮违。恳恳至于辞说之穷，区区亦惟义理之迫。中谢伏念臣典司机密，陪辅清光，年之侵寻，职以旷废。假息幸蒙于宽政，引身辄匄于余年。岂期愚衷，末动圣察。令臣股肱便敏，足以趋宾赞之仪；耳目精明，足以副谋谟之托。虽知当退，犹愿自强。奈何独以罢癃之躯，而欲久私要剧之地。自计且知其不可，人言孰以为当然？伏望圣慈，哀怜悃愊，无空敦奖，使得罢休。臣无任。

【解题】

以上三表作于仁宗皇祐三年（1051），系代王鲁公作。王鲁公，即王德用（980—1058），字元辅，曾任宰相，封鲁国公。文章言辞恳切、说理充分。

常州谢上表

以贫择利，以病辞劳。此于督责之朝，皆在谴诃之域。中谢。伏念臣比在群牧，常求外官，蒙恩朝廷，改职畿县。未识贤劳之力，已缠悸眩之疴，区区本怀，悬悬自诉。遂蒙优诏，特与便州。维臣之愚，所学非敏，受禄则辞贫而取富，当官则让剧而求闲，使有以临，知罪其极。此盖伏遇皇帝陛下明照万物，宽惠四方，在宥而不探其可诛，因能而不责其所乏。顾虽无用于当世，尝以有闻于先臣。思报所蒙，敢忘尽瘁。然而州郡抚循之势，患在数更；官司考课之方，要诸久任。惟兹弊邑，比多凶年。岁行两周，守吏八易。当郡人烦劳之后，以臣身疲病之余，自非少假以岁时，将必上孤于器使。所祈降鉴，姑使息肩。则断断一臣，不独免于大戾；元元万室，倘有望于小休。臣瞻天祷圣。无任。

【解题】

仁宗嘉祐二年（公元1057年），安石由群牧司判官改太常博士、知常州，因上此谢表。

上皇帝万言书

臣愚不肖，蒙恩备使一路，今又蒙恩召还阙廷，有所任属，而当以使事归报陛下。不自知其无以称职，而敢缘使事之所及，冒言天下之事，伏惟陛下详思而择其中，幸甚。

臣窃观陛下有恭俭之德，有聪明睿智之才，夙兴夜寐，无一日之懈，声色狗马，观游玩好之事，无纤介之蔽，而仁民爱物之意，孚于天下，而又公选天下之所愿以为辅相者，属之以事，而不贰于谗邪倾巧之臣，此虽二帝、三王之用心，不过如此而已，宜其家给人足，天下大治。而效不至于此，顾内则不能无以社稷为忧，外则不能无惧于夷狄，天下之财力日以困穷，而风俗日以衰坏，四方有志之士，諰諰然常恐天下之久不安。此其故何也？患在不知法度故也。

今朝廷法严令具，无所不有，而臣以谓无法度者，何哉？方今之法度，多不合乎先王之政故也。孟子曰：“有仁心仁闻，而泽不加于百姓者，为政不法于先王之道故也。”以孟子之说，观方今之失，正在于此而已。

夫以今之世，去先王之世远，所遭之变，所遇之势不一，而欲一二修先王之政，虽甚愚者，犹知其难也。然臣以谓今之失，患在不法先王之政者，以谓当法其意而已。夫二帝、三王，相去盖千有余载，一治一乱，其盛衰之时具矣。其所遭之变，所遇之势，亦各不同，其施设之方亦皆殊，而其为天下国家之意，本末先后，未尝不同也。臣故曰：当法其意而已。法其意，则吾所改易更革，不至乎倾骇天下之耳目，嚣天下之口，而固已合乎先王之政矣。

虽然，以方今之势揆之，陛下虽欲改易更革天下之事，合于先王之意，其势必不能也。陛下有恭俭之德，有聪明睿智之才，有仁民爱物之意，诚加之意，则何为而不成，何欲而不得？然而臣顾以谓陛下虽欲改易更革天下之事，合于先王之意，其势必不能者，何也？以方今天下之才不足故也。

臣尝试窃观天下在位之人，未有乏于此时者也。夫人才乏于上，则有沈废伏匿在下，而不为当时所知者矣。臣又求之于闾巷草野之间，而亦未见其多焉。岂非陶冶而成之者非其道而然乎？臣以谓方今在位之人才不足者，以臣使事之所及，则可知矣。今以一路数千里之间，能推行朝廷之法令，知其所缓急，而一切能使民以修其职事者甚少，而不才苟简贪鄙之人，至不可胜数。其能讲先王之意以合当时之变者，盖阖郡之间，往往而绝也。朝廷每一令下，其意虽善，在位者犹不能推行，使膏泽加于民，而吏辄缘之为奸，以扰百姓。臣故曰：在位之人才不足，而草野闾巷之间，亦未见其多也。夫人才不足，则陛下虽欲改易更革天下之事，以合先王之意，大臣虽有能当陛下之意而欲领此者，九州之大，四海之远，孰能称陛下之指，以一二推行此，而人人蒙其施者乎？臣故曰：其势必未能也。孟子曰："徒法不能以自行。"非此之谓乎？然则方今之急，在于人才而已。诚能使天下人才众多，然后在位之才可以择其人而取足焉。在位者得其才矣，然后稍视时势之可否，而因人情之患苦，变更天下之弊法，以趋先王之意，甚易也。今之天下，亦先王之天下，先王之时，人才尝众矣，何至于今而独不足乎？故曰：陶冶而成之者，非其道故也。

商之时，天下尝大乱矣。在位贪毒祸败，皆非其人，及文王之起，而天下之才尝少矣。当是时，文王能陶冶天下之士，而使之皆有士君子之才，然后随其才之所有而官使之。《诗》曰："岂弟君子，遐不作人。"此之谓也。及其成也，微贱兔罝之人，犹莫不好德，《兔罝》之诗是也。又况于在位之人乎？夫文王惟能如此，故以征则服，以守则治。《诗》曰："奉璋峨峨，髦士攸宜。"又曰："周王于迈，六师及之。"言文王所用，文武各得其才，而无废事也。及至夷、厉之乱，天下之才，又尝少矣。至宣王之起，所与图天下之事者，仲山甫而已。故诗人叹之曰："德輶如毛，维仲山甫举之，爱莫助之。"盖闵人才之少，而山甫之无助也。宣王能用仲山甫，推其类以新美天下之士，而后人才复众。于是内修政事，外讨不庭，而复有文、武之境土。故诗人美之曰："薄言采芑，于彼新田，于此菑亩。"言宣王能新美天下之士，使之有可用之才，如农夫新美其田，而使之有可采之芑也。由此观之，人之才，未尝不自人主陶冶而成之者也。

所谓陶冶而成之者何也？亦教之、养之、取之、任之有其道而已。

所谓教之之道何也？古者天子诸侯，自国至于乡党皆有学，博置教道之官而严其选。朝廷礼乐、刑政之事，皆在于学，学士所观而习者，皆先王之法言德行治天下之意，其材亦可以为天下国家之用。苟不可以为天下国家之用，则不教也。苟可以为天下国家之用者，则无不在于学。此教之之道也。

所谓养之之道何也？饶之以财，约之以礼，裁之以法也。何谓饶之以财？人之情，不足于财，则贪鄙苟得，无所不至。先王知其如此，故其制禄，自庶人之在官者，其禄已足以代其耕矣。由此等而上之，每有加焉，使其足以养廉耻，而离于贪鄙之行。犹以为未也，又推其禄以及其子孙，谓之世禄。使其生也，既于父子、兄弟、妻子之养，婚姻、朋友之接，皆无憾矣；其死也，又于子孙无不足之忧焉。何谓约之以礼？人情足于财而无礼以节之，则又放僻邪侈，无所不至。先王知其如此，故为之制度。婚丧、祭养、燕享之事，服食、器用之物，皆以命数为之节，而齐之以律度量衡之法。其命可以为之，而财不足以具，则弗具也；其财可以具，而命不得为之者，不使有铢两分寸之加焉。何谓裁之以法？先王于天下之士，教之以道艺矣，不帅教则待之以屏弃远方终身不齿之法。约之以礼矣，不循礼则待之以流、杀之法。《王制》曰："变衣服者，其君流。"《酒诰》曰："厥或诰曰：'群饮，汝勿佚。尽执拘以归于周，予其杀！"'夫群饮、变衣服，小罪也；流、杀，大刑也。加小罪以大刑，先王所以忍而不疑者，以为不如是，不足以一天下之俗而成吾治。夫约之以礼，裁之以法，天下所以服从无抵冒者，又非独其禁严而治察之所能致也。盖亦以吾至诚恳恻之心，力行而为之倡。凡在左右通贵之人，皆顺上之欲而服行之，有一不帅者，法之加必自此始。夫上以至诚行之，而贵者知避上之所恶矣，则天下之不罚而止者众矣。故曰：此养之之道也。

所谓取之之道者，何也？先王之取人也，必于乡党，必于庠序，使众人推其所谓贤能，书之以告于上而察之。诚贤能也，然后随其德之大小、才之高下而官使之。所谓察之者，非专用耳目之聪明，而私听于一人之口也。欲审知其德，问以行；欲审知其才，问以言。得其言行，则试之以事。所谓察之者，试之以事是也。虽尧之用舜，亦不过如此而已，又况其下乎？若夫九州之大，四海之远，万官亿丑之贱，所须士大夫之才则众矣，有天下者，又不可以一二自察之也，又不可以偏属于一人，而使之于一日二日之间考试其行能而进退之也。盖吾已能察其才行之大者，以为大官矣，因使之取其类以持久试之，而考其能者以告于上，而后以爵命、禄秩予之而已。此取之之道也。

所谓任之之道者，何也？人之才德，高下厚薄不同，其所任有宜有不宜。先王知其如此，故知农者以为后稷，知工者以为共工。其德厚而才高者以为之长，德薄而才下者以为之佐属。又以久于其职，则上狃习而知其事，下服驯而安其教，贤者则其功可以至于成，不肖者则其罪可以至于著，故久其任而待之以考绩之法。夫如此，故智能才力之士，则得尽其智以赴功，而不患其事之不终、其功之不就也。偷惰苟且之人，虽欲取容于一时，而顾僇辱在其后，安敢不勉乎！若夫无能之人，固知辞避而去矣。居职任事之日久，不胜任之罪，不可以幸而免故也。彼且不敢冒而知辞避矣，尚何有比周、谗谄、争进之人乎？取之既已详，使之既已当，处之既已久，至其任之也又专焉，而不一二以法束缚之，而使之得行其意，尧、舜之所以理百官而熙众工者，以此而已。《书》曰："三载考绩，三考，黜陟幽明。"此之谓也。然尧、舜之时，其所黜者则闻之矣，盖四凶是也。其所陟者，则皋陶、稷、契皆终身一官而不徙。盖其所谓陟者，特加之爵命、禄赐而已耳。此任之之道也。

夫教之、养之、取之、任之之道如此，而当时人君，又能与其大臣，悉其耳目心力，至诚恻怛，思念而行之，此其人臣之所以无疑，而于天下国家之事，无所欲为而不得也。

方今州县虽有学，取墙壁具而已，非有教导之官，长育人才之事也。唯太学有教导之官，而亦未尝严其选。朝廷礼乐刑政之事，未尝在于学。学者亦漠然自以礼乐刑政为有司之事，而非己所当知也。学者之所教，讲说章句而已。讲说章句，固非古者教人之道也。而近岁乃始教之以课试之文章。夫课试之文章，非博诵强学穷日之力则不能。及其能工也，大则不足以用天下国家，小则不足以为天下国家之用。故虽白首于庠序，穷日之力以帅上之教，及使之从政，则茫然不知其方者，皆是也。盖今之教者，非特不能成人之才而已，又从而困苦毁坏之，使不得成才者，何也？夫人之才，成于专而毁于杂。故先王之处民才，处工于官府，处农于畎亩，处商贾于肆，而处士于庠序，使各专其业而不见异物，惧异物之足以害其业也。所谓士者，又非特使之不得见异物而已，一示之以先王之道，而百家诸子之异说，皆屏之而莫敢习者焉。今士之所宜学者，天下国家之用也。今悉使置之不教，而教之以课试之文章，使其耗精疲神，穷日之力以从事于此。及其任之以官也，则又悉使置之，而责之以天下国家之事。夫古之人，以朝夕专其业于天下国家之事，而犹才有能有不能，今乃移其精神，夺其日力，以朝夕从事于无补之学，及其任之以事，然后卒然责之以为天下国家之用，宜其才之足以有为者少矣。臣故曰：非特不能成人之才，又从而困苦毁坏之，使不得成才也。又有甚害者，先王之时，士之所学者，文武之道也。士之才，有可以为公卿大夫，有可以为士。其才之大小、宜不宜则有矣，至于武事，则随其才之大小，未有不学者也。故其大者，居则为六官之卿，出则为六军之将也；其次则比、闾、族、党之师，亦皆卒、两、师、旅之帅也。故边疆、宿卫，皆得士大夫为之，而小人不得奸其任。今之学者，以为文武异事，吾知治文事而已，至于边疆、宿卫之任，则推而属之于卒伍，往往天下奸悍无赖之人。苟其才行足以自托于乡里者，未有肯去亲戚而从召募者也。边疆、宿卫，此乃天下之重任，而人主之所当慎重者也。故古者教士，以射、御为急，其他伎能，则视其人才之所宜，而后教之，其才之所不能，则不强也。至于射，则为男子之事。苟人之生，有疾则已，苟无疾，未有去射而不学者也。在庠序之间，固常从事于射也。有宾客之事则以射，有祭祀之事则以射，别士之行同能偶则以射，于礼乐之事，未尝不寓以射，而射亦未尝不在于礼乐、祭祀之间也。《易》曰："弧矢之利，以威天下。"先王岂以射为可以习揖让之仪而已乎？固以为射者武事之尤大，而威天下、守国家之具也。居则以是习礼乐，出则以是从战伐。士既朝夕从事于此而能者众，则边疆、宿卫之任，皆可以择而取也。夫士尝学先王之道，其行义尝见推于乡党矣，然后因其才而托之以边疆、宿卫之事，此古之人君，所以推干戈以属之人，而无内外之虞也。今乃以夫天下之重任，人主所当至慎之选，推而属之奸悍无赖，才行不足自托于乡里之人，此方今所以諰諰然常抱边疆之忧，而虞宿卫之不足恃以为安也。今孰不知边疆、宿卫之士不足恃以为安哉？顾以为天下学士以执兵为耻，而亦未有能骑射行阵之事者，则非召募之卒伍，孰能任其事者乎？夫不严其教，高其选，则士之以执兵为耻，而未尝有能骑射行阵之事，固其理也。凡此皆教之非其道也。

方今制禄，大抵皆薄。自非朝廷侍从之列，食口稍众，未有不兼农商之利而能充其养者也。其下州县之吏，一月所得，多者钱八九千，少者四五千，以守选、待除、守阙通之，盖六七年而后得三年之禄，计一月所得，乃实不能四五千，少者乃实不能及三四千而已。虽厮养之给，亦窘于此矣，而其养生、丧死、婚姻、葬送之事，皆当出于此。夫出中人之上者，虽穷而不失为君子；出中人以下者，虽泰而不失为小人。唯中人不然，穷则为小人，泰则为君子。计天下之士，出中人之上下者，千百而无十一，穷而为小人，泰而为君子者，则天下皆是也。先王以为众不可以力胜也，故制行不以己，而以中人为制，所以因其欲而利道之，以为中人之所能守，则其志可以行乎天下，而推之后世。以今之制禄，而欲士之无毁廉耻，盖中人之所不能也。故今官大者，往往交赂遗、营赀产，以负贪污之毁；官小者，贩鬻、乞丐，无所不为。夫士已尝毁廉耻以负累于世矣，则其偷堕取容之意起，而矜奋自强之心息，则职业安得而不弛，治道何从而兴乎？又况委法受赂，侵牟百姓者，往往而是也。此所谓不能饶之以财也。

婚丧、奉养、服食、器用之物，皆无制度以为之节，而天下以奢为荣，以俭为耻。苟其财之可以具，则无所为而不得，有司既不禁，而人又以此为荣。苟其财不足，而不能自称于流俗，则其婚丧之际，往往得罪于族人亲姻，而人以为耻矣。故富者贪而不知止，贫者则强勉其不足以追之。此士之所以重困，而廉耻之心毁也。凡此所谓不能约之以礼也。

方今陛下躬行俭约，以率天下，此左右通贵之臣所亲见。然而其闺门之内，奢靡无节，犯上之所恶，以伤天下之教者，有已甚者矣。未闻朝廷有所放绌，以示天下。昔周之人，拘群饮而被之以杀刑者，以为酒之末流生害，有至于死者众矣，故重禁其祸之所自生。重禁祸之所自生，故其施刑极省，而人之抵于祸败者少矣。今朝廷之法所尤重者，独贪吏耳。重禁贪吏，而轻奢靡之法，此所谓禁其末而弛其本。然而世之识者，以为方今官冗，而县官财用已不足以供之，其亦蔽于理矣。今之入官诚冗矣，然而前世置员盖甚少，而赋禄又如此之薄，则财用之所不足，盖亦有说矣。吏禄岂足计哉？臣于财利，固未尝学，然窃观前世治财之大略矣。盖因天下之力，以生天下之财，取天下之财，以供天下之费。自古治世，未尝以不足为天下之公患也。患在治财无其道耳。今天下不见兵革之具，而元元安土乐业，人致其力，以生天下之财，然而公私尝以困穷为患者，殆亦理财未得其道，而有司不能度世之宜而通其变耳。诚能理财以其道，而通其变，臣虽愚，固知增吏禄不足以伤经费也。方今法严令具，所以罗天下之士，可谓密矣。然而亦尝教之以道艺，而有不帅教之刑以待之乎？亦尝约之以制度，而有不循理之刑以待之乎？亦尝任之以职事，而有不任事之刑以待之乎？夫不先教之以道艺，诚不可以诛其不帅教；不先约之以制度，诚不可以诛其不循理；不先任之以职事，诚不可以诛其不任事。此三者，先王之法所先急也，今皆不可得诛，而薄物细故，非害治之急者，为之法禁，月异而岁不同，为吏者至于不可胜记，又况能一二避之而无犯者乎？此法令所以滋而不行，小人有幸而免者，君子有不幸而及者焉。此所谓不能裁之以刑也。凡此皆治之非其道也。

方今取士，强记博诵而略通于文辞，谓之茂才异等、贤良方正。茂才异等、贤良方正者，公卿之选也。记不必强，诵不必博，略通于文辞，而又尝学诗赋，则谓之进士。进士之高者，亦公卿之选也。夫此二科所得之技能，不足以为公卿，不待论而后可知。而世之议者，乃以为吾常以此取天下之士，而才之可以为公卿者，常出于此，不必法古之取人然后得士也。其亦蔽于理矣。先王之时，尽所以取人之道，犹惧贤者之难进，而不肖者之杂于其间也。今悉废先王所以取士之道，而驱天下之才士，悉使为贤良、进士，则士之才可以为公卿者，固宜为贤良、进士，而贤良、进士亦固宜有时而得才之可以为公卿者也。然而不肖者，苟能雕虫篆刻之学，以此进至乎公卿，才之可以为公卿者，困于无补之学，而以此绌死于岩野，盖十八九矣。夫古之人有天下者，其所慎择者，公卿而已。公卿既得其人，因使推其类以聚于朝廷，则百司庶府，无不得其人也。今使不肖之人，幸而至乎公卿，因得推其类聚之朝廷，此朝廷所以多不肖之人，而虽有贤智，往往困于无助，不得行其意也。且公卿之不肖，既推其类以聚于朝廷；朝廷之不肖，又推其类以备四方之任使；四方之任使者，又各推其不肖以布于州郡。则虽有同罪举官之科，岂足恃哉？适足以为不肖者之资而已。其次九经、五经、学究、明法之科，朝廷固已尝患其无用于世，而稍责之以大义矣。然大义之所得，未有以贤于故也。今朝廷又开明经之选，以进经术之士。然明经之所取，亦记诵而略通于文辞者，则得之矣。彼通先王之意，而可以施于天下国家之用者，顾未必得与于此选也。其次则恩泽子弟，庠序不教之以道艺，官司不考问其才能，父兄不保任其行义，而朝廷辄以官予之，而任之以事。武王数纣之罪，则曰："官人以世。"夫官人以世，而不计其才行，此乃纣之所以乱亡之道，而治世之所无也。又其次曰流外。朝廷固已挤之于廉耻之外，而限其进取之路矣，顾属之以州县之事，使之临士民之上。岂所谓以贤治不肖者乎？以臣使事之所及，一路数千里之间，州县之吏，出于流外者，往往而有，可属任以事者，殆无二三，而当防闲其奸者，皆是也。盖古者有贤不肖之分，而无流品之别。故孔子之圣，而尝为季氏吏，盖虽为吏，而亦不害其为公卿。及后世有流品之别，则凡在流外者，其所成立，固尝自置于廉耻之外，而无高人之意矣。夫以近世风俗之流靡，自虽士大夫之才，势足以进取，而朝廷尝奖之以礼义者，晚节末路，往往怵而为奸，况又其素所成立，无高人之意，而朝廷固已挤之于廉耻之外，限其进取者乎？其临人亲职，放僻邪侈，固其理也。至于边疆、宿卫之选，则臣固已言其失矣。凡此皆取之非其道也。

方今取之既不以其道，至于任人，又不问其德之所宜，而问其出身之后先，不论其才之称否，而论其历任之多少。以文学进者，且使之治财。已使之治财矣，又转而使之典狱。已使之典狱矣，又转而使之治礼。是则一人之身，而责之以百官之所能备，宜其人才之难为也。夫责人以其所难为，则人之能为者少矣。人之能为者少，则相率而不为。故使之典礼，未尝以不知礼为忧，以今之典礼者未尝学礼故也。使之典狱，未尝以不知狱为耻，以今之典狱者，未尝学狱故也。天下之人，亦已渐渍于失教，被服于成俗，见朝廷有所任使，非其资序，则相议而讪之，至于任使之不当其才，未尝有非之者也。且在位者数徙，则不得久于其官，故上不能狃习而知其事，下不肯服驯而安其教，贤者则其功不可以及于成，不肖者则其罪不可以至于著。若夫迎新将故之劳，缘绝簿书之弊，固其害之小者，不足悉数也。设官大抵皆当久于其任，而至于所部者远，所任者重，则尤宜久于其官，而后可以责其有为。而方今尤不得久于其官，往往数日辄迁之矣。

取之既已不详，使之既已不当，处之既已不久，至于任之则又不专，而又一二以法束缚之，使不得行其意，臣固知当今在位多非其人，稍假借之权，而不一二以法束缚之，则放恣而无不为。虽然，在位非其人，而恃法以为治，自古及今，未有能治者也。即使在位皆得其人矣，而一二以法束缚之，不使之得行其意，亦自古及今，未有能治者也。夫取之既已不详，使之既已不当，处之既已不久，任之又不专，而一二以法束缚之，故虽贤者在位，能者在职，与不肖而无能者，殆无以异。夫如此，故朝廷明知其贤能足以任事，苟非其资序，则不以任事而辄进之，虽进之，士犹不服也。明知其无能而不肖，苟非有罪，为在事者所劾，不敢以其不胜任而辄退之，虽退之，士犹不服也。彼诚不肖而无能，然而士不服者何也？以所谓贤能者任其事，与不肖而无能者，亦无以异故也。臣前以谓不能任人以职事，而无不任事之刑以待之者，盖谓此也。

夫教之、养之、取之、任之，有一非其道，则足以败乱天下之人才，又况兼此四者而有之？则在位不才、苟简、贪鄙之人，至于不可胜数，而草野闾巷之间，亦少可任之才，固不足怪。《诗》曰："国虽靡止，或圣或否。民虽靡朊，或哲或谋，或肃或艾。如彼泉流，无沦胥以败。”此之谓也。

夫在位之人才不足矣，而闾巷草野之间，亦少可用之才，则岂特行先王之政而不得也，社稷之托，封疆之守，陛下其能久以天幸为常，而无一旦之忧乎？盖汉之张角，三十六万同日而起，而所在郡国，莫能发其谋；唐之黄巢，横行天下，而所至将吏，无敢与之抗者。汉、唐之所以亡，祸自此始。唐既亡矣，陵夷以至五代，而武夫用事，贤者伏匿消沮而不见，在位无复有知君臣之义、上下之礼者也。当是之时，变置社稷，盖甚于弈棋之易，而元元肝脑涂地，幸而不转死于沟壑者无几耳！夫人才不足，患盖如此，而方今公卿大夫，莫肯为陛下长虑后顾，为宗庙万世计，臣切惑之。昔晋武帝趣过目前，而不为子孙长远之谋，当时在位，亦皆偷合苟容，而风俗荡然，弃礼义，捐法制，上下同失，莫以为非，有识固知其将必乱矣。而其后果海内大扰，中国列于夷狄者，二百余年。伏惟三庙祖宗神灵所以付属陛下，固将为万世血食，而大庇元元于无穷也。臣愿陛下鉴汉、唐、五代之所以乱亡，惩晋武苟且因循之祸，明诏大臣，思所以陶成天下之才，虑之以谋，计之以数，为之以渐，期为合于当世之变，而无负于先王之意，则天下之人才不胜用矣。人才不胜用，则陛下何求而不得，何欲而不成哉？夫虑之以谋，计之以数，为之以渐，则成天下之才甚易也。

臣始读《孟子》，见孟子言王政之易行，心则以为诚然。及见与慎子论齐、鲁之地，以为先王之制国，大抵不过百里者，以为今有王者起，则凡诸侯之地，或千里，或五百里，皆将损之至于数十百里而后止。于是疑孟子虽贤，其仁智足以一天下，亦安能毋劫之以兵革，而使数百千里之强国，一旦肯损其地之十八九，而比于先王之诸侯？至其后，观汉武帝用主父偃之策，令诸侯王地悉得推恩分其子弟，而汉亲临定其号名，辄别属汉。于是诸侯王之子弟，各有分土，而势强地大者，卒以分析弱小。然后知虑之以谋，计之以数，为之以渐，则大者固可使小，强者固可使弱，而不至乎倾骇变乱败伤之衅。孟子之言不为过。又况今欲改易更革，其势非若孟子所为之难也。臣故曰：虑之以谋，计之以数，为之以渐，则其为甚易也。

然先王之为天下，不患人之不为，而患人之不能，不患人之不能，而患己之不勉。何谓不患人之不为，而患人之不能？人之情所愿得者，善行、美名、尊爵、厚利也，而先王能操之以临天下之士。天下之士，有能遵之以治者，则悉以其所愿得者以与之。士不能则已矣，苟能，则孰肯舍其所愿得，而不自勉以为才？故曰：不患人之不为，患人之不能。何谓不患人之不能，而患己之不勉？先王之法，所以待人者尽矣，自非下愚不可移之才，未有不能赴者也。然而不谋之以至诚恻怛之心，力行而先之，未有能以至诚恻怛之心，力行而应之者也。故曰：不患人之不能，而患己之不勉。陛下诚有意乎成天下之才，则臣愿陛下勉之而已。

臣又观朝廷异时欲有所施为变革，其始计利害未尝熟也，顾一有流俗侥幸之人不悦而非之，则遂止而不敢为。夫法度立，则人无独蒙其幸者，故先王之政，虽足以利天下，而当其承弊坏之后，侥幸之时，其创法立制，未尝不艰难也。以其创法立制，而天下侥幸之人亦顺悦以趋之，无有龃龉，则先王之法，至今存而不废矣。惟其创法立制之艰难，而侥幸之人不肯顺悦而趋之，故古之人欲有所为，未尝不先之以征诛，而后得其意。《诗》曰：“是伐是肆，是绝是忽，四方以无拂。”此言文王先征诛而后得意于天下也。夫先王欲立法度，以变衰坏之俗而成人之才，虽有征诛之难，犹忍而为之，以为不若是，不可以有为也。及至孔子，以匹夫游诸侯，所至则使其君臣捐所习，逆所顺，强所劣，憧憧如也，卒困于排逐。然孔子亦终不为之变，以为不如是，不可以有为。此其所守，盖与文王同意。夫在上之圣人，莫如文王，在下之圣人，莫如孔子，而欲有所施为变革，则其事盖如此矣。今有天下之势，居先王之位，创立法制，非有征诛之难也。虽有侥幸之人不悦而非之，固不胜天下顺悦之人众也。然而一有流俗侥幸不悦之言，则遂止而不敢为者，惑也。陛下诚有意乎成天下之才，则臣又愿断之而已。

夫虑之以谋，计之以数，为之以渐，而又勉之以成，断之以果，然而犹不能成天下之才，则以臣所闻，盖未有也。

然臣之所称，流俗之所不讲，而今之议者以谓迂阔而熟烂者也。窃观近世士大夫所欲悉心力耳目以补助朝廷者有矣。彼其意，非一切利害，则以为当世所不能行。士大夫既以此希世，而朝廷所取于天下之士，亦不过如此。至于大伦大法，礼义之际，先王之所力学而守者，盖不及也。一有及此，则群聚而笑之，以为迂阔。今朝廷悉心于一切之利害，有司法令于刀笔之间，非一日也。然其效可观矣。则夫所谓迂阔而熟烂者，惟陛下亦可以少留神而察之矣。昔唐太宗贞观之初，人人异论，如封德彝之徒，皆以为非杂用秦、汉之政，不足以为天下。能思先王之事，开太宗者，魏郑公一人尔。其所施设，虽未能尽当先王之意，抑其大略，可谓合矣。故能以数年之间，而天下几致刑措，中国安宁，夷蛮顺服，自三王以来，未有如此盛时也。唐太宗之初，天下之俗，犹今之世也，魏郑公之言，固当时所谓迂阔而熟烂者也，然其效如此。贾谊曰："今或言德教之不如法令，胡不引商、周、秦、汉以观之？"然则唐太宗事亦足以观矣。

臣幸以职事归报陛下，不自知其驽下无以称职，而敢及国家之大体者，诚以臣蒙陛下任使，而当归报。窃谓在位之人才不足，而无以称朝廷任使之意，而朝廷所以任使天下之士者，或非其理，而士不得尽其才，此亦臣使事之所及，而陛下之所宜先闻者也。释此一言，而毛举利害之一二，以污陛下之聪明，而终无补于世，则非臣所以事陛下惓惓之义也。伏惟陛下详思而择其中，天下幸甚!

【解题】

这篇奏疏作于仁宗嘉祐四年（1059）。时王安石任三司度支判官。文章分析了宋王朝所面临的困境，提出了变更法度的主张，这些主张也就是他日后变法的政治纲领。全文围绕培养人才这个中心展开，行文曲折，但脉络清晰；文笔犀利，说理透彻。本文为王氏政论名篇，或题《上仁宗皇帝万言书》。

议 茶 法

国家罢搉茶之法，而使民得自贩，于方今实为便，于古义实为宜，而有非之者，盖聚敛之臣，将尽财利于毫末之间而不知与之为取之过也。夫茶之为民用，等于米盐，不可一日以无，而今官场所出皆粗恶不可食，故民之所食大率皆私贩者。夫夺民之所甘，而使不得食，则严刑峻法有不能止者，故鞭扑流徒之罪未尝少弛，而私贩、私市者亦未尝绝于道路也。既罢搉之之法，则凡此之为患，皆可以无矣。然则虽尽充岁入之利，亦为国者之所当务也，况关市之入，自足侔昔日之利乎。

昔桑羊兴搉酤之议，当时以为财用待此而给，万世不可易者，然至霍光不学无术之人，遂能屈其论而罢其法，盖义之胜利久矣。今朝廷之治，方欲划百代之弊，而复尧、舜之功，而其为法度，乃欲出于霍光之所羞为者，则可乎？以今之势，虽未能尽罢搉货，而能缓其一，亦所以示上之人恤民之深而兴治之渐也。彼区区聚敛之臣，务以求利为功，而不知与之为取，上之人亦当断以义，岂可以人人合其私说然后行哉？

杨雄曰：“为人父而搉其子，纵利，如子何？”以雄之聪明，其讲天下之利害宜可信，然则今虽国用甚不足，亦不可以复易已行之法矣。是以国家之势，苟修其法度，以使本盛而末衰，则天下之财不胜用，庸讵而必区区于此哉？

【解题】

本文作于仁宗嘉祐四年（1059）。文章以古讽今，雄辩地论证了“罢榷茶之法”的必要性。是年二月，果罢榷茶。

相度牧马所举薛向札子

臣等窃观自古国马盛衰，皆以所任得人、失人而已。汧、渭之间，未尝无牧，而非子独能蕃息于周；河陇之间，未尝无牧，而张万岁独能蕃息于唐，此前世得人之明效也。使得人而不久其官，久其官而不使得专其事，使得专其事而不临之以赏罚，亦不可以成功。今臣等相度陕西一路买马监牧利害大纲，已具奏闻。伏见权陕西转运副使薛向，精力强果，达于政事，河北便籴，陕西榷盐，皆有已试之效，今来相度陕西马事，尤为详悉。臣等前奏已乞就委薛向提举陕西买马及监牧公事，今欲乞降指挥，许令久任。缘今来马价，多出于解池盐利、三司所支银绸绢等，又许令于陕西转运司兑换见钱。今薛向既掌解盐，又领陕西财赋，则通融变转，于事为便。兼臣等访问得薛向陕西系官空地，可以兴置监牧处甚多，若将来稍成次第，即可以渐兴置。盖得西戎之马，牧之于西方，不失其土性，一利也；因未尝耕垦之地，无伤于民，二利也；因向之材而就令经始，三利也。又河北有河防塘泊之患，而土多舄卤不毛，戎马所屯，地利不足。诸监牧多在此路，所占草地多是肥饶，而马又不堪，未尝大段孳息。若陕西兴置监牧，渐成次第，即河北诸监有可存者，悉以陕西良马易其恶种；有可废者，悉以肥饶之地赋民。于地不足而马所不宜之处，以肥饶之地赋民，而收其课租，以助戎马之费。于地有余而马所宜之处，以未尝耕垦之地牧马，而无伤于民。此又利之大者也。如允臣等所奏，即乞薛向所奏举官员，及论改旧弊，朝廷一切应副，成功则无爱赏，败事则无惮罚。如此则臣等保任薛向必能上副朝廷改法之意。如将来败事，臣等各甘同罪。取进止。

【解题】

本文作于仁宗嘉祐五年（1060）。文章分析了陕西一路买马监牧的利害所在，举荐薛向任其事。

上时政书

年月日，具位臣某昧死再拜上疏尊号皇帝陛下：臣窃观自古人主享国日久，无至诚恻怛忧天下之心，虽无暴政虐刑加于百姓，而天下未尝不乱。自秦已下，享国日久者，有晋之武帝、梁之武帝、唐之明皇。此三帝者，皆聪明智略有功之主也。享国日久，内外无患，因循苟且，无至诚恻怛忧天下之心，趋过目前，而不为久远之计，自以祸灾可以无及其身，往往身遇祸灾，而悔无所及。虽或仅得身免，而宗庙固已毁辱，而妻子固以困穷，天下之民，固以膏血涂草野，而生者不能自脱于困饿劫束之患矣。夫为人子孙，使其宗庙毁辱，为人父母，使其比屋死亡，此岂仁孝之主所宜忍者乎？然而晋、梁、唐之三帝，以晏然致此者，自以为其祸灾可以不至于此，而不自知忽然已至也。

盖夫天下至大器也，非大明法度，不足以维持，非众建贤才，不足以保守。苟无至诚恻怛忧天下之心，则不能询考贤才，讲求法度。贤才不用，法度不修，偷假岁月，则幸或可以无他，旷日持久，则未尝不终于大乱。

伏惟皇帝陛下，有恭俭之德，有聪明睿智之才，有仁民爱物之意，然享国日久矣，此诚当恻怛忧天下，而以晋、梁、唐三帝为戒之时。以臣所见，方今朝廷之位，未可谓能得贤才，政事所施，未可谓能合法度。官乱于上，民贫于下，风俗日以薄，才力日以困穷，而陛下高居深拱，未尝有询考讲求之意。此臣所以窃为陛下计而不能无慨然者也。

夫因循苟且，逸豫而无为，可以侥幸一时，而不可以旷日持久。晋、梁、唐三帝者，不知虑此，故灾稔祸变，生于一时，则虽欲复询考讲求以自救，而已无所及矣！以古准今，则天下安危治乱，尚可以有为。有为之时，莫急于今日。过今日，则臣恐亦有无所及之悔矣。然则以至诚询考而众建贤才，以至诚讲求而大明法度，陛下今日其可以不汲汲乎？《书》曰："若药不瞑眩，厥疾弗瘳。"臣愿陛下以终身之狼疾为忧，而不以一日之瞑眩为苦。

臣既蒙陛下采擢，使备从官，朝廷治乱安危，臣实预其荣辱，此臣所以不敢避进越之罪，而忘尽规之义。伏惟陛下深思臣言，以自警戒，则天下幸甚！

【解题】

本文作于仁宗嘉祐六年（1061），时王安石任知制诰。文章指出了宋王朝所面临的危机，以史论今，阐述了变更法度的迫切性。

谢知制诰表

臣某言：伏奉圣恩授臣前件官者。高华之选，欲报尝艰，固陋之身，以荣为惧。中谢。

窃以自古招智能之士，因使为侍从之臣，岂特赖其虚名，谓能华国，盖将收其实用，相与致君。矧号令文章之为难，而讨论润色之所寄，苟失职不称，则为时起羞。伏惟皇帝陛下躬上圣之资，抚久安之运，趋时有救弊之急，守器有持盈之难，当得俊良，使陪遗忘，则典司明命，出入禁门，一有瘝官，尤为累上。臣羁单贱士，鄙朴常人，仕初有志于养亲，学遂不专于为己。比更烦使，稍窃谬恩。内怀尸禄之惭，仰负食功之意。又蒙采擢，以至超逾。盖君之视臣，不使同犬马之贱，则下之报上，亦欲致冈陵之崇。况臣少习艺文，粗知名教，遭逢一旦，度越众人。唯当尽节于明时，岂敢上尚怀于私计。臣无任瞻天荷圣激切屏营之至。

【解题】

本文作于仁宗嘉祐六年（1061）。是年六月，王安石迁知制诰，因作是文。

辞同修起居注状七

一

臣蒙恩差臣同修起居注者。圣恩深厚，臣非陨首所能报称。然臣去年始蒙恩特除直集贤院，当是时，臣已黾勉不敢久违恩指，至今就职才及数月，又蒙恩有此除授。臣窃观朝廷用人，皆以资序，臣入馆最为日浅，而材何以异人，终不敢贪冒宠荣，以干朝廷公论。伏望圣慈察臣诚心，非敢饰让，特赐追还所授。

二

臣昨进状乞追还所授同修起居注敕，准中书札子，奉圣旨不许辞让，便令受敕供职。伏念臣前奏所陈，实系朝廷用人之体，非特于臣私义有所不安。伏望圣慈检会臣前奏，特赐追还所授。

三

臣昨进状乞追还所授同修起居注敕，准中书札子，奉圣旨不许辞让，便令受敕供职。疏远小臣，上烦朝廷敦奖如此，而区区所陈，终不敢止者，诚以谓进在臣先，而才行当蒙选擢，则与之宜有先后。臣入馆资序最为在后，而独先被选，窃以为非朝廷用人之体，此臣所以不敢受也。臣异时得以叙进，臣虽不肖，岂敢复辞。且臣已尝辞避职事而不为朝廷所察，今若又迫于敦喻，黾勉供职，则是臣每饰辞让之虚文，以玩黩朝廷，人虽不以为言，臣亦何颜以立于世。盖人臣事君，苟心知其甚不可，则宁得罪而有不从。况臣幸在圣人至仁隆宽尽下之时，谨分守以辞其所不当得之宠荣，必无放命之罚，则朝廷之命，虽欲必行而不改，臣之愚心，亦将固守而不移。伏望圣慈察臣如此，早赐追还所授。

四

臣累进状乞免同修起居注，又准中书札子，奉圣旨不许辞让，便令受敕供职。卑贱之臣屡烦圣恩敦喻，诚惶诚恐，不知所措。然臣闻人无信不立，臣事君以忠。忠者不饰行以侥荣，信者不食言以从利。臣固尝曰，朝廷之命虽欲必行而不改，臣之愚心亦将固守而不移。若臣既有此言，而终于托不得已以饕宠授，则是臣饰伪食言，而实无自守之义，非所以称朝廷奖遇之意，而明区区避让之本心。宁以违命受谴，终不敢身为浮伪之首，以伤圣时忠实之化。伏望圣慈早赐追还所授。

五

臣进状乞免同修起居注，准中书札子，奉圣旨依累降指挥，更不得辞让，便令受敕供职。圣恩所以加臣者如此，非臣陷胸陨首所能报称。然臣愚不肖，不知朝廷必欲度越众人而加臣以此者何也？为其贤于人也，固有廉让忠信之实也。度越众人而贪其所不当得，非所以为廉让；知其不当得而辞于上，以为朝廷之命虽欲必行而不改，臣之愚心亦将固守而不移，然终于托不得已以私其宠利，非所以为忠信。无廉让，无忠信，然而朝廷必欲度越众人，而加之以其所不当得之职事，臣恐执政大臣必受比周朋党之嫌，陛下必获不察蔽欺之谤，臣亦不得自托于忠廉之行。而居下奸利之人，窥朝廷之间，争饰伪让，以侥一时之幸，而有伤忠厚之俗。其事如此，在朝廷不可以不深思而听臣之辞，臣亦不可以不固守而违朝廷之命。诚愿陛下日月之明，察臣今日之请。辞穷理极，非如向时避让职事，犹在可冒之地。虽由此得罪，必不敢以身为乱俗之首。伏乞断自圣心，无牵于左右大臣之过论，特赐追还所授。

六

臣累进状乞免同修起居注，奉圣旨不许进状辞让者。圣恩深厚，一至于此。臣诚惶诚恐，震怖不知所出。窃观朝廷近日辞让职事，未尝有蒙听许者，而臣又尝辞让职事而不为朝廷听许矣。今复守辞让之说，以请于朝廷，固宜圣恩不即听许。然臣已习见朝廷未尝许人辞让职事。而犹惓惓自陈所守，不避伪让之嫌，诚以蝼蚁微诚，自誓终不敢受，冀蒙天聪终初省察而已。今若迫于恩指，遂叨宠利，则人虽不以为言，臣实无颜以处。使臣负伪让之谤，则朝廷岂免滥恩之讥，臣虽不肖，义实不敢安此。且方今之所患而务绝者，方在于进取，而不在于辞让，方在于欺罔，而不在于忠信。臣若托不得已终叨宠利，不顾其已出之言，则是去辞让而引进取，毁忠信而为奸罔。朝廷本欲拔取人才，而所得者乃有去辞让毁忠信之嫌，恐非所以示天下而厉士大夫之操也。此臣所以不敢避方命之罚，而守其区区之说，诚不敢以身累国，非特欲全其私义而已也。伏望圣慈即赐听许，令朝廷不失所授之宜，臣亦不失所守之信。臣不任。

七

臣昨进状乞免同修起居注，准中书札子，奉圣旨，朝廷已行擢用，依累降指挥不得违避者。孤贱之臣行能浅薄，当朝廷清明收用贤俊之时，幸得著位外庭，岂非荣显。况又蒙拔擢，备任清要，丁宁奖励，使必就官，此虽陨首刳心，自知无以报称。然臣所以不敢受命，而犹守其区区之说者，诚以资在臣前尚有未蒙选者。臣若苟见宠利之可得，而忘避让之义，苟知避让而不能固其所守，非朝廷所以拔擢臣之意，又非臣所以报称朝廷之心。且诎已行之命以伸自守之志者，朝廷之令名；食言丧志，以顺命为悦饕宠利者，臣之丑行。今朝廷重得令名，而使臣轻为丑行，此臣之所不谕也。臣幸蒙任使，备官三司，列职儒馆，若朝廷以为可任，异时以次升擢，于分不为进越，则臣虽不肖，其亦何说之敢辞。诚望圣慈哀臣恳迫，检会臣前后所奏，察其理有可言，特赐追还所授。

再辞同修起居注状五

一

右臣今月二十六日准敕差臣同修起居注。伏念臣行能无异众人，入馆最为日浅，向叨选擢，尝已固辞，幸蒙圣恩，方赐听许。今同馆之士，才能资序出臣右者尚多，而又蒙误恩，有此除授，在臣理分固不敢当。兼臣久住京师，亲老口众，而自春至今，疾病相仍，医药百端，未得平愈，近已进状乞一知州军差遣。伏望圣慈察臣诚恳，特赐追还所授，除一知州军差遣，使臣无进越冒荣之罪，而得纾私养之急。所有同修起居注敕牒，臣不敢受。谨具状奏闻，伏候敕旨。

二

右臣进状乞免同修起居注，准中书札子，奉圣旨不许辞让，便令受敕。臣愚不肖，幸当朝廷拔擢贤俊之时，独蒙不次之选，岂不荣哉！然臣入馆最为日浅，而行能无异众人，故不敢度越众人以饕宠利。向时守此说以辞朝廷之命，至于八九，而圣恩不以臣言为不信，幸赐听许。今才数月，同馆之士，资序在臣右而行能足充此选者尚多，遽蒙圣恩，有此除授，令臣今而可受，则向之辞命至于八九者，果何心也？昔郑以伯石为卿，则辞，太史退，则又使之命已，命已则又辞焉，三辞而后受册，于是子产始恶其为人。夫子产所以恶之者，不以其饰辞让而无忠实之志乎？臣之蒙恩虽出于无求，然始则托辞让之名，以烦慁朝廷，终则侥一日之利，以忘前言之信，推事考情，亦何以异于伯石。臣诚固陋，终不敢奸子产之所恶，以上昭圣时任人之失。且朝廷必以臣粗习文艺而忠信可使，则臣固尝曰，异时循次选用，则臣不敢辞。伏望圣恩察臣诚恳，特赐追还所授，除臣一知州军差遣，使臣得遂前言之信，而又有以纾亲养之急。臣不任祈恩待报之至。

三

右臣近进状乞免同修起居注，准中书札子，奉圣旨令依前后指挥，不许辞免，便令受敕者。圣恩加臣无穷，臣愚固守无已，臣诚惶诚恐，震怖不知所为。然臣义有所不敢为，故不敢冒恩而苟止。伏念臣以资序在臣右而行能宜蒙此选者尚多，故尝自列至于八九。幸蒙圣恩听察，而所除始祖无择一人。若臣今遂冒居，则是谓在臣右者已无可选。臣以应举入仕，磨勘迁官，本图宦达，非敢苟为高抗。至于恩逾理分，度越众人，官谤所归，臣亦不敢苟得，以忘前言之信。兼臣自春至今，疾病相仍，加以气衰，旧学几废，亲老口众，久住京师，近尝进状，乞一闲慢州军差遣。伏见近例，见任修起居注，以便亲求罢出补外官，尝蒙朝廷听许。盖当圣时务以仁恕优容臣下，则以便亲而求外补，意朝廷之所宜从。伏望圣慈哀臣恳迫，特赐追还所授，除臣一知州军差遣，以便私养，且令臣无进越冒荣之罪。所有同修起居注敕牒，臣不敢受。臣不任祈恩待报激切之至。

四

右臣近进状乞免同修起居注，准中书札子，奉圣旨令依累降指挥，便受敕，更不得辞免者。臣之恳恳，已具前奏。蝼蚁微诚，未能上动圣听，臣诚惶怖，不知所为。然臣愚不肖，以谓朝廷革因循之弊，以不次官人，当得异能之士，然后允众人之望，而因循之弊可以遂除。臣治身则行能不备，居官则职业无称，虽知好学，而所得未可以施于实用。故向蒙选擢，即自以行能无异众人，而不敢度越众人受职，幸蒙听许。才及数月，即欲度越众人，言行本末不相顾如此，岂称朝廷选擢之意。虽令言者不以是为臣罪，臣实无颜以处。伏望圣慈察臣累奏，情理备尽，特赐追还所授。臣不任祈恩待报激切之至。

五

右臣近进状乞免同修起居注，准中书札子，奉圣旨依前降指挥，便受敕供职。臣之区区，辞说已穷，然不敢避逋慢之罪而苟止者，非特欲守前言之信，亦不敢上累朝廷。盖臣有冒荣失守之罪，则朝廷亦有选授失人之谤，因启天下好利之士，伪让以要君，则甚伤圣时风俗，此臣之所大惧也。若圣恩幸听臣言，使臣得安理分，则臣为不失所守；臣能不失所守，则朝廷不失所选矣。朝廷不失所选，而又隆宽广裕以曲尽臣志，谓宜无伤，而适足以感厉天下之士。且朝廷以臣粗涉艺文，忠信可使，不复责其行能之备，必欲擢置从官，则臣固尝曰，臣以备官三司，列职儒馆，若终免于罪戾，则循次受选，自不为迟。当朝廷清明，拔用贤俊有志之士，孰不幸愿宠荣？如臣之愚，岂独异于众人？诚以不敢度越众人，故尝自列至于八九。朝廷隆宽尽下，已尝幸听臣言。曾未数月，臣即不复自顾前言之信，若令言者谓臣要君以伪，臣诚无辞可以自明。伏望圣慈察臣所守如此，臣誓坚死节，上报圣知。臣不任祈恩待报之至。

【解题】

以上十二状作于仁宗嘉祐七年（1062）。安石除直集贤院之明年，又诏授同修起居注，安石遂前后作《辞同修起居注状》七道，力辞，获准。数月后朝廷又授安石此职，遂作《再辞同修起居注状》五，力辞。

辞赴阙状三

一

右臣准中书札子，伏奉圣恩，以臣丧服既除，特授故官，召令赴阙。罪逆余生，尚蒙齿录，非臣陨首所能报称，理当即日奔走就涂。而臣抱病日久，未任跋涉，见服药调理，乞候稍瘳，即时赴阙。谨具状奏闻。

二

右臣伏准中书札子，奉圣旨令体认朝廷累降指挥，疾速发来赴阙。臣愚无状，屡蒙圣恩逮及，自非抱疹不任职事，岂敢故为逋慢？臣近已奏陈，乞一分司官于江宁府居住。伏望圣慈特赐矜许，所冀便于将理，终获有瘳。则臣虽自知无补于圣时，犹当乞备官使，仰副朝廷眷录之意。

三

右臣伏准中书札子，奉圣旨令依累降指挥，发来赴阙。蝼蚁微诚，不能感动，至烦朝廷恩旨屡降，臣实惶怖，不知所为。伏念臣本以孤生，实无才用，误蒙仁宗拔擢，备数从官。当大行皇帝亮阴之际，始以亲丧解职，久尸荣禄，无补圣时。今陛下以仁孝之资，缵承圣绪，臣于私养既无所及，唯当追先帝之遇，致身于陛下之时。若自度力用，堪任职事，何敢逋慢朝廷诏令，至于经涉岁时。缘臣自春以来，抱疹有加，心力稍有所营，则所苦滋剧，所以昧冒奏陈，乞且分司，实冀稍可支持，即乞复备官使。天听高邈，未蒙矜允，虽欲扶伏奔走阙廷，而力与愿违，不能自强。伏望圣慈察臣恳迫，令检会臣累奏，特赐指挥。臣无任瞻天屏营激切之至。

【解题】

以上三状均作于英宗治平二年（1065）。自嘉祐八年，王安石之母吴氏病故，王安石一直在江宁居丧，至治平二年七月，服除。于是朝廷屡催其赴阙，他先后作此三状，皆以疾辞。

庙　　议

准中书门下奏准治平四年闰三月八日敕迁僖祖庙主藏之夹室。

臣等闻万物本乎天，人本乎祖，故先王庙祀之制有疏而无绝，有远而无遗。商周之王断自稷契以下者，非绝喾以上遗之，以其自有本统承之故也。若夫尊卑之位、先后之序，则子孙虽齐圣有功，不得以加其祖考，天下万世之通道也。

切以本朝自僖祖以上，世次不可得而知，则僖祖有庙与稷契疑无以异。今毁其庙而藏其主夹室，替祖考之尊而下附于子孙，殆非所以顺祖宗孝心事亡如事存之义。求之前载，虽或有然，考合于经，乃无成宪，因情制礼，实在圣时。

伏惟皇帝陛下仁孝聪明，绍天稽古，动容周旋，惟道之从。宗祀重事，所宜博考，乞以所奏付之两制详议而择取其当。

【解题】

本文作于英宗治平四年（1067）。是年正月，英宗驾崩。议欲祧僖祖而祔英宗于太庙，安石因上此议，陈其不可。

辞知江宁府状

右臣今月初九日进奏院递到敕牒，蒙恩差知江宁军府事。犬马之疹，自隔清光，天地之恩，曲垂眷恤。以臣丘墓所在，就付兵民之权，非臣肝胆涂地所能报称万一。然臣所抱疾病，迄今无损，若辄冒恩黾勉，典领当路大藩，恐力用无以上副朝廷寄任，伏望陛下察臣如此。倘以臣逮侍先帝，未许分司，则乞除臣一留台宫观差遣，冀便将理，终获有瘳，誓当捐躯，少报圣德。所有敕牒，臣未敢祇受，已送江宁府收管。谨具状奏闻。

谢知江宁府表

稽违诏令，经涉岁时。先帝登遐，既不获奔驰道路，陛下即位，又未尝瞻望阙廷。所忧后至之刑诛，敢冀就加于官使。虽知黾勉，尚惧颠跻。臣某诚感诚惧，顿首顿首。

盖闻因任以责群材，原省以通众志，厥或抱能而可用，则虽负疾而见容。如臣者，逮侍先朝，叨官外制，惓惓许国，虽有愚忠，役役随人，但尸荣禄。衔哀去位，婴疹弥年，望绝龙光，分投冗散。伏遇皇帝陛下绍膺尊极，俯烛幽微，延之以三节之严，付之以十城之重。比缘禋祀，特有褒封，申命曲加，因邮并赐。唯是士风之美，素无犴狱之烦，久寄托于丘垅，粗谙知其闾里。念虽闭阁，殊弗废于承流，以比造朝，或未妨于养疾。矧恩勤之已迫，且逊避之不容，敢不少尝体力之所任，祗奉诏条而为治。冀逃大戾，仰称殊私。臣无任。

【解题】

治平四年（1067）正月，英宗驾崩，神宗即位。是年三月，神宗任命闲居江宁的王安石出知江宁府。王安石作《辞知江宁府状》，以疾辞。不允。遂于闰三月出任江宁知府，并作此表。

谢翰林学士表

臣闻人臣之事主，患在不知学术，而居宠有冒昧之心；人主之畜臣，患在不察名实，而听言无恻怛之意。此有天下国家者，所以难于任使，而有道德者，亦所以难于进取也。

学士职亲地要，而以讨论讽讥为官，非夫远足以知先王，近足以见当世，忠厚笃实廉耻之操足以咨诹而不疑，草创润色文章之才足以付托而无负，则在此位为无以称。如臣不肖，涉道未优，初无荦荦过人之才，徒有区区自守之善。以至将顺建明之大体，则或疏阔浅陋而不知。加以忧伤疾病，久弃里闾，辞命之习，芜废积年。黾勉一州，已为忝冒，禁林之选，岂所堪任？伏惟皇帝陛下躬圣德，承圣绪，于群臣贤不肖已知考慎，而于其言也又能虚已以听之，故聪明睿智神武之实，已见于行事。日月未久，而天下翘首企踵，以望唐、虞、成周之太平。臣于此时，实被收召，所以许国，义当如何。敢不磨砺淬濯已衰之心，细绎温寻久废之学，上以备顾问之所及，下以供职司之所守。

【解题】

治平四年（1067）闰三月，王安石应诏出任江宁知府，九月，英宗又下诏除王安石翰林学士。安石因作此谢表。

论孙觉令吏人写章疏札子

臣今日蒙宣召谕以孙觉令吏人写论列大臣章疏。臣初亦怪其不能谨密，但疑此朋友所当诲责，非人主所当谴怒。既又反复思惟，陛下以觉为可听信，故擢在谏官。进贤退不肖，自其职分所当论列，虽扬言于朝廷以迪上心，于义未为失也。但令吏人写章疏，诚不足以加谴怒。凡人臣当谨密者，以君子小人消长之势未分，言有漏泄，或能致祸，如其不密，则害于其身。若遭值明主，危言正论，所无忌惮，亦何谨密之有乎？唯有奸邪小人，以枉为直，惧为公论之所不容，则惟恐其言之不密。若得此辈在位，陛下何所利乎？若陛下疑觉有交党之私，招权之奸，则恐盛德之世，不宜如此。魏郑公以为上下各存形迹，则国之废兴或未可知。若陛下不考察邪正是非，而每事如此猜防，则恐善人君子，各顾形迹，不敢尽其忠谠之言，而奸邪小人，得伺人主之疑行谗慝也。若陛下恐陈升之闻此或不自安，臣亦以为不然。汉高祖雄猜之主也，然鄂秋明论相国萧何功次，而高祖不疑，乃更加赏，亦不闻萧何以此为嫌。陛下圣明高远，自汉以来，令德之主皆未有能企及陛下者，每事当以尧、舜、三代为法，奈何心存末世褊吝之事乎？《书》曰：“任贤勿贰，去邪勿疑。”不明知其贤而任之以为贤，不明见其邪而疑之以为邪，非尧、舜、三代之道也。陛下以臣为可信，故圣问及之，臣敢不尽愚！今日口对未能详悉，故谨具札子以闻。

【解题】

本文《王安石文集》未收，只见于《宋文鉴》（《临川先生文集》收入补遗卷）。据蔡上翔《王荆公年谱考略》，当作于神宗熙宁元年（1068）。

谢弟安国特赐及第表

臣某言：伏蒙圣恩召试臣弟安国赐进士及第，注初等职官者。俊乂之求，外覃草野，龙光之施，首逮门庭。中谢。

窃以躬国论听断之烦，而察知孤远之行，略门资贡举之法，而拔取淹滞之才，山林之所诵说而难遭，闾巷之所惊嗟而罕见。伏惟皇帝陛下协德穹昊，比明羲和，博临四方，洞照万物。如臣同产，为世畸人，少遭闵凶，自奋寒苦。虽强学力行，粗有时名，而少偶寡徒，几绝荣望。岂期圣听，俯及幽潜，遂使穷途，坐阶华宠。奖以诏书而试艺，赐之科第而命官。禄不逮亲，既永乖于养志，仕非为己，当共誓于捐躯。

【解题】

本文作于神宗熙宁元年（1068）。是年七月，神宗特赐王安石之弟、布衣王安国进士及第。安石因作此谢表。

本朝百年无事札子

臣前蒙陛下问及本朝所以享国百年，天下无事之故。臣以浅陋，误承圣问，迫于日晷，不敢久留，语不及悉，遂辞而退。窃惟念圣问及此，天下之福，而臣遂无一言之献，非近臣所以事君之义，故敢昧冒而粗有所陈。

伏惟太祖躬上智独见之明，而周知人物之情伪。指挥付托，必尽其材，变置施设，必当其务。故能驾驭将帅，训齐士卒，外以扞夷狄，内以平中国。于是除苛赋，止虐刑，废强横之藩镇，诛贪残之官吏，躬以简俭为天下先。其于出政发令之间，一以安利元元为事。太宗承之以聪武，真宗守之以谦仁，以至仁宗、英宗，无有逸德。此所以享国百年而天下无事也。仁宗在位，历年最久。臣于时实备从官，施为本末，臣所亲见。尝试为陛下陈其一二，而陛下详择其可，亦足以申鉴于方今。

伏惟仁宗之为君也，仰畏天，俯畏人；宽仁恭俭，出于自然，而忠恕诚悫，终始如一。未尝妄兴一役，未尝妄杀一人。断狱务在生之，而特恶吏之残扰。宁屈己弃财于夷狄，而终不忍加兵。刑平而公，赏重而信。纳用谏官御史，公听并观，而不蔽于偏至之馋。因任众人耳目，拔举疏远，而随之以相坐之法。盖监司之吏，以至州县，无敢暴虐残酷，擅有调发，以伤百姓。自夏人顺服，蛮夷遂无大变，边人父子夫妇，得免于兵死；而中国之人，安逸蕃息，以至今日者，未尝妄兴一役，未尝妄杀一人，断狱务在生之，而特恶吏之残扰，宁屈己弃财于夷狄，而不忍加兵之效也。大臣贵戚，左右近习，莫敢强横犯法，其自重慎或甚于闾巷之人。此刑平而公之效也。募天下骁雄横猾以为兵，几至百万，非有良将以御之，而谋变者辄败；聚天下财物，虽有文籍，委之府史，非有能吏以钩考，而断盗者辄发；凶年饥岁，流者填道，死者相枕，而寇攘者辄得。此赏重而信之效也。大臣贵戚，左右近习，莫能大擅威福，广私货赂，一有奸慝，随辄上闻。贪邪横猾，虽间或见用，未尝得久。此纳用谏官御史，公听并观，而不蔽于偏至之谗之效也。自县令京官以至监司台阁，升擢之任，虽不皆得人，然一时之所谓才士，亦罕蔽塞而不见收举者。

此因任众人之耳目，拔举疏远，而随之以相坐之法之效也。升遐之日，天下号恸，如丧考妣。此宽仁恭俭，出于自然，忠恕诚悫，终始如一之效也。

然本朝累世因循末俗之弊，而无亲友群臣之议。人君朝夕与处，不过宦官女子，出而视事，又不过有司之细故，未尝如古大有为之君，与学士大夫讨论先王之法以措之天下也。一切因任自然之理势，而精神之运有所不加，名实之间有所不察。君子非不见贵，然小人亦得厕其间；正论非不见容，然邪说亦有时而用。以诗赋记诵求天下之士，而无学校养成之法；以科名资历叙朝廷之位，而无官司课试之方。监司无检察之人，守将非选择之吏。转徙之亟，既难于考绩；而游谈之众，因得以乱真。交私养望者多得显官，独立营职者或见排沮。故上下偷惰，取容而已，虽有能者在职，亦无以异于庸人。农民坏于繇役，而未尝特见救恤，又不为之设官以修其水土之利。兵士杂于疲老，而未尝申敕训练，又不为之择将，而久其疆埸之权。宿卫则聚卒伍无赖之人，而未有以变五代姑息羁縻之俗。宗室则无教训选举之实，而未有以合先王亲疏隆杀之宜。其于理财，大抵无法，故虽俭约而民不富，虽忧勤而国不强。赖非夷狄昌炽之时，又无尧、汤水旱之变，故天下无事，过于百年。虽曰人事，亦天助也。盖累圣相继，仰畏天，俯畏人，宽仁恭俭，忠恕诚悫，此其所以获天助也。伏惟陛下躬上圣之质，承无穷之绪，知天助之不可常恃，知人事之不可怠终，则大有为之时，正在今日。臣不敢辄废将明之义，而苟逃讳忌之诛。伏惟陛下幸赦而留神，则天下之福也。取进止。

【解题】

本文作于神宗熙宁元年（1068）。文章总结了宋立国百年来的经验教训，揭示了“百年无事”的外表下潜伏的危机，提出必须变法以求强盛。

辞参知政事表

臣某言：伏奉制命，特授臣右谏议大夫参知政事余如故者。才薄望轻，恩隆责重，敢缘聪听，冒进忱辞。中谢。切以建用宗工，与图大政，以人贤否，为世盛衰。矧休运之有开，须伟材而为辅。岂容虚受，以误明扬。如臣者，承学未优，知方尤晚。先朝备位，每怀窃食之惭，故里服丧，重困采薪之疾。陛下绍膺皇统，俯记孤忠。付之方面之权，还之禁林之地，固已人言之可畏，岂云国论之敢知。忽被宠灵，滋怀愧恐。伏望陛下考慎所与，烛知不能，许还缪恩，以允公议。庶少安于鄙分，无或累于圣时。臣无任祈天俟命激切屏营之至。

谢参知政事表

承弼之任，贤智所难，顾惟缺然，何以堪此？仰膺成命，弗获固辞。中谢。

窃以古先哲王，考慎厥辅，皆有一德，用成众功。伏惟皇帝陛下含独见之明，践久安之运，甫终谅阇，将大施为。宜得伟人，与图庶政。如臣者，徒以承学，粗知义方，本无它长，可备官使。退安私室，自绝荣涂，既负采薪之忧，因逃窃位之责。大明继烛，正路宏开，付以蕃宣，还之侍从。清间之宴，或赐开延，浅陋所闻，每蒙知奖。以为奉令承教，庶几无尤，当轴处中，良非所称。龙光曲被，震愧交怀。此盖伏遇皇帝陛下德懋旁求，志存远举，隆宽尽下，故忠良有以输心，公听并观，故谗慝不能肆志。矧睿谋之天纵，方圣治之日跻，思称所蒙，敢忘自竭。远猷经国，虽或愧于前修，直道事君，期不隳于素守。臣无任。

【解题】

以上二表作于神宗熙宁二年（1069）。是年二月，神宗任命王安石参知政事，安石先上《辞参知政事表》辞，不允；遂就任，并作《谢参知政事表》。

乞制置三司条制

窃观先王之法，自畿之内，赋入精粗以百里为之差，而畿外邦国，各以所有为贡，又为经用通财之法以懋迁之。其治市之货财，则亡者使有，害者使除；市之不售、货之滞于民用，则吏为敛之，以待不时而买者。凡此非专利也。盖聚天下之人，不可以无财；理天下之财，不可以无义。夫以义理天下之财，则转输之劳逸不可以不均，用度之多寡不可以不通，货贿之有无不可以不制，而经重敛散之权不可以无术。

今天下财用窘急无余，典领之官拘于弊法，内外不以相知，盈虚不以相补。诸路上供，岁有定额，丰年便道，可以多致，而不敢不赢；年俭物贵，难于供备，而不敢不足。远方有倍蓰之输，中都有半价之鬻。三司发运使按簿书、促期会而已，无所可否增损于其间。至遇军国郊祀之大费，则遣使划刷，殆无余藏，诸司财用事往往为伏匿不敢实言，以备缓急。又忧年计之不足，则多为支移折变，以取之民，纳租税数至或倍其本数。而朝廷所用之物多求于不产，责于非时，富商大贾因时乘公私之急，以擅轻重敛散之权。

臣等以谓发运使摠六路之赋入，而其职以制置茶盐矾税为事，军储国用多所仰给，宜假以钱货，继其用之不给，使周知六路财赋之有无而移用之。凡籴买税敛上供之物，皆得徙贵就贱，用近易远，令在京库藏年支见在之定数所当供办者得以从便变卖，以待上令。稍收轻重敛散之权，归之公上，而制其有无，以便转输，省劳费，去重敛，宽农民，庶几国用可足，民财不匮矣。所有本司合置官属，许令辟举，及有合行事件，令依条例以闻，奏下制置司参议施行。

【解题】

本文作于神宗熙宁二年（1069）。是年二月，王安石就任参知政事，下决心变更法度，得到神宗皇帝的支持。因上书请求设置制置三司条例司，负责变法的具体事宜。

进戒疏

熙宁二年五月十一日，朝散大夫、右谏议大夫、参知政事、护军、赐紫金鱼袋臣某昧死再拜上疏皇帝陛下：臣窃以为陛下既终亮阴，考之于经，则群臣进戒之时，而臣待罪近司，职当先事有言者也。窃闻孔子论为邦，先放郑声，而后曰远佞人；仲虺称汤之德，先不迩声色，不殖货利，而后曰用人惟己。盖以谓不淫耳目于声色玩好之物，然后能精于用志；能精于用志，然后能明于见理；能明于见理，然后能知人；能知人，然后佞人可得而远。忠臣良士与有道之君子，类进于时，有以自竭，则法度之行，风俗之成，甚易也。若夫人主虽有过人之材，而不能早自戒于耳目之欲，至于过差，以乱其心之所思，则用志不精；用志不精，则见理不明；见理不明，则邪说诐行必窥间乘殆而作，则其至于危乱也岂难哉。伏惟陛下即位以来，未有声色玩好之过闻于外。然孔子圣人之盛，尚自以为七十而后敢纵心所欲也。今陛下以鼎盛之春秋，而享天下之大奉，所以惑移耳目者为不少矣。则臣之所豫虑，而陛下之所深戒，宜在于此时。天之生圣人之材甚吝，而人之值圣人之时甚难。天既以圣人之材付陛下，则人亦将望圣人之泽于此。伏惟陛下自爱以成德，而自强以赴功，使后世不失圣人之名，而天下皆蒙陛下之泽，则岂非可愿之事哉？臣愚不胜惓惓，唯陛下恕其狂妄而幸赐省察。

【解题】

本文作于神宗熙宁二年（1069）。文章劝诫神宗不要惑于声色玩好，要“自爱以成德，而自强以赴功”。

谢手诏慰抚札子

臣昨日伏奉手诏，所以慰抚备厚，非臣疵贱之所宜蒙，伏读不任感激屏营之至。今日吕惠卿至臣第，具宣圣旨。臣虽糜躯陨首，岂能上酬奖遇？臣自江南召还，获侍清光。窃观天锡陛下聪明睿智，诚不难兴尧、舜之治。故不量才力之分，时事之宜，敢以不肖之身，任天下怨诽，欲以奉承圣志。自与闻政事以来，遂及期年，未能有所施为。而内外交搆，合为沮议，专欲诬民，以惑圣听。流俗波荡，一至如此。陛下又若不能无惑，恐臣区区终不足以胜，而久妨众邪之路。则或诬罔出于不意，有甚于今日，以累陛下知人任使之明，故因疢疾，辄求自放。陛下不以臣狂狷，赐之罪戾，而屈至尊之意，反复诲喻。臣岂敢尚有固志，以烦督责。只候开假即入谢。区区所怀，冀得面奏，臣无任感天荷圣激切屏营之至。谨具札子奏知。

谢手诏训谕札子

臣以不才，久旷高位，昧冒求解，屡烦圣听，曲蒙矜允，实荷至恩。继奉手诏俯垂训喻，非臣陨首，所能报称。伏惟陛下躬尧、舜盛德，举千载一隆之政，以福休斯民。万邦黎献，所愿致死。况臣疏远疵贱，首蒙察举，陛下任之至重而眷之至优，一旦违离，诚非获已。苟异时陛下未赐弃绝，而臣犬马之力尚足以效，则岂宜背负恩德，长自绝于圣时哉？臣瞻天荷圣无任激切之至。

答手诏封还乞罢政事表札子

臣今日具表乞罢政事，方屏营俟命，而吕惠卿至臣第传圣旨趣臣视事。续又奉手诏还臣所奏，喻以“天下之事尽力固可成就，以卿所学，不宜中辍”，俯听伏读，不胜蝼蚁区区感慨恻怛之至。臣蒙拔擢，备数大臣。陛下所以视遇，不为不厚矣，岂敢轻为去就？诚以陛下初访臣以事，臣即以变风俗、立法度为先。今待罪期年，而法度未能一有所立，风俗未能一有所变，朝廷内外，诐行邪说，乃更多于乡时。此臣不能启迪圣心以信所言之明效也。虽无疾疢，尚当自劾，以避贤路。况又昏眩难以看读文字，即于职事当有废失。虽贪陛下仁圣卓然之资，冀凭日月末光，粗有所成，而自计如此，岂容偷假名位，坐弃时日，以负所学，上孤陛下责任之意？伏望陛下哀怜矜察，许臣所乞。毋令臣得要君之嫌，重为流俗小人所毁。臣不胜祈天俟圣激切之至。取进止。

【解题】

以上三篇札子作于神宗熙宁三年（1070）。熙宁二年，神宗以安石为参知政事，设制置三司条例司，变法革新。新法施行一年，遭韩琦、司马光、苏轼等一干大臣的反对，保守势力十分强大，必欲出安石、废新法。王安石遂称疾不朝，并请罢参知政事。神宗不允安石之请，并数诏抚慰。安石因先后作上三札子。

辞拜相表

臣某言：臣近上表辞免恩命，伏蒙圣慈特降批答不允者。天地之施，厚矣不訾，蝼蚁之情，微而未达。重烦奖训，弥集震兢。臣某诚惶诚恳，顿首顿首。臣闻论德序官，明主所以御世；度能就位，忠臣所以事君。臣偶以薄材，过私荣禄。虽以捐躯而自誓，顾于诿上而多惭。窃观圣制之所以褒扬，终非朽质之所能副称。矧叨任遇，稍历岁时，必欲诡责其后勋，谓宜考观于已事。今内或怵奇衺之俗，无喻德宣誉之忠；外或扇苟简之风，有犯令陵政之悖。百姓以安平无事之时，而未免流离饿莩，四夷以衰弱仅存之势，而犹能跛扈飞扬。陛下以圣人之高材，有天下之利势，忧劳已积，功化未昭。此亦由臣陈力就列以来，不能助国立经陈纪之故。方谋自弛，以谢素餐，岂意误恩，更加崇秩。诚忧官谤，能上累于明时，所望天慈，遂收还于新命。庶以通贤者之路，且又协众人之言。

【解题】

本文写作时间难以确考，大约作于神宗熙宁三年（1070）。是年十二月，诏授安石同中书门下平章事，安石因上此表。

谢手诏令视事表

伏蒙宣示言者所奏，辄具札子，乞博延公议，改用贤人，伏奉诏奖励令视事如故者。谤议升闻，已赖舜聪之豁达；悬诚上诉，更烦周诰之丁宁。窃以作威者主之权，待察者臣之礼。盖虽蒙非常之厚遇，亦将避可畏之烦言。臣志尚非高，才能无异。旧惟所学之迂阔，难以趋时，因欲自屏于宽闲，庶几求志。惟圣人之时不可失，而君子之义必有行，故当陛下即政之初，辄慕昔贤际可之仕，越从乡郡，归直禁林。或因劝讲而赐留，或以论思而请对。愚忠偶合，即知素愿之获申，睿圣日跻，更惧浅闻之难副。重叨殊奖，忝秉洪钧。所宜引分以固辞，乃敢冒恩而轻就，实恃明主知臣之有素，故以孤身许国而无疑。人习玩于久安，吏循缘于积弊，窾言不忌，诐行无惭。论善俗之方，始欲徐徐而变革，思爱日之义，又将汲汲于施为。以物役己，则神志有交战之劳；以道徇众，则事功无必成之望。恐上辜于眷属，诚窃幸于退藏，犹贪仰附于末光，亦冀粗成于薄效。比闻独断，谓合佥言，但输承命之忠，遂触招权之毁。因请避众贤之路，庶以厌异议之人。伏蒙皇帝陛下敦大兼容，清明旁烛，赐之神翰，谕以至怀。君臣之时，当千载而难值；天地之造，岂一身之可酬。敢不自忘形迹之嫌，庶协神明之运。

【解题】

本文写作时间难以确考，大约作于神宗熙宁三年（1070）。时安石任参知政事，推行新法，群臣攻之，安石称疾不朝，神宗手诏令视事。安石遂进此表。

言尊号札子

臣伏以陛下缉熙光明，如日之方升；布利施泽，如川之方至。号名于实，岂能有所增加？辄复卷卷，妄有陈请。徒以祖宗故事，适在此时，臣子之心，怀不能已。陛下受而不拒，足以俯顺人心。臣独不能无疑者，陛下以西垂之劳，方以过为在己，遽膺徽册，似或未安。臣等以归美为忠，陛下以㧑谦为德，布之海内，谁曰不然？伏惟圣心，更赐详酌。

【解题】

本文作于神宗熙宁三年（1070）。文章劝神宗不要接受尊号。

谢东府赐御筵表

伏奉差中使传宣今月七日辰时三刻迁入新府，并借宫车就赐筵者。恩厚不赀，诚先贤之务称，顽冥无似，欲报国而知难。臣等过以凡材，并膺殊选，久壅贤路，上辜圣时。伏惟陛下谋德在容，求仁以恕。谓大臣方宣劳于王室，则明主当加恤其私家。发使禁闱之中，视图魏阙之下。取才置臬，一皆断于睿谋；成事告功，初不烦于宰旅。重纡衡盖，周视庭除，申以中人，喻之良月。使及日辰之吉，即于堂寝之安。辍车府之傍牵，载其帑重，移饔官之烹割，侑以鼓歌。欢更逮于迩臣，宠先加于小己。阴阳或谬，未知燮理之方，风雨其除，徒赖帡幪之赐。

【解题】

本文作于神宗熙宁三年（1070）。是年九月，东西府建成，迁王安石于东府，并赐御筵。安石因作此表。

辞昭文相公表二

一

为君所艰，尤慎厥与，命相不善，将坏于成。矧当责实之时，敢替知难之义。中谢。臣知不足以及远，学不足以穷深，比误国恩，尝尸宰事。初无薄效，称万一之褒扬，止有多言，烦再三之辨释。终逃谴负，实赖保全。恭惟皇帝陛下若古以尧之钦明，御今以禹之勤俭。矜修积美，山无一篑之亏，因任致隆，台有九层之累。小大祗若，遐迩允怀。畬而不菑，虽或许其继事，灌以既雨，岂不昧于知时。况惟疲曳之余，过重休明之累。且用人而过矣，固不免于败材，苟改命而当焉，亦何嫌于反汗。敢期圣哲，俯亮愚忠。

二

臣某言：臣近上表辞免恩命，伏蒙圣慈特降批答不允者。愚诚尽布，所冀矜从，圣志未移，申加奖训。辄守可辞之义，更干难犯之威。中谢。臣闻冢宰之于周，则曰统百官而均四海，丞相之于汉，亦以附百姓而抚四夷。位尊则自古以然，材薄则其何能称？臣之所守，未有以过人，臣之所知，又不足尽物。姑使承流宣化，托备蕃维，或令补阙拾遗，追参待从，尚能罄竭，小补绪余。若乃秉操钧衡，承辅枢极，仰陪休运，俯称具瞻，事已试而可知，力弗能而当止。苟不量鼎实之所任，必且致栋桡于斯时。伏望皇帝陛下随其器能，付以职事，图惟大任，改命上材。则荧爝末光，不获干时之咎，榱楹近用，亦参构厦之功。

辞史馆相公表

材薄位高，恩隆责重。辄敷悃款，仰渎睿明。中谢。臣闻大有为之君，必考慎厥相，趣舍施设，相与如一，乃能协济功治，永绥黎元。伏惟唐、虞三代之迹，灭熄久矣。天锡陛下以上圣之才，修身齐家，外正天下。典谟所纪，风雅所歌、以今揆古，未有惭德。宜求硕辅，朝夕左右，率励众志，辅成太平。如臣区区，孤陋浅拙，知学以为己，而昧于趣时，闻以道事君，而谬于合众。豫闻大政，已积疵瑕。伏望陛下量能赋任，使免谴尤，追还误恩，以协公议。

谢除昭文表

臣某言：伏奉制命特授臣同中书门下平章事、昭文馆大学士兼译经润文使，加食邑一千户，食实封四百户，仍改赐推忠协谋同德佐理功臣，寻具表陈免，蒙降批答不允，仍断来章者。承流宣化，方虞失职之诛，经体赞元，更误选贤之举。中谢。臣窃惟人物之会通常寡，实以君臣之遇合至难。自匪同声气之求，孰能偕功名之享。伏惟皇帝陛下天纵大圣，人与成能，乘百年久安之机，饰千岁积坏之蛊。士诚服矣，而持禄养交之习未殄；民允怀矣，而乐事劝功之志未纯。近或长陒，而仁义之泽未流，远或虚憍，而道德之威未立。宜选于众，举格于皇天之材，使暨乃僚，缵迪我高后之事。冀胜所任，以济斯时。而臣蚤见知于隐约之中，久独立于倾摇之上。勋庸弗效，恩礼更加，托备外藩，俯邻期岁，遂叨诏奖，还冠宰司。自视羁单，所怀蹇浅。方古耕筑，则有其陋，为世聘求，则无其贤。然以投老之躯，而遭难值之运，苟贪岁月，趣就涓埃。且上之施既光，则下之报宜厚。与之戮力，仰承睿智之临，罔不同心，俯赖忠良之协。誓殚疏拙，图称休明。臣无任。

谢除史馆表

臣某言：伏奉恩命特授金紫光禄大夫、行尚书礼部侍郎、同中书门下平章事、监修国史、上柱国，进封开国公，加食邑一千户，食实封四百户，仍赐推忠协谋佐理功臣，寻具表陈免，蒙批答不允，仍断来章者。扬于大廷，宠以高位，归之翊戴之重，诿之宰制之平，圣心方慎于旁求，小己知难于上称。臣某诚惶诚惧，顿首顿首。臣闻人君代天而理物，人臣资父以事君。然而君臣之大义有方，非若父子之至恩无间。须倡而后和，则诚意每患于难通，不入而后量，则忠力或嫌于自献，唯成汤之听伊尹，与傅说之遇高宗，皆以疏远而相求，何其亲厚之独至。盖所趣非由于二道，故所为若出于一身，夫岂干越夷貉之异心，是谓元首股肱之同体。二臣既以此获展事君之义，两君亦以此得成理物之功。苟非其人，孰与于此。臣受材单寡，逢运休明，初涉猎于艺文，稍扳缘于禄仕。曩尘近侍，积愧空餐，悲遽隔于庭闱，分长依于丘垄。俄值纂承之庆，继叨收召之荣，责以论经，尚少知于训诂，使之豫政，曾莫助于猷为。矧以拙直而见知，遂为奸回之所忌。伏遇皇帝陛下纳之以天地之量，照之以日月之明，数加奖励之恩，每辨谗诬之巧。重遭卜相，申敕备官，终逊避之无繇，更兢惭于非据。伏惟皇帝陛下乐古训之获而忘其势，恶邪辞之害而断以心，勿贰于任贤，务本以除恶，使万邦有共惟帝臣之志，万姓有一哉王心之言。则进无求名之私，退有补过之善，臣之愿也，天实临之。臣无任。

【解题】

以上五表作于神宗熙宁三年（1070）。是年，除王安石同中书门下平章事，监修国史。安石作《辞昭文相公表》、《辞史馆相公表》以辞。不允。又作《谢除昭文表》、《谢除史馆表》。《辞史馆相公表》，一作《辞免平章事监修国史表》；《辞昭文相公表》，一作《辞免除平章事昭文馆大学士表》。

谢弟安国得馆职表

臣某言：伏蒙圣恩以臣弟安国充崇文院校书者。书林置职，方储高位之材，诏板推恩，遂假私门之宠。在于疵贱，实以兢惭。臣某诚惶诚感，顿首顿首。伏念臣初起孤生，非谋朊仕，中参近侍，特荷先朝。属忧患之相仍，分湮沦而自弃，敢图收召，俯暨幽潜。服在臣邻，骤冠论思之列，恩加子弟，具膺庆赏之延。有昧冒于殊私，或超逾于常法。惟数奇之同产，尝久困于稠人。第册西垣，比前叨于睿奖，校文东观，更曲被于明扬。此盖伏遇皇帝陛下与善无方，使能以类，欲阜成于大治，务博取于众材。遂忘形迹之嫌，以溥龙光之施。衰宗既亢，唯知上报之难，小己易盈，弥惧先颠之疾。臣无任。

【解题】

本表作于神宗熙宁四年（1071）。是年八月，除安石之弟王安国崇文院校书。安石因作此谢表。

辞男雱说书札子

臣今日伏奉圣旨，除男雱太子中允、崇政殿说书。臣虽已奏论非宜，尚未蒙恩开允。事有关于国体，岂敢冒昧不言？臣窃观陛下即位已来，慎惜名器，一介之任，必欲因能，讲艺之臣，尤为遴选。如雱学问荒浅，加以未更事任，试之筦库，尚惧不胜，论经之地，实非所据。陛下必欲误加奖擢，实恐上累知人任使之明。伏乞圣慈察臣悬款，追还成命，以合众论之公。取进止。

谢雱除中允说书表

臣某言：伏蒙圣恩授臣男雱守太子中允，充崇政殿说书，寻具札子辞免，蒙降诏书不允者。恩骤加于私室，多所超逾，事或累于公朝，诚难昧冒。仰烦睿训，曲喻至怀。永惟眷奖之殊，实重兢惭之至。中谢。伏念臣首叨召节，得侍辞林，随被赞书，使陪经幄，稍更岁月，莫补涓埃。窃观上智之日跻，内讼浅闻而知困。况如贱息，厥有童心，尚迷钻仰之方，岂称招延之礼。恕己量主，非敢以私而自嫌，为官择人，顾虽成命而宜改。辄布可辞之义，上干难犯之威。伏蒙皇帝陛下屈体优容，垂精宠答。谓大人照临之道广，当养以蒙，意小夫诵说之智专，遽忘其贱。褒称备厚，训饬加严，揣实未安，寄颜有恧。重念自古君臣之相与，未有如臣父子之所遭。盖当用儒之时，尤难讲艺之职。典谟方御，实参备于讨论，诰誓未终，已继叨于奖擢。获世官于闾巷，嗣家学于朝廷，自非忘躯，何以报国。知人而官以哲，慨已误于明扬，委质而教之忠，誓永肩于素守。臣无任。

【解题】

以上二表作于神宗熙宁四年（1071）。是年八月，除安石长子雱崇政殿说书。安石即作《辞男雱说书札子》，言“非宜”，力辞。不获准。遂作《谢雱除中允说书表》。

上五事书

今陛下即位五年，更张改造者数千百事，而为书具，为法立，而为利者何其多也。就其多而求其法最大、其效最晚、其议论最多者，五事也：一曰和戎，二曰青苗，三曰免役，四曰保甲，五曰市易。

今青唐、洮、河，幅员三千余里，举戎羌之众二十万献其地，因为熟户，则和戎之策已效矣。

昔之贫者，举息之于豪民，今之贫者，举息之于官，官薄其息，而民救其乏，则青苗之令已行矣。

惟免役也、保甲也、市易也，此三者有大利害焉。得其人而行之，则为大利，非其人而行之，则为大害；缓而图之，则为大利，急而成之，则为大害。传曰："事不师古，以克永世，匪说攸闻。"若三法者，可谓师古矣。然而知古之道，然后能行古之法，此臣所谓大利害者也。

盖免役之法，出于《周官》所谓府、史、胥、徒，《王制》所谓"庶人在官"者也。然而九州之民，贫富不均，风俗不齐，版籍之高下不足据，今一旦变之，则使之家至户到，均平如一，举天下之役，人人用募，释天下之农，归于畎亩，苟不得其人而行，则五等必不平，而募役必不均矣。

保甲之法，起于三代丘甲，管仲用之齐，子产用之郑，商君用之秦，仲长统言之汉，而非今日之立异也。然而天下之人，凫居雁聚，散而之四方而无禁也者，数千百年矣，今一旦变之，使行什伍相维，邻里相属，察奸而显诸仁，宿兵而藏诸用，苟不得其人而行之，则搔之以追呼，骇之以调发，而民心摇矣。

市易之法起于周之司市、汉之平准。今以百万缗之钱，权物价之轻重，以通商而贳之，令民以岁入数万缗息。然甚知天下之货贿未甚行，窃恐希功幸赏之人，速求成效于年岁之间，则吾法隳矣。

臣故曰：三法者，得其人缓而谋之，则为大利；非其人急而成之，则为大害。故免役之法成，则农时不夺，而民力均矣；保甲之法成，则寇乱息，而威势强矣；市易之法成，则货贿通流，而国用饶矣。

【解题】

本文作于神宗熙宁五年（1072）。时王安石已入相、推行变法四年。文章总结了变法四年来的经验，驳斥了保守派对变法的攻击，为王安石的代表作之一。

谢赐玉带表

臣某言：伏蒙圣恩以收复熙、河、洮、岷、叠、宕等州，特加褒谕，亲解玉带赐臣者。尸臣列侍，方临极辨之朝，贅御占传，独拜非常之赐。宠绥狎至，恳避弗俞，焜燿有加，凌兢无措。中谢。窃以河、洮之业，兆自圣谟，方、虎之材，进非师锡。片言投匦，遂察见其有孚，众訾盈庭，预照知其无眚。以至授兵筭食，搜卒第功，能毕协于始谋，实仰归于独断。如臣蕞尔，何力有焉。伏惟皇帝陛下善贷且成，劳谦不伐，弛旷瘝之大责，录将明之小忠。扬于广除，委以珍御，瑟彼英瑶之质，焕乎华衮之言。临授用光，顾荣逾于古昔，退藏惟谨，知燕及于云来。施更厚于解衣，报敢忘于结草。

【解题】

本文作于神宗熙宁六年（1073）。是年十月，宋收复熙、河、洮、岷、叠、宕等州，神宗在紫宸殿受群臣贺，解玉带赐安石。安石因作此谢表。

百僚贺复熙河路表

臣某等言：伏睹修复熙、河、洮、岷、叠、宕等州，幅员二千余里，斩获不顺蕃部一万九千余人，招抚大小蕃族三十余万各降附者。奋张天兵，开斥王土，旌旃所指，燕及氐、羌，楼橹相望，诞弥河陇。窃以三年鬼方之伐，高宗所以济时；六月猃狁之征，宣王所以复古。政由人举，道与世升。伏惟皇帝陛下，温恭而文，睿知以武，讲周、唐之百度，拔方、虎于一言。我陵我阿，既饬鹰扬之旅；实墉实壑，遂平乌窜之戎。用夏变夷，以今准古，是基新命，厥迈往图。臣等均被明恩，具膺荣禄。接千岁之统，适遭会于斯时；上万年之觞，敢慜忘于故事。臣无任。

【解题】

本文作于神宗熙宁六年（1073）。是年十月，熙河路经略安抚使王韶率兵收复熙、河、洮、岷、叠、宕诸州，神宗在紫宸殿受群臣贺，安石率群臣献此贺表。

乞解机务札子六

一

臣以羁旅之孤，蒙恩收录，待罪东府，于今四年。方陛下有所变更之初，内外小大纷然，臣实任其罪戾，非赖至明辨察，臣宜诛斥久矣。在臣所当图报，岂敢复有二心？徒以今年以来，病疾浸加，不任劳剧，比尝粗陈悬款，未蒙陛下矜从，故复黾勉至今，而所苦日甚一日。方陛下励精众治，事事皆欲尽理之时，乃以昏疲，久尸宰事。虽圣恩善贷，而罪衅日滋，至于不可复容，则终上累陛下知人之明，非特害臣私义而已，臣所以昧冒有今日之乞也。伏奉宣喻，未赐哀矜，彷徨屏营，不知所措。然臣所乞，固已深虑熟计而后敢言，与其废职而致诛，则宁违命而获谴。且大臣出入，以均劳逸，乃是祖宗成宪。盖国论所属，怨恶所归，自昔以擅其事，鲜有不遭罪黜。然则祖宗所以处大臣，不为无意也。臣备位亦已久矣，幸蒙全度，偶免谴诃。实望陛下深念祖宗所以处大臣之宜，使臣粗获安便。异时复赐驱策，臣愚不敢辞。

二

臣某蝼蚁微诚，屡烦天听，每蒙训答，未赐矜从，惶怖征营，不知所措。臣今日奏对，近于日旰，不敢久留，以勤圣体，所以依违遂退，即非敢食其言。以道事君，诚为臣之素守。苟可强勉而免违忤之罪，臣亦何敢必其初心。实以疾病浸加，恐隳陛下所付职事，上累陛下知人之哲，下违臣不能则止之义。此所以彷徨迫切而不能自止也。且臣所乞，特冀暂均劳逸，非敢遂即田里之安，窃谓圣恩不难赐许。谨具札子陈乞，伏望圣慈特垂开允。

三

臣今日得望陛下清光，伏蒙敦喻奖激，可谓备厚矣。臣虽愚戆，岂敢忘陛下至恩盛德？然臣之恳款，亦已具陈。实望陛下照察哀怜，使臣得休养其疲昏，以免旷职之负，而不累陛下知人之明也。臣干忤天威，无任惶怖之至。

四

臣今日伏蒙陛下令吕惠卿宣道圣旨，又令冯宗道随赐手诏，趣令复位。眷顾之厚，非臣杀身所能上报。然臣不才，无补时事。肝鬲恳恳，已具面陈。君臣之义，实均父子，苟尚可以黾勉，岂敢轻为去就？诚以义不获已，须至昧冒天威。陛下至仁，常恐一物失所。况臣特蒙奖擢，久备驱策，夙夜之劳，简在圣心。岂容不思所以全安之，而令终于颠踬也？伏望哀怜匹夫之志有不可夺，早赐处分。臣无任瞻天祈恩激切之至。取进止。

五

臣伏蒙圣恩，特降中使传宣封还所上表，不允所乞。臣诚惶诚感，不知所措。窃念臣蒙陛下恩德，至深至厚。方陛下旰食焦思之时，岂宜自求安佚？实以疾疢所婴，旷废职事。若不早避贤路，必且仰误任使。悬悬所诉，具如前奏。伏惟陛下天地父母，曲赐矜怜。察臣干祈，出于甚不得已。臣生当陨首，死当结草。谨再具札子陈乞。臣无任惶怖恳迫祈恩之至。

六

臣伏奉圣恩，特降中使令臣入见供职。臣之悬诚，略已昧冒。天听高邈，未蒙垂恻。辄复陈叙，仰冀哀怜。伏念臣孤远疵贱，众之所弃。陛下收召拔擢，排天下异议而付之以事，八年于此矣。方陛下兴事造功之初，群臣未喻圣志。臣当是时，志存将顺，而不知高明强御之为可畏也。然圣虑远大，非愚所及。任事以来，乖失多矣。区区夙夜之劳，曾未足以酬万一之至恩。今乃以久擅宠利，群疑并兴，众怨总至，罪恶之衅，将无以免。而天又被之疾疢，使其意气昏惰，而体力衰疲。虽欲强勉以从事须臾，势所不能。然后敢干天威，乞解机务。窃以谓陛下天地父母，宜垂矜怜。论其无功则虽可诛，闵其有志则或宜宥，终始全度，使无后艰。而未蒙天慈顾哀，犹欲强以重任。使臣黾勉尚能有补圣时，则虽灭身毁宗，无所避惮。顾念终无来效，而方以危辱上累朝廷。此臣所以不敢也。陛下明并日月，何所不烛！愿赐容光之地，稍委照焉。则知臣之惓惓，非敢苟忤恩指也。臣乞且于东府听候朝旨，伏望陛下垂恩，早赐裁处。臣不任昧死干祈激切之至。

答手诏令就职札子

臣累奏乞解机务归田里，伏奉手诏，令臣无复有请，祗服圣训，便宜就职。然臣所以致身许国，正欲行事君之义而已。若致身于辱殆之地，以累陛下知人之明，而令天下后世讥议及国，则非臣所学事君之义也。昔仲山父既明且哲，以保其身，故宣王有任贤使能中兴之功。臣既不自知，又昧于知人，信己妄行，以至今日，免于大戮，实陛下天地父母之赐也。若犹冒恩不即自弛，终恐伤陛下保全臣子之仁，是以不敢。伏望陛下哀臣悬至，特赐矜许。臣无任瞻天祈恩激切之至。取进止。

答手诏留居京师札子

臣伏奉手诏，欲留臣京师，“以为论道官，宜体朕意，速具承命奏来”。臣才能浅薄，误蒙陛下拔擢。历职既久，无以报称。加以精力衰耗，而咎衅日积，是以冒昧乞解重任。幸蒙圣恩，已赐矜允。而继蒙恩遣吕惠卿传圣旨，欲臣且留京师，以备顾问。臣窃伏惟念父子荷知遇，诚不忍离左右。既又熟计论道之官固非所宜，且以置之闲地似为可处。陛下付托既已得人，推诚委任，足以助成圣治。臣义难以更留京师，以速官谤。若陛下付臣便郡，臣不敢不勉。至于异时或赐驱策，即臣已尝面奏，所不敢辞。伏望圣心特赐矜察。臣无任感天荷圣激切征营之至。伏取进止。

【解题】

熙宁七年（1074），王安石又公布了方田均税等新法，进一步激起了保守势力的反对，皇太后更是流涕劝神宗出安石。安石深感不安，六上《乞解机务札子》。神宗挽留再三，不得已，准奏。又手诏王安石留京师“以备顾问”，安石又作《答手诏留居京师札子》，坚请外任。

观文殿学士知江宁府谢上表

臣某言：伏奉制命授臣观文殿学士、吏部尚书、知江宁军府事，臣已于六月十五日到任讫。久妨贤路，上负圣时，苟逃放殛之刑，更滥褒扬之典。逸其犬马将尽之力，宠以丘墓所寄之邦。仰荷恩私，皆逾分愿。中谢。臣操行不足以悦众，学术不足以趣时，独知义命之安，敢望功名之会？值遭兴运，总领繁机，惟睿广之日跻，顾卑凡而坐困。秋水方至，因知海若之难穷；大明既升，岂宜爝火之弗息？加以精力耗于事为之众，罪戾积于岁月之多，虽恃含垢之宽，终怀覆悚之惧。伏蒙陛下志存善贷，为在曲成。记其事国之微诚，闵其吁天之至恳，挠黜幽之常法，示从欲之至仁。经体赞元，废任莫追于既往；承流宣化，收功尚冀于方来。臣无任。

【解题】

本表作于神宗熙宁七年（1074）。由于保守派的反对，安石于该年四月罢相，出任江宁知府。六月，到江宁上任，旋作此表。

谢中使传宣抚问并赐汤药及抚慰安国弟亡表

便蕃曲泽，虽远不忘。畹晚余年，惧终莫报。伏念臣辞恩机要，藏疾里闾，既疲瘵之未夷，顾忧伤之重至。仰烦眷奖，特示闵怜。中饬使轺，备宣恩厚，宠颁药物，深念衰残。此盖伏遇皇帝陛下日月照临，乾坤覆焘，俯矜旧物，曲轸睿慈。始终顾遇之私，人知无替；存没荣怀之感，情实难胜。

【解题】

本表作于神宗熙宁七年（1074）。是年，王安石罢相，出知江宁府，忧时成疾。八月，弟安国卒。安石作此表，谢神宗遣中使抚慰并赐汤药。

谢差张谔医男雱表

臣某言：伏蒙圣慈特差中使传宣抚问，并赐臣男雱汤药，押冲静处士张谔至本府医治者。蕞尔余生，备叨眷抚，茶然贱息，更荷哀怜。中谢。臣初乏将明之材，适遭开泰之运。父子并蒙宠奖，臣邻莫与等夷。去阙以来，历时未久，问劳狎至，忧轸俯加。以察父之鸿私，施具臣之晚节。但惭疲曳，莫副驰驱。冀凭天地之恩，得全驹犊之命。永依鞭策，共誓糜捐。臣无任。

【解题】

本表作于神宗熙宁七年（1074）。王安石罢相出知江宁府，其子雱从出。雱病，神宗特差中使抚慰，着张谔至府医治。安石因作此谢表。

辞仆射札子三

一

臣伏奉制恩以提举修撰《经义》了毕，特授臣尚书左仆射兼门下侍郎，加食邑实封。承命惶怖，已曾面辞。宣喻稠叠，未垂听允。伏念臣特蒙陛下知遇任使，实以稍知经术。叨尘非一，每愧无功。更以训释微劳，过受褒迁殊礼。格之公论，孰以为宜？况在私诚，尤难安此。伏望陛下俯昭悃愊，特赐哀怜，追还误恩，以保危拙。谨具札子陈免以闻。

二

臣近具札子辞免恩命，伏蒙圣慈特降诏书不允者。区区所陈，备出肝膈。重烦睿训，以惧以惭。伏念臣蒙恩自外召还，复得预闻政事，智衰耄及，筋力弗支，仰惟骏德之日跻，深惧薄材之难副。虽未敢以妨贤自弛，顾岂宜以非分妄迁？赏浮于劳，实累国体，岂惟私义所不敢安？伏望圣慈深以保全臣子为念，早赐追还成命，以允中外论议之公。谨再具札子陈免以闻。

三

臣近累具札子辞免恩命，伏蒙圣慈特降诏书不允者。睿训丁宁，岂宜逋慢？顾惟悬款，实有可矜。干忤天威，良非获已。伏念臣出于孤远，遭值圣时，弱力而重任，薄功而厚享。夙兴夜寐，深惧颠跻。岂敢非分，更叨殊奖？且方陛下发明经术，启迪人材。而臣偶以乏人，遂当器使。遗经残缺，既不易知；圣学高明，又难仰副。虽已强颜应诏，实恐难以颁行。岂意天度，包荒藏疾，褒崇奖励，在所难胜。隆儒尚学，诚陛下盛德；量能知分，亦臣之私义。伏望圣慈俯昭诚悃，以其终难昧冒，早赐追寝误恩。谨三具札子陈免以闻。

辞仆射表二

一

臣某言：近累具札子辞免恩命，伏蒙圣慈特赐诏书不允者。赏典越逾，训辞稠叠，涣汗所被，足为至荣。朽材难胜，更以多惧，辄输危悃，敢冒威尊。中谢。

窃以左相位崇，东台地要，虽置员而久旷，盖受任之常难。臣晚值圣时，久妨贤路。奉扬成命，虻力困于负山，敷释微言，蠡知穷于测海。方谴诃之为畏，岂宠奖之敢图。忽此兼叨，夐无前比，深惟浅薄，仰累休明。伏望圣慈，俯照愚款，断从公论，追寝误恩。岂惟私义之获安，实亦物情之归允。

二

臣某言：近具表辞免恩命，伏蒙圣慈特降批答不允者。恩言狎至，鄙守难移，敢冒德威，更陈私义。中谢。

窃以高秩厚礼，以酬莫盛之勋劳，绵力薄材，岂称非常之爵宠。人之所畏，物有固然。臣议行见知，而涉世多于众毁，论材受任，而居官无以自昭。顾惟屈首受书，几至残生伤性。逮承圣问，乃知北海之难穷；比释微言，更悟南箕之无实。疏荣特异，揣分非宜。苟叨昧以自安，惧谴尤之随至。伏望皇帝陛下俯矜危拙，曲赐全安，不以反汗之小嫌，为能累国，则是捐躯之大节，实在报君。

谢除左仆射表

贰令中台，兼官左省，惟时遴选，盖尝久旷而弗除，忽此叨居，顾岂微劳之可称。陪敦厥邑，敷告于廷，是皆至荣，难以虚辱。臣某诚荣诚感，顿首顿首。窃以经术造士，实始盛王之时，伪说诬民，是为衰世之俗。盖上无躬教立道之明辟，则下有私学乱治之奸氓。然孔氏以羁臣而兴末丧之文，孟子以游士而承既没之圣，异端虽作，精义尚存，逮更煨烬之灾，遂失源流之正，章句之文胜质，传注之博溺心，此淫辞诐行之所由昌，而妙道至言之所为隐。笃生上主，纯佑下民，成能协乎人谋，将圣出乎天纵。作于心而害事，放斥几殚，通于道以治官，延登既众。尚惧胶庠之黎献，未昭典籍之群疑。乃集师儒，具论科指，缮书来上，褒典俯加。臣趣操弗高，知识尤浅。少尝勤苦，但为裘氏之吟，晚更耄衰，岂免轮人之议，初备使令之乏，即知称惬之难，敢意误恩，独当殊奖。此盖伏遇皇帝陛下以化民成俗为事，故急在诲人，以尊德乐道为怀，故易于縻爵。因忘固陋，特假龙光。祗服训辞，深惟报礼。虽无博学对扬稽古之鸿名，庶以雅言助广右文之美化。臣无任。

【解题】

熙宁八年（1075）二月，王安石由江宁应诏赴京，再次入相。六月，加尚书左仆射兼门下侍郎，王安石因作《辞仆射札子》，前后三道，力辞。不允。又作《辞仆射表》二道，仍不获准。遂就任，并于同年七月上呈此表。

辞男雱授龙图札子三

一

臣伏承圣恩，以修撰经义罢局，除臣男某龙图阁直学士。臣虽以恳辞，未蒙照察。伏念臣男某误蒙陛下知奖，特以粗知承学，比奉圣旨，撰进经义，尚未了毕，遂自太子中允、崇政殿说书，擢授右正言充天章阁待制兼侍讲。当是时，所叨恩命，已骇众人观听。在臣父子，已所难安。伏蒙宣谕，令臣更勿辞免，臣亦以谓圣恩录进书微效，遂不敢辞。自尔以来，雱以疾病随臣，不敢预闻经义职事。今兹罢局，在雱更无尺寸可纪之劳，不知何名，更受褒赏。非特于臣父子私义所不敢安，窃恐朝廷赏罚之公，如此极为有累。伏望圣慈察臣悬悃，追寝误恩，非特臣父子曲蒙保全，亦免众人于圣政有所讥议。

二

臣伏奉诏书，以臣乞免臣男某恩命，未赐允俞。臣之恳款，已备前陈，蝼蚁微诚，未能昭彻。然国家之赏典，务在报功，施之非宜，实累国体，非特在臣父子私义所不敢安。伏惟大明无所不烛，察臣非敢妄干圣听，早赐追寝误恩。谨具札子陈免以闻。

三

臣近累具札子，辞免臣男某恩命。伏蒙圣慈特降诏书不允者。臣之恳诚，已具前奏，圣恩深厚，未即矜从，在臣区区，实不宁处。如臣叨昧，尚所难胜，况又贱息，何名享此，赏而无劝，累国实多。伏望圣慈察臣恳款，早赐追还成命，使臣父子皆荷陛下全度之至恩，所以上报，生当陨身，死当结草而已。谨三具札子陈免以闻。

【解题】

熙宁八年（1075）二月，王雱随父王安石入京，神宗欲除雱龙图阁直学士，安石遂上三札子，坚辞。获辞免。

辞使相表三

一

臣某言：伏奉制命，特授检校太傅，依前尚书左仆射同中书门下平章事，使持节都督洪州诸军事，充镇南节度观察处置使，判江宁府，加食邑一千户，食实封四百户，仍改赐推诚保德崇仁翊戴功臣者。恩典有加，事劳弗称。陈力况难于黾勉，输情终冀于矜哀。中谢。伏念臣晚出穷乡，首陪兴运。恕心量己，虽知容膝之易安，营职趋时，更似绝筋而称力。既及眊衰而成疾，重遭忧衅以伤生，姑欲补完，唯当休愒。若任州藩之寄，仍兼将相之崇，是为择地以自营，非复吁天之素志。伏望皇帝陛下追还涣号，俯遂愚衷，许守本官，退依先垄。矜怜积岁，参大议于广朝，或赐误恩，食旧劳于外观。尚繄眷奖，非敢干祈。臣无任祈天俟命激切屏营之至。

二

臣某言：近具表辞免恩命，伏蒙圣慈批答不允者。宠私未憖，更加褒勉之恩，分义所存，敢冒叨贪之耻！中谢。伏念臣江湖一介，特荷圣知，帷幄七年，再陪国论。久居亢满，所以深惧灾危，积致衰疲，所以恳辞机要。若犹尸将相之厚禄，且复殿方面之大邦，则是于恶盈之时，欲富而弗止，以宣力之地，养痾而自营。圣慈虽或优容，官谤何由解免？伏望皇帝陛下俯垂念听，特赐矜从。使盛世无虚授之嫌，孤臣有少安之幸。臣无任。

三

臣某言：兼荣将相，托备藩维。虽皆序爵以称功，乃以辞荣而窃宠。自惟忝冒，弥积凌兢。中谢。伏念臣晚值圣时，久陪国论，询谋下逮，或有误合之片言，睿智日跻，实为难逢之嘉会。所愿备殚其智力，以图稍就于事功。末学短能，固知易竭，要官重任，终惧颠隮。遂当引分以避嫌，重以罹忧而成疹。冒闻已渎，敢逃逋慢之诛，聪察俯加，更溢褒延之数。此盖伏遇皇帝陛下懋昭大德，灼见悛心。谓其陈力之已疲，及此吁天而赐闵。并包之度，示无替于始终，报称之心，冀不忘于夙夜。臣无任。

【解题】

以上三表，一题《辞免使相判江宁府表》。作于神宗熙宁十年（1077）。王安石以熙宁九年罢相，退居江宁。神宗遂命其以使相判江宁府。熙宁十年，安石前后上此三表，求辞免。六月，获准。

谢朱炎传圣旨令视事表

臣某言：三月二日提举江南路太常丞朱炎传圣旨令臣便视府事者。使指遄臻，训辞俯逮，敢图衰疾，尚误眷存。中谢。伏念臣曲荷搜扬，久辜付属。有能必献，未尝择事而辞难，无力可陈，乃始吁天而求佚。然方焦思有为之日，以此怀恩未报之身，苟营燕安，岂免惭悸。伏蒙陛下仁惟求旧，义不忘遐，乃因乘轺将命之臣，更喻推毂授方之意。踦履无用，诚弗忍于弃捐，朽株匪材，尚奚胜于器使。永惟奖励，徒誓糜捐。臣无任。

【解题】

本表作于神宗熙宁十年（1077）。当是时，王安石罢相，退居江宁，江南路太常丞传旨令安石视府事，安石因作此谢表。

除集禧观使乞免使相表

臣某言：近具表乞以本官充使，伏蒙圣慈特降诏书不允者。愚诚屡黩，方负忧兢，圣听未移，更加奖励。顾仰关于国体，敢终冒于天威。中谢。伏念臣顷污近司，久虚大受。晚罹疾疢，自当辞禄而里居，尚恃眷怜，故敢祈恩而家食。将相之为重寄，朝野之所具瞻。若免于事任之劳，而尸此名器之宠，在昔之茂勋明德，尚莫敢居，如臣之绵力薄材，岂宜非据。伏望皇帝陛下俯矜危悃，追寝误恩。岂惟私义之所安，是固物情之众允。臣无任。

【解题】

本文作于神宗熙宁十年（1077）。是年六月，王安石辞去判江宁府衔。神宗又除以使相为集禧观使，安石因上此表，乞免使相。

谢李友询传宣抚问及赐汤药表

臣某言：伏奉圣慈特差李友询扶护亡男雱棺柩到府并抚问者。孤臣特荷慈怜，未获捐躯报德，贱息比叨宠奖，复以遗骨累恩。臣中谢。伏念臣衅积自躬，凶流及嗣。因仍积岁，藏厝不时，敢谓私忧，上贻圣虑。伏蒙皇帝陛下饬遣亲使，护致旅棺。使亡子之魂即安于窀穸，天性之爱得尽于暮年。申之训辞，抚以药物，眷被终始，施兼存亡。铭骨不足以叙欲报之心，沥肝不足以继感泣之血。独恨既惫之力，莫知自效之方。

【解题】

本文作于神宗熙宁十年（1077）。熙宁九年七月，安石之长子雱病卒于京师。熙宁十年，神宗特差李友询护送灵柩至江宁并抚慰安石。

议入庙札子

臣今日曾公亮传圣旨，以臣寮上言郊祀不当入庙，令臣详议。臣愚以为制天下之事，当令本末终始相称。今既奉先帝遗诏，外行以日易月之礼，又诸所以崇事祖宗，皆循本朝制度，独于入庙则欲变先帝故事，而远从三代之礼，臣恐于事之本末终始不为相称。必欲尽除近世之制度，一以三代为法，则今陛下尚在谅阴之中，非可以制礼之时。且言者以为丧三年不祭于庙，礼也。而今乃欲令公卿代告，此何礼也？臣窃以为今之礼不合于三代者多矣，言者不以为非，而专疑不当入庙者，盖于所习见则安，于所罕见则怪，恐不足留圣听也。臣学术浅陋，误蒙访逮，敢不尽愚。取进止。

【解题】

本文写作时间难以确考，当作于神宗熙宁初。文章认为，“制天下之事，当令本末终始相称”，“独于入庙则欲变先帝故事”，不可。

进熙宁编敕表

窃以观天下之至动而御其时，辅万物之自然而节其性，匿而不可不为者事，粗而不可不陈者法，厥惟无弊，乃以不胶。故造象于正月之始和，改礼以五载之巡狩，一代之典，成于缉熙，百世可知，在所加损。方裁成辅相之休运，宜修饰润色之难能，顾匪其人，与于此选。臣中谢。

盖闻道有升降，政有弛张，缓急详略，度宜而已，使民不倦，惟圣为能。伏惟皇帝陛下天德地业，体尧蹈禹，永念宪禁之旧，或失防范之中，选建有官，付之论定。具惭浅学，莫副详延，屡弥岁年，仅就篇帙，删除烦复，搜补阙遗。于趣时治世，则粗救抗弊之实，以方古垂后，则或俟新美之才。冒昧天威，姑塞明诏。

【解题】

本文写作时间难以确考，当在神宗熙宁初年。此表称“屡弥年岁，仅就篇帙，删除烦复，搜补阙遗”。

乞罢政事表三

一

臣某言：窃以使陪国论，惟亮天功，必用强明，乃能协济，岂容昏瞀，可以叨居。进冒聪闻，罄陈危悃。中谢。伏念臣逮侍先帝，列官外朝，晚以丧归，因为病废。伏遇皇帝陛下召还辞禁，擢豫经筵，收于众恶之中，諏以万几之事。构谗诬而并至，辄赐辨明，推孤拙以直前，每蒙开纳。陛下所以遇臣者可谓厚矣，臣之所以报国者终于缺然，岂理势之独难，抑才能之素薄。方惧过尤之积，乃罹疹疾之加。比欲外乞州藩，冀以就营医药。重念采薪之弗给，尚何守土之敢谋。辄缘不能者止之言，庶免贪以败官之悔。伏望皇帝陛下曲垂仁恻，俯记愚忠，赐以分司一官，许于江宁居止。则天地之德，实有施于余年，犬马之勤，冀或输于异日。

二

臣某言：近具表乞罢政事分司，伏奉手诏封还，不允所乞者。私怀悬至，已具布闻，圣训丁宁，未蒙开纳。敢冒崇高之听，再输悃愊之情。中谢。臣闻任贤之方，要其有用，陈力之义，止于不能。苟弗集于事功，且重罹于疹疾，岂容叨据，以累明扬。伏念臣猥以孤生，亲逢盛世，昧于量己，志欲补于休明，失在信书，事浸成于迂阔。每烦众论，上慁圣聪。久知素愿之难谐，继以积痾而自困。辞而去位，庶逃窃食之诛，勉以就工，重荷包荒之德，虽贪顺命，终惧妨功。伏望皇帝陛下闳度并容，大明俯烛，特垂矜允，俾遂退藏。如此则孤进之身，获全生于末路，具瞻之地，得改命于时材。臣无任。

三

臣某言：近再具表乞罢政事，伏奉批答不允者。封奏上昭，未能感彻，训辞下逮，更误褒嘉。中谢。臣闻恕以及物者君之仁，量而受事者臣之义。盖世之道有升而有降，故士之行或肆而或拘。遭圣治之尚容，冀私诚之获遂。伏念臣自蒙任使，已历岁时。虽或售于小忠，曾莫裨于大政。迨兹婴疹，乃始告劳。姑以免邦宪之诘诛，何足污上恩之奖励。使人狎至，诏指屡颁，祇荷顾怜，重怀感悸。非不愿粗施其朴学，庶几以仰副于鸿私。顾惟刚德之浸亨，方奋睿谋而独断，辨忠贤之可任，既示弗疑，察奸罔之为朋，将知所畏。人宜尽力，朝岂乏材。宁容昏惫之余，尚冒宠灵之厚。伏望皇帝陛下离明俯烛，解泽旁施。矜绵力之既惫，监近司之或旷。俯从控愬，实允询谋。虽已事之无称，难言报国，冀余生之未泯，尚获捐躯。臣无任云云。

【解题】

以上三表写作时间难以确考，当作于神宗熙宁时。安石以“昏瞀”为由乞罢政事，请求“分司一官，许于江宁居止”。

乞皇帝御正殿复常膳表三

一

臣某等言：奉圣旨以祈雨未应避正殿减常膳者。阳春生物，偶霈泽之稍愆，睿意恤民，遽侧身而自抑。德已修于消变，数或系于非常，当复彝仪，用安群下。中谢。

恭惟皇帝陛下天仁博施，神智曲成，躬忘旰食之劳，坐讲日新之政。四时协序，万物致和。适当化养之辰，宜得涵濡之泽。少违常候，深轸清衷。退师氏之正朝，约太官之盛馔。仰窥谦德，志在闵民。然而遐虏来朝，当即法宫之位，诞辰入庆，合陈燕俎之珍。事有所先，礼难偏废。伏愿仰回渊听，俯徇舆情，夙御九筵之居，并羞十阖之具。上以全于国体，下以副于臣诚。臣无任祈天俟命激切屏营之至。

二

臣某等言：近上表请御正殿服常膳，蒙降批答不允者。时泽偶愆，屡勤斋祷，圣衷愈励，曲尽焦劳。将损己以召休，因退次而贬食。列陈剡奏，尚阙嗣音。在臣列之靡遑，伏帝阍而再扣。中谢。

恭惟皇帝陛下体居离正，德禀乾刚，期揉俗以致康，尝纳隍而兴念。七载于此，继获丰穰，一春而来，或罹愆亢。皇慈深轸，群祀遍修。恐狴犴乖则亲虑其囚，惧黼黻美则躬变其服，仍损内饔之举，兼虚正宁之朝。然而礼贵从宜，事难泥古。而况甫临诞节，交举庆仪，有列辟拜万年之觞，有殊俗修两朝之好。苟亏彝制，难副群情。少屈渊衷，特从诚恳，天临广厦，日御常珍。亲事法官，廓宣于政治，惟辟玉食，昭示于等威。仰以慰两宫之慈，俯以安群下之望。臣等无任祈天荷圣激切屏营之至。

三

臣某等言：伏睹手诏，彗出东方，自今月十一日，更不御正殿减常膳如故事者。太史瞻文，告星躔之表异，中宸轸虑，顺天道以变常。凡暨臣工，靡遑夙夜。臣某等中谢。

窃以天人相与，精祲交通，厥维至诚，乃有嘉应。伏惟皇帝陛下钦文继统，恭俭在躬，因世久安，革时大弊。运圣神之化，鼓动于群生，建文武之功，缉成于大业。虽有异星之变，何伤盛德之明。顾乃彻膳避朝，深念畏天之实，赦过宥罪，广敷惠下之仁。精诚式孚，妖象既殒。伏愿趍传清跸，肆陈路寝之仪，复御珍羞，中饬内饔之职。冀垂渊听，俯徇舆情。臣等无任祈天俟命激切屏营之至。

【解题】

以上三表写作时间不详，大约作于神宗熙宁时。神宗因祈雨未应、彗星出现而不御正殿、减常膳，安石上此文，请复。

谢雱除正言待制表

臣某言：伏奉圣恩除臣男雱右正言、天章阁待制兼侍讲，特降中使宣谕，令便受告敕，不须辞免者。孚号明恩，实由中出，美官要职，弗以次加。知荣耀之及私，顾僭差而累国。云天在望，冰炭交怀。中谢。

臣出于羁穷，好是拙直，道常违俗，宜刍狗之致妖，才不逮人，何藿蠋之能化。皇帝陛下收之末路，付以繁机，距滔天之众谗，责经世之来效。施及贱息，度越稠人，延登朝行，使嗣讲业。方仰陪于膝席，俄中废于骭疡，虽进趋之礼久妨，而问劳之恩狎至。莫知报称，但负兢惭，岂意眷怜，更加超擢。待制之为职，以陪侍禁严，正言之为官，以谏救遗失。承金华之旧学，亲玉色于燕朝。并叨殊私，甚骇群听。此盖伏遇皇帝陛下揽取同智，无小大之遗，搜扬众材，无久近之间。苟或不肖，概尝有闻，必垂甄收，以示劝奖。四方之训于我，无竞维人，多士之生斯时，不显；亦世。永惟遭值，孰与等夷。君臣以事道相求，是惟希世，父子以传经见用，鲜或同时。虽愧皋陶济美之材，敢忘狐突教忠之义。臣无任。

【解题】

本文写作时间难以确考，当作于神宗熙宁年间。时安石任同中书门下平章事，诏迁其长子王雱为右正言、天章阁待制兼侍讲，安石因上此谢表。

乞出表二

第一表

丞相之职，天子是毗。方当图政之忧勤，难以养痾而昧冒。辄输情素，仰丐恩怜。中谢。

臣叨被鸿私，误尸荣禄。尧仁天覆，幸荒秽之兼包，汤圣日跻，顾卑凡而自绝。尚惟许国，姑誓忘躯。岂意眩昏，甫新年而浸剧，更知驽蹇，难重任之久堪。伏惟皇帝陛下明烛隐微，惠绥羁拙。闵其积疢，收还上宰之印章，赐以余年，归展先臣之丘垄。生当击壤，以咏矜容之德，死当结草，以酬含育之恩。臣无任云云。

再乞表

臣某言：今月十一日辄输情素，仰丐恩怜，实以抱疢之深，难于窃位之久。过蒙敦奖，未赐矜从。事有迫于悬诚，理必祈于哀恻。中谢。

臣信书自守，与俗多违。审容膝之易安，因忘择地，知戴盆之难望，遂废占天。岂图忧患之余，更值清明之始。寒之之日长而暴之之日短，植之之人寡而拔之之人多。尚误圣知，骤妨贤路。摩顶放踵，虽愿效于微劳，以蚊负山，顾难胜于重任。矧复瞀昏而旷事，若犹冒昧以尸官，是乃明宪之所不容，岂特烦言之为可畏。伏惟皇帝陛下天地覆载，日月照临，赐以曲成，容其少愒。区区旅力，或未憖于余年，断断小能，冀尚施于异日。臣无任祈天俟命云云。

【解题】

以上二表写作时间难以确考，当作于神宗时。表中请求神宗“收还上宰之印章，赐余年，归展先臣丘垄”。

乞宫观表四

一

臣某言：疏荣特异，敢忘图报之忠，陈力弗能，当布可辞之义。中谢。

伏念臣晚陪兴运，久污近司，戆愚弗逮于清光，衰疾更成于瘝旷。苟免大诃之责，乃叨异数之加，授以戎旃，班之宰席。松楸旧国，实使镇临，蒲柳残年，足为荣耀。顾在宣化承流之地，方当循名责实之时，疲曳难支，颠跻可畏。仰祈睿眷，俯徇愚衷。并解将相之官，外除宫观之任，托依田里，瞻守丘坟。倘凭休养之私，终获夷瘳之福，敢忘策励，复誓糜捐。臣无任。

二

臣某言：近具表乞以本官外除一宫观差遣，伏蒙圣慈特降中使赐臣诏书不允者。天地至恩，实知难报，蝼蚁微息，尚窃有怀。辄冒隆威，更输危悃。伏念臣遭逢异甚，称效蔑如。苟旅力之可陈，岂余生之足惜？顾以忧伤而至弊，重为疢疾之所婴。偷假便州，必负旷瘝之责，过尸厚禄，更怀叨昧之惭。伏望陛下本末烛知，始终护念。俯徇吁天之恳，俾无累国之尤。尚冀宁瘳，誓终糜殒。臣无任。

三

轺传俯临，玺书狎至，仰荷眷存之厚，第怀感悸之深。任有不胜，勉非所及，辄输危恳，再冒天威。伏念臣久误至恩，难图报称，过尸荣禄，易取灾危。力惫矣而弗支，气喘焉而将蹶。穷阎扫轨，斯为待尽之时，幕府建旄，岂曰养痾之地。所惧旷瘝之责，敢辞逋慢之诛。伏望陛下照以末光，遂其微请。使坛陆之鸟，无眩视之悲，濠梁之鱼，有从容之乐。庶蒙瘳复，更誓糜捐。

四

筋骸衰茶，仅有余生，肝膈精微，简在圣听。岂图宠奖，未赐矜从，辄冒威尊，更输情素。中谢。

伏念臣久妨机要，初乏涓埃。苟免庶尤，实荷恩私之至，敢缘多疾，更尸名器之崇。比辱使轺，系宣诏旨，深惟策励，仰称龙光。而况病瘵有加，疗治无损。辞荣家食，乃为理分之宜，干泽自营，尚恃眷怜之旧。伏惟皇帝陛下衡听万事，器使众材。念其黾勉之终难，假以便安而少愒。庶完体力，图报毫分。

乞宫观札子五

一

臣某顷被召还，复污宰司。行以亢满易隳，事以衰疾多废。幸蒙恩释重寄，尚兼将相之官。自惟忧伤病疢之余，复当辞剧就闲之日，过叨荣禄，非分所宜，黾勉方州，亦将不逮。故因赐对，辄预奏陈。俟到江宁，须至上烦圣虑，乞以本官外除一宫观差遣，于江宁养疾。过蒙眷奖，喻以毋然，非臣糜殒所能仰称。而臣自离阙廷，所苦日侵，目眩头昏，背寒隔壅，加之喘逆，稍劳辄剧。若非蒙恩许免藩任，且令休养，即恐瘳复无期。辄敢冒昧天威，具陈前日悃愊。伏望陛下特垂睿听，俯亮愚诚。早赐矜从，使得宁济。即异时稍堪驱策，誓复罄竭疲驽。臣无任。

二

臣某近输悃愊，仰丐恩怜，干忤天威，方怀忧畏。伏蒙天慈特遣使人赍赐训敕，谕以至意。抚存顾念，逮及存没。负荷恩德，无以胜任。瞻望阙庭，唯知感涕。然臣之悃悃，实有可言。伏念臣抱疾已来，衰疲浸剧。若黾勉从事，必不能上副忧勤，而应接之劳，适足以自妨休养。又地闲禄厚，非分所宜。圣心虽示优容，臣终难于叨昧。伏望陛下俯垂烛察，早赐矜从。他日苟获夷瘳，余年敢辞驱策。臣无任。

三

臣某比因冯宗道还阙，已具输区区蝼蚁之情。继蒙抚存，曲赐训谕，臣诚惶诚感，已具表称谢以闻。窃惟天慈终始见怜，故欲赋以厚禄，示以优礼。不然一州之守，岂忧付属乏人。臣忧患余生，加之疾病，喘焉朝夕，难冀久存。陛下所以爱臣，何啻天地父母。令臣多尸廪赐，重贻亢满之殃，岂若赐以安闲，使有宁瘳之福。伏望深垂简照，早赐矜从。他日旅力复可驱驰，敢不致死以图报效！臣无任。

四

臣某备位七年，初无分毫绩效，以病自列，获解繁机。而误恩曲加，宠禄并过，岂臣庸朽所可堪任。况自涉春以来，众病并作，气满力惫，殆不可支，其势如此。以尸厚禄，则有食浮之忧，以任州事，则有官旷之责。计臣之分，无一可为。故愿乞其不肖之身，休养岁月。而玺书继至，训敕加严。虽陛下眷奖之意始终不渝，而臣窃自度量，终难黾勉以称万一。彷徨局蹐，不知所言。辄复干冒天威，期于得请而后已。伏望陛下深垂简照，早赐矜从。他日若获宁瘳，顾虽晚节末路，尚知补报，惟所驱策，岂敢辞免。除已具表，谨具札子陈乞。臣无任云云。

五

臣某近四上表，乞以本官外除一宫观差遣。伏蒙圣慈特降诏书，不允所乞，仍断来章。蝼蚁之微，频烦宠谕。臣之悬诚，已具累表，愚衷激切，终冀矜从。伏念臣荷国厚恩，未报万一，若非疾苦不能任事，岂敢数违训敕，以自取逋慢之诛。但以病势日增，虽外视形色若无甚苦，而神耗于中，力惫于外，一有动作，即不可支。思虑恍然，事多遗忘。以此居官，岂能塞责。且一方之任，非独簿书狱讼在所省察，至于警戒盗贼，辑安兵民，责在守臣，事实至重。此岂精神衰耗体力疲惫之人所可堪任？伏惟陛下加惠留听，察其所请出于诚然，早赐开允，则非独于臣私分得以自安，亦于陛下任使之际，无旷官废事之悔。臣愚不胜至愿，谨复具札子陈乞。臣无任。

【解题】

以上“乞宫观”文九道，写作时间难以确考，当作于神宗熙宁末。安石上书请求罢相、出任宫观，不获请；又再三请求，先后上九表。

进洪范传表

臣闻天下之物，小大有彝，后先有伦。叙者天之道，叙之者人之道。天命圣人以叙之，而圣人必考古成已，然后以所尝学措之事业为天下利。苟非其时，道不虚行。臣中谢。伏惟皇帝陛下德义之高，术智之明，足以黜天下之嵬琐，而兴其豪杰，以图尧、舜太平之治。而朝士未化，海内未服，纪纲宪令，尚或纷如。意者殆当考箕子之所述，以深发独智，趣时应变故也。臣尝以芜废腐余之学，得备论思劝讲之官，擢预大政，又弥寒暑，勋绩不效，俯仰甚惭。谨取旧所著《洪范传》删润缮写，辄以草芥之微，求裕天地。

【解题】

作者不满前人给《洪范》作的传注，亲自“为作传通其意”。《洪范传》的写作时间不详，大约是神宗元丰年间“取旧所著《洪范传》删润缮写”，进献神宗并作此表。

谢特授仪同封舒国公表

臣某言：伏奉制命特授开府仪同三司，封舒国公者。发号端门，外覃庆赐，疏恩列辟，俯逮空餐，舞手均欢，扪心独幸。中谢。

伏念臣久孤眷遇，当即谴诃。旷岁吁天，尚辞荣而未获，新恩赐国，仍席宠以有加。唯兹邦土之名，自昔宦游之壤。久陶圣化，非复鲁僖之所惩，积习仁风，乃尝朱邑之见爱。鸿私所被，朽质更荣。此盖皇帝陛下道冒群才，弥天之所覆，恩涵庶品，并物之所包。以厘事备于郊宫，而惠泽均于海宇。故虽幽屏，弗以遐遗，顾冒昧之不赀，岂糜捐之可报。臣无任。

【解题】

神宗元丰元年（1078），特封王安石为尚书左仆射、舒国公、集禧观使。安石因作此谢表。

谢依前本官充观使表

臣某言：伏奉制命，除授依前行尚书左仆射，充观文殿大学士、集禧观使者。屡黩天威，坐弥年所。曲从危恳，仰荷至慈。中谢。

伏念臣学止求心，行多违俗。少随宦牒，徒有志于养亲，晚误圣知，欲忘身而许国。疲曳久瘝于宰事，闵凶适在于私门。中解繁机，特上烦于矜恻，外分忧寄，复难强于支持。方累鸿私，更尸殊宠。既兢惭于非据，辄冒昧以终辞。伏蒙陛下示以优容，屡垂训奖。赦其逋慢，终赐矜全，犹加秘殿之隆名，俯慰穷阎之衰疾。地崇禄厚，尚非空食之所宜，岁晚力愆，虽欲捐躯而曷报。臣无任。

【解题】

神宗元丰元年（1078），特封王安石为舒国公，授依前行尚书左仆射，充观文殿大学士、集禧观使。王安石既作《谢特授仪同封舒国公表》，又作此表。

谢宣谕许罢节钺表

臣某言：二月二十二日江东转运使孙珪到府，伏奉圣慈宣谕以臣诚请甚确，志不可夺，故罢节钺，春时更宜慎爱者。囊封屡黩，特荷矜从，使传载驰，重烦慰抚。中谢。

伏念臣久尸荣宠，莫报恩私。既逃不职之诛，更窃无功之禄。闭门养疾，曾未慭于朝荣，击壤歌时，顾难忘于圣力。伏蒙陛下义惟求旧，仁不弃遐。故虽簪履之遗，尚蒙简记，曾是筋骸之束，敢爱縻捐。

【解题】

神宗元丰元年（1078）二月，江东转运使孙珪传旨，允王安石罢节钺之请。安石遂作此谢表。

谢添差男旁句当江宁府粮料院表

近辄冒昧陈乞男旁句当江宁府粮料院一次，伏蒙特恩添差者。去寄卧家，犹尸厚禄，祈荣及嗣，更荷殊私。中谢。

伏念臣汗马之劳，初无可纪，舐犊之爱，乃敢有言。颜虽腆以知惭，心固甘于获谴。岂谓陛下矜轩幄之旧，录簪履之微。示特出于上恩，俾遽叨于世禄。繄曲成之造化，弗以遐遗，徒共誓于縻捐，安能仰称。

【解题】

神宗元丰元年（1078），王安石上书请置其子王旁于江宁府粮料院，获准。因作此谢表。

乞免使相充观察使札子四

一

臣某衰疾疲曳，难于自力，干恩天听，至于四三。逋慢训奖，罪当诛殛。伏奉敕命，就除观察使，俯从燕安之私欲，犹假非分之名器。鸿慈覆载，不啻天地，感激涕泗，无言以谕。然以将相之禄，养疾于田里，历选近世勋贤，未有若斯比例。臣愚无状，绩效不昭，欲以何名，敢此叨昧！且臣蒙陛下识拔，序之群臣之右，当以粗知分义，为异庸人。今若以衰残向尽之年，贪非所据，岂不自隳素守，而仰累陛下知人之明？伏望圣慈察臣累奏，许以本官充使，于江宁府居住。冀蒙瘳复，终誓糜捐。所有敕命，臣未敢祗受。除已具表，谨复具陈乞以闻。干忤天威，臣无任惶惧祈恩之至。

二

祗荷圣训，丁宁备至，非臣庸朽，可以堪称。伏念臣以疾病，不胜从事之劳，而欲自休养，退归田里，乃分之宜。尚恃眷怜之私，窃自恕而求以本官食宫观之禄于外，于臣之义，愧负已多。而陛下乃欲使之兼将相之重而处于此，虽仰戴恩德，为至厚矣，而臣历选前代，近至本朝，所以宠待勋旧之臣，无有斯比。况臣久尸重任，绩效不昭，岂可度越前人，有此叨据！是且上亏陛下名器不以假人之道，下伤愚臣知止之义。伏望特垂睿听，早赐允从。则非独于臣私分得以自安，亦于天下公论为协。除已具表，陈乞以闻。臣无任。

三

臣某近再以悬诚上干睿听，逋慢明训，方虞谴责。伏蒙天慈特差臣弟某赍赐诏书，不允所乞。传谕德意，抚存备厚。仰荷天地至恩，捐躯殒首，无以上报。伏自惟念，臣以衰病无劳之身，得请于外，虽能为上陈力，任一方之寄，以忝将相，尚为非分。况今蒙恩宽假，得就燕闲，岂可坐而尸此，以养痾田里之中？此臣所以不敢忘止足之义，而自取辱殆也。所怀恳激，已具累奏。虽陛下申加奖励，恩德有隆，而愚臣切自揣称，终无可以叨昧之理。伏望陛下俯垂闵察，早赐开允，则非独臣为幸甚。除已具表，谨复具札子陈乞以闻。

四

臣某近以悬诚上干天听。伏蒙圣慈特降中使赍赐诏书，仍断来章。臣以朴愚，久逋明命，罪谴之及，所不敢辞。而陛下加惠宽矜，慰谕备至。仰荷天地厚恩，非臣殒越所能报称。然臣之悬悬，已累具闻。分义既所难受，臣亦何敢自已。切惟人君之御臣，以其任隆而责重，故委之高爵重禄而无难；人臣自度其智力足以胜任而塞责，故受其高爵重禄而无愧。此上下所以两得而能治安也。今臣既以疲苶退归闾里，尚恃陛下眷存，谓其尝预政事，有夙夜之微勤，故敢求以本官食宫观之禄于外，已于理分为非所宜。而陛下乃疏误恩，使兼将相之重。臣愚不肖，病不任事。顾于陛下励精求治之时，不能自力以裨补万一，而坐尸名器如此其厚，不知人臣之出力赴功，任隆责重而有勋劳者，陛下将复何以处之？此臣所以不敢当也。臣若苟贪，仰副训敕，而不知虑此，则非独于臣私义无以自全，亦于国家大体所损非细。故复冒昧，期于得请而后已。伏望陛下始终念察，早赐听许，则非独臣为幸甚！

【解题】

神宗元丰元年（1078），除授王安石依前行尚书左仆射、充观文殿大学士、集禧观使。安石遂上此四札，“求以本官食宫观之禄”，而“辞将相之禄”。

谢赐元丰敕令格式等表

臣某言：伏蒙圣慈特赐臣《元丰敕令格式》一部，计四十策者。新厥品章，著之方册，虽孤眷寄，尚冒分颁。臣中谢。切以后辟之所训裁，臣工之所承守，历观既往，或仍踳驳之余，绪正厥遗，实待缉熙之久。恭惟皇帝陛下操天纵之智，御物昌之时，创法于群几之先，收功于异论之后，虑无愆素，举必要终。然趋变以制宜，或非初令，则取新而垂裕，宜有成书。神机俯授于有官，圣制遂摅于无极，部居彪列，科指畛分，云汉之回甚昭，日月之照方久。臣进陪国论，退即里居，在昔讨论，尝负旷瘝之责，于今尊阁，更知被受之荣。

【解题】

本文写作时间难以确考，大约作于神宗元丰元年（1078）。时安石退居江宁，接神宗所赐《元丰敕令格式》，遂上此表。

贺正表七

一

臣某言：伏以汉仪高会，方登四海之图，周历俯颁，乃宪百官之象。臣中谢。

恭惟皇帝陛下含德渊懿，抚辰休嘉。乘姑射之云龙，所更者化，存胥敖于蓬艾，各遂其生。运与日升，道侔乾始。臣尚依枌社，独隔枫宸。缅瞻朝著之班，窃慕封人之祝。臣无任。

二

献岁初吉，端月始和。万宝取新之元，九仪告庆之会。臣中谢。

恭惟皇帝陛下体神蹈智，抱一建中，允迪谟勋，永膺孚祐。德日新而有俶，福时万以无疆。臣特荷宠光，久婴衰疾。云天在望，惟缅想于勾传，麋鹿与游，岂暂忘于率舞。

三

宝历无疆，嘉生有俶。厥初献岁之吉，乃始端月之和。中谢。

恭惟皇帝陛下常德日新，景福时万，体泰元而难老，阅众甫以皆昌。臣久冒异恩，尚婴衰疾。瞻云纷郁，想朝路以载欣，惕日舒长，与畴人而胥乐。

四

宝历无疆，嘉生有俶。门宪始和之象，庭充元会之仪。中谢。

伏惟皇帝陛下膺保永图，绥将纯嘏，抚五辰而致顺，毓万物以皆昌。臣久负异恩，尚婴衰疾。瞻云涣烂，欣逢舜旦之华，击壤逍遥，乐得夏时之正。

五

人正肇序，岁事更端。物乘引达之期，朝布始和之令。臣中谢。

伏惟皇帝陛下动稽天若，道与时行。一德绍休，新又新而弗息，万灵隤祉，朔复朔以无期。臣久误圣知，外叨方任。奉觞称庆，踵弗继于朝绅，向阙倾心，目如瞻于天仗。

六

伏以肇天德于青阳，群生以遂，宪邦经于正岁，百度惟新。臣中谢。

伏惟皇帝陛下妙用敕于时几，大仁参于化育。于帝其训，既格神人之宁，维春之祺，遂如山阜之固。惟仰祈于寿祝，思自致于诚心。

七

驭正夏时，更端周历。体一元而敷惠，适与春浮，敛诸福以代新，方侔川至。中谢。

恭惟皇帝陛下诞昭明德，祗燕孙谋，齐七政以当天，顺五辰而凝绩。用来协气，以阜嘉生。阅千古之上仪，肆三朝之盛会。仰同星拱，悚百辟以在庭，追效嵩呼，极万年而荐寿。臣桑榆晚景，麋鹿并游。进莫预于胪传，退但知于率舞。

【解题】

以上《贺正表》七篇，分别作于神宗元丰二、三、四、五、六、七年。贺正，每年农历正月元旦（初一），皇帝接受群臣拜贺。

贺冬表七

一

臣某言：伏以庶汇潜萌，上仪亚岁。室告气行之协，台占瑞至之嘉。

恭惟皇帝陛下考敦复以大中，吁朋来之众俊。刚健之德，与阳皆亨，寿昌之期，如日方永。臣叨荣近列，婴疾殊方。凫趋独后于在庭，爵跃实深于存阙。

二

宝历无疆，嘉时有俶。物潜萌而赤色，气顺动于黄宫。中谢。

伏惟皇帝陛下道协乾行，德孚阳感。体一元而独复，毓万宝以皆昌。永御丕平，备膺纯嘏。臣寖婴衰疾，久隔清光。迹虽屏于丘园，志不忘于宸宇。

三

万宝潜萌，应黄钟之协气，百工胥庆，亚正岁之上仪。臣中谢。

伏惟皇帝陛下体御至神，诩扬独智，武烈丕承乎前载，尧明光被乎多方。茂对斯时，备膺诸福。臣比缘衰疾，独远清光。虽存阙之不忘，尚造庭之未获。

四

阳舒以复，阴极而终。视履考祥，乃见行中之吉，对时育物，以滋众万之生。

恭惟皇帝陛下心玩神明，诚参天地。保大和而率豫，介百福以来崇。臣比解繁机，叨承外寄。莫预称觞之列，但深存阙之思。

五

气复黄宫，茂对物滋之始，晷移北陆，寅宾日至之长。臣中谢。

伏惟皇帝陛下道与时行，化犹天运，嗣无疆而履位，建有极以宜民。甫临阳长之期，大袭福绥之庆。臣恩容居里，病阻造庭，虽荐寿以无阶，顾驰心而曷已。

六

臣某言：伏以阴偕物极，阳与朋来。推历玩占，乃见潜萌之信，体元御辨，以知敦复之中。

恭惟皇帝陛下舜孝禹功，文谟武烈，茂对时之福嘏，灵承旅以寿康。臣久冒朝荣，外叨方任。弗预称觞之末，岂胜存阙之深。臣无任瞻天望圣激切屏营之至。

七

候始三微，气萌万汇。谨观台之占瑞，亚献岁以陈仪。

恭惟皇帝陛下祇遹燕谋，灵承休运，先一阳而独复，敛诸福以朋来。臣属此养痾，茕然在远。倾心舜日，欣宝景之践长，仰首尧天，祝寿祺而等久。

【解题】

以上《贺冬表》七道，分别作于神宗元丰二、三、四、五、六、七年。贺冬，祝贺冬至节。

谢特进封荆国公表

臣某言：伏奉敕命授臣特进荆国公，加食邑四百户，食实封一百户，勋如故者。宫庭嘉享，推德惠以及人，田里空餐，滥宸恩而累国。臣中谢。

伏念臣苦窳贱质，卷曲散材，遭值休辰，登备贵器。有未偿之厚责，无可录之微劳。敢冀瘝身，尚叨徽数。此盖皇帝陛下备成熙事，答四表之欢心，董正治官，建一代之明制。因令疲苶，与被光荣。虽自誓于糜捐，顾何酬于贲帱。臣无任。

【解题】

神宗元丰三年（1080）九月，敕命授王安石特进荆国公，安石因作此谢表。

乞改三经义札子

臣顷奉敕提举修撰《经义》，而臣闻识不该，思索不精，校视不审，无以称陛下发挥道术启训天下后世之意，上辜眷属，没有余责。幸蒙大恩，休息田里，坐窃荣禄，免于事累，因得疾病之间，考正误失，谨录如后。伏望清燕之闲，垂赐省览，倘合圣心，谓当刊革，即乞付外施行。臣干冒天威，无任。

尚书义

《皋陶谟》“按见其恶”，当作“按其见恶”。

《益稷》“故懋使之化”，当作“则懋使之化”。

《微子》“纯而不杂，故谓之牺”，“牺”当作“牷”。“完而无伤，故谓之牷”，“牷”当作“牺”。

《洪范》“有器也然后有法。此书所以谓之范者，以五行为宗故也。五行犹未离于形而器出焉者也。扩而大谓之弘，积而大谓之丕，合而大谓之洪。此书合五行以成天下之大法，故谓之《洪范》也。”已上七十一字，今欲删去。又云“陶复陶穴尚矣，后世易之栋宇，而其官犹曰司空，因其故不忘始也。”已上二十六字今欲亦删去。

《周官》“唐虞稽古”字上漏“曰”字。

周礼义

《小宰》“其财用”上“其”字当作“共”。

《大府》“受藏之府，则若职内掌邦之赋入是也，受用之府，则若职岁掌邦之赋出是也。”已上三十字，今欲删去。

《党正》“岁属其民者四”，“四”当作“五”。

《诵训》“以诏王观事”，当去“王”字。

《典瑞》“手足腹背”，“手”当作“首”。

《家人》“山林之尸则以山虞”，已上八字今欲删去。

《御仆》“掌万民之复”，“复”当作“逆”。

《大驭》“有钒也”，“钒”当作“轨”。

《大行人》“三公八命，出封加一命，则谓之上公”。已上十四字今欲删去。

诗义

《北风》“北风以言其威，雨雪以言其虐，凉者气也，喈者声也。雱盖言聚，霏盖言散，气之所被者近，声之所加者远，聚则一方而已，散则无所不加。此言其为威虐后甚于前也。”已上六十三字，今欲删去。改云“北风之寒也而以为凉，北风之厉也而以为喈，此以言其为威。雨雪之散也而以为秀，雨雪之集也而以为霏，此以言其为虐。”

《君子偕老》“‘玼兮玼兮，其之翟也’者，服之盛也。”“服之盛”字下，今欲添“质宜之”三字。又云：‘瑳兮瑳兮，其之展也，蒙彼绉絺，是泄袢也’者，亦服之盛也。”“亦服之盛”字上，欲减“亦”字，“服之盛”字下，欲添“文宜之”三字。

《定之方中》“说于桑田者”，“者”当作“则”。

《干旄》“州里之士所建”，今欲改为“乡党之官所建”。

《有女同车》“公子五争”，“争”当作“诤”。

《驷铁》“驷马既闲”，“驷”当作“四”。

《墓门》“食椹而甘”，“椹”当作“葚”。

《七月》“去其女桑而猗之，然后柔桑可得而求也。”已上十六字今欲删去。改云“承其女桑而猗之，然后远扬可得而伐也。”又“蚕月者非一月，故不指言某月也，”下添云“蚕，女事也，故称月焉。”又云“猗，薪之也，言猗女桑则远扬可知矣，言伐远扬则女桑可知矣，皆伐而猗之也。”已上三十字，今欲删去。

《车攻》“言其连络布散众多，若弈棋然。”已上十二字，今欲删去。

《小旻》“发言盈廷”，“廷”当作“庭”。

《桑扈》“受福不那”，“那”当作“那”。

《生民》“麻麦幪幪”，“麦”当作“麦”。

《公刘》“笃之字，从竹从马，马行地无疆，以竹策之，则力行而有所至，笃之为言，力行而有所至也。”已上三十四字，今欲删去。

《卷阿》“蔼蔼然盛多，”“然”当作“其”。又云“故次以‘既醉太平’也”，多“太平”二字，今合删去。

《召旻》“昏非所以为哲”字上漏“明”字，今合添。

《时迈》“政之所加，孰敢不动惧。”今欲改云“攻之所加，孰敢不震动叠息。”

《那》“磬管将将”，“管”当作“筦”。

又札子

臣近具札子奏乞改正《经义》，尚有《七月》诗“剥枣者，剥其皮而进之，养老故也”十三字谓亦合删去。如合圣心，亦乞付外施行。

【解题】

以上二札子及所附三经当改之文，作于神宗元丰三年（1080），主要是改正三经中的误字。

改撰诗义序札子

臣伏奉手诏，以臣所进《三经义序》，有过情之言，宜速删去。臣虽尝敷奏，以为文字所宜。又奉圣训再三，但令序述解经之意，不须过有称道。伏惟皇帝陛下盛德至善，敷于四海，非臣笔墨所能加损。然因事宣著，人臣之职也。诚以言之不足为惧，不以近于媚谀为嫌。而上圣所怀深仁谦损，臣敢不奉承诏旨，庶以仰称尧、禹不争不伐之心。所改撰到《诗义》并前进《书》、《周礼义序》，谨随札子投进。昧冒天明，臣无任。

论改诗义札子

臣子雱奉圣旨撰进《经义》，臣以当备圣览，故一一经臣手乃敢奏御。及设官置局，有所改定，臣以文辞义理当与人共，故不敢专守己见为是。既承诏颁行学者，颇谓所改未安。窃惟陛下欲以经术造成人材，而职业其事，在臣所见，小有未尽，义难自默。所有经置局改定诸篇，谨依圣旨具录新旧本进呈。内虽旧本今亦小有删改处，并略具所以删复之意。如合圣旨，即乞封降检讨吕升卿所解《诗义》依旧本颁行。小有删改，即依圣旨指挥。取进止。

答手诏言改经义事札子

臣伏奉手诏，依违之罪，臣愚所不敢逃。然陛下既推恩惠卿等而除其所解，臣愚不敢安此。若以其释说有甚乖误者，责臣更加删定，臣敢不祗承圣训。取进止。

【解题】

以上三札子作于神宗元丰三年（1080）。熙宁八年，安石献上他主持修定之三经义，后因其中若干需“小有删改”，因上书奏其事。

进字说表

窃以书用于世久矣，先王立学以教之，设官以达之，置使以谕之，禁诛乱名，岂苟然哉！凡以同道德之归，一名分之守而已。道衰以隐，官失学废，循而发之，实在圣时，岂臣愚憧，敢逮斯事？中谢。

盖闻物生而有情，情发而为声。声以类合，皆足相知。人声为言，述以为字。字虽人之所制，本实出于自然。凤鸟有文，河图有画，非人为也，人则效此。故上下内外，初终前后，中偏左右，自然之位也。衡邪曲直，耦重交析，反缺倒仄，自然之形也。发敛呼吸，抑扬合散，虚实清浊，自然之声也。可视而知，可听而思，自然之义也。以义自然，故仙圣之所宅，虽殊方域，言音乖离，点画不同，译而通之，其义一也。道有升降，文物随之，时变事异，书名或改，原出要归，亦无二焉。乃若知之所不能知，思之所不能至，则虽非即此而可证，亦非舍此而能学。盖惟天下之至神为能究此。

伏惟陛下体元用妙，该极象数，稽古创法，绍天觉民。乃惟兹学，殒缺弗嗣，因任众智，微明幽隐，盖将以合乎神指者，布之海内。众妙所寄，穷之实难。而臣顷御燕间，亲承训敕，抱痾负忧，久无所成，虽尝有献，大惧浼冒。退复自力，用忘疾惫，谘诹讨论，博尽所疑，冀或涓尘，有助深崇。谨勒成《字说》二十四卷，随表上进。臣某诚惶诚恐，顿首顿首谨言。

进字说札子

臣在先帝时，得许慎《说文》古字，妄尝覃思，究释其意，冀因自竭，得见崖略。若矇视天，终以罔然，念非所能，因画而已。顷蒙圣问俯及，退复黾勉讨论，赖恩宽养，外假岁月，而桑榆奄眊，久不见功。甘师颜至，奉被训敕，许录臣愚妄谓然者，缮写投进。伏惟大明，旁烛无疆，岂臣荧爝，所敢衒冒，承命遑迫，兢惭无所。如蒙垂收，得御宴间，千百有一，傥符神指，愚所逮及，继今复上。干污宸扆，臣无任。

【解题】

上二文作于神宗元丰三年（1080）。王安石晚年，殚精竭虑，作《字说》二十四卷。今献于神宗。

乞以所居园屋为僧寺并乞赐额札子

臣幸遭兴运，超拔等夷，知奖眷怜，逮兼父子。戴天负地，感涕难胜。顾迫衰残，糜捐何补。不胜蝼蚁微愿，以臣今所居江宁府上元县园屋为僧寺一所，永远祝延圣寿。如蒙矜许，特赐名额，庶昭希旷，荣与一时。仰凭威神，誓报无已。

谢以所居园屋为僧寺及赐寺额表

基迹丛祠，冀鸿延于万寿，锡名扁榜，窃荣遇于一时。臣生乏寸长，世叨殊奖。贱息奄先于犬马，颓龄俯迫于桑榆。独念亲逢，莫有涓埃之补报，永惟宏愿，岂忘香火之因缘。伏蒙皇帝陛下俯徇祈诚，特加美称。所惧封人之祝，终以尧辞，乃尘长者之园，遽如佛许。仰凭护念，誓毕薰修。

【解题】

上二文作于神宗元丰七年（1084）。是年，王安石卧病，奏请以所居江宁府上元县半山园为僧寺，并请赐寺名。神宗遂赐名“报宁禅寺”。于是又作《谢以所居园屋为僧寺及赐寺额表》。

乞将荒熟田割入蒋山常住札子

臣父子遭值圣恩，所谓千载一时。臣荣禄既不及于养亲，雱又不幸嗣息未立，奄先朝露。臣相次用所得禄赐及蒙恩赐雱银置到江宁府上元县荒熟田，元契共纳苗三百四十二石七斗七升八合，簇一万七千七百七十二领，小麦三十二石五斗二升，柴三百二十束，钱五十四贯一百六十二文，省见托蒋山太平兴国寺收岁课，为臣父母及雱营办功德。欲望圣慈特许施充本寺常住，令永远追荐。昧冒天威，无任祈恩屏营之至。取进止。

谢依所乞私田充蒋山太平兴国寺常住表

缘恩昧冒，方虞慁上之诛，加意畀矜，遂窃终天之幸。伏念臣少尝陧陒，晚误褒崇，荣禄虽多，不逮养亲之日，余年向尽，更为哭子之人。追营香火之缘，仰赖金缯之赐。尚复祈恩而不已，乃将侥福于无穷。伏蒙陛下眷遇一于初终，爱恤兼夫存没，特挠常法，俯成私求。虽老矣无能，莫称漏泉之施，若死而未涖，岂忘结草之酬。臣无任瞻天望圣激切屏营之至。

【解题】

上二文作于神宗元丰七年（1084）。安石以不及养亲，长子雱早逝又无后故，奏请以私田、钱、粮等若干，捐于蒋山太平兴国寺，为父母及长子雱荐福。获准。又上谢表。

谢差弟安上令授敕命不许辞免表

臣某言：伏蒙圣恩差弟安上提点江南东路刑狱，以臣衰疾，就令照管，仍传圣旨，令臣便授敕命更不须辞免者。江海衰残，云天悠远，恩言狎至，感涕交流。中谢。

伏念臣积荷知怜，初无报称，岂图残息，上简圣心。数遣中人，间因外使，喻以眷怀之至意，慰其忧苦之余生。惠焉既久而弥加，告矣虽顽而未舍。乃至召见同产，驰赐十行之书，使营私门，就捐一路之寄。访逮纤悉，矜及隐微。追千载之遭逢，殆无前比，顾一身之糜殒，安可仰酬。唯当祗圣训之鸿私，岂敢固愚衷之小谅。重念无伤于国体，乃为不负于天慈。顾以里居之安，而尸官廪之厚，固已犯明义而累食功之实，况复干隆名而长昧利之风。至于词穷，虽竦惭于屡黩，可以理夺，终冀幸于矜从。

【解题】

本文写作时间难以确考，大约作于神宗元丰年间。时安石以集禧观使闲居江宁。

乞退表

臣忠于为国，故进而能致其身，君恕以及人，故病则闵劳以事。此今昔共由之通义，实上下相与之至情。敢触冒昧之诛，冀蒙哀矜之听。中谢。

臣受材鄙劣，遭运休明。陈愚或会于圣心，承乏遂尸于宰事。谋谟浅拙，谩不见其有成，操行陵夷，又或几于无耻。久宜辞位，尚苟贪恩。岂图养拙以乖方，重以瞀昏而废务。粗尝陈列，未获矜从。黾勉以来，浸淫遂剧。大惧典司之旷，上烦程督之严。伏惟陛下询事考言，循名责实，或辍夜分之寐，常临日昃之朝。万方黎献之多，略皆祗辟，三事大夫之守，岂可瘝官。仰冀高明，俯昭悃愊。念其服劳之久，愍其婴瘵之深，及未干鈇钺之时，令遂解机衡之任。岂特少安于私义，兹惟毕协于师虞。

【解题】

本文写作时间难以确考，当作于神宗时。表称自己不适合任宰相，曾再三辞免未获，请求“念其服劳之久”，准予辞免。

辞免司空表二

一

臣某言：今月十一日，三班差使崔汝谐至奉宣诏旨及赍赐制诰一道，除授臣司空，依前观文殿大学士、集禧观使，加食邑四百户，食实封一百户，余如故者。使轺驰授，祇忝明恩，家巷卧居，敢叨虚奖。臣中谢。

切以事官之所命，异于时制之今除，名称三公，班序一品，逢辰特幸，称位实难。臣晚玷误恩，尝尸剧任。曾无尺寸，粗报眷怜，独有丘山，莫知负戴。荒远婴痾之久，休明嗣服之初，绵力薄材，适甘于屏弃，高秩厚礼，更冒于褒崇。惟器与名，恐身累国。仰祈迁令，追寝赞书。庶以衰残，获所安之终吉，亦令蹇浅，免非据于具瞻。臣无任。

二

臣某言：近具表乞追寝恩命，伏蒙圣慈特降诏书不允者。隆施所逮，恳辞弗俞。辄冒天威，更输微款。臣中谢。

臣事劳无纪，操行不修。居窃万钟，初未知于辞富，坐弥九载，方有俟于黜幽。岂图邦命之新，尚眷求人之旧。宠灵覃被，危厉增加，位高疾颠，力少任重。实前修之切戒，敢小丑之冒膺。仰冀睿明，顾怜衰朽。改兹非服，免贻官谤之忧，宥以罔功，使获里居之佚。臣无任。

【解题】

以上二表写作时间难以确考，当作于晚年、退居江宁时。表中以“恐身累国”、“免贻官谤”等力辞司空之职。

进二经札子

臣蒙恩免于事累，因得以疾病之余日，覃思内典。切观《金刚般若》、《维摩诘所说经》，谢灵运、僧肇等注多失其旨，又疑世所传天亲菩萨、鸠摩罗什、慧能等所解，特妄人窃借其名，辄以己见，为之训释。不图上彻天听，许以投进。伏惟皇帝陛下宿殖圣行，生知妙法，方册所载，象译所传，如天昭旷，靡不帱察，岂臣愚浅所敢冒闻。然方大圣以神道设教，觉悟群生之时，羽毛皮骼之物，尚能助发实相。况臣区区尝备顾问，又承制旨，安敢蔽匿，谨缮录上进，干渎天威。臣无任惶愧之至。

【解题】

本文写作时间难以确考，当作于安石退居金陵时。安石晚年好论佛事，以为《金刚般若》、《维摩诘所说经》之注失其旨，特为作注，并上闻神宗。

正旦奉慰表

伏以日晷流迈，岁历肇新。太皇太后弃捐宫闱，奄历时序。伏惟皇帝陛下圣孝天至，感慕难胜。臣以衰疾，无缘奔走，瞻望阙庭。

曹太皇上仙慰皇帝表

臣某言：伏以上天降祸，太皇太后奄弃大养。伏惟皇帝陛下攀号感慕，圣情难居。臣限以衰疾在远，不获奔赴阙庭。臣无任屏营摧迫之至。

曹太皇神主祔庙慰皇帝表

伏承慈圣光献皇后神主祔庙，既克礼成。伏惟皇帝陛下圣孝终始，哀慕难胜。日月徂迁，礼有顺变。伏望少抑至情，以幸天下。

曹太皇期祥除慰皇帝表

臣某言：伏以日月流迈，太皇太后捐弃大养，奄及期祥。仰惟圣孝，攀慕无极。伏望深加裁抑，以幸万方。臣限以衰疾，无缘奔诣阙庭。臣无任。

曹太皇启殡及复土返虞慰皇帝表二

一

臣某言：伏以日月徂迁，伏承太皇太后诹辰协吉，肇启殡宫。圣情攀号，何以胜处！恭惟皇帝陛下圣孝发中，天报备至。感叹摧咽，遐迩一情。

二

臣某言：伏承太皇太后神宫复土，奄及返虞。圣心伤摧，何以胜处！恭惟太皇太后天助懿德，以扶昌运，辅佐保祐，功施三朝。粤自弃捐宫闱，爰及襄事，陛下哀恫夙夜，发于至情。追奉致隆，有溢常礼，显情报德，内外单尽。孝治所形，人用感欷。臣伏限在远，无缘奔走，瞻望阙庭，无任忧迫屏营之至。

慰太皇太后表

威灵来返，祠庙有严，序陈昭穆之伦，定列祖宗之次。哀号罔极，遐迩所同。伏惟太皇太后功佐帝图，德齐坤载，永惟孝爱，尤积悲怀。冀纾天性之慈，以永母仪之福。

慰太皇太后表

宫车云返，陵邑既营，凡在照临，岂胜摧慕。伏惟太皇太后道侔坤育，仁出天成。永怀爱孝之隆，尤积悲恫之感。稍舒慈念，实慰舆情。臣叨备从官，限分符守，徒有攀号之至痛，初无办护之微劳。

慰太后表

威灵有集，方祔于庙祧，感慕无穷，外覃于蛮貊。伏惟太后比贤任、姒，缵庆涂、莘，祗协孙谋，克襄大事。地非苍梧之远，势有霸陵之安，唯割至哀，尚膺遐福。臣备官有守，奔问无阶。

慰太后表

宗祏告成，皇灵来燕，凡居覆露，同尽哀摧。伏惟太后协庆涂山，比贤大姒。方正坤仪之位，上同乾施之仁，虞祔奄终，攀号靡极。冀哀恫之有节，膺福履之无疆。臣限守州符，阻趍天陛。

英宗山陵礼毕慰皇帝表

须百祀之材，已襄葬故，设九虞之主，方考祔仪。伏惟皇帝陛下德懋钦明，道隆勤孝，虽送终之礼已备，而追远之念甫深。惟顺变以抑哀，实含生之至愿。臣限分镇守，阻预朝班。

英宗祔庙礼毕慰皇帝表

七月而葬，既充奉于寝园，万世不祧，遂崇成于庙室。凡居覆焘，同尽攀号。伏惟皇帝陛下膺保圣神，践行仁孝，缠哀罔极，率礼无违。仙游既集于宗祊，圣念弥勤于翼室。仰祈顺变，俯睠含生。臣符守所摽，班朝莫预。

鲁国大长公主薨慰表

臣伏睹进奏官状报鲁国大长公主薨背。伏惟圣情痛悼，臣以衰疾，无缘奔走。伏望以理宽释，俯慰群情。臣瞻望阙庭，无任激切屏营之至。

八皇子薨慰皇帝表

伏睹进奏院报八皇子薨背。伏惟圣情悲悼难任，敢乞抑割天慈，以幸万邦。臣瞻望阙庭。无任。

八皇子葬慰皇帝表

伏闻郓王襄事有日，灵輴即路。伏惟圣情悲悼难胜，敢乞割抑天慈，以幸天下。臣瞻望朝庭，无任忧惶恳迫之至。

【解题】

以上慰皇帝、皇太后、太皇太后表共十五道，写作时间不详，大约皆作于神宗时。

贺皇帝登极表

臣某言：伏睹赦书，皇帝陛下今月五日登宝位者。郊庙神灵，永有宗依，华夏蛮夷，永有归赖。中谢。

恭惟皇帝陛下光御历服，大承统绪，以圣继圣，纯祐无疆。臣遭遇先朝，久叨荣禄，不获奔走，瞻望清光，无任欢呼抃蹈激切之至。

贺册贵妃表

祲盛之礼，发于宫闱，欢康之声，播于寰海。臣中谢。

恭惟陛下放古之宪，刑家以身。乃资妇德之良，俾贰坤仪之政。盖《关雎》之求淑女，以无险诐私谒之心，《鸡鸣》之得贤妃，则有儆戒相成之道。于以求助，不专为恩。臣生逢明时，切观盛事。祝圣人之多子，辄慕尧封，思令德以式歌，岂惭周雅。

贺生皇子表八

一

臣某言：伏睹进奏院状报诞生皇子者。嘉庆系传，欢欣揔集。臣中谢。

臣历观古昔，诞受福祥，厥配天所以久长，乃有子至于千亿。伏惟皇帝陛下《凫鹥》之雅，媚于神祇，《芣苢》之风，燕及黎庶。弓韣嗣燕禖之报，旐旟仍罴梦之祥。无疆惟休，永保桑苞之固，有室大竞，方观椒实之蕃。臣尝污近司，久尸荣禄，特荷殊怜之至，岂胜切喜之深。臣无任。

二

皇运郅隆，天枝弥茂，照临所暨，鼓舞攸均。臣中谢。

臣闻《史》纪文庆之延，岂惟十子，《诗》歌姒徽之继，爰至百男，肇敏于修，乃繁厥祉。恭惟皇帝陛下道冒区宇，德冠往初。品庶蒙休，既飨和平之乐，神灵锡羡，果膺蕃衍之祥。臣尝污近司，备叨殊奖，以宿痾而自困，欲旅进以无阶。臣无任瞻天望圣欢呼抃蹈激切屏营之至。

三

庆兆六宫，欣交九服，照临所洎，鼓舞惟均。臣中谢。

切以莞寝告祥，实帝临之厘事，牢祠锡羡，乃神保于昌时。伏惟皇帝陛下追放尧勋，嗣承牺象，鸿名敷播，已协九皇之高，纯嘏垂延，方覃千子之众。惟祺有俶，俾炽无疆。臣夙冒恩怜，久尸荣禄，适此亨嘉之会，茕然趋造之难。

四

元精孚佑，圣种挺生，庆系集于宫庭，欢外交于寰宇。臣中谢。

熊罴见梦，穜稑献祥，厥抚会昌之期，乃膺锡羡之福。恭惟皇帝陛下德高振古，仁浃含生。故神明之胄浸蕃，而福履之将未艾。臣久尸荣禄，特荷异恩。顾衰疹之滋多，望清光而独远。

五

祉扶宗祏，庆袭宫闱，凡预照临，惟胥鼓舞。中谢。

臣闻有秩秩幽幽之德，所以考室而见祥，有诜诜揖揖之风，所以宜家而多子。克参盛美，允属昌时。伏惟皇帝陛下膺命上天，绍休烈祖，本支方茂，用光世德之求，功业能昭，永赖孙谋之燕。适追来孝，申锡无疆。臣久玷恩私，外叨属任。四方来贺，望双阙以无阶，万福攸同，抚微躯而有赖。

六

本支浸衍，实为万世之休，遐迩同欣，胥赖一人之庆。中谢。

臣闻王懋厥德，则后妃无嫉妒之心，天锡之祺，则子孙有众多之美。蕃厘有继。垂裕无穷。伏惟皇帝陛下躬睿智之资，抚休明之运。教由内始，正自身先。治既格于人和，诚遂膺于帝祉。乃占我梦，实多考室之祥，则百斯男，克绍刑家之庆。臣叨荣特厚，窃抃尤深，虽接武搢绅，莫预造庭之列，而瞻威咫尺，唯倾就日之诚。

七

燕禖飨德，方储锡羡之祥，罴梦生贤，克协会昌之运。预在照临之广，敷同庆赖之深。中谢。

切以《思齐》神罔时恫，《假乐》民之攸塈。天所保祐，厥惟太姒之多男，国之荣怀，亦曰成王之众子。恭惟皇帝陛下令德光乎洛诵，康功茂乎岐昌，鸿休无疆，景命有仆。盖《芣苢》之薄言采采，众乐先成，则《螽斯》之宜尔振振，宗强孰御。臣久叨眷遇，适阻进趋。亲值本支百世之盛时，敢忘寿考万年之善祝。

八

臣某言：伏睹进奏院状报诞生皇子者。宫闱嗣庆，寰海交欣，凡逮戴天，惟均击壤。中谢。

臣闻《螽斯》之言众子，是为王者之诗，华封之祝多男，亦曰圣人之事。恭惟皇帝陛下绍祖休显，宪天昭明，致文、武之忧勤，成尧、舜之仁孝。宅师无竞，莞簟之寝既安，传类有祥，弓韣之祠屡应。诒谋方永，锡羡用光。臣托备藩维，叨承睿奖。不显亦世，家实预于荣怀，于万斯年，心敢忘于庆赖。臣无任瞻天云云。

贺周德妃及魏国大长公主礼成表

臣某言：明告治庭，宠颁恩册，家邦之庆，海宇以欣。

恭惟皇帝陛下荷天闳休，若古丕式。自祢率而尊祖，备极灵承，谓姊亲而先姑，特嘉徽数。改锡厥壤，增褒所生，大号已孚，庶言惟允。臣久尸荣禄，窃睹盛仪。胪传虽异于九宾，率舞尚同于百兽。

贺冀国大长公主出降表

庆事备成，恩纪隆洽。有荣夷夏之观，厥孚邦国之休。臣中谢。

盖闻勿恤于有家，以祉而归吉，礼仪卒获，风化所原。不有在躬之清明，其能由内而成炽。恭惟皇帝陛下道光覆照，教始亲成。笃念祖之至情，致先姑之美义。庶言无间，徽典有加。臣叨昧殊怜，衰瘝远屏。亲值荣怀之日，用忘呼舞之劳。

贺鲁国大长公主出降表

臣某言：伏睹进奏院报鲁国大长公主出降者。占蛇聘梦，祥实发于先朝，奠雁告期，礼甫成于外馆。中谢。

臣闻亲成经五礼之始，睦婣贯六行之中。善与物昌，庆惟时赖。恭惟皇帝陛下齐家而国治，睦族而民雍，恩隆天属之尊，礼重王姬之降。慎所选尚，燕及文母之慈，厚于送归，追成穆考之孝。臣叨陪兴运，获睹盛仪。虽句胪中绝于九宾，然呼舞外均于百兽。

贺康复表

臣某言：天佑俊德，永锡康宁，三灵一心，所共欣庆。

窃以执契践运，宝命在躬，无疆惟休，何恙不已。伏惟皇帝陛下尧仁舜孝，充假彰闻，惠于神民，循道不越。虽勤劳庶慎，卫养小愆，而福履绥将，旋日底豫。平格获祐，效验甚明。而臣衰疾所婴，久违宸宇。闻传踊跃，倍百群黎。臣无任。

代人贺寿星表

臣某言：上灵储祉，南极效祥，凡在观瞻，实增庆抃。

伏以皇帝陛下绍休三圣，博爱万方，唯乾则之棐常，宜星文之底应。臣叨尘要近，亲会休嘉。豫闻太史之占，敢后封人之祝。臣无任。

贺册仁宗英宗徽号礼成表

臣某言：伏睹进奏院状报册告仁宗皇帝英宗皇帝徽号礼成者。肇称缛礼，追荐鸿名，扬二圣之闳休，风四海以纯孝。惠心昭假，厘事备成。臣中谢。

恭惟仁祖以尧之巍巍，丕冒区夏，英考以舜之业业，祗承庙祧。绍隆德至于难名，崇报义存于无已。皇帝陛下仰稽前宪，俯采庶言，命册使而致严，告匰主而归美。神灵率吁，其启后于无疆，品庶交欣，以奉先而不匮。臣备叨殊眷，获睹上仪。顾久负于沉痾，乃独妨于旅进。

贺景灵宫奉安列圣御容表

臣某言：新一代之上仪，极二端之美报，经始有俶，实自睿谋，欢成无疆，乃惟众志。臣中谢。

窃以閟宫鬼享，周特腆于姜嫄，原庙神游，汉独隆于高帝，远或遗祖，近止及亲。恭惟皇帝陛下服卑而即功，食菲以致孝，严祖宗之众像，依仙释而异宫。馆御因时，初岂忘于苟简，修除备物，乃有待于纯熙。宸宇秘严，扁榜崇丽，祼献式序，妥侑维时，藐然往初，孰此伦拟。臣久尸荣禄，尚负宿痾。闻厘事之既成，与群情而偕乐。

贺升祔礼成表

臣某言：伏睹进奏院状报七月十二日升祔礼成者。涓选休辰，肇称吉礼，神灵底豫，品庶交欣。臣中谢。

切以登俪紫庭，归配清庙，于稽在昔，有举维时。恭惟皇帝陛下德茂承祧，志深念祖，仿唐文而制作，致舜孝于烝尝。厘事既成，欢心溥协。臣尚婴衰疾，久隔清光。陪九宾之胪传，独无厚幸，偕四方而来贺，徒有微诚。

贺南郊礼毕表二

一

臣某言：伏睹今月二十七日南郊礼毕者。熙事备成，湛恩汪涉。上格三灵之祐，俯臻万物之和。中谢。

臣闻致孝以显亲，而其仁极于配天，隆礼以尊上，而其义尽于飨帝。迪前王之能事，考有司之盛仪。作民恭先，唯圣时克。伏惟皇帝陛下绍膺丕绪，懋建大中。饬斋戒之诚心，称燎烟之吉礼。四表率吁，皆致宁神之欢，多士具来，悉秉在天之德。既受厘于元祀，遂均惠于寰区。凡在观瞻，孰不呼舞。臣夙叨睿奖，亲值休辰。虽进趋无预于相仪，而欣幸实同于赖庆。臣无任。

二

臣某言：伏睹今月初五日南郊礼毕大赦天下者。精明条达，神睠顾而依怀，膏泽川流，人欢呼而蹈厉。

臣闻语孝之至，莫大于配天，议礼而轻，不足以享帝。能举厘事，实归圣时。恭惟皇帝陛下鸿化已昭，康年屡应。奔走笾豆，有董正之治官，洁丰粢盛，有底慎之财赋。礼成谷旦，恩浃绵区。虽洛诵之休明，尚难譬称，岂倪宽之浅讷，能尽揄扬。臣夙荷慈怜，方婴衰瘵。望九宾之绅笏，独远勾传，狎百兽于山林，犹知率舞。臣无任。

贺明堂礼毕表

臣某言：伏睹今月二十二日明堂礼毕大赦天下者。搜讲上仪，神天底豫，敷施大号，夷夏交欣。臣中谢。

盖闻圣以享帝为难，孝以严父为至。周右烈考，或委政而弗专，汉纪诸神，或窃礼而无实。恭惟皇帝陛下道包众甫，运会丕平。巍巍成功，尧之所谓大，业业致孝，舜之所由昌。涓选休辰，肇称嘉飨。百礼既至，而正惟己独，万寿攸酢，而福与众均。臣久冒眷怜，方婴疢疾。奉承笾豆，乃独后于臣工，跄舞笙镛，切自同于鸟兽。

贺　赦　表

臣某言：伏睹十一月二十五日南郊礼毕大赦天下者。精意上昭，神灵底豫，茂恩旁畅，夷夏接和。臣某诚欢诚抃，顿首顿首。

臣闻道以飨帝为难，礼以配天为至。有秩斯祜，唯四表之欢心，胡臭亶时，匪九州之美味。自古在昔，若圣与仁，厥遭昌辰，乃睹熙事。恭惟皇帝陛下迈种三德，敷奏九功，率吁奉璋之众髦，肇称奠璧之新礼。庙笾致孝，郊血告幽，诚既格于穹旻，福遂均于品庶。振忧矜寡，原宥眚戕。第五玉以褒封，善人是富，发三钱而庆赐，贱者不虚。天其居歆，人以呼舞。臣夙叨宠奖，亲值休成，虽无预于骏奔，实不胜于窃抃。

【解题】

以上贺表二十二道，写作时间难以一一确考，大约皆作于神宗时。

谢加食邑表

臣某言：伏奉诰命加食邑四百户，实封一百户者。显相郊宫，固宜宠奖，旷居田里，乃滥褒加。臣中谢。

伏念臣尚负宿痾，久尸荣禄，无可论之薄效，有未报之隆恩。方国明禋，庶工祗载，奉璋执豆，旅币献琛，具输奔走之劳，独抱滞留之叹。岂图疏逖，亦冒宠光。此盖皇帝陛下荷休骏厖，敛福敷锡，故虽幽屏，弗以遐遗。身每被于慈怜，心敢劳于勤策。臣无任。

谢加南郊恩表

解泽旁流，明纶俯被，永惟叨昧，深以兢荣。臣中谢。

窃以时郊丘之承，所以尊上帝，畴官邑之赐，所以富善人。盛福靡专，至恩惟称。臣久尘要近，上累明昭，方玉辂之亲祠，以铜符而外守，逮均休庆，例获褒加。此盖伏遇皇帝陛下以平施于万方，无遐遗之一物。矧蒙图任之旧，特荷奖知之深，祗服训辞，敢忘报礼。

谢免南郊陪位表

臣某言：近具表为疾病乞免赴阙南郊陪位，伏蒙圣慈特赐诏书许免者。蝼蚁惓惓，上干旒扆，云天颢颢，俯贲丘园。臣惫矣微生，颓然暮齿，冒恩鼎食，非坚卧以为高，承命旌招，宜骏奔而反后。顾缘衰疢，致隔清光。

伏蒙陛下特赦尤违，曲垂念听。蔀昏难望，尚延舜日之华，荒翳易遗，更获尧云之润。臣无任感天荷圣激切屏营之至。

谢免明堂陪位表

臣某言：近具表为疾病乞免赴阙明堂陪位，伏蒙圣慈特赐臣诏书许免者。骏奔弗获，内怀逋慢之诛，宠答曰俞，上荷眷怜之至。

伏念臣久违秘近，遂迫衰残。长负异恩，固难逃于幽黜，敢图厘事，乃复与于详延。辄冒布陈，重烦矜允。鸿私所被，藏一札以知荣，旅力已愆，殒百身而何及。

谢 宣 召 表

含哀去国，扶惫造朝，黼坐禁严，许之燕见。玉堂闳丽，赐以叨居，申饬使人，就传德意。事虽有故，宠实非常。莫知报称之谓何，徒荷眷求之如此。

谢赐对衣鞍马表

出大庭之显服，束以精镠，引内厩之名驹，傅之错采。隆恩所逮，朽质知荣。窃念臣弱力浅闻，久忧积疹。中预从官之选，外分守将之权，仅免谴诃，更蒙收召。论思润色，曾莫效于微劳，衣被服乘，乃前叨于异数。此盖伏遇皇帝陛下酞于庆赏，详在招延，因示眷怀，使知奋励。誓竭愚忠之报，冀无虚授之嫌。

谢给蔡卞假传宣抚问表

伏蒙圣恩，以臣疾病，特给蔡卞假，将臣女子省侍，令卞传宣抚问，谕以调养者。饬医遣使，已叨训勉于禔身，辍侍予宁，重累顾哀于慈子。教言狎至，感涕交流。臣趣尚缺如，遭逢荣甚。窃食浮而废任，特负知怜，昧禄殖以挻灾，终贻罪疾。伏遇皇帝陛下地容天帱，云荫露濡。呴吹晚出于更生，拊伛申加于濒死。譬如造化，难纪叙于曲成，虽曰糜捐，敢称论而上报。

谢甘师颜传宣抚问并赐药表

肤使宠辞，载华原隰。宝奁珍剂，加贲丘园。臣中谢。

伏念臣少出衡茅，晚陪帷幄，德辎寄重，才浅知深。但念里居，长负丘山之责，敢期宸眷，尚留簪履之矜。此盖伏遇皇帝陛下天帱无疆，海函不弃。戴难忘之盛德，岂特铭肌，抚易尽之余生，唯当结草。

谢李舜举赐诏书药物表

辍宫闱亲近之臣，临湖海宽闲之野，授之药物，抚以训辞。尸厚禄而无劳，谓当诛绝，捐大恩而不报，弥所兢惭。臣中谢。

伏念臣本出羁单，自甘沦弃，晚由朴学，上误圣知。智曾昧于保身，忠每怀于许国。谗诬甚巧，切忧解免之难，危拙更安，特荷眷怜之至。况远迹久孤之地，实迩言易间之时，而离明昭晰于隐微，解泽频繁于疏逖。此盖伏遇皇帝陛下以上仁含垢，以大智容愚。弗使南箕得侈簸扬之状，更令北户坐蒙临照之光。宗然垂尽之病躯，沱若横流之感涕。惟困穷无俚，犹致命于一餐，顾冒昧不赀，敢忘怀于九死。

谢中使抚问表二

一

孤臣疲曳，自阻进趋，上主慈怜，犹加抚谕。中谢。

伏念臣晚陪休运，特荷异恩。横草无功，每恨弃躯之晚，负薪有疾，仍惭制禄之优。岂谓陛下所总万机，不忘一物。乃因辎轩之出，俯逮踦屦之遗。仰荷眷私，唯知感涕。

二

去国弥年，屡烦慰恤。乘轺便道，复赐抚存。中谢。

伏念臣冒恩殊深，奉事多废。久素餐而无责，方宿疢之有加。弗以遐遗，实仰惭于眷遇，莫知上报，徒永誓于糜捐。

谢中使宣医表

乘衰遘厉，敢意浼闻。轸旧垂矜，曲加宠数。即驰近御，兼饬太医，锡以宝奁，实之珍剂。创残再肉，颠眴更苏，沓被慈怜，不胜负荷。臣叨恩缺报，昧禄取灾，果祟降以疾殃，至上烦于愍恻。此盖伏遇皇帝陛下履簪念厚，轩幄眷深，天弗吁而亦临，云甫瞻而既雨。哀逾察父，感剧孤臣。论可报之涓埃，难知称效，顾未填之沟壑，徒誓糜捐。抚涕执澜，扪心踯躅。

谢宣医札子

食浮挺灾，自取危疾，敢吁天听，上烦愍恻。不图闻彻，特冒慈怜，亟遣内臣，挟医驰降。臣背疮余毒，即得仇鼐敷贴平完。尚以风气冒闷，言语蹇涩，又赖杜壬诊疗，寻皆痊愈。臣迫于衰莫，自分捐没圣时，朽骴更生，实叨殊赐。戴天荷地，感涕难言。臣瞻望阙庭，不任屏营汍澜激切之至。

谢赐汤药表

隆恩博施，弗以遐遗，弱力薄才，岂能仰称。中谢。

臣久辜重任，上误圣知，特荷眷怜，备昭诚悃。付以便安之郡，休其疲曳之躯。跋涉之路未穷，问劳之恩先至。玺书甚厚，药物兼珍。此盖伏遇皇帝陛下丕冒海隅，宠绥臣庶。簪屦之旧，不忍于弃忘，云天之高，每存于庇帱。永惟报效，徒誓糜捐。

谢　敕　设

职豫论思，恩加槁饫，礼虽有旧，宠实难当。伏念臣本乏才称，中缘疾废。适从孤远，获侍清光，已污禁林之庐，重叨太官之赐。盖饮食有文王之雅，实始忧勤，顾来归无吉甫之劳，徒多燕喜。敢忘自竭，粗称所蒙。

谢赐衣服银绢等表

臣某言：今月十一日准都进奏院递到诏书并别录赐臣衣服、金带、鱼袋、银器、绢、银鞍辔、马者。慰藉溢言，上睾宠眷。匪颁异数，特荷恩怜。臣晚以薄材，尝陪兴运。华原之簪未憖，每辱矜收，桥山之剑初遗，独悲沦沮。

伏蒙皇帝陛下勤追考翼，厚勉臣中，遽被宠光，申加蕃庶。虽负薪之末力，难效驱驰，顾结草之残魂，犹知报称。

谢赐生日礼物表三

一

臣某言：伏蒙圣慈特差臣女婿前守常州江阴县主簿蔡卞，沿路押赐生日礼物：衣一对、衣著一百匹、金花银器一百两、马二匹、金镀银鞍辔一副者。宽假之恩，幸从于私欲，匪颁之宠，尚玷于常科。知报称之良难，积惊惭而实厚。

伏念臣见收末路，承乏近司。犬马之力已殚，讫无补报，蝼蚁之诚自列，窃幸退藏。尚兼将相之崇，且受藩维之托，叨逾已极，赐与更蕃。此盖伏遇皇帝陛下仁冒海隅，礼优臣庶，宥众尤之积累，示全度之并包。爰及微生，具膺殊奖。致养以乐，永怀弗洎之悲，移孝则忠，敢怠进思之义。臣无任。

二

慰藉溢言，匪颁异数。荷恩勤之及此，思报称以蔑然。中谢。

伏念臣缪简帝心，叨陪大政，以久孤之朴学，当难遇之盛时，虽罄愚忠，何裨圣治。门弧可想，方永念于劬劳，台愧有加，更上烦于宠奖。此盖伏遇皇帝陛下施仁品物，致礼臣邻。将备责于安危，故俯同于忧乐。所愿输忠而后食，敢知得赐之为荣。矧生己之至恩，已云不报，独事君之大义，庶或无惭。

三

玺书加奖，台馈示优。屈使者之光华，发里门之荣耀。中谢。

切念臣才非秀颖，势又羁单。方少也，臣父教臣以为己之方，及长也，臣母勉臣以许国之节。叨逾至此，称效阙然。慈训久孤，每感劬劳之日，恩颁荐至，更惭明盛之朝。此盖伏遇皇帝陛下智临方来，慈保臣庶，嘉以物多而备礼，使知意厚而尽心。敢不自竭断断之能，庶以少申惓惓之义。

谢赐历日表二

一

太史序年，将谨人正之授，远臣尸禄，乃叨天指之加。臣中谢。

切以钦若昊穹，灵承黎庶，正时所以作事，治历所以明时。恭惟皇帝陛下道迈古初，德绥方夏，治教之象，上协于天心，正朔所加，外通乎海表。敢图幽屏，亦误宠颁，徒尊阁以知荣，曷糜捐之可报！

二

清台课历，肇明一岁之宜，列郡仰成，钦布四时之事。窥文切抃，拜赐为荣。

恭惟皇帝陛下躬包历数，政顺玑衡，齐日月之照临，体乾坤之阖辟。考观新度，远存尧象之明，推步大端，犹得夏时之正。尽俯仰察观之理，概裁成辅相之宜。岁事备存，诏文偕下。先天诞告，间无杪忽之差，率土逢占，验若节符之合。臣敢不恭承睿旨，顺考时行，赞圣神化育之功，极天人和同之效。奉而行政，期不戾于阴阳，推以治人，庶克跻于富寿。

【解题】

以上谢表二十一道，写作时间难以一一确考，大约皆作于神宗时。

辞南郊陪位表

伏奉诏书，令发来赴阙南郊陪位者。万国骏奔，炜上仪之殊观，一夫幽屏，叨明命之特招。臣中谢。

伏念臣窃禄已多，冒恩最渥。自致惓惓之义，实有素情，再瞻穆穆之容，岂非荣愿。而苶然暮景，婴以沉痾。伏畎亩以负薪，于今未已，侍坛垓而践豆，用此为妨。

辞明堂陪位表

臣某言：伏奉诏书，令发来赴阙明堂陪位者。合宫丕享，环宇骏奔。冒被优诏之加，使陪显相之末。臣中谢。

伏念臣投身荒远，上负眷怜，企踵禁严，久劳鉴寐。况宗祈之盛礼，辱号召之明恩，当即办严，岂容辞疾。而沉冥浸剧，黾勉实难。心若子牟，虽每存于魏阙，身如杨仆，乃自外于汉关。

议南郊三圣并侑

臣等闻推尊尊以享帝，义之至；推亲亲以享亲，仁之极。尊尊不可以渎，故郊无二主；亲亲不可以僭，故庙止其先。今三后并配，欲以致孝也，而适所以渎乎享帝；后宫有庙，欲以广恩也，而适所以僭乎享亲。推存事亡，则非所以宁亲也。臣等今详议，欲乞各如礼官所议。

南郊进奉状

右伏以郊兆宗祈，臣工显相，庆九畿之藩屏，备万物之贡输。前件物掌于邦财，敛自民职。切睹燎烟之盛，式修币献之常。臣无任。

笏　记

祇荷宠灵，载怀感惧。窃念臣志虽慕古，才不逮时，误蒙记怜，特赐收用。

伏惟皇帝陛下绍膺天统，遵养圣功，旁招俊良，横及疏贱。誓当罄竭，仰称龙光。

进圣节功德疏右语四

一

窃以绍皇策以降神，千龄莫拟，归宝坊而献福，万宇惟均。

矧荷眷之特殊，固输诚之独至。伏愿三灵协祐，十力证知，常储有羡之祥，永御无疆之历。臣无任倾蕲之至。

二

窃以星虹献瑞，实启圣于嘉时，钟呗乞灵，敢归诚于妙道。伏愿备膺多福，大庇群生，人永恬愉之安，物无疵疠之苦。天枝弥茂，神睠具依。

三

窃以诞降圣神，适天人之嘉会，虔祈祉福，乃臣子之至情。伏愿三灵协庆，万宝皆昌，永御无疆之宝历，丕承未艾之闳休。

四

窃以握符践运，与时物以皆昌，归德谢生，在情文而莫称。敢凭慈祐，申祝寿祺。伏愿筭比天崇，业侔地富。常御华胥之至乐，永锡皇极于黎元。

十月一日起居永安陵等处诸陵表

伏以日星随旋，岁月从迈，物更收擵之候，人积凄怆之怀。恭惟谥号皇帝躬睿广之材，抚休明之运，协九皇而高世，追三后之在天。方以眇躬，嗣膺神器，想威灵之如在，感气序以增欷。

永昭陵奏告仁宗皇帝七月一日旦表

伏以金气御时，商声应律。仰阅火流之速，俯沾露降之凄。

伏惟仁宗皇帝功协圣谟，道侔乾则。垂至仁而丕冒，庆实无穷，感急节以深追，悲何有极！

乞致仕表 此表不曾奏发，薨后捡见遗稿。

臣某言：瘝以旷官，尝恃食功之旧，老而辞禄，敢忘知止之廉。辄冒天威，具输微款。伏念臣小闻寡识，薄力浅材，信独善以一心，昧自营之百虑。久辜视遇，特幸遭逢。昔也壮时，尚无可纪，今而耄矣，岂有能为？敢望睿明，许之致事，实矜危朽，赐以全生。庶以衰残，豫佚太平之乐，亦令迟暮，免离大耋之嗟。

两府待罪上表

臣某等伏睹内降德音，以陕西、河东两路外勤师旅，内耗黎元，引咎推恩者。罪己以兴，方懋日新之德，经邦弗效，敢辞天讨之刑。中谢。

臣等昔以凡材，过叨重任。内不能定国家之论，以协士民，外不能成疆场之谋，以绥夷狄，用开边隙，亟使人劳。至深恻于圣怀，实大愆于荣禄。瘝官若此，即罪为宜；唯并置于严科，乃大符于公论。臣等无任祈天俟命激切屏营之至。

【解题】

以上表十三道，写作时间难以确考，大约皆作于神宗时。

札　子　三

一

臣昨具表乞解机政，伏奉手诏未赐俞允者。明主训辞之宠，宜即奉承，匹夫志守之愚，敢觊矜允。臣中谢。

窃以品制百为，总裁万务，任怨盖难于持久，服劳安可以独贤？所以中外迭居，是为祖宗故事。况于疲曳，加以瞀昏，若由昧冒而无惭，其必颠隮而不救。臣过叨睿奖，备进近司。当循名责实之时，故任怨特多于前辈，兼蠲令改制之事，故服劳尤在于一身。虽蒙全度之恩，仅免谴诃之域。其于多故，实以难支。矧疾疹之交攻，且事为之浸废。伏望陛下昭其悃愊，假以优游。使得休养于衰疲，以示保全于孤拙。

二

臣某言：近具表乞解机务，伏奉手诏未赐俞允者。圣恩所及，有隆天重地之施，私义未安，有深渊薄冰之惧。中谢。

切惟成汤、高宗之世，有若伊尹、傅说之臣，其道则格于帝而无疑，其政则加乎民而有变。后惟时乂，相亦有终。迨乎中世之陵夷，非复古人之仿佛。忠或不足以取信，而事事至于自明，义或不足以胜奸，而人人与之为敌。以此乘权而久处，孰能持禄以少安？此臣之虑危于居宠之时，而昧死有均劳之乞，况于抱病，浸以瘝官。伏惟陛下道与日跻，德侔乾覆。哀一夫之失所，乐万物之皆昌。矧夫眷遇之优，既已勤劬之久，宜蒙善贷，使获曲全，赐其疲贱之身，假以安闲之地。则敝车无用，犹可具于劳薪，弃席未忘，或再施于华幄。

三

臣某言：伏奉圣旨令臣入见，赴中书供职者。蝼蚁微诚，屡关省览。天地大德，未赐矜从。中谢。

臣闻周之士也贵，秦之士也贱，周之士也肆，秦之士也拘。其纵之为贵，其拘之为贱。贱故尚势利而忘善恶，贵故尊行义而矜廉耻。士知尊行义而矜廉耻，宗庙社稷之安而天下自治也。伏惟陛下言必稽尧、舜，动必宪文、武。故视遇天下之士，欲其贵不欲其贱，欲其肆不欲其拘。臣以羁孤，旁无佽助，一言寤意，特见甄收。适遭欲治之盛时，实预扶衰之大义。事或乖于众口，而陛下力赐辨明，言有逆于圣心，而陛下常垂听纳。此臣所以履艰虞而不忌，服勤苦而不辞。虽百度抢攘，未就平成之叙，然四年黾勉，非无夙夜之劳。今特以心气之衰疲，目力之昏耗，哀祈外补，冀幸小休。而乾刚确然，莫可回夺。则是亲值周家之忠厚，独为秦士之贱拘。事与愿违，能无窃叹，理当情恕，岂免上烦。实望圣慈，俯昭愚款，外赐优闲之地，少安疾疹之身。须其有瘳，乃责外效。臣生当捐躯以报德，死当结草以酬恩。

【解题】

上三表当作于神宗熙宁年间。此三表原为《王文公文集》之《札子》第二、三、四表。《札子》共五表，其余二表与《临川先生文集》之《乞解机务札子》重复，今删。

乞免使相充观察使表二

一

臣某言：近累具表乞以本官外除一宫观差遣，伏奉敕命就除充集禧观使权于江宁府居住仍放朝谢者。以病自陈，庶全于私分，蒙恩幸许，尚窃于隆名。沦肌虽荷于优容，省己终难于叨昧。辄披情素，上冒聪闻。

伏念臣久玷近司，迄无明效，终蒙解免，实赖保全。自顾衰骸，已难胜于劳勚，数违明诏，实仰冀于矜怜。号兼将相之崇，身就里闾之逸，误恩若此，前载所无，非惟私义之难安，固亦公论之弗与。伏望陛下深垂简照，俯徇虔祈。特回涣号之已孚，许以本官而充使。如此，则上足以成陛下循名之政，下足以免愚臣冒宠之轻。臣无任。

二

温厚之辞，屡加褒勉，颛愚之守，尚冀矜怜。敢逃冒责之诛，愿获终辞之志。

伏念臣衰残控诉，宠奖优从，休其疲勚之余，赐以燕闲之乐。叨恩已厚，序爵更崇。且名器不以假人，而乃缪当非次，饩牢欲其称事，而乃坐享不赀，是将危身，亦以累国。伏惟陛下公听以揆万事，原省以通众情，因忘反汗之嫌，俾遂吁天之欲，庶安愚分，用厌师言。

【解题】

上二表写作时间难以确考，当作于晚年、退居江宁时。文章从公私两方面反复陈情，请求以本官就所除集禧观使，辞免将相之禄。

谢手诏索文字表

云汉之光，俯加贲冒，营蒯之贱，仰误询求。中谢。切以百王之道虽殊，其要不过于稽古，六艺之文盖阙，所传犹足以范民。惟其测之而弥深，故或习矣而不察。绍明精义，允属昌时。

伏惟陛下有舜之文明，有汤之勇智，以身为度，动皆应于乾行，肆笔成书，言必稽于圣作。欲推阐先王之大道，以新美天下之英才，宜得醇儒，使陪休运。臣生非秀颖，众谓迂愚，徒以弱龄，粗知强学。服膺前载，但传糟粕之余，追首大方，岂逮室家之好。过叨睿奖，使缉旧闻，永惟少作可弃之浮辞，安能上副旁搜之至意。伏望矜其闻道之晚，假以历年之淹，使更讨论，粗如成就。然后上尘于聪览，且复取决于圣裁。庶收寸长，稍副时用。

【解题】

本文写作时间不详。大约作于神宗时。安石接神宗手诏，索要其诗文，遂上此表。

进邺侯遗事札子

臣前日伏奉圣旨，许进《邺侯遗事》，今缮录已具，然无别本参校，恐不能无脱误。窃以宇文黑獭之中材，遇倾侧穷困之时，而辅以区区之苏绰，然其为法，尚有可取。

伏惟陛下天纵上智卓然之材，全有百年无事万里之中国，欲创业垂统，追尧、舜、三代，在明道制众，运之而已。如李泌所称，岂足道哉！顾求多闻以考古今得失之数，则此书亦或可备省览。谨随札子上进。

【解题】

本文写作时间不可确知，当作于神宗时。安石缮录《邺侯遗事》进上，并作此表，以其事喻神宗。

论罢春燕札子

臣窃以边夷外畔，士卒内溃，吏民骚动，死伤接踵，恐非燕而用乐之时。且此月休假已多，又加两日，即恐急奏或致留滞。臣愚谓宜罢燕，以副圣心仁恻，且又不妨应接机速公事。如蒙省察，乞赐中旨施行。

乞免修实录札子

臣准阁门报敕，差臣与吴充同修英宗皇帝实录。窃缘臣于吴充为正亲家，虑有共事之嫌。今来实录院止阙吕公著一人，臣于讨论缀缉，不如吴充精密，若止差吴充一人以代公著，自足办事。伏望圣恩详酌指挥。所有敕牒，臣未敢受。取进止。

乞朝陵札子

臣当仁宗皇帝、英宗皇帝迁坐之时，方以遭丧疾病在外。今蒙召还，复备从官，伏见朝廷将命官朝拜诸陵，臣欲备使，冀得少纾蝼蚁区区感慕之情。伏望圣慈特赐矜许。取进止。

宣谕苏子元札子

臣适已见苏子元具宣圣旨。然兵事贵速，忧在失时，恐子元往不如期。邮行之疾，亦恐子元道路偶或有故稽留，则无及事。臣愚谓宜递中赐郭逵等札子，更录付子元，令申喻曲折。

求退札子

臣伏奉手诏，令臣二十三日入见。臣明日当入见。然臣之悬款，具如前奏所陈。匹夫之志，有不可夺。实望圣慈，必赐矜从。

【解题】

以上奏事札子五道，写作时间难以确考，当作于神宗时。

举陈枢充钱谷职司状

前件官明敏方直，有政事之材。臣奉使江东时，枢为旌德县令，听讼鞠狱，尤为精明，随所施设，皆有方略。

举钱公辅自代状

伏睹尚书兵部员外郎、知制诰钱公辅，忠信笃实，富于文学，职事所及，不为苟且。以臣鄙薄，实为不如。置之禁林，必有补助。今举自代。

敕举兵官未有人堪充状

具位臣某，准今年六月二十三日宣令臣同罪保举大使臣堪充主兵官二员，限一月内具姓名闻奏，即不得，举见任两府亲戚，并已系路分都监及知军州已上人数，右具如前。伏缘臣所职不系路分都监及知州军大使，臣即不见有堪充主兵官者。谨具状奏闻，伏候敕旨。

举渭州兵马都监盖传等充边上任使状

具位臣某，准宣同罪保举不拘路分，有武勇谋略三班度臣二员，不得，举见任两府亲戚者，右谨具如前。臣伏睹东头供奉官、权渭州兵马都监兼在城巡检盖传，有智略，能训治军旅；东头供奉官、江宁府龙安镇巡检王崇稷，有武勇，能擒捕盗贼，臣今保举堪充边上任使。如蒙朝廷擢用后，犯正入已赃，不如举状，臣甘当同罪。其人并不是臣亲戚、亦无亲戚见任两府。谨具状奏闻，伏候敕旨。

举古渭寨都监段充充兵官任使状

具位臣某，准宣节文同罪保举大使臣堪充主兵官二员姓名闻奏，即不得，举见任两府亲戚，并已系路分都监及知州军已上人数者，右谨具如前。臣伏睹内殿崇班、阁门祇候、秦州古渭寨都监段充，武勇才略可用，尝以战斗有功，堪充主兵官任使。如蒙朝廷擢用后，不如所奏，及犯正入已赃，臣甘当同罪。其人与臣不是亲戚，亦无亲戚见任两府。不系路分都监及知州军已上人资叙，所准宣命令举两人，今且保举到段充一员，尚阙一员，见访求别状举次。谨具状奏闻，伏候敕旨。

举吕公著自代状

具某官吕公著，冲深而能谋，宽博而有制，其器可以大受，而退然似不能言，故众人知之有所不尽。如蒙选用，得试其才，必有绩效，不孤圣世。臣实不如，今举自代。

举谢卿材充升擢任使状

前件官公廉自守，晓达民事。尝知抚州临川县，县人至今称说，以为良吏。督率百姓，修复陂防，所溉顷亩甚多，水旱皆蒙其利。若朝廷兴修功利，或选人才典领剧郡，皆可任使。

举屯田员外郎刘彝状

屯田员外郎、温州通判刘彝，聪明敏达，有济务之材，堪充升擢繁难任使。

【解题】

以上举荐状八道，写作时间难以一一确考。

论许举留守令敕札子

臣伏奉今月二十九日中书降到敕语，诸州知州、知军、知县、县令内，有清白不扰，而政迹尤异，实惠及民，有如系三周年或三十个月替，到任已及成资，系二周年替，到任已及一年已上，其知州军许本路安抚转运使副判官提点刑狱，知县县令即更与本处知州军通判，并连署同罪保举再任，仍须于奏状内将本官到任以来政迹可纪实状，一一条列，奏委中书门下更加察访，如不是妄举，即进呈取旨，当议量所述政迹，及合入资序，推恩许令再任，令臣撰敕辞者。臣窃以谓朝廷欲使守令之宜民者久于其官，诚亦方今政务之先急。然敕意有于方今事变尚未合者。今审官除知州军皆待一年八月阙，知县县令亦大抵待阙一年以上。今若使系三年及三十月替者，须候成资方得举留再任，比及朝廷报许，即其人系三十月替者，已及替期。系三年替者，亦已去替期不远，待阙之人，亦已赴任。虽未赴任，亦多已待阙一年，方复使之还就审官、别求差遣，即于人情有所未安。兼朝廷欲使守令久于其官，为其自知势可以久，则果于有为，而又上下相安，莫有苟且之意。则必候成资，然后许之再任，孰若一年以上即皆许之举留。如此，则已除待阙之人，免往返之劳弊，而被留之守令，又早自知其当久，而于兴利除害敢有所为。所有敕词，臣虽已具草，如以臣议为允，只乞于所降敕语内，除去“如系三周年或三十个月替，到任已及成资，系二周年替”；二十二字。取进止。

【解题】

本文写作时间不详。文章就所撰敕词遣词用语之改动上奏，请求删去其中二十二字。

看详杂议

臣今月二日至中书，曾公亮传圣旨以杂议一卷付臣看详，臣谨具条奏如后。

议曰：官有定员，则进趣虽多，不能为滥。宜定台省监寺之员，须有阙，然后用。

臣某曰：今之台省监寺之官，虽名曰职事官，而实非前代之所谓职事官，而与前代刺史等所带检校官无以异。前代检校官之类，亦不能定员，待有阙然后拟。前代所谓职事官，即今所谓差遣是也。今之差遣固已有定员，须有阙然后用人矣。若欲令今所谓职事官亦有定员，则今职事官以差遣员数校之，几至两倍，而有功有考当陟者，又未有以御之。欲有定员，所谓可言而不可行者也。

议曰：内外之官，正其名称，出则正刺史县令之名，入则还台省之名。

臣某曰：前代有勋官、有散官、有检校官、有职事官。勋官、散官，当其有罪，则皆得议请减，而应免官则又可以当官；而检校官与今行守之官无异，故朝廷与夺，皆足以为人荣辱利害。今散官、勋官、检校官，既不足以为人荣辱利害，为人荣辱利害者，唯有职事官与差遣而已。今若令内外官正其名称，出则正刺史县令之名，入则还台省之名，则是丞郎知州谓之刺史，京朝官知州亦谓之刺史，不知职事官之贵贱何以别乎？又其禄秩位次，不知当复如何？若同之则理不可行，若不同则与未名之时又何以异？臣以为今州郡长吏谓之知州，非不正名，所领职事官，乃与前代刺史等带检校官无异，何伤于正名，而欲改之乎？且汉以丞相史刺察州郡，谓之刺史。今欲名州郡长吏为刺史，则何得谓之正名？

议曰：罢官而止俸。

臣某曰：文王治岐，仕者世禄；武王克商，庶士倍禄。盖人主于士大夫，能饶之以财，然后可责之以廉耻。方今士大夫所以鲜廉寡耻，其原亦多出于禄赐不足，又以官多员少之故，大抵罢官数年而后复得一官。若罢官而止俸，恐士大夫愈困穷而无廉耻。士大夫无廉耻，最人主所当忧。且节财费省之大原，乃不在此。议者但知引据唐事，乃不知唐时官人俸厚，故罢为前资，未至困乏。今官人俸薄，则与唐时事不得同。且不吝于与人以官，而欲吝于与官以禄，非计之得也。

议曰：以厘务实日并为三年，以叙磨勘之法，以符考绩之义。

臣某曰：今欲以厘务实日并为三年，以叙磨勘之法。窃以为不厘务者，非人情之所欲也。厘务者，非人情之所苦也。今等之无功，而厘务则计日得迁，等之无罪，而不厘务则不得计日而迁，恐未足以符考绩之义，而适足以致不均之怨也。且黜陟之法，务在沮劝罪功，不知立法如此，有何沮劝。

议曰：置兵部审官院。

臣某曰：崇班以上，置兵部审官院，此恐可议而行。然崇班以上差遣，尽付之兵部，则不可行。当约文字之法，相度所任轻重缓急，有付之审官者，有属之枢密者。至于磨勘，则官视卿监以下，皆付之兵部审官可也。

议曰：置兵部流内铨，以代三班及置南曹。

臣某曰：三班院无以异于兵部流内铨，何必以代三班乎？今三班自无阙事，而又增置南曹，则非省官之意。

议曰：废江淮荆浙发运使。

臣某曰：江淮荆浙发运使尝废矣，未几复置者，以不可废故也。盖发运使废，则其本司职事，必令淮南转运使领之。淮南转运所总州军已多，地里已远，而发运司据六路之会，以应接转输及他制置，事亦不少。但以淮南转运使领发运，则发运一司事多壅废，此盖其所以废而复置也。臣比见许元为发运使时，诸路有岁欠米贵，则令输钱以当年额，而为之就米贱路分籴之，以足年额。诸路年额易办，而发运司所收钱米常以有余，或以其余借助诸路阙乏。其所制置利便，多如此类。要在拣择能吏以为发运而已，废之不为便也。

议曰：废都水监。

臣某曰：都水监亦恐不可废。今议者以谓比三司判官主领之时，事日烦，费日广，举天下之役，其半在于河渠堤埽，故欲废之，此臣之所未喻也。朝廷以为天下水利，领于三司，则三司事丛，不得专意。而河渠堤埽之类，有当经治，而力不暇给，故别置都水监，此所谓修废官也。官修则事举，事举则虽烦何伤？财费则利兴，利兴则虽费何害？且所谓举天下之役半在于河渠堤埽者，以为不当役而役之乎？以为当役而役之乎？以为不当役而役之，则但当察官吏之不才，而不当废监，以为当役而役之，则役虽多，是乃因置监故吏得修其职而无废事也，何可以废监乎？且今水土之利，患在置官不多，而不患其冗也。

议曰：合三部句院。

臣某曰：三部句院臣未知其详，然恐由近岁三司帐籍钩考之法大坏而不举，故三司句院有事简处，若不然，则此三部句院，理不可合。

议曰：提举百司，不当用内制，但用如张师颜者。

臣某曰：提举百司，多用内制，而今患其与三司并行指挥，库务异同难禀。臣以为唯权均体敌，乃可以相检制。事有异同，则理有枉直。近在阙门之外，则非理皆得上闻，库务官司，亦何嫌于难禀。今若只用如张师颜者一人，与三司表里纲纪细务，则恐与三司权不均体不敌，虽足以纲纪细务，而三司措置，百司失理，莫能与之抗议。今使内制一人总其权以敌三司，又使如张师颜者一人躬亲点检细事，小既足以究察诸司奸弊，大又足以检制三司。如此处置，未为失也。若以为费而当省，则提举百司于内制，但为兼职，废之何所省乎？

议曰：废宫观使副都监。

臣某曰：宫观置使提举都监，诚为冗散。然今所置，但为兼职，其有特置，则朝廷礼当尊宠，而不以职事责之者也，废与置，其为利害亦不多。若议冗费，则宫观之类，自有可议，非但置使提举都监为可省也。

议曰：外则并郡县。

臣某曰：中国受命至今百余年，无大兵革，生齿之众，盖自秦汉以来莫及。臣所见东南州县，大抵患在户口众，而官少不足以治之。臣尝奉使河北，疑其所置州县太多，如雄、莫二州相去才二十余里。闻如此者甚众，其民徭役固多，财力凋弊，恐亦因此。然臣不深知其利害，不敢有言。

议曰：诏执事之臣下逮有司，俾行审官铨选之职，稍稍宽假，使时有简拔。

臣某曰：今朝廷使监司守倅及知杂以上，各以所知同罪荐举人材，然尚患其所举不如举状。今若令有司行审官铨选之职，时有简拔，臣恐以一二人之耳目不足以尽天下之材，而所简拔不足以塞士大夫之非议。又其所任或不免交私，则于时政徒有所损而已。

议曰：择判司簿尉三考四考有两纸三纸举状者，引对给笔札，条为治目，不拘文辞，咸以事对。命官考验，有理趣者，除县令。三考绩效有闻，委提刑转运上其实状，除京官，再入两任知县。如政绩显白，与减一任通判，便除知州。

臣某曰：议者以为近世县令最卑，有出身三考，无出身四考，不问其人材如何，但非赃犯，则以次而授焉，甚非重民安本之谊。臣以为今有出身三考，无出身四考，皆有三人举主，乃得为县令，非不问其人材如何而特以次授也。盖近岁朝廷举令之法最善，故近岁县令亦稍胜于往时。但朝廷诱养之道未纯，督察之方未尽，大抵人才难得，非特县令乏人。今议者欲择判司簿尉三考四考有两纸三纸举状者引对，欲除以为令，则与举令之法，无甚异也。若欲以笔札条对求治民之材，臣恐不必得治材之实，但得能文辞谈说者尔。又以为绩效有闻，则提刑转运上其实状，即除京官。若令提刑转运举者至于五人，而后与转京官，则得转京官者少。若但要提刑转运举状，不必五人而后转，则如此选擢之人，何以知其贤于举令，而遽优异之如此。又以为两任知县，政绩显白，与减一任通判，便除知州。不知政绩如何，而可以谓之显白，若有殊尤可赏，则朝廷自当选擢及有升任指挥。若不足以致选擢及升任指挥，则其政绩不为甚异。政绩无甚异，而更不用关升之法，便减一任通判与除知州，臣恐入知州者愈冗，而所除又未必贤。

右臣所闻浅陋，不足以知治体，谨具条奏，并元降杂议封上，取进止。

【解题】

本文写作时间不详，文章就《杂议》提出的议论，择其中十四条加以分析，提出自己的看法。

答圣问赓歌事

臣闻叙有典，秩有礼，命有德，讨有罪，皆天命也。人君能敕正则治，不能敕正则乱，所以敕之不可以无，其为一也。然为于可为之时则治，为于不可为之时则乱，故人君不可以不知时。时有难易，事有大细，为难当于其易，为大当于其细。几者事细而易为之时也，故人君不可以不知几。帝庸作歌曰："敕天之命，惟时惟几。"此之谓也。人君虽知此，然贤臣不心悦而服从，则不能兴事造业而熙百工。乃歌曰："股肱喜哉，元首起哉，百工熙哉。"此之谓也。夫欲股肱之喜，盖有其道矣。盖人君率其臣作而兴事，在明乎善而已。明乎善，在所为法以示人者当。所为法以示人者当，乃股肱之所以喜也。股肱喜而事功成，事功成而能屡省以不怠废，此又股肱之所以喜也。为是者在钦而已矣。皋陶拜手稽首，扬言曰："念哉，率作兴事，慎乃宪，钦哉。屡省乃成，钦哉。"此之谓也。盖宪者，为法以示人之谓也。所为法以示人者，当率法慎为能，然钦慎而不明乎善，亦何能济？故人君者以明乎善为难，苟明乎善矣，则人臣孰敢为不善？人臣无敢为不善，事其有不治者乎？乃赓载歌曰："元首明哉，股肱良哉，庶事康哉。"此之谓也。人君不务近其人论先王之道以自明，而苟欲以耳目所见闻，总天下万事而断之以私智，则人臣皆将归事于其君，而不任其责，淫辞邪说并至，而人君听断不知所出，此事之所堕也。又歌曰："元首丛脞哉，股肱惰哉，万事堕哉。"此之谓也。然则人君欲股肱良而庶事康，不在乎他，在明乎善而已。明乎善，不可以责诸人也。伏惟天锡陛下以尧、舜之材，自秦、汉以来欲治之主，固未有能仿佛者。然百工未熙、庶事未康者，殆所谓近其人论先王之道以自明者，尚有所缺，而非可以他求也。臣昨日蒙德音喻及《尚书》赓歌之事，而愚憧仓卒，言不及究，故敢复具所闻以献。伏惟圣心加察，幸甚。

【解题】

本文写作时间不详。文章就赓歌之事，联系君臣之义、之使命，详加说解。

论馆职札子二

一

臣伏见今馆职一除，乃至十人，此本所以储公卿之材也。然陛下试求以为讲官，则必不知其谁可；试求以为谏官，则必不知其谁可；试求以为监司，则必不知其谁可。此患在于不亲考试以实故也。孟子曰："国人皆曰贤，然后察之。见贤焉，然后用之。”今所除馆职，特一二大臣以为贤而已，非国人皆曰贤。国人皆曰贤，尚未可信用，必躬察见其可贤而后用，况于一二大臣以为贤而已，何可遽信而用也？臣愿陛下察举众人所谓材良而行美、可以为公卿者，召令三馆祗候。虽已带馆职，亦可令兼祗候。事有当论议者，召至中书，或召至禁中，令具条奏是非利害，及所当施设之方。及察其才可以备任使者，有四方之事，则令往相视问察，而又或令参覆其所言是非利害。其所言是非利害，虽不尽中义理可施用，然其于相视问察能详尽而不为蔽欺者，即皆可以备任使之才也。其有经术者，又令讲说。如此至于数四，则材否略见，然后罢其否者而召其材者，更亲访问以事。访问以事，非一事而后可以知其人之实也，必至于期年，所访一二十事，则其人之贤不肖审矣，然后随其材之所宜任使。其尤材良行美可与谋者，虽尝令备访问可也。此与用一二大臣荐举，不考试以实而加以职，固万万不侔。然此说在他时或难行，今陛下有尧、舜之明，洞见天下之理，臣度无实之人不能蔽也，则推行此事甚易。既因考试可以出材实，又因访问可以知事情，所谓敷纳以言，明试以功，用人惟己，辟四门、明四目、达四聪者，盖如此而已。以今在位乏人、上下壅隔之时，恐行此不宜在众事之后也。然巧言令色孔壬之人，能伺人主意所在而为倾邪者，此尧、舜之所畏，而孔子之所欲远也。如此人，当知而远之，使不得亲近。然如此人亦有数，陛下博访于忠臣良士，知其人如此，则远而弗见；误而见之，以陛下之仁圣，以道揆之，以人参之，亦必知其如此。知其如此，则宜有所惩。如此，则巧言令色孔壬之徒消，而正论不蔽于上。今欲广闻见，而使巧言令色孔壬之徒得志，乃所以自蔽；畏巧言令色孔壬之徒为害，而一切疏远群臣，亦所以自蔽。盖人主之患，在不穷理；不穷理，则不足以知言；不知言，则不足以知人；不知人，则不能官人；不能官人，则治道何从而兴乎？陛下尧、舜之主也，其所明见，秦、汉以来欲治之主，未有能仿佛者，固非群臣所能窥望。然自尧、舜、文、武，皆好问以穷理，择人而官之以自助。其意以为王者之职，在于论道，而不在于任事，在于择人而官之，而不在于自用。愿陛下以尧、舜、文、武为法，则圣人之功，必见于天下。至于有司丛脞之务，恐不足以弃日力、劳圣虑也。以方今所急为在如此，敢不尽愚。臣愚才薄，然蒙拔擢，使豫闻天下之事。圣旨宣谕富弼等，欲于讲筵召对辅臣，讨论时事，顾如臣者，材薄不足以望陛下之清光。然陛下及此言也，实天下幸甚。自备位政府，每得进见，所论皆有司丛脞之事，至于大体，粗有所及，则迫于日晷，已复旅退。而方今之事，非博论详说，令所改更施设、本末先后、小大详略之方，已熟于圣心，然后以次奉行，则治道终无由兴起。然则如臣者，非蒙陛下赐之从容，则所怀何能自竭？盖自古大有为之君，未有不始于忧勤，而终于逸乐。今陛下仁圣之质，秦、汉以来人主未有企及者也。于天下事，又非不忧勤，然所操或非其要，所施或未得其方，则恐未能终于逸乐、无为而治也，则于博论详说岂宜缓？然陛下欲赐之从容，使两府并进，则论议者众而不一，有所怀者或不得自竭。谓宜使中书密院迭进，则人各得尽其所怀，而陛下听览，亦不至于烦。陛下即以臣言为可，乞明喻大臣，使各举所知，无限人数，皆实封以闻。然后陛下推择，召置以为三馆祇候，其不足取者，旋即罢去，则所置虽多，亦无所害也。

二

臣伏见某人云云，皆众人所谓材良行美，宜蒙陛下访问任使者。凡此九人，臣或熟闻而未识，或熟识而未敢任，或敢任其可以为公卿。臣虽未识，然众人之所谓贤，臣不敢蔽也。臣虽敢任其可以为公卿，然陛下不亲见其可贤，亦难遽信而用。若陛下以臣前所论奏为合于义理，即乞悉置此九人者以为三馆祇候，亲考试其材行。若不可用，旋即罢去；若其可用，然后留备访问任使。如此则所置虽多，未有滥得官职者。然此但臣一人所闻所知，恐执政大臣各有所闻所知。陛下若令各举所闻所知，而如此考试，庶几人材无所遗逸。经曰：“举逸民，天下之民归心焉。”善人君子者，天下之民心所愿举，欲其延问，视其所在而从之者也。陛下自即位已来，以在事之人或乏材能，故所拔用者，多士之有小材而无行义者。此等人得志，则风俗坏；风俗坏，则朝夕左右者，皆怀利以事陛下，而不足以质朝廷之是非。使于四方者，皆怀利以事陛下，而不可以知天下之利害，其弊已效见于前矣，恐不宜不察也。欲救此弊，亦在亲近忠良而已。伏惟陛下仁圣，已深察此理。臣愚犹敢及此者，忠臣惓惓之义也。

【解题】

以上二札子写作时间不详。“馆职”是宋代“辅相养才之地”，入馆职被称为“进贤路”，故为有宋一代所重。文章就馆职提出了自己的看法，认为选面应宽，所选从严。

拟上殿进札子

臣蒙恩奉使，归报陛下，敢因边事之所及，冒言天下之事，伏惟陛下详思而择其中，天下幸甚！

臣切见陛下有恭俭之德，有聪明睿智之才，有仁民爱物之意。顾内不能无以社稷为忧，则外不能无患于夷狄。天下之才力日以穷困，而风俗日以衰坏，四方有智之士，惘惘然常恐天下之不久安，此其故何也？患在无法度故也。今朝廷法严令具，无所不有，而臣以谓无法度者，方今之法度多不合于先王之法度故也。孟子曰：“有仁心仁闻而人不被其泽者，为政不法先王之道故也。”非此之谓乎？

以今之时，方先王之时，远矣，所遭之时、所遇之变不同，而欲一二修先王之政，虽甚愚者犹知其难也。而臣以谓当今之失，患在不法先王之政者，以谓当法其意而已。夫五帝、三王相去，盖千有余岁，一治一乱，盛衰之时具矣。其所遭之变、所遇之势不同，其施设之方亦皆殊，而其为国家之意，本末先后未尝不同也。臣故曰，当法其意而已。法其意，则吾所改易更革，不至乎倾骇天下之耳目，嚣天下之口，而固已合乎先王之政矣。

虽然以方今之势揆之，陛下虽欲改易更革天下之事，合于先王之意，其势未必能也。陛下有恭俭之德，有聪明睿智之才，有仁民爱物之意，则何为而不成，何欲而不得。而臣固以谓虽欲改易更革天下之事，合于先王之意，其势未必能者何也？方今天下之吏才少故也。朝廷之人才，固尝简在陛下之聪明。以臣使事之所及，则一路数千里之间，能推行朝廷之法，知其所缓急，而一切能修其职事者甚少；而不才苟简贪鄙之人至不可胜数；其能讲先王之意，以合当世之变者，盖阖郡之间，往往而绝也。夫人才不足，则陛下虽欲改易更革天下之事，以合先王之意，大臣虽有能当陛下之意而领此者，九州之大，四海之远，万官之众，孰能一二推行之，使人人蒙其施者乎？臣故曰，其势未必能也。

然则方今之急，在乎人才而已。今之天下，亦先王之天下，先王之时，人才尝众矣，盖其所以陶冶而成之者有道。所谓陶冶以成之者，诗书传记之所载，其大略可见矣。陛下尝试详延大臣左右及天下智能才谞之士，使其论先王所以成天下之才者，其施设之方如何？今之所以异于先王而人才不足者，其咎安在？其欲变而通之以合于先王之意而成天下之才，宜何施为而可？陛下因择其言之近于理者，使之相与上下反复为论焉，因取其宜于时者施焉，则人才宜众矣。

夫成人之才甚不难。人所愿得者尊爵厚禄，而所荣者善行，所耻者恶名也。今操利势以临天下之士，劝之以其所荣，而予之以其所愿，则孰肯背而不为者？特患不能尔。而吾所以责之者，又中人之所能为，则不能者又少矣。夫成人之才甚不难，而自古往往不能成人之才，何也？以人主之才不足故也。盖人主无恭俭之德，无聪明睿智之才，无仁民爱物之意，则嬖幸谄谀、奸罔蔽欺、残贼放恣之人，皆得志于时，而推其类以乱天下，虽有良法不能成天下之才矣。

今陛下有恭俭之德，有聪明睿智之才，有仁民爱物之意，而又因天下之所愿以为辅相者，公听并观，以进退天下之士，则所以成天下之才，特患无良法。而陛下推至诚恻怛之心以行之，则臣虽愚固知人之才不难成也。人才既众，则陛下何为而不成？何欲而不得？夫然后改易更革天下之事，以合乎先王之意甚易也。陛下不能如此，苟于积敝之末流，因不足任之才，而修不足为之法，臣恐在军者日以劳，而士民愈以穷困污滥，而于天下国家愈其无补也。

臣幸以使事归报，徒举利害之一二，而无补于世，非臣之所以事陛下惓惓之义也。辄不自知其驽下，而敢言国家之大体，伏惟陛下详择其中，天下幸甚也。

【解题】

本文写作时间不详。安石出使归，作此表，论“改易更革天下之事，合于先王之意”，并言“方今之急，在乎人才而已”。文章论述与《上仁宗皇帝万言书》相同，有些段落除个别用词，与《万言书》完全一样。

敕修南郊式表

郊丘事重，笔削才难，猥以微能，叨承遴选。臣某等诚惶诚恐，顿首顿首。盖闻孝以配天为大，圣以飨帝为能。越我百年之休明，因时五代之流弊。前期戒具，人辄为之骚然，临祭视成，事或几乎率尔。盖已行之品式，曾莫纪于官司。故国家讲燎禋之上仪，而臣等承撰次之明诏。迨兹弥岁，仅乃终篇，犹因用于故常，特删除其纷冗。恭惟皇帝陛下体圣神之质，志文武之功，嘉与俊髦，灵承穹昊。物方鬯茂，以荐信而无惭，人具昭明，知因陋之为耻。固将制礼作乐，以复周、唐之旧，岂终循诵习传，而守秦、汉之余。则斯书也，譬大辂之椎轮，与明堂之营室。推本知变，实有考于将来，随时施宜，亦不为乎无补。

【解题】

本文写作时间不详。安石奉诏修南郊祭祀品式，成而作此表上闻。

议　　服

先王制服也，顺性命之理而为之节，恩之深浅、义之远近，礼之所与夺、刑之所生杀，皆于此乎权之。

《传》曰："三年之丧，未有知其所从来者也。"盖期年及缌麻，缘是以为衰，而其轻重迟速之制，非得与时变易，唯贵之于贱，或降或绝或否。盖在先王之时，诸侯大夫各君其父兄，欲尊尊之义有所伸，则宜亲亲之恩有所屈，此其所以降绝之意也。自封建之法废，诸侯大夫降绝之礼无所复施，士大夫无宗，其适孙传重之属不可纯用周制。臣愚以谓方今惟诸侯大夫降绝之礼可废，而适子死，非传爵者，无众子，乃可于适孙承重。自余丧服，当用周制而已。何则？先王制服，三年之丧以为差，非得与时变易故也。然自秦、汉以来，言礼者或失经旨，而历代承用，传守至今，与夫近世改制，亦皆有说，非以义折衷则不明，故臣于所欲定则为议以辩之。

末学寡陋，独用己见决千岁以来之所惑，恐不能尽。伏乞以付学士大夫博议，令臣得与反复。

【解题】

本文写作时间不详。安石认为，丧服应以周制为基础略加改动，并请拿自己的建议让学士大夫讨论。

乞改科条制

伏以古之取士，皆本于学校，故道德一于上，而习俗成于下，其人材皆足以有为于世。自先王之泽竭，教养之法无所本，士虽有美材而无学校师友以成就之，议者之所患也。今欲追复古制以革其弊，则患于无其渐。宜先除去声病对偶之文，使学者得以专意经义，以俟朝廷兴建学校，然后讲求三代所以教育选举之法，施于天下，庶几可复古矣。

所对明经科欲行废罢，并诸科元额内解明经人数添解进士，及更俟一次科场，不许新应诸科人投下文字，渐令改习进士。仍于京东、陕西、河东、河北、京西五路先置学官，使之教导。于南省所添进士奏名，仍具别作一项，止取上件京东等五路应举人并府监诸路曾应诸科改应进士人数。所贵合格者多，可以诱进诸科向习进士科业。如允所奏，乞降敕命施行。

【解题】

本文写作时间不详。文章对科举取士制提出改革意见，涉及考试内容、科目兴废、学官设置等几个方面。

论舍人院条制

准月日中书札子，奉圣旨指挥，今后舍人院不得申请除改文字者。窃以为舍人者，陛下近臣，以典掌诰命为职司所当参审。若词头所批事情不尽，而不得申请，则是舍人不复行其职事，而事无可否，听执政所为。自非执政大臣欲倾侧而为私，则立法不当如此。前日具论，冀蒙陛下省察，而至今未奉指挥。臣等不知陛下以今月八日指挥为是而不改乎？将不必以为是，而特以出于执政大臣所建而不改乎？将陛下视臣等所奏未尝可否，而执政大臣自持其议而不肯改乎？以为是而不改，则臣等考寻载籍以来，未有欲治之世而设法蔽塞近臣论议之端如此者也。不必为是，而特以出于执政大臣所建而不改，是则陛下不复考问义理之是非，一切苟顺执政大臣所为而已也。若陛下视臣等所奏，未尝有所可否，而执政大臣自持其议而不肯改，则是政已不自人主出，而天下之公议废矣。此所以臣等惓惓之义不能自已者。

臣等窃观陛下自近岁已来，举天下之事属之七八大臣，天下之初亦翕然幸其所能为救一切之弊。然而方今大臣之弱者，则不敢为陛下守法以忤谏官御史，而专为持禄保位之谋；大臣之强者，则挟圣旨造法令，恣改所欲，不择义之是非，而谏官御史亦无敢忤其意者。陛下方且深拱渊默，两听其所为而无所问，安有朝廷如此而能旷日持久而无乱者乎？自古乱之所生，不必君臣为大恶，但无至诚恻怛求治之心，择利害不审，辨是非不早，以小失为无伤而不改，以小善为无补而不为，以阿谀顺己为悦而其说用，以直谅逆己为讳而其言废，积事之不当而失人心者众矣，乃所以为乱也。

陛下以臣等所言为是，则宜以至诚恻怛、欲治念乱之心考核大臣，改修政事，则今月八日指挥为不，当先改矣。若以臣等所言为非，则臣等狂瞽不知治体而诬谤朝廷政事，当明加贬斥以惩妄言之罪，则别选才能通达之士以补从官。臣等受陛下宠禄，典领朝廷职事，不得其守，则义不得不言，而朝廷以为非也，则义不敢辞贬斥。伏乞详酌，早赐指挥。

【解题】

本文写作时间不详。文章认为，舍人为近臣，却无必要的权力，凡事听执政吩咐；而大臣之强者恣改所欲，不择义之是非，是“所以为乱”者。

皇地亓神州地亓不合燎燔事

伏为北郊所祭皇地亓并神州地亓秖合坎瘗，自来却如祭天升烟之义，别建一坛，燔祝版。臣昨累次具状奏闻，乞行改正，虽蒙圣旨下有司详定，又缘所定坛壝仪注条件不少，考求典故，未能遽革。

伏睹今月二十一日，神州地亓亦依袭故常，泥饰坛燎依旧行事。臣昨亦备述自古以来祭祀皆为瘗坎，盖取就下求阴之义，及考先儒所祭地亓，即无燔燎之礼。显伏睹国朝祀仪所载祀辞，亦曰瘗仪，却行燔燎之礼，显是从来差错。恐渎于神，欲乞不候详定诸坛壝等制度，先次考正。

今来瘗埋之义，更不于坛上燔燎祝版，以别天神、地亓之异，上副陛下修诚致孝、肃恭祠享之意。

奏闻候敕旨，状前批送太常礼院本所。

谨案古者祀天神燔柴，祭皇地亓埋瘗，盖燔柴则升烟于上，瘗埋则达气于下，求神必以其类故也。王泾唐《郊祀录》：凡祭祀地亓，则为瘗埳于神坛之壬地，方深取足容物，祭讫，置牲币祝馔于其中而埋之。熙宁祀仪，皇地亓、神州地亓皆为燎坛，方一丈，高一丈有二尺，开上南出方六尺，在坛南二十步丙地。祭大社大稷，又设燎柴于西神门外道北。以地亓而同之天神之祀，殊悖于礼。所有今来王某起请，实合礼制。伏请自今祭皇地亓、神州地亓、大社大稷，其祝版与牲币馔物并瘗于埳，更不设燎，所有皇地亓、神州地亓燎坛并乞除去。

【解题】

本文写作时间不详。文章认为，皇地亓、神州地亓等祭地仪式，不应与祭天仪式同，应予更正。

茶商十二说

臣窃以须仰巨商有十二之损，为害甚广，请试陈之。

须仰巨商数少，相率既易，邀贱遂繁，故有场饶明减暗减，累累不已，岁数百万，是饶减之损，一也。又既仰巨商，巨商稀少，积压等候，陈损既多，或弃或焚，或充杂用，此税既陷，正税又饶，是陷税之损，二也。又既仰巨商，饶丰价薄，园民困耗，逋欠岁程，至如石桥一场，祖额一百七万，而近岁实纳才得十万有余，亏及累年，便乞减额，是退额之损，三也。又既仰巨商，须凭力禁，是以捕捉之旅所在屯布，掩缉之众弥占川落，官员请俸，卒旅衣粮，扰民费财，揔计不细，是力禁之损，四也。又既仰巨商，须置榷务，诸郡津置或数千里，所载纲运率自省破，船材兵费，风波盗窃，每岁之计不为不甚，是远卒之损，五也。又既仰巨商，必先多备，茶体轻怯，难掌易损，架阁利燥，封角利密，而官数浩浣，堆积敖廪，风枯雨湿，气味失夺，俟售待给，已反陈损，是堆积之损，六也。又凡物分轻则得众，得众则易竭。今仰巨商，本不及数千缗则不能行，是分重而不得众也，故难竭而成积滞，分重之损，七也。又凡货利已则精心，精心则货善，货善则易售。今仰巨商，非已甚众，始从小户，次输主人，方纳官场，复支商旅，是以小户偷窃，主人淆杂，奸吏容庇，皆以非己而致货不善也，是非己之损，八也。又既仰巨商，遂为二等，新好者支筭商旅，低陈者留卖南中，食用不堪，遂皆私易，故一县大率每岁以茶被刑者往往百数，是烦刑之损，九也。又既仰巨商，茶多积坏，坏不堪卖，遂转蚕茶，俵给户民，悉不堪食，虚纳所直，诸郡甚多，是剜本之损，十也。又巨商悉系通商南方，尽从官卖，官卖既不堪食，多配寺院、茶坊，茶多弃损，钱实虚敛，是削民之损，十一也。既仰巨商，货终难尽，诸般折给，从是生焉，虽依元价折钱变卖，杂收什一，请实虚损，官亦虚损，是刻士之损，十二也。

其为害广也如此，不可不去也。

【解题】

本文写作时间不详。文章认为，茶“须仰巨商有十二之损”，为害极广，不可不去。

代上明州到任表

奉敕差知明州，已于某月日到任讫。夷越故区，东南穷处，施泽之下，欢然有生。庇身于兹，坐以无事。中谢。

臣受材素薄，推数颇奇，居有朴忠之心，进无通显之路。晚尘郎位，频窃郡章。归待罪于省中，退得藩于海上。自初受命，以至造官，历年两周，取道万里。备更艰厄，职臣之分使然，卒就宴安，赖上之恩抵此。余年且索，旅力已愆，尚何施为，可以报称。于苟利国家之事，靡所不思，及未填沟壑之时，庶几无愧。

【解题】

本文写作时间不详。某臣出知明州，安石应其请，为作此表上闻。

冯翊郡君连氏等贺皇帝南郊礼毕表

伏以庙馆蠲烝，郊柴昭报，仰格神灵之飨，俯均夷夏之欢。中贺伏惟皇帝陛下道协钦明，德兼神武。揽御今之皇策，考严上之帝仪。祲威盛容，茂实存乎六世，恩典徽数，赉并及于万方。妾备数先朝，叨荣中禁，亲逢累洽，窃用交欣。妾无任。

德妃苗氏上贺皇帝南郊礼毕表

伏以灵承庙祏，祗载郊丘，既来万国之欢，遂格三灵之祐。中贺恭惟皇帝陛下徇齐成性，睿广膺期。神罔时恫，方绍休于大业，圣为能飨，乃获考于上仪。妾逮侍先朝，亲逢盛事，观瞻有炜，欣赖实多。妾无任。

【解题】

上二表写作时间不详。安石所拟奏议数百篇，有一些是代人作文。此二表即是代后妃、郡君等人所作。

详定十二事议

起居舍人司马光起请旧官九品之外，别分职任差遣为十二等，以进退群臣。十二等之制：宰相第一，两府第二，两制以上第三，三司副使、知杂御史第四，三司判官、转运使第五，提点刑狱第六，知州第七，通判第八，知县第九，幕职第十，令录第十一，判司簿尉第十二。其余文武职任差遣，并以此比类为十二等。若上等有阙，则于次之中择才以补之。奉圣旨两制详定闻奏。王珪等详定司马光起请难尽施行外，致治之要，在任官之久，欲乞知州、令满三年为一任，通判人缘审官院见今员多阙少，候将来差遣，得行亦别取指挥。知县人今后初入者，并满六周年方入通判，仍乞下审官详定条约闻奏者。臣愚以谓司马光十二等之说，王珪等既以为难行，而珪等所议知州三年为一任、知县六年方入通判，亦无补于官人失得之数。朝廷必欲大修法度，甄序人材，则以至诚恻怛求治之心，博延天下论议之士，而与之反复，必有至当之论，可施于当世。凡区区变更而终无补于事实者，臣愚窃恐皆不足为。

【解题】

本文写作时间不详。文章主要就司马光“十二等之制”、王珪的任职期限等说发表自己的看法。

九　诏册

应才识兼茂明于体用科守河南府福昌县主簿苏轼大理评事制

敕某，尔方尚少，已能博考群书，而深言当世之务，才能之异，志力之强，亦足以观矣。其使序于大理，吾将试尔从政之才。夫士之强学赡辞，必知要然后不违于道，择尔所闻而守之以要，则将无施而不称矣，可不勉哉！

【解题】

本文作于仁宗嘉祐六年（1061）。是年六月，王安石迁知制诰。其时，苏轼应贤良方正入第三等，安石奉命起草此诏。

枢密副使胡宿封赠三代制六道

曾　祖

先帝褒厚群臣，德施及乎窀穸。朕奉承遗训，不敢以哀恫之故废。具官某曾祖某，蓄德深博，久而弥兴。焯有伟人，出其后世，佐佑先帝，以暨朕躬。追命于幽，尚嘉营魄。可。

曾　祖　母

敕：大臣有赏于国，则爵命上施乎三世，先帝所以褒功德也，朕敢忘哉？具官某曾祖母某氏，齐严靓专，柔嫕安婉。集有祉福，施于孙曾，为时宗工，德望休显。膺此追命，尚其知荣。可。

祖

敕：《诗》曰："不愆不忘，率由旧章。"朕遵先帝之法以劳赐大臣，及其父母，不敢以哀恫之故废。具官某祖某，躬率令德，以成厥家。有孙而贤，执国机要。膺此休显，尚能嘉歆。可。

祖母

敕：朕初即位，遵先帝故事，大赉于四海，而大臣之祖妣与焉。具官某祖母某氏，以顺为令妻，以严为贤母。集有戬谷，以诒厥孙，为时宗臣，世禄滋大。追锡休命，尚其知荣。可。

父

先帝弃万国，朕初即位，凡在廷者，皆班爵命显其亲，所以称先帝顾哀群臣之意。具官某父某，蓄积德义，以成福禄。燕及厥后，为时宗工。追锡之荣，既光大矣。褒嘉有数，其尚知歆。可。

母

先帝有大赉必及群臣之父母，朕初嗣位，不敢有废也。具官某母某氏，以顺为妇而能正，以严为母而能慈。肆有福禄，集其后世。徙封大国，以显厥魂。可。

枢密副使吴奎封赠制二道

父

敕：朕初即位，班爵命以宠诸臣之父母，盖惟先帝故事，不敢愆忘。具官某父某，德善之修，有闻于世，义方之教，能大厥家。序位朝廷，既隆显矣。褒迁有典，其往钦哉。可。

母

敕：永惟政事之臣，天下国家所恃以安且治者也，所以褒厚及其父母，岂可忘哉？具官某母某氏，驯德淑行，来宁巨室。母有贤子，为时宗工。班命于朝，既疏名郡。徙封之宠，其往钦承。可。

宰相富弼三代制六道

曾　祖

敕：大臣有庆于国，则爵命上施其考祖，所以章贤德广褒劝也。具官某曾祖某，躬执义善，发身扬名，诒于曾孙，集有福禄。登践枢极，卓为臣宗。申命有加，尚荣幽穸。可。

曾　祖　母

敕：宗工之选，所以宠俊良；大国之封，所以褒贤淑。具官某曾祖母某氏，顺足以有相，严足以有临。来嫔名家，诒禄厥后。为国元老，仪刑万方，开号全齐，既光大矣。徙之北国，其愈知荣。可。

祖

敕：列爵五等，莫尊于公，必有盛德之士，然后可以膺此号。具官某祖某，秉哲迪义，不躬显荣，祚流闻孙，为世硕辅。追褒之礼，既极宠荣。序爵启封，尚其嘉享。可。

祖　母

敕：天子之宰，朕所恃以纲纪四方者也。爵命加其祖妣，岂不宜哉。具官某祖母某氏，蓄德在躬，以成家室，发祥于后，以遗子孙。申锡有邦，盖惟旧典。魏大名也，以是追封。岂特为窀穸之荣，亦所以佑其后世。可。

父

敕：士以有子为荣，子以显亲为孝。宗公、元老，世恃以宁。当有追崇之恩，称其致孝之意。具官某父某，惠和敦大，明允忠笃，位不侔德，乃生硕人。寅亮先帝，宠绥四海，方兴就事，佐佑朕躬。申命有章，兼荣幽显。可。

亡　母

敕：朕初纂服，登用旧臣。褒厚其亲，率循故事。具官某母某氏，显相吉士，笃生硕人。寿善康宁，考终福禄。追荣新窾，申命大邦。尚其淑灵，膺此休宠。可。

皇太后三代制九道

曾　　祖

敕：位尊者享大，德盛者流远。追崇之礼，于国有初。皇太后曾祖某，体仁蹈义，不躬荣禄，庆垂厥后，光大显融。乃生硕女，坤育天下。命书爵号，申贲诸幽。尚其灵明，嘉此休宠。可。

曾　祖　母

敕：朕虽茕然在疚，而不敢忘顾复之慈。肆有命书，以上称追远显亲之志。皇太后曾祖母，柔惠安婉，来宜大家，垂休后昆，作合先帝。追崇爵号，其尚知荣。可。

祖

敕：惠术尚均，而自亲贵始，古今一体也。其可以忘哉？皇太后祖某，明德大功，简于帝室，配食宗庙，始终哀荣。庆流于孙，母育四海。追褒有典，庶或知歆。可。

祖　　母

敕：邦有大赉，夫人待于下流，岂外戚之尊所当褒而可以忘哉？皇太后祖母高氏，承庆淑人，来嫔巨室，蓄德之厚，垂休无穷。协兆涂山，世滋以大。追锡爵命，冀能歆嘉。可。

祖　　母

敕：佐佑先帝，顾复朕躬，追诵寒泉之诗，永惟欲报之义。

当有爵命，以上副显亲之心。皇太后祖母刘氏，柔良靓专，被服华问。宠禄光大，集于后昆。启佑硕人，比贤文母。追褒大国，其尚知荣。可。

祖　　母

先帝褒厚母党，致仁尽孝。朕虽在疚，而奉承故事，不敢愆忘。皇太后祖母刘氏，内顺外严，罄无不淑，德祚流衍，远而弥兴。追命有章，尚慰窀穸。可。

祖　　母

敕：朕以薄德奉承大统。永惟先帝故事，不敢有忘。皇太后祖母高氏，温柔靓深，有妇之道，相协君子，卓为臣宗。垂延后昆，福禄滋大。膺此休命，尚知荣歆。可。

父

先帝奄忽，弃捐万邦，不及推恩，以劳幽显。予末小子，敢忘遗训？皇太后父某，循德秉义，闻于当世，发祥流祉，燕及后人。笃生圣女，母育天下。褒封有数，尚慰于幽。可。

母

敕：朕眇然之躬，当奉匕鬯以承宗庙，大赉及于幽显矣。永惟母党之重，可以后而忘哉？皇太后母志顺德严，克配君子，光大之福，集于圣女。有辅佐之功于先帝，而施及在后之侗。命书追崇，尚慰营魄。可。

【解题】

以上胡宿封赠三代制六道、富弼封赠三代制六道、皇太后封赠三代制九道，作于英宗治平元年（1064）。

皇后三代制十道

曾祖琼皇任忠武军节度使赠侍中累赠尚书令兼中书令追封韩国公赠太师

敕：后率六宫以教天下之妇顺。其位尊如此，则所以褒崇其祖考，礼不可以无称也。皇后曾祖某，忠劳武力，为国虎臣，庆集后昆，比隆任姒。追加位号，以显厥魂。尚其有知，膺此休宠。可。

曾祖母潘原县太君追封滕国太夫人

敕：朕初即位，褒厚异姓，率由先帝故事，不敢有忘。皇后曾祖母李氏，柔惠静嘉，能循法度，来嫔巨室，休有淑声。庆流厥孙，正位宫壶。胙封名国，其尚知荣。可。

曾祖母陇西郡夫人李氏追封舒国太夫人

敕：朕奉循先帝故事以劳天下。阻深疏逖，皆有以加之矣，又况于外戚之贵哉。皇后曾祖母李氏，嫔于高门，率德唯谨，诒庆厥后，是生硕人。兆协厥祥，登俪尊极。追褒有礼，其尚知荣。可。

祖继勋建雄军节度使累赠太师中书令可特赠兼尚书令

敕：尚书录天下之政而令一品也。人臣位号，于是为盛。皇后祖某，忠劳奕世，能壮厥犹，为国捍城，有庸休显。娍莘之庆，乃集后昆。膺此追荣，尚知嘉享。可。

祖母会稽县君康氏追封祁国太夫人

敕：朕承先帝圣绪，大赉及于幽显。疏逖以贱者加之矣，贵而戚者其可忘哉？皇后祖母康氏，驯行婉容，协于俊德，庆垂厥后，坤育万方。追命有邦，尚荣窀穸。可。

祖母太原郡太夫人郭氏追封郧国太夫人

敕：夫治内政修阴教以助朕调一天下者，所以褒崇其世，可不厚哉？皇后祖母郭氏，率德秉义，协于君子，关雎之咏，传祉厥孙。申锡赞书，启封名国。尚其灵淑，嘉此追荣。可。

祖母金城县太君王氏追封成国太夫人

敕：《传》称德厚者其流泽广，故今追命之数，视其子孙位号之卑尊。矧夫后世登俪尊极，则致隆其封爵，岂不宜哉。皇后祖母王氏，来嫔大家，率循德礼，有开后嗣，协庆涂娍。申锡名邦，尚荣幽穸。可。

父遵甫皇任北作坊使特赠检校太傅保信军节度使

敕：《春秋》书季姜之归，而传有褒纪之义。崇宠异姓，其所从来久矣。皇后父某承世之庆，列官于朝，虽德义有称，而不终荣禄。祚流后世，正位内宫。追命有加，以慰窀穸。可。

母钜鹿郡君曹氏特追封沂国太夫人

敕：国有大赉，凡在廷之士，皆得追褒其父母，而况于异姓之贵哉？皇后母曹氏，胄于名王，归得吉士，率礼蹈义，有称闺门。迎渭之祥，实开厥后。膺此恩典，尚知歆荣。可。

母乐寿县君李氏进封均国夫人

敕：人主之所以风天下者，岂非外戚之助哉？故夫封爵褒厚之礼，其所从来久矣，未尝有改也。皇后母李氏，躬以德义，嫔于令人，能大厥家，比隆任姒。锡之象服，胙以名邦。往即宠荣，勉绥寿善。可。

【解题】

以上皇后封赠三代制十道，作于英宗治平元年（1064）。

诏允观文殿学士尚书左仆射新除集禧观使富弼乞判汝州

敕富弼：省所三上札子，奏“蒙授臣集禧观使敕牒，乞早赐追纳，且乞赴汝州本任事”，具悉。卿翊朕祖考，功施于时，德善在躬，终始如一。祠庭置使，实近阙门，邦有大疑，庶几求助。忠贤体国，义乃可留，而引喻再三，便于出守。重违悬恻，姑即所安。

诏允观文殿学士尚书左仆射判汝州富弼乞赴安州避灾养疾

比饬使人，具宣至意，就令赐告，冀遂宁瘳。卿严只朕命，不敢遑息，顾念吏卒，闵其久留，触热载驰，用忘勤勚。恭以事上，卿实有之，仁及贱微，又能如此，忠诚所恻，岂独朕心？从容小邦，姑以养福，勉绥吉禄，毋恤后艰。故兹诏示，想宜知悉。

诏赐观文殿学士尚书左仆射判汝州富弼上表乞致仕不允

卿忠纯亮直，为国元老，朕所恃赖，急于典刑。优游小邦，足以养疾，冀绥福履，来副询谋。何必告归，以孤眷瞩？

【解题】

治平四年（1067），神宗即位。富弼屡上书请求外任养疾，诏允。后又上书乞致仕，诏不允。上三诏皆神宗命王安石草。

诏赐观文殿学士刑部尚书知亳州欧阳修上表奏乞致仕不允

股肱名臣，与国同体，礼当得谢，朕尚难之。况年非告老之时，而勋在受遗之籍，不留屏辅，人谓斯何？姑体至怀，少安厥位。

诏不允观文殿学士刑部尚书知亳州欧阳修上第三表并札子陈乞致仕

敕欧阳修：省所三上表并札子，奏乞致仕事，具悉。卿翊戴三朝，清明谅直，有言有绩，著在朕心。重违勤求，外寄蕃屏，邦之俊老，不以遐遗。所冀输诚，常存帝室，而纳禄与职，至于再三。虽洁身之风，可激贪冒，顾许国之义，未协忠嘉。姑体眷怀，勉膺图任。

【解题】

本文作于英宗治平四年（1067）。是年正月，英宗驾崩，神宗即位。欧阳修屡上表请求致仕。神宗命安石草诏，不允。

赐允守司徒兼检校太师兼侍中韩琦乞相州诏三道

一

敕韩琦：卿以公师之官，将相之位，统临四路，屏捍一方。寄重任隆，群臣莫比。虽罹疢疾，冀即有瘳。而章书频频，来以病告。宗工元老，视遇有加，恩礼之间，然何敢薄？重违恳恻，姑即便安。

二

卿当国家之多难，任社稷之至忧，实能忠勤，以济勋绩。方均逸豫，适此外虞，烦我元功，良非得已。亦惟体国，义不辞劳。今虽尚谋经武之时，非有搜兵伐罪之事。坐临诸帅，固可优游，何必旧邦，乃能休养。勉绥居息，以副倚毗。

三

便道之镇，朝廷故常，来朝京师，朕意所欲。使事曲折，既当闻知。忠言嘉谟，又所饥渴。虽知勤勚，可不勉哉！

赐韩琦依所乞诏

敕韩琦：奏乞由河阴本路赴相州，安泊骨肉、行李，讫径乘递马赴阙，朝见奏事，讫还赴本任，稍从私便事。具悉。旧德元功，久于方面，嘉言谠论，所欲亟闻。其来造朝，然后之镇，义当黾勉，无或告劳。

赐守司徒检校太师兼侍中判永兴军韩琦乞相州旧任不允诏三道

一

敕韩琦：卿明德茂勋，具书帝籍。祖考所付以屏毗朕躬。比辞国均，已会边隙，故烦元老，属此忧勤。今羌虽来柔，疆事多弛。经营科治，改命为难。莫府坐筹，制其大略，虽闻稍惫，冀可少安。义有固然，朕言无戏。

二

敕韩琦：羌夷变态，未易究知，边塞缮完，所宜申饬。以卿望实，分朕顾忧。当并群策以有为，遂措一方于无事。乃来告疾，冀得燕闲。主尔忘身，忠贤之义，勉膺重寄，务体至怀。

三

敕韩琦：卿茂德俊功，朝廷所赖。方解政几之剧，重分疆事之忧。种落绥和，酋渠向顺。永惟边镇，犹恃老成。所须经武之远谋，及此暇时而备豫。当思体国，无却告劳。

赐守司徒检校太师兼侍中判永兴军韩琦乞致仕不允诏

敕韩琦：朕初嗣位，不敢暇逸。惟畏天命，亦惟闵民。蠢兹一方，尚戒羌夷。制变备豫，捍菑御侮。庶几元老，克协朕心。若其惮勤，谁与谋此。勉祗厥服，用副至怀。

赐判永兴军韩琦汤药诏

敕韩琦：任隆三事，寄重一方。比闻经制之劳，或爽节宣之序。特驰使传，往喻朕怀。宜有分颁，以资卫养。

【解题】

治平四年（1067），英宗驾崩，神宗即位。韩琦上书乞外任，出知相州。后又以疾乞致仕。神宗命王安石起草诏书挽留、慰问。

皇后册文

维熙宁二年，岁次己酉，四月丁酉朔二十六日壬戌，皇帝若曰：自昔有天下，必择建厥配，以承宗庙，以御家邦。肆朕受命，奉循前烈，考慎典册，以祈协于神民。咨尔向氏，懿柔淑恭，旧有显闻，肇功唯祖，弼亮帝室。流德之泽，覃延后嗣，是产硕媛，比贤姜、任。越朕初载，来嫔蕃邸。盥馈在中，率礼无违。以至嗣服，祇承内事，斋明夙夜，罔有旷失。宜崇位号，表正宫庭。

今遣摄太尉、推忠协谋同德佐理功臣、枢密使、光禄大夫、检校太傅行尚书刑部侍郎、上柱国、东平郡开国公，食邑五千户，食实封一千户吕公弼，摄司徒、朝散大夫、右谏议大夫、参知政事、护军、太原郡开国侯，食邑一千一百户，赐紫金鱼袋王珪，持节册命尔为皇后。

夫惟兴王，厘厥士女，咸自内始，达于四海。朕克勤，人用弗怠；朕克俭，人用弗奢；朕克正，人用无敢侧颇僻。尔励相朕，乃济登兹。於戏！匪初惟艰，惟慎厥终。尔忱念兹，朕以永享天禄，尔亦豫有无疆之福，岂不韪哉！

【解题】

本文作于神宗熙宁二年（1069）。是年，神宗册封皇后，命参知政事王安石拟此册文。

敕榜交趾

敕交州管内溪峒军民官吏等：眷惟安南，世受王爵。抚纳之厚，实自先朝。含容厥愆，以至今日。而乃攻犯城邑，杀伤吏民。干国之纪，刑兹无赦；致天之讨，师则有名。已差吏部员外郎充天章阁待制赵卨充安南道行营马步军都总管、经略安抚招讨使兼广南安抚使，昭宣使、嘉州防御使、入内内侍省都押班李宪充副使，龙卫四厢都总管指挥使、忠州刺史燕达充副都总管，顺时兴师，水陆兼进。

天示助顺，已兆布新之祥；人知侮亡，咸怀敌忾之气。然王师所至，弗迓克奔。咨尔士庶，久沦涂炭，如能喻王内附，率众自归，爵禄赏赐，当倍常科，旧恶宿负，一皆原涤。乾德幼稚，政非己出，造廷之日，待遇如初。朕言不渝，众听无惑。比闻编户，极困诛求，已戒使人，具宣恩旨，暴征横赋，到即蠲除，冀我方，永为乐土。

【解题】

神宗熙宁八年（1075），交趾寇边，连陷钦、廉、邕三州。是年十二月，朝廷以天章阁待制赵卨为安南道招讨使征交趾，命安石草是敕榜。

参知政事欧阳修曾祖某赠某官

君子善善之义，下及子孙。况推而上之至其祖考，所以褒美崇宠，岂顾可以不称哉？故先王宗庙之制，视其爵位之高下，以为世数之远近，而本朝追命之礼，亦从其子孙名数之卑尊。具官某曾祖，潜于丘园，躬有善行，畜积之庆，施于曾孙，为时宗工，名重天下。图任以登于右府，褒嘉当及其前人。东宫之孤，位已显矣。进秩一品，尚其享哉！

曾祖母某氏某国太夫人

尊之欲其贵，亲之欲其富，岂特人主有是心哉？推是心以施于人，此人主所以与天下同忧乐之意也。禄有厚薄，故礼有隆杀；位有高下，故施有远近。古之道也，其可忘哉？具官某曾祖母，含德在躬，作嫔令族，积善之庆，覃其后昆。惟时闻孙，实朕良弼，登豫政事，人无间言。其疏大邦之封，以报流泽之施。宠灵之极，尚克享哉！

祖赠某官

为吾政事之臣所以崇宠之者备矣，于其尊大前人之志，亦宜有以称焉。具官某祖某，积行在躬，潜而不耀，畜其善庆，以赖后昆。厥有闻孙，为朕良弼，典司机要，海内所瞻。追命之荣，至于帝傅，进登师位，以极褒嘉。尚其冥灵，膺此休显！

祖　母

朕疏郡县以君诸臣之母，欲以慰慈孙孝子之心。至于政事之臣，则封国及其王母，所以望其功者厚矣，则慰其心者，顾可以薄哉！具官某祖母，来嫔名家，克配君子，积善之福，覃于其孙，左右朕躬，豫图政事。嘉而有后，锡以大邦。维灵在幽，尚克膺此！

父

大臣得爵命其先人至乎公师，非古也。然礼者人情而已矣，当于人情而义足以劝士，则何必古之有哉！具官某父某，蓄其德善，不显于世，克生贤佐，为朕股肱。东宫一品，人臣高位，追以命汝，用嘉有子。尚其享此，以称馈祀之盛哉！

母

古者子为诸侯大夫而父为士，则其祭以诸侯大夫之礼。朕以谓得享其礼而位号不称，则不足以尽孝子之心，故今有列于朝廷，皆得追崇其孝妣，又况于为吾左右辅弼之臣哉！具官某母，妇顺母严，称于天下，能教其子，为时名臣，协于询谋，进断国论。虽禄养不及，而馈享有加。启封大邦，于礼为称。尚其幽穸，知享此荣！

枢密使张昪曾祖某赠某官

传曰："学士大夫则知尊祖矣。"若夫流泽之施于后世者博矣，则其崇报亦当有以称焉，此予所以隆宠大臣而追命之礼有至于三世也。具官某曾祖某，以武力充选，以忠劳备使，积善之施，覃及后昆，为时老成，宰制密命。帝傅之位，厥惟尊荣，今予尔嘉，举以追锡。尚其幽穸，知享此哉！

曾祖母赠某国太夫人

祖考之富且贵，则其泽流于子孙，而诸妇与荣，子孙有爵禄之宠，则其尊归于祖考，而馈祀之盛亦及乎其母，古之道也，后世因焉。今朕尊礼大臣，而爵命上施其三世，于经未尝有也，而岂害于先王制礼之意哉？具官某曾祖母，嫔于令人，躬有驯德，积善之施，久而愈彰。至于曾孙，克协朕心，为世元老，执邦之枢。福禄之来，实维尔庆，改封大国，以宠淑灵。尚其有知，享此休命！

祖赠某官

朕惟有天下者得推其祖考上配于天，盖孝子慈孙所以极其尊崇之意。推是心以及夫在位，则其宠禄之厚者，岂不欲以及其所谓尊亲者哉！此朕所以褒宠大臣之先以尊爵贵官，而有至乎三世者也。具官某祖某，积德累善，施于后嗣，为予辅弼，始大厥家。东宫之孤，既以命汝。增荣一品，尚克享哉！

祖　　母

义莫大于尊祖，仁莫高于显亲。今吾追命大臣之考妣以及其祖者，岂有它哉？凡以称其尊祖显亲之心而已。其德博者其施远，其位盛者其报丰。具官某祖母，徽柔静恭，克相宗事。佑启后世，为时元臣，执国之枢，以佐吾治。其施可谓远矣，其报可以薄哉？改锡大邦，以为尔宠。贲于窀穸，尚克知荣！

父

朕有高爵厚禄以礼天下之士而与之共政，又本其流泽之所自而追命以尊官。岂特崇宠大臣，亦所以勉人亲之教子。具官某父，潜德晦行，荣于丘园。积仁之庆，实在其子，终有成德，为吾宗工，践更二府，执国机要。追褒之命，登尔太师。其迁令于中书，以极褒崇之数。尚其窀穸，享此休荣！

嫡　母

先王制礼，及后世而弥文，顾所以顺理而即人情，古今一也。夫福禄之盛，流泽尚及乎子孙，则名数之崇，追命当加其考妣。具官某嫡母，柔良之行，温惠之德，辅相君子，克成厥家。以有贤息，掌予机密。及亲之宠，厥有旧章。顾尔位号，既荣极矣，其班新命，宠以大邦。贲于无穷，尚克嘉享！

所生母

《传》称《春秋》之义，母以子贵，说者或非焉。而人子之爱其亲，岂有穷哉？已则富贵，而亲不与焉，固人情之甚可哀者也。当有追崇之礼，称其思慕之心。具官某所生母，温柔惠和，得媲君子，克生贤佐，为朕宝臣，允于庶言，秉国枢要。追荣之典，既启尔邦，其改新封，以鸿后庆。尚其冥漠，享此恩荣！

亡　妻

臣之德善勋劳，称其位而有施于国，君之爵禄庆赏，畴其功而有报于家。股肱之良，参决政事，施于国者，其责厚矣，报于家者，亦宜称焉。以尔具官某妻某氏，温柔静嘉，尝配君子，遭会不淑，不终显荣。某言于朝，为尔请命。考诸恩典，厥有故常。乃疏大郡之封，锡以小君之号，所以崇贵窀穸而副吾大臣追往求旧之心。尚其有知，享此休宠！

【解题】

以上欧阳修封赠三代制六道、张昪封赠三代制八道，写作时间不可确考，大约作于仁宗嘉祐年间、安石任知制诰时。

前太常寺太祝张德温旧官服阕制

敕某：丧三年亦已久矣，而人子之志无穷。故欲为不善则思贻父母恶名，而终于不果。不如是，则不足以为人子。复尔禄次，维时勉哉。终于立身，可谓孝矣。可。

前屯田员外郎任迥旧官服阕制

敕某：汝有列于朝廷，而以忧去位。人子之事亲终矣，则君臣之义其可以忘乎？夫移于君而忠，移于官而治，然后可以为孝。往共尔服，惟是勉哉。可。

前太常寺奉礼郎宋辅国旧官服阕制

敕某：尔以亲丧去位，日月既除。其来造朝，复就官次。终身之孝，可不勉哉。可。

前太理寺丞刘辩前卫尉寺丞孙公亮并旧官服阕制

敕某：尔服缞去位，顺变当除。三年之丧，亦已久矣。君臣之义其可废乎？趣还于朝，使即旧秩。勉思移孝之事，以就显亲之名。可。

前大理寺丞王忠臣旧官服阕制

敕某：御史言尔以丧释位，日月当除。故吾下命书于御史，以俟尔之来见。尔虽旧官，吾命维新。其加劝勉，求合于以孝事君之义。可。

前太子中舍张讽旧官服阕制

敕某：丧三年，天下之达礼也。尔能率礼以至终丧，其来造朝，复尔禄次。事君之义，尔实知之。无违厥初，是谓能孝。可。

前职方员外郎元居中旧官服阕制

敕某：尚书郎位三等，而尔方以劳序于前列。乃以丧去，三年于家。今既禫除，其还禄次。维尔才美有称于时，移孝事君，当知勉矣。可。

李端卿旧官服阕

孝子之悲哀思慕其亲，岂有穷哉？然丧以三年而止者，圣人之政也。尔以丧致事，日月既除，其就故官，以听新命。夫人之行莫大于孝，而孝亦在乎事君能致其身，而不愆于义以辱其名，然后可以为孝子。此宜尔之所知也，其勉矣哉！可。

前太常博士张诜旧官服阕制

敕某：尔去位里居，三年于此。既除丧矣，其就故官。忠以事君，是为孝子。尔惟知义，可不勉哉。可。

前将作监主簿张扶旧官服阕制

敕某：尔遭齐斩之丧而去位，释祥禫之服而还朝。班吾命书，授尔禄次。孝子之事，终于立身。施于有官．可以勉矣。可。

前驾部员外郎李安期前殿中丞张德淳并旧官服阕制

敕某：礼有三年之丧者，无贰事也，知丧而已矣。先王以为不如是不足以尽人心。此吾所以归尔于家，而不敢劳以事。今日月除矣，故吾班命书于御史，而召尔以来。往践故官，勉思终孝。可。

前内殿崇班马文德旧官服阕制

敕某：尔执亲之丧，三年于此矣。其班新命，以复故官。维孝有终，尔宜思勉。可。

供备库副使康琦旧官服阕制

敕某：三年之丧，苴麻哭泣之哀一也，而亦有权制以趣时。此吾独使武吏之有籍于枢密者，得终丧于家之意也。尔能率礼。今服既除，其就故官，以承新命。可。

皇侄右监门卫大将军仲訾服阕旧官制

敕某：送终者人子之大事也。尔以丧释位，亦既三年。能以礼自致，而不犯诗人素冠之义，于为人子，亦可谓孝矣。还就禄次，帅初无违。可。

【解题】

以上旧官服阕制十四道，写作时间难以一一确考。大约皆作于安石任知制诰时，即仁宗嘉祐末、英宗治平初。

皇兄故保康军节度观察留后承简可赠彰化军节度使追封安定郡王

敕：乐其生而哀其死，欲其富贵之无穷，仁人于亲戚莫不然，而王者得尽其褒崇之意。具官某于宗室为近属，于朝廷为大官，有温恭恪慎之称，无骄嫚逸欲之过。不幸至于窀穸，用震悼于朕心。义兼亲贤，恩礼当称。今夫建牙树纛，节制一军，而封爵至于称王，人臣之极也，朕其追命以赐焉。尚其有知，享此休显！可。

皇故第十三女追封楚国公主

先王制礼，有卑尊疏戚之宜，惟至亲得以致悼痛之恩，唯至贵得以极褒崇之意。皇故第十三女方在襁褓，尚其有成，位号未正，奄忽物化。盖王姬之车服下后一等，而不视其夫，情文之隆，于是为称，则虽夭阏，其可弭忘。追命启封，胙之全楚，以终天性之爱，且慰幽穸之灵焉！

供备库副使李诜父皇任镇潼军节度观察留后赠威德军节度使兼侍中端懿赠司空兼侍中

敕：朕有厘事于上神，而幽显并蒙其福。具官某父某，缵承德义，被服文儒，出入践更，有荣爵禄，能以才业，自昭于时。

寿善不兼，庆流厥子。追崇位号，尚克知歆！

王凯赠节度使

将帅之臣，出乘疆场，而有执敌捍患之材，入总营屯，而有折冲销萌之用，则序功录德，当以厚终。以尔具官某，战功之多，守卫之最，有赏于国，有称于时，而能悉心夙夜，祗慎厥职。不幸至于大故，朕用临吊而悼焉。其追加一命，使得建节树纛，称其禭葬之礼。没而有知，尚能享吾休显之报哉！

故内殿承制宋士尧等赠官

敕某等：蠢兹蛮方，犯我边吏，尔等以身死职，朕用哀恫。夫见危授命，士之美行，褒善录功，国之令典。故吾有以慭锡，而慰尔等窀穸之灵。没而有知，其尚能享！可。

【解题】

以上封赠制五道，写作时间难以确考。大约皆作于仁宗嘉祐、英宗治平年间，时安石任知制诰。

右侍禁王余庆率府副率致仕制

敕某：尔能知止，义有可嘉。以东宫率府之官，为尔居里之宠，是亦荣矣。往其勉哉。可。

右侍禁段献右清道率府副率西头供奉官刘友俊右清道率府率并致仕制

敕某：尔久于官使，请老于朝。宜有进迁，以为光宠。归安尔止，惟慎厥终。可。

文思副使陈惟信左骁卫将军致仕制

敕某：旅力已愆，而不能自止者有矣。尔能告老，于义无惭。迁将卫兵，往绥荣禄。可。

内殿崇班袁政李周道并左监门卫将军致仕制

敕某：尔服劳久矣，奉事无过。能自知止，义有可嘉。登进厥官，以帅门卫。归安荣禄，尚克勉哉。可。

西京左藏库副使冯维禹文思副使前行汉阳军录事参军兼司法事施章于太子中舍致仕制

敕某：仕焉而已者，考其行治，能以洁白自终，宜有褒嘉，以慰其意。尔尝学礼，得仕州县。老而知止，可谓有终。迁位于朝，往钦无斁。可。

东头供奉官赵伯世左清道率府率致仕制

敕某：老聃有言曰："知止不殆。"尔服勤于官久矣，而能以疾辞位，无负于老聃之言。故吾命以东宫卫府之官，以嘉尔之有劳而知止。往哉居息，思慎厥终。可。

主簿朱泾等太子洗马致仕制

敕某等：尔等晚而出仕，皆以廉称。老矣告休，是能知止。其各迁秩，以为归荣。可。

枢密副使吴奎父太常丞致仕制

敕某：德善之赉，子孙与焉。况于其亲，宜有崇奖。具官某。克生贤子，教以义方，协于询谋，掌国机密。超迁厥位，以佐共工。往服宠章，就安荣养。可。

江阴军录事参军李焘父文俊守秘书省校书郎致仕制

敕某：先王之政，未有遗年者也。故朕因宗祀之庆而有爵命之施焉。尔躬率义方，又能教子。享其禄养，以至耄期。膺此宠荣，往绥寿善。可。

工部侍郎充集贤院学士崔峄刑部侍郎致仕制

敕：仕焉而告老者，自一命以上，必有以慰其归。况吾迩臣，恩纪所厚，宜增位序，以示褒优。以尔具官，比以明扬，久于烦使，入参侍从，出备藩维。践更兹多，寄属惟允。引年辞位，得礼之宜。进贰秋卿，以营居息。古之士者，非苟自佚其身，唯慎行祗法以助成王德，尔所知也。往其懋哉。可。

前著作佐郎周涛太常太祝梁搆光禄寺丞致仕制

敕某：尔尝辞禄，而在位以尔为材，置诸京官，使长一邑。果能有绩，以见推称。将畴尔劳，遽以疾告。夫学士大夫之去位，岂苟自佚而无为？古之仕焉而已者，尔盖闻其风矣。丞于卿位，维是懋哉。可。

殿中丞致仕郝中和国子博士致仕制

敕某：尔谨廉为吏，得列朝廷。不隳厥官，以至告老。宜有褒进，用为归荣。序于成均，往服无斁。可。

前荆门军当阳县令商瑗太子中舍致仕制

敕某：尔从仕久矣，而不失廉称。方践老境，乃能知止。东宫之秩，归服厥荣。可。

处州录事参军赵九言太子中舍致仕制

敕某：尔以学入官，老而能止。践更多矣，不失廉称。著籍东宫，以为尔宠。可。

鼎州录事参军张搆太子中舍致仕制

敕某：尔方仕于州县，而宠尔以东宫之官。有列于庭，亦云显矣。用嘉知止，归矣勉哉。可。

前江宁府观察推官试大理评事董安太子中舍致仕制

敕某：尔学古入官，称誉者众。方圆乃绩，遽欲归休。进秩东宫，以嘉知止。可。

舒州录事参军龙舆太子中舍致仕制

敕某：尔仕焉欲致其官，故吾宠以东宫之秩。归安田里，是亦显荣。其慎厥修，以终燕誉。可。

复州录事参军郑旦太子中舍致仕制

敕某：尔居官无疵，而以病告。知止不殆，是维可嘉。东宫之官，其往祗服。可。

前南仪州推官试大理评事马房卫尉寺丞致仕制

敕某：京官吾所重也。选于吏部者，非有尤异之绩与治行为众所称，则莫能得之。尔旅力既愆，而能自止。承于卫尉，其往钦哉。可。

前知连州连山县袁仲友太子洗马致仕制

敕某：尔以经术中科，久于铨集。老而能已，义有可嘉。列职东宫，以荣归息。惟慎所止，克完厥终。可。

县令东野瓘太子中舍致仕制

锓某：仕者七十而致事，礼也。尔年未至而愿归田里，比夫旅力已愆而不知止者？岂不贤哉。进位于朝，锡从居息。可。

主簿王正臣守秘书省校书郎致仕制

敕某：尔仕焉而欲去其位，故吾宠以宫署之官。夫还州县之劳，而就里居之佚，无赋徭之役，而有重禄之加。惟慎厥终，乃其不愧。可。

主簿孙检守秘书省校书郎致仕制

敕某：尔以赀为吏，请老于朝。列职秘书，以为尔宠。归安田里，惟慎厥终。可。

主簿李琳国子监丞致仕制

敕某：仕者七十而告老，古之道也。尔能率礼，朕用褒嘉。往即新恩，勿忘初服。可。

县令郭震太子中允致仕制

敕某：尔进士起家，而久于州县之职。春秋未艾，自请罢休。列职东宫，以荣归息。知止不殆，愈其懋哉。可。

陈奇中允致仕

士之疲癃老耄以至失职而不能自止者，盖有之矣。尔年尚强，而疾不至乎瘝官。刺举之官，未尝以尔为言，而能自列致其职事，可谓行己有耻而无负于周任之言。宠尔以东宫之官，其勉终行义，归教乡闾之子弟以所闻，而求自比于古之仕焉而已者。

孙戾中允致仕

大夫七十而致仕，其礼见于经，而于今为成法。尔以经术起家为吏，既闻夫古之礼，又见夫今之法矣。年至而求止，可谓行其所知。宜列序于朝廷，使归荣其邑里。夫惟尔之筋力不足以有为也，故可无职事之责焉。若夫德义，则尔尚可以勉之，吾亦不以老而无责也。

李昌言可许州司马致仕

敕昌言：掌书以赞计官之治久矣。致其职事，宜有赉焉。司马于州，往钦无斁！

李日新可左清道率府副率致仕

敕日新；尔考授命于戎行，而尔得列于仕籍。老而知止，褒序厥官。归休之荣，往服无斁！

【解题】

以上允致仕制三十道，写作时间难以确考，当作于安石任知制诰时，即仁宗嘉祐末、英宗治平初。

赐张方平免特支请俸诏

敕方平：省所奏札子陈免特支请俸事。具悉。卿躬肃艾之材，豫辩章之论。致丧无贰，虽非谋国之时；班禄有差，是乃养贤之意。抗言来谂，引义甚明。重盭素怀，姑循近制。

赐枢密副使右谏议大夫邵亢乞郡诏

敕邵亢：卿先帝所命，以翊朕躬。升执事枢，方观勋效。遽欲辞位，殆非所宜。卫养少愆，何忧不已？勉共厥服，思协朕心。

赐答曾公亮诏

眚灾变异，以戒人君，推之股肱，朕所不取。元勋旧德，实赖交修。遣告之来，必缘象类。明喻朕志，使当天心。庶几君臣，并受遐福，不务出此而果于辞让。是惟保身，岂曰谋国。

赐皇伯新除彰化军节度观察留后安定郡王从式乞免新命不允诏

敕从式：卿躬隽乂之材，出神明之胄。选于宗室，则属近而行尊，闻在朝廷，又年高而德邵。膺兹褒显，人以为宜。勉服官封，永绥吉禄。

赐泾原路经略使蔡挺茶药诏

卿方用时材，出分帅路。适兹寒苦，良已勤劳。特推抚赐之恩，以示眷怀之意。

赐天章阁待制知渭州蔡挺奖谕诏

封疆之虞，责在将帅。厥有绩效，不忘于心。卿久以才称，外分方任。乘机践事，能兆厥谋。板筑告功，于疆就募。保彼居圉，可无后忧。倚言若兹，朕所嘉叹。

赐知唐州光禄卿高赋奖谕诏

召杜南阳，世称循吏。其亡久矣，朕尚思之。卿招怀饥流，垦辟荒梗。缮修陂堨，绩效具昭。前人之良，何以逮此。阅奏叹美，不忘于心。

赐外任臣寮进奉功德疏

卿方以时材，外分邦寄。备修禧事，来会诞辰。广伽梵之胜缘，协华封之善意。载惟勤至，良用叹嘉。

赐特放知成德军韩贽待罪诏

夫妇相残，政之大耻。引愆自劾，于义为宜。然德化之美，厥成在久。任斯责者，岂特长然。

赐特放怀州傅卞待罪诏

敕傅卞：先生教民，长幼有序。厥或不率，归之义刑。卿受任方州，罪人既得。闵斯弗迪，引责在躬。美俗之成，盖非朝夕。一夫抵冒，未足以言。

赐答德妃苗氏贺南郊礼毕诏

敕德妃苗氏：列职内官，逮承先帝。祀仪获考，庆慰惟均。比览奏陈，具昭诚意。

赐答修仪杨氏等冯翊郡君连氏等贺南郊礼毕诏

敕修仪杨氏：旧繇德选，列职禁闱。厘事之成，实均庆赖。摛文赞喜，良慰朕心。

赐大辽贺正旦人使茶药诏

敕：卿以肤使之才，将善邻之礼。川涂悠远，风气冱寒。永念驰驱，当加劳赐。

赐大辽贺正旦副使茶药诏

敕：卿夙驾使车，远将信币。方兹寒溧，固已勤劳。宜申谕于至怀，仍就加于宠锡。

赐大辽皇太后贺正旦人使茶药诏

敕：卿奉将书币，更涉川途。方兹冱寒，久于勤勚。宜加劳赐，以示眷存。

赐大辽皇太后贺正旦副使茶药诏

敕：卿将币造朝，方申旧好。建旃取道，适会祁寒。永惟跋涉之劳，当有匪颁之宠。

皇帝问候大辽皇帝书

嘉生备舍，华岁几终。惟素讲于邻欢，想具膺于时福。弥加葆卫，永御吉康。

皇帝贺大辽皇太后生辰书

玉烛告和，方御闭藏之候；椒庭集庆，载临诞毓之辰。具饬使车，肃将礼币。式修旧好，申祝永年。

赐南平王李日尊加恩告敕书

敕南平王日尊：朕躬执圭币，礼成郊丘。无有远迩，并膺休福。卿镇抚南服，功昭于时。乃眷忠勤，尚加褒显。永肩臣节，茂对宠章。

赐知亳州欧阳修陈乞致仕第二表不允诏

敕修：卿勋德之旧，简在帝心。从容一州，足以休养。而抗奏至于四五，必以田里为归，岂朕视遇故老有不足于礼乎？何其求去之果也！欲喻至意，莫知所言。惟能勉留，实副勤伫。

赐观文殿学士兵部尚书欧阳修辞知青州不允诏二道

一

敕修：海岱名都，太公旧履。镇抚一路，朕难其材。卿实元勋，以忠许国。谓当亟往，卧以治之。冀能优游，宁此东土。

二

敕修：卿纯诚直谅，中外所知。辞禄就闲，志非有激。进官治剧，义乃无嫌。矧兹东州，可以居息，方之守亳，劳逸殆均。朕命惟行，谓当遄往。

赐观文殿学士新除刑部尚书知大名府陈升之辞免恩命不允诏

敕升之：设都置守，绥御一方。付得其材，乃能往乂。卿嘉谋美绩，简在朕心。选于群臣，用有畀属。申明纪律，临制事几。中外践更，效皆已试。勉祗厥服，于义为宜。

赐观文殿学士刑部尚书知大名府陈升之赴阙朝见茶药诏

敕升之：往司宫钥，来次郊闉。炎歊之序未徂，跋涉之勤已至。当驰荣赐，以示眷怀。

诏奖谕知唐州光禄卿高赋

召杜南阳，世称循吏，其亡久矣，朕尚思之。卿招怀饥流，垦辟荒梗，缮修陂堨，绩效具昭。前人之良，何以逮此！阅奏叹美，不忘于心。

赐天章阁待制知审刑院齐恢奖谕诏

敕齐恢：省所奏，据大理寺日奏司状，四月一日已前下寺公案，并已断绝，无见在事。具悉。卿以才被选，典领祥刑。蔽罪谳疑，遂无留狱。圄空之隆，朕庶几焉。阅奏叹嘉，不忘乃绩。

又赐知审刑院齐恢奖谕诏

敕齐恢：犴狱之留，易以为戒。卿躬有美行，服在近班。典兹祥刑，致用明慎。济之敏给，廷谳用空。吏称厥官，朕心所喜。

赐敕奖谕审刑院详议官大理寺详断官等

敕赵文昌等：省知审刑院齐恢奏，据大理寺日奏司状，四月一日已前下寺公案，并已断绝，无见在事。朕初嗣服，德化未孚。永念元元，多罹犴狱。汝等并膺选擢，任在谳疑。能励厥官，以无留事。览奏叹尚，不忘于怀。

又赐奖谕审刑院详议官大理寺详断官等

敕赵文昌等：四方罪狱，常患稽留。岂唯呼嗟，或以瘐死。汝等能勤且敏，论谳用单。阅奏念劳，朕心以喜。

赐敕奖谕权大理寺少卿蔡冠卿

敕蔡冠卿：省知审刑院齐恢奏，据大理寺日奏司状，四月一日已前下寺公案，并已断绝，无见在事。天下之狱，决于大理。汝能审克，丕蔽厥成。来谳之疑，遂无留者。惟明以敏，朕实汝嘉。

赐特放谏议大夫知潭州燕度待罪诏

卿受命方隅，助宣德化，奸凶弗率，乃触大诛。引慝自归，谓当谴黜。万方有罪，责在朕躬。虽尔长民，岂专任此。

赐溪洞知蒋州田元宗等进奉助南郊并贺冬贺正敕书

敕田元宗：附绥种落，葆卫疆陲。能来献琛，以赞厘事。忠勤之意，良有可嘉。

赐占城蕃王杨卜尸利律陀般摩提婆敕书

敕：卿世荷百禄，躬有一邦。虽道阻荒遐，而志存钦顺。具书遣使，航海献琛。载念忠勤，岂忘叹尚。因加褒赐，式示眷怀。

批答文武百寮曾公亮已下上尊号第一表不允

朕以薄德，嗣膺基绪，继天理物，常惧弗任。方赖交修，以熙众治。群公卿士，外暨庶黎，欲举鸿名，措之眇质。臣民归美，为义则多，揣实揆时，朕犹不取。

批答文武百寮曾公亮已下上尊号第二表不允

王者奉元以先后天时，宪道以始终人事，以文制礼作乐，以武戢兵丰财，以成万物之性为仁，以得四海之心为孝。唯圣时克，朕无能焉，被之此名，只有惭德。矧家多难，创巨未夷，备章而郊，欲止不敢，因自尊显，良非本怀。

批答宰臣曾公亮已下贺寿星见

省表具之。乾象粲然，官占以告，寿祺之应，于传有稽。卿等寅亮帝工，阜成邦采，摛文告庆，归福朕躬。书瑞史篇，已循故事，星隆晷德，尚赖交修。

批答枢密使文彦博等贺寿星见

省表具之，穹旻见象，以告寿昌。嘉与臣民，并膺兹福。卿等进繇德选，登诩事枢。敷奏兆祥，请书史策。忠嘉之意，朕所不忘。

批答富弼

卿有忧国爱君之心，而忠以忘乎已；有经邦信时之业，而用未究其能。夫蓄久而积博者施之无穷，虑深而计熟则谋无不获。此朕所以有望于卿也。矧卿正直不回，奸邪素忌。小人所异，君子所同。是以在外十年，而左右之誉弗及，处躬一德，而搢绅之望愈隆。朕内度于心，外询于众，自谓有得，卿其何辞。

批答不允皇伯祖威德军节度使荣国公承亮辞免恩命第一表

卿相予祠事，既获休成，膺国宠章，所宜祇受。苟为谦避，未协眷怀。

批答不允承亮辞免恩命第二表仍断来章

卿位重朝廷，望隆宗室，骏奔郊庙，助朕休成。受锡为宜，可无确避。

批答不允承亮辞免

省表具之，受厘于神，人与有庆。矧惟近属，德齿兼尊。膺此褒嘉，于事为称。往其祇命，以副眷怀。

批答不允承亮辞免

省表具之：古者脤膰之福，与同姓共之。矧兹大赉，外及蛮貊，为吾近属，相协休成。恩典所加，岂容固避。

批答枢密副使韩绛邵亢知枢密院事陈升之等辞免恩命仍断来章

省表具之，祭有惠术，赉及庶黎。矧吾政事之臣，当在褒扬之首。膺斯恩典，于体为宜。毋或终辞，以勤训告。

批答韩绛邵亢陈升之等辞恩命不允仍断来章

卿等位为臣宗，躬相祠事。膺斯褒显，于体为宜。往服宠章，可无谦避。

宣答文武百寮称贺宣德门肆赦

有制：朕升烟泰畤，登就吉仪。驻跸端门，布宣惠泽。臣邻协豫，黎庶交欣。赖天之休，与卿等内外同庆。

宣答文武百寮称贺南郊礼毕

有制：朕祼献清庙，燎禋泰坛。协相祀仪，既嘉勤绩。旅陈贺礼，弥见欢诚。赖天之休，与卿等内外同庆。

宣答枢密使以下贺南郊礼毕

有制：朕亲称币玉，祗见郊宫。能底熙成，实繇显相。群灵率吁，黎献交欣。朕赖天之休，与卿等内外同庆。

赐皇伯祖东平郡王元弼生日口宣

有敕：卿齿尊德茂，属近位崇。惟时献岁之期，实兆元精之庆。当加好赐，以助燕私。

赐判汝州富弼乞假养疾诏

眷我元老，数更悲伤。比饬使人往宣至意，乃观来谂，未即康宁。姑顺诚怀，勉绥吉禄。

赐判汝州富弼赴阙诏二道

一

敕富弼：卿中解政机，外分符守，久于穷僻，卫养或愆。优游京师，可以治疾。谓当趣驾，以副虚怀。

二

敕富弼：久解政机，荐分符守。元功茂德，朕所注心。渴闻嘉猷，以辅不逮。

赐富弼赴阙并茶药诏

敕富弼：适自州藩来还朝位。眷驰驱之良苦，惧卫养之或愆。当有宠颁，以昭勤伫。

赐判汝州富弼辞免南郊礼毕支赐诏

敕富弼：省所奏免南郊支赐，受厘于神，赉及蛮貊。卿勋德兼茂，中外具瞻。恩典所加，当先群辟。区区一赐，何足以辞？当体眷怀，其膺贶施。

诏不允赐宰臣曾公亮已下辞南郊赐赉

朕初嗣服，于祖宗之制，未有所改也。卿等选于黎献，位冠百工，或受或辞，人用观政。朝廷予夺，所以驭臣。贵贱有差，势如堂陛。惟先王之制国用，视时民数之多寡。方今生齿既蕃，而赋入又为不少，理财之义，殆有可思。此之不图，而姑务自损，只伤国体，未协朕心。方与勋贤虑其大者，区区一赐，何足以言？故兹诏示，想宜知悉。

赐太子太傅致仕梁适太子太师致仕张昪特赴阙南郊陪位诏

朕肇称圭币，祗见郊宫。嘉得万国之欢心，以承配天之大事。永念元老，著勋先朝。当与辟公，序于祠位。冀能显相，绥我休成。可发来赴阙南郊陪位。故兹诏示，想宜知悉。

赐允太子太傅致仕梁适陈乞不赴南郊陪位诏

敕梁适：省所上表，“递到诏书一道，令臣赴阙陪位者。臣以久病不获奔走前去事”。具悉。朕肃将圭币，祗见郊丘。嘉与旧臣，协承熙事。乃闻疢疾，旅力尚愆。优老宠贤，义诚难强。

赐允太子太师致仕张昪不赴南郊陪位诏

敕张昪：郊丘大事，群辟具来。旧老元勋，所宜显相。乃以疾苦，恻于朕心。尚慎兴居，以膺康福。

赐宣徽北院使判大名府王拱辰乞南郊赴阙不允诏

敕拱辰：朕嗣命典神，肇称吉礼。稽循故事，不敢愆忘。卿既率贡职以来助祭，又求入觐陪侍郊宫。缅彼都畿，方须镇抚。

永惟重寄，难徇至怀。

赐宣徽北院使判大名府王拱辰乞南郊赴阙不允诏

敕拱辰：朕嗣命典神，肇称吉礼。稽循故事，不敢愆忘。卿既率贡职以来助祭，又求入觐陪侍郊宫。缅彼乃可留。而引喻再三，便于出守。重违恳恻，姑即所安。故兹诏示，想宜知悉。

【解题】

以上宣诏、批答共五十九道，当是安石任知制诰时拟，时间在仁宗嘉祐末、英宗治平初年。

抚问送伴大辽贺正旦人使副沿路相逢贺大辽皇太后皇帝生辰使副口宣

有敕：卿等抗旍出聘，拥传还朝。方春尚寒，涉道良苦。当加抚劳，以示眷怀。

抚问雄州白沟驿赐北朝贺正旦人使御筵口宣

有敕：卿等并膺朝选，实构邻欢。拥节在疆，方豫称觞之礼。驰轺喻指，姑推折俎之恩。

赐大辽国贺正旦人使已下生饩口宣

有敕：卿等奉将邻聘，来会岁元。永怀跋涉之劳，宜有饩牵之礼。式昭勤遇，当体诚怀。

赐大辽国贺正旦人使却回瀛州御筵口宣

有敕，卿等奉将书币，即获欢成。跋涉川途，固更勤勚。宜颁燕衎，以示眷怀。

赐大辽国贺正旦人使见讫就驿赐酒果口宣

有敕：卿等奉将邻聘，夙驾使轺。既造见于阙庭，方即安于舍馆。宜加好赐，以致诚怀。

北京赐大辽贺正旦人使却回御筵口宣

有敕：卿等奉币造朝，抗旃归国。纡怀使节，方次都畿。特示燕私，以将勤遇。

雄州赐大辽贺同天节人使却回御筵兼抚问口宣

有敕：卿等抗旃归国，总辔在疆。方兹炎歊，亦既勤勚。就颁燕衎，式示眷怀。

就驿赐大辽贺同天节人使却回朝辞讫酒果口宣

有敕：卿等奉将聘礼，来会诞期。惟邻好之践修，嘉使容之饬备。当申颁赉，以侑燕私。

赐真定府路臣寮等初冬衣袄口宣

有敕：卿等水泽将坚，风飙载厉。永怀黎献，方寄外忧。当饬使轺，就颁箧服。

赐召学士冯京入院口宣

有敕：卿文备国华，学该世务。祥琴既御，吉服以朝。宜复禁涂，往供辞职。

赐召滕甫入院口宣

有敕：卿夙称才敏，久擅文华。当解风宪之严。以豫论思之密。

赐皇伯祖威德军节度使荣国公承亮加恩口宣

有敕：朕躬率百辟，褒封万灵。乃眷亲贤，实陪大事。当懋宠嘉之数，以昭褒锡之恩。

赐皇弟岐王颢生日礼物口宣

有敕：卿地亲鲁卫，德茂间平。方诞毓之嘉辰，有匪颁之故事。当驰肤使，往喻隆恩。

赐皇弟高密郡王生日礼物口宣

有敕：卿德名方邵，爵宠兼崇。诞毓之辰，甫当谷旦。匪颁之礼，式示至恩。

赐淮南节度使守司徒兼侍中判相州韩琦加恩口宣

有敕：卿位高朝廷，德茂百辟。相予厘事，厥有成劳。膺国宠章，是为常典。

赐判永兴军韩琦生日礼物口宣

有敕：卿位重将旄，望隆宰席。方懋蕃官之绩，载临诞毓之辰。当有匪颁，以昭眷遇。

赐枢密使西川节度使守司空兼侍中文彦博生日差内臣赐羊酒米面等口宣

有敕：卿明谟经国，硕望冠朝。方兹诞育之辰，宜有燕私之礼。当加赐赉，以示眷怀。

赐文彦博生日差男押赐生日礼物口宣

有敕：卿才隆国栋，位极臣宗。惟时盈月之良，实兆元精之庆。载临谷旦，当致异恩。

赐枢密使吕公弼生日礼物口宣

有敕：卿为皇世臣，掌国几命。门弧告庆，是谓嘉时。台馈致恩，式昭厚遇。

赐观文殿大学士尚书左仆射富弼赴阙茶药口宣

有敕：卿久辞剧位，外寄方州。惟召节之既严，想朝旂之甚迩。宜颁珍剂，以喻至怀。

赐观文殿大学士尚书左仆射富弼汤药并赐诏口宣

有敕；卿屏翰元功，台衡旧德。数更悲衅，有恻朕心。因喻至怀，宜颁珍剂。

赐观文殿学士刑部尚书知大名府陈升之赴阙朝见并赐茶药口宣

有敕：卿拥节过都，皈关请觐。方兹炎溽，固已勤劳。当有匪颁，以资辅养。

赐观文殿大学士尚书左仆射判汝州富弼加恩口宣

有敕：卿望隆时栋，德茂臣宗。方兹厘事之成，爰有命书之赐。往膺褒显，当体眷怀。

抚问判永兴军韩琦口宣

有敕：卿内辞鼎轴，出抚方垂。载惟莅事之勤，宜飨啬神之福。特申劳问，以示眷怀。

抚问观文殿学士陈升之兼赐夏药口宣

有敕：卿久参台路，方部将符。辑瑞之来，虚怀以伫。宜加劳赐，式示眷存。

抚问鄜延路臣寮口宣

有敕：卿等并膺廷选，外寄边虞。永念抚循，备更劳勚。方兹妍暖，宜各宁安。

抚问延州沿边臣寮口宣

有敕：卿等并因材选，外寄边虞。方履盛秋，想膺多福。特申抚喻，当体顾怀。

抚问河北西路臣寮兼赐夏药口宣

有敕：卿等时方郁烝，气或疵疠。永惟黎献，方寄外忧。当有分颁，以助调养。

抚问并代州路臣寮并将校口宣

有敕：卿等方以材能，外分寄属。当此冱寒之极，永惟劳勚之多。当饬使人，往宣朕意。

抚问高阳关路俵散诸军特支银鞋钱并传宣抚问臣寮口宣

有敕：卿等各以选抡，外膺寄属。比更时序，邈在边防。永怀捍御之劳，当致拊循之意。

【解题】

以上口宣三十一道，写作时间难以一一确考，大约皆作于仁宗嘉祐末、英宗治平初，安石任知制诰时。

李用和转官

尔忠力武敏，有称于时。出将一州，亦能用治。西南之屏，总制戎兵，比难其人，以尔摄事。夫以才得选而久于险远之劳，不先有赏以加焉，何以劝夫能者。躐迁位等，兹实异恩。往祗官成，无废吾事！

张慎修等改官

上之选于吏部者多矣，以貌以言而取，而皆不足以得之。此吾所以推耳目之任，而付之刺举之臣，使各察其所部而以贤才告上。今尔等从政于外，而为刺举者所称。故吾召见于庭，而秩以省寺之官。往其勉思所以事君，无使称尔者，受不任之咎。

徐师回等改官

《诗》曰："不解于位，民之攸塈。"盖吏能夙夜不懈于其职事以无过失，然后民得以服勤，而有劝功乐业之意。吾所以制为禄位以待天下之吏，以时论其功状而进退之，凡以为民也。尔等久列于朝，而久于其职。序迁尔位，惟是勉哉！

承制王钦等转官

敕某等：嘉我未老，而经营四方，诗人之所谓贤劳也，可无报称哉！以尔钦戍于南方之穷，而任监护之官；以尔惟正屯于西路之要，而服追胥之事。其役远，其责重，而能祇慎所职，以有累日之劳。其各迁位，介于内朝之使，以为报称。夫有功而见知，则说矣，此人之情也。以所愿乎上、施乎下，则士孰不乐为尔用哉？其亦勉之而已。

崇班胡珙等改官

功懋懋赏，先王之所以厉天下而成众治也。今吾使珙监兵马于外，而使可一典治材于中，皆积日月以赴功。其各赐官一等，以称吾懋赏之意。

刘叔宝转官

士之修身慎行，宣力四方，岂皆以取爵禄之报哉？盖其志有以谓义当如此。然而爵禄必稽行治劳烈而加焉。今吾序进尔官，以有积功之实，义不可以无报也。在尔自为，则欲知夫义当如此，而无志乎宠利，然后可以事君。往其勉哉，尚有终誉！

刘觉等转官

官所以制禄位之等，职所以叙才分之宜，视职之废举与行之失得，而下上其官，此吾为天下立法以废置赏诛之大体也。汝持其法而无失，修其职而无废，三年于此矣，不可以徒置也，宜有赏焉。序进一官，往钦乃服！

王伯恭转官

方今仕于朝廷者，率三岁而一迁，论者患其不足以劝功。然日月久矣，能祗慎不怠，免于罪悔，则亦宜有以褒嘉，此朕所以使尔得迁之意也。士之为义，盖有常心，何必利焉，然后知劝。

王 允 转 官

尔能诵先王之言，以得禄位。施于有政，又以才称。丞于殿中，岁月久矣。博士之选，儒者所宜，以为尔官，往其祇载！

李正臣转官

《书》曰：“钦哉钦哉！惟刑之恤哉！”此吾所以建审刑之职，而择取智能之士，以为详议之官。尔以艺文起家，又能明习法令，靖共厥位。有伐当迁，姑使序于太常，而仍其覆谳之事。往为审克，以称钦恤之意。

士度支转官

尔才能行义，多为士大夫所称，故起尔于贬斥，而岁余超迁，以佐三司。今有司考绩，又当增位，朕爵赏乐与士共，而嘉尔之有劳。往其钦哉，永称厥职！

枢密院编修周革转官

语曰：“前事不忘，后事之师也。”今吾枢密之府，自祖宗以至于今，不啻百年，捍患持危应变之大计，与夫将相论议之臣，密谋要策，有补于世者，皆具在此。而文书贸乱淆杂而无纪，亦何以待后事乎？故择能臣使序次焉。而尔以才称，实当其任。今迁尔位，唯是勉哉！

刘敞转官

褒善录最，朝廷至公，况吾迩臣，在法当陟。具官某，文章博美，政事详敏，心通道德之意，躬率仁义之行。久于侍从，实允询谋，付以方维，又能镇抚。甄序乃绩，进迁厥官。朕命惟休，往其祗服！

吴学士转官

士之好德乐善而无求，则爵赏有不足以劝焉，而爵赏固不废乎无求之士。尔文章行义政事之实，僚友之所服，朝廷之所称。朕方试尔于外，以观尔为。而审官上尔岁月之劳，法当迁位一等。此虽不足以为尔劝，而亦天下至公之法不可以废者也。往其懋承之哉！

吴省副转官

朕设考课之令，以待万官之众，不欲使一介之贱，有勤而不察，有善而不知，又况于左右任信才良之臣，校功数最，当以叙进者乎？以尔具官某，学足以知前人，智足以议当世。比更选用，皆以才称。三司地征，使务为剧，往贰厥事，不劳而能。畴其积功，迁位一等。是虽有司之常法，然非夫效实之如此，则何以称焉？

皇亲叔敖转官加勋二道

一

朕大赐于天下，虽疏以远无遗者矣，又况于宗室之近哉！尔序官内朝，克有嘉问，绳绳之庆，协于声诗。褒命有加，往其祇服！

二

朕既肆祀于明堂，而大赉以布神之福。尔列名属籍，序位内朝，肃雍在庭，克相厘事。以差受宠，其往懋哉！

覃恩转官二道

一

敕某等：永惟先帝君临天下，余四十年，功德之所及博矣！非夫在廷文武之士，宣力中外，亦何以致此哉？眇然之躬，嗣守成业，敢忘大赉，以劳众工。尔等各以才选，序于朝位，膺践禄次。往其丕钦！

二

朕初即位，奉行先帝故事，大赉四海，阻深幽逖，无所不及矣，又况于朝廷之上，岂可以忘哉？尔等能以忠力靖共职事，进位一等。往其钦承！

覃恩昭宪杜皇后孝惠贺皇后淑德尹皇后孙侄等转官

敕某等：予大祭于庙祧，而哀夫先后之家，或寖替而不章，乃诏有司，博求其世。尔等名在戚里，序于王朝，各因其官，增位一等。冀以上称神灵之意，岂特慰予追远之心。可。

磨勘转官三道

一

《周官》“三岁，则大计群吏之治而诛赏之”，故朕时宪以为考绩之法。吏者三岁能率职厉行而无罪悔，是亦宜于有赏。序官一等，以懋尔劳。维尔良能，宜加报称。

二

有司考尔等之阀阅，而扬尔等于朝廷，朕亲览焉，皆应迁法。夫命官赋禄之事，朕非轻之也，维以章有德，序有功。名在审官则三岁而一迁，亦维以闵夫职事之劳，而勉之尽力。尔等勿谓名器之可计日以自取也，而无报上之意焉。

三

虞以九载黜陟庶官，周以三岁诛赏群吏，其为法异，而劝沮之意同。尔之积功，实应迁法。序进厥位，维以劝能。《书》不云乎：“德懋懋官，功懋懋赏。”尔则善也，朕何爱焉？

【解题】

以上转官制二十三道，写作时间难以一一确考，大约皆作于安石任知制诰时，时间在仁宗嘉祐末年、英宗治平初年。

德妃沈氏侄孙献卿可试大理评事

朕于后妃之家，不欲以恩挠法。法之所当得者，义亦无所爱焉。尔方眇然，未克有知，而以外戚之恩得试理卿之属。时乃邦制，不为尔私。勉哉有成，以待官使！

沈德妃侄授监簿

敕某：京官，吾所重也，故设磨勘之法，以待吏部之选，非有劳而无罪及有任举之官，则不可以得之。尔由外戚，以孩幼入官，得吾之所重，其强勉学问，求为成人，以称吾待尔之意。

知杂王绰可吏部郎中直龙图阁知徐州

知杂御史于朝廷之士为高选，非精明强直不能称其任也。尔更践多矣，有闻于时，故从远方召置此位。乃以病告，至于再三。出临大州，进直严阁，又增郎位，以宠尔行。其亦懋哉，往共厥服！

潘夙转官知桂州

桂于西南为一都会，蛮夷荒忽，镇抚有宜，故于用人，常慎其选。尔清明敏达，宽博惠和，更事有功，简在朝论。迁序郎位，往其勉哉！

皇侄右卫大将军岳州团练使宗实可起复旧官泰州防御使知宗正寺

敕：先王纠合宗族而分职以治之，所以严宗庙也。宗庙严，则礼俗成而天下治，其事岂可以轻哉？今朕选于近属，以修宗正之官，亦先王治亲之意也。以尔具官某，惠仁孝恭，忠信纯笃，故迁厥位，以称御侮之实，而使任事焉。夫士之欲施于政，未有不学而能者。学所以修身也。身修则无不治矣。朕言维服，尔往懋哉！可。

皇侄孙左屯卫大将军登州防御使世永改陇州防御使

敕：朕永惟太祖皇帝德加于后世博矣，而诸孙爵位，莫有显者，甚非所以惇叙九族、承宗庙之意也。具官某，躬率德义，克承厥休，方将营卫之屯，而领兵防之任。其正使号，称朕志焉。

皇侄信州团练使宗懿改郢州防御使

敕：原罪眚、振滞淹，朝廷之庆施及乎远者矣，又况于宗室之近哉？具官某，于服属为亲，于爵列为贵。造行不能无惰，以自困于烦言。肆祀之恩，与人更始，涤其前咎，宠以故官。往思自修，保此荣禄。

许将可大理评事

敕将：先帝亲策进士于廷，而以尔为第一。尔于艺文，可谓能矣。所以施于政者，朕将有所试而观焉。夫士之遇时，不患无位，患所以立而已。往其励勉，以副柬求！

陈确授大理寺检法官

朕制中典以刑四方，非惟不失天下之奸，亦以使人无犯有司而已。今明试尔才之可使，而后以为属于理官。尔其知恤庶狱之不辜，而求其所以出之，以称朕哀矜元元之意。

直讲刘仲章可大理寺丞

敕仲章：尔方以经术教国子，而有司会课，当得进迁。尔以通经发闻于世，允蹈所学，尚何训哉！

施逊可大理寺丞

敕逊：三岁一迁，朝廷之法。尔共其职事，在法当迁。往懋厥修，以祗朕训。

未复旧官光禄寺丞赵瑾改大理寺丞

敕某：尔造行不谨，陷于法理，比更赦宥，复序故官。谋惟厥终，无重前悔！

奏举录事参军周同可大理寺丞

尔能勤厥官以有举者，有司条奏，在法宜迁。使得傅籍于审官，以为大理之属。当知夫名器之不可以徒得也，往思懋勉以称之！

解宾王太常少卿

今之太常，兼夔与伯夷之官，非夫寅恭清明，博习于礼乐，则孰能为之贰也？今朕考行序劳，而以尔为贰于太常。维尔尝以材称，而屡更任使，虽身在外，而名位亦云显矣。所以称此者，可无勉哉！

宋任可太常少卿

士以序迁至于卿位，亦荣矣。非才智有以任事，行义有以保身，岂能致此？具官某，中外践更，久于郎选，明习众事，见称于时。往即厥官，勉之无斁！

省判邵亢可太常丞

古者尚贤而轻爵，好艺而贱禄，所以士乐羞其行而为时用也。尔列于东宫之职事，三年于此矣。郡牧之任，开封之选，皆能称职，遂佐三司。其序尔功，进官一等。若尔之艺文政事，吾岂有爱于爵禄乎哉？往懋厥修，以需其后。

郑穆可太常博士

士之著籍审官者，虽在疏逖，犹三岁而一迁。又况以才被选，有职事于禁门之内者哉！嘉尔言行发闻于世，膺此恩典，往其钦承！

钱衮授太常博士

太常，古宗伯之官，而博士掌其掾法，增损因革皆合于事，久而不失先王之礼意，然后可以为能，其任固已重矣。今虽职废，而非文学出仕则不得以名官。尔以叙进而膺此选，其尚能勉以求称哉！

熊本转著作佐郎

吾岁取吏部之选者，以为宫监省寺之官，常不啻乎百人，论者患其多焉。《诗》不云乎“济济多士，文王以宁”，有天下者，岂以士多为患哉？顾其所取何如尔。汝艺文政事，皆见称述，往践禄次，盖将有补于时，使人视吾所取而不以为多，在汝勉之而已。

高旦可著作佐郎

唐、虞以三考黜陟幽明，而其所命或终身于一职。然则其所谓陟者，盖爵服加之而已。今之增位，犹古之加爵服也。以尔久于职事，而功用应于有司之法，故使增位以报焉。虽所更之岁月与黜陟之法，古今不同，而吾所以褒厉庶工，非与唐、虞异意。尔其毋怠，思称厥官！

提刑楚建中可司封员外郎

朕置使者以察天下之狱，其选择甚难，而视遇之甚厚。序功录善，其可忘乎？尔行治才能，有声于世。服官惟称，会课当迁，以懋尔劳，往其祗训！

韩绎可职方员外郎

三岁一迁，审官驭吏之常法也。然非智谋忠力能举其职事者，亦何以称此哉？尔缵德善之庆，而以艺文自奋。施于吏政，强敏有声。膺此宠荣，其知勉矣！

范镇加修撰

昔周人藏上古之书以为大训，而孔子《春秋》，天子之事也。盖夫讨论一代之善恶，而撰次以法度之文章，非夫通儒达才，有识足以知先王，不欺足以信后世，则孰能托《尚书》、《春秋》之义，勒成大典，而称吾属任之指乎？

以尔具官某，有该通之材，有纯洁之操，辩论深博，溢于文辞，论思禁林，时议惟允。则夫按善恶见闻之实，断是非去取之疑，人之所难，宜以命尔。尔其精思熟考，自勉以古之良史，而毋袭近世以事属辞之失，使无以考焉！

翰林学士右谏议大夫知制诰充史馆修撰范镇改给事中加轻车都尉食邑五百户余如故

敕：朕虽哀恫，永惟付托之重，不敢忘先帝宠绥海内、褒厚群臣之意。具官某，敦大闳博，清明敏达。职亲地密，为国信臣。迁序位等，申之恩典。惟慎厥服，往膺显荣！

翰林侍读学士右正言冯京改翰林学士知制诰权知开封府

敕：学士职亲地显，而开封典治京师，非夫忠厚仁恕而有文学政事之能，孰可以任此？具官某，造行直方，受材博敏。践更中外，休显有称。论思禁林，尹正畿甸。询谋惟允，其往懋哉！

翰林学士右正言知制诰权知开封府冯京改起居舍人加上骑都尉食邑五百户余如故

敕：先帝以盛德成功，克终天禄。眇然在疚，永念嗣训，非左右之良，孰与济此哉？具官某，秉哲蹈义，士民所望。尹正京邑，善声流闻。邦有大赉，当由贵始。往膺宠禄，无替厥修！

周沆右谏议大夫

尧、舜黜陟幽明之法，其详不见于经，盖其考绩之次序，必始于朝廷之贵者。朕率是道，进退百官，故于迩臣，无有私德。以尔具官某，忠厚谨洁，惠和宽博，尝被方维之重任，久参侍从之要官，内外之劳，皆宜有赏。而以称士失实，挂于吏议，为郎武部，七岁于兹，其论积功，进位西省。夫职在尽规之地，官又以谏为称，维是将明，往其思勉！

左司谏王陶可皇子伴读

敕某：自天子至于士，未有不待学而成者。今朕欲进诸子于学，求可与居者，而大臣以尔为言。尔久在谏垣，有闻于世，兹维慎选，可不勉哉！

起居舍人直秘阁同修起居注司马光知制诰

敕：先王诰命之文，何其雅训而奥美！虽出命非有司之事，而讨论润色盖有助焉。以尔具官某，操行修洁，博知经术，庶乎能以所学，施于训辞。俾掌赞书，往谐朕志！

起居舍人直秘阁同修起居注司马光改天章阁待制

杨雄曰："周之士也贵，秦之士也贱；周之士也肆，秦之士也拘。"盖言先王以礼让为国，士之有为有守，得伸其志，而在上不敢以势加焉。朕率是道，以君多士。以尔具官某，文学行义，有称于时，故明试以言，使司告命。而乃固执辞让，至于八九。改序厥职，以伸尔志。是亦高选，往其懋哉！

天章阁待制司马光

陟降左右，司朕躬之厥者，至亲笃信之臣也。邦有大赉，其可以后而忘乎？具官某，政事艺文操行之美，有闻于世，简在朕心。相时明禋，庀事惟谨。进阶序爵，其往懋哉！

待制司马光可礼部郎中

敕：左右侍从之臣，皆先帝所遗以助兴政理者也。有劳可录，朕敢忘哉？具官某，行义信于朝廷，文学称于天下。比更任使，会课当迁。进位二等，以嘉尔绩。尔方以经术入侍，而又兼谏争之官。往其思致厥身，使朕之聪明无所不通，尔亦维有无穷之闻。可。

尚书户部郎中张瓌知制诰

朕宗祀先帝，以配昊天，而均福厘于在位，疏远微贱无遗者矣，又况于侍从之臣乎？具官某，德厚资深，志方行洁。安于义命，为世宝臣。考慎礼乐，相时大事。进阶序爵，其往懋哉！

尚书左丞余靖制

朕有大赉，虽疏逖微细必加焉。况于位序高，任属重，宠章徽数其可略乎？具官某，政事之材，艺文之学，践更中外，光显有声。济登大官，镇抚荒服，能率厥职，相时休成。衍食序勋，往其祗服！

尚书左丞充集贤院学士余靖改工部尚书加柱国食邑余如故

敕：先帝君临天下余四十年，功德之所及博矣。非文武之士，协力中外，何以致此哉！在后之侗，纂修成法，敢忘大赉，以劳众工。具官某，敦大闳深，清明敏达，蕃屏帝室，厥功茂焉。恩典宠章，往其钦服！

刑部侍郎充集贤院学士李柬之改兵部侍郎加食邑食实封

敕：先帝弃天下，不及班命以劳群臣。朕继大统，其承厥志。具官某，廉静忠恕，济以详敏，能绍世美，为时名臣。膺服宠章，往其思励！

龙图阁直学士给事中吕公弼改尚书工部侍郎余如故

敕：褒德序功，制为禄位，先帝所以熙庶政也。朕虽在疚，所不敢忘。具官某，保身慎行，旧有荣问，陟降左右，是为世臣。惠绥西南，风绩尤显。冬官之贰，其往钦哉！

翰林学士兼侍读学士礼部郎中知制诰充史馆修撰王珪改吏部郎中加食邑五百户实封二百户余如故

敕：先帝投天下之艰以属朕身。永惟所与济此者，岂非左右之良哉？具官某，秉哲迪义，士民所望，论思润色，有补于时。大赉之恩，外通四海，况于亲近，岂可以忘？往服宠章，愈其慎毖！

林亿可司封郎中

朕有官禄庆赏以序功，而其施始于朝廷之近。尔以艺文被选，而多所践更，通籍禁中，庀官阙下。序迁郎位，既极左曹，往即宠荣，愈其励勉！

淮南转运副使张景宪可金部郎中

敕某：入佐三司，出使诸路，皆朝士大夫之高选。有劳当录，其可忘哉？尔行义之修，才能之卲，见称当世，简在朝廷。会课进官，往其钦服！

龙图王绰可秘书少监

敕：朕初嗣位，大赐天下，文武在位，各以序迁。具官某，出入践更，名问休显，奉常之副，用劳厥勤。乃辞官荣，以避亲讳。绥予孝子，改贰秘书。往服宠章，靖共无斁！

毛篪可秘书丞

古人有言曰：“无常产而有常心者，唯士为能。”夫所谓士者，不以无常产而变易其心，又奚俟于爵赏而后劝哉！然士之有功，则爵赏加焉，天下大公之法也。尔以进士起而序于王官之列，出长一邑之民，有劳而无罪，三年于此矣。其使迁秩，以信大公之法，朝廷之位亦加显矣。所以为士者，可不勉哉！

国子监直讲孙思恭可著作佐郎

尔才能行义，有超卓之誉于时，故选于众以教国子，而又宠以校雠之官。有司稽劳，当得迁位，列职东观，往其懋哉！

国子监直讲商傅可光禄寺丞

尔博读群经，而能通知其义，故选于众，以教国子。有司稽任，当以劳迁。往服尔官，愈其思懋。

甘昭吉入内副都知

古者王之正内，必有任职之臣。予若稽古而思得吉士以充其选，以尔服勤左右，多历岁年，有专良之称，无侧媚之毁，其使序于正内，以允廷论之公焉。尔其审门闱，谨房闼，入宣宫令，出赞朝事，悉心夙夜，一以忠信，则维予尔嘉，尔亦永绥宠禄。

窦舜卿可四厢都指挥使

国家置帅兵以为卫，所选皆天下之材，付之部督，未尝轻其授也。具官某，践更边要，忠力有闻；选将营屯，众论惟允。序迁厥位，其往钦哉！

石遇四厢都指挥使

虎贲之士，周公以为人主所当知恤者也，又况所使将此哉？具官某，比以材选，服劳于边，折冲御侮，尝有所试矣。迁进使号，付之部督。往其钦慎，以报宠荣！

李端悫可东上阁门使

阁门置使，官盛地亲，非有嘉绩令名，不能胜其任也。具官某，于朝廷有详练之实，于戚里有茂勉之声。非专为恩，以致此位，积功久次，当得右迁。其愈励哉，往共厥服！

宋守约可殿前都虞候

营卫之士，皆天下武力之高选也。所使虞度军中之事者，岂可以非其人哉？具官某等，造行谨良，致位休显！勋劳之实，简在朕心。各以序迁，往惟祗服！

崔峄可刑部侍郎致仕

仕焉而告老者，自一命以上，必有以尉其归。况吾尔臣，恩纪所厚，宜增位序，以示褒优。以尔具官，比以明扬，久于烦使，入参侍从，出备藩维。践更滋多，寄属惟允。引年辞位，得礼之宜。进贰秋卿，以荣居息。古之老者，非苟自佚其身，唯慎行祗法以助成王德，尔所知也。往其懋哉。

鞠学士知寿州

敕某：付之千里之地，能禁暴去悍，拊循鳏寡，使良民有以休息，而吏不敢为侵冤，岂非所谓能者哉？若尔之材，历选于朝，而久试于外，固时之所谓能者，朕所加省而不忘。今夫寿，剧郡也，故徒汝以治之。而稽汝岁功，当得迁位，丞于光禄，其往勉哉！

龙图何郯知永兴军

敕：朕初即位，慎考俊乂之臣，付之方镇。具官某，廉清质直，敦大详敏，艺文之学，政事之材，左右具宜，以有声绩。作国西屏，雍维大都，镇抚一方，老成是赖。序迁厥位，往牧其人。其励猷为，以膺任属。可。

度支员外郎李寿朋改开封府推官

敕某：朕布大庆于天下，惟士之有能有为而不获尽者，岂一日而忘哉？尔以政事之材而济之文学，无所避惮，以修厥官，陷于吏议，失职久矣。尹正畿甸，四方所瞻，姑往佐之，以永民誉。可。

县令王任可试大理评事充节推知县

尔任举者为令，而能修其职，以见推称。命尔以为幕府之官，而又试以字人之事。夫南面而听百里，岂轻也哉？维能强恕以求仁，然后副吾置吏为民之意。

县尉李执中可察推

先王之政，荒则缓刑。至于强不忌死，而伤吾良民，则去之亦不可以不急。此朕所以严追胥之令，信购赏之科，不以岁凶多暴之时而为之废格。尔能除盗，实举其官，迁以懋功，往祗乃服。

大理寺丞张服改太子中舍

《周官》“三岁，则大计群吏之治而诛赏之”，故朕时宪以为考绩之法。夫吏者三岁能率职厉行而无罪悔，是亦宜有赏。序官一等，以慰尔劳绩。维尔良能，宜加报称。

屯田员外郎韩缜改殿中侍御史

敕某：朕使学士五人举二人以为御史，又于二人择取一人，而以汝为之。汝名臣之子，世载荣问，恺悌忠信，学知大方。无蔽于憸人，无挠于大吏，无迪上以非先王之典而同乎流俗。时汝称职，往其勉哉！可。

沈兵部充省判

擅一道之财，而开阖敛散之，以给县官之费，而又察举吏士之贤不肖，问民之疾苦，与夫入佐三司，而四方之言利者必稽焉，其职事之责重。汝以才能屡试，而行义加修，使于东南，岁月久矣，还裨掌计之位，所以慰将命之劳。惟尔之博学多闻，固尝知夫百姓与足之义。古人有言曰："尊其所闻则高明矣，行其所知则光大矣。"可不勉哉！

掌禹锡赵良规并秘书监

秘书，图籍艺文之府，而置监在光禄卫尉诸卿之右，其材实德望，当有以称之。以尔具官某等，历官兹多，服采惟谨，序于卿位，简在朝廷，宣布诏条，讨论典故，久于任使，亦各有劳。宜推增秩之恩，以信懋功之法。往从官次，无或不祗。

【解题】

以上准官制等五十九道，写作时间难以一一确考，大约皆作于仁宗嘉祐末、英宗治平初年，安石任知制诰时。

都官员外郎陈汝羲可职方员外郎制

敕某：审官之法，吏有劳而无罪，至于三岁，则迁位一等，亦所以劝也。尔文学政事，有称于世。久更任使，会课当迁。往服宠章，愈其思励。可。

都官员外郎章俞可职方员外郎制

敕某：尔以艺文之学，政事之材，所更滋多，皆有善最。三载考绩，法当进迁。往践厥官，愈其思勉。可。

都官员外郎刘牧可职方员外郎制

敕某：朕置使者以察诸路，而选才士以佐之。尔行义智能，比见称述。往其职事，会课当迁。懋勉厥勤，以称官使。可。

都官员外郎王易知可职方员外郎制

敕某：尔久于试用，常以才称。出守一州，可有为矣。而有司会录，当得进官。往既厥心，以祗予训。可。

屯田员外郎谢景初可都官员外郎制

敕某：周官司士，三岁则稽士任进其爵禄。而方今审官之法用焉。尔名臣之子，操行修洁，文学政事，有称于时。审官序劳，当以时进。往践尔位，厥维懋哉。可。

姚原道太常博士制

敕某：尔以艺文出仕，而才谞见称。备任远方，有劳当录。博士之选，往其钦哉。可。

晏崇让太常博士制

敕某：尔名臣之子，行义修饬。能以艺文自奋，而于职事有劳。序迁厥官，其往祗服。可。

刘温太常博士制

敕某：尔丞秘书三年矣，故稽尔功状，秩于太常。尔行义才能，有称于世。无曰官小，往其钦哉。可。

柴余庆国子博士制

敕某：尔于为吏，才敏见称。会课有司，当得迁位。博士之选，往其勉哉。可。

比部员外郎吕元规可驾部员外郎制

敕某：褒善录勤，邦有常法。尔护军粂，将边漕，悉心营职，才谓见称。会课序迁，往其祇服。可。

屯田员外郎任迥等加勋制

敕某等：朕获休享于神，而嘉与在位，同其福禄。尔等并由材选，列在郎位。相时厘事，能励厥勤。甄序有差，往其祇服。可。

明堂宗室加恩制

敕某：朕既肆祀于明堂，而大赉以布神之福。尔列名属籍，序位内朝，肃雍在庭，克相厘事。以差受宠，其往懋哉。可。

皇侄右卫大将军蕲州防御使从古登州防御使制

敕：朕选于近属，以治亲亲，唯贤与能，宜在此位。具官某，躬率德善，自昭于时，以选摄事，久勤不懈。其迁使号而正其职服之名焉。往践宠荣，愈思慎毖。可。

皇侄曾孙太子右内率府率令磋右千牛卫将军制

敕某：治天下自人道始，而以治亲为先务。尔序于属籍，率履不违。迁率东宫，十年于此矣。进践禄次，往其钦承。可。

集贤校理周豫太常博士余如故制

敕某：籍于审官之士，虽身在外，有司会其伐阅，岁满辄迁。况于以才进选，而列职秘近者哉。尔维畯良，膺此恩典。往其祗励，以服宠荣。可。

杨南仲太常博士制

敕某：尔文学艺能，见称于世。服官惟谨，克以有劳。丞于太常，是谓华选。迁秩博士，往其钦哉。可。

右司谏赵抃礼部员外郎兼侍御史知杂事制

敕某：朕置御史以为耳目，非更事久而能自称职，则不以知杂事也。以尔尝任言责，有猷有为，行义之修，士人所誉。故迁郎位，使在此官。悉其诚心，迪上视听。义之与比，时乃显哉。可。

皇侄右卫大将军泰州防御使知宗正寺宗实可岳州刺史充本州团练使制

敕：孝子之思慕无穷，而送终有既者，先王之礼也。具官某，祗慎克孝，能良于丧。去位家居，三年于此矣。其还位号，复序内朝。朕命维新，往钦无斁。可。

兵部郎中沈立可依前官充三司户部判官制

敕某：擅一道之财，而开阖敛散之，以给县官之费，而又察举吏士之贤不肖，问民之疾苦，与夫入佐三司，而四方之言利者必稽焉。其职事之责等尔。汝以才能屡试，而行义加修。使于东南，岁月久矣。还裨掌计之治，所以慰将命之劳。惟尔博学多闻，固尝知夫百姓与足之义。古人有言曰：尊其所闻则高明，行其所知则光大矣。可不勉哉。可。

度支员外郎充秘阁校理李大临三司度支判官制

敕某：天下之食货，皆领于三司。故朕常难于置使，而又考慎其属以称之。尔以文学为官，而政事尝有所试。清明敏达，可使治烦。往践厥官，其知所守矣。可。

金部郎中朱寿隆三司盐铁判官制

敕某：取于山海之无穷，以助县官之不给，所以开阖敛散之，不可以无术也。非夫廉辨敏明之吏，孰能任此者乎？尔纯行美材，久于烦使。往共厥服，维是勉哉。可。

殿中丞充集贤校理陆经开封府推官制

敕某：天下无事，休养生息，百年于此。而京师之人众矣，独开封以一尹治之。故朕常慎择材士以为之佐，庶几乎其不劳而治也。尔材茂质美，久于湮阨，而智能弥劭，行义加修。姑使治烦，往其自勉。可。

太常博士充秘阁校理张洞开封府推官制

敕某：开封任重事丛，故常择才士以为之佐。尔以文章学问，列职校雠。出试一州，风绩弥劭。膺此遴选，往其勉哉。可。

枢密直学士施昌言知渭州制

敕：夫出河秘文，中严于禁阁；临渭分阃，外肃于戎亭。进陪侍从之联，往膺经略之寄，兹为异数，授受惟艰。具官施某，才劭兼人，闻望映世，早摅素蕴，浸阶清涂。南榻计庭，裨赞之功可纪；西厢枢府，论思之效尤彰。洎出总于藩条，且屡制于边琐。事经毕举，政绩用成。宜易余杭之符，就抚氐羌之塞。尔其坐护诸将，善固吾围。而今而后，无西顾之忧者，繄尔之力。可不勉哉。可。

知制诰沈遘知杭州制

敕：东南奥区，杭越重镇。眷惟师帅之选，属于侍从之良。宜有褒优，式示毗倚。具官某，风姿爽拔，器宇闳深。早登高妙之科，亟跻通显之列。校文东观，典学擅乎多闻；演诰西垣，英辞鼓乎群动。比抗章而请郡，期调膳以奉亲，曾未期年，已闻报政。乃就更于淮海，庶益便于庭闱。载念钱塘之邦，方虚铜虎之守。宜共易俗之命，仍选应宿之资。服我新恩，宠尔故里。与夫引会稽之绂，又相万也。尔惟懋哉。可。

龙图阁直学士知河阳李兑给事中依前龙图阁直学士知邓州制

敕：邓于京西为一都会。提兵以守，常择大吏。且有加命，宠荣其行。具官某，宽和静深，方厚笃实。尝由御史，遂为谏官。延阁侍从之班，方维帅守之任。焯有绩效，见于事为。序于东省之华，寄以南阳之重，按抚吏士，治军牧民。敷宣诏条，镇靖风俗，繄汝能力。往其勉哉。可。

龙图阁直学士李柬之刑部侍郎充集贤院学士判西京留守司御史台制

敕：古之仕者，难进易退。陵夷至于后世，而礼义廉耻几乎息，恬于势利者鲜矣。而苟得躁进者，不乏于朝。教之未孚，朕甚患之。顾吾左右亲近之臣，行义合于古之仕者，宜从其志。使在位之贪者，有愧而慕焉。具官某，名臣之子，能自修敕，出备蕃维之任，入为侍从之官。而乃力辞显荣，退就闲职。别都执宪，地清务简。特峻秋官之秩，仍通丽正之班。吾惟尔嘉，其往居息。可。

集贤校理鞠真卿可光禄寺丞依旧充集贤校理知寿州制

敕某：付之千里之地，能禁暴去悍，拊循鳏寡，使良民有以休息，而吏不敢为侵冤，岂非所谓能者哉！若尔之材，历选于朝，而久试于外。固时之所谓能者，朕所加省而不忘。今夫寿，剧郡也，故徙汝以治之。而稽汝岁功，当得迁位。丞于光禄，其往勉哉。可。

翰林学士知制诰贾黯转官加勋邑制

敕：朕初即位，奉行先帝故事，不敢有废也。具官某，刚毅笃实，闳深博敏，先帝所遗以论思左右者也。其迁厥位，加赐恩典。其往钦哉。可。

翰林学士知制诰权三司使蔡襄转官加食邑制

敕：朕祇若先帝之初，大赉以劳天下。职亲地禁之臣，皆先帝所遗以助朕者也，其可以后而忘哉？具官某，率德秉义，以绥宠禄，主国大计，功昭于时。班命有章，往钦无斁。可。

学士院孔目官梓州司户参军周元亨成都府温江县主簿制

敕某：尔服采禁林，有劳可录。宗祈之庆，外序一官。往慎典刑，保兹禄仕。可。

昭文馆正名守当官陈旦利州司户参军依前充职制

敕某：朕初即位，大赉四海。尔役于书林久矣。序官州掾，往慎厥修。可。

朝堂知班引赞官游击将军守右金吾卫长史魏昭永恩州录事参军制

敕某：宗祀之成，并蒙禔福。尔傧赞朝事，有年于此矣。出长州掾，往其勉哉。可。

朝堂正名知班驱使官杨忠信吴安期何惟庆并特授将仕郎制

敕某：尔等骏奔于朝，以给烦使，致勤厥职，爰及再期。甄序一官，往共旧服。可。

都省正名驱使官袁士宗守蓬州蓬山县主簿依前充职制

敕某：尔以勤服采，积有岁年。外序一官，往共初服。守尔禄次，厥惟慎哉。可。

中书守当官郓州司户参军卫进之青州司户参军制

敕某：尔给事相府，服勤岁久。因时庆赐，求得外迁。往掾大州，勉共厥服。可。

朝堂知班驱使官张归一李汶并开州开江县主簿依前充职制

敕某等：尔骏奔走以给朝廷之事久矣。有劳可录，序以一官。往懋厥勤，乃其无罚。可。

三司开拆司守关前行滑州别驾王亨郑州司马制

敕某：尔实掌书以佐计官之治，老而知止。予念尔劳。司马于州，往惟祗服。可。

学士院劝留官遂州司户参军庄诩青州寿光县尉制

敕某：宗祈成礼，覃泽万方，骏奔之吏，迁有常法。序尔一尉，往其勉哉。可。

中书录事守成都府别驾魏贯游击将军充中书守阙主事中书守阙录事守大名府别驾张世长中书录事制

敕某等：隶名中书，能自祗饬。今吏员有阙，故迁以补之。往懋厥勤，无瘝于职。可。

客省承受李怀曦秦宗古遂州司户参军制

敕某：宗祀之恩，覃于小吏，尔服勤久矣，宜序一官。往励厥修，以共旧服。可。

沿堂五院副行首左千牛卫长史周成务金吾卫长史制

敕某等：役于宰属，积岁有劳。升秩卫官，序迁职服。往共厥事，惟既乃心。可。

沿堂五院正名驱使官郑州司户参军吕昭序常州宜兴县尉制

敕某：尔以州掾之名，而役于宰属。豫蒙庆施，当得外迁。往惟廉清，可以保禄。可。

秘阁选满楷书充编修院权书库官袁舜卿潍州北海县尉制

敕某：掌书赞事，积岁有劳。甄序一官，往其祗服。可。

尚书都省额外正名年满令史边士宁青州益都县尉制

敕某：尔以书赞治，积岁有劳。请命于朝，序官一尉。往共厥职，无敢弗祗。可。

太常寺太乐署院官郭余庆应州金城县主簿制

敕某：尔隶于太常久矣。吏员有阙，当得进迁。命以一官，往其祗服。可。

右街司正名孔目官张文仲蓬州蓬山县主簿依前充职制

敕某：祗载厥职，于今十年。稽状有司，序于官簿。往共旧服，无弃前劳。可。

吏部侍郎平章事曾公亮奏句当人赵化基制

敕某：朕布神之惠而陪隶与焉。尔服厥勤，受兹甄宠。名者，先王所慎以与人者也。往思淑慎以称之。可。

青州奏寿光县丰城村张赞独孤用和各年一百一岁并本州助教制

敕某：人寿到于百年，则阅天下之故多矣。宠以官号，使助守令，教驯百姓，岂不宜哉！尔实应书，往其钦服。可。

安化中下州北遐镇蛮人一百一十人并银酒监武制

敕某：声教所覃，尔惟祇服，克有名位，荣于种落。又输方物，来效厥勤。其锡异恩，以嘉能享。可。

寿州税户李仲宣李仲渊本州助教制

敕某：淮人阻饥，朕欲赒饩。尔能输米，来助有司。赏以一官，往其祇服。可。

宿州临涣县柳子镇市户进纳斛斗人朱亿弟杰本州助教制

敕某：赒恤阻饥，朝廷之政。尔能输积，以助有司。褒赐一官，往其祇服。可。

空名助教并试监簿制

敕某：河水衍溢，且为民菑。尔能输薪，以佐有司之急。加尔以试官之赏，其思慎行以称焉。可。

欧阳修奏医人夏日华试国子四门助教不理选限制

敕某：天下安危治乱，其责在乎政事之臣。责之如此其深，则遇之岂可以不厚？故其有求于上，吾皆听许而不违。今修以尔能医而为之请命，吾其加锡，以示不违于大臣。尔往懋哉，当知夫名不可假。可。

赵概奏医人武世安试国子四门助教不理选限制

敕某：古者圣人为医药以济民命，而又建官制禄，考其所治之全失而上下以劝焉。其于爱人也深矣。尔能执技以济众，而见称于大臣。使试一官，以为尔劝。其思勉励，以称褒嘉。可。

赠安远军节度使马怀德遗表门客吴戛试将作监主簿不理选限制

敕某：怀德尝将卫兵，而其卒也，求官其客。观尔所主，以知尔材。往试一官，勉思自称。可。

河东都转运使龙图阁直学士何郯奏梓州医博士谢愈试国子四门助教不理选限制

敕某：尔以方技自名，为迩臣所荐。其于行艺，必有可称。俾试一官，以为尔宠。可。

殿中省尚药奉御直医官院仇鼎充翰林医官副使制

敕某：古者视疾医之全失而上下其食，所以明沮劝也。尔以技事上，久而有劳。迁序厥官，往钦无斁。可。

程戡奏延州医助教房用和试国子四门助教不理选限制

敕某：延州镇抚一方，而将吏皆吾捍城之用。尔共医事，莫府所称。甄序以官，往祗厥服。可。

胡宿奏医人夏日宣试国子四门助教不理选限制

敕某：夫论思劝讲之臣，实吾耳目腹心之赖。而尔能执技调护其家，请命于朝，以为尔宠。吾其锡尔，往矣勉哉。可。

范镇奏成都府医人王献臣试国子四门助教不理选限制

敕某：尔有邦人，为吾近侍，称尔尝学，尤良于医。序试一官，往其祗服。可。

追官人文思副使王用内殿承制制

敕某：尔尝犯礼以失厥官。宗祀既成，均休宥罪。序于廷内，其往慎哉。可。

未复旧官人刘舜臣礼宾副使制

敕某：尔尝为州，坐法以免。既更新令，未即故官。宠以命书，介于诸使。惟慎厥后，以称恩荣。可。

追官人前供备库副使崔怀忠内殿承制制

敕某：朕闵士大夫或以一眚之故弃而不录，故常因赦令使得复序厥官。尔久以才能，外更任使，虽尝废免，有足哀矜。列职内朝，往其祗服。可。

特勒停人守秘校胡柬之守秘校制

敕某：尔尝坐小何。既更大庆，往就禄次，以须器使。朕于用士，固不以一眚而废材。惟敏厥修，以永终誉。可。

堂后官大理寺丞张庆随右赞善大夫余如故制

敕某：尔职为宰属，名在理官，祗慎无疵，至于三岁。进官一等，有籍于朝。往其懋哉，是亦荣矣。可。

右班殿直彭士方容州别驾制

敕某：尔为小吏，自致廷臣，能称厥修，至于告老。列职州佐，以为归荣。可。

摄荆南文学张锐守荆南府参军制

敕某等：异时设科以待武力智谋之士，而尔等实应令焉。尝摄一官，既更新令，稍即序录，其往勉旃。可。

单州文学周大亨密州司马制

敕某：尔不勉厥修，以取罪废。继更赦令，复齿官联。善补悔尤，尚有终誉。可。

广南东路经略安抚使余靖奏高邮军医博王沂试国子四门助教不理选限制

敕某：尔以方伎有声淮南。今方维按抚之臣，以尔自随，而请加一命。尔宜知夫名之不欲以假人也，而能慎行以称焉。可。

蔡襄奏医人李端试国子四门助教不理选限制

敕某：尔从事于医久矣。而吾左右亲信之臣，称尔之行能，请一命焉。厥有故常，以为尔宠。其思淑慎，以称褒嘉。可。

特勒停人光禄寺丞周延年光禄寺丞制

敕某：尔坐废于家，为日久矣。宗祈之庆，复就轿官。往慎厥修，以须器使。可。

建州管内观察使李玮安州管内观察使制

敕：厘事既成，庆流宇内，简于朕志，当有异恩。具官某，以元舅之家，膺下嫁之选，饬身厉行，休显有称。尝坐谴何，外更藩屏。付之旧节，使得造朝。往服宠荣，愈其慎毖。可。

检校水部员外郎充秦州团练副使不签书本州公事萧注依前检校水部员外郎充奉宁军节度副使不签书本州公事制

敕某：朕初即位，肆大眚以劳天下。尔尝为边将，以罪失职。稍迁位号，徙置大邦。夫士之有能，固不以瑕衅而终废。往其修省，以服异恩。可。

萧注责授团练副使制

敕某：尔以州县尺寸之功，未阅数期，而官显禄厚，遂专一州之寄。当思戮力，以称所待遇。乃公为奸污，不忌边禁。以至擅发丁壮，采金蛮夷，侵骚边人，废业失职。无钩考之检，有盗攘之嫌。朕惟远方羁縻之义，不欲重为烦扰，故宁失尔罪恶，而不卒究穷。副于团练之军，置诸安闲之地，其思自讼，以服宽宥之恩焉。可。

仪鸾使英州刺史张师正落刺史依旧仪鸾使制

敕某：人道贵让，而以巽为利者，武人之正也。朕以尔材谞为能治边，故超进使号，又择令名之州使尔刺焉，而共其旧服。当知竭力报称所蒙，而乃觖望鄙争，果于慢上。自干邦法，以致人言。稍褫前恩，尚附轻典。往其修省，思补厥愆。可。

皇城使巴州刺史宋安道落巴州刺史制

敕某等：班禄所以劝能，制罚所以惩事。尔等执技备官久矣，一有所试，而其效皆无可言。窃位素餐之罪，法不可以无惩也。稍从降绌，示有典刑。往其深省厥愆，以称食功之意。可。

皇城使宋安道责授检校水部员外郎充卫州团练副使不签书本州公事制

敕某：尔等以医入侍，先帝疾殆，至于弗瘳，而皆莫能知。居其官而不能与食焉而怠其事，皆法刑之所当施。深惟先帝之仁，故不忍加诛，而宥尔等于外。顾省厥罪，往其戒哉。可。

邢王孙右武卫大将军道州团练使宗望舒州防御使余如故制

敕：朝廷爵赏，与士共之，亲爱之欲其富贵，亦先王之道也。具官某，序于近戚，服在显官。尝坐小何，自今久次。能补前吝，历年兹多。往以序迁，勉绥宠禄。可。

未复旧官人兵部员外郎知池州吕溱吏部郎中制

敕某：朕初即位，原咎眚，振废淹。尔为先帝近臣，以才敏谅直称天下。尝坐吏议，久于左迁。稍复故官，往其祇训。可。

追官人前司封员外郎萧固司封员外郎制

敕某：宗祀之庆，外覃四海，况于尝任事之臣哉。尔备使南方，实以才选。控于吏议，用失厥官。锡命示恩，往其祇服。可。

追官人前都官员外郎陈昭素都官员外郎制

敕某：尔尝更任使，而以才称于世。陷于吏议，失职久矣。再更赦令，稍复故官。夫士有智能，固不可以一眚而终废。惟慎厥后，以须选求。可。

陈宪臣屯田员外郎制

敕某：尔尝坐法，用失厥官。宗祀之成，推恩博矣。复尔禄次，往其钦哉。可。

孙夷甫屯田员外郎制

敕某：尔尝坐谴何，再更赦宥。能自节励，以补厥愆。序进一官，往其祇服。可。

安保衡都官员外郎制

先帝有事明堂，而大赉于四海。尔尝在郎选，困于一眚。膺此庆施，序迁厥官。往其慎哉，以服休命。可。

未复旧官人殿中丞王超太常博士制

敕某：尔控文吏之议以失职久矣。朕方推庆赐，以劳天下。疏逖幽贱，并膺厥服。矧尔智谋绩用，为世所称，而特困于一眚之细哉。其还故官，以劝能者。可。

追官勒停人国子博士沈扶国子博士制

敕某：士之可用者，朕不以一眚而忘之也，又况于以才任使，而特以荐士为累哉。尔行义智能，有闻于家，久于使事，绩效可称。任非其人，以坐废斥。宗祈之庆，覃及万方。甄序厥官，往惟祗服。可。

追官人前太常博士王拱已太常博士制

敕某：尔以举非其人，而久坐斥废。宗祈之庆，赉及万方。复尔故官，往其祗服。可。

追官人著作佐郎沈士龙秘书丞制

敕某：尔尝弃其官守而坐废于家。今宗祀之恩，吏之免者多复用矣，况如尔之得罪，特以有志于善乎。其就故官，以须器使。可。

未复旧官人检校水部员外郎怀州团练副使任庆之大理寺丞制

敕某：尔尝谴何，比更赦宥。序进厥位，往其慎哉。可。

特勒停人前西京左藏库副使刘起西京左藏库副使制

敕某：宗祈之庆，覃及万方。尔尝以才选，典领州事。不知淑慎，以袛厥愆。恩复故官，往其袛训。可。

特勒停人试将作监主簿郭庆基将作监主簿制

敕某：宗社之恩，外覃四海。尔尝坐法，用废于家。复即故官，其知慎矣。可。

特勒停人前守将作监主簿张及孙复旧官制

敕某：尔尝坐斥免。既更赦令，其班新命，使就故官。惟慎以远罪，而敏于赴功，则足以补前负矣。可。

追官人徐并太常寺奉礼郎制

敕某：朕初即位，布大号于天下。尔比以罪负，久于废斥。既更赦宥，当序一官。夫士之尝有谴尤而后以才复为世用者众矣。往其淑慎，以待异恩。可。

建州敦遣进士彭彝特授将仕郎秘书省校书郎制

敕某：朕惟众科不足以尽天下之士，故因赦令而委诸路以特招。尔以守节见称，而论议亦尝试矣，赐之一命，使力行者有劝焉。往其增修，以称兹举。可。

新授齐州章丘县尉郑珪瀛州司户参军制

敕某：尔尝为大臣所称，当得迁序。自求一掾，往事上州。其慎猷为，以膺器使。可。

御前五经及第刘元规通利军司法参军制

敕某：朕虽趣时为法，而其义亦考于经。尔以经术决科，而试于法吏。勉思所诵，尚有合哉。可。

敕赐同进士出身顾立守汉阳军司理参军制

敕某：尔经明行洁，特见推扬，考核以言，有足称者。试诸狱掾，其往懋哉。可。

高州茂名县尉兼主簿李伯英永州录事参军兼司户参军制

敕某：小人当平岁为盗，尔职当捕，而能得之。甄叙厥勤，国有常法。往就禄次，勉图后功。可。

御前尚书学究及第张宗臣亳州司法参军制

敕某：尔少而知学，能以决科。今也成人，遂从官政。往共厥事，可不勉哉。可。

御前三礼及第韩伯庄海州东海县尉兼主簿制

敕某：尔幼而知学，能以决科。今也成人，往其从政。有猷有守，惟慎厥初。可。

敕赐同进士出身王祁试秘校守青州益都县主簿制

敕某：察行于乡里，考言于朝廷，而试之以事，此自古所以能得士也。今汝言行皆见称引，姑使佐于大县，以观从政之材。无曰民寡，亦可以有为矣。可。

太庙斋郎黄景先守常州宜兴县主簿制

敕某：尔考以使事，没身于瘴疠，故尔得序于有司。往践一官，其思所以保禄位而无失前人义方之训。可。

李资潍州北海县主簿制

敕某：尔父以身死制，而加尔以一命之荣。今又以尔母有言，而使得佐于大邑。能以忠顺保其禄位，而守其祭祀者，士之孝也。往其祗服，可不勉哉。可。

太常少卿权判太仆寺马从先父震赠右领军卫大将军特赠尚书工部侍郎制

敕：朕获执玉币以承上帝，燕及圣考者，岂非士大夫之助哉，肆有大赉，以称其念亲之志。具官某父某，资兼文武，而用不极其材能。以义方勗成厥子，服在卿位，相兹休成。追命有加，尚知荣享。可。

屯田员外郎句谌父希仲已赠吏部侍郎赠金紫光禄大夫工部尚书制

敕：士以功善有庆而欲移之亲，苟无害于义，则其可以不从乎？具官某，尝以才名序于卿位，庆集厥子，有劳当迁。愿推恩典，以贲幽穸。膺此显服，尚知荣享。可。

都官员外郎何若谷亡兄若冲追赠试大理评事制

敕某：尔躬率善行，而不克自昭于时。有弟在廷，法当增位。固辞恩典，冀得追荣。慭锡一官，尚其能享。可。

故崇仪使康州刺史内侍押班卢昭序赠正刺史制

敕某：所居之地禁，所事之职亲，恩礼所加，亦宜异数。尔以忠力备任宫闱，历年滋多，率履惟谨。今其亡矣，追恻厥勤，考于故常，当得褒序。迁正位号，尚能知荣。可。

右监门卫大将军仲劝新妇陈氏封邑制

先帝布大庆于天下，朕初即位，永惟嗣训，不敢有忘。具官某妻陈氏，顺善和嫕，嫔于宗室。赐命大邑，示均神厘。率礼勿违，以称休显。可。

皇弟故右屯卫大将军霸州防御使承俊赠崇信军节度观察留后追封乐平郡公制

敕：《诗》曰："死丧之威，兄弟孔怀。"以天下之贵富，而得尽其亲亲之礼，则荣名尊爵，岂宜有爱于此哉！具官某，驯德谨行，称于宗室。奄终厥命，实悼朕心。宠之以留后之官，褒之以郡公之号。尚其幽穸，克享兹荣。可。

皇侄孙世芬赠洺州防御使追封广平侯制

敕：置使以捍防为职，建邦以察候为名。非亲且贤，何以堪此。以尔具官某，序于近属，旧有令名。未加褒崇，遂至窀穸。其追赐命，以慰厥灵。尚克有知，享兹休显。可。

同中书门下平章事宋庠亲孙女特封永宁县君制

敕宋氏：朕有大封之庆，而尔母与焉。辞其宠章，为尔请邑。尔惟名族，率礼有常。象服之宜，是亦荣矣。可。

故赠司空兼侍中庞籍遗表长女南安县君冀州支使陈琪妻安康郡君制

敕庞氏：封爵吾所重也。尔考尝为将相，而其没也以尔为言。加锡郡封，盖非常典。尔维令淑，往服宠荣。可。

第五女大理评事赵彦若妻德安县君制

敕庞氏：尔考尝辅佐先帝，而有劳于国。今其不幸，为尔请封。夫以女子受爵于朝，而不系其夫，其亦荣矣。往惟顺淑，以服宠荣。可。

第七女寿安县君制

敕庞氏：女子从人者也，故封爵视其夫子而已矣。尔父尝勤劳于国，而为先帝大臣。今其薨殂，为尔请邑。考于恩典，厥亦有初。往服宠荣，勉之无斁。可。

节度使允初长女殿直梁铸妻特封嘉兴郡君制

敕赵氏：朕于宗室亲疏有秩也。今尔既成妇矣，而宗正为尔请封。尔维懿恭，循礼无失。以君大郡，可谓显荣。其往懋哉，尔宜钦服。可。

宗说第十八女右班殿直楚奎妻永泰县君制

敕赵氏：朕初即位，敷锡庶邦。尔躬行柔嘉，实维宗女。赐封大邑，往服厥荣。可。

右屯卫大将军茂州刺史克洵第二女右班殿直宋玘妻等并特封县君制

敕赵氏：凡内女之嫁者，爵邑不系其夫，所以广亲亲也。尔嫔于世族，率礼有常。锡命启封，是为恩典。思称厥服，愈其懋哉。可。

右屯卫大将军登州防御使邢国公世永第三女左班殿直徐镇妻特封金城县君制

先帝褒厚宗室女子之嫁者，爵命有不系其夫。朕初即位，不敢忘也。具官某女某人妻赵氏，夙承礼教，率用祗德，归于世族，妇顺有称。锡以县封，往膺休宠。可。

沂国公主赵氏奏苗贤妃亲姊永安县君苗氏男张士端试将作监主簿制

敕某：朕布大庆，而士缘外内族亲之故以得官者众矣。虽进非用德，然能致其材，以保禄位，则亦足以自昭于时。尔与此荣，当知懋勉。可。

右监门卫大将军令襄故母钱氏可追封仁和县君制

先帝以孝治天下，故因宗祀大庆，施及诸臣之父母。具官某母钱氏，躬率德善，来宜宗室，虽不终荣禄，而有子克家。追锡宠章，冀能嘉享。可。

大将军从信故所生母许氏追封平原县太君制

敕许氏：朕于在廷之臣，皆有以褒厚其亲也，况于近属恩礼所先者乎？尔顺善和恭，甚宜家室，克生宗子，实胙大邦。当号尔封，遽弃荣养。进君一邑，以慰孝心。尚惟淑灵，知享此宠。可。

大理寺丞苏唐卿母孙氏万年县君制

敕孙氏：朕既肆祀于明堂，而锡命以褒诸臣之母。尚惟高年及养，而礼秩有所不加。故推异恩，以慰其意。尔年耄矣，而有子列于王官。其疏爵邑之荣，以厚闺门之庆。可。

试监簿祁元振亡母丁氏追封昭德县太君制

敕某母丁氏：尔嫔于名卿，不预宠封之庆；没有良子，乃蒙增秩之褒。愿移恩荣，追慰顾复。俾疏大邑，以燕孝思。可。

参知政事欧阳修女乐寿县君制

敕欧阳氏：汝父为吾政事之臣，而缘国大赉，丐恩及汝。赐之封邑，亦有故常。祗戒勿违，以承兹宠。可。

同中书门下平章事文彦博女大理评事庞元直妻特封安福县君制

敕文氏：尔父为时元老，而尔母当得褒封。辞其宠章，为尔求邑。尔承德义之庆，而嫔宗公之家。膺兹显荣，可谓称矣。可。

故充媛董氏赠婉仪制

敕：《鸡鸣》思贤妃，而《关雎》乐得淑女。永怀邦媛，内助宫闱，愍饰厥终，当加位号。故充媛董氏有德让之美，无险竭之私，进登嫔妇之官，率循保阿之训。奄忽至于大故，兹用怆于朕心。恩典宠章，以贲幽穸。尚其弗泯，知享此荣。可。

枢密副使吴奎亡妻赵氏追封信都郡夫人制

敕：追远念旧而不忘者行之厚，而大臣有求于此，朕岂可以忘哉？具官某亡妻某氏，柔嘉在躬，作配君子，不克偕老，兹惟永怀。能辞生者之恩，以丐追封之宠。胙以名郡，尚其知荣。可。

枢密副使胡宿亡妻崇仁县君吴氏追封兰陵郡夫人制

敕：妇人能相其君子，终以休显，而不与享其福禄，岂非人情之所愍恻哉。具官某妻某氏，躬率德善，嫔于大家。缵夫之荣，肇启爵邑，方吾良弼，登执事枢。嗟尔淑人，既营封壤，赐之名郡，追贲诸幽。尚其虽没而有知，亦以慰夫生者。可。

故董淑妃养女御侍张氏安福县君依旧御侍制

敕某氏：尔为妃所鞠而序于女御之数。启邑赐号，以广逮下之恩。往服命书，勉循阴教。可。

故董淑妃养女御侍李氏仁和县君依旧御侍制

敕某氏：尔以徽柔备数女御。赐封大邑，用示褒嘉。往服宠荣，愈其淑慎。可。

听宣蒋氏张氏并司言制

敕某：后宫之职，各有等差，必来淑女，以赞内治。尔惠和安婉，服采维勤。迁序厥官，往钦休命。可。

淑妃董氏遗表父右侍禁安内殿崇班制

敕某：卿大夫之终于位者，朕所以顾恤其家，未尝不备也。永惟良淑，有助宫闱，序位既崇，则推恩宜厚。阅其遗表，为尔求迁。超进厥官，往求自称。可。

西染院副使兼阁门通事舍人夏伟内园副使依旧阁门通事舍人制

敕某：宾赞受事之职，吾以武吏为之，而甚难其选。尔能祇饬，以称厥官。会课有司，序迁位等。往祇休宠。可。

内殿承制谭德润供备库副使制

敕某：朕永惟陵寝之严，而选使以护之。尔往任事，靖共厥职。有劳可录，其以序迁。衹服宠章，勉求称位。可。

内殿承制杨宗礼供备库副使制

敕某：监一路之军，而按抚其人，又典一州之政，非才能行治有纪于时，孰可以称此哉。尔久于烦使，能勤厥事。故迁尔位，以介诸司，而使往焉。其慎以防患而敏于趋功，以称推择之意。可。

枢密院副承旨张继渥供备库副使制

敕：尔典掌机要，服劳岁久。以疾自上，求为外官。迁介诸司，往膺器使。可。

内殿承制朱渐供备库副使制

敕某：赋禄序官，邦有常法。尔勤厥服，会课当迁。维器与名，职思其称。乃其无罚，可不勉哉。可。

承制王钦李惟正并供备库副使制

敕某等：嘉我未老而经营四方，诗人之所谓贤劳也，可无报称哉。以尔钦戍于南方之穷，而任监护之官；以尔惟正屯于西路之要，而服追胥之事。其投远，其责重，而能祇慎所职，以有累日之劳。其各迁位，介于内朝之使，以为报称。夫有功而见知则说矣，此人之情也。以所愿乎上施乎下，则士孰不乐为尔用哉。其亦勉之而已。可。

杨元内殿崇班制

敕某：尔为廷臣，奔走厥职。有劳可录，序进厥官。惟忠与勤，所以报称。往践禄次，可无勉哉。可。

张建中内殿崇班制

敕某：尔总戎马，地滨不毛。为之三年，能固吾圉。迁秩一等，往其懋哉。可。

庆州肃远寨蕃官都巡检崇仪使慕恩北作坊使制

敕某：尔武力智谋，有称种落。徼循捍御，勋效焯然。莫府条陈，允于众论。超迁使号，往愈懋哉。可。

军员等换诸司使副承制崇班制

敕某等：褒嘉忠劳，被以禄秩，先帝有成法，朕不敢违。尔等序列禁中，有宿卫之最。外迁厥位，以慰久勤。进服宠荣，往图勋效。可。

王保常内殿承制制

敕某：朕布大号于天下，文武在位，皆升一等。序劳当迁者，又皆得以时迁。尔服采禁中，积功有赏。膺此休宠，往惟勉哉。可。

靳宗永内殿承制制

敕某：承制之官，本朝所置，非积善累勤之武吏，则不得在此位焉。尔服采有庸，校年当进。其往祗践，以称宠荣。可。

阁门祗候狄询内殿崇班依前职制

敕某：尔名臣之子，任事边陲。积岁有劳，序官一等。往其淑慎，思世厥家。可。

入内内侍省内东头供奉官宋有志东染院副使制

敕某：尔久于内侍，承事有劳。自求外迁，以便医药。超升位等，往服恩荣。可。

李用和六宅副使制

敕：尔忠力武敏，有称于时。出将一州，亦能用治。西南之屏，总制戎兵，比难其人，以尔摄事。夫以才得选而久于险远之劳，不先有赏以加焉，何以劝夫能者。躐迁位等，兹实异恩。往祗官成，无废吾事。可。

内殿承制阁门祗候宋良礼宾副使制

敕某：尔典制一军，有民有社。论功考最，当得序迁。惟尔以才，尝更选擢。往钦新命，其愈懋哉。可。

内殿承制阁门祗候王嵩礼宾副使制

敕某：尔以才智勋效，自昭于时。董督徼循，实任边要。序劳当进，以介诸司。朕命维休，往其钦服。可。

西京左藏库副使李景贤文思副使制

敕某：戎马之寄，常难其选。尔以才谞久于任使，一州之政，比有可称。超进位等，往膺寄属。勉思报称，无或不祗。可。

西京左藏库副使穆遂文思副使制

敕某：尔徼循蛮方，为日久矣。更书且下，而使者乞留。超进厥官，以共旧服。往惟励勉，膺此宠荣。可。

西京左藏库副使石用休文思副使制

敕某：尔以才选，比更任使。有司会课，当得进官。往服训辞，无瘝乃事。可。

天武左第三军都指挥使封州刺史程荣可蒙州刺史充御前忠佐马步军副都军头制

敕某等：熊罴之士，为国爪牙，均其逸勤，率用成法。尔等忠劳之实，简在朝廷。迁序有差，往惟钦服。可。

转　员　制

先帝遗朕熊罴之士以蕃帝室。所使统督，岂可以非其人哉?尔等以捍城之材，共禁卫之服。忠劳武力，皆有可称。各以序迁，往钦无懈。可。

落权团练刺史制

敕某等：忠劳之士，武力之臣，奖卫帝室，其功多矣。当序厥位，以均逸勤。尔等部督有方，践修无过。兵团州刺，迁进有差。往膺宠荣，懋建勋绩。可。

单州团练使刘永年可齐州防御使知代州制

敕：代地边要吾所重，常择将以守之。以尔具官某，武力智谋，济以驯谨。践更中外，皆有可称。故进使号，往共厥服。御侮之实，尔其勉哉。可。

捧日天武四厢都指挥使端州防御使赵滋可依前充侍卫亲军步军都虞候制

敕：营卫之士，皆天下武力之高选也。所使虞度军中之事者，岂可以非其人哉。具官某等，造行谨良，致位休显。勋劳之实，简在朕心。各以序迁，往惟祇服。可。

杭州于潜县令赵君序虢州玉成县令制

敕某：予嘉尔之有功于追胥也，故畀尔邑于东南。又从尔父之请焉，而移尔于虢。吾于用赏而顾恤尔私，亦云备矣。则尔之施于有政，可不勉哉。可。

信州铅山县尉齐景甫杭州余杭县令制

敕某：尔追胥有功，迁令一邑。百里之人，视尔以为休戚矣。施于政事，可不勉哉。可。

单州成武县令李焘江阴军录事参军制

敕某：尔修其官，能中赏率。有司会课，予懋尔功。愈其勉哉，以莅厥事。可。

潞州屯留县尉李昌言徐州录事参军制

敕某：尔能捕盗，当得赏官。迁督一州之邮，往其思称厥职。可。

殿前都虞候利州观察使贾逵依前官充侍卫亲军步军副指挥使制

敕：朕有貔虎熊罴之士，以卫中国，而制四夷。考求其人，以副统督。具官某，久更任使，才武有称。捍城之劳，宿卫之最，简于先帝，以暨朕躬。思懋厥修，往膺休显。可。

卫州防御使钱晦霸州防御使制

敕：朕初即位，奉行先帝故事，以劳天下，虽疏且远无遗矣，又况于朝廷之显者哉。具官某，忠劳奕世，简在帝室，能励厥德，自昭于时。膺此宠章，愈其思勉。可。

东上阁门使陵州团练使李端悫眉州防御使制

敕：朕初嗣位，奉行故事，以劳天下。具官某，清明敏达，和慎祗修，奉侍先帝，陟降左右。厥勤茂矣，其可忘哉。膺服宠荣，往钦乃服。可。

捧日左厢都指挥使嘉州团练使周翰制

先帝弃天下，朕初嗣位。永惟武力忠劳之士，为国御侮，其功多矣，岂可以忘哉。具官某，部督有方，践修无过。营卫之最，简于朝廷。膺此宠章，愈其奋励。可。

太子少傅致仕田况遗表男守秘校至安太常寺太祝制

敕某：俊哲之辅，有劳于时。福禄既成，而尔嗣厥后。于其将死，以尔为言。膺此宠章，宜知勉矣。可。

故资政殿大学士知河南府吴育遗表孙男俨俅并守将作监主簿制

敕某等：朕所以顾恤大臣之家而序录其子孙，未尝有爱焉。况如尔祖贤明谅直，有补于世，朕常思而不忘者乎？其各加尔一命，以为工官之属。《诗》曰：“夙兴夜寐，无忝尔所生。”往其勉哉，可以为孝矣。可。

翰林学士承旨宋祁遗表男俊国广国守秘书省正字令持服制

敕某等：尔考承密命于翰林，而不幸至于大故。眷怀旧德，甄序尔官。往其有成，祗服予采。可。

宋祁遗表孙松年延年颐年并守将作监主簿制

敕某等：贵臣之世，贤者之后，朕所不能忘也。故尔等皆在冲幼，而列于工官。兹所以佑序尔家，亦云至矣。尔所以保其禄位，可不勉哉。可。

刑部侍郎致仕崔峄遗表亲孙男俞将作监主簿制

敕某：尔祖尝服高位，考终于家，以尔为言。朕其甄序工官之属，往矣懋哉。可。

户部郎中直龙图阁知明州范师道遗表第三男世文守将作监主簿制

敕某：尔父尝以才选列官于朝，出临一州，奄至大故。锡尔一命，尔其勉哉。可。

光禄卿直龙图阁张旨遗表亲男平易守将作监主簿制

敕某：朕惟尔父致位九卿，服劳于官，为日久矣。故命尔以工官之属，以称其将死之言。尔其思尔父之顾厥家，与朕心之哀尔父。夙兴夜寐，无或弗钦。可。

光禄少卿知单州吕师简遗表次男昌宗试将作监主簿制

敕某：尔父且死而为尔求官，故以尔试于工官之属。夫推恩既往，覃及子孙，吾所以待人臣者有常法矣。修敕自奋而以保禄位者，尔所以为人子也。可不勉哉。可。

故光禄卿致仕张铸遗表亲次孙彩试将作监主簿制

敕某：尔祖以九卿归第，而遗奏以尔为言。顾哀旧臣，而官使其子孙，此先王使仕者世禄之意，而吾之所不忘也。其使试于工官之属，以称尔祖之志焉。《诗》曰："无念尔祖，聿修厥德。"尔方就学，可不勉哉。可。

司农卿致仕余良孺遗表曾孙涣试将作监主簿制

敕某：尔之曾祖仕至九卿。退处于家，考终厥命。推恩及尔，以试工官。往慎猷为，且膺器使。可。

故光禄卿致仕张温之孙基试将作监主簿制

敕某：尔祖尝为侍从之臣，而有公忠之节。今其亡矣。秩尔以官，能善似之，乃其无悔。可。

客省使眉州防御使张亢遗表孙在至辈并将作监主簿制

敕某：尔祖起于文吏，而能以才武致力于封疆。捍患之功，书在王府。今其亡矣。故各命尔一官，往懋尔成，毋忘尔祖之勤于国。可。

司农卿致仕魏琰男太庙斋郎纾守将作监主簿制

敕某：尔世载荣禄，而父以九卿去位。推恩改命，序位工官。维恪慎可以保家，往其勉矣。可。

虞部员外郎致仕张应符男遘试将作监主簿制

敕某：少尽其力，至于老则养之不可以不终，使之免农而为士，则禄之不可以不世。此先王不忍人之政，而吾未能逮也。今尔父去位，而命尔一官，使得世其禄，以终尔父之养焉。此亦庶几有合乎先王之政。尔惟忠惟孝，尚称吾命尔之意哉。可。

职方员外郎致仕徐仲容男公辅试将作监主簿制

敕某：尔父辞禄而为尔请命于朝。《传》曰："君子之善善也长，故善善及子孙。"此吾命尔以一官之意也。《经》曰："事亲孝，故忠可移于君；居家理，故治可移于官。"尔其念此以自勉哉。可。

虞部员外郎致仕李卓男元之试将作监主簿制

敕某：尔父积勤，序于郎位。老而致事，录尔一官。思世厥家，往其无怠。可。

诸州军并转运提刑弟侄男恩泽等并试监簿制

敕某：朕始嗣位，推恩宇内。尔执方贡以来造朝，加赐一官，往惟祗服。可。

王孝叔充春州军事推官通判春州兼知本州制

敕某：南方荒远之州，吏多惮往。而尔请行焉，故优尔禄赐，而以劝赏随其后。往其勉矣，思乂我民。可。

县尉李执中可察推制

敕某：先王之政，荒则缓刑。至于强不忌死，而伤吾良民，则去之亦不可以不急。此朕所以严追胥之令，信购赏之科，不以岁凶多暴之时而为之废格。尔能除盗，实举其官。迁以懋功，往祇乃服。可。

吕开权淄州军事推官依前充镇南军节度推官制

敕某：尔有除盗之功，故赏以一邑，而序官于大府。辞而有请，以便尔私。吾用不违，往其祇服。可。

苏州长洲县尉富翱润州丹徒县令制

敕某：朕布爵赏之令，以待吏之有劳。尔能举其官以除盗贼，迁以为令，使之牧民。又将试尔为政之才，非特示朕报功之信。可。

晋州襄陵县尉葛颐单州武成县令制

敕某：尔职在追胥，而能上功中率。畀之一县，以懋尔能。夫为令之所事，则不特追胥而已，必也使人无盗，是乃能称其官。可。

右正言知制诰知越州沈遘起居舍人制

敕：列名侍从，分职方维，厥有庸勋，朕其甄序。具官某，端良足以有守，精敏足以有谋，为时宝臣，典掌明命。出抚州部，治声流闻。内外之劳，进迁惟允。序官二等，以懋厥勤。是谓宠荣，往其祗服。可。

同中书门下平章事韩琦奏亲侄女之子曹复真定府户曹制

敕某：维名与器，朕未尝辄以假人。尔缘大臣相礼之恩，遂阶一命之宠。出而从仕，可不勉哉。可。

枢密副使胡宿奏亲兄亶守秘校制

敕某：宗祀之恩，仕之显者，皆得官其亲族。尔躬率善行，而有弟为吾政事之臣。往服宠荣，懋修无斁。可。

天章阁待制司马光亲兄之子宏试将作监主簿制

先帝有大庆，推恩群臣子弟。而尔有叔父，实为近臣。往即厥官，无堕世禄。可。

广南东路转运使秘阁校理蔡抗男潜试将作监主簿制

敕某：将漕远方者，皆得官其子弟。尔父以才自奋，有显于时。往懋厥修，以绥世禄。可。

故赠司空兼侍中庞籍遗表男太常博士元英可屯田员外郎制

敕某等：尔考有庸先朝，致位将相。归安第室，而以寿终。尔等服采于时，实能嗣训。并膺恩典，其往勉哉。可。

庞籍遗表男内殿崇班元常大理寺丞制

敕某：士之文武异用久矣。尔世以儒学显，而有官籍于内朝。从尔父之遗言，而以丞于大理。往惟嗣训，乃克保家。可。

庞籍遗表孙保孙寅孙并将作监主簿制

敕某：尔祖尝为将相，佐佑帝室。朕哀其亡也，故序尔于工官。夫大臣之家，能久而不失其世者鲜矣。往承厥庆，可不勉哉。可。

庞籍外孙陈仲师试将作监主簿制

敕某：朕命尔以试工官之属者，特以尔之外祖尝为将相于先朝而已。然士之由保任而后能自奋以至休显者多矣。往践尔次，可无勉哉。可。

中书提点堂后官制

敕某等：朕大赉于天下，有政有事者，皆得以序迁。尔等各以选抡，备官宰旅。增位一等，往其钦哉。可。

英宗即位覃恩转官龙图阁学士至龙图阁直学士制

敕：永惟左右有能有为之臣，皆先帝遗朕以熙众功者也。方惟大赉，以劳天下，其可以忘而不及哉。具官某，惠和敦大，明允忠笃，列职近侍，实为名臣。褒序有加，往钦乃服。可。

发运转运提刑判官等制

先帝享国四十余年，内外晏然，克终天禄，岂非献臣才士佽助之力哉？不及班命以劳功，而朕承厥志。尔奉将使指，久以才称。膺此宠章，往其思励。可。

卿监馆职制

敕：朕初即位，奉行先帝故事，以劳天下。其施及于疏远，而可以忘于近者哉。具官某，序于书林，伐阅多矣。率德迪义，有称于时。膺践宠荣，往其思毖。可。

京官馆职制

先帝弃天下，朕初即位。纂修故事，以劳群臣。尔等序于书林，皆以才选。褒进有典，往其钦承。可。

分司致仕正郎以下京官等制

敕某等：朕初嗣位，敷锡庶工。非特劳在事之勤，亦以礼天下之贤者。尔等以才出仕，登序王官，或就里居，或分留务。往膺宠数，咸懋厥修。可。

诸司使副至崇班内常侍带遥郡不带遥郡制

敕某等：朕初即位，奉行先帝故事，大赉四海。阻深幽遐，无所不及矣。又况朝廷之近臣，岂可以忘哉。尔等能以忠力靖共职事。进位一等，往其钦承。可。

皇兄叔大将军以下制

先帝顾哀宗亲，德念至深厚矣。在后之侗，其可以忘哉。具官某，躬执义行，序于属籍，承休席宠，亦既显荣。褒进有章，往钦无斁。可。

皇弟侄大将军以下制

敕某：朕大赐于天下，虽疏以远无遗者矣，又况于宗室之近哉。尔序官内朝，克有善闻，绳绳之庆，协于声诗。褒命有加，往其祇服。可。

徐瑗试大理评事充保信军节推知梓州射洪县制

敕某：有百里之地，而人民社稷之事系焉，其任岂可以轻哉。尔尝试矣，见谓辨治，故又任尔以吾所重，而宠以幕府之官。往其勉哉，无慢予训。可。

王梦易试大理评事充永兴军节推知遂州青石县事制

敕某：朕尝命汝以幕府之官，使长百里之民，而汝以丧自解今除之矣，其就故官。有社与民，往其思勉。可。

县尉廖君玉太常寺奉礼郎制

敕某：尔职在追胥，有功中率，故褒序尔使得列于太常之属。朝廷庆赏之信如此，尔其可不勉哉？可。

陈周翰太常寺奉礼郎制

敕某：尔久于职事，能以有劳命课于朝，当得迁叙奉常之属。其往钦哉。可。

太常寺太乐署副乐正李允恭可太常寺太乐署太乐正太常寺摄乐正耿允恭包文显可并太常寺太乐署副乐正制

敕某等：太常上其属有阙，而以尔等闻。惟尔等皆善于修声而任职久矣。其迁副正以为署长，而使摄正署副正。往励厥官，无敢豫怠。可。

孙实大理评事制

敕某：尔名臣之子，能饬身慎行，强学自奋。而有司会课，当以序迁。其进一等，以为士官之属。往共尔职，其克懋哉。可。

韩铎试大理评事充天平军节度推官知遂州遂宁县制

敕某：尔用荐者为令，又以修治见称，试职士官，序于幕府。字人之任，其愈懋哉。可。

王任试大理评事充节推知县制

敕某：尔任举者为令，而能修其职，以见推称。命尔以为幕府之官，而又试以字人之事。夫南面而听百里，岂轻也哉。维能强恕以求仁，然后副吾置吏为民之意。可。

魏絪大理评事制

敕某：尔备属奉常，亦已久矣。序进厥等，以旌有劳。夫三岁一迁，虽厚禄可以驯而致。欲为善者，亦如此矣。能积智累勤而不已，则亦何所不至乎？在尔勉之，以求为可进也。可。

石祖良大理评事制

敕某：士之有籍于审官者，皆三岁而一迁。今尔岁满，故吾进尔位加尔禄。夫禄以等功而不以志，位以序德而不以劳。尔世厥家，其知勉矣。可。

何景先何景元并大理评事制

敕某：春秋之义，以贵治贱，以贤治不肖。今天下人民之众，贤者不为不多。尔得列于京官，其贤于人，宜如何也。今尔累日之课，又当迁序。其位亦云不贱矣。其为贤也，亦可以勉哉。可。

张琀大理评事制

敕某：吾推恩大臣之子，尔得列于祠官，能任事而有劳，其以备士官之属。尔父起于闾巷，以能大其家室者，岂一日之力哉？尔惟积勤累善，法象而不违。则岂特有庆于而宗，又将有赏于而国。可。

前乡贡进士许将大理评事签书昭庆军节度判官厅公事制

先帝亲第进士于廷，而以尔为第一。尔于艺文可谓能矣。所以施于政者，朕将有所试而观焉。夫士之遇时，不患无位，思所以立。往其励勉，以副柬求。可。

奏举人刘公臣白赞并大理寺丞制

敕某等：今吾大吏举非其人，有坐斥废，其于举人，岂顾不慎哉。然而坐斥废者时时有之，此殆求举者不一其始终以负之尔。今尔等皆以众举，故吾命以京官。勉思一其始终，以无负于举者。可。

国子监直讲编校集贤院书籍钱藻大理寺丞制

敕某：朕设科以招方正之士，而尔应其求，置局以储俊乂之材，而尔充其选。有司会课，当得进官。若尔之谅直多闻，方且善其行以为时用。往祇厥位，可不勉哉。可。

段叔献大理寺丞制

敕某：以尔典京师之狱，满岁于此矣，而未尝有失。丞于卿位，以懋尔劳。维朕哀矜庶狱之有不辜，尔所知也。守尔常操，尚无误哉。可。

奏举人于观大理寺丞制

敕某：方今漕频海之盐以食东南，而收其息以佐有司之急。仓庾之官一失职而至于耗恶，则足以匮国而伤民。故称举能吏而待之厚赏，所以劝也。尔从其事，能有成劳。丞于理官，往践无懈。可。

冯翊辛景贤大理寺丞制

先帝使大吏推举常选之士，以补省寺之属。尔能修其职事，而举者众多。率由旧章，命尔以位。往祇厥服，以称甄升。可。

试大理司直兼监察御史朱柬之大理寺丞制

敕某：尔以干□谨洁，能举其职事，而屡为在位者所举。岁满序功，法宜有赏。理官之属，其往懋哉。可。

高定大理寺丞制

敕某：朕布功赏之信，苟有功可以中率，则无择小大远迩而加焉。今有司条奏尔劳，在法当赏。往丞于理，其懋厥官。可。

林宗言大理寺丞制

敕某：有司言尔当迁，而朕视功状如有司之言，故使迁尔位一等。吾尝诏有司以时视士大夫功状而叙进之，毋使自言，欲夫在位知有礼让而不以官为利也。尔知之矣，可不勉哉。可。

徐缜大理寺丞制

敕某：尔出于世禄之家，而服勤筦库之事。行不愆于法，才不旷其官。迁以报功，往其思勖。可。

李文卿大理寺丞制

敕某：吏之近民者莫如令，故位非高也，禄非多也，而吾不轻以与人。尔得为之以有称者，往施于政，又以才称。置诸京官，以待任使。思永终誉，厥惟勉哉。可。

奏举人陈仲成大理寺丞制

敕某：歙之为州也，穷于山谷之间，吏常患乎州穷，而刺举者有所不知。尔勤其官而称者甚众，可谓能矣。其进以为京官，往懋乃成，以终有誉。可。

张谭大理寺丞制

敕某：古之爵赏，与士共之，虽有众誉而功实不副焉，说不可以幸而得也。此吾所以阅称举之众，而又稽历试之劳，然后命尔以丞于大理也。夫去吏部之选，而有录于审官，能祗慎不懈，以免于文吏之议，则虽高位尚可以循而至。可不勉哉。可。

郑民表韩烨大理寺丞制

敕某：尔服劳州县，才谞见称。甄序厥功，使丞于理。往祇休命，惟既尔心。可。

吴太元大理寺丞制

敕某：审官之法，三岁一迁。尔尝有罪，故使序于大理。四年而后迁以为丞。赏诛黜陟，吾无私焉，皆尔自取也。施于有政，可不勉哉。可。

高肤敏崇大年并著作佐郎制

敕某：尔等皆以才能序于莫府。举其职事，称者众多。会课超迁，往其祇服。可。

潘及甫著作佐郎制

敕：某等选于吏部久矣，皆能以才自奋，为在位者所称。稽状有司，列官省寺。往须器使，无替厥修。可。

奏举人阮邈著作佐郎马好贤大理寺丞制

敕某等：省寺之有丞郎，其名位高下不同，而于今皆为遴选。尔等从事于外，以能见称。有司书劳，朕所亲览。名践厥位，往惟慎哉。可。

直讲刘仲章大理寺丞制

敕某：尔方以经术教国子，而有司会课，当得进迁。尔以通经发闻于世。允蹈所学，尚何训哉。可。

奏举人周同大理寺丞制

敕某：尔能勤厥官以有举者。有司条奏，在法宜迁。使得傅籍于审官，以为大理之属。当知夫名器之不可以徒得也。往思懋勉以称之。可。

吴安操大理寺丞制

敕某：尔名臣之家，能自修饬。考论功最，当得进迁。往服官成，勿堕所守。可。

蔡说殿中丞制

敕某：宗祀之成，庆覃疏逖。尔久于常选，丁此殊恩。甄序有荣，往其祇服。可。

晁仲熙殿中丞制

敕某：尔以谨洁能不失其世守，故积功久次，致位于朝。往佐一州，又应迁法。愈其懋勉，以称褒嘉。可。

张璘光禄寺丞制

敕某：尔父为吾执政之官，而尔能夙夜祇饬，以修其职事，可谓能世其家矣。今有司会课，而吾以尔丞于光禄。往思励勉，以永燕誉之终哉。可。

王峋光禄寺丞制

敕某：《诗》曰："维其有之，是以似之。"以为贤者之后，功臣之世，非有以存之，则无以似续其前人也。尔以荫籍入官，而能举其职，以应有司之迁法，可谓知似续其前人矣。丞于光禄，其往勉哉。可。

王佺光禄寺丞制

敕某：尔大臣之家，贤者之后，能自策励，不隳其官。序劳当迁，往践厥位。无忝尔祖，乃惟显哉。可。

奏举人前陕州节推郎凡卫尉寺丞制

敕某：选于吏部者多矣，非使在位者举其类，则善人岂能自进乎？尔能励厥官以多荐者。丞于卫尉，其愈祗修。可。

孙琪卫尉寺丞张次元大理评事制

敕某等：材施于一邑，知效于一官，至于三年而无职事之负焉，不可以无报也。序进一等，往其懋哉。可。

柴元谨卫尉寺丞制

敕某：商之有征久矣，所以销沮游末而劝之力本，非特收其赢财佐公上之急而已也。尔勤其事，以有累日之功，序进一官，以从大雅无德不报之义。尔维世族，尚克勉哉。可。

奏举人前梓州郪县主簿陈巨卿卫尉寺丞奏举人前权复州军事推官孙琬大理寺丞制

敕某：选于吏部者多矣，非使在位者举其类，则善人岂能自进乎？尔能励厥官以多荐者。丞于卿寺，其愈祇修。可。

张服尹忠恕张慎言孙昱太子中舍制

敕某：周官三岁则大计群吏之治而诛赏之，故朕时宪以为考绩之法。夫吏者三岁能率职砺行而无罪悔，是宜有赏。序官一等，以慰尔劳。维尔良能，宜加报称。可。

王元甫殿中丞制

敕某：吏之有籍于审官者，三岁一迁，所以劝劳也。尔以才备任，积课应条。往服命书，愈其思勉。可。

高应之国子博士张俅太常丞范褒殿中丞制

敕某等：尔等亲吾民于外，而吾使有司会课于中，皆能有劳以应迁法。夫上之爵赏无私德，惟以治人臣。能率职以治人，则可谓能报上矣。各践尔位，惟时勉哉。可。

胡掖殿中丞制

敕某：汝官在东宫，而得列于朝廷之位。有司奏课，当以时迁。夫禄所以等功，位所以序德。朕所以命汝者，每加厚矣。汝所以报称者，亦可以勉哉。可。

王介秘书丞制

敕某：朕设科以来，异能之士，而亲发策问之。尔言不阿，而学问多中乎义理。其迁厥位，以嘉尔之能言。夫士无不能，有不为尔。若尔之修洁有志，而济之以明敏之才，惟所施焉，将无不至。况于一官之小，岂以不称为患也哉？可。

许懋傅颜并秘书丞制

敕某：尔虽任职于外，而功罪之籍，实在审官之府。以时会课，于法当迁。夫三岁而序一官，在会之所同然。材实行治，不有以称其位，则孰以为非苟得也。尔以艺文自奋，而由称举，以至于此。其知之矣，可不勉哉。可。

陈舜俞秘书丞制

敕某：尔以贤良应诏，朕尝亲册而秩以京官。幕府三年，序迁一等，此特有司之常法尔，岂所以待异能之士哉。往其勉之，以俟时用。可。

句士良秘书丞制

敕某：尔佐著作于秘书三年矣。审官稽状，当进一官。惟尔以文艺起家，而以吏能为邑。往钦新命，其克勉哉。可。

奏举人前祁州深泽县令王广廉著作佐郎制

敕某：尔用举者为县，又能修其职事，而举者众多。升序厥官，属之东观。夫士之有能有为也，岂必戒敕而后勉哉。尔以才称，其知自劝矣。可。

奏举人编校昭文馆书籍孙觉著作佐郎制

先帝置校雠之官，所取皆天下望士。尔惇行力学，为时俊杰。治民有纪，称者众多。会课进迁，往共厥服。可。

奏举人姚辟著作佐郎制

敕某：秘书省有著作之官，所以待艺文之士。尔赡辞博学，而为吏有声。甄绩序材，以登兹选。往共职服，其亦勉哉。可。

奏举人游烈等著作佐郎制

敕某等：皆以艺文起家，而久于常选。才能行义，数见推称。扬于朝廷，各命以位。往共厥服，可不勉哉。可。

奏举人张公庠著作佐郎制

敕某：尔尝为令，而能以材谞为在势所称。置诸京官，以懋乃绩。往践禄次，愈其勉哉。可。

薛昌弼雷宋臣太子中舍刘师旦殿中丞制

敕某：审官、考课之法，成于先帝之时。朕维奉循以职名器，无有亲疏远近，使有司一是以待之。嘉尔有劳，序迁一等。勉共尔位，率志忘私。庶乎能称爵赏之公，而终无尤于职事。可。

方蘋高安世张湜傅充并太子中舍制

敕某等：吾于爵禄甚慎，闵仁百姓甚笃。尔等或专一县，或佐一军，而皆列于卿丞之籍，盖尝有所试矣。今有司序功，当得迁位。吾虽甚慎爵禄，而于尔等无所爱焉。其勉思拊循百姓，以称吾闵仁甚笃之意。可。

黄汾太子中舍制

敕某：吾擢天下之才而立民，长伯万家之县，又有戎马之任焉，其称甚难。而尔能其事，有劳迁秩，毋废尔成。可。

王塾太子中舍制

敕某：尔丞于理，亦既三年。有职事之劳，无行义之过，使迁厥位，著籍外廷。夫与于燕而坐于朝，报礼亦云异矣。往祇乃服，其可不思。可。

奏举人前永兴军节度掌书记王申等太子中允制

敕某等：皆以艺文起家，而久于常选。才能行义，数见推称。扬于朝廷，各命以位。往共厥服。可不勉哉。可。

雷宋臣太子洗马制

敕某：周人事神以讳，而不讳嫌名，持循至今，遂著为律。尔以难避之讳，而辞当拜之官。自言冒荣，有所不忍。其更位号，以慰孝思。慎尔百为，勉求称此。可。

屯田员外郎何世昌可都官员外郎制

敕某：尚书之实多废矣，而郎位尚为朝廷所重。尔艺文操行政事之材，推举进迁，以至于此。出佐州治，论功应条。改序中行，往其祗服。可。

屯田员外郎陈安道可都官员外郎制

敕某：士夫奉法循理，以共厥服，至于三岁，而无咎罚，其可无进迁之法以慰勉之哉？尔艺文起家，而行义修饬。比更器使，实以才称。往服宠章，愈其思勉。可。

屯田员外郎晁仲约可都官员外郎制

敕某：褒善录勤，朝廷之政。尔清明敏达，士类所称。典治一州，风政弥劭。有司序绩，当得进迁。往服宠章，愈其思勉。可。

屯田员外郎唐谭可都官员外郎制

敕某：尔艺文行治，进有可称。为郎尚书，三年于此矣。职事之最，法当进迁。愈其懋功，以对新命。可。

屯田员外郎林大年可都官员外郎制

敕某；士之有为者，岂必庆赏而后劝哉。然黜陟者励世之通法，而为天下者所不能废也。尔被文蓄德，从政有声。会课当迁，序官一列。往其励勉，膺此宠荣。可。

太常博士胥元衡可屯田员外郎制

敕某：仕于朝廷者，有劳而无罪，至于三岁，则迁位一等，所以明有劝也。尔名臣之子，行义修饬，以才自奋，从政有称。往服宠章，愈其思勉。可。

太常博士李处厚可屯田员外郎制

敕某：尔政事之材，艺文之学，洁身慎行，皆以有称。试请利权，是亦烦使。序功录最，当得进迁。列职南宫，往其祇服。可。

祠部员外郎充秘阁校理蔡抗可度支员外郎制

敕某：序功录最，邦法有常，惟敏厥修，乃能自称。尔以校雠之选，受吾蕃屏之寄，材能行治，见誉于时。而会课有司，当迁厥位。官无虚授，往可勉哉。可。

权利州路转运使度支员外郎苏寀可兵部员外郎制

敕某：朕欲明清于吏民，而择使以莅之，非特使之转货财以赡有司而已也。尔强敏谨洁，达于从政。往充其选，克有成劳。序进一官，愈祇乃服。可。

三司盐铁判官度支员外郎集贤校理王益柔可兵部员外郎制

敕某：任贤使能，而继之以黜陟，先王之所以治，未有改此者也。尔惟贤，故序于校雠之职，尔惟能，故列于会计之官。稽状有司，法当增位。其迁一等，以懋尔劳。可。

太常博士充集贤校理同修起居注判三司度支句院钱公辅可祠部员外郎制

敕某：序功黜陟，邦法有常。尔文章博美，行义纯洁。施于政事，又以材称。会课进迁，盖维常法。往祇厥位，其亦懋哉。可。

国子博士朱延世可虞部员外郎制

敕某：尚书虞部掌天下之山泽而修其时禁。郎官职事虽废，而官名犹贵于时。非历试而有劳，即不得以在此位。若尔之洁廉畏慎，盖知所以自保矣。其愈懋哉。可。

比部员外郎郑伸可驾部员外郎制

敕某：尔勤敏谨洁，以修厥官。会课有司，当得迁位。司舆之副，其往懋哉。可。

都官员外郎许遵可职方员外郎制

敕某：尔进以艺文，而兼通律令之学，故于为吏常以才称。第课有司，当得进位。祗予新命，厥往懋哉。可。

晁仲绰郑随可屯田郎中制

敕某：郎中序列五品，非久于任使，有劳而无罚，则罕得至焉。尔以文艺起家，以才能为吏。称功累善，当得进迁。往其懋哉，思称新命。可。

太常博士权御史台推官杜沂可屯田员外郎制

敕某：尚书郎位，吾所重也。尔名臣之子，行义修饬。才能有誉，而职事无过。审官稽状，当以时迁。新命维休，往其祗服。可。

驾部员外郎薛仲孺可虞部郎中制

敕某：郎中五品，于朝廷为显位。尔悉心为吏，才敏见称。尝所践更，咸有功最。进迁惟允，其往懋哉。可。

侍御史邢梦臣可司封员外郎制

敕某：侍御史于御史之选为高，而尚书郎以司封为前列。尔才能行义，尝见推称。于有言职，为一台高选。任责未久，序劳当迁。往副司封，愈其自勉。可。

都官员外郎充秘阁校理王昇可司封员外郎制

敕某：尔以艺文高第，进仕朝廷。廉靖谨良，有称于世。校文秘阁，典事方州。甄序岁劳，进迁惟允。往共厥服，其愈懋哉。可。

权梓州路提刑都官员外郎张师颜可司封员外郎制

敕某：尔修洁精敏，达于从政。尝更任使，皆以才称。故以一路之庶狱，寄之督察。方行就事，会课当迁。往懋厥修，以求称职。可。

度支员外郎充崇文院检讨晏成裕可司封员外郎制

敕某：尔以文艺之学，在讨论之官，丞于太常，典掌礼乐。有劳可录，其以序迁。于世大家，尔为能保。往思淑慎，无废厥勤。可。

监在京都盐院钱暄比部郎中制

敕某：古者官有职而命有数。非有职不足以序群才，非有数不足以差众功。今官有品，犹古之命数也。命之数，自一推而上之至于九。官之品，自九推而上之至于一。大略盖无以异，而其详如此不同。唯其欲得贤者之在位，则古今一也。尔以才能行治进序于朝。年除岁授，既得列于五品。久于职事，法又当迁。其亦可谓宠荣光显矣。其思自勉，以称吾欲得贤者在位之意哉。可。

三司户部判官充秘阁校理王绎工部郎中制

敕某：三司理财之吏，与馆阁校文之官，皆朝廷俊乂之选也。其于进秩，有异数焉。尔以艺文世家，而祗慎谨饬，久在此位。有劳当迁，序于名曹。其往思称。可。

李章屯田郎中制

敕某：褒善录勤，朝廷之政。尔才能行治，比见推称。会考绩之法，尝增位序。进迁一等，其往懋哉。可。

周延俊屯田郎中制

敕某：郎中五品而司田以待艺文之士。尔大臣之子，强学赡辞。出典一州，序功当进。往祇厥位，其克懋哉。可。

职方员外郎窦纲可屯田郎中制

敕某：汉朝不以郎官假贵戚，以出宰百里为不可以非其人。今之郎选，其重非汉比也，而郎中序于五品，其授岂可以轻哉？尔以文艺起家，以吏能从政。序迁此位，嘉宠尔劳。往服训辞，勉求报称。可。

职方员外郎卜绅可屯田郎中制

敕某：郎中序列三等，其品皆为第五，非积功久次，则不得至焉。尔以文艺入官，而济之谨洁。久于任使，当得进迁。兹维尔阶，其往祇服。可。

职方员外郎朱从道可屯田郎中制

敕某：尚书郎选，于今为重，而郎中列于五品。尔精敏强果，号为才臣。积功累勤，以致此位。往共厥服，其愈懋哉。可。

苗振职方郎中制

敕某：尚书郎中序列五品，其于朝廷之位亦已显矣。尔用选擢，尝更任使，积功久次，得在此位。所居三岁，宜进一官。至今而后得迁。乃以尔尝有谪，朕于黜陟，岂苟然哉？自尔取之而已。往思自勉，以称褒升。可。

王举元刑部郎中制

敕某：荐非其人而与其罚，古之道也。尔久以才实，外更任使，风绩之邵，靡人不称。而任举有失，法当坐免。虽更教令，犹褫一官，以惩上报之稽，而塞人言之众。膺践厥服，往其勉哉。可。

侍御史知杂事判都水监王绰刑部郎中制

敕某：御史皆吾耳目之官，而折百工以法刑之中者也。考其功状，在法当迁，则吾岂可以忘哉？以尔具官某，忠厚谅直，有称于世，践更众职，皆以能闻。故置之台中，位次执法。名实之善，允于人言。姑酬积功，则进一等。位亦显矣，往其勉哉。可。

胡况都官郎中制

敕某：尔以才行自昭于时，外分将符，内序郎位，致勤厥职，三岁于兹。稽状有司，法当增位。进迁一等，其往懋哉。可。

周燮都官郎中制

敕某：褒善录勤，邦有常法。尔以才能行义，登显朝廷，序正郎位，三年于此矣。进迁一等，以懋厥勤。励治我民，乃其能称。可。

宋孝孙比部郎中制

敕某：褒功录善，邦法有常。尔共厥官，服采惟谨。久于郎选，会课当迁。愈其勉哉，以称新命。可。

三司盐铁副使陈述古朝奉大夫司封郎中三司度支副使赵抃户部员外郎加上轻车都尉权三司户部副使张焘朝散大夫刑部郎中制

敕某人等：朕初嗣位，奉行先帝故事，不敢有废也。具官某等，行义称于世，才能见于朝，佐国大计，为功多矣。序迁位等，其往钦哉。可。

朱处约祠部郎中制

敕某：尔尝为御史，持论不阿。出守方州，稍迁使任。序功增秩，邦法有常。往懋厥修，以须进选。可。

孙抗孙琳祠部郎中制

敕某人等：都水之官废久矣，朕修之而用尔为丞。尔维才能懋建厥事。有司论课，当以时迁。进序名曹，往祗无斁。可。

提点福建路诸州刑狱公事王陶祠部郎中制

敕某：朕选置使者清明于诸路，所以待之非轻也。尔践更众矣，才美有称。备任远方，能修其职。进迁位等，往愈懋哉。可。

权提点广南西路刑狱杜千能祠部郎中制

敕某：朕初即位，群臣朝者皆增位一等。有功当迁，又皆得以序进。尔材谞行治，见称于众，奉使于外，治声流闻。会课进官，往其祗服。可。

三司户部副使张焘兵部郎中制

敕某：考绩三岁，进官一等，先帝所以励群臣也。具官某，秉哲迪义，有声于时，能励厥修，以宜官政。序功增位，其往钦承。可。

同中书门下平章事韩琦奏亲侄孙恬守秘校同中书门下平章事曾公亮亲男孝纯将作监主簿侄孙谌试秘校枢密使张昪奏亲孙男戒守秘校参知政事欧阳修奏男辨太常寺太祝参知政事赵概奏孙男尤绪太常寺太祝枢密副使吴奎奏长男璟守太常寺太祝次男瑰试秘校制

敕某：朕受纯嘏于神灵，而布之在位。其官显者，得任其子弟以及孙曾。尔生大臣之家，是为贤者之类。往保禄秩，可无慎哉。可。

三司盐铁副使陈述古卫尉少卿制

敕某：考课黜陟之法，虽疏逖未尝不信，又况于近而显者乎？具官某，以才自奋，能世其家，出入践更，休有风绩。列卿之贰，其往勉哉。可。

郭永可光禄少卿制

敕某：外廷之位能至于九列者少矣。具官某，践更众职，功善自昭，年除岁迁，以致卿位。进宠一等，往承惟休。可。

薛求司勋郎中制

敕某：朕布大号，在廷文武之士，皆得进官一等。而伐阅当迁者，又各得以序迁。尔中外践更，以才自显。膺此恩典，往其励哉。可。

权提点成都府路刑狱齐恢度支郎中制

敕某：朝廷选置才臣以使诸路，而察庶狱之不辜。厥有庸勋，朕当甄序。尔才能行义，士论所称。会课有司，实应迁法。

往膺休显，其愈懋哉。可。

光禄少卿李丕绪少府监制

敕：少府古官于朝廷之位尊显矣。具官某，行义祗饬，材能敏达，外更器使，绩用每成。有司以闻，又当增位。往膺秩物，无怠厥修。可。

江南西路转运使吕公孺太常少卿制

敕某：太常兼夔与伯夷之事。非夫蓺实德望有以过人，孰宜为之贰也。尔名相之子，以才见称，出入践更，休有风绩。序迁厥位，其往钦承。可。

职方郎中通判太原府马从先太常少卿制

敕某：太常礼秩，异于诸卿。非文学入官，则不得为其贰也。以尔行治之美，才能之敏，践更多矣，皆有可称。会课于朝，跻登此位。往求自称，惟既厥心。可。

【解题】

以上制诰共三百一十四道，写作时间难以一一确考，大约皆作于仁宗嘉祐末、英宗治平初，安石任知制诰时。

提转考课敕词

先王考绩之次序，虽见于经，而其详不传于后世。朕若稽古，以修众功，而诸路刺举之官，未有以考其贤否。比敕有司，详议厥制。条奏来上，询谋悉同。其使布宣，以励能者，而择左右可信之良使典治之。古人有言，徒善不足以为政，徒法不能以自行。今朕有念功乐善之志焉，而又继之黜陟幽明之法，以待天下之大吏矣。然非夫任事之臣，躬率以正而考慎其实，与士大夫之宣力于外者，皆安于礼义而不以便文侥幸为奸，则朕之志，岂能独信于天下，而法亦何恃以行哉？咨尔在位，其各悉力一心，务只新书，以称朕至诚恻怛之意。

【解题】

本文写作时间不详。安石奉命草此敕词，宣布对提刑、转运使等各路长官的政绩实行考查。

诫励诸道转运使经画财利宽恤民力

夫闵仁百姓而无夺其时，无侵其财，无耗其力，使其无憾于衣食，而有以养生丧死，此礼义廉耻之所兴，而二帝、三王诫敕百工诸侯之所先，后世不可以忽者也。朕夙兴夜寐，听治不怠，囿苑宫室之观无所增饰，而躬以节俭先天下之士，然而不忍人之政，考诸先王，未有以及之也。凶年饥岁，民之父子夫妇，犹有不得保其家室而放乎沟壑。意者吏或不良，不知所以振救省忧之方，而使之至此耶！今吾于诸道置使者，使得察吏之良否而视民之疾苦，辄具以言。而在事者或不惟朕志之所急，而以侵牟之为故，甚非所以遣使者慰安元元之意也。夫转输天下之财以给有司之费，皆有常数而无横求。诚能御轻重敛散之权，而禁因缘之奸，则何患乎经入之不足？彼前世良吏，能纾其民，而官事亦不耗废者，岂有他哉？亦在乎勉之而已。若乃操聚敛之赢以为功，而不知百姓与足之义，非惟逆于朕志，而有司考绩之法，亦将不汝容焉。朕言维服，其听毋怠！

【解题】

本文写作时间不详。此诏告诫各道转运使要宽恤民力，“无夺其时，无侵其财，无耗其力”。并云，若反其道，“有司考绩之法，亦将不汝容”。

节度使加宣徽

推毂授师，拥旄乘塞，擅生杀之柄于外，系安危之体于中，厥有显庸，宜膺宠数，诞扬孚号，明示庶工。

具官某，学足以通大方，谋足以断众事，有经天之业，有捍城之材。比以明扬，屡更烦使，遂跻朊仕，良副讦谟。维塞路之要藩，实兵防之重寄。职尔镇抚，纾予顾忧。盖爵赏之加，不遗于近小，岂藩维之任，顾可以弭忘？用是畴其展寀之劳，宠以宣猷之号。繄人谋之众允，匪朕志之汝私。

夫任重者其忧不可以不深，位高者其责不可以不厚。号名之美，礼秩之崇，非期假宠以擅荣，兹用论功而取称。矧夫守国之圉，谋王之师，联辅相之籍于殿中，居士民之瞻于天下。其思祗慎，以副褒优！

翰林学士除三司使

三司使，天下之盛选也。自尚书六官名存实去，而三司之职事所揔居多。则非夫仁明肃艾足以辅世济物者，奚宜任此哉？

具官某，有疏通之才，有直亮之操。闳言崇议，足以经纶王家；高文典策，足以鼓动当世。遂以人望，扬于禁林。若夫施政之后先，生财之本末，盖尝深思而熟讲，殚见而洽闻。则居天下之盛选，主朝廷之大计，询考在位，孰如汝宜？

夫聚天下之众者莫如财，治天下之财者莫如法，守天下之法者莫如吏，维予任汝，其听勿疑！法之不善者汝得以议而更，吏之不良者汝得以察而去。则夫调度之不时，费出之无常，邦用之不给，元元困于征求而愁怨于下者，真汝之耻也。夫行已有耻而后可以为士，矧吾左右任信，询谋所同，而观听之所在者乎？往祗厥官，其亡以宠利而为士耻！

【解题】

以上二制，加某节度使宣徽之号、除某翰林学士三司使，具体何人，皆未明言。写作时间亦不可考。

除韩琦制

门下：朕祗率旧章，肇称吉礼。对越天地，具获明灵之歆；相维公卿，并膺休显之赐。其孚大号，以宠元勋。

推诚保德崇仁守正协恭赞治亮节佐运诩戴功臣、淮南节度、扬州管内观察处置营田等使、开府仪同三司、守司徒、检校太师兼侍中、行扬州大都督府长史、上柱国、魏国公，食邑一万三千七百户，食实封五千户韩琦，躬受伟材，出陪熙运。保兹天子，进无浮实之名；正是国人，退有顾言之行。间朝廷之两社，揉方域之万邦。辰猷具臧，器宝加重。中辞机轴之要，外即蕃屏之安。衡纨纮綖，备三公服饰之盛；櫜兜戟纛，兼大将威仪之多。序绩既崇，修方弥谨。协成宗祈之礼，豫有显助之劳。肆衍本封，申加美称。

于戏！恩典徽数，所以旌帝臣；明德茂功，所以奖王室。往惟励翼，服此褒嘉。可特授依前守司徒、检校太师兼侍中、行扬州大都督府长史、魏国公、充淮南节度、扬州管内观察处置营田等使，加食邑七百户，食实封四百户，仍赐推诚保德崇仁守正协恭赞治亮节佐运翊戴功臣散官勋封如故。主者施行。

【解题】

本文写作时间不详。韩琦乃宋代名臣，曾任枢密使、中书门下平章事等职。此诏对他大加褒奖、申加美称，并加食邑七百户。

除李璋制

门下：若昔大猷，绍天明命。必有献享之礼，作民恭先；必有褒嘉之恩，自国贵始。

翊卫功臣、奉宁军节度、郑州管内观察处置河堤等使、光禄大夫、检校司空、使持节郑州诸军事、郑州刺史兼御史大夫、上柱国、平原郡开国公，食邑四千三百户，食实封一千户李璋，世载忠善，躬服俭勤。以后家之洪支，为帝室之隆栋。入揔营卫，则兵师无哗；出乘蕃维，则吏属不怠。近付京都之龠，外更方镇之旄。贡职惟修，祀仪获考。进加功号，申衍邑封，以畴服采之勤，以协劝劳之典。

于戏！贵富有危溢之可戒，禄位匪侈骄之与期。图惟庆誉之终，尚协龙光之施。可特授依前检校司空、使持节郑州诸军事、郑州刺史兼御史大夫、充奉宁军节度、郑州管内观察处置等使，加食邑七百户，仍赐翊卫忠果功臣散官勋封如故。主者施行。

【解题】

本文写作时间不详，大约与《除韩琦制》同时。此诏对李璋大加褒奖，并“进加功号，申衍邑封”。

皇伯祖威德军节度使荣国公承亮加恩制

门下：朕祼献庙室，燎禋郊丘，内蒙祖考之居歆，外获神祇之顾飨。嘉我近属，与有陪辅之劳。扬于大庭，使膺褒显之福。具官某，德义自表，爵齿兼尊，魁然肃艾之材，尚矣神灵之胄。世承厥庆，有跗萼之芬华，朝赖以宁，若翰蕃之严密。乃相肆祀，实绥思成。进加奠食之封，申锡诏功之号。于戏！孝恭可以仪宗室，信厚可以化邦人，匪时亲贤，孰朕承翼？往肩宠奖，尚协荣怀。可。

李日尊加恩制

门下：朕绍膺骏命，稽用上仪。祇事郊宫，并受三神之福；推恩方夏，外交四表之欢。告于有司，锡是在服。推诚保节同德守正顺化翊戴功臣、静海军节度、观察处置等使、同中书门下平章事李日尊，躬怀德善，世济忠勤。奠兹南邦，居有捍城之效；卫我中国，使无疆埸之虞。赐之大将之旄，胙之真王之爵。往践厥位，知欣戴于宠章；来献其琛，用协成于熙事。陪敦采邑，褒进文阶。载加真食之封，式允懋功之典。于戏！人之所助，惟怙冒于王灵，国以永存，顾循守于侯度。率时新命，保乃旧邦。可。

【解题】

以上二加恩制，写作时间不详。前诏奖皇伯祖承亮，“进加奠食之封，申锡诏功之号”，后诏加恩于李日尊，“赐之大将之旄，胙之真王之爵”。

十 碑志

仙源县太君夏侯氏墓碣

仙源县太君夏侯氏，济州巨野人，尚书驾部员外郎讳晟之子，翰林侍读学士、尚书户部侍郎谯公讳峤之孙，赠太子太师讳浦之曾孙，尚书兵部员外郎、知制诰、知邓州军州事阳夏公谢氏讳绛之夫人，太常博士、通判汾州军州事景初之母。年二十三卒，后五年葬杭州之富阳。于是时，阳夏公为太常丞秘阁校理，博士生五岁矣，而其女兄一人亦幼。又十五年，康定二年，博士举夫人如邓，以合于阳夏公之墓。而临川王某书其碣。曰：

夫人以顺为妇，而交族亲以谨；以严为母，而抚媵御以宽。阳夏公之名天下莫不闻，而曰：吾不以家为恤六年于此者，夫人之相我也。故于其卒，闻者欲其有后，而夫人之子果以才称于世。呜呼！阳夏公之事在太史，虽无刻石，吾知其不朽矣。若夫夫人之善，不有以表之隧上，其能与公之烈相久而传乎？此博士所以属予之意也。予读《诗》惟周士大夫侯公之妃，修身饬行动止以礼，能辅佐劝勉其君子，而王道赖以成，盖其法度之教非一日，而其习俗不得不然也。及至后世，自当世所谓贤者，于其家不能以独化，而夫人卓然如此，惜乎其蚤世也。顾其行治，虽列之于《风》以为后世观，岂愧也哉？

【解题】

本文作于宋仁宗康定二年（1041）。夏侯氏乃兵部员外郎谢希深（名绛）之妻、太常博士谢景初之母。

故淮南江浙荆湖南北等路制置茶盐矾酒税兼都大发运副使赠尚书工部侍郎萧公神道碑

萧氏，故长沙人也，去马氏乱，迁江南，又为庐陵人。公曾祖讳霁，仕李氏，终洪州武宁县令。祖讳焕，考讳良辅，皆不仕。公讳定基，字守一，用天禧三年进士补岳州军事推官，以母夫人陈氏丧罢。后除虔州观察推官，人饥，说州将以便宜粜仓米，秋籴偿之，所救活甚多。监纳潭州茶米，举者十八人，迁大理寺丞、知临江军新喻县，移监成都府市买务。蜀引二江溉诸县田，多少有约。李顺为乱时，成都大豪樊氏盗约改一昼夜为六，由此他县岁赂樊氏，县乃得其余水，讼二十年不决，转运使以属公。公曰："约所以为均，即不均，约不可恃也。"乃亲决水，视一昼夜，而樊氏县水有余，樊氏即伏罪，诸县得水如故约。转运使以为能，举知黎州。州近蛮，出善马，异时势人多以托守，公一拒绝，蛮大喜。于是累迁至太常博士，以博士召兼监察御史里行。成都王嚴请铸小铁钱为大钱当十，铸十得三，是废十得三十也。公疏以为不便，而嚴议诎。中贵人妄告两浙转运使罪，以公往治，直之。蕲州王蒙正恃势赂横猾，诬属县长罪死，又以公往治，告随吏曰："蒙正赂汝，受之以告我。"蒙正果赂吏直三百万，公因以正其狱。仁宗欲官公一子，公乃以让其随吏，除开封府判官。于是自监察再迁至侍御史，除江西水陆计度转运使，奏事称上意，赐三品服。三司税赋雕鹫羽，民入一尺，费余百钱，奏以鹅鹳代之。宜州蛮为寇，乃移广西兼安抚，公驰至，问所以反，曰："吾知之矣。"乃搜诸州澄海忠敢士万人，守要害，戒诸将贼至乃击，归则已，蛮不复动。明年，邕州甲洞与永平寨将秦珏争银冶，杀珏反，边大扰。公曰："蛮何敢？是必珏有以致之。"问之果然。乃废银冶，诛道贼熟户数十人。又移交州，讨杀珏者而边遂定。仁宗曰："边吏好生事，萧某如此，可召用。"三司度支判官王琪，使江淮浙议盐酒事，请公俱往，乃除三司盐铁判官，与琪俱使江淮浙议盐酒事。至吉州，除江淮浙荆湖制置发运副使。以官卒于家，享年五十四，实庆历二年五月十四日，以其年九月二十日葬庐陵儒行乡故舍之原。公宽厚寡欲，内行孝友，称于乡里。尤知为吏，在所皆有声绩。夫人河阳县君毛氏。五男子：汝砺、汝谐、汝器、汝士、汝奭，皆进士。汝砺终太常博士，汝器终殿中丞，汝谐今为尚书屯田员外郎，汝士今为永州祈阳县令。故累赠至尚书工部侍郎，而墓碑未刻。汝谐请曰："先人于王氏有故，子铭士大夫多矣。"某曰："然。是宜以属我。"乃铭曰：

萧氏食酂，汉功之冠，卒成齐梁，以戾于唐，人不绝史，与唐终始。厥迁庐陵，来自长沙，使乎御史，于宋初家。折狱御戎，有声无哗，禄则世继，而年不遐。扬诗墓石，以相哀嗟。

【解题】

本文作于宋仁宗庆历二年（1042）。是年八月，王安石赴任淮南判官。九月，萧氏兄弟葬其父萧定基于庐陵，遂请王安石为作墓志铭。

户部郎中赠谏议大夫曾公墓志铭

公讳某，字某。其先封鄫，鄫亡，去"邑"为氏。王莽乱，都乡侯据弃侯之豫章家之，盖豫章之南昌，后分为南丰，故今为南丰人。某为唐沂州刺史，再世生某，赠尚书水部员外郎，公考也。

李氏有江南，上公进士第一，不就。太平兴国八年，乃举进士中第，选主符离簿。岁余，授兴元府司录，道迁大理评事，迁光禄寺丞，监越州酒。召见，拜著作佐郎，知淮阳军。将行，天子惜留之，直史馆，赐绯鱼袋，使自汴至建安军行漕。诏曰："凡三司州郡事有不中理者，即验之。"最钩得匿货以五百万计。除秘书丞、两浙转运副使，改正使。

始谏议大夫，知苏州魏庠，知侍御史、知越州王柄，不善于政而喜怒从人，庠介旧恩以进，柄喜持上，公到，劾之以闻。上惊曰："曾某乃敢治魏庠，克畏也。"克畏，可畏也，语转而然。庠、柄皆被绌。杨允恭督杨子运，数言事，多可，人厌苦之。公每得诏，曰："使在外，便文全己，非吾心也。"辄不果行。允恭告上，上使问公，公以所守言，上繇此薄允恭，不听。言苛税二百三十余条，罢之。移知寿州，寿俗富赀自豪，陈氏、范氏名天下，闻公至，皆迎自戢，公亦尽岁无所罚。既代，空一城人遮行，至夜，乃从二卒骑出城去，在郡转太常博士、主客员外郎。

章献嗣位，常亲决细务，公言之，又言民惫甚，宜弛利禁。是时羌数犯塞，大臣议弃银、夏以解之。公奏曰："羌虚款属我，我分地王之，非计也。令羌席此，劫它种以自助，不过二三年，恚必复起矣，宜择人行塞下，调兵食，待其变而已。"不报。二年，羌果反，围灵州，议弃灵州勿事。公议曰："羌所以易拒者，以灵州缀其后也。"判三司盐铁勾院，天子欲以为知制诰，召试矣，大臣或忌之，除户部员外郎、京西转运使。请限公卿大夫子官京师。陈彭年议遣使行诸部减吏员，下其事京西。公曰："彭年议，无贤愚，一切置不用邪？抑择愚而废之耶？择愚而废之，人材其可以早暮验耶？"上令趣追使还。数论事，上感之，还公。既而王均诛，命公抚蜀，所创更百余事。

李继迁再围清远、灵武，以丞相齐贤为邠宁、环庆、泾原、仪渭经略使，丞相引公为判官。公奏记曰："兵数十万，王超既已都部署矣，今丞相徒领一二朝士往临之，超用吾进退乎？吾能以谋付与超而有不能自将乎？不并将而西，无补也。超能薄此重事，愿更审计。"丞相乃以公为言。诏陕西即经略使追兵，皆以时赴。公曰："将士在空虚无人之处，事薄而后追兵，如后何？"遂辞行，上怒，未有所发。会召赐金紫，公曰："丞相敏中以非功德进官，臣论其不可用，今臣受命，事未有效，不敢以冒赐。"固辞，繇此贬公为黄州团练副使。既而超果败，清远、灵武踵亡。会南郊恩，复官知泰州，丁母夫人陈氏忧，服除，授吏部员外郎、知泉州。

公常谓选举旧制非是，请得论改之。陈省华子尧咨请托多为奸，以科第畀举人败，省华、尧咨有邪巧材，朝廷皆患恶，而方幸，无敢斥之者，公入十余疏辩之，移知苏州。至五日，移知扬州。扬州守职田，岁常得千斛，然遣吏督贫民耕，民苦之，公不使耕。天子方崇符瑞，兴昭应诸宫，且出幸祠。公疏言："昔周成王既卜世三十，卜年七百，然观于《周礼》，其经纬国体，人事微细无不具，则知王者受命，必修人事，以称天所以命之之意，不举属之天以怠人事也。"终曰："陛下始即位，以爵禄待君子。近年以来，以爵禄畜盗贼。"大臣愈不怿，移知鄂州。封泰山恩，迁礼部郎中。始解扬州，受添支多一月，公寻自言，恶公者因复绌公监江宁盐酒。西祀恩，迁户部郎中。以祥符五年五月二十日疾不起，年六十六。阶至朝请郎，勋至骑都尉。遗戒曰："毋陷于俗，媚夷鬼以污我。"家人行之。所著书若干卷，传于世，尤长于歌诗云。以某年某月日归葬南丰之东园。

始公娶黄氏，生子男七人，仕者三人。某尝为太常博士，以能文称。公以博士故，赠谏议大夫。公没八年而博士子巩生，生若干年，水渍墓，改葬公龙池乡之原头，某年月日也。葬有日，巩以博士命次公生平事，使来曰："为我志而铭之。"安石视公犹大父也，其少也，则得公之详，如其孙之云。

始公自任以当世之重也，虽人望公则亦然。及遭太宗，愈自谓志可行，卒之闭于奸邪，彼诚有命焉，悲夫！亦正之难合也，虽其难合，其可少枉乎？虽其少枉，合乎未可必也，彼诚有命焉。虽然其难合也，祇所以见正也。孔子曰：“所谓大臣者，以道事君，不可则止。”于戏！公之节，庶几所谓大臣者欤？铭曰：

既墓而圮，乃升宅原。谁来求铭？公子与孙。公初洎终，惟义之事。维才之完，而薄其施。及其后人，有克厥家。天启公子，非在兹耶？

【解题】

本文作于宋仁宗庆历三年（1043）。文中所记之曾公，即著名散文大家曾巩之祖父曾致尧。

外祖黄夫人墓表

外祖夫人黄氏，生二十二年归吴氏，归五十年而卒，卒三月而葬，康定二年十二月也。夫人渊静裕和，不强而安，事舅、姑、夫，抚子，皆顺适。吴氏内外族甚大，朝夕相与居，岁时以辞币酒食相缀接，卒夫人之世，戚疏愚良，一无间言。又喜书史，晓大致，往往引以辅导处士，信厚闻于乡，子为士，无亏行，繄夫人之助。夫人资寡言笑，声若不能出，虽族人亦不知其晓书史也。安石，外孙也，故得之详。明道中，过舅家，夫人春秋高矣，视其礼，犹若女妇然；视其色，不知其有喜愠也。病且卒，以薄葬命子。噫！其可谓以正始终也已。舅藩既志其葬，四年，安石还自扬州，复其墓，复表曰：

圣人之教，必繇闺门始，后世志于教者，亦未之勤而已。天下相重以戾，相荡以侈，疣然敎矣。自公卿大夫无完德，岂或女妇然[illegible]女妇居不识厅屏，笑言不闻邻里，是职然也，置则悖矣。然其死也，闻人传焉以美之，是亦教之熄也，人人之不能然也，传焉以美之，宜也。矧如夫人者，有不可表耶？于戏！

【解题】

黄夫人乃安石外祖母，卒于仁宗康定二年十二月，四年后王安石为其作墓表，则本文当撰于仁宗庆历五年（1045）

曾公夫人万年太君黄氏墓志铭

夫人江宁黄氏，兼侍御史、知永安场讳某之子，南丰曾氏赠尚书水部员外郎讳某之妇，赠谏议大夫讳某之妻。凡受县君封者四：萧山、江夏、遂昌、雒阳。受县太君封者二：会稽、万年。男子四，女子三。以庆历四年某月日卒于抚州，寿九十有二。明年某月，葬于南丰之某地。夫人十四岁无母，事永安府君至孝，修家事有法。二十三岁归曾氏，不及舅水部府君之养。以事永安之孝，事姑陈留县君；以治父母之家，治夫家。事姑之党，称其所以事姑之礼；事夫与夫之党，若严上然。视子慈，视子之党若子然。每自戒不处白人善否。有问之，曰："顺为正，妇道也。吾勤此而已。处白人善否，靡靡然为聪明，非妇人宜也。"以此为女与妇，其传而至于没，与为女妇时弗差也。故内外亲无老幼疎近，无智不能，尊者皆爱，辈者皆附，卑者皆慕之。为女妇在其前者，多自叹不及；后来者，皆曰可矜法也。其言色在视听，则皆得所欲。其离别，则涕洟不能舍。有疾皆忧。及丧来吊哭，皆哀有余。于戏！夫人之德如是，是宜有铭者。铭曰：

女子之德，煦愿愉愉。教隳弗行，妇妾乘夫，趋为亢厉，励之颛愚。猗嗟夫人，惟德之经。媚于族姻，柔色淑声。其究女初，不倾不盈。谁疑不信，来监于铭。

【解题】

本文作于仁宗庆历五年（1045）。黄氏即前文曾公、曾致尧之妻，散文大家曾巩之祖母。

马汉臣墓志

合淝人马仲舒，字汉臣，其先茂陵人，父皋为江东拨发，置其家金陵。汉臣因入学，齿诸生。为人喜酒色，其相语以亵私侈为主。父母不欲之，又隆爱之，不能逆其意以教也。然汉臣亦输金钱，急人险艰，不自顾计，于众中尤慕近予。予亦识其可教，以礼法开之，果大寤，遂自锉刻，务以入礼法，从予学，作进士。既数月，其辞章灿然，充其科者也。汉臣长予四年，予兄弟俟之，汉臣俟予，则师弟子如也。尝助予叔父之丧，若子侄然。庆历六年，汉臣冠五年矣，从予入京师待进士举，六月病死。死时予亦病，其叔父在京师，因得棺敛归金陵殡之。某年某月乃葬于某处。孔子曰："秀而不实者有矣夫！"汉臣几是矣。噫！志其墓云。

【解题】

本文作于仁宗庆历六年（1046）。文章叙述了马汉臣由"为人喜酒色"到"务以入礼法"之转变，哀悼之情寄于其中。

胡君墓志铭

王安石之治鄞三月，其故人胡舜元凶服立于门。揖入，问吊故，则丧其天五月，留而馆，意独怪其来之早也。居数月，语吾弟曰："吾释父之殡，跋山浮江，从子之兄于海旁，愿有谒也久矣，不敢以言。吾亲之生，我学于四方，不得所欲以养。今已不幸卒也，得子之兄志而铭之，藏之墓中，可以显于今世以传于后，虽吾小人与荣焉，无悔焉。不知子之兄可不可？”吾弟以告。予叹曰：“审如是，可以为孝。君子固成人之孝，而吾与之又旧，其何顾而辞？”即取吾素知者为之志而铭之。志曰：

君讳某，池之铜陵人。生于丁丑，兴国之年也。卒于丁亥，是为庆历七年。子七人。某以十月葬君于谷垂山。胡氏世大家，阖门数百人。君有子舜元，独招里先生教之为士。其卒也，族分而赀衰，舜元为善士。铭曰：

寿七十一，不为不多。吾与之铭，千古不磨。

【解题】

本文作于仁宗庆历七年（1047）。全文无只字片语为死者歌功颂德，而是详细叙述自己作文之由。

鄞女墓志

鄞女者，知鄞县事临川王安石之女子也。庆历七年四月壬戌前日出而生，明年六月辛巳后日入而死，壬午日出葬崇法院之西北。吾女生惠异甚，吾固疑其成之难也，噫！

【解题】

本文作于仁宗庆历八年（1048）。王安石于庆历七年赴任鄞县知县，此女生于斯，死于斯。

节度推官陈君墓志铭

人之所难得乎天者，聪明辨智敏给之材；既得之矣，能学问修为以自称，而不弊于无穷之欲，此亦天之所难得乎人者也。天能以人之所难得者与人，人欲以天之所难得者徇天，而天不少假以年，则其得有不暇乎修为，其为有不至乎成就，此孔子所以叹夫未见其止而惜之者也。

陈君讳之光，字某，年二十七，为武昌军节度推官以卒。自其为儿童，强记捷见，能不劳而超其长者。少长，慨然慕古人所为，而又能学其文章。既以进士起家，则喜曰："无事于诗赋矣，以吾日力尽之于所好，其庶乎吾可以成材。"于是悉橐其家书之官，而早夜读以思，思而不得，则又从其朋友讲解，至于通而后已。其材与志如此，使天少假以年，则其成就当如何哉？然无几何，得疾病，遂至于不起。嗟乎，此亦所谓未见其止而可惜者也！君某州之某县人，曾祖曰某，祖曰某，考曰某。以嘉祐某年某月某甲子，其兄之方为之卜某州某县某乡某所之原以葬。而临川王某为铭曰：

浮扬清明，升气之乡；沈翳浊黑，降形之宅。其升远矣，其孰能追？其降在此，有铭昭之。

【解题】

本文写作时间不详，大概作于仁宗庆历年间。文章第一部分阐发"孔子所以叹夫未见其止而惜之"，第二部分叙陈之光之"材与志"，为陈之光之英年早逝惋惜不已。

太常博士曾公墓志铭

公讳易占，字不疑，姓曾氏，建昌南丰人，其世出有公之考赠谏议大夫致尧之碑。大夫当太宗、真宗世为名臣。公少以荫补太庙斋郎，为抚州宜黄、临川二县尉。举三司法，中进士第，改镇东节度推官，还改武胜军节度掌书记、崇州军事判官，皆不往。用举者监真州装卸米仓，迁太子中允、太常丞、博士，知泰州之如皋、信州之玉山二县。知信州钱仙芝者，有所丐于玉山，公不与，即诬公，吏治之，得所以诬公者，仙芝则请出御史。当是时，仙芝盖有所挟，故虽坐诬公抵罪，而公亦卒失博士，归不仕者十二年。复如京师，至南京病，遂卒。娶周氏、吴氏，最后朱氏，封崇安县君。子男六人，皋、巩、牟、宰、布、肇，女九人。公以端拱己丑生，卒时庆历丁亥也。后卒之二年而葬，其墓在南丰之先茔。

始公以文章有名，及试于事，又愈以有名。临川之治，能不以威而使恶人之豪帅其党数百人皆不复为恶。在越州，其守之合者倚公以治，其不合者有所不可，公辄正之。庄献太后用道士言作乾明观，匠数百人，作数岁不成。公语道士曰："吾为汝成之。"为之损其费太半，役未几而罢。如皋岁大饥，固请于州，而越海以籴，所活数万人。明年稍已熟，州欲收租赋如常，公独不肯听，岁尽而泰之县民有复亡者，独如皋为完。既又作孔子庙，讽县人兴于学。玉山之政，既除其大恶，而至于桥梁廨驿无所不治。盖公之已试于事者能如此。既仕不合，即自放，为文章十余万言，而《时议》十卷尤行于世。《时议》者，惩已事，忧来者，不以一身之穷而遗天下之忧。以为其志不见于事，则欲发之于文，其文不施于世，则欲以传于后，后世有行吾言者，而吾岂穷也哉？盖公之所为作之意也。

宝元中，李元昊反，契丹亦以兵近边，阳为欲弃约者，天子独忧之，诏天下有能言者皆勿讳。于是言者翕然论兵以进，公独以谓天下之安危顾吾自治不耳，吾已自治，夷狄无可忧者，不自治，忧将在于近，而夷狄岂足道哉？即上书言数事，以为事不尔后当如此，既而皆如其云。公之遭诬，人以为冤，退而贫，人为之忧也。而公所为十余万言，皆天下事，古今之所以存亡治乱，至其冤且困，未尝一以为言。公没，而其家得其遗疏，曰："刘向有言：‘谗邪之所以并进者，由上多疑心，用贤人而行善政，如或谮之，则贤人舍而善政还。’此可谓明白之论切于今者。夫夷狄动于外，百姓穷于下，臣以谓尚未足忧也。臣之所谓可忧者，特在分诸臣之忠邪而已。”其大略如此，而其详有人之难言者。盖公既病而为之，未及上而终云。呜呼！其尤可以见公之志也。夫谏者贵言人之难言，而传者则有所不得言，读其略，不失其详，后世其有不明者乎？

公之事亲，心意几微，辄逆得之。好学不怠，而不以求闻于世。所见士大夫之丧葬二人：逆一人之柩以归，又字其孤；又一人者，宰相舅，尝为赞善大夫，死三十年犹殡，殡坏，公为增修，又与宰相书，责使葬之。此公之行也。盖公之试于事者小而不尽其材，而行之所加又近，唯其文可以见公之所存，而名后世。故公之故人子王某，取其尤可以铭后世者，而为铭曰：

夫辨邪正之实，去万事之例，而归宰相之责；破佛与老，合兵为农，以立天下之本；设学校，奖名节，以材天下之士；正名分，定考课，通财币，以成制度之法：古之所以治者，不皆出于此乎？而《时议》之言如此。读其书以求其志，呜呼，公之志何如也！

【解题】

本文作于仁宗皇祐元年（1049）。所铭太常博士曾公为散文家曾巩之父。王、曾两家世交，王安石自称“公之故人之子”。

广西转运使孙君墓碑

君少学勤苦，寄食浮屠山中，步行借书数百里，升楼诵之而去其阶。盖数年而具众经，后遂博极天下之书。属文，操笔布纸，谓为方思，而数百千言已就。以天圣五年，同学究出身，补滁州来安县主簿、洪州右司理。再举进士甲科，迁大理寺丞，知常州晋陵县，移知浔州。当是时，人未趋学，乃改作庙学，召吏民之子弟之秀者，亲为据案讲说，诱劝以文艺。居未几，旁州士皆来学，学者由此遂多。以选，通判耀州，兵士有讼财而不直者，安抚使以为直，君争之不得，乃奏决于大理。大理以君所争为是，而用君议，编于敕。庆历二年，擢为监察御史里行。于是奏弹狄青不当沮败刘沪水洛城事。又因日食言阴盛，以后宫为戒。仁宗大猎于城南，卫士不及整而归以夜。明日将复出，有雉陨于殿中。君奏疏，即是夜有诏止猎。蛮唐和寇湖南，以君按抚，奏事有所不合，因自劾，乃知复州。又通判金州，知汉阳军吉州，稍迁至都官员外郎，提点江南西路刑狱。有言常平岁凶当稍贵其粟以利籴本者，诏从之。君言此非常平本意也，诏又从之。

侬智高反，君即出兵二千于岭，以助英、韶。会除广西转运使，驰至所部，而智高方煽，天子出大臣部诸将兵数万击之。君驱散亡残败之吏民，转刍米于惶扰卒急之间。又以余力，督守吏治城堑，修器械。属州多完，而师饱以有功。君以劳迁尚书司封员外郎。初，君请斩大将之北者，发骑军以讨贼。及后贼所以破灭，皆如君计策。军罢而人重困，方恃君绥抚，君乘险阻，冒瘴毒，经理出入，启居无时。以皇祐二年三月七日卒于治所，年五十六，官至尚书工部郎中，散官至朝奉郎，勋至上轻车都尉。

君所为州，整齐其大体，阔略其细故。与宾客谈说，弦歌饮酒，往往终日。而能听用佐属尽其力，事以不废。在御史言事，计曲直利害如何，不顾望大臣，以此无助。所为文，自少及终，以类集之，至百卷。天德、地业、人事之治，掇拾贯穿，无所不言，而诗为多。

君讳抗，字和叔，姓孙氏，得姓于卫，得望于富春。其在黟县，自君之高祖弃广陵以避孙儒之乱。至君曾大父讳某，善治生以致富。岁饥，贱出米谷，以斗升付粜者，得欢心于乡里。大父讳某，始尽弃其产，而能招士以教子。父讳某，当终时，君始十余岁。后以君故，赠尚书职方员外郎。君初娶张氏，又娶吴氏，又娶舒氏，封太康县君。五男子：適、邈、迪、适、遘。適尝从予游，年十四，论议著书足以惊人，终永州军事推官。邈今某州某县令，好学能文。状君行以求铭者，邈也。君之卒也，天子以适试秘书省校书郎。二女子，一嫁试秘书省校书郎李简夫，一尚幼。君以其卒之年十二月二十五日，葬黟县怀远乡上林村。

歙之为州，在山岭涧谷崎岖之中。自去五代之乱百年，名士大夫亦往往而出，然不能多也。黟居僻陋，中州能人贤士之所罕至。君孤童子，徒步宦学，终以就立，为朝廷显用。论次终始，作为铭诗，岂特以显孙氏而慰其子孙？乃亦以诒其乡里。铭曰：

在仁宗世，蛮跳不制。馈师牧民，实有肤使。践艰乘危，条变画奇。瘭毒既除，膏熨以治。方迁既陨，哀暨山夷。维此肤使，文优以仕。禄则不殖，其书满笥。书藏于家，铭在墓前。以告黟人，孙氏之阡。

【解题】

本文作于仁宗皇祐二年（1050）。所铭孙抗，勤奋好学，由穷山僻壤一“孤童子”跻身士大夫之列。王安石详叙其事，并云“其特以显孙氏而慰其子孙？乃亦以诒其乡里”。

赠尚书刑部侍郎王公墓志铭

江陵县有合葬龙山之西者，为宋龙川令、赠尚书刑部侍郎王公之墓。公之卒，得年七十一，其葬之岁在辛卯，为皇祐三年十二月甲申。龙川，其所卒也。以刑部侍郎赠公者，曰公之子光禄卿周。公讳文亮，字昭远，其先晋丞相导也。丞相十有六世之孙俭，为唐正议大夫，刺明州，始去长安之万年，为明之奉化人。大夫之兄曰濛，濛生绅，绅生韶，韶生公，四世咸为县令。方钱氏之王吴越也，公尝试策入等，为其属州之掾。国除，选于京师，复掾密州，尉夔奉节，为邢之任令。举者二十余人，不用，叹曰："吾既其衰矣，而为是，是不可以已耶。"即以疾去。去之八年，无复言进，仕党故强起之。复叹曰："仕不仕，惟义也。吾敢自必于其间耶?"起令龙川，遂卒。始公尚少，以文称于士友。尝度浙江，有忘白金百斤于舟，公最后独见之，留三日，得忘者归之而后去，而不告以名。他日，从者以为言，于是又称其长者，令两县吏民，皆曰贤令也。既亡，皆哀焉。合葬于龙山者，天水郡太君权氏，善草隶书，诵数经，能略通其说，实唐贞孝公皋之十七世孙云。子男四人：向、频、高，为进士，充其业，其季光禄君也。女三人，皆归闻人。光禄君方洁勤审，下贤好学，人以为君子之子焉。自晋之乱，而戎夷盗贼，穴有中国，且乱且治，至于今岁千年。士大夫之家、流落颠顿，不常其世，后虽有振起者，多不知其族之所出。独光禄君之家为世其家，而能自道尤详，自大夫伯仲至公四世之告命皆具在。命其宗人之子某铭公之墓者，光禄君也。铭曰：

公先籍秦系相导，大夫相孙维作守，兄濛遂留家海浦，子绅孙韶公祖考。子东四传弗甚耀，藏仁厥家以赉后，后蕃而昌其必效，今卿追公为之兆。

【解题】

本文作于仁宗皇祐三年（1051）。所铭王文亮为王安石同族之长辈。

杜涣墓志铭

真州司法京兆杜涣济叔，年三十七，以皇祐四年四月辛酉卒。子男某尚稚，州将以下，合货财以葬于北城之野，而留其帑以处。杜氏世占永宁之博野，父询尝历江宁府司录参军，遂葬，家焉，有子五人，济叔最少，实庆历六年进士。临川王安石铭其葬焉。

猗嗟杜氏，博野之良。有官于南，遂宅以藏。是生司法，以节自强。翼翼而才，颀而阳阳。其生可怀，死矣皆伤。江之北垣，南墓在望。奚葬不归，卜者曰祥。后有子孙，既实而昌。求藏厥初，来考铭章。

【解题】

本文作于仁宗皇祐四年（1052）。所铭杜涣为庆历六年进士，任真州司法，惜乎早逝。

亡兄王常甫墓志铭

先生七岁好学，毅然不苟戏笑，读书二十年。当庆历中，天子以书赐州县，大置学。先生学完行高，江淮间州争欲以为师。所留，辄以《诗》、《书》、《礼》、《易》、《春秋》授弟子。慕闻来者，往往千余里。磨砻、淬濯，成就其器，不可胜数。而先生始以进士下科补宣州司户。至三月，转运使以监江宁府盐院。又三月卒。又七月葬，则卒之明年四月也，实皇祐四年。墓在先君东南五步。先君姓王氏，讳益，官世行治既有铭。先生其长子，讳安仁，字常甫，年三十七，生两女。呜呼！先生之道德，蓄于身而施于家，不博见于天下。文章名于世，特以应世之须尔。大志所欲论著，盖未出也。而世之工言能使不朽者，又知先生莫能深。呜呼！先生之所存，其卒于无传耶？始先生常以为功与名不足怀，盖亦有命焉。君子之学，尽其性而已。然则先生之无传，盖不憾也。虽然，先生孝友最隆，委百世之重而无所属以传，有母有弟，方壮而夺之，使不得相处以久，先生尚有知，其无穷忧矣。呜呼！以往而推存，痛其有已耶，痛其有已耶。先生有文十五卷，其弟既次以藏其家，又次行治藏于墓。呜呼！酷矣！极矣！铭止矣！其能使先生传耶？

【解题】

本文作于仁宗皇祐四年（1052）。王常甫是王安石的长兄，名安仁，字常甫，卒年三十七岁。文章叙述客观，有人因此斥安石冷漠无情。

太常少卿分司南京沈公墓志铭

皇祐三年十一月庚申，太常少卿分司南京钱塘沈公卒。明年，子披、子括葬公邑龙居里先公尚书之兆，卜十月甲戌吉，与其宗谋铭，则书公官寿行世来以请。予论次其书曰：

沈氏自沈子逞以身属社稷，书于《春秋》，文学、贤劳、功名不旷史。而武康之族，尤独显于天下。至公高祖始徙去，自为钱塘人。大王父某，当钱氏时匿不仕。王父某，官咸平、端拱间，至大理寺丞。父某，学行显闻，早世，无爵位，由长子同及公赠兵部尚书。

公讳周，字望之。少孤，与其兄相踵为进士，起家掾汉阳，从事高邮，用举者入大理为丞，监苏州酒。知简之平泉县，县人铭其政于石。遂自封州守佐苏州，由苏州为侍御史。有以丞相指谒公者，不为听。居顷之，出刺润州，又刺泉州。其为治取简易，讼有可已者，辄谕以义使归思之，狱以故少。泉州旧多盗，日暮市门尽闭，禁民勿往来，公至除其禁，而盗亦以止。佐开封，讼数年不遣者以百数，公断治立尽。尝代其尹争狱于上，大臣为公自绌。

三司使请铸大钱，下其书议，议者无敢忤，公为其判官，独曰："坏四钱为之可以当十，民盗变旧钱且尽，铸之为诱民死耳，不如无铸。"议上，如公言。于是天子以江东之按察为已悉，闻公宽厚，即以为使。尽岁无所劾，而部亦以治称。然公已老，不乐事利权，自请得明州。明年，遂以分司归第，归三月卒。夫人许氏，六安县君。子两男世其家，一女子已嫁。公廉静宽慎貌，和而内有守，春秋七十四，更十三官，而不一挂于法。乡党故旧闻其归则喜；丧，哭之多哀，而无一人恨望者。铭曰：

公生四方，卒于故里，先君之从，祭则孙子。有椟有松，有郁其冈，不陁不骞，万世之藏。

【解题】

本文作于仁宗皇祐四年（1052）。文章应死者之子所请而作，颂扬了死者的政绩。

李君夫人盛氏墓志铭

夫人盛氏，其先钱塘人。曾大父讳某，某官，赠某官。父讳某，某官，赠某官，实始去吴，有里籍于汴。夫人之幼，季父文肃公称其智曰："宜以某官。"遂名之。年二十三，归陇西李某，为某官。其后生三男子，皆进士，某，某官，其季曰某。女子四人，其长嫁某官某，次嫁某官某，处者其季也。春秋若干，先李君卒，卒于宁海之官舍。卒之某年葬某所，实皇祐四年。

夫人事舅姑以孝闻，持丧哀臞，事斋饰，卑衣食，以其余推亲党。能读《易》、《论语》、《孝经》诸子之书，亲以教子。子男女娶嫁，必问贤否，有挟贵以请者，李君辄不听，维夫人有助云。铭曰：

夫人之德，顺慎明祇。来胥有家，妇子师师。维师之难，我敏为之。谁为女史？视此铭辞。

【解题】

本文作于仁宗皇祐四年（1052）。称赞盛氏“事舅姑以孝闻”，节衣缩食，以所余助亲党。

都官郎中致仕周公墓志铭

尚书都官郎中南康周公卒之明年，皇祐五年，葬某所，子蕴、咏使请铭。次其语曰：

公讳某，字某，其先占蔡之汝阳，唐末遇乱于光、蕲，迁江州之星子镇，太平兴国中，以镇为县，又以为南康军，故今为南康人焉。曾大父某，大父某，当李氏时，皆以学行为处士家。皇考某，累赠尚书职方郎中。

始以进士起，至尚书屯田郎中，求监池之永丰监，遂致仕。已而今天子大享明堂，恩除都官于家以卒。尝令岳之沅江、寿之霍丘、池之建德、邛之依政、河南之洛阳，凡五县。通判池州。守二州，曰蓬曰安。其治之宽严，视事剧易，尤惠于池、蓬，蓬人爱思，至为公画像。在洛阳，明肃太后使中贵人用事者来，留守倾身媚附之。中人讽公请己，独拒之不往。故相张士逊荐公说书国学，且谕公见执政，公固谢之。其笃学果行，盖有世士夫所难者。卒时春秋七十七，戒丧葬无用浮屠说。有文十卷，世传之。先夫人王氏，封仁寿县君。二子：蕴，保信军节度推官；咏，太庙斋郎。铭曰：

余闻异时宦官之幸，虽隆名尊爵，有纪于时者，往往为之诎焉。又观古之士，能无折身以市于贵势，盖亦少也。信公之所守，则其贤远矣。我铭公藏，不刻其他，惟兹之存，以劝毋邪。

【解题】

本文作于仁宗皇祐六年（1054）。叙其生平，重点叙述了死者不折身事宦官一事，颂死者，劝后人。

金溪吴君墓志铭

君和易罕言，外如其中，言未尝及人过失。至论前世善恶，其国家存亡治乱成败所繇，甚可听也。尝所读书甚众，尤好古而学其辞，其辞又能尽其议论。年四十三，四以进士试于有司，而卒困于无所就。其葬也，以皇祐六年某月日，葬抚州之金溪县归德乡石廪之原，在其舍南五里。当是时，君母夫人既老，而子世隆、世范皆尚幼。三女子，其一卒，其二未嫁云。

呜呼！以君之有，与夫世之贵富而名闻天下者计焉，其独慊彼耶？然而不得禄以行其意、以祭、以养、以遗其子孙以卒，此其士友之所以悲也。夫学者，将以尽其性，尽性而命可知也。知命矣，于君之不得意，其又何悲耶？铭曰：

蕃君名，字彦弼，氏吴其先自姬出。以儒起家世冕黻，独成之艰幽以折。厥铭维甥订君实。

【解题】

本文作于仁宗皇祐六年（1054）。吴蕃博学却无以进身，王安石为之慨叹不已："夫学者，将以尽其性，尽性而命可知也。"在为他的兄长王安仁作铭时，他也曾发过这样的感慨。

永安县太君蒋氏墓志铭

毗陵钱公竦、公谨、公辅、公仪、公佐，以皇祐六年三月戊子，葬其母永安县太君蒋氏。方是时，太君年七十矣，公谨为郑州新郑尉，公辅为太常丞、集贤校理。五子者，卜明年之三月壬午，祔于皇考府君屯田员外郎、赠兵部员外郎讳冶之墓，而具书使图所以昭后世者。叙曰：

蒋氏常之宜兴人，世以财桀其乡，而其族人有以进士至大官者。太君年二十一归于钱氏，与兵部君致其孝。兵部君没，太君进诸子于学，恶衣恶食，御之不愠，均亲嫡庶，有鸤鸠之德，终不以贫故使诸子者趋于利以适己。既其子官于朝，丰显矣，里巷之士以为太君荣，而家人卒亦不见其喜焉。自其嫁至于老，中馈之事亲之惟谨。自其老至于没，纫缝之劳犹不废。子妇尝谏止之，曰："吾为妇，此固其职也。"子妇化服，循其法。

呜呼！不流于时俗，而乐尽其行己之道，穷通荣辱之接乎身，而不失其常心，今学士大夫之所难，而以女子能之，是尤难也。女六人，皆有归。孙七，皆幼云。铭曰：

《诗》始《关雎》，士莫不知，孰能其家，内外无违？闻岂在多，善成于好，于惟夫人，孰辅而告？妇功之修，母道之行，宜休而劝，不耄以明。绍良配淑，式谷尔后，勗哉其兴，以克有庙。

【解题】

本文作于仁宗皇祐六年（1054）。"不流于时俗，而乐尽其行己之道，穷通荣辱之接乎身，而不失其常心"，这是对死者的颂扬，也是王安石自己立身处世的准则。

屯田员外郎邵君墓志铭

邵公既国燕，其子孙处者犹食其初邑，至后世遂为邵氏。今有田里丹阳者独为大家，其所出往往称天下。君，丹阳人也，讳某，字某，少敏爽，皇考某欲大就之，为破赀聚留师宾以发其材。及壮，行内修，不标饰为名，而有誉于为士者。年四十，始以进士出佐镇东军，积功次，入尚书为屯田员外郎，通判亳州。遭母夫人某氏丧，不行以卒。

君工为诗歌，喜饮酒，与人交，恬如也，尤不好官爵，至京师一不问权贵人所舍。事有类君者，自言得迁。或劝君自言，终不许。然起家十有九年，更三县，以材奏君者甚众。卒之明年，皇祐某年某月，弟某葬君某所，以夫人某氏祔。子男两人，曰某，曰某，一女子，皆尚幼。铭曰：

乘于朝，葬于里，厥嫔祔之祭则子，以完归亲维有祉。

【解题】

本文作于仁宗皇祐年间，所铭邵君，工于诗歌，喜饮酒，淡泊于功名利禄。

贵池主簿沈君墓表

予先君女子三人，其季嫁沈子也。他日，有问予先君之婿，而予告以沈子。其知沈子之家者，必曰是其父能文学。他日，从沈子于铜陵而游观其县，县人得沈子，必曰是其父能政事。已而予求其父所为书于沈子，沈子曰：“先君卒于逆旅，其书悉为人取去，无在者。”又问其政事，曰：“吾尝闻于祖母矣，先君为池州贵池县主簿，令不能而县大治者，先君之力也。尝摄铜陵县事，县人有兄弟争财者，先君能为辨其曲直，而卒使之感寤让财，相与同居。其去也，两县人追送涕泣，远焉而后去。其施设之方，则吾不得其详也。”沈子遂言曰：“先君事生严，丧死哀，自族人至于婚友，无所不尽其心。终身好书，未尝一日不读，而于酣乐嫚戏，未尝豫也。循道守官，以不谄其上而几至于殆者数矣，故其仕常有去志，而无留心。唯不得寿考富贵，以卒其学问，究其施设，故其文章不多见而独为士友所知，其行义不博闻而独为亲党所称，其政事不大传而独为邑人所记。日月行矣，不即论次，惧将卒于无传也，吾愿以此属子矣。”予应曰：“然，子之先君固贤，而又有贤子，其后世将必大，不可使无考也。”于是为之论次曰：

君讳某，字某，再世家于杭州之钱塘，而其先湖州之武康人也。武康之族显久矣，至唐有既济者，为尚书礼部员外郎。生传师，为尚书吏部侍郎，赠吏部尚书。尚书生询，为潞州刺史、昭义军节度使。自昭义以上三代，世皆有名迹，列于国史。昭义生丹，为舒州团练判官。舒州生牢，江南李氏时为饶州刺史。饶州生廷苹，为濠州军事推官。濠州生承诲，入宋为明州定海县主簿，累赠光禄卿。光禄生玉，尚书屯田郎中，知真州军州事。君真州之子，天圣二年，以进士起家楚州司法参军，再调为池州贵池县主簿，年三十六，疾卒于京师之逆旅。夫人元氏，生男子伯庄、季长、叔通，皆为进士，而季长则予先君之婿也。君以某年某月某甲子，葬真州城北之原。盖其行义、文学、政事，皆如其子之言云。

【解题】

本文写作时间不详，从所叙内容看，当在仁宗皇祐、至和年间。所铭沈君之子为王安石之妹夫沈季长。

朝奉郎守国子博士知常州李公墓志铭

公李氏，讳余庆，字昌宗，年四十四，官止国子博士，知常州以卒。然公之威名气略闻天下，自其卒至今久矣，天下尚多谈公之为有过于人者。余尝过常州，州之长老道公卒时就葬于横山，州人填道，瞻送叹息，为之出泪，又为之画像，置之浮屠以祭之。于是又知公之有惠爱于常人也。已而与公之子处厚游，则得公之所为甚具。盖公之为政，精明强果，事至能立断而得，久奸宿恶辄取之不贷。至其化服，则抚循养息，悉有其处。所以威震远近，而蒙其德者亦思之无穷也。当明肃太后时，尝欲用公矣，公再上书论事，其言甚直，以故不果用而出常州。呜呼！公之自任，岂止于一州而已，此有志者所以为之惜也。始公以叔父任，起家应天府法曹参军，遇事辄争之，留守者不能夺也，卒荐公改太常寺太祝，知湖州归安县。其后通判秀州，州近盬，公作华亭、海盐二监，以业盗贩之民，岁入缗钱八十万。又为石堤，自平望至吴江五十里，以除水患，人至今赖之。其所至处，利害多如此。然非公大志所欲以就名成功者，故不悉著，著其利于民尤大而能以久者云。公平生慷慨，好议当世事，其所趣舍，必欲如己意，虽强有势，终不为挠。尝考前世治乱之迹，与其君臣之间议论，编为七十卷，藏于家，此盖其大志所存也。公之先，为开封之陈留人，五代祖为梁使闽，因避地，家于福之涟江。曾大父周不仕，大父郁，赠尚书虞部员外郎，考慕玢，秘书省著作佐郎、赠尚书工部员外郎。夫人龚氏，永安县君。男五人：处常，忠武军节度推官，与谊、诫皆已卒；处厚，大理寺丞，与处道皆进士。既葬之二十三年，至和元年，余铭其墓曰：

公闽于家，来自陈留，维时方屯，闭蓄函收。其孰有源，而久于幽，自公之考，乃施乃流。其流至公，孰敢泳游，茫洋演迤，小大毕浮。曷蹇于行，使止一州，庶其涣发，在后之修。

【解题】

本文作于仁宗至和元年（1054）。作者通过对自己所闻所见之叙述，表达了对死者的仰慕、惋惜、哀悼之情。

赣县主簿萧君墓志铭

君讳化基，字子固，实萧氏。其先有自长沙避地庐陵者，曰霁，方李氏有江南，为洪之武宁令，于君为曾大父。其后再世曰焕，曰良辅，皆不仕。至君之兄侍御史定基，始以材起为名家，而追赠其皇考尚书工部员外郎。

君于工部为少子，少谨厚，能自力，业其世以善富。既御史贵，得任子弟，君犹私其能，不愿治民。然御史竟官君为明之奉化尉，主簿于虔之赣县，监真州酒。恬慎祗修，在势者任之。春秋六十二，至和元年四月癸酉以官卒。其子汝霖、汝能、汝为、汝正护其柩归，以十一月壬午葬其县之儒行乡白沙原。夫人杨氏前葬矣，今不祔。

先人于御史以弟交，君，予丈人行也。二父皆有子知名南方，交于予，以故请铭。铭者，所以名前人而燕孝子之心也。于是为铭曰：

韡矣萧宗，楚产之良。绳绳主簿，有善其乡。我修不苟，曰攸为康。图铭圹石，维后之藏。

【解题】

本文作于仁宗至和元年（1054）。死者无甚政绩，文章着重颂扬其谨厚、慎修之品质。

尚书都官员外郎侍御史王公墓碣铭

庆历五年，天子以尚书都官员外郎、通判荆南府王公为侍御史，居一年，以入三司为户部判官，又一年，还之为言事御史。顷之，奏事殿中，疾作归，翌日卒。其家以不起闻，天子悼闵，走中人赙之金帛，又官其一子。先是御史有物故者不赙，由公故，乃敕有司并赙，盖天子之所以录其忠如此。自公举进士时，已能力学自立，以经术游于江淮之南，为学者所归。至为许州司理参军，则以其职与强贵人抗曲直，狱疑当死，赖以活者至数人。再主簿于杭之临安，开封之扶沟，遂选开封府法曹参军。令皆不能出其治，尹亦不敢侵其守，而荐者以十数。岁当迁，府推官恶不顺己，持其奏不肯书，欲诎公诣己，公故不诎，推官度终无可奈何，乃卒任公，迁秘书省著作佐郎。已而覃恩迁秘书丞，乃出知洪州分宁县，入为审刑详议官，数以疑似辨上前辄释。及佐荆南，能以义惮其守。错诸不法事，尝上书论南方用师讨傜蛮不如抚而降之利。先是，公在京师，天子以灾异诏百官言事，公所言有以儆世者。其后御史府恶老者在事，不能自已，以言趣之去位。公以谓于老者薄，非所以广仁孝于天下，且养之非其道，使至于无耻，而专以法格之，滋所以使人薄也。乃推三代礼意，为《养老颂》以讽。凡公之行己治民，及所以论于上者，皆出于宽厚诚恕，而其言易直以明。故其召而为御史也，未至而好公者已信其能称职矣。同时御史闻一事，皆争言塞职。其已尝言，公未尝继以言，曰："可悟上意足矣。"然排党幸为独切，其言多同时御史所不能言者。每承上闲，言人不能无过，若以古绳墨治之，世殆无全人，为国家用者，要之忠信而已。忠信虽有过，尚足用也。其大指所存如此。呜呼！古所谓淑人君子者，公于是可以当之矣。公既行内修，其大者为世所称，至其施于小，亦皆敏而尽力，顾余不得尽载也。然读余之所载，则亦概足以知公矣。公讳某，字某，其先为汉雁门太守者曰泽，泽后十八世雄，为唐东都留守，封望太原族，墓在河南，而世宦学不绝，为闻姓。至唐之将亡，雄诸孙颇陵夷，始自缺其谱，亡不知几传而至护，始居福之侯官，曰本河南人，雄之后也。护生伸，伸生廷简，当闽王审知时，被署为安远使，有劳烈于其国。审知死，遂置其官以老。安远二子，其季居政，娶邑里姚氏女，生公。自护四世至公，始以文行发名，追官皇考至秘书丞，而以昭德县太君封其母。夫人曾氏，赠尚书兵部侍郎会之女，封金华县君。妇顺母严，公所以纪其家，盖有助焉。生五男子：回、向、固、同、冏，皆为士。其文学行义有过绝人者，故人莫不知公后世之将大显以蕃，而以公之仕不充其志为无憾也。公年六十三，以既卒之三年葬颍州之某乡某原。初，公尝过游颍之乐，故诸孤御其母家焉而以公于葬。至是回之友临川王某追铭墓上，实至和二年也。铭曰：

显姓维王，出不一宗，公先河南，实祖于雄。来闽四世，乃挺以生，其来则否，其去而亨。归忠于君，播惠在甿，配时前人，骏发以升。世不载德，孰为荣名，谓公有后，其岂公卿。

【解题】

本文作于仁宗至和二年（1055）。所铭之侍御史王公为作者之好友王回（字深父）之父。

尚书度支郎中葛公墓志铭

葛，公姓也；源，名也；宗圣，字也；处州之丽水，公所生也；明州之鄞，后所迁也。贯，曾大考也；遇，大考也；旺，累赠都官郎中，考也。进士，公所起也。洪州左司理参军、吉州太和县主簿、江州德化县令、监兴国茶场、威武军节度推官、知广州四会县、著作佐郎、知开封府雍丘县、秘书丞、知泉州同安县、太常博士、通判建州、屯田员外郎、知庆成军、都官员外郎、知南剑州、司封员外郎、祠部郎中、江浙荆湖福建广南提点银铜坑冶铸钱，度支郎中、荆湖北提点刑狱，此公之所阅官也。

州将之甥，与异母兄殴人，而甥杀之。州将胁公曰：“两人者皆吾甥，而杀人者乃其兄也，我知之，彼大姓也，无为有司所误，不然，此狱也将必覆。”公劾不为变。此公之为司理参军也。州符徙吉水，行令事。他日，令始至，大猾吏辄诱民数百讼庭下，设变诈以动令，如此数日，令厌事，则事常在吏矣。公至，立讼者两庑下，取其状，视有如吏所为者，使自书所诉，不能书者，吏受之，往往不能如状，穷，辄曰："我不知为此，乃某吏教我所为也。"悉捕劾，致之法，讼以故少，吏亦终不得其意。毛氏寡妇告其子，以恩义说之不得，即使人微捕，得之与间语者，验其对，乃书寡妇告者也。穷治，具服为私谋诬其子孙。距州溪水恶，而岁租几千万，硕舟善败，民以输为愁，公始议县置仓以受输，则官漕之亦便。州不听，公论之不已，仓成，至今赖其利。此公之为主簿也。中贵人击驿吏取所给，过家以言府，府不敢劾。公曰："中贵人何惮？为吾民而有陵之者，吾亦耻之。"上书论其事，中贵人坐绌。此公之为县于雍丘也。属吏常有隙于公同进者，因谗之，公察其旨，不听，以为举首，此公之为州于南剑也。铸钱岁十六万，其所施置后以为法程，此公之为银铜坑冶铸钱也。鄂州崇阳大姓与人妻谋而杀其夫，州受赇，出之，公使再劾，劾者又受赇，狱如初，而公终以为不直。其弟诉之转运使，虽他在事者亦莫不以为冤。复置之狱，卒得其奸赇状，论如法。此公之为提点刑狱也。

甲子四百三十五，公所享年也。至和元年六月乙未，卒之年月日也。润州之丹徒县长乐乡显阳村，公所葬也。嘉祐元年十月壬申，葬之年月日也。乡邑孙氏，今祔以葬者，公元配也；万年县君范阳卢氏，公继配也。良肱、良佐、良嗣，公子也。妻太常博士黄知良，曰金华县君，公女也。起进士，为越州余姚县尉，主公之丧而请铭以葬者，良嗣也。论次其所得于良嗣，而为之铭者，临川王安石也。铭曰：

士窾以养交兮，弛官之不忌。维公之所至兮，乐职嗜事。彼能显闻兮，公则不晰。不铭示后兮，孰劝为瘁？

【解题】

本文作于仁宗嘉祐元年（1055）。全篇皆倒叙句式，一气呵成。

广西转运使屯田员外郎苏君墓志铭

庆历五年，河北都转运使、龙图阁直学士信都欧阳修以言事切直，为权贵人所怒，因其孤甥女子有狱，诬以奸利事。天子使三司户部判官、太常博士武功苏君与中贵人杂治。当是时，权贵人连内外诸怨恶修者，为恶言欲倾修，锐甚。天下汹汹，必修不能自脱。苏君卒白上曰："修无罪，言者诬之耳。"于是权贵人大怒，诬君以不直，绌使为殿中丞、泰州监税。然天子遂寤，言者不得意，而修等皆无恙。苏君以此名闻天下。嗟乎！以忠为不忠，而诛不当于有罪，人主之大戒。然古之陷此者相随属，以有左右之谗，而无如苏君之救，是以卒至于败亡而不寤。然则苏君一动，其于天下，岂小也哉？苏君既出逐，权贵人更用事，凡五年之间再赦而君六徙，东西南北，水陆奔走辄万里。其心恬然，无有怨悔。遇事强果，未尝少屈。盖孔子所谓刚者，殆苏君矣。

苏君之仁与智，又有足称者。尝通判陕府，当葛怀敏之败，边告急，枢密使取道路戍还之卒再戍仪渭，于是延州还者千人至陕闻再戍，大怨，即讙聚谋为变。吏白闭城，城中无一人敢出。君徐以一骑出卒间，谕慰止之，而以便宜还使者。戍卒喜曰："微苏君，吾不得生。"陕人曰："微苏君，吾其掠死矣。"有令刺陕西之民以为兵，败亡者死。既而亡者得，有司治之以死，而君辄纵去，言上曰："令民以死者，为事不集也。事集矣，而亡者犹不赦，恐其众相聚而为盗。惟朝廷幸哀怜愚民，使得自反。"天子以君言为然，而三十州之亡者皆不死。其后知坊州，州税赋之无归者，里正代为之输，岁弊大家数十。君钩治使归其主。坊人不忧为里正，自苏君始也。

苏君讳安世，字梦得。其先武功人，后徙蜀，蜀亡，归于京师。今为开封人也。曾大考讳进之，率府副率。大考讳继，殿直。考讳咸熙，赠都官郎中。君以进士起，起三十二年。其卒年五十九。为广西转运使，而官止于屯田员外郎者，以君十五年不求磨勘也。君娶南阳郭氏，又娶清河某氏。子四人：台文，永州推官；祥文，太庙斋郎；炳文，试将作监主簿；彦文，未仕。女子五人，适进士会稽江松、单州鱼台县尉江山赵扬，三人尚幼。君既卒之三年，嘉祐二年十月庚午，其子葬君扬州之江都东兴宁乡马坊村，而太常博士知常州军州事临川王安石为铭曰：

皇有四极，周绥以福，使维苏君，奠我南服。亢亢苏君，不圆其方，不晦其明，君子之刚。其枉在人，我得吾直，谁怼谁愠，祇天之役。日月有丘，其下冥冥，昭君无穷，安石之铭。

【解题】

本文作于仁宗嘉祐二年（1057）。文章开头不提所铭之苏君，而是从欧阳修之狱说起，别具一格。

右领军卫将军致仕王君墓志铭

君王氏，讳乙，字次公，其望在太原，而实家大名之元城，不知其始所以徙。曾祖讳安，当周世宗时，为阁门通事舍人；祖讳廷温，开宝中泰宁军节度副使；考讳奉谨，右班殿直，赠左武卫大将军。君尝举进士，不中，因献其所藏书秘阁。而上书言：先臣某逮许王，于先皇帝有一日之幸，臣实其子。天子下其问验，以为三班借职，累迁至内殿崇班阁门祇候，淮南东路都巡检使。皇祐二年，年七十三，以右领军卫将军致仕，卒于海州。而以嘉祐二年葬真州之扬子县某乡某原，以后夫人刘氏祔。于是先夫人林氏既葬矣。君强记博闻，刚毅而聪明，好读书，虽老矣读书未尝少止。于穷人贱士，苟义所在，乐与之为胶漆，一欲以不直加我，虽严贵人义终不为受也。数上书言事，皆中世病，而用事者多不听，听者两言耳，又事之小者，然当时蒙其利。言楚州可去堰为闸，岁省卒二十一万七千人，钱一百三十万，米六万八千石。又言河阴可以茶盐募入谷而漕之河北，为十说以排三司之难，三司不能绌其一。此当时蒙其利者也。宋兴百年，大定于太宗，至真宗内外富矣。内外自是遂务以无为养息天下，朝廷所尚贤良进士，而将相大臣之世用。君方慨然怀古人趋赴功业之意，欲起贫贱，不势左右，而以其辩智当人主。众圆独方，用非其时，卒以不合。呜呼！甚可悲也。然天下不肖多畏恶君，以其伉直，而幸其龃龉不得意以老，独贤者哀之耳。君子越石，秦州观察判官，其次子仁杰为进士。女二人，嫁进士林度、陈州项城主簿宋造。余尝为君僚，而与其子越石同年进士也。铭其葬曰：

强能吾羸，吾与之为抗，羸者惴惴，吾与之为让。卒羸于强，以窒于行，维其心之享，以实其声也。

【解题】

本文作于仁宗嘉祐二年（1057）。王安石曾为死者的幕僚，对他的政见、政绩十分了解。

仙居县太君魏氏墓志铭

临川王某曰：俗之坏久矣。自学士大夫，多不能终其节，况女子乎？当是时，仙居县太君魏氏抱数岁之孤，专屋而闲居，躬为桑麻以取衣食。穷苦困厄久矣，而无变志。卒就其子以能有家，受封于朝，而为里贤母。呜呼，其可铭也！于其葬，为序而铭焉。序曰：

魏氏其先江宁人。太君之曾祖讳某，光禄寺卿；祖讳某，池州刺史；考讳某，太子谕德：皆江南李氏时也。李氏国除，而谕德易名居中，退居于常州。以太君为贤，而选所嫁，得江阴沈君讳某，曰："此可以与吾女矣。"于是时，太君年十九，归沈氏。归十年，生两子，而沈君以进士甲科为广德军判官以卒。太君亲以《诗》、《论语》、《孝经》教两子。两子就外学，时数岁耳，则已能诵此三经矣。其后子迥为进士；子遵为殿中丞，知连州军州。而太君年六十有四，以终于州之正寝，时皇祐二年六月庚辰也。嘉祐二年十二月庚申，两子葬太君江阴申港之西怀仁里。于是遵为太常博士，通判建州军州事，而沈君赠官至太常博士。铭曰：

山朝于跻，其下维谷。缵我博士，夫人之淑。其淑维何？博士其家。二子翼翼，萼附其华。诜诜诸孙，其实其葩。孰云其昌？其始萌芽。皇有显报，曰维在后。硕大蕃衍，刲牲以告。视铭考施，夫人之效。

【解题】

本文作于仁宗嘉祐二年（1057）。文章以"俗之坏久矣。自学士大夫，多不能终其节"开头，衬托出魏氏将"数岁之孤"培养成才之不易。

左班殿直杨君墓志铭

束鹿杨辟状其先人曰：

君讳文翊，字巨卿，少孤，鞠于世父。世父战契丹于常山，君始十七，能以兵入，得甲马。其后世父为峡州麻溪寨主，合州兵讨蛮之叛者，君以二十五卒驰前，与蛮三千遇，蛮传畏名勇，悉还走险，其酋据险下射，杀君卒几尽。君以两矢自下颠其酋，而后世父军亦至，遂戡其众以归。天子赏世父一官，而以君属三班为殿侍。

君曾祖讳渊，祖讳君正，父讳德成，皆以经术教授乡里，遭五代变扰，皆不仕。君亦少敏强记，通五经刑名书数。然负其材武，思一有所奋，成功名，以故为武吏。稍迁借职，监睦州酒，由借职三迁为左班殿直，由睦州亦三迁为邵州武冈寨兵马监押。由武冈归京师，以庆历七年二月二十九日，年七十三而卒。

初康定中，将相欲五路兵攻夏，故相陈恭公为陕西招讨使，欲君为用。知君者皆曰："君尝有所试，今其时也，勉之矣！"君不应而辞以疾。顾说恭公曰："吾士卒堕久矣，而数败以恐，卒然驱之以入不测，战久讲胜悍强之贼，愚不知计策，见其危而已。"恭公默然。而其后兵果不得出。自是君亦老矣，更读书，劝诸子以学，无复言兵事。

方君少壮时，喜兵，弯弓击剑，士莫敢伍。然仁恕爱物，遇人谦谨。麻溪士卒杀戮无所择，君为救止，全活甚众。其在武冈以恩信待诸蛮，蛮有嵩、叙、上下诚等州刺史，至呼君为父，终君去，不为侵窃。

君夫人杜氏，生三男，其长子早卒，次辟为大理寺丞，次闳。三女子，皆以嫁，其长亦早卒。夫人少君十岁，以嘉祐二年五月二十三日，卒于酸枣，而寿与君皆七十三。六月二日，合葬于陈州宛丘县友于乡彭陵原。

临川王某曰：士之以材称于世而能以义克者少矣。子路，学孔子者也，然怙其勇以不得死。君以此其材至白首无所遇，而恂恂自克，以考厥终。克有名子，载其行治，其可铭曰：

擐坚挽强，可扞四方，视时弛张，以不悖于常，维士之良。

【解题】

本文作于仁宗嘉祐二年（1057）。文章以两则小故事概括了杨文翊一生的两个阶段，为后文抒发议论打下了基础。

屯田员外郎致仕虞君墓志铭

祥符八年，真宗第进士于廷，先人与上饶虞君俱在其选。其后庆历二年、皇祐元年，虞君之诸子相继以进士起，而先人之孤亦在焉，故安石尝与虞君之诸子游，而诸子称君之所为甚悉。

君廉于进取，宽厚长者，人可欺以其方，而君未尝辄欺人也。自为进士时，能以文学知名于乡里，三为举首。尝献其所为书于天子，天子以为能，欲特召试，而以君方试于有司，乃止。及君起家为建州司理参军、福州观察推官，转运使奏君监福州之宝积银场。君为创法，而银大溢，岁终当迁，有司使人喻君求赂，君谢不与曰："与其以赂迁，吾宁困以终身也。"终以此不得迁，而复为军事判官郴州。州尝失入人罪，吏方被劾而有赦除其罪。君初在告，不与断其狱而与奏其按也，刑部遂书君为失入，坐是坎壈不得意以至于老，而君初未尝自讼也。

自郴州归，而为邵州防御判官，又为杭州节度推官，又为台州军事判官，所至辄以治行为在势者所称，章交于朝廷，而天子终以其尝失入不用。已而右谏议大夫李宥特荐之，召赴京师，又不用。流内铨以为言，乃以君知明州之慈溪县，县得君以无事，而君日与处士讲学赋诗饮酒，恬如也。淮南转运使吴遵路、两浙转运使段少连、叶清臣皆一时名人，交荐君以为材，而朝廷又以君为台州军事判官，不用。

及李元昊反，近边皆骚动，有诏举能吏可以为河北、河东、陕西诸县者，于是君始得迁。为太子中允，知河中府猗氏县，今并州故相国庞公经略陕西，欲辟公为其判官，君不肯就而辞以老，庞公贤其意，亦不强也。后迁太常丞、知越州山阴县、太常博士、尚书屯田员外郎、通判滁州，间从容语诸子曰："吾尝游宜兴，甚爱其山水，儿为我筑室荆溪上，吾且休于此矣。”时皇祐二年也。明年，遂致仕，诸子为筑室荆溪上，如其志。以至和三年七月戊戌卒，享年八十。

君既不急于仕进，亦未尝问家人生产，士友多哀君困厄。及其老，诸子皆孝友能致其力以养，而多以文学称于世。其长子太微，为润州司理参军，次太宁，为和州防御推官，太熙为苏州吴江县尉，太冲为通州静海县主簿，太蒙为进士。女子五人，皆嫁为士大夫妻。诸孙男女凡十八人。内外诜诜，人不以公初不得意为可怜，而顾以其后子孙慈良众多为可愿也。

君讳肃，字元卿，其先自会稽遭乱避徙江南。曾大父讳瞻，大父讳琎，当李氏时，为李氏将兵上饶以拒闽人，兵罢，因留家之不去，故至今为上饶人。父讳戬，博学善属文，尝求进士第不得，遂止不复言仕，以君故，赠殿中丞。君子以嘉祐二年某月日葬君常州宜兴县永定乡某山，而以夫人福昌县君周氏祔。夫人有贤行，君所以得毋恤其家，亦以其夫人也。将葬，君子使来告曰：“宜铭吾先人莫如子。”于是为铭曰：

蹈污而陵巇，又左右以窥，以侥其私，人趋为之，而公谢不为。秀发而豪眉，子孙颀颀，以荣其归，维帝之诒。

【解题】

本文作于仁宗嘉祐二年（1057）。所铭虞肃，与王安石之父为同年进士，而王安石与虞肃的几个儿子也相得甚欢。

叔父临川王君墓志铭

孔子论天子、诸侯、卿大夫、士、庶人之孝，固有等矣。至其以事亲为始而能竭吾才，则自圣人至于士，其可以无憾焉一也。

余叔父讳师锡，字某。少孤，则致孝于其母，忧悲愉乐不主于己，以其母而已。学于他州，凡被服、食饮、玩好之物，苟可以悏吾母而力能有之者，皆聚以归，虽甚劳窘，终不废。丰其母以及其昆弟、姑姊妹，不敢爱其力之所能得。约其身以及其妻子，不敢慊其意之所欲为。其外行，则自乡党、邻里及其尝所与游之人，莫不得其欢心。其不幸而蚤死也，则莫不为之悲伤叹息。夫其所以事亲能如此，虽有不至，其亦可以无憾矣。

自庠序聘举之法坏，而国论不及乎闺门之隐，士之务本者，常诎于浮华浅薄之材。故余叔父之卒，年三十七，数以进士试于有司，而犹不得禄赐以宽一日之养焉。而世之论士也，以苟难为贤，而余叔父之孝，又未有以过古之中制也，以故世之称其行者亦少焉。盖以叔父自为，则由外至者，吾无意于其间可也；自君子之在势者观之，使为善者不得职而无以成名，则中材何以勉焉？悲夫！

叔父娶朱氏。子男一人，某，女子一人，皆尚幼。其葬也，以至和四年，祔于真州某县某乡铜山之原皇考谏议公之兆。为铭。铭曰：

夭孰为之？穷孰为之？为吾能为，已矣无悲。

【解题】

文章称“其葬也，以至和四年”，疑误。宋仁宗于至和三年改年号为“嘉祐”，不存在至和四年。此文当作于嘉祐二年（1057）。

尚书刑部郎中周公墓志铭

周氏其先自华阴入蜀。蜀孟氏时，公之皇考讳敬述以文章知名，尝至要官任事矣。孟氏亡，因不复仕，而天子召以为寿州下蔡令，由下蔡以为太子中允、知江州，赐紫衣金鱼，使抚初附之民。其后为秘书丞，知泰州以卒，而得州之北原以葬。有子四人，其卒皆位于朝，而公第二。公讳嘉正，字榦之，少与其昆弟俱以进士甲科起家，为通州军事推官。其后通判广州，提点福建刑狱，知寿州，为三司盐铁判官。故宰相丁谓虑其材，天子以为河北转运使，而公不就。已而谓得罪，公坐出知金州，又知海州，又知濠州，而以工部郎中分司南京，归治疾于海陵之第。明道元年，以恩迁刑部，二年，年六十四以卒。公宽厚而廉清，而其才尤长于政事。自为推官时，已能有所建易，为士民所记。及奉使福建，狱有冤，辄辨，有疑若可贷，辄以闻，所活至数十人，而其治，大抵遇奸吏为独急。子男五人：曰象先，今为武康军节度推官、监台州税；曰彦先，为右侍禁、知循州兴宁县；曰茂先，为泰州司法参军；曰行先，为山南东道节度推官、知江州彭泽县；曰嗣先，为进士。女七人，皆嫁为士大夫妻。嘉祐三年三月壬申，公子与孙葬公皇考秘书丞赠尚书工部侍郎之兆东，以安喜县君钱氏祔，县君实左右公以有家者也。铭曰：

周迁于蜀，爰自先人，考有四子，发于海滨。公有令闻，贵维次子，归宽民人，施刻在已。方飞方骞，方升于天，既铩以归，既陨于泉。有高其后，有光其前，作为铭诗，兆此新阡。

泰州司法参军周君墓志铭

君周氏，讳茂先，字去华，其先成都人，至君大父讳述为秘书丞，知泰州以卒，始葬泰州之北原，而子孙遂为州人不去。父讳嘉正，尚书刑部郎中。君以父荫为楚州司户参军，又为泰州司法参军，皆有能名。明道二年五月，刑部君终于第，君思慕哭泣，至其年十月亦卒，于是君年三十二。夫人南阳张氏，守其孤不嫁，其后孤涣以进士起家洪州南昌县主簿。二女子，嫁池州贵池县尉宣城查埜、进士建安吴观。而以嘉祐三年三月壬申葬君北原之兆。铭曰：

绵绵之孤，属于单妻，既恃而殖。龟锡告命，曰维孝子，从先人宅。

右侍禁周君墓志铭

君周氏，讳彦先，字师古。曾大父讳瓌，赠大理评事；大父讳述，秘书丞，赠尚书工部侍郎；考讳嘉正，尚书刑部郎中。君少以郎中君荫补三班奉职、监泗州浮桥，又监楚州船场，为扬、泰州巡检。而近臣荐臣阁门祗候，大臣曰："周某可用矣，然吾将试之边。"乃白以为瀛、莫等七州军沿边巡检。边人两界上为群盗，君得姓名以白安抚使，移之契丹，契丹悉捕斩之。自是久之，边无盗也。已而君上书言漕事，又言边将使人耕边以给公使，不即禁止，往往能生事。于是边将大怒，而君所部卒有犯法者，因诋君以不诘，坐是监广州清远县盐场，转运使留君以监市舶。它吏方习为奸赇事，而君独不买舶中一物，转运使尝数称君以愧它吏，而荐君以知循州之兴宁县。至则相县南三十里宁昌驿以为治所，而吏自此得不以瘴死。然君既得疾于兴宁矣，遂卒，卒时年四十二。县人以君为能抚我，思之也。君先夫人盛氏，尚书工部侍郎讳京之子，后夫人王氏，尚书主客郎中讳贯之之子，皆有贤行。五子：涛、洵、湑、渥、澥，皆为进士。二女子：嫁如皋史堪、德安郑汾，亦皆为进士。而涛今为著作佐郎，知汝州梁县。以嘉祐三年三月壬申葬君皇考郎中之兆次，而以先夫人祔。临川王某为铭曰：

君弟吾嫂，夫人吾姑。君能有家，不失疾徐。治兵与民，威爱之乎。铭昭子孙，以告不诬。

【解题】

以上三篇铭文作于同时。仁宗嘉祐三年（1058）三月，周嘉正、周茂先、周彦先父子三人同时下葬，王安石一一为作铭。

河东县太君曾氏墓志铭

尚书都官员外郎临川吴君讳某之夫人，河东太君南丰曾氏，尚书吏部郎中、赠右谏议大夫讳某之子。谏议君伉直以摈死，而都官君尤孝友忠信，乡里称为长者。

夫人于财无所蓄，于物无所玩，自司马氏以下史所记世治乱、人贤不肖，无所不读，盖其明辨智识，当世游谈学问知名之士有不能如也。虽内外族亲之悍强顽鄙者，犹知严惮其为贤；而夫人拊循应接，亲疏小大，皆有礼焉。嘉祐三年某月某甲子，年七十四，终于寝。

有子四人：芮，秘书丞；蒉，亳州录事参军；其次蕃、蒙，曾出也，皆进士，而蒙为濠州司户参军。于是蒉、蕃皆已卒，芮、蒙以某年某月某甲子，葬夫人某县某乡某所之原。某实夫人之外孙，而夫人归之以其孙者也。涕泣而为铭曰：

静专幽闲，女子之方，闳观博考，乃士之常。猗欤夫人，学问明智。其德女子，其能则士。我求于往，孰与比齐？呜呼公父，穆伯之妻。

【解题】

本文作于仁宗嘉祐三年（1058）。王安石自称“实夫人之外孙，而夫人归之以其孙者也”。

金华县君吴氏墓志铭

钱塘杨蟠将合葬其母，缞绖以走晋陵，而问铭于其守临川王安石。王安石曰，古者诸侯、大夫有德善功烈，其子孙必为器以铭，而国之人必能为之辞，越国而求铭，予未之闻也。今杭大州，以文称于时者盖有，而蟠也释其殡，千里以取铭于予，盖所以严其亲之终而欲信其善于后世，如此其慎也！予岂敢孤其意，以爱不腆之辞乎？于是为之序曰：

故太常博士、知婺州东阳县事杨君讳翱字翰之之夫人金华县君吴氏，世为婺州之金华人。自其大父文觊始有籍于杭州之钱塘，而杨君亦自其父徽始去处州之丽水为钱塘人，而葬于钱塘之履泰乡龙井之原。杨君之卒也，年六十七，以庆历二年十二月二十一日从其先人以葬。而夫人后君十六年以卒，卒时嘉祐二年，年七十三，而以明年二月二十日祔于杨君之墓。

杨君少以文学中进士甲科，而晚以廉静不苟合穷于世。夫人有驯德淑行，协于上下，内外无怨。杨君有子十一人，其一人则孽也。夫人母其孽子，犹吴氏之甥，虽乡人之习于杨君者不知为异母。既杨君卒，教养嫁娶皆各不失其时。而子端、子蟠同时以进士起家为密、和二州推官，邻里叹慕，以为夫人荣，然夫人不为之喜也。至杨君之弟子完及进士第，乃喜曰："吾姒老矣，此亦足以慰其心也。"盖其仁如此。夫人生男女十人，卒时，子辅国、子端与其女子七人皆已卒，而蟠独在，为泗州军事推官。铭曰：

博士有家，夫人实绍，博士有子，夫人实教。游其门庭，弦诵之声，御其堂奥，宾祭斋明。皇命淑人，维君郡县，问名考德，夫人实践。归哉万年，博士之丘，铭以昭之，无有春秋。

【解题】

本文作于仁宗嘉祐三年（1058）。始叙吴氏子杨皤求铭之切，次为之序、铭。

京东提点刑狱陆君墓志铭

提点京东路诸州军刑狱公事、兼本路劝农事、朝奉郎、尚书司封员外郎，充集贤校理、上轻车都尉、赐绯鱼袋借紫陆君，讳广，字彦博。其先吴郡人也，至君之高祖始迁福州之候官，以避唐末之乱。曾祖讳某，仕吴越为骁骑上将军、检校太傅。祖讳某，以威武军节度推官从其王归京师，官至殿中丞，知泸、道、潮、贵四州以卒。考讳某，不仕，以君故，赠官尚书职方员外郎。君以天圣二年进士起家，至皇祐四年某月，以使走齐州，某甲子卒于郓之平阴。君子长倩等以嘉祐四年某月某甲子，葬君杭州之钱塘某所之原，而书君系世、官职、行能、劳烈、卒葬之地与时以来求志墓。铭曰：

于惟陆氏，吴郡其始，福之候官，近自唐徙。维君大考，太傅将军，实仕吴越，为王陪臣。太傅有子，始来皇朝，丞于殿中，历将四州。卒葬候官，实生处士，赠官职方，君实其子。维君讳广，彦博其字，文辞甲科，四府从事。起家邵武，再选徐州，遂监税酒，满岁陈留。许昌之招，宁海之从，乃令乌程，乃丞开封。始佐著作，去为尉氏，咏歌仁明，无有壮穉。移邛大邑，告母高年，免蜀就养，税商于泉。又移导江，斗谷千钱，君命振之，以我公田。盗屠民家，尉以囚来，囚言实盗，君曰释之。尉方力争，众亦莫寤，后得真盗，果如君虑。离堆之江，豪右擅焉，君修堰渠，始诎其专。灌田为顷，万有七千，镌约示后，后无凶年。郑文肃公，来治杭剧，君以通判，往从其辟。州人僦屋，吏代之输，君为刱法，遂无逋租。中书选君，御史推直，有言朝廷，今以为敕。冬狩于郊，大讲戎兵，作箴以献，逆戒荒萌。召置集贤，一为校理，当时名氏，简在天子。出知婺州，恶吏先钼，募能拯溺，民以不渔。婺之明年，改命治泉，泉人习君，谣语讙然。为桥南江，济者免覆，置廪州学，士怀我育。有告众叛，当君燕时，命捕立得，坐人不知。苏饥息穷，去害除弊，使臣以闻，守政尤异。智高螫边，吏不时搏，君书驿上，焯有方略。归佐三司，廷论南师，帝曰可哉，汝言予施。依寇以平，再执刑柄，谳囚于齐，至郓而病。弃世平阴，寿五十三，有子四人，扶丧而南。长倩惟伯，仲维长绪，长恕惟叔，季惟长愈。倩掾秀州，敏有文章，绪由君恩，郊社斋郎。又女六人，皆出陈氏，维陈淑慎，善相君子。四男有立，女亦有归，受封长安，即养无违。遂以嘉祐四年十月，归君钱塘某所之穴。唯君静深，不苟笑嘻，隆亲笃友，遇物爱慈。读书慨然，慕古奇伟，顾谓诸子，仕当如此。官止外郎，尚书司封，又不得年，以既厥用。有文藏家，后世之诒，于君所得，可以此窥。有幽斯窾，掩石在下，撰君初终，以告来者。

【解题】

本文作于仁宗嘉祐四年（1059）。王安石作铭文，多详序其人其事，再以铭概括之，本文则尽叙其事于铭中。

王逢原墓志铭

呜呼！道之不明邪，岂特教之不至也，士亦有罪焉。呜呼！道之不行邪，岂特化之不至也，士亦有罪焉。盖无常产而有常心者，古之所谓士也。士诚有常心以操圣人之说而力行之，则道虽不明乎天下，必明于己；道虽不行于天下，必行于妻子。内有以明于己，外有以行于妻子，则其言行必不孤立于天下矣。此孔子、孟子、伯夷、柳下惠、杨雄之徒所以有功于世也。

呜呼！以予之昏弱不肖，固亦士之有罪者，而得友焉。余友字逢原，讳令，姓王氏，广陵人也。始予爱其文章，而得其所以言，中予爱其节行，而得其所以行，卒予得其所以言，浩浩乎其将沿而不穷也，得其所以行，超超乎其将追而不至也。于是慨然叹，以为可以任世之重而有功于天下者，将在于此，余将友之而不得也。呜呼！今弃予而死矣，悲夫！

逢原，左武卫大将军讳奉谭之曾孙，大理评事讳珙之孙，而郑州管城县主簿讳世伦之子。五岁而孤，二十八而卒，卒之九十三日，嘉祐四年九月丙申，葬于常州武进县南乡薛村之原。夫人吴氏，亦有贤行，于是方娠也，未知其子之男女。铭曰：

寿胡不多？天实尔啬。曰天不相，胡厚尔德？厚也培之，啬也推之，乐以不罢，不怨以疑。呜呼天民，将在于兹！

【解题】

本文作于仁宗嘉祐四年（1059）。王逢原之妻乃王安石夫人吴氏之族妹。王安石非常器重王逢原，文章开头连用三个“呜呼”，表达了万分痛惜之情。全文虽然不长，但感情真挚，安石自称“此于平生为铭，最为无愧者也”（《与崔伯易书》）。

王夫人墓志铭

右侍禁知循州兴宁县事海陵周君讳彦先之夫人王氏，我叔祖尚书主客郎中赠右谏议大夫讳贯之之子，年二十三，嫁周氏。嫁六年，生一子澥而周君卒。后十八年，子涛为秘书省著作佐郎，知汝州梁县事，而夫人年四十八，以疾弃世于梁县。子涛等护其丧归，以嘉祐四年十一月二十九日庚申，葬海陵城北之兆。夫人心庄而行厉，气和而色婉，抚接内外亲疏皆有恩意，而于人终身不校。呜呼！其贤如此。铭曰：

于嗟夫人少悯忧，祗专静嘉好众仇。克协妇子祠春秋，方胥有家裕厥羞。不永于享其何尤，序哀以铭款诸幽。

【解题】

本文作于仁宗嘉祐四年（1059）。王夫人乃安石叔祖父王贯之女、周彦先之妻，王安石也曾为周作墓志铭，文见前。

侍卫亲军步军副都指挥使勤威冯鲁公神道碑

冯氏有家于滑州之白马者，莫知其所以徙，至鲁公而尝以公开国于始平日，其本出于汉杜陵，楚相唐之后也。

公讳守信，字中孚，自为儿童，状貌嶷然，慷慨有大意，人固已奇之矣。既冠，从其乡人受学，以三礼举于乡会。太平兴国初，取兵民间，公出应选，有司以公儒者欲免之。公曰：“吾以子弟免，而父兄任其劳，此儒者所不为。”遂行，以才武给宿卫。太宗征河东，公奋身冒兵，数取俘馘以献于行在，太宗壮而劳之，以功数迁至弓箭直副指挥使。真宗两驾河北，皆命公帅其所领先驱以御契丹，而所斩虏最诸将，迁天武军都指挥使、封州刺史，充御前忠佐马步军都军头。

公虽在军旅，数以《孝经》、《论语》为人讲说，人尚以儒者目之。至是，真宗召问，出《孝经》，使讲《天子》一章，因言：“自天子至于士，不可以无学，学不必博，《孝经》、《论语》皆圣人之诲学者言行之要，臣愚不足以尽识，然所以事陛下，不敢一日而忘此。”真宗嗟叹者久之。由封州数迁捧日天武四厢都指挥使、英州防御使、知瀛州，兼高阳关都部署。由瀛州召还，领步军司公事。

当此时，河决滑州，天子以为忧，问谁可使者，公自言“少长河上，能知河利害”。诏以公为侍卫亲军步军副都指挥使、容州观察使、知滑州，兼修河都部署。河怒动埽，埽且陷，公坐其上自若也，遂号其部人，以一日塞之。天子赐手诏奖谕。诏还领步军如初。已而迁威塞军节度使。是岁天禧五年也，公年六十六，以八月二日薨于位，天子悼恸，为之罢朝三日，赠太尉，赐钱三百万。敕宣庆使蒋州团练使韩守英、礼部郎中直集贤院石中立给护其丧事，遂以其年九月二十四日葬开封之祥符县黄沟乡大里之原。

公曾祖讳伦，祖讳筠，皆不仕。考讳蕴，赠官至左屯卫大将军。先夫人刘氏玉城县君，后夫人张氏清河郡夫人。子男十三人，于是文懿左侍禁，文吉、文拙、文德、文庆、文显、文质、文贵、文锐并右班殿直，文灿、文俊并右侍禁，文郁、文雅皆早卒。

公孝谨忠笃，遇人以恩。祖母夫人疾病，公不释带以侍，辄数月。常患世医不足赖以为养，力学方药，遂通其术。公弟常欲上其子为公子，以取高荫，公对之慨然曰：“吾自行伍蒙主上拔擢至此，予欲弃躯以报久矣，顾未有所，奈何欺之？”是岁，并公子无所荫，曰：“以明吾心，于弟非有爱也。”韦城董方廉直为公所友，其卒，有二女无以嫁，公为选士办装，嫁之若己子。公将兵治民，宽简有法，故人人便爱之，而无敢犯。所居有迹，贤士大夫多称之者。

公葬之三十二年，而以其子故，累赠至中书令，兼尚书令，追封鲁国公。又二年，始请谥于天子，赐之谥曰勤威。又五年，文显为西京左藏库副使、提点开封府界诸县镇公事，始作碑以表公墓，而以铭来请。予问诔于太常，问书于太史，问诸故老以考公子之所告，而得公之所为如此。于是为铭曰：

允显真宗，俊艺在工，相协于武，有来冯公。冯公頟頟，奋节金革，有声中邦，外动夷狄。自公在野，手不去经，率其所学，以抚戎兵。公之所抚，貔貅豹虎，指麾进退，妥若儿女。武窒以虓，文罢于柔，维时冯公，两取其优。孰施其文？有壤千里。孰致其武？宿卫天子。帝咨冯公，"尔往视河。"河决已塞，滑人来歌。帝闻而嘉，劳以手敕，公拜稽首："匪臣之力。"帝曰："来尔，予厘尔勤，授之麾节，留掌我军。"方朝告薨，有诏罢视，吊赠赙葬，哀荣终始。追拜为令，尚书、中书，赐爵国公，胙以鲁墟。士生显荣，没则多已，维时冯公，至今受祉。有周方虎，咸有褒诗，至汉充国，雄为之辞。谁能诗公，传屎无止，刻碑墓门，公实有子。

【解题】

本文作于仁宗嘉祐五年（1060）。文章从为官、为人等方面颂扬冯鲁公之勤勉、忠笃。

寿安县君王氏墓志铭

江淮荆湖两浙制置发运使、少府监广陵孙君之夫人寿安县君太原王氏，其先自沧州之清池徙河南，世有显人。太府卿讳某者，皇曾祖也；库部员外郎、赠礼部侍郎讳某者，皇祖也；屯田郎中、赠吏部侍郎讳某者，皇考也。至夫人诸兄，亦皆为郎尚书，而多以材艺称当世。

夫人好读书，善为诗，静专而能谋，勤约以有礼。吏部君爱之尤，而择所嫁。于是少府君为大理评事，签书淮南节度判官厅公事，以夫人归焉，皇姑曰："自儿有妇，内外族人加亲，而吾食寝甘焉。"少府君材能为朝廷所信，以至休显，其尽心外事不以家为恤者，以夫人为之内也。嘉祐四年某月某甲子夫人卒，年五十三，明年某月某甲子葬扬州之天长县博陵乡皇姑之兆。子男二人，某、某；女六人，一嫁苏州节度推官毗陵张诲，一尚幼，四先夫人卒。铭曰：

竭竭少府，有仪有声，谁相其初，以迄休成？维王淑女，顺妇慈母，内谐尊卑，燕及婚友。锦韬象轴，告命之华，序章爵邑，维荣有家。方大茀禄，以宜宠服。呜呼其徂！葬有吉卜。

【解题】

本文作于仁宗嘉祐五年（1060）。称颂王氏“好读书，善为诗，静专能谋，勤约以有礼”。

赠光禄少卿赵君墓志铭

侬智高反广南．攻破诸州，州将之以义死者二人，而康州赵君，余尝知其为贤者也。君用叔祖荫试将作监主簿，选许州阳翟县主簿、潭州司法参军。数以公事抗转运使，连劾奏君，而州将为君讼于朝，以故得无坐。用举者为温州乐清县令，又用举者就除宁海军节度推官。知衢州江山县，断治出己，当于民心，而吏不能得民一钱，弃物道上，人无敢取者。余尝至衢州，而君之去江山盖已久矣，衢人尚思君之所为而称说之不容口。又用举者改大理寺丞，知徐州彭城县。祀明堂恩，改太子右赞善大夫，移知康州。

至二月，而侬智高来攻，君悉其卒三百以战，智高为之少却。至夜，君顾夫人取州印佩之，使负其子以匿，曰：“明日贼必大至，吾知不敌，然不可以去，汝留死无为也。”明日，战不胜，遂抗贼以死，于是君年四十二。兵马监押马贵者，与卒三百人亦皆死，而无一人亡者。初，君战时，马贵惶扰，至不能食饮，君独饱如平时，至夜，贵卧不能著寝，君即大鼾，比明而后寤。夫死生之故亦大矣，而君所以处之如此。呜呼，其于义与命可谓能安之矣！

君死之后二日，而州司理谭必始为之棺敛，又百日，而君弟至，遂护其丧归葬。至江山，江山之人老幼相扶携祭哭，其迎君丧有数百里者。而康州之人，亦请于安抚使，而为君置屋以祠。安抚使以君之事闻天子，赠君光禄少卿，官其一子觐右侍禁官，其弟子试将作监主簿，又以其弟润州录事参军师陟为大理寺丞，签书泰州军事判官厅公事。

君讳师旦，字潜叔，其先单州之成武人。曾祖讳晟，赠太师，祖讳和，尚书比部郎中，赠光禄少卿，考讳应言，太常博士，赠尚书屯田郎中。自君之祖，始去成武而葬楚州之山阳，故今为山阳人。而君弟以嘉祐五年正月十六日，葬君山阳上乡仁和之原，于是夫人王氏亦卒矣，遂举其丧以祔。铭曰：

可以无祸，有功于时。玩君安荣，相顾莫为。谁其视死，高蹈不疑？呜呼康州！铭以昭之。

【解题】

本文作于仁宗嘉祐五年（1060）。文章详叙赵师旦御敌而死之经过，颂扬其忠于职守，面对死亡，“高蹈不疑”之凛然正气。

赠右屯卫大将军李公墓碑

宋故赠右屯卫大将军李公墓，在河中府河东县陶邑乡仙观里紫金山北。咸平二年，公以东班殿侍随彰国军节度使康保裔部军于高阳关。契丹内侵，真宗狩于魏，大将恃城，千里逃闭。保裔以其属出，公提少卒，所战辄破。寇搏我荒，孤坚弗支，举军陷焉，乃以义死。当是时也，某月日也，公年四十六。有诏赙恤，录公子枢以为西班殿侍。盖六十九年而枢以行治劳烈，积官至皇城使、贺州团练使，而尝一再辞赏求追荣其父母。天子亦数推恩以及朝士大夫之亲，而公九赠官，自太子右清道率府副率至左监门卫大将军，逮上即位，则再至三品。而公夫人朱氏亦封钱塘、仙游、永安县太君，有美志纯行，年六十三，以天圣六年六月某日卒其子之官舍，而以嘉祐六年十一月某日与公合葬。

公幼而愿恭，长而敏武，涉书喜谋，将有以为，而卒不克尽，知者伤焉。惟忠壮不屈，以诒禄于其后世，而团练君实能力承以大厥家。噫，其可铭也哉！

李氏世家郑之原武。公讳某，字某，曾祖讳颙，祖讳光，父讳元起，皆弗仕。公生一男二女，二女皆早卒。孙六人，其二人早死，棨今为尚书都官郎中，余皆以父荫仕，昌龄终三班差使，蘽今为右班殿直，棻今为左班殿直。铭曰：

李姓孰始？聃周隐史。厥家郑邦，代晦其光，公奋自田，启迹班行。匪熊匪罴，彼万其旅，帝徂代之，孰致予武？操戈以先，所遇毙逃，曰敌可尽，其来滔滔。终沉于戎，惟义之济，闵有传禄，追荣以暨。谁无孙子？锡命在幽，我以吾功，克称无羞。铭诗后观，有石道周。

【解题】

本文作于仁宗嘉祐六年（1061）。文章先叙其战死之经过，次叙其家世。

给事中赠尚书工部侍郎孔公墓志铭

宋故朝请大夫、给事中、知郓州军州事、兼管内河堤劝农同群牧使、上护军、鲁郡开国侯，食邑一千六百户，实封二百户，赐紫金鱼袋孔公者，尚书工部侍郎，赠尚书吏部侍郎讳勖之子，兖州曲阜县令，袭封文宣公，赠兵部尚书讳仁玉之孙，兖州泗水县主簿讳光嗣之曾孙，而孔子之四十五世孙也。其仕当今天子天圣、宝元之间，以刚毅谅直名闻天下。尝知谏院矣，上书请明肃太后归政天子，而廷奏枢密使曹利用、上御药罗崇勋罪状。当是时，崇勋操权利，与士大夫为市；而利用悍强不逊，内外惮之。尝为御史中丞矣，皇后郭氏废，引谏官。御史伏阁以争之，求见上，皆不许，而固争之，得罪然后已。盖公事君之大节如此。此其所以名闻天下，而士大夫多以公不终于大位为天下惜者也。

公讳道辅，字原鲁。初以进士释褐，补宁州军事推官。年少耳，然断狱议事，已能使老吏惮惊。遂迁大理寺丞，知兖州仙源县事，又有能名。其后尝直史馆，待制龙图阁，判三司理欠、凭由司、登闻检院、吏部流内铨，纠察在京刑狱，知许、徐、兖、郓、泰五州，留守南京。而兖郓、御史中丞皆再至。所至官治，数以争职不阿，或绌或迁，而公持一节以终身，盖未尝自诎也。

其在兖州也，近臣有献诗百篇者，执政请除龙图阁直学士。上曰："是诗虽多，不如孔某一言。"乃以公为龙图阁直学士。于是人度公为上所思，且不久于外矣。未几果复召，以为中丞。而宰相使人说公稍折节以待迁，公乃告以不能。于是又度公且不得久居中，而公果出。初，开封府吏冯士元坐狱，语连大臣数人，故移其狱御史。劾士元罪，止于杖，又多更赦。公见上，上固怪士元以小吏与大臣交私，汙朝廷，而所坐如此，而执政又以谓公为大臣道地，故出知郓州。

公以宝元二年如郓，道得疾，以十二月壬申卒于滑州之韦城驿，享年五十四。其后诏追复郭皇后位号，而近臣有为上言公明肃太后时事者，上亦记公平生所为，故特赠公尚书工部侍郎。公夫人金城郡君尚氏，尚书都官员外郎讳宾之女。生二男子，曰淘，今为尚书屯田员外郎，曰宗翰，今为太常博士，皆有行治，世其家。累赠公金紫光禄大夫、尚书兵部侍郎，而以嘉祐七年十月壬寅葬公孔子墓之西南百步。

公廉于财，乐振施。遇故人子恩厚尤笃。而尤不好鬼神禨祥事。在宁州，道士治真武像，有蛇穿其前，数出近人，人传以为神。州将欲视验以闻，故率其属往拜之，而蛇果出。公即举笏击蛇杀之，自州将以下皆大惊，已而又皆大服。公由此始知名。然余观公数处朝廷大议，视祸福无所择，其智勇有过人者，胜一蛇之妖，何足道哉？世多以此称公者，故余亦不得而略也。铭曰：

展也孔公，维志之求。行有险夷，不改其辀。权强所忌，谗谄所仇。考终厥位，宠禄优优。维皇好直，是锡公休。序行纳铭，为识诸幽。

【解题】

本文作于仁宗嘉祐七年（1062）。文章每以“人度”承上启下，而死者之贤能、耿直便跃然纸上。

孔处士墓志铭

先生讳旼，字宁极，睦州桐庐县尉讳询之曾孙，赠国子博士讳延滔之孙，尚书都官员外郎讳昭亮之子。自都官而上，至孔子四十五世。先生尝欲举进士，已而悔曰：“吾岂有不得已于此耶？”遂居于汝州之龙兴山，而上葬其亲于汝。汝人争讼之不可平者，不听有司而听先生之一言，不羞犯有司之刑而以不得于先生为耻。庆历七年，诏求天下行义之士，而守臣以先生应诏。于是朝廷赐之米帛，又敕州县，除其杂赋。

嘉祐三年，近臣多言先生有道德可用，而执政度以为不肯屈，除守秘书省校书郎致仕。四年，近臣又多以为言，乃召以为国子监直讲。先生辞，乃除守光禄寺丞致仕。五年，大臣有请先生为其属县者，于是天子以知汝州龙兴县事，先生又辞，辞未听，而六月某日先生终于家，年六十七。大臣有为之请命者，乃特赠太常丞。至七年月日，弟旼葬先生于尧山都官之兆，而以夫人李氏祔。李氏故大理评事昌符之女，生一女，嫁为士人妻，而先物故。

先生事父母至孝，居丧如礼，遇人恂恂，虽仆奴不忍以辞气加焉。衣食与田桑有余，辄以赒其乡里，贷而后不能偿者，未尝问也。未尝疑人，人亦以故不忍欺之。而世之传先生者多异，学士大夫有知而能言者。盖先生孝悌忠信无求于世，足以使其乡人畏服之如此，而先生未尝为异也。

先生博学，尤喜《易》，未尝著书，独《大衍》一篇传于世。考其行治，非有得于内，其孰能致此耶？当汉之东徙，高守节之士，而亦以故成俗，故当世处士之闻，独多于后世。乃至于今，知名为贤而处者，盖亦无有几人，岂世之所不尚，遂湮没而无闻，抑士之趍操，亦有待于世耶？若先生固不为有待于世，而卓然自见于时，岂非所谓豪杰之士者哉！其可铭也已。铭曰：

有入而不出，以身易物；有往而不反，以私其佚。呜呼先生！好洁而无尤，匪佚之为私，维志之求。

【解题】

本文作于仁宗嘉祐七年（1062）。死者为孔子四十五世孙，终生未仕而名闻朝野，文章着力渲染其孝悌忠信。

司农卿分司南京陈公神道碑

司农卿分司南京陈公，既以嘉祐七年九月某甲子，葬开封府之祥符县西韩村皇考魏公之茔，至十一月公子世范等乃来求铭，以作公碑。盖公昆弟皆从先人游，而某又尝得识公父子，故为序其实而系以铭。序曰：

公讳某，字良器，以赠太师、尚书令，兼中书令、卫国公讳嵩者为曾祖，以赠太师、尚书令，兼中书令、燕国公讳光嗣者为祖，而尚书左丞、集贤院学士讳恕之子也。左丞当真宗时参知政事，后以其子岐公之贵，而赠至太师、尚书令，兼中书令、魏国公。公，岐公之弟也，而于魏公为少子，年六十八，以嘉祐七年六月得疾分司，而以乙巳弃世于陈州。阶至朝散大夫，勋至上柱国，爵至颍川郡开国子，食邑至六百户，赐紫金鱼袋，官终于司农卿，而所更秘书省正字、太常寺太祝、大理评事、光禄大理寺丞、太子中舍、殿中丞、国子博士、尚书虞部比部驾部员外郎郎中、司农光禄少卿、少府监。任终于知陈州，而所历者：监楚州、衡州酒税，知衢州江山县，知南恩州，通判江、杨、洪、庐、潭州，知衡州，监江宁府粮料院，知兴化军，知均州，判登闻鼓院，知曹州，判殿中省，知郢州、郑州。其通判扬州、庐州皆有所避不赴，知郢州则未赴而徙。凡仕四十三年，盖其行事可记者众矣，而公子所能记者：

在江州，人大饥且疫，公为具馌粥医药，不足则取庐山诸佛寺余财以续之，所活以万数。有盗刈人之禾而伤其主者，当死。公曰：“古之荒政所以恤人者尽矣，然尚缓刑，况今哉？”即奏贷其死。洪州大水，城之不灭者十五，水得城窦以入，举城惶扰不知所为，公豫具薪藁，不终日以塞。州人德之曰：“无陈公，吾属如何矣！”衡州之南山，广袤百余里，与夷接境，大木蒙密。中国人逋逃其中，冒称夷人，数出寇常宁诸邑。其酋有挟左道者，人传以为能致风雨，官军尤惮之。公诱以恩信，则率众数百来自占。已而与其甥亡去，又将为寇，州人皆恐，公设方略，以一日捕得杀之。天子赐诏书奖谕，公因图上山川形势攻取之策，以为“贼今不除，党附日众，夷人谓中国无能为，必出助之。可须农隙发千人，使操斧斤，随以强弩，斩木除道，则贼失所恃，不攻而自穷；又出其材，可以佐经用。”奏未报，转运使害其事，劾公擅击断不听用佐吏，又尝称病，不自祭炎帝，公坐此罢。州人乞留不得，而贼果侵寻不制，朝廷出使，发兵击之，数年然后定。兴化多进士，就乡举者常八九百人，而学舍弊小无文籍。公至，则新而大之，为之购书，而国子之所有者皆具。均州治汉水上，舟子数溺商旅取货财，而以险为解，公捕案置法，因取近滩数家，除其徭，使表水险，涉者因此得不死。曹州多盗，亡命之尤凶强者七十余人，公集重购得之几尽，又修律令五家为保之法，故盗往往逃去之它境。盖公施于政者能如此。

公尝为书十二篇上之，曰《国政要事》，其说多听用。而中书欲迁职事以奖之，公乃自言："外祖王氏葬扬州无主后，愿除淮南所当得之一官，以往视其丘墓而已。"岐公之葬也，天子自曹州召公归襄事，特诏许公升殿。公谢岐公遭遇始终恩礼之厚，因乞御篆岐公之碑首。上为动容，赐其首曰"褒忠之碑"，而公终无一言自及。既分司，无田园，僦官屋以居，自为棺敛葬埋之制，趣于俭而已。少长好书，以至于老，于篆籒尤善。有集二十卷，其文能世其家者也。

夫人冯氏，江南李氏时宰相延己之孙。子男五人，世范前商州洛南县尉，世安前广州新会县令，世修大理寺丞，世永将作监主簿，世弈太常寺太祝。女四人，长适大理评事柳安期，次适右班殿直王允懿，次尚幼也。

陈氏汉太丘长讳寔之后，故其望在颍川，而世居洪州之南昌县，当唐末五代之乱无仕者。魏公布衣起闾巷，明敏谅直称天下，仍父子执国柄，而至岐公尤盛。公于仕尝龃龉，然尚至九卿，以荣禄自终。盖太丘之仁德，阨于一时，而纪、谌、群、泰贵显者数世，岂魏公之先，遭世不治，亦有潜德晦行如太丘者乎？不然，何其后世之兴如此？是故不可以无铭也。铭曰：

虞宾夏商，其后为陈，屡绝复封，以承圣人。至汉太丘，弃时就德，诒禄魏晋，子孙世食。既又困穷，乃生魏公。魏公之出，魁名硕实，有公有卿，馈祀其室。公则盛矣，天子所思，绳绳维卿，亦显于时。治官牧民，入出具宜。胡公之虚，太丘之里，两有州国，绍荣本始。归葬浚郊，皇考在前，峙此铭诗，为告新阡。

【解题】

本文作于仁宗嘉祐七年（1062）。死者为颍川世家，其人、其族之荣显，文章一一予以列举。

检校太尉赠侍中正惠马公神道碑

推忠保顺同德翊戴功臣、彰德军节度观察留后、特进检校太尉、使持节相州刺史兼御史大夫、上柱国、扶风郡开国公，食邑六千六百户，食实封二千二百户，谥曰正惠马公，以天禧三年十月戊戌，葬开封祥符县某乡某里。至嘉祐七年，公孙庆崇始来请铭，以作公碑。序曰：

马氏故扶风人，至公高祖而徙处云中。赠太师讳某者，于公为曾祖。赠太师、中书令讳某者，于公为祖。龙捷左厢都指挥使、江州防御使，赠太师、中书令、尚书令蔡公讳某者，于公为父。蔡公从太祖定天下，力战有功。当是时，云中已为契丹所得，故马氏又徙处浚仪，今开封府祥符也。

公讳某，字子元。蔡公之终也，年七岁，太祖召见禁中，有司言例当补殿直，诏特授西头供奉官，而赐以名。开宝五年，年十八，监彭州兵马，以严饬见惮如老将。太平兴国三年，领兵戍秦州清水，奸人李飞雄乘驿称诏捕公及秦陇巡检刘文裕等，将系之秦州，因盗库兵以反，公辨其诈，与文裕执飞雄治杀之。五年，监潭州兵马，改东头供奉官。

雍熙二年，又监博州兵马。刘延让败于君子驿，而契丹归矣，公方料丁壮，集刍粮，缮城治械如寇至。吏民初不悦其生事也，已而契丹果至，度不可攻，乃去。四年，改西京作坊副使，将屯于冀州。端拱元年，移知定远军。时议发河南十三州之民转饷河北。公告转运使樊知古，此军聚兵少而积粟多，簸其腐尚可得十七。知古用此得粟五十万斛，以罢河南之役。事闻朝廷，太宗嘉之。二年，深州新蹂于契丹，城郭庐舍多坏而流民众，乃移公知深州。公至数月，则坏者完，流者复，举州忘其寇戎之故，而以公为能抚我。会保州不治，移往代之。

淳化二年，又移知庆州。羌万人以怨程德元来寇，公诱其渠帅，谕以威信，即皆引去。四年，迁西京作坊使、知梓州。五年，李顺为乱于蜀之西川，以公往讨，又以为先锋，平剑州。召还，至三泉，而复以公与王继恩讨贼。继恩怒公抗直，使守彭州，尽收其军而与之羸卒三百。贼率其众至，号十万，公力战一日，亡其卒太半，乃夜独出，招救兵复入，贼终不能得城而以败去。除成都府兵马钤辖，迁洛苑使。五年，除蜀、汉九州都巡检使，已而又兼成都府兵马钤辖。真宗即位，改内苑使。蜀卒刘旰聚党数千人为乱，所攻数州，至辄取之。公以卒三百追至蜀州，与战，旰走邛州，而招安使上官正召公归成都计事，公为正画曰："贼破邛州，必乘胜劫掠，度江薄我，既息而战，我军虽倍，未易敌也，不如迎其弊急击，破之必矣！"遂行，次方井，与正合，杀旰等无噍类。真宗赐书奖谕，赏以锦袍金带。

咸平元年，加登州刺史、知秦州。诸羌质子，有三十年不释者，公悉归之。诸羌德公，讫公去无一人犯塞。小泉银坑久不发，掌吏尽产以偿岁课，而责之不已，公奏得释而归其产。四年，就除西上阁门使，知成都府，兼本州兵马钤辖。有告龙骑士谋为变者，所引以千数，公捕杀其首七人，而置其余无所问。自乾德后，岁漕蜀物，以富人为送吏，多坐漂失，籍其家。公奏择三班使臣及三司军大将代之，而课其漕事为赏罚，至今便之。六年，移鄜延路驻泊兵马都总管，兼知延州。蜀人于公去，皆环以泣。公至延州，羌方以兵觑边，会上元，开门张灯，视以无为，而羌卒不能为寇。

又移知镇州，兼本州兵马都总管。景德元年，契丹入边，民入保城，公与之约：盗一钱者死。有盗钱二百者，公即杀之。于是自澶以北，城郭皆昼闭。诏使过，公辄留之，而募人间行送诏，皆得其报以闻。又以便宜使所至受诸漕挽给边之物，故契丹欲虏掠，无所得。车驾次澶州，大将王超提卒数十万，逗留不赴，公屡趣之不为动，移书谯让，乃始出师，犹辞以中渡无桥。至则公先已度材，一夕而桥就。上闻，手诏褒之，且知公果可以属大事也。二年，移知定州，又除东上阁门使、枢密院都承旨。三年，遂以检校太保签书枢密院事。

祥符元年，东封泰山，以为行宫都总管。自此行幸必以公为都总管，而皆许之专杀。公部分明，约束审，出入肃然，而未尝辄戮一人。于是边将言契丹近塞，大臣议皆请发兵以备，公独议使边将移书问状，从之。契丹解去。迁检校太傅。四年，加宣徽北院使。五年，除枢密副使。当是时，契丹已盟，中国无为，大臣方言符瑞，而公每不然之，独常从容极言天下虽安不可忘战去兵之意，及它争议甚众，真宗多以公言为是。七年，除颍州防御使、知潞州，州之税赋，常移以输边，公为论其害，自是所输不过邻州而已。

天禧元年，移知大名府，兼驻泊兵马都总管。使中贵人劳问，赐白金二千两。居顷之，遂以为宣徽南院使、知枢密院事、检校太尉。有足疾，时诏内朝别为一班，免其蹈舞。二年，疾病赐告，求去位，真宗不许，而数使中贵人劳问，又幸其第，赐白金三千两。已而度公实病，不可强以事，乃罢以为彰德军节度观察留后，而公固求外镇，终不许。居久之，稍间入谒，真宗辄使阁门祗候二人，伺公至即扶以入，因掖其拜起。数屏左右问事，常听用。三年，又求外镇，乃以公知贝州，兼本州兵马都总管。

将行矣，召见，又将付以政，公固辞谢，久之乃已，而更以公为本镇。至五月，公疾作，诏使公子洵美将太医往视，而魏、潞二镇之人，亦皆奔走来问，为公请祷。已而公疾革，真宗又使公弟之子成美驰传召公归京师，而公以八月壬寅不起矣。享年六十五。真宗为之震悼，罢朝，诏赠侍中，录其子孙，赙赐皆加等。

公前夫人丁氏，某郡君，后夫人沈氏，某郡夫人。子男二人，洵美终西京作坊使、英州刺史，之美终内殿承制、阁门祗候。孙十六人，其十四人皆已卒，而庆宗今为右班殿直，庆崇今为文思使，知恩州。

公少慷慨，以武力智谋自喜，又能好书，宾友儒者，所与善，必一时豪杰。有集二十卷，其文长于议论。自始仕以至登用，遇事謇謇，未尝有所顾惮。王冀公、丁晋公用事，每廷议，得其不直，辄面诋之。真宗初或甚忤，然终以此知公，而天下至今称其正直。铭曰：

在浚西南，谁封谁树？有宋正惠马公之墓。公当太宗、真宗之时，暨暨谔谔，谋行计施。以羸击强，以少捕众，以贱抗贵，维公之勇。虽贵虽众虽强必克，维公之敏，亦维公直。帝曰："直哉，汝予良弼！见国而已，不知家室。内朝十年，典掌机密。暨予一心，纲纪庶物。元功宗谋，莫汝敢匹。"公曰："孤臣敢旷于荣，谗说不用，是维帝明。"士或困穷，莫知其有。既荣以位，正或见丑。公于可愿，两得其尤。不讫大耋，无为不谋。德歉于年，孰云耇老？有赉后世，公为寿考。刻趺篆首，作此铭诗，陈之隧道，永矣其诒。

【解题】

本文作于仁宗嘉祐七年（1062）。正惠马公为宋之名臣，性耿直，尤善用兵。

宁国县太君乐氏墓志铭

尚书屯田员外郎、通判河南府、西京留守司陈君讳见素之夫人乐氏，太常博士讳黄裳之子，尚书职方员外郎、直史馆、赠尚书兵部侍郎讳史之孙，而赠尚书刑部郎中讳璋之曾孙也。其先自京兆迁江南，为临川人。至李氏国除，而史馆君归仕于皇朝，子孙多显者，于是又迁其家为河南人焉。

夫人以祥符八年归嫔陈氏，封万年县君，又以其子封宁国县太君。年七十五，以嘉祐八年二月辛巳卒于京师，卜以三月丙寅祔葬河南唐兴乡屯田君之墓。于是夫人之子男三人，其一人为太常博士、集贤校理，其一人为秘书丞、集贤校理，其一人为秘书省著作佐郎、开封府户曹参军。女子六人，存者三人，皆以嫁。诸孙男女十九人，曾孙一人，尚幼也。

夫人少知读书，能略识其大指，微谏数当。故博士君特爱而贤之，欲有所为，多与之谋。及归陈氏，不逮养皇姑矣。屯田君二弟皆尚幼也，夫人鞠视如己子。出奁中物以助施族人游士之贫者，盖其家萧然也，而无愠色。治诸子有节法，诲厉教督，造次必于文学，故诸子皆以艺自奋，名称一时，以至诸孙亦多有为善士。先人与屯田君皆祥符八年进士，昆弟又与夫人子为同年友，故其葬来属以铭。铭曰：

夫人既严兮，又顺以祥。来配君子兮，是生三良。以才自致兮，名声之扬。庆暨诸孙兮，学问文章。象服命书兮，宠禄方将。气魂天游兮，体魄在床。往营新宫兮，嶷洛之阳。作诗幽石兮，示后无疆。

【解题】

本文作于仁宗嘉祐八年（1063）。文章先叙其家世，继称其善相夫教子、乐善好施。

太子太傅致仕田公墓志铭

田氏故京兆人，后迁信都。晋乱，公皇祖太傅入于契丹。景德初，契丹寇澶州，略得数百人，以属皇考太师，太师哀怜之，悉纵去。因自脱归中国，天子以为廷臣，积官至太子率府率以终。为人沉悍笃实，不苟为笑语。生八男子，多知名，而公为长子。

公少卓荦有大志，好读书，书未尝去手，无所不读，盖亦无所不记。其为文章，得纸笔立成，而闳博辨丽称天下。初举进士，赐同学究出身，不就。后数年，遂中甲科，补江宁府观察推官，以母英国太夫人丧，罢去。除丧，补楚州团练判官，用举者监转般仓，迁秘书省著作佐郎。又对贤良方正策为第一，迁太常丞，通判江宁府。数上书言事，召还，将以为谏官。

方是时，赵元昊反，夏英公、范文正公经略陕西，言："臣等才力薄，使事恐不能独办，请得田某自佐。"以公为其判官，直集贤院、参都总管军事。自真宗弭兵，至是且四十年，诸老将尽死，为吏者不知兵法，师数陷败，士民震恐。二公随事镇抚，其为世所善，多公计策。大将有欲悉数路兵出击贼者，朝廷许之矣，公极言其不可，乃止。又言所以治边者十四事，多听用。还为右正言，判三司理欠、凭由司，权修起居注，遂知制诰、判国子监。于是陕西用兵未已，人大困，以公副今宰相、枢密副使韩公宣抚。自宣抚归，判三班院，而河北告兵食阙，又以公往视。而保州兵士杀通判，闭城为乱，又以公为龙图阁直学士，知成德军真定府、定州安抚使，往执杀之。论功迁起居舍人，又移秦凤路都总管经略安抚使，知秦州。

遭太师丧，辞起复者久之，上使中贵人手敕趣公，公不得已，则乞归葬然后起。既葬，托边事求见上，曰：“陛下以孝治天下，方边鄙无事，朝廷不为无人，而区区犬马之心，尚不得自从，臣即死知不瞑矣。”因泫然泣数行下。上视其貌甚瘠，又闻其言，悲之，乃听终丧。盖帅臣得终丧，自公始。

服除，以枢密直学士为泾原路兵马都总管经略安抚使，知渭州。遂自尚书礼部郎中迁右谏议大夫，知成都府，充蜀、梓、利、夔路兵马钤辖。西南夷侵边，公严兵惮之，而诱以恩信，即皆稽颡。蜀自王均、李顺再乱，遂号为易动，往者得便宜决事，而多擅杀以为威，至虽小罪，犹并妻子迁出之蜀，流离颠顿，有以故死者。公拊循教诲，儿女子畜其人，至有甚恶，然后绳以法。蜀人爱公，以继张忠定，而谓公所断治为未尝有误。岁大凶，宽赋减徭发廪以救之，而无饿者。事闻，赐书奖谕，迁给事中，以守御史中丞充理检使召焉。未至，以为枢密直学士，权三司使，既而又以为龙图阁学士、翰林学士，又迁尚书礼部侍郎，正其使号。

自景德会计，至公始复钩考财赋，尽知其出入。于是入多景德矣，岁所出，乃或多于入，公以谓“厚敛疾费如此，不可以持久。然欲有所扫除变更，兴起法度，使百姓得完其蓄积而县官亦以有余，在上与执政所为，而主计者不能独任也。”故为《皇祐会计录》上之，论其故，冀以寤上。上固恃公，欲以为大臣，居顷之，遂以为枢密副使，又以检校太傅充枢密使。公自常选，数年遂任事于时，及在枢密为之使，又超其正，天下皆以为宜，顾尚有恨公得之晚者。

公行内修，于诸弟尤笃。为人宽厚长者，与人语款款若恐不得当其意，至其有所守，人亦不能移也。自江宁归，宰相私使人招之，公谢不往。及为谏官，于小事近功，有所不言，独常从容为上言为治大方而已。范文正公等皆士大夫所望以为公卿，而其位未副，公得间，辄为上言之，故文正公等未几皆见用。当是时，上数以天下事责大臣，慨然欲有所为，盖其志多自公发。公所设施，事趣可，功期成，因能任善，不必己出，不为独行异言，以峙声名。故功利之在人者多，而事迹可记者止于如此。

嘉祐三年十二月，暴得疾，不能兴，上闻悼骇，敕中贵人、太医问视，疾加损辄以闻。公即辞谢，求去位，奏至十四五，犹不许，而公求之不已，乃以为尚书右丞、观文殿学士、翰林侍读学士、提举景灵宫事，而公求去位终不已，于是遂以太子少傅致仕。致仕凡五年，疾遂笃，以八年二月乙酉薨于第，享年五十九。号推诚保德功臣，阶特进，勋上柱国，爵开国京兆郡公，食邑三千五百户，实封八百户，诏赠公太子太傅，而赙赐之甚厚。

公讳况，字元均。皇曾祖讳祐，赠太保。皇祖讳行周，赠太傅。皇考讳延昭，赠太师。妻富氏，封永嘉郡夫人，今宰相河南公之女弟也。无男子，以弟之子至安为主后，女子一人，尚幼。田氏自太师始占其家开封，而葬阳翟，故今以公从太师葬阳翟之三封乡西吴里。于是公弟右赞善大夫淯来曰："卜葬公利四月甲午，请所以志其圹者。"盖公自佐江宁以至守蜀，在所辄兴学，数亲临之，以进诸生。某少也与公弟游，而公所进以为可教者也，知公为审。铭曰：

田室于姜，卒如龟祥。后其孙子，旷不世史，于宋继显，自公攸始。奋其华蕤，配实之美，乃发帝业，深宏卓炜。乃兴佐时，宰任调聏，文驯武克，内外随施。亦有厚仕，孰无众毁，公独使彼，若荣豫己。维昔皇考，敢于活人，传祉在公，不集其身。公又多誉，公宜难老，胡此殆疾，不终寿考！掩诗于幽，为告永久。

【解题】

本文作于仁宗嘉祐八年（1063）。田况于王安石有知遇之恩，王安石自称"知公为审"，文章叙事至详。

楚国太夫人陈氏墓志铭

夫人陈氏，故镇安军节度使、检校太师、同中书门下平章事、赠太师中书令、兼尚书令、定国文简程公讳琳之妻也。陈氏世家寿春，其先颍川人，汉太丘长实之后也。夫人曾皇考讳渊，左班殿直。皇祖考讳诲，皇考讳京，皆不仕。而皇考爱贤夫人，不欲以妻乡邑，乃徙居京师，择所居，得定公以嫁。当时夫人年十九，定公尚为进士。其后公致将相，终于位。夫人用公自临颍县君九封而为卫国夫人，又用公子加号陈国夫人，再封而得楚国夫人。庄而仁，俭而礼，上承下御，无不得宜，故在父母家为淑女，既嫁为令妻，其卒有子为贤母。

公薨六年，当嘉祐七年，夫人年七十一，以十一月戊午薨于开封武成坊之第室。至明年二月甲申，而公子以夫人祔于河南伊阙县神阴乡定公之墓。于是公子四人，嗣隆为尚书屯田员外郎，嗣弼为国子博士，嗣恭为尚书屯田员外郎，嗣先为大理寺丞。公女子五人，公婿荣諲为尚书刑部郎中，韩缜为侍御史，晁仲绰为尚书屯田郎中，潘士龙为殿中丞，王偁为试将作监主簿。铭曰：

程公克壮，万夫所向，奋功发名，乃取将相。云谁公配？妫姓氏陈，文武自出，太姬之孙。归佐休显，自公初屯，序历爵邑，为君夫人。公既树纛，以相为伯，帝曰："咠矣，夫人好德，能劝其夫，使有嘉绩，往以朕命，赐封大国。"出书五色，玳首金葩，褒之重锦，来告于家。有豫不怠，有盈不侈。致好内外，具宜福履。侔仁鸤鸠，以母诸子。岁时振振，为寿在廷，手笏腰章，亦有公甥。维子之才，而甥又彦，维贵维富，而兼寿善。嗟此婉娩，考终得愿，作诗并藏，为识新窆。

【解题】

本文作于仁宗嘉祐八年（1063）。文章没有叙述陈氏之行事，而详述其夫荣子贵、与自身之荣耀。

王会之墓志铭

君讳逢，字会之，姓王氏，太平州当涂县人也。尝举进士，不中，去以所学教授。于是苏州士人从转运使乞君主其学，学者常致数千百人，君所奖养成就者多矣。乃始以进士起家，权南雄州军事判官，归，试判超等，补袁州军事判官，留为国子监直讲，兼陇西郡王宅教授，李某行内修谨，君盖有力焉，岐国公主既嫁，为君求迁，有命矣，君辞焉，乃已。

君少以文学知名，于书无所不观，而尤喜《易》，作《易传》十卷，《乾德指说》一卷，《复书》七卷，名士大夫多善其书者。于是枢密使张公举君可试馆职，而宰相无知君者，故不用。通判徐州，以疾不赴，求监苏州，以嘉祐八年正月六日不起，年五十九，至太常博士。君为人乐易，笃于朋友故旧，于势利无所苟，能爱人以得其欢心。

君皇祖延嗣，皇祖、考皆不仕，而皇考以君故，赠大理评事。前夫人苏氏，后夫人陈氏，皆无子。陈氏名家子，亦有贤行，以嘉祐八年四月二日，葬君苏州吴县三玄乡陆公原，以前夫人苏氏祔焉。铭曰：

宜寿也，五十而已；宜贵也，止于博士。谓卒有后也，而终无子。呜呼夫子！命不可与谋，其归其安，永矣兹丘。

【解题】

本文作于仁宗嘉祐八年（1063）。王会之博学好《易》，笃于友朋故旧，以博学知名，又因此而得官。

大理寺丞杨君墓志铭

君讳忱，字明叔，华阴杨氏子。少卓荦，以文章称天下。治《春秋》，不守先儒传注，资它经以佐其说，超厉卓越，世儒莫能难也。及为吏，披奸发伏，振擿利害，大人之以声名权势骄士者，常逆为君自绌。盖君有以过人如此。然恃其能，奋其气，不治防畛以取通于世，故终于无所就以穷。

初，君以父荫守将作监主簿，数举进士不中。数上书言事，其言有众人所不敢言者。丁文简公且死，为君求职，君辞焉。后用大臣荐，召君试学士院，又久之不就。积官至朝奉郎行大理寺丞、通判河中府事、飞骑尉，而坐小法绌监蕲州酒税，未赴，而以嘉祐七年四月辛巳，卒于河南，享年三十九。顾言曰："焚吾所为书，无留也，以柩从先人葬。"八年四月辛卯，从其父葬河南府洛阳县平乐乡张封村。

君曾祖讳津，祖讳守庆，坊州司马，赠尚书左丞。父讳偕，翰林侍读学士，以尚书工部侍郎致仕，特赠尚书兵部侍郎。娶丁氏清河县君，尚书右丞度之女。子男两人，景略守太常寺太祝，好书，学能自立，景彦早卒。君有《文集》十卷，又别为《春秋正论》十卷，《微言》十卷，《通例》二十卷。铭曰：

芒乎其孰始，以有厥美？昧乎其孰止，以终于此？纳铭幽宫，以慰其子。

【解题】

本文作于仁宗嘉祐八年（1063）。文章跳出一般墓志铭歌功颂德的窠臼，无溢美之辞，直陈其"恃其能，奋其气，不治防畛以通于世，故终于无所就以穷"。

虞部郎中赠卫尉卿李公神道碑

嘉祐八年六月某甲子，制曰："朕初即位，大赉群臣朝者及其父母，具官某父具官某，率德蹈义，不躬荣禄，能教厥子，并为才臣。加赐名命，序诸卿位，所以劝天下之为人父者，岂特以慰孝子之心哉！可特赠卫尉卿。"翌日某甲子，中书下其书告第，又副其书赐宽等，以待墓焚。宽等受书，焚其副墓上。乃撰次卫尉官世行治始卒来请曰："先人赖天子庆施，赐之官三品矣，而墓碑未刻。惟德善可以有辞于后世者，夫子实闻之"某曰："然，卫尉公墓隧宜得铭久矣。"于是为序而铭焉。序曰：

公姓李氏，故陇西人。七世祖讳某，始迁于光山。五世祖讳某，以其郡人王闽，从之，始为建安人。曾祖讳某，祖讳某，皆不仕。考讳某，尝仕江南李氏，稍显矣，江南国除，又举进士中等，以殿中丞致仕。有学行，名能知人，赠其父大理评事，而已亦以子贵，赠至吏部尚书。游豫章，乐其湖山，曰："吾必终于此。"于是又始为豫章人。尚书之子，伯曰虚己，官至尚书工部侍郎，以才能闻天下。其季则公也。

公讳某，字公济。少笃学，读书兼昼夜不息。一以进士举，不中，即以兄荫为郊社斋郎。再选福州闽清、洪州靖安县尉，有能名。迁饶州余干县令，至则毁淫祠，取其材以为孔子庙，率县人之秀者兴于学。豪宗大姓，敛手不敢犯法。州将、部使者奏乞与京官，移之剧县，不报，而坐不觉狱卒杀人以免。当是时，侍郎方以分司就第。公曰："吾兄老矣，我得朝夕从之游，以洒扫先人庐冢，尚何求而仕?"遂止不复言仕。侍郎之卒也，天子以公试秘书省校书郎，知江州德安县事。辞不就。后尝一至京师，大臣交口劝说，欲官之，终以其不可强也。而晏元献公为公请，乃除太子洗马致仕。

初尚书未老，弃其官以归。至侍郎及公之退也，亦皆未老。自尚书至公，再世皆有子，而皆以严治其家如吏治。江西士大夫慕其世德，称其家法。盖近世士多外自藩饰为声名，而内实罕能治其家。及老，往往顾利冒耻，不知休息。公独父子兄弟能如此。呜呼，其可谓贤于人也已！

公事亲孝，比遭大丧，庐墓六年然后已。事兄与其寡姊，衣食药物，必躬亲之。及公老矣，二子就养，如公之为子弟也。宽尝为江、浙等路提点铸钱坑冶，又尝提点江南西路刑狱。定亦再为洪州官，不去左右者十二年。皆以才能为世闻人。以恩迁公官至尚书虞部郎中，阶至朝奉郎，勋至护军。以嘉祐四年七月某甲子，卒于豫章之第室，年八十九。

夫人长寿县君赵氏，先公卒八年，既葬矣。五年某月某甲子，以公葬于夫人之墓左，曰雷冈，在新建县之桃花乡新里。夫人故衢州人，某官湘之女。湘有文行，尚书与为友，故为公娶其女。子三人：宽、定、寔。寔守秘书省正字，早世。于公之葬也，宽为尚书司勋员外郎，定为尚书库部员外郎。女子二人，已嫁。孙二十有一人，曾孙十有五人，皆率公教无违者。公既葬，而二子以恩赠公卫尉卿云。铭曰：

李世大家，陇西其先。于唐之季，再世光山。移遁于闽，岭海之间。乃生尚书，节行有伟。始来江南，考室章水。绳绳二子，隐显兼荣。孰多后禄？其季维卿。幼壮躬孝，唯君之践。能不尽用，止于一县。退以德义，厘身于家。外内肃雝，人不疵嗟。亦有二子，维天子使。父曰："往矣，致而臣身。"子曰："归哉，以宁吾亲。"以率其妇，左右恂恂。以官就侍，天子之仁。既具祉福，考终大耄。追荣于幽，乃赐卿号。伐石西山，作为螭龟。营之墓上，勒此铭诗。

【解题】

本文作于仁宗嘉祐八年（1063）。文章先实录追赠死者为卫尉卿的圣旨，次序其事。

谢景回墓志铭

君姓谢氏，讳景回，字师复，以泰宁军节度掌书记讳崇礼者为曾大父，以太子宾客陈留公讳涛者为大父，而兵部员外郎、知制诰阳夏公讳绛者之少子也。幼好学，有大志，聪明卓然，不类童子。年十九，所为文辞已可传载。于是得疾，不可治，以嘉祐四年十二月丙子弃世于汉东，人莫不为谢氏哀之。诸兄以八年十月乙酉葬君邓州穰县五垄原之兆，而临川王安石为铭曰：

攻乎其为良，汰乎其为精，吾见其质，吾闻其声。如或毁之，用不既于成。哀以铭诗，亦慰其兄。

【解题】

本文作于仁宗嘉祐八年（1063）。谢景回为前所铭谢绛之子，安石友谢景初之弟，“幼好学，有大志，聪明卓然”，年十九而殁。

泰州海陵县主簿许君墓志铭

君讳平，字秉之，姓许氏。余尝谱其世家，所谓今泰州海陵县主簿者也。君既与兄元相友爱称天下，而自少卓荦不羁，善辨说，与其兄俱以智略为当世大人所器。宝元时，朝廷开方略之选，以招天下异能之士，而陕西大帅范文正公、郑文肃公争以君所为书以荐。于是得召试为太庙斋郎，已而选泰州海陵县主簿。贵人多荐君有大才，可试以事，不宜弃之州县。君亦常慨然自许，欲有所为，然终不得一用其智能以卒。噫，其可哀也已！

士固有离世异俗，独行其意，骂讥、笑侮、困辱而不悔。彼皆无众人之求，而有所待于后世者也，其龃龉固宜。若夫智谋功名之士，窥时俯仰，以赴势物之会，而辄不遇者，乃亦不可胜数。辨足以移万物，而穷于用说之时；谋足以夺三军，而辱于右武之国。此又何说哉？嗟乎，彼有所待而不悔者，其知之矣。

君年五十九。以嘉祐某年某月某甲子，葬真州之杨子县甘露乡某所之原。夫人李氏。子男瑰，不仕；璋，真州司户参军；琦，太庙斋郎；琳，进士。女子五人，已嫁者二人，进士周奉先、泰州泰兴县令陶舜元。铭曰：

有拔而起之，莫挤而止之。呜呼许君！而已于斯。谁或使之？

【解题】

本文写作时间不可确考，大约成文于仁宗嘉祐末年。文章对许秉之被弃之州县、不能一用其智能而深表惋惜。

太常博士郑君墓表

德安郑湜书其父太常博士讳诒字正臣之行治阀阅世次，因其妹婿广陵朱介之以来请曰："郑氏故家荥阳，有善果者卒于唐江州刺史，而子孙为德安人。自善果至晊七世，生裔，为乐清县令，君之大父也。裔生柬，君之父也，以诗书教授乡里而终不仕。君以景祐四年进士为洪州都昌县主簿，于是令老矣，事皆决于君，而都昌至今称以为能。又为庐州合淝县尉，盗发辄得，故其后无敢为盗者。又为同州朝邑县令，当陕西兵事起，案簿书，度民力所堪以均赋役，而人不困。又掌集庆军书记，岁旱，转运使不欲除民租，以属其守，而使君出视，君以实除民租如法。又迁秘书省著作佐郎，知南安军南康县，移知梧州。方是时，依智高为乱，吏多避匿即不往，君独亟往，治城壍，集吏民以守，而州无事。经略使举君以知宾州，再迁至太常博士而归。为陵台令，召见，言事称旨，赐绯衣银鱼。未赴，以嘉祐三年三月二十四日卒，年六十。君前夫人张氏，后夫人吴氏。子男三人，其长则湜也，次淞，次深。女四人，其三人已嫁矣，董振、何贽、朱介之，其婿也。君为人孝友谅直，得人一善若己出，能振穷急，而自养尤俭约，自宾州归，所赍无南方一物。其平生所为如此。今既以某年某月某日，葬君德安之永泰乡谷步里，而未有以碣诸墓也，敢因介之以告。"

介之于余为外姻，而其妻能道君之实，将惧泯没而无闻，数涕泣属其夫，求得余之一言以表之墓上。盖余尝奉使江东，泝九江，上庐山，爱其山川，而问其州人士大夫之贤而可与游者，莫能言也。今湜能言其父之贤如此，问其州人之游仕于此者，乃以为良然。嗟乎，郑君诚如此，岂特一乡之善士欤！而其子男与女子又能如此，故为序次其说，使表之墓上。

【解题】

本文写作时间不详，从所叙内容看，当在仁宗嘉祐至英宗治平年间。王安石与所铭郑诒素无交往，于其事迹亦无所闻，全"因介之以告"。

虞部郎中刁君墓志铭

刁氏于江南为显姓。当李氏时，君曾祖讳某，甚贵宠，尝节度昭信军，卒，葬昭信城南。皇祖讳某，亦尝仕李氏，归朝廷，以尚书兵部郎中直秘阁，终真宗时，其墓在江宁牛首之北。后秘阁再世不大遂，然多名人，在世议中。尚书屯田员外郎讳某者，葬丹徒，于君为皇考，故君为丹徒人。

君讳某，字某，尝举进士，不中，遂用皇祖荫仕州县，以尚书虞部郎中知广德军。归，卒于京师，年六十一。后卒之若干日，治平二年二月十五日，葬丹徒乐亭村。君敦厚谨饬，治内外皆严以有恩，所居官，举其治，以此多荐者。

初娶孙氏，后娶郭氏，封金华县君。有六男子：珉，试将作监主簿；琇，守某县令；次玘、瓌、玠、珣，为进士。三女子，长嫁尚书屯田员外郎梁昱，余未嫁。铭曰：

刁氏南祖，奋功以武。诒禄于孙，有蔚其文。君以祖荫，厥艰初仕。祗载不惰，有荣于位。徂相名原，窾此新宫。筮云终吉，铭告无穷。

【解题】

本文作于宋英宗治平二年（1065）。所铭刁君，“敦厚谨饬，治内外皆严以有恩”。

赠司空兼侍中文元贾魏公神道碑

公讳某，字子明，姓贾氏。皇秘书省著作佐郎、赠太师、中书令、尚书令、晋国公讳注之子，皇太子左赞善大夫、赠太师、中书令、尚书令、齐国公讳某之孙，晋中书舍人、史馆修撰、皇赠太师、中书令讳某之曾孙。其先南皮人，中徙获鹿，今葬开封而为其县人者，自公皇考始。

公少则庄重谨密，治经章解句达，老师宿学，誉叹以为贤己。天禧元年，献文章，召试，赐同进士出身，除常州晋陵县主簿、国子监说书，又以江州德化县令兼颍川郡王伴读。当是时，孙宣公领国子，一见听语，待以公相，数举公学问当在人主左右，大臣有以亲嫌者，故久弗用，以知常州宜兴、开封东明两县。监在京广济、永济两仓，又召置国子监说书。景祐元年，积官至尚书都官员外郎，乃始置崇政殿说书，而以公为之。公于传注训诂，不为曲释，至先王治心守身经理天下之意，指物譬事，析毫解缕，言则感心。自仁宗即位，大臣或操法令断天下事，稽古不至秦、汉以上，以儒术为疏阔。然上常独意乡尧、舜、三代，得公以经开说，则慨然皆以为善，而公由此显矣。于是上所质问，多道德之要，公请悉记录，岁终归太史。诏以章献太后故，为彭城郡王讳其名，公言母之讳，礼不得以出于宫。太平兴国寺灾，公以《易》、《春秋》进戒，因言近岁屡灾观寺，天意盖有所在，今此独可勿缮治，以称陛下畏天威、爱人力之意。西域僧以佛骨铜像来献，公请加赐遣还，无以所献示外。上皆从之。以直集贤院、天章阁侍讲、吏馆修撰、判尚书礼部判太府寺。天章置侍讲自公始。故事，亲祠郊庙，燕游慢戏之物皆在仪卫，公奏除之。

未几，遂以知制诰、龙图阁直学士权知通进银台司，兼门下封驳事，权判吏部流内铨。权知开封府，又以右谏议大夫权御史中丞，兼判国子监，而侍讲如初。公之为铨也，河北虫旱，以公安抚，公举能诎奸，于利害多所兴除。异时县令奉钱满万二千乃举令，公以为法如此，则小县终不得善治，乃请概举令而与其奉如大县。其在御史，刘平为赵元昊所得，边吏以降敌告，议收其族。公言："汉杀李陵母妻子，陵不归而汉悔；真宗抚王继忠家，后赖其力，且平事固未可知。"乃不果收。侍讲林瑀者言："天子即位当步其日，占所得卦以知吉凶。"公奏瑀所言不经，不可用。上即为公罢瑀。又奏劾驸马都尉柴恭僖公，夺其州，人以为宜。初元昊反，公言："兵事起，财不赡，宜及今度经费，罢减诸不急。"至是，诏与三司合议，一岁所省率缗钱百万。

庆历二年，契丹来求地请婚，公主其使，责以信义，告之利害，客绌服不能发口。执政议使契丹攻元昊。公曰："契丹许我而有功，则必骄以弱我，而责报无穷已，不且以我市于元昊矣。

且唐中极衰时，听吐蕃击朱泚，陆贽尚以为不可，后乃知吐蕃阴与泚合，而阳言助国，今独安知契丹计不出此？”乃言所以待夷狄者凡六事，上皆行其策。三年，遂以本官参知政事。四年，以尚书工部侍郎、检校太傅为枢密使。

五年，以集贤殿大学士、同中书门下平章事兼枢密使，居两月，拜昭文大学士，监修国史。议祔章惠太后太庙，公言其非礼。及祔献、懿二后，密敕迁文武位一等，赐外内诸军特支优给，公又独奏罢之；既而敕迁两府官，公又不从，乃已。元昊归石元孙，议赐死，公争言自古将帅被执归，多不死。元孙以不死。

七年，上以旱避正殿，贬食自责，公因稽首逊位，章六七入，乃除武胜军节度使、检校太傅、同中书门下平章事、判大名府，兼北京留守、河北安抚使。妖人王则谋举大名府反河南、北，使其党挟书妄言，冀得近公。公疑为奸，考问具服，则惶急不及会，独婴贝州以反。公即使部将王信、孟元、郝质驰兵操攻具往，且请自出搏贼，不许，终贼所以擒灭，功居多。移镇山南东道、检校太师，赐号安国公。公因请宽诸吏民为则所胁者，而捕河南、北妖人治杀之，无所漏。

河决商胡，方暑，公暴堤上，躬亲指画，出仓廪与被水百姓，舍其流弃，接以医药，所活九十余万口。

契丹诱亡卒，号为南军，以战夏人，而边法卒亡自归者死。公变其法，有归者故擢超其任，于是归者众，因以知契丹国事，契丹亦因以拒亡卒，黜南军不用。边人以地外质，公请重禁绝，主不时赎，则听人得赎而有之，地尽归，边以不争。

皇祐元年判郑州，从公求也。至见，留为祥源观使，既而以尚书右仆射、观文殿大学士判尚书都省，朝会班宰相，视其仪物。岁中又求任外，除山南东道节度使、右仆射、检校太师、兼侍中、判郑州，固辞仆射、侍中，乃改同中书门下平章事。又欲迁公四子各一官，亦以公辞而止。二年，母燕国太夫人薨，命以故官，不起，赐书宠慰，从之。公事燕国以孝闻，上尝赐银饰肩舆，士大夫以为荣。及薨，自郑归葬，扶舁苍然，肩足皆胝，行路瞻望，悲哀叹息。四年，除故官侍中。居顷之，出治许州，将行矣，仁宗问《易》之《乾卦》，公既讲解，又作书以献，以亢龙为戒，手诏褒答，以公所献藏太史。

五年，又莅大名，安抚河水，中书议塞商胡决，以公异论，故使建言者专其事，公犹争不已。河果不可塞，建言者得罪，而澶、魏、滨、棣、德、博多水死，公乃请使抚巡振救，人用归息。嘉祐元年，进封许国公，又兼侍中，方避未听，而以枢密使召，卒罢侍中而以中书门下平章事为枢密使。三年，以镇安军节度使、右仆射、检校太师兼侍中充景灵宫使，出许州。七年，以保平军节陕州大都督府长史移大名，兼安抚。公凡三至魏及许、郑，皆以宽惠为治，人安乐之。它将相赐公使钱，多使牟利，公度所赐为用，故在所尤不扰。

今皇帝即位，改节度凤翔，加左仆射、凤翔尹，进封魏国公。治平元年，求还使、侍中守许州，凡六七，终不许。二年，乃授许州，入见又辞，所辞不许，使使抚谕，须秋乃发。六月，告疾，中人将太医问视相属，又力求解将相，乃以左仆射、观文殿大学士判尚书都省。七月戊寅，薨于第。上亲临哭，发涕，为不视朝二日，赐龙脑、水银以敛，制服，出司宾祭吊，别赐黄金给葬，赠司空兼侍中，谥曰文元。以九月甲申，葬开封汴阳里晋公之墓兆。公年六十八，散官开府仪同三司，勋上柱国，号“推诚保德崇仁守正忠亮佐运翊戴功臣”，食邑万五千户，实封五千六百户。公所著书，有《群经音辨》十卷，《通纪》八十卷，《本朝时令》十二卷，又《奏议文集》合二十卷。

元配王氏，尚书兵部郎中、集贤殿修撰轸之女，追封莒国夫人。继配陈氏，武信军节度使康肃公尧咨之女，封魏国夫人。六男子：章，太常博士、集贤校理，早卒；圭，尚书比部员外郎；田，尚书驾部员外郎；青，尚书司门员外郎；齐，大理寺丞；炎，未仕。三女子，国子博士程嗣弼、大理寺丞宋惠国、太常博士庞元英，公婿也。其后天子以炎守将作监丞，又官公内外族亲凡若干。

贾氏自谊及耽，傅王相帝，皆以儒学。至公又以经术取将相，出入文武，有谋有功，当中国治安，四夷集附，宠禄光大，始终褒荣，君臣相遭，于是为盛。铭曰：

于皇仁宗，时宋之隆。奠此中国，四夷来同。孰夹孰承？有宰魏公。帝曰："询尔群公卿士。朕欲考古，以求乱治。有博六艺，使熙朕志。"魏公乃来，锡帝之求。进于殿中，登阐沈幽。乃尹开封，治民不绿。乃丞御史，督制庶尤。膏泽在下，熏烝在上。参国政事，遂都将相。帝巡大涂，公帝之车。帝御广宫，之屏之墉。文条武图，具献朕功。终徂在天，公则随迈。廷丧元老，隐加问赉。有铭太史，有谥太常。次诗不诬，斫石墓傍。

【解题】

本文作于英宗治平二年（1065）。所铭贾子明为宋名臣，位重权高，荣宠有加。贾氏系汉著名文学家贾谊之后，历代为傅为相者甚众，且皆以儒学称于当时，而贾子明也是因儒术而出将入相的。

朝奉郎守殿中丞前知兴元府成固县杨公墓志铭　并序

杨氏自太尉震守节于汉以死，而将相名臣之族多出于华阴，历八九百年，以至于今不绝，为士大夫家，而尚能谱太尉之昭穆。当五代之乱，君曾皇祖讳某者，在吴越，因相其王。王迁国除于太宗之时，而国相之子孙归仕于天子，又多贤显。尚书刑部郎中讳某者，君皇祖也，尚书司封郎中讳某者，君皇考也。杨氏之为江都人者，自君皇考始。

君讳某，字公适，幼详敏，知好文学，故我叔祖兴元府君嫁之以其子，及长而仕，号为能吏，所在官治多举者。自太庙斋郎更九官，而以殿中丞知兴元府成固县事。治平元年归，得疾于楚州，二月二十一日卒，年六十五。

夫人王氏，即兴元府君尚书主客郎中讳某之女。五男子：湜、洙、治、涤、浡。湜，宿州符离县尉，余皆进士，洙、治前死。四女子，其已嫁者二人，太常少卿吕琦，试将作监主簿孙綖者，君婿也。其一人未嫁而前死。诸子孙以二年十一月四日，葬君江都东兴乡之北原。以安石尝得侍君，而君知之于少时者也，故属以铭。铭曰：

赫赫太尉，穷于季世。华阴之杨，终熄而昌，艰难徂迁，亦相其王。王以家朝，相随内属，有子有姓，尚多显服。君劢厥绍，考终世禄，书铭在京，兆实初卜。

【解题】

本文作于英宗治平二年（1065）。所铭杨公适系王安石之叔祖父王贯之婿，王安石从小即与之熟识。

故高阳郡君齐氏墓志铭　并序

夫人，故翰林侍读学士某官王公讳某之妻，故某官力臣、今某官钦臣、某官陟臣、某官曾臣之继母，姓齐氏。好读书，能文章，有高节美行。治平二年，年五十五，以某月某日终亳州其子之官舍，三年十月某日祔葬于南京某县某乡某里。

初，夫人自哀早孤，誓不嫁以养母。及公失初妻，诸子幼，闻夫人行贤，求之，曰："是必能母吾子。"于是母兄强嫁之。及归，果能母诸子。聪明而仁，恭俭以有礼，阖门欣欣，无一异言。始封县文安，又封高阳郡君，而公卒，即举家政属之子妇，斋居素服，不御酒乐，以至没齿。虽时为诗，然未尝以视人，及终，乃得五十四篇，其言高洁旷远，非近世妇人女子之所能为。又得遗令一篇，令薄葬，其言死生之故甚有理。

齐氏祁蒲阴人，夫人曾祖讳某，祖讳某；考讳永清，莫州防御推官。兄恢、弟恽，皆知名。公四男子一女，女嫁尚书职方员外郎陈安道。夫人既善抚诸子，而诸子亦多贤，能致孝。于葬，来求铭。铭曰：

在冀中山，有孝季齐，少孤恃母，悲不忍离。及以义行，乃终顺慈。显显王公，学问文章，族为大家，爵禄宠光。来继来助，其贤则誉，铭诗幽宫，以告齐终。齐终有始，自其为子。

【解题】

本文作于英宗治平二年（1065）。齐氏"好读书，能文章，有高节美行"，非一般妇人可比。

国子博士致仕李君墓志铭

朝奉郎、国子博士致仕、骑都尉、赐绯鱼袋广陵李君者，讳问，字某。以数举进士，赐同学究出身。尝为韶州乐昌、无为军庐江二县主簿、河中府临晋县令。以昭德军节度推官知邢州平乡县，以大理寺丞知苏州吴江、衢州江山二县。又以太子中舍、殿中丞监在京箔场、太平州芜湖县酒税，遂告老。会今上即位，迁博士，至明年而卒。又明年十二月二十五日，葬广陵某乡某里。

君善为诗，当时名人柳开、王禹偁称之。少贫，几不自存，有姊氏与田宅，弗取也。及为吏，所在推诚爱人，人至不忍有所负以累君，去辄遮泣挽留。及老矣，而弥贫，然终不以贫故变节有所取。年九十，精悍如此。及将卒，尚读书，与家人笑语自若，投其书，若将寐者，遂卒，卒时治平元年十一月十一日也。

李氏故金陵人，其后迁高邮，又迁广陵。君曾祖讳某，祖讳某，考讳某，以君故，赠殿中丞。君娶开封浩氏，有两男子：察，山南东道节度推官，蚤卒；定，集庆军节度推官。一女，嫁杭州新城县令许仲蔚。定有文行，从余游，故与为铭。铭曰：

斩旷平，窾幽密。工相方，史诹日。于惟君，考此室，犹其永宁尚终吉。

【解题】

本文作于英宗治平二年（1065）。李问以文名于时，性敦厚，甘于清贫，喜读书。

王深父墓志铭

吾友深父，书足以致其言，言足以遂其志。志欲以圣人之道为己任，盖非至于命弗止也。故不为小廉曲谨以投众人耳目，而取舍、进退、去就必度于仁义。世皆称其学问文章行治，然真知其人者不多，而多见谓迂阔，不足趣时合变。嗟乎！是乃所以为深父也。令深父而有以合乎彼，则必无以同乎此矣。

尝独以谓天之生夫人也，殆将以寿考成其才，使有待而后显，以施泽于天下。或者诱其言，以明先王之道，觉后世之民。呜呼！孰以为道不任于天，德不酬于人，而今死矣。甚哉，圣人君子之难知也！以孟轲之圣，而弟子所愿，止于管仲、晏婴，况余人乎？至于杨雄，尤当世之所贱简，其为门人者，一侯芭而已。芭称雄书以为胜《周易》。《易》不可胜也，芭尚不为知雄者。而人皆曰：古之人生无所遇合，至其没久而后世莫不知。若轲、雄者，其没皆过千岁，读其书，知其意者甚少。则后世所谓知者，未必真也。夫此两人以老而终，幸能著书，书具在，然尚如此。嗟乎深父！其智虽能知轲，其于为雄，虽几可以无悔，然其志未就，其书未具，而既早死，岂特无所遇于今，又将无所传于后。天之生夫人也，而命之如此，盖非余所能知也。

深父讳回，本河南王氏。其后自光州之固始迁福州之侯官，为侯官人者三世。曾祖讳某，某官，祖讳某，某官，考讳某，尚书兵部员外郎。兵部葬颍州之汝阴，故今为汝阴人。深父尝以进士补亳州卫真县主簿，岁余自免去。有劝之仕者，辄辞以养母。其卒以治平二年七月二十八日，年四十三。于是朝廷用荐者以为某军节度推官，知陈州南顿县事，书下而深父死矣。夫人曾氏，先若干日卒。子男一人，某，女二人，皆尚幼。诸弟以某年某月某日，葬深父某县某乡某里，以曾氏祔。铭曰：

呜呼深父！维德之仔肩，以迪祖武。厥艰荒遐，力必践取。莫吾知庸，亦莫吾侮。神则尚反，归形此土。

【解题】

本文作于英宗治平二年（1065）。王深父即王回，是作者的好友，作者十分欣赏他的才华，将他与孟轲、扬雄相提并论。

秘阁校理张君墓志铭

滁全椒张君，讳瑗，字君玉。其先有司泗州法者，讳某，于君为曾祖，尝曰："吾施德于人多，后当有显者。"尚书刑部侍郎、参知政事讳某者，于君为祖，有二子，生君者长子讳某，官终国子博士。君以进士甲科守秘书省校书郎、签书平江军节度判官厅公事，故事得献书求试，君无所献。知南丰县，通判鄂州，又将通判梓州，而有以君为言者，乃召试以为秘阁校理。于是自校书郎五迁，为尚书祠部员外郎。年五十五，以嘉祐五年八月某甲子卒京师。夫人蓬莱县君王氏，生三男子，伯孙、仲孙、世孙。三女子，其一嫁试将作监主簿苏泌，其次尚幼。治平二年十一月某甲子葬君全椒某乡某里。于是伯孙主邵武军光泽县簿。

君与余善，其能贫而不为利，余所畏。其于故事，盖无所问而不知。其好书，天性也，往往日旰，灶薪不属，而阖门读书自若。又能为吏，当官有所守，嶷嶷必得其意，然平居安言徐视易狎，若无能者。铭曰：

有幽滁山，滁水两间，檠礴演迤，乃多君子。我仪其蓄，以博厥闻，我肖其涤，以清厥身。书此哀石，永诒后人。

【解题】

本文作于英宗治平二年（1065）。《王文公文集》九十六卷另有《张君玉墓志铭》，与此篇同。

广西转运使李君墓志铭 并序

君讳宽，字伯强，姓李氏。其先陇西人，后移光山，至君六世祖又移建安，今为南昌人者，以君大皇考为鼻祖。君皇考讳某，以太子洗马致仕，终尚书虞部郎中，其赠官至卫尉卿。大皇考讳某，以殿中丞致仕，其赠官至吏部尚书。曾大皇考讳某，当五代之乱，无爵禄，以尚书故，赠大理评事。

君始以世父荫守将作监主簿，监洪州盐院。用岁课倍，得知袁州宜春县，改知福州福清县。当是时，能闻朝廷矣，就除通判桂州，又通判江州，二州皆治，遂知吉州。请于天子，立学以教，学者常三百人。施方略，捕盗贼，无众寡远近必得，以至米盐酒榷，皆为除弊致利。移衡州，不赴，改江州。州人曰："是尝莅我矣。"不待至而服。未几，移润州，不赴，改信州，又不赴，改太平州。转运使言饶大剧，州将不能治，而太平不足用君，乃换饶州。属县恶吏闻且至，有弃其官而去，至则禁巫医之罔民，案畜蛊者，遂以无事。安抚使言治行，于江南为第一。母夫人终，去位。

三年，知虔州，将行，三司请君制置粮草河北，一岁减缗钱八十七万。由此提点江、浙等路铸钱坑冶，以卫尉老，奏徙治所南昌，从之。移提点荆湖北刑狱，辞不往，又请便官以养，乃改江西。居一月，遭卫尉丧。服除久之，尚不忍去墓所。诏就起君提点江东刑狱，又移京西，除广西转运使。自侬智高反，宿军邕州，岁漕不足，乃多治船，设赏罚，而邕军食以有余。所部摄官以三十四员为额，待摄常数十百人，一员阙，皆争赇吏。君第其课为三等，有阙以次补，摄官不赇吏由此。始，二广使者故不以春夏出，会有诏阅边卒，君即出，道遇瘴，归卒，年六十，治平二年九月二十三日也。

初，李氏既居江南，尚书未老，致其事归养，其子侍郎以分司归，亦未老，当侍郎之归，卫尉又以从其兄弗仕，仍世德义，为南人所慕。君既生有美质，而积习名教，自为儿童侍卫尉侧，不惰终日，及壮砥砺，以材能自显。其于吏治精壮果敏，机张键闭，奸不可知，目所指取，必得其情状。故所在豪人猾吏，重手累足，以终君去，不敢有所触。君视遇其属士大夫贤者尤谨，所拔举过百人，后多知名云。

夫人胡氏仁和县君。子男五人：长曰承勉，宣州旌德县令，早卒；次曰亚夫，太庙斋郎；曰献夫，试将作监主簿；曰渭夫，试秘书省校书郎；曰太平奴，方晬而夭。女二人：长适苏州常熟县主簿余公弼，次适大理寺丞田真卿。孙男三人。君与弟尚书司门郎中定相友爱尤笃，遗奏以司门之子简夫闻。诏除司门知太平州，补简夫郊社斋郎，又诏君丧所过州发卒护送。以明年二月归殡于洪州，某月某日葬新建县桃花乡曹山，去先墓五里，君所自为寿藏也。君积散官至朝奉郎，职事官至尚书金部郎中，勋至护军，赐服佩至三品。铭曰：

李姓章浦，自君考祖。弃闽徂迁，望此荆楚。君于治人，无有党雠。部我千里，如农一丘。薅奸钼强，以殖善柔。均之利泽，深莳平耰。乃登禄实，尚馈春秋。君能孝祀，君则多子。有来无穷，其视章水。

【解题】

本文作于英宗治平二年（1065）。王安石十分钦佩李宽的人品与吏治，叙述翔实。

葛兴祖墓志铭

许州长社县主簿葛君，讳良嗣，字兴祖。其先处州之丽水人，而兴祖之父，徙居明州之鄞，兴祖葬其父润州之丹徒，故今又为丹徒人矣。曾大父讳遇，不仕。大父讳旰，赠尚书都官郎中。父讳源，以尚书度支郎中终仁宗时。度支君三子，当天圣、景祐之间，以文有声，赫然进士中。先人尝受其挚，阅之终篇，而屡叹葛氏之多子也。既而三子者，伯仲皆早死，独其季在，即兴祖。

兴祖博知多能，数举进士，角出其上。而刻励修洁，笃于亲友，慨然欲有所为，以效于世者也。年四十余，始以进士出仕州县。余十年，而卒穷于无所遇以死。嗟乎！命不可控引而才之难恃以自见盖久矣。然兴祖于仕未尝苟，闻人疾苦，欲去之如在己。其所临视，虽细故，人不以属耳目者，必皆致其心。论者多怪之，曰："兴祖且老矣，弊于州县，而服勤如此。"余曰："是乃吾所欲于兴祖。夫大仕之则奋，小仕之则怠忽以不治，非知德者也。"兴祖闻之，以余之言为然。

兴祖娶胡氏，又娶郑氏。其卒年五十三，实治平二年三月辛巳。其葬以胡氏祔，在丹徒之长乐乡显扬村，即其年十一月某甲子也。兴祖四男子，蘩、蕴皆有文学。蘩，许州临颍县主簿。蕴，邓州穰县主簿。藻、苹尚幼也。四女子，皆未嫁云。铭曰：

蹇于仕，以为人尤。不慭施以年，孰主孰谋？无大憾于德，又将何求？

【解题】

本文作于英宗治平二年（1065）。葛氏曾问学于安石之父，前文《尚书度支郎中葛公墓志铭》之葛公，乃兴祖之父。

尚书工部侍郎枢密直学士狄公神道碑

狄氏故并人，唐武后时有以谅直至宰相者，有功中宗以及社稷，是为梁公。公，梁公之十四世孙也，讳棐，字辅之。曾祖曰崇谦，连州桂阳县令。祖曰文蔚，全州清湘县令。考曰希颜，徐州录事参军。及公贵，赠录事君至兵部尚书，而公母李氏，封陇西郡太君。盖梁公之后，有兼谟者，亦有名迹，至大官，其后禄仕不终，然寖微弗显。及公乃以行能为时用，出使入侍，终尚书工部侍郎、直枢密，为学士，天下称为善人长者。公少孤力学，中咸平三年进士甲科。其官自大理评事历大理寺丞、殿中丞、太常博士、尚书屯田都官、职方员外郎、祠部刑部郎中、太常少卿、右谏议大夫、给事中，其职自直昭文馆历龙图阁直学士。其初任知袁州分宜县，后尝知开封府司录，通判邓州、成都府，为开封府判官，使京西、成都府路转运，又使制置江淮荆浙，再判吏部流内铨，知审官院，知壁、广、滑、魏、随、陕、郑、同、扬九州，河中、河南二府。其知陕州河中府，以赵元昊反，择西方守吏；其知随州，则坐在魏时军事有骄不逊者，不即治。其知扬州，则不及赴而卒于京师，庆历三年二月十七日也，享年六十七。公惇厚笃实，未尝妄言笑，虽有喜愠，未尝见色，终身不言人过恶。罢南海，所赍无南物。在陕中，贵人有力者，言将援公于上，公为不闻，接以它语。退而叹曰："吾束发至此，得爵禄皆以义，可以老而自污邪?"盖其廉如此。其治民出于宽仁不忍，虽以此尝得罪，然自若，弗悔也。当时士大夫闻其死，多叹惜。累阶至中散大夫，勋至上柱国，爵至山阳郡开国公，食邑二千一百户，食实封四百户。夫人武城县君路氏，左司谏、知制诰振之女。初，公以布衣见路公，路公即誉公文学行治，妻以其子。生六男子：遵道、遵度、遵礼、遵懿、遵路、遵彝。遵度当天圣初，善为古文，志义甚高，尝为襄州襄阳县主簿，不幸早死，君子莫不伤之。遵路为太常寺奉礼郎，与遵道、遵懿、遵彝亦皆早死。遵礼今为尚书虞部员外郎。六女子，嫁卫尉卿王罕、卫尉卿魏琰、枢密直学士何中立、尚书驾部郎中王信民，二人早死。狄氏当五代之乱，占潭之湘潭，至公始葬武城君于许州阳翟县张涧里，故以公合葬。葬以庆历五年，既葬二十年，而遵礼来求铭文，刻之墓碑。铭曰：

维狄先公，开号于梁，扶国举帝，仁柔义刚。施垂子孙，禄不旷仕，历世十四，公为循吏。内行振振，恕以与人，无恚无忌，考终厥身。阳翟古墟，有幽新里，铭诗不磨，彼石之视。

【解题】

本文作于英宗治平二年（1065）。所铭狄棐，治民以宽仁称于当时，性耿直而清廉。

仁寿县君杨氏墓志铭 并序

太子中允致仕晋陵孙君贯之之夫人仁寿县君杨氏者，其先青州千乘人。曾祖讳元，祖讳从，皆不仕。父讳霖，为进士，数举不遂，初徙其家常州之无锡。

夫人年十七归孙氏，舅姑曰："吾妇之承我也孝。"夫曰："吾妻之助我也仁。"至生子而成为士，能贤以有名，则又曰："吾母之能诲我也。"自内外族亲以至州里之言，则又皆以其舅姑夫子之言为信。呜呼，可谓贤矣！

夫人生三男子，伯曰舜卿，季曰昌言，皆早死；曰昌龄，签书建康军节度判官厅公事。治平三年，自尚书屯田员外郎召为御史，五月十四日次高邮，而夫人卒，享年六十四，以某月某日葬某县某乡某里。铭曰：

猗嗟夫人，女德之茂，中允之妻，御史之母。孝其舅姑，以顺其夫。又善教子，终成御史。官封偕老，禄养卒齿。归安新丘，送者空里，其哀无穷，荣则多已。

【解题】

本文作于英宗治平三年（1066）。杨氏有令名，公婆言其孝、夫言其为内助、子言其"能诲我"。

尚书屯田员外郎周君墓志铭

君周姓，讳涛，字几道，中庆历六年进士甲科，历亳州观察推官、抚州军事推官、著作佐郎、秘书丞、太常博士、尚书屯田员外郎，知汝州梁、杭州钱唐二县。内行敏能，为政壹自急饬，视民疾如在己，不肯释事实为名声要利，所在民爱誉甚于士大夫。治平三年六月在京师，授签书梓州判官事。七月十三日以官卒，年四十有四。曾祖讳述，故鄣人，皇秘书丞，赠工部侍郎，始占海陵以葬。祖讳嘉正，皇刑部郎中；父讳彦先，终右侍禁，赠右监门卫将军。妻曰昭德县君钱氏，子男五人：稃、穜、秩、穆、稌，以其年十月十六日葬君扬州江都县同轨南乡东武里。铭曰：

于势与声，蹲循弗争，无忌其生。于善与耻，操终如始，有哀其死。

【解题】

本文作于英宗治平三年（1066）。王安石也曾为周涛之祖、之父、之叔作墓志铭。参见《郎中周公墓志铭》、《侍禁周君墓志铭》、《参军周君墓志铭》三篇。

荆湖北路转运判官尚书屯田郎中刘君墓志铭 并序

治平元年五月六日，荆湖北路转运判官、尚书屯田郎中刘君，年五十四，以官卒。三年，卜十月某日，葬真州杨子县蜀冈，而子洙以武宁章望之状来求铭。噫，余故人也！为序而铭焉。序曰：

君讳牧，字先之。其先杭州临安县人。君曾大父讳彦琛，为吴越王将，有功，刺衢州，葬西安，于是刘氏又为西安人。当太宗时，尝求诸有功于吴越者录其后，而君大父讳仁祚，辞以疾。及君父讳知礼，又不仕，而乡人称为君子。后以君故，赠官至尚书职方郎中。

君少则明敏，年十六，求举进士，不中，曰："有司岂枉我哉？"乃多买书，闭户治之。及再举，遂为举首。起家饶州军事推官，与州将争公事，为所挤，几不免。及后将范文正公至，君大喜曰："此吾师也。"遂以为师。文正公亦数称君，勉以学。君论议仁恕，急人之穷，于财物无所顾计，凡以慕文正公故也。弋阳富人为客所诬，将抵死，君得实以告。文正公未甚信，然以君故，使吏杂治之。居数日，富人得不死。文正公由此愈知君，任以事。岁终，将举京官，君以让其同官有亲而老者。文正公为叹息许之，曰："吾不可以不成君之善。"

及文正公安抚河东，乃始举君可治剧，于是君为兖州观察推官。又学《春秋》于孙复，与石介为友。州旱蝗，奏便宜十余事。其一事，请通登、莱盐商，至今以为赖。改大理寺丞，知大名府馆陶县。中贵人随契丹使，往来多扰县，君视遇有理，人吏以无所苦。先是多盗，君用其党推逐，有发辄得，后遂无为盗者。诏集强壮，刺其手为义勇，多惶怖，不知所为，欲走，君谕以诏意，为言利害，皆就刺，欣然曰："刘君不吾欺也。"留守称其能，虽府事往往咨君计策。用举者通判广信军，以亲老不行，通判建州。

当是时，今河阳宰相富公，以枢密副使使河北，奏君掌机宜文字。保州兵士为乱，富公请君抚视。君自长垣乘驿至其城下，以三日，会富公罢出，君乃之建州。方并属县诸里，均其徭役，人大喜，而遭职方君丧以去。通判青州，又以母夫人丧罢。又通判庐州。朝廷弛茶榷，以君使江西，议均其税，盖期年而后反。客曰："平生闻君敏而敢为，今濡滞若此，何故也?"君笑曰："是固君之所能易也，而我则不能。且是役也，朝廷岂以为它，亦曰爱人而已。今不深知其利害，而苟简以成之，君虽以吾为敏，而人必有不胜其弊者。"及奏事，皆听，人果便之。除广南西路转运判官。于是修险阨，募丁壮，以减戍卒，徙仓便输，考摄官功次，绝其行赇。居二年，凡利害无所不兴废。乃移荆湖北路，至，逾月卒。家贫无以为丧，自棺椁诸物，皆荆南士人为具。

君娶江氏，生五男二女。男曰洙、沂、汶，为进士，洙以君故，试将作监主簿，余尚幼。初，君为范、富二公所知，一时士大夫争誉其才，君亦慨然自以当得意。已而屯邅流落，抑没于庸人之中。几老矣，乃稍出为世用。若将有以为也，而既死。此爱君者所为恨惜，然士之赫赫为世所愿者可睹矣。以君始终得丧相除，亦何负彼之有哉？铭曰：

嗟乎刘君！宜寿而显。何畜之久，而施之浅？虽或止之，亦或使之。唯其有命，故止于斯。

【解题】

本文作于英宗治平三年（1066）。所铭刘牧，为官清廉，身居高位，死后竟无钱办丧事，“自棺椁诸物，皆荆南士人为具”。

永嘉县君陈氏墓志铭

陈氏于苏州为大姓。夫人者，太子中允讳之武之子，某官赠太常卿讳郁之孙，左赞善大夫讳质之曾孙，而太常博士王君讳逢之妻也。聪明顺善，动有礼法，以不及养舅姑也，故于祭祀尤谨。博士禄赐，尽之宗族朋友，不足则出衣服簪珥助之而不言。选饰妾御，进之不忌，然博士终无子。盖吾闻于博士者如此。抚博士之兄子如己子，哭博士三年，未尝如陈氏。除丧大贫，显者求以为妻，族人强之不可，又强之则涕泣自誓。居顷，感疾以死。盖吾闻于博士之兄子景元者如此。然夫人之行，非特出于二人之言，凡习陈氏、王氏者，皆知其为贤而哀其志。其封曰永嘉县君。其卒于苏州，以治平二年十一月九日，年三十八。其葬以三年十一月某日，从博士于阊门之西原。铭曰：

谷也从于此，丧也随以死。归义与命，奚伤乎无子？

【解题】

本文作于英宗治平三年（1066）。陈氏是一个受封建礼教迫害的妇女，丈夫死后，她还十分年轻，“显者求以为妻，族人强之不可”，终于郁郁以死。

尚书祠部郎中集贤殿修撰萧君墓志铭

区希范诛，广西困于兵，诏以尚书屯田员外郎萧君知桂州，兼广西都巡检、提举兵甲溪峒事。至则因其故俗，治以宽大，广西遂安，而君以材选，为荆湖南路提点刑狱。未几，以君之信于南方也，又以君为广西水陆计度转运使。方是时，侬智高搜兵，诱聚中国亡命，阴以其众窥边境，而边吏士尚皆不寤，君独忧此，以谓必为南方之患。乃选遣才辩吏，说智高内属，上书言状，请因以一官抚之，使抗交趾，且可以纾患。书下枢密，枢密以智高故属交趾，纳之生事，以诏问君，能保交趾不争智高，智高终无为寇，则具以闻。君曰："蛮夷视利则动，必保其往，非臣之所能。顾今中国势未可以有事于蛮夷，则如智高者抚之而已。且智高才武强力，非交趾所能争而畜也。就其能争，则蛮夷方自相攻，吾乃所以闲而无事。"争议至五六，而枢密遂绌君言不报。君又奏请择将吏，缮兵械，修城郭以待变。亦至五六，又皆不报。而君以召归，智高果反邕州，杀其守将，出入广东、西十有一州，所至残破，吏士多走死。枢密乃更归责于君，以知吉州，一时士大夫纷纷欲为君讼，君遂绝口无所道。世以此称君长者，又因知君智谋果可以任边事。居顷之，遂复以为广东转运使。又以直昭文馆知桂州。当是时，侬宗旦聚兵智高故地，无所属，邕州为之警，诸将皆议兴师，君又独持招降之议。朝廷用君议，宗旦遂释兵服，以为西头供奉官而边无事。于是君积官至尚书刑部郎中，以集贤殿修撰再任。会蛮申绍泰反，巡检宋士尧战死，仁宗使中贵人出视，君坐士尧死降知江州，而提点刑狱因中贵人言君罪状，朝廷为置狱。而君所坐止于赎金，诸提点刑狱所言多无之，然犹夺两官以免。稍除监抚州盐酒，辞不往，以分司南京就第。诸公多欲荐起之者，君遂告老，即以尚书祠部郎中致仕。君讳固，字干臣。初以进士选桂阳监判官，楚州团练推官，用举者二十三人。改大理寺丞，知开封府阳武、永康军青城两县，通判虔州。以方略擒盗，赐书奖谕，移知江州。所至皆有善状，推贤举善，束缚奸吏，明而不残，于财利尤能开阖敛散。故在广东收铜盐课，皆倍前以十万数。治平三年，年六十五，以九月十七日卒于家。初娶陇西县君李氏，再娶彭城县君刘氏。子男二人：洵，袁州军事推官，前死；洞，试秘书省校书郎，知鄂州嘉鱼县事。女三人，嫁江州湖口县主簿何正臣，龚州司户参军欧阳成，其季尚幼也。孙男女十八人。

萧氏故长沙人，君曾祖讳处钧，当湖南马氏时为衡州司马，以马氏方乱，弃其官归李氏江南，不愿仕。有赐田百顷袁州之新喻。新喻后属临江军，故今为临江新喻人。祖讳绍，考讳世则，皆以儒学不仕，而考以君故赠官至光禄卿。君之疾革也，出其奏议焚之，其子孙所录传尚二百余篇，盖其言详密，多世务之要。四年九月二十二日，葬君新喻安和乡长宣里佛子冈。铭曰：

司马去荆，望此南国，君贲厥趾，萧宗以殖。致功蛮方，时告厥犹，朝为弗闻，疆埸用忧。受慝不让，退安一州，既穷而通，终以无偶。铭诗幽宫，传载永久。

【解题】

本文作于英宗治平四年（1067）。所铭萧固，侬智高作乱前后，屡任广西、广东职，多次上书言其事，未被采纳，卒因此夺官。

临川吴子善墓志铭

临川吴氏有子兴宗，字子善，年二十丧母，而其父以生事付之，则先日出以作，后日入以息。日午矣，家一人未饭，其夫妇必尚空腹；天寒矣，家一人未纩，其夫妇必尚单衣，盖如此者二十年而终，三十年而已死。凡嫁五妹，办数丧，又以其筋力之余，及于乡党。苟有故，必我劳人佚，先往后归。而尤笃于友爱，见弟有过，则颜色愈温，须饮酒欢极之间，乃微示以意。既而即泣下曰："吾亲属我以汝。吾所以不避艰险者，保汝而已。"其弟终感悟悔改为善士，以文学名于世。此待其弟乃尔，若于他人，则绝口不涉其非。然里中少年闻其謦咳之音，往往逃匿，若匿不及，则俯首恐愧。而尝有所絓，一至讼庭，及着械，同絓数十人为之皆哭，掌狱者惊起白守，守立免焉。其见畏爱多此类。某谓其父为诸舅，甚知其所为，故于其弟子经孝宗之求志以葬也，为道而不辞。子善尝应进士举，后专于耕养，遂不复应。其死以治平四年八月九日，而十二月十二日与其母黄氏共葬于灵源村父墓之域中。父讳偃，亦有行义，用疾弗仕，祖讳表微，尚书屯田员外郎，曾祖讳英，殿中丞。初妻姓王氏，一男良弼，皆前卒。再娶杨氏，生荛、适、杠，荛始九岁，而四女幼者一岁云。

【解题】

本文作于英宗治平四年（1067）。吴子善系王安石之生母吴氏娘家侄。

寿安县太君李氏墓志铭

新喻萧渤，状其母，授息总使来求铭以葬。惟夫人姓李氏，于邑里实大姓。曾祖讳某，祖讳某，考讳某，皆弗仕，而曾祖以其孙宪成公故，赠官至太子太师。

夫人柔顺静专，仰俯有仪，年十有五而嫁，是为鼎州团练推官萧君讳贲之妻。年二十有二，生渤、淇、澈三男、一女子而寡，执节不嫁，父母欲夺之不得，卒就其男宦学，归其女为士妻。孙曾诜诜，馈祀裕如，乡人归高，称谚叹息。治平三年，渤用尚书驾部员外郎，选主广济河漕，而夫人年六十有八，以九月八日卒于东都之私寝。越明年，某月十有一日，合葬新喻某乡某里。于是推官君以渤故，赠右谏议大夫，夫人封寿安县太君。铭曰：

有幽新宫，在阜之阳，庆既造家，乃终同藏。共伯之妻，文伯之母，于嘉夫人，亦绪厥后。磨石摛丹，诒铭永久。

【解题】

本文作于英宗治平四年（1067）。李氏“柔顺静专，俯仰有仪”，二十二岁丧夫，“执节不嫁”，“卒就其男宦学，归其女为士妻”。

仁寿县太君徐氏墓志铭

夫人徐氏，饶州浮梁县人。曾祖讳某，某官；祖讳某，父讳某，皆不仕；夫曰尚书屯田郎中金君讳某，同县人也。

生子十一人。男四人，君著、君佐、君卿、君佑，皆进士，君卿今为尚书职方员外郎。女七人，皆适士族。孙十九人，男六人，女十三人，已嫁者十二人。曾孙男女十四人。外孙四十七人。夫人以职方故，封金堂、寿安二县君，又封仁寿县太君。后郎中之没九年，享年七十七，卒于池州官舍，实治平三年八月十三日。以四年某月某日藏柩于某乡某里，祔郎中之葬。

夫人天性孝谨，女功妇事，不懈以敏，躬俭有节，仁于宗族，故以事其舅姑而顺，以相其君子而宜，以临其子孙而治。以有贤子，大其家室，具享诸福，终于寿考。临川王某铭其葬曰：

婉婉女士，彼徐之子，来嫔金宗，有衍其始。帝嘉女子，服位在朝，赐邑用书，象首锦囊。鄱人大家，相望而有，谁则无妇，无姑无母？孝祗顺慈，仰俯皆宜，老终荣禄，于庆有诒，伟欤夫人，协此铭诗。

【解题】

本文作于英宗治平四年（1067）。徐氏天性孝谨，“以有贤才，大其家室，具享诸福，终于寿考”。

鄱阳李夫人墓表

鄱阳处士赠大理评事黄君讳某之妻，太平县君鄱阳李氏者，今太常博士異之母也。年若干，以嘉祐五年十一月乙酉终，而以后年十一月丙子从其夫葬鄱阳长顺里之西原。葬若干年，而太君之子所与游者临川王某表其墓曰：

太君之为女子，以善事父母闻于乡里。及嫁，移所以事父于舅，而致其礼有加焉，凡在舅党者，无不礼也。移所以事母于姑，而致其爱无损焉，凡在姑党者，无不爱也。相其夫以正而顺，诲其子以义而慈。处士君尝娶而有子矣，盖视遇之无异于己子。其后太君之子以进士起为闻人，而州之士大夫皆曰：“是母非独能教，亦其为善也，宜有子。”

初，其子为尉于宣州之太平，又参虔州录事，皆欲迎太君以往。太君曰：“吾助汝父享祠春秋于此，义终不得独往。”及为南剑州顺昌县令，知洪州新建县事，而处士君已不幸，乃曰：“吾老矣，今而后可以从子。”故其终在新建其子之官寝。

太君生一男二女，男即博士，女皆已嫁，其幼蚤卒，其长者少丧其配，事姑以孝闻而不嫁。州之士大夫又皆曰：“是母能教，非独施于其一男而已，盖其女子亦母之力也。”呜呼，岂不贤哉！

【解题】

本文写作时间当在英宗治平年间。王安石与李夫人之子黄異友善，故为之铭。

沈内翰墓志铭

公姓沈氏，讳遘，字文通，世为杭州钱塘人。曾祖讳某，皇赠兵部尚书；祖讳某，皇赠吏部尚书；父扶，今为尚书金部员外郎。公初以祖荫补郊社斋郎，举进士，于廷中为第一，大臣疑已仕者例不得为第一，故以为第二。除大理评事，通判江宁府。当是时，公年二十，人吏少公，而公所为卓越已足以动人，然世多未知公果可以有为也。祀明堂恩，迁秘书省著作佐郎。岁满召归，除太常丞、集贤校理、判登闻鼓院、吏部南曹，权三司度支判官，又判都理欠、凭由司。于是校理八年矣，平居闭门，虽执政，非公事不辄见也，故虽执政初亦莫知其为材。居久之，乃始以同修起居注，召试知制诰。及为制诰，遂以文学称天下。金部君坐免归，求知越州，又移知杭州，钼治奸蠹，所禁无不改，崇奖贤知，得其欢心，两州人皆画像祠之。

英宗即位，召还，勾当三班院，兼提举兵吏司封官告院，兼判集贤院，延见劳问甚悉。居一月，权发遣开封府事。公初至，开封指以相告曰："此杭州沈公也。"及摄事，人吏皆屏息。既而以知审官院，遂以龙图阁直学士权知开封府。公旦昼视事，日中则庭无留人，出谢诸客，从容笑语。客皆怪公独有余日，而畿内翕然称治，人人如公坐视其左右。于是名实暴耀振发，贤临一时，自天子大臣皆论以为国器，而闾巷之士奔走谈说，欢呼鼓舞，以不及为恐。会母夫人疾病，请东南一州视疾，英宗曰："学士岂可以去朝廷也？"明日，除翰林学士、知制诰，充群牧使，兼权判吏部流内铨、判尚书礼部。

公虽去开封，然皆以为朝夕且大用矣，而遭母夫人丧以去。

英宗闻公去，尤悼惜，特遣使者追赐黄金百两，以金部君知苏州。公居丧致哀，寝食如礼，以某年某月得疾杭州之墓次，某日至苏州，而以某日卒，年四十。有三男子，六女，中男恭嗣，后公六日卒，隆嗣、延嗣与六女皆尚幼。夫人陆氏封安定郡君。公官右谏议大夫，散官朝散大夫，勋轻车都尉，爵长安县开国伯，食邑八百户。有文集十卷。

公平居不常视书，而文辞敏丽可喜，强记精识，长于议论，世所谓老师宿学无所不读、通于世务者，皆莫能屈也。与人甚简，而察其能否贤不肖尤详，视遇之各尽其理。为政号为严明，而时有所纵舍，于善良贫弱抚恤之尤至。在杭州，待使客多所阔略，而州人之贫无以葬及女子失怙恃而无以嫁者，以公使钱葬嫁之，凡数百人。于其卒，知与不知，皆为之叹惜。某年某月某日，葬公杭州某乡某里。铭曰：

沈公仪仪，德义孔时。升自东方，其明孰夷？视赡叹誉，无我敢疵。正昼而陨，呜呼可悲！序传有史，亦在铭诗。

【解题】

本文作于英宗治平年间。所铭沈遘，“以文学称天下”，“贤临一时，自天子至大臣皆论以为国器”，惜乎英年早逝。

秘书丞谢师宰墓志铭

君姓谢氏，讳景平，字师宰，尚书兵部员外郎、知制诰、阳夏公、赠礼部尚书讳绛之子，太子宾客、陈留公、赠礼部尚书讳涛之孙，泰宁军掌书记、赠尚书吏部侍郎讳崇礼之曾孙。初以祖父荫，试秘书省校书郎，守将作监主簿，既而中进士第，佥书崇信军节度判官厅公事，监楚州西河转般仓。累官至秘书丞，年三十三，以治平元年十二月庚申卒。妻尹氏，生男女四人，皆前死。其兄以某年某月某日，葬君邓州穰县五陇山南。谢氏故家河南缑氏，君六世祖仕吴越，故自陈留公之上三世葬杭之富阳。至君始葬阳夏公于邓，为穰人，而今以君祔葬。君于忿不忮，于欲不求，虽学之力，亦其天性。故其孝弟忠信、宽柔逊让、庄静谨洁，称于儿童。以至壮长，而成不充其志，施不尽其材，此学士大夫所以哀其死而多为之出涕也。然君文学政事言语已能自达于一时，其于道德之意，性命之理，则求之而不至，闻矣而不疑。呜呼！可谓贤已。铭曰：

阳夏四子，皆贤而材，季也早死，吾铭其埋。今又铭叔，呜呼可哀！古之死者，以死为息，嗟叔方刚，何惕之亟？昭昭者逝，嶷嶷者藏，为识在斯，铭则不亡。

【解题】

本文作于治平、熙宁年间。王安石也曾为谢景平之父谢绛、弟谢景回作墓志铭。可参见。

宋翰林侍读学士知许州军州事梅公神道碑

宋翰林侍读学士、正奉大夫、行给事中、知许州军州事、兼管内堤堰桥道劝农事、上柱国、南昌郡开国公，食邑二千三百户，食实封六百户，赐紫金鱼袋梅公之墓，在宣州宣城县长安乡西山里。公有五子：鼎臣、德臣、宝臣、辅臣、清臣。清臣今独在，为尚书司门郎中，以公行状及乐安欧阳公之铭，来请文以刻墓碑，时熙宁元年八月四日。铭曰：

公先梅伯，后氏其国。弥周涉秦，不见史策。有鋗有福，著汉名籍。公福之孙，询字昌言。三世弗仕，陵阳之里。公第廷中，判官利丰。再岁而擢，以丞将作。以宰仁和，人誉用多。主推御史，侍考进士。一见天子，以为知己。诏曰试哉，遂试中书。馆之集贤，赐服绯鱼。于时继迁，兵我西鄙。老弱馈守，丁强多死。灵州告危，帝视不怡。公请择人，使潘罗支，兵法所谓，以夷攻夷。帝曰：“谁可?”“无如臣者。”曰：“予汝嘉，闭陷奈何?”公拜且跪，飏言而起，“苟纾西师，臣不爱死。”出书授之，“往讫尔谋。”至疆敕还，会弃灵州。帝察公艺，可书帝制。相或止之，留佐三司。其后罗支，果窘西贼，论将料敌，皆如所策。或从或违，或挤或推，牾合阻夷，神者公尸。黜之倅州，用狱一眚。去杭而苏，列国东屏。漕输浙河，就付将领。三年告功，仅得故省。又以谴投，守彼淮州。有僚许公，相得于此，与之欣然，乐以忘徙。使于湖北，迁自濠梁，又夺一官，往禆于襄，坐发驿马，给奔丧者。于鄂于苏，剖将之符。握节关中，使总其输。煌煌金章，厥赐特殊。谋复灵武，度兵葫芦。秦有将玮，诺公与俱。会玮召还，公复沦胥。有反咸阳，能名氏朱。始虽弗察，后捕而诛。自怀徂池，再副戎车。真宗新陟，罪垢皆涤。为郎度支，以将广德。外更四州：楚、寿、陕、荆。乃还待制，中纠狱刑。有岿龙图，其唐殖殖，就以学士，专其阁直。辍之铨衡，乘传临并。超迁郎秩，进直枢密。趣归封驳，考国中失。申命选事，得权进绌。加职侍读，改司群牧。移之审官，审是在服。伐阅积迁，给事于中。告疾出许，鼓歌从容。方公少壮，志立人上。谈辞慨然，帝悦而向。及后晚出，皆为将相。公则老矣，将归田里。康定辛巳六月十日，公七十八，以其官卒。公开南昌，勋爵第一。夫人曰刘，不及郡耳。封君彭城，其卒先公。公卒明年，季秋挟日，于州山西，卜祔而吉。公有四子，伯为进士，丞于殿中，与仲前死。仲赐科名，叔也皆丞，将作、殿中，或废或兴。有显惟季，时丞卫尉，今为郎中，论序初终，实来求诗，刻示无穷。

【解题】

本文作于神宗熙宁元年（1068）。王安石作碑志多先序其事，继以铭文概括之，而本文则全系之于铭，是为特例。

尚书屯田员外郎仲君墓志铭

君仲氏，讳讷，字朴翁，广济军定陶人。曾祖讳环，祖讳祚，皆弗仕，而至君父讳尹，始仕至曹州观察支使，赠右赞善大夫。

君景祐元年进士，起家莫州防御推官，年少初官，然上下无敢易者。时传契丹且大扰边，朝廷使中贵人来问，知州张崇俊未知所对，公策契丹无他，为具奏论之。崇俊喜曰："朝廷必知非吾能为此，然亦当善我能听用君也。"又权博州防御判官，以母夫人丧去，去三年，复权明州节度推官。县送海贼数十人，狱具矣，君独疑而辨之，数十人者皆得雪。用举者改大理寺丞，知大名府清平、邛州临溪两县，又通判解州。于是三迁为尚书屯田员外郎，而以皇祐五年十二月二十一日卒，年五十五。

君厚重有大志，不妄言笑，喜读书，为古文章，晚而尤好为诗，诗尤称于世。所在有声绩，然直道自信，于权贵人不肯有所屈，故好者少，然亦多知其非常人也。其在越、蜀，士多从之学。当宝元、康定间，言者喜论兵，其计不过攻守而已，君独推《书》所谓"食哉唯时，柔远能迩，惇德允元，而难任人，蛮夷率服"，为《御戎议》二篇。嗟乎！此流俗所羞以为迂而弗言者也，非明于先王之义，则孰知夫中国安富尊强之为必出于此？君知此矣，则其自信不屈，宜以有所负而然，惜乎其未试也。

君初娶王氏，尚书驾部郎中兰之女，又娶李氏，尚书虞部员外郎宋卿之女。三男子，伯达为太常博士，次伯适、伯冏为进士。三女子，嫁殿中丞任庾、并州交城县尉崔绛、兴元府户曹参军任膺。博士以熙宁元年十一月二十一日葬君于定陶之闵丘乡，而以余之闻君也，来求铭。铭曰：

于戏朴翁，天偶人觭，翔其德音，而踬于时。

【解题】

本文作于神宗熙宁元年（1068）。时王安石奉诏入京任翰林学士。因他与仲讷熟识，故应其子之请为作铭。

司封员外郎秘阁校理丁君墓志铭

朝奉郎、尚书司封员外郎，充秘阁校理，新差通判永州军州，兼管内劝农事，上轻车尉，赐绯鱼袋晋陵丁君卒。临川王某曰："噫！吾僚也，方吾少时，辅我以仁义者。"乃发哭吊其孤，祭焉而许以铭。越三月，君婿以状至，乃叙铭赴其葬。叙曰：

君讳宝臣，字元珍。少与其兄宗臣，皆以文行称乡里，号为"二丁"，景祐中，皆以进士起家。君为峡州军事判官，与庐陵欧阳公游，相好也。又为淮南节度掌书记。或诬富人以博，州将，贵人也，猜而专，吏莫敢议，君独力争正其狱。又为杭州观察判官，用举者兼州学教授。又用举者迁太子中允，知越州剡县。盖其始至，流大姓一人，而县遂治，卒除弊兴利甚众，人至今言之。于是再迁为太常博士，移知端州。

侬智高反，攻至其治所。君出战，能有所捕斩，然卒不胜，乃与其州人皆去而避之，坐免一官，徙黄州。会除太常丞，监湖州酒。又以大臣有解举者，迁博士，就差知越州诸暨县。其治诸暨如剡，越人滋以君为循吏也。英宗即位，以尚书屯田员外郎，编校秘阁书籍，遂为校理、同知太常礼院。

君质直自守，接上下以恕。虽贫困，未尝言利。于朋友故旧，无所不尽。故其不幸废退，则人莫不怜；少昭也，则皆为之喜。居无何，御史论君尝废矣，不当复用，遂出通判永州。世皆以咎言者，谓为不宜。夫驱未尝教之卒，临不可守之城，以战虎狼自倍之贼，议今之法，则独可守死尔，论古之道，则有不去以死，有去之以生。吏方操法以责士，则君之流离穷困，几至老死，尚以得罪于言者，亦其理也。

君以治平三年，待阙于常州，于是再迁尚书司封员外郎，以四年四月四日卒，年五十八。有文集四十卷。明年二月二十九日，葬于武进县怀德北乡郭庄之原。君曾祖讳辉，祖讳谅，皆弗仕。考讳柬之，赠尚书工部侍郎。夫人饶氏，封晋陵县君，前死。子男隅、除、隮为进士，其季恩儿尚幼。女嫁秘书省著作佐郎、集贤校理同县胡宗愈，其季未嫁，嫁胡氏者亦又死矣。铭曰：

文于辞为达，行于德为充。道于古为可，命于今为穷。呜呼已矣！卜此新宫。

【解题】

本文作于神宗熙宁元年（1068）。所铭丁元珍，知王安石于少时，故王安石“发哭吊其孤，祭焉而许以铭”。

宋尚书司封郎中孙公墓志铭

公讳锡，字昌龄。曾祖钊，祖易从，父再荣，皆弗仕。及公仕，赠其父至尚书兵部侍郎。公以天圣二年进士起家和州历阳、无为巢二县主簿。部使者及两制以御扎举者十余人，改镇江军节度推官。知杭州仁和县，籍取凶恶，戒以不改必穷极案治，而治其余一以仁恕，故县人畏爱之。以兵部丧去。三年，乃用举者以集庆军节度掌书记充国子监直讲，预校《史记》、《前后汉书》、《南北史》，修《集韵》。选苏王宫伴读，教导有法，宗室召燕饮，未尝往。居顷之，改著作佐郎，当罢矣，又留为国子监丞讲读。七年，乃用举者召试集贤校理，同知太常礼院，判吏部南曹、登闻鼓院，为开封府推官，赐绯鱼。坐考锁厅进士举籍中有不中格者两人，降监和州清酒务。

当是时，庞宰相为枢密使，荐宜侍讲禁中，方召，而公以谪去。久之，会明堂恩召还，同判尚书刑部。先时主者多持事往决于中书，公独视法如何，不往。戎州人向吉等操兵贾贩，恃其众，所过不输物税，州县捕逐，皆散走。成都钤辖司奏请不以南郊赦除其罪，从之，逮捕亲属系狱，至更两赦。有诣阙诉者，刑部详覆官以为特敕遇赦不原者，虽数赦，犹论如法。公独奏释之，凡释百二十三人。公于议法多如此。复为开封府推官，当随尹奏事，仁宗问大辟几何，且以慎刑爱人为戒。公因奏开封敕有重于编敕而当改者数事，仁宗皆以为然。它日，问尹以公姓名，称之。于是贵戚女使有奏谳，上薄其罪，付公监决，曰："此人平恕，可任也。"道士赵清贶出入庞宰相家，受赇，御史以劾庞，府治实清贶自为，庞不知也。清贶坐杖配沙门岛，行两日，死。御史又劾府希宰相指，故杖清贶，杀之灭口，仁宗亦疑，乃悉罢知府、推判官，而以公知太平州。初，清贶事独判官王砺劾决，公不自辨也。未几，仁宗即寤，罢者皆复，而以公提点淮南路刑狱。

在淮南二年，所活大辟十三人，考课为天下第一，所举多善士，未尝听人请属。还为三司户部判官，求知宣州，许之，特诏秩禄视转运使。至则召五县令，约以州所下书有不便封还，故县得自为政而州无事。且满，州人诣转运使、提点刑狱，乞留。还，又知舒州，发常平、广惠仓以活陈、许、颍、蔡流人。及归，计口量远近给食遣去，去者率钱买香焚之府门以祝公，至或感泣。初，提点刑狱恐聚流人为盗，又惜常平、广惠仓，数牒止公，不听，申以手书，又不听。佐属皆争曰："不可"。公行之自若。比代去，州人阖城门留之，薄暮，与争门乃得出，遂以老告致事。于是官至尚书度支郎中，散官至朝奉郎，勋至上柱国。今上即位，迁司封，赐金紫。以熙宁元年正月十二日卒，年七十八。

孙氏世为广陵富姓，兵部兄弟五人。其季妇有子寡，欲分财，以义譬解不得，乃悉推田宅与诸兄弟，脱身携公居建安军杨子，故今为真州人。诸兄弟后破产，而兵部居杨子，又卒为富姓。为公千里迎师，立学舍，市书至六七千卷。公感励奋激，诵习忘寝食。年十九举进士开封第二，坐同保匿服罢，而再举又第二。当是时，以文学称天下。及仕，号为忠厚正直。终身未尝言利，老而贫，不以为悔，乡人尤归其长者。有文集二十卷。

初娶庄氏，早卒，又娶裴氏、刁氏，刁氏封寿安县君，亦前死。子湜、澄、泳、渊、淑、湘早卒，溱，太庙斋郎，后公数月死，澄，楚州宝应主簿，洙，秘书丞、集贤校理，渐，太庙斋郎。女十人，一人嫁，三人未嫁，三人嫁而卒，三人未嫁而卒。九月十六日，葬公杨子县怀民乡北原。铭曰：

于戏孙公，有直其道，为之少时，以济壮老。人信公行，承趋荐保，天顺公德，与公寿考。维公有子，丧事哀祗，慰其孝思，用此铭诗。

【解题】

本文作于神宗熙宁元年（1068）。所铭孙锡，“以文学称天下。及仕，号为忠厚正直”，“乡人尤归其长者”。

故乐安郡君翟氏墓志铭　并序

尚书主客员外郎钱塘沈君名扶之夫人翟氏者，鄂州节度推官讳希言之子，太子左清道率府率致仕讳守序之孙，利州葭萌县令讳令图之曾孙。少则贤孝，父母称之；及嫁为妇，则舅姑称之如父母。处娣姒能和以有礼，畜妾御能正以有仁，闺门雍雍，上下顺治。自皇舅尚书公以才为时用，继以主客及夫人之子，而沈氏日大矣。夫人之德善亦日以显，内外亲皆悦服而归之，以谓其必大享爵禄，终于寿考，乃以治平三年九月十日卒于京师，享年五十七。

初，主客自河北提点刑狱移知明州，而长子方领开封府事，治有异状，为上所礼，以夫人久疾请于上，留主客京师，诏特听留以佐三司。于是诸名医治夫人无所不为，然终不起。始封长安县君，进京兆、乐安二郡君。生五男三女。男曰遘，翰林学士、右谏议大夫，知制诰；曰迥，泰州军事判官；曰辽，将作监主簿、监寿州酒；曰遨，漳州漳浦县主簿，曰逌，试将作监主簿。女适秘书省著作佐郎颜处恭，邢州尧山县令王子韶，太常博士、监察御史里行蒋之奇。

翟氏济洲金乡人，商州团练使守素者，当太祖时亲信任事，族人因多为武吏，而皇考独好文学，举进士中第，负材任气，不肯有所屈，以终不得意。夫人之兄严，亦知名，又早卒。夫人伤其家替，每独叹息。今上即位，翰林守杭州，其季舅惟康以奉献得仕，今为道州宁远县主簿。夫人既卒，诏以主客知苏州，十二月某日葬夫人杭州钱塘县龙居山舅姑之兆。铭曰：

沈侯世献，得相惟嫒。归嫔于宗，诲子而彦。相之斯何？德则有仪。诲之斯何？庆则有贻。始周姓姬，后氏为翟。于梁曰璜，实佐其国。至汉高陵，又以才称。世降弗嗣，乃除女子。许公之妻，公武之母，昭于铭诗，无盛与夷。彼暴而兴，亦遄其沮，我以吾仁，其昌孰御？梴梴中丘，万木如茨，往从舅姑，协我初龟。

【解题】

本文当作于神宗熙宁元年（1068）。翟氏少即贤孝，“闺门雍雍，上下顺治”，“内外亲皆悦服而归之”。既嫁，相夫教子，德善日显。

同安郡君刘氏墓志铭

尚书户部侍郎致仕庐陵王公某之夫人，同县刘氏女也。父讳某，祖讳某，曾祖讳某，三世皆弗仕，然常为州大姓。方公少时，夫人父知公必贵，故归以其子。夫人之在父母家，既以孝闻，及嫁，舅姑又称其孝，能相其夫以顺，又能畜其妇子以慈。公当仁宗时，以御史见听用，阅天章龙图枢密三学士。夫人亦累封为同安郡君。治平四年十一月七日，终于庐陵宣化坊之私第。有二子：仪，殿中丞，前死；亿，今为尚书都官员外郎。女一人，嫁抚州军事推官萧迅。公之告老，诏以亿通判本州以养，及是丧夫人，能自致焉。明年某月某日，葬某县某乡某里。铭曰：

于美夫人，明袛顺饬，来嫔王宗，时蓺其德。公荣在朝，皇命所特，出使入侍，往来赫赫。登为大家，自我承翼。有田有庐，偕老而息，亦有孝子，媚于朝夕。噫乎终哉！兆此幽宅。

【解题】

本文作于神宗熙宁元年（1068）。刘氏不仅“以孝闻”，而且“能相其夫以顺，又能畜其妇子以慈”，累受封至同安郡君。

尚书屯田员外郎赠刑部尚书李公神道碑

朝奉郎、尚书屯田员外郎、通判杭州军州兼管内劝农事、上轻车都尉、赐绯鱼袋、赠刑部尚书李公，讳陟，字元昇，少以进士举太学，众推才高，不妄交游，独与故相张文节公友善。淳化中，用甲科补河南府渑池县尉，群盗阻骰，以略行人，朝廷出中贵人传捕，公率其属捕杀之尽，以故为转运使所奏，留再任。方赏，遭父丧去，而契丹犯河北，卒亡命相聚为寇，所居内黄大扰，令尉初不自保，公为设方略擒灭，县赖以无事。改除贝州司理参军，州将边公肃知公能，有难辄以属公。逐剧贼，用一日驰百里，悉缚取以归。于是州及转运使为论功，驿召见，除大理寺丞、知汉州什邡县，改殿中丞、知秀州嘉兴县。真宗东封，改太常博士、通判通利军，又以祀汾阴，改尚书屯田员外郎。河决，夺一官，监真州盐仓。杭州言浙江堤坏不可治，诏江、淮、荆、浙发运使举可用者，以公通判杭州。堤成，度用财力甚省，而完且可久，乃复得故官，留再任。当是时，吕文靖公提点刑狱，尤知公，极论荐以为材，且召除御史矣，会母夫人死。公行内修，事母尤以孝闻，所收恤亲属，多贫不能北归，留治丧南京，哀戚毁甚，未及服除而卒，年五十三，天禧三年六月八日也。留守王沂公赙助之，乃能具棺殡。凡五娶：贾氏、高氏、张氏、耿氏，最后边氏，封太康县君，今皆赠郡太君。边氏则贝州边公女也，边公强明少所可，知公而好之，故女以其子。太康有贤行，盖见于国史。公二男、四女，男曰中庸，守大理寺丞，致仕；曰中师，给事中、天章阁待制、西京留守。女嫁太子中舍聂复，贝州漳南县令葛初平、尚书比部员外郎张参，其一早死。公初以文艺自进，然喜吏事，所至强果辨治，终以爱利为人所思。嘉祐七年十一月二十三日，葬于卫州新乡县贵德乡戒海里，至熙宁元年十月，乃始作铭刻之墓碑。李氏故博平人，后徙内黄。曾祖讳祚，弗仕；祖讳守澄，开封府襄邑县尉；考讳珣，殿中丞。铭曰：

矫矫李公，升自辞科，启迹渑池，终功浙河。课文曰治，武奏厥多，毁于大丧，曾不及皤。素琴未御，虞殡遂歌，垂延在后，宠禄有那。兆卫西南，彼坟陂陁，追秩荣矣，哀如之何。

【解题】

本文作于神宗熙宁元年（1068）。所铭李陟，“初以文艺自进，然喜吏事”，“终以爱利为人所思”。

朝奉郎尚书司封员外郎张君墓志铭

朝奉郎、尚书司封员外郎、知安州军州兼管内劝农事、骑都尉、赐绯鱼袋借紫张君，年五十六，以皇祐二年十二月十一日卒，以熙宁元年某月某日葬。君讳掏，字圣休，余杭人。曾祖曰浩，祖曰文宝，弗仕；考曰延遇，仕至左侍禁，赠官至左骁骑将军。君少孤，与其弟祇皆文行知名，以布衣教授宗室。后中进士第，历宣州宣城县主簿、抚州司法参军，用举者迁大理寺丞，知雅州名山、洪州奉新两县，监海州榷货务、通判池广两州。乃自尚书屯田员外郎召拜殿中侍御史，用磨勘迁侍御史。劾奏殿前都指挥使郭承祐恃恩骄嫚，论宦官虽高不当坐侍燕而谪请求者，又论不当禁谏官御史风闻言事。仁宗皆以为然。君之为吏也，数决疑狱，所至称辨治，及是，言事又能举其职。方是时，为御史者拔举多不次。君素宽裕静退，耻以弹治人，得用未几，即称疾求出。乃知安州，州大治。会卒，人追丧车恸哭。初，骁骑府君监湖州兵，遂葬卞山，至是君从葬，以夫人京兆县君施氏祔。施氏生一子稚恭，为进士；一女，适信州司理参军王汶。孙大正、大成、大亨、大钧，今尚幼。君事母孝，友其弟甚笃，于权势财利能廉，吏治尤可纪。在广州，奏请城之，未及筑外郛而召。后侬智高反，州人赖君所筑活，以不卒功为恨。铭曰：

有嘉张君，质静宽徐，进非所好，人用称誉。视利在前，蹲循弗趋，退施一州，用智之余。嘻其葬矣，次有铭书。

【解题】

本文作于神宗熙宁元年（1068）。所铭张君，素宽裕静退，“于权势财利能廉，吏治尤可纪”。

郑公夫人李氏墓志铭

尚书祠部郎中、赠户部侍郎安陆郑公讳纾之夫人，追封汝南郡太君李氏者，尚书驾部郎中、赠卫尉卿文蔚之子也，光州仙居县令、赠工部员外郎讳岵之孙。以祥符九年嫁，至天圣九年，年三十二，以八月壬辰卒于其夫为安州应城县主簿之时。后三十七年，为熙宁元年八月庚申，祔于其夫安陆太平乡进贤里之墓。于是夫人两子：獮，为秘书丞，知潭州攸县，獬，为翰林学士，尚书兵部员外郎，知制诰。一女子，嫁郊社斋郎张蒙山。夫人敏于德，详于礼，事皇姑称孝。内谐外附，上下裕如。郑公大姓，尝以其富主四方之游士。至侍郎则始贫而专于学。夫人又故富家，尽其资以助宾祭，补纫澣濯，饎爨朝夕，人有不任其劳苦，夫人欢终日，如未尝贫。故侍郎亦以自安于困约之时，如未尝富。郑氏盖将日显矣，而夫人不及其显禄，呜呼，良可悲也！于其葬，临川人王某为铭曰：

于嗟夫人，归孔昭兮，窈其为德，婉有仪兮。命云如何，壮则萎兮。烝烝令子，悲慕思兮。有严葬祔，祭配祇兮。告哀无穷，铭此诗兮。

【解题】

本文作于神宗熙宁元年（1068），所铭李氏，“敏于德，详于礼”，能以勤俭持家。

虞部郎中晁君墓志铭

尚书虞部郎中晁君，讳仲参，字孝先，以治平四年五月九日卒于通判舒州事，其子以熙宁二年正月二十九日卜济州任城县谏议乡吕村之原以葬，状君之行来乞铭，掇其语为铭曰：

晁望颍川，卫有卿丙，错以术用，作汉家令。魏晋南北，史无传人，良正宦唐，仍不大振。开封于家，徙钜野县，辟时黯屯，出宋而显。迥奋布衣，太子太师。宗悫秉政，父子一时。三朝四世，锡荣丘墓。佺令中书，为君曾祖。有子迪者，刑部侍郎，乃生宗简，世德孔扬。使京东西，郎于刑部。君实其嗣，少则多誉。仲父保任，主簿上虞，宰墨隳政，易君仕初。从容调晒，吏莫玩法，墨以廉终，弱伸强慑。按察扰狱，夙如我谋，君不为夺，械囚于州。将范文正，叹爱而谓："畏宜绳私，公勇勿畏。君愿持此，毕身无尤。"荐监越酒，旋宅父忧。判官于滁，擢丞大理，汝州郏城，来知县事。富姓赇吏，寓田势家，役烦且窘，中户愁嗟。君裒伪券，应手即辨，完蠹嘘枯，俗戒以劝。秦王诸孙，上冢入郛，卒榜驿隶，君擒而诛。将劾中人，匿车夜遁，移内侍省，罪令即讯。讫明年至，徒御无哗，能声震越，号称其家。易曹济阴，太子赞善，督尉索盗，里闾宴衎。马入罢牧，地租于民，厨传费剧，输之殆贫。君曰闵哉，责岂无豫！操书镌守，多出其数。迁官博士，去领开州，大筑学校，率衣冠游。温汤之盐，实不酬课，岁蠲五万，奏自君可。氓疾不治，谒巫代医，教以饵药，尽投诡祠。失怙恃者，予其娶嫁，坐堂朝晡，饮酒闲暇。英宗纂极，员外于虞，比、驾二部，阅最而除。今天子恩，始正郎位，摄舒期年，条教逾肄。殍来邻邦，赈使无僵，扶携饱去，又遗之种。敦于除害，未始爱力，取枞阳河，避罗刹石。析池口征，合于铜陵，官不失算，舟无危行。人幸是为，旷数十载，趋令欢呼，无有稚艾。孤山、马当，岁漂百航，凿秋口浦，直走雷江。脱险风涛，几五百里，章随驿闻，就付其事。方冬告役，君夏而徂，寿五十五，识者叹吁。齐公孙氏，作配甚似，封永康君，诞惟四子：端仁、端义、端礼、端智。仁中进士，常州司理，义郊社郎，余则未仕。五女四人，归为士妻，石、端、俣、彦，俣归而嫠。范、胡二婿，纯粹、僧孺。幼处于家，君孙有五：男节、符、篯，其二则女。惟君平生，外晦内明，忤出不意，默无与争。禄赒族姻，恩称疏戚，庖无朝炊，笑语如昔。晚尤静旷，病不告遗，极谈性命，方绝之时。子丐埋辞，衰粗走汴，掇其绪余，以质幽竁。

【解题】

本文作于神宗熙宁二年（1069）。王安石于是年二月任参知政事，受神宗知遇。所铭晁仲参乃汉代名臣晁错之后。

宋赠保宁军节度观察留后追封东阳郡公宗辩墓志铭

公讳宗辩，字慎微，祖讳元佐，是为魏恭宪王，考讳允升，太师、平阳郡王，谥曰恭懿。公平阳第十三子，生数岁而平阳薨，事母孝，友于兄弟。好读书，不舍昼夜。常献所为文，得试学士院，兄弟四人皆中优等迁官。而仁宗遇公甚宠，尝亲书“近亲贤才、好文博古”八字赐之。公既好书，又嗜医方，所蓄方甚众。每躬自治药以振人之疾，其恻隐不倦，盖天性也。以熙宁元年七月乙卯终于睦亲北宅，享年四十六。官至右卫大将军、金州防御使，爵天水郡开国公，食邑三千户，食实封五百户，赠保宁军节度观察留后，追封东阳郡公。夫人李氏封德安郡君，赠尚书中书令汉琼之孙。

子男十五人：仲富，右内率府副率；仲寻，右羽林军大将军、黎州团练使；仲缩，右武卫大将军、雅州刺史；仲瑝，右武卫大将军、彭州刺史；仲缄，右千牛卫将军；仲汧，右监门率府率；仲琨，右内率府副率；仲富，前公卒；余亦皆蚤死。女子十九人，嫁者四人，未嫁而死者九人，余尚幼也。二年二月十七日，葬河南永安县。铭曰：

猗欤贤公，蕃此皇国。耀其藻章，以贲明德。能不外勚，维家之饬。厥承诜诜，馈我无射。如何不怡？遂永窀穸！

【解题】

本文作于神宗熙宁二年（1069）。所铭宗辩，深得仁宗宠幸，仁宗曾亲赐其“近亲贤才、好文博古”八字。

宋右武卫大将军黎州刺史世岳故妻安喜县君李氏墓志铭

安喜县君李氏，连州刺史、赠太师中书令尚书令继昌之曾孙，镇国军节度使、驸马都尉、赠太师中书尚书令、秦国文和公遵勉之孙，供备库使、赠安武军节度使端宪之子，是为皇族右武卫大将军、黎州刺史世岳之妻。温柔静恭，内外亲称之。治平四年，年二十五，以十一月二十四日感疾死，至二年二月十七日葬河南府永安县。铭曰：

懿懿猷穆，下归以祉，有来肃雍，施及孙子。厥嫔皇宗，莫丑具美，噫乎终藏，兆此新里。

宋右监门卫大将军世耀故妻仁寿县君康氏墓志铭

皇族右监门卫大将军世耀之妻康氏，故内殿崇班、阁门祗候遵度之子，祖曰廷翰，皇任磁州防御使，曾祖曰硕，皇赠左千牛卫大将军。以嘉祐三年为宗妇，封仁寿县君。生一子令优，为右千牛卫将军。而以熙宁元年六月九日疾病死，享年二十有六。自为女子以至于为母，卑尊幼长无所非议，故于其死皆哀怜。二年二月十七日葬河南永安。铭曰：

芒乎其孰致而来？奄乎其孰推而往？为之幽宫，覆以新壤。魂浮气游，变化惚恍，宛其德音，尚可追想。

宋右千牛卫将军仲焉故妻永嘉县君武氏墓志铭

皇族右千牛卫将军仲焉之妻，故永嘉县君武氏，内殿崇班掖之子，故左班殿直昭逊之孙，赠尚书工部侍郎崇亮之曾孙。年十八，以熙宁元年十二月十四日卒世，以明年二月十七日葬河南永安县。县君在襁褓，父母以为婉，及嫁，节俭慈仁，人称之。铭曰：

象服之粲兮，容车之睆兮。归于陵陂，哀歌以相挽兮。摛铭圹石，识幽以告远兮。

【解题】

以上三文皆作于神宗熙宁二年（1069）。所铭李氏、康氏，皆嫁于宗室，且早逝。本无可铭，然为宗室所请，安石不得不勉为其文。

山南东道节度推官赠尚书工部郎中傅公墓志铭

公姓傅氏，讳立。字伯礼，其先大名内黄人，今郓须城人也。庆历二年，以五举进士得同三礼出身，主郑州管城县簿。用举者为滑州灵河县令，遭母夫人丧。丧除，以山南东道节度推官知磁州昭德县事。嘉祐四年七月六日，卒于官舍，享年六十六。

公以文行有声于乡，其志气甚大，既久困不遂，因不复有仕意，乡人强之，乃起佐管城。所为问义理如何，不肯有所顾计。贝州妖人为乱，吏坐不察者众，州县惩艾，有以妖告者，辄又致之刑辟。或诬浮屠道人为妖，州捕之急，公辩其无罪，即释之。在昭德，县人治河堤，总役者妄怒以立威，诸县畏其纠劾，莫敢校。及笞公县人，公夺之纵去，县人感悦，不督而功自倍，总役者亦不敢复犯公所部，其施于政者多如此。故其卒，老稚相扶携祭哭、思慕，久之不怠。盖公孝慈忠信、刚毅有守，遇事不为可愧，其仁心尤至。既病亟，呼其季子告曰："吾尝质田于鄣，数十口赖以活者三十年。今田主往往而在，汝兄仕于朝，所不足者非财，可以券还之。"于是长子方官于莫州，及归遭丧，终以田归主如公戒。公曾祖讳凝，赠尚书库部员外郎；祖讳世隆，尚书户部员外郎、知邛州，父讳珏，右班殿直。凡三世皆以经学举，至公始为进士。而公子亦皆为进士：曰尧俞，尚书兵部员外郎；曰舜俞，郊社斋郎；曰君俞，未仕，余四人皆早死。兵部君以才德为世名人，尝为谏官，以言事不合，辞知杂御史不肯就。以熙宁二年十月某日，葬公于孟州济源县清廉乡美化里，以夫人长寿县太君王氏祔。于是公赠官至尚书工部郎中。太君有贤行，方兵部除知杂御史也，适北使未返，而亲故皆贺，夫人弗受，治装为行。及兵部归，而果辞不就以出也。铭曰：

惟傅厥先相武丁，告功皇天上比星。公躬服仁世守经，奋发华藻扬芬馨。宜殖福禄引厥龄，摧藏沉淹以濡滢。赍志弗获终冥冥，爰有美子集帝庭。忠功孝名神所听，卜茔高原日永宁。

【解题】

本文作于神宗熙宁二年（1069）。所铭傅立，施政宽厚，善行闻于乡里。

袁州军事推官萧君墓志铭

袁州军事推官新喻萧君，讳洵，字公美。初年十五，以父命就学于乡里，后数举进士不合，用父荫，试秘书省校书郎，选筠州司法，尝独守法争议，脱数人于几死。又选吉州吉水县主簿，遂佐袁州，摄行宜春令事，县甚治。用举者十四人当召对，以治平二年五月十八日卒京师，年四十五。越四年，二月三日，葬新喻钟山乡钟山里，于是夫人张氏前死而别葬。子男一人：镎，郊社斋郎。女六人，其四人既为士妻，其二尚幼。萧氏故长沙人，当李氏时，迁江南，或居庐陵，或新喻，后皆以才力名艺自显。君曾祖讳绍，有儒学，不仕。祖讳世则，赠光禄卿。父固，尝以尚书刑部郎中、集贤殿修撰守桂州，经略南方，号称能臣。已而有所牾，以祠部郎中分司遂致仕。君惇厚谨密，事亲左右不怠，当官廉实以敏，以故多举者。铭曰：

于嗟萧君，营此新卜，何性之祥，而命之不谷。匪父匪母，匪子为忧，自其邑里，皆叹以愀。有铭厥实，藏在中丘。

【解题】

本文作于神宗熙宁二年（1069）。王安石也曾为所铭萧君之父作墓志铭。参见《尚书祠部郎中集贤殿修撰萧君墓志铭》。

赠虔州观察使追封南康侯仲行墓志铭

公讳仲行，字德之，故婺州观察使讳宗迴之子，赠节度使、同中书门下平章事、蔡国公讳允言之孙，魏王讳元佐之曾孙。母曰齐安郡梁氏。庆历四年，赐名除太子右卫率府率、右监门卫大将军，爵天水郡开国侯，食邑一千三百户。年二十二，以治平四年八月二十九日卒。赠虔州观察使，追封南康侯。夫人张氏，封寿昌县君。子男士仡，早卒；士泉，右监门率府率，其季与女皆尚幼。君仁而好学，其卒也，宗室皆怜伤。其葬也，以熙宁二年二月十七日，葬河南府永安县。铭曰：

爵之尊，禄之殖，维年之卑不配德。

赠华州观察使追封华阴侯仲庞墓志铭

公讳仲庞，字子厚，濮国公宗朴之子，濮安懿王讳允让之孙，鲁恭靖王讳元份之曾孙也。母曰萧国夫人王氏。以皇祐元年赐名，除太子右内率府副率。二年，改太子右监门率府率。嘉祐五年，改右千牛卫将军。八年，改右监门卫大将军。治平二年，领嘉州刺史。四年，改右武卫大将军，领雅州团练使。熙宁元年，年二十四，以三月三日卒。上为不视朝一日，内出司宾祭吊，赠华州观察使、追封华阴侯。公生而秀丽，长而聪敏，于宗室为好学，上承下抚，无不得意，故其卒，哭者皆为尽哀。妻马氏，封安平县君。女一人，尚幼。公以熙宁二年二月十七日，葬河南府永安县。铭曰：

维濮世封，实承安懿，公绪厥庆，尚终有嗣。奄其丧矣，一女之存，归铭幽宫，以慰公魂。

赠右屯卫大将军世仍墓志铭

君讳世仍，字季迁，宣城郡公从审第十子。宣城以越懿王讳德昭为祖，以安定郡公讳惟和为考。君母曰渤海郡夫人吴氏，实山南东道节度使元扆之孙。娶潘氏，郑王美之孙也。年二十二，生二男子、一女。以熙宁元年八月二十三日卒，于是官至右千牛卫将军，制以右屯卫大将军告其第。用二年二月十九日，葬于河南府永安县。君授《尚书》，能通章句，遇人恭谨有恩。然喜饮酒，以故得疾死。铭曰：

有昭其明，有铧其荣。维其弗冯，以陨其生。

赠奉宁军节度使追封祁国公宗述墓志铭

公讳宗述，字子耆，韩恭懿王讳元偓之孙，而东平郡王名允弼之子也。以天圣元年生，以景祐元年赐名，除右侍禁，历太子右司御率府、右监门卫将军、左屯卫大将军、廉州刺史、隰州团练使、潍州嘉州防御使。熙宁元年正月十八日，以不起闻。上幸其第奠哭之，赠奉宁军节度使，追封祁国公。越明年二月十七日，葬河南永安县。公重厚，寡笑言，内行治，未尝有谪。乐振施，知音乐，善射，尤为东平王所爱。妻任氏，乐安郡君。子男七人，仲璆、仲俶、仲诱、仲尪、仲醻。仲璆早卒，两人未名而死。铭曰：

维德之嘉，维能之多，惟命之不遐，宗室之嗟。

【解题】

以上四文皆作于神宗熙宁二年（1069）。所铭仲行、仲庬、世仍、宗述，皆宋宗室。

扬州进士满夫人杨氏墓志铭

扬州进士满泾之夫人杨氏者，著作元宾之女也。年六十有一，以治平四年十月庚戌卒，而以熙宁二年八月庚申葬，其墓在江都县马坊里之南原。有子七人：建中、居中、执中、存中、方中、闳中、求中，皆向学。建中寿州寿春县令，执中颍州万寿县令，居中举进士。女二人，孙男女八人。夫人性温恭静约，事当意与否，未尝形于喜愠。以止有吾母也，故思其父愈久而犹悲；以不逮吾姑也，故事其舅愈劳而不懈。承其夫以顺，励其子以善，而泛接于族人也，又能以惠振其贫，以慈抚其贱，以恕掩其过，以笃悛其悍。老矣，岁时尚先诸妇以莅祭祀。盖夫人之性行可称者多至如此，而其子又恳恳不已以求余铭，故勉为之铭。曰：

满氏有家，保族衍大，夫人来嫔，德协内外。夫喜而谓，偕我鲐背，子祈以尽，温凊之爱。奚命之畸，使弃弗逮，维前之祥，德则弗谖，惟后之祥，有子才贤。铭慰诸幽，亦贲新阡。

【解题】

本文作于神宗熙宁二年（1069）。所铭杨氏，性温恭静约，有德行。

尚书司封员外郎张君墓志铭

君姓张氏，讳彦博，字文叔，其先家齐州之禹城。曾祖讳玘，赠太子洗马；祖讳制，又徙其家于蔡州，赠尚书吏部侍郎；父讳保雍，仕至尚书刑部郎中、两浙转运使。君以荫为太庙斋郎，调武昌县尉，能禁抑淫祠，使尽去境内。再调抚州司法，尝摄令临川，始取强悍者一人痛治以威，而皆喜以畏；却使者不急之须，而使者不敢怒。徙亳州酂县令，用荐者监蕲州石桥茶场锁厅。应进士举，中其科。寻丁母忧，服除，调兴化军兴化县令。僧有连结为奸党者，久至三十余年，君悉捕以置于法，而废其寺。古田县有剧贼，即遁去。复调黄州黄陂县令，稍筑堤防以利农，告使者更盐利之法，自是役赖以均。改袁州军事判官，以治平四年十月六日卒于官，享年四十九。君少力学问，尤知史书，不惮折节以交贤士大夫，而喜趍人之急。教兄之孤子，至于登第，抚三女悉得所归。而其仕也，所为又能不苟，故前后多荐者。初娶刘氏，又娶方氏，子二人：曰仲伟，曰次贤。君昔去石桥，遂留居于蕲，故其葬也从刘氏于蕲之安仁乡芙蓉山，盖熙宁二年十月六日也。君于文章，尤喜作歌诗，有集四十卷，藏于家。铭曰：

恭惠敏明，交悦以称，不遂其成。恢旷坦易，或投以累，终以困踬。惟人载德，宜福多锡，得寿亦啬。曷告其悲，铭续风诗，万世之贻。

【解题】

本文作于神宗熙宁二年（1069）。所铭张彦博，少力学问，知史书，尤喜作诗歌。

台州天台县令王君墓志铭

君南城人，王氏，讳无咎，字补之，嘉祐二年进士也。初补江都县尉，丁父忧，服除，调卫真县主簿。尝弃天台县令以与予共学，久之，无以衣食其妻子，乃去。补南康县主簿，会予召至京师，因留教授。上方兴学校，以经术造士，予言君可教国子，命且下而君死。

君所在，学者归焉，贤士大夫皆慕与之游，然君寡合，常闭门治书，唯与予言莫逆。当熙宁初，所谓质直好义不为利疚势回而学不厌者，予独知君而已。君之死，年四十有六，实熙宁二年闰十一月丁巳，至四年二月壬申，妻曾氏，子缊、絪始克葬君南城县礼教乡长义里。铭曰：

安时所难，学以为己，于呼鲜哉，可谓君子！

【解题】

本文作于神宗熙宁四年（1071）。王无咎受知于王安石，二人相得甚欢。王安石曾应无咎之请，为其父作墓志铭。参见《建昌王君墓表》。

张常胜墓志铭

君湖州乌程县人，姓张氏，名文刚，字常胜。好学能文，孝友顺祥，再举进士不第。年二十七，熙宁五年九月九日卒，以六年二月十日葬于凤凰山。曾祖任，祖维，赠刑部侍郎；父先，尚书都官郎中致仕。女三人。君妻，予从父妹也，故君从予学。铭曰：

才足以贵，而莫之知。善足以寿，而止于斯。呜呼逝矣兮，铭以哀之。

【解题】

本文作于神宗熙宁六年（1073）。张常胜系王安石族叔父的妹婿，曾问学于安石，两次举进士不第。

平甫墓志

君临川王氏，讳安国，字平甫，赠太师、中书令讳明之曾孙，赠太师、中书令兼尚书令讳用之之孙，赠太师、中书令兼尚书令康国公讳益之子。自丱角未尝从人受学，操笔为戏，文皆成理。年十二，出其所为铭、诗、赋、论数十篇，观者惊焉。自是遂以文学为一时贤士大夫誉叹。盖于书无所不该，于词无所不工，然数举进士不售，举茂才异等，有司考其所献《序言》为第一，又以母丧不试。

君孝友，养母尽力。丧三年，尝在墓侧，出血和墨，书佛经甚众，州上其行义，不报。今上即位，近臣共荐君才行卓越，宜特见招选，为缮写其《序言》以献，大臣亦多称之。手诏褒异，召试，赐进士及第，除武昌军节度推官，教授西京国子监。未几，校书崇文院，特改著作佐郎、秘阁校理。士皆以谓君且显矣，然卒不偶，官止于大理寺丞，年止于四十七。以熙宁七年八月十七日不起，越元丰三年四月二十七日，葬江宁府钟山母楚国太夫人墓左百有十六步。有文集六十卷。妻曾氏，子旊、斿，女婿叶涛，处者四女。涛有学行，知名，旊、斿亦皆嶷嶷有立，君祉所施，庶在于此。

【解题】

本文作于神宗元丰三年（1080）。王安国，字平甫，乃王安石之弟。

宝文阁待制常公墓表

右正言、宝文阁待制、特赠右谏议大夫汝阴常公，以熙宁十年二月己酉卒，以五月壬申葬。临川王安石志其墓曰：

公学不期言也，正其行而已；行不期闻也，信其义而已。所不取也，可使贪者矜焉，而非雕斫以为廉；所不为也，可使弱者立焉，而非矫抗以为勇。官之而不事，召之而不赴，或曰：“必退者也，终此而已。”至公为今天子所礼，则出而应焉。于是天子悦其至，虚己而问焉，使莅谏职，以观其迪己也，使董学政，以观其造士也。公所言乎上者无传，然皆知其忠而不阿；所施乎下者无助，然皆见其正而不苟。《诗》曰："胡不万年？"惜乎既病而归死也！自周道隐，观学者所取舍，大抵时所好也。违俗而适已，独行而特起，呜呼，公贤远矣！传载公久，莫如以石。石可磨也，亦可泐也，谓公且朽，不可得也。

【解题】

本文作于神宗熙宁十年（1077）。墓表，即墓碑，放在墓前或墓道内，表彰死者，故称。

右千牛卫将军仲夔墓志铭

君讳仲夔，字彦之。曾祖讳元佐，是为魏恭宪王；祖讳允言，赠安远军节度使、同中书门下平章事，封密国公；父宗悦，前左屯卫大将军、池州团练使，祁国公。君官至右千牛卫将军，坐法废。熙宁元年，年二十二，以五月二十五日卒。至某年某月某日，葬河南府永安县。妻郭氏，有六男子，死者四人，士殭今为右监门率府率，一人尚幼。铭曰：

托灵皇宗庆之多，终以无禄伤如何，弃此白日营山阿。

【解题】

本文当作于神宗熙宁年间。所铭仲夔，为宋宗室。

长安县太君墓表

长安县太君临川王氏，尚书都官员外郎、赠太师中书令兼尚书令、潭国公讳益之女，尚书左丞致仕、赠太尉张公讳若谷之妇，尚书比部郎中、赠卫尉少卿讳奎之妻，国子博士覗、开封府雍丘尉觇之母。十四而嫁，五十一而老，五十六而卒。其卒在颍州子觊官舍，实元丰三年正月己酉。

君为妇而妇，为妻而妻，为母而母，为姑而姑，皆可誉叹，莫能间毁。工诗善书，强记博闻，明辨敏达，有过人者。循循恭谨，不自高显。晚好佛书，亦信践之。衣不求华，食不厌蔬。慈哀所使，不治小过，欲归归之，欲嫁嫁之。君三女，长不慧，不可以适人，其季，殿中丞龚原妻也。十六年，葬江州德化县某乡某里之原。兄安石为志如此，弟安上书丹。

【解题】

本文作于神宗元丰三年（1080）。王氏乃王安石之妹，嫁张奎为妻，工诗善书。

吴录事墓志

君讳蕡，字成之，世为抚州金溪人。曾祖某，不仕；祖德筠，尚书屯田员外郎；父敏，尚书都官员外郎。君以荫入官，任吉州太和、袁州萍乡县主簿，尉蕲州石桥茶场、庐州司理、亳寿州江宁府录事参军。以某年月日卒于家，享年若干。君事亲孝，友于兄弟，与厌侈父母兄弟，宁穷困身妻子。故老妻长子，人不胜忧也。义不忍赀亲遗产，悉推兄弟。比没世，妻子遵约，乡人贤以为难。君尝议狱，上官指教再三，君弗许再三，上官顾叹许。举京官，君弗谢，乃终弗举。后他上官率以质直弗举也。二男子：伟、豪，长有志行如君。二女子，归晏修睦王令，季有特操如令。豪养寡姊妹，嫁孤甥，夫妇孳孳，乡人又以为难。卜以元丰八年某月日葬于唐州桐栢县淮源乡，妻李祔。临川王某志。

【解题】

本文作于神宗元丰八年（1085）。其时，王安石退居金陵，神宗皇帝于是年驾崩，王安石之新法被废。

建安章君墓志铭

君讳友直，姓章氏。少则卓越，自放不羁，不肯求选举，然有高节大度过人之材。其族人郇公为宰相，欲奏而官之，非其好，不就也。自江淮之上、岭海之间以至京师，无不游。将相大人豪杰之士，以至闾巷庸人小子，皆与之交际，未尝有所忤，莫不得其欢心。卒然以是非利害加之，而莫能见其喜愠，视其心若不知富贵贫贱之可以择而取也，颓然而已矣。昔列御寇、庄周当文、武末世，哀天下之士沈于得丧，陷于毁誉，离性命之情，而自托于人伪以争须臾之欲，故其所称述，多所谓天之君子。若君者，似之矣。

君读书通大指，尤善相人，然讳其术，不多为人道之。知音乐、书画、弈棋，皆以知名于一时。皇祐中，近臣言君文章善篆，有旨召试，君辞焉。于是太学篆石经，又言君善篆，与李斯、阳冰相上下，又召君，君即往。经成，除试将作监主簿，不就也。嘉祐七年十一月甲子，以疾卒于京师，年五十七。娶辛氏，生二男，存、孺为进士。五女子，其长嫁常州晋陵县主簿侍其玮，早卒，玮又娶其中女，次适苏州吴县尉黄元，二人未嫁。

君家建安者五世，其先则豫章人也。君曾祖考讳某，佐江南李氏，为建州军事推官。祖考讳某，皇著作佐郎，赠工部尚书。考讳某，京兆府节度判官。君以某年某月某甲子葬润州丹阳县金山之东园。铭曰：

弗缋弗雕，弗跂以为高。俯以狎于野，仰以游于朝。中则有实，视铭其昭。

【解题】

本文写作时间不可确考，当在英宗、神宗朝。所铭章友直，不求进仕，但有“高节大度过人之材”。

兵部员外郎马君墓志铭

马君讳遵，字仲涂，世家饶州之乐平。举进士，自礼部至于廷，书其等皆第一。守秘书省校书郎，知洪州之奉新县，移知康州。当是时，天子更置大臣，欲有所为，求才能之士，以察诸路，而君自大理寺丞除太子中允、福建路转运判官。以忧不赴。忧除，知开封县，为江淮、荆湖、两浙制置发运判官。于是君为太常博士，朝廷方尊宠其使事，以监六路，乃以君为监察御史，又以为殿中侍御史，遂为副使。已而还之台，以为言事御史。至则弹宰相之为不法者，宰相用此罢，而君亦以此出知宣州。至宣州一日，移京东路转运使。又还台为右司谏，知谏院。又为尚书礼部员外郎，兼侍御史、知杂事，同判流内铨。数言时政，多听用。

始君读书，即以文辞辨丽称天下。及出仕，所至号为辨治。论议条鬯，人反复之而不能穷。平居颓然，若与人无所谐。及遇事有所建，则必得其所守。开封常以权豪请托不可治。客至有所请，君辄善遇之，无所拒。客退，视其事，一断以法。居久之，人知君之不可以私属也，县遂无事。及为谏官御史，又能如此。于是士大夫叹曰：“马君之智，盖能时其柔刚以有为也。”

嘉祐二年，君以疾求罢职以出，至五六。乃以为尚书吏部员外郎，直龙图阁，犹不许其出。某月某甲子君卒，年四十七。天子以其子某官某为某官，又官其兄子持国某官。夫人某县君郑氏，以某年某月某甲子，葬君信州之弋阳县归仁乡里沙之原。

君故与予善。予常爱其智略，以为今士大夫多不能如。惜其不得尽用，亦其不幸早世，不终于贵富也。然世方愆尚贤、任智之弊，而采成法以一天下之士，则君虽寿考，且终于贵富，其所畜亦岂能尽用哉？呜呼，可悲也已！

既葬，夫人与其家人谋，而使持国来以请曰："愿有纪也，使君为死而不朽。"乃为之论次，而系之以辞曰：

归以才能兮，又予以时。投之远涂兮，使骤而驰。前无御者兮，后有推之。忽税不驾兮，其然奚为。哀茕妇兮，孰慰其思？墓门有石兮，书以余辞。

【解题】

本文写作时间不可确考。王安石与马遵友善，"常爱其智略，以为今士大夫多不能如"，从其夫人所请，为作此铭。

主客郎中叔祖墓志铭

公王氏，讳某，字某。其先著望太原，而公之曾大考讳某，考讳某，皆葬抚州之临川县。公少力学，以孝悌称于乡里。既壮，起进士，为汉州军事推官。至则以材任剧，在上者交举之。迁大理寺丞，知大名府大名县，就除通判忻州，又通判真定府。府帅王嗣宗恃气，侮折其属，为不法，以故久之莫敢为通判者。公行，嗣宗固不怿，稍侵公以气，公恬然不为校也，以礼示之而已，嗣宗绌服。居十余日，公请视狱。狱中系者常数百人，嗣宗意愠，辄久之不问，吏亦不敢言治。公视狱所当治者数十人而已，余悉当释，无所坐。于是嗣宗趣有司如公指，即日断出之。自是事无不听公所为，公辄分别可否，而使其政皆由嗣宗以出，虽府人或不知公于嗣宗日有助也。一府遂治，而士以此称公为长者。始公中进士时，同进有常陵公者嫉公，先以被酒，取公敕牒裂烧之，公为讳其事，以失亡告有司而已。及后陵公者为属吏，公举迁之。或非公以德报怨，公曰："受诏举京官，彼今为吾属而任京官，吾则举之，何报怨之谓哉？且吾与彼乃未始有怨也。”盖公之行己多如此。

居一岁，移知保州。又以举者移知深州，又以选移知齐州，二州之人皆曰：“公爱我。”已而提点刑狱淮南，兼劝农事。公于为狱，务在宽民，而以课田桑为急。按渠陂之故，诱民作而修之，利田至五万九十顷。天子赐书奖谕，后出氏名付大臣召用。而当是时，丁谓为宰相。先是谓以二人属公善视之，曰：“皆能吏也。”至则皆有罪，公发其状以闻。由此谓欲伤公，不果用。而久之，公所任吏亦有赃坐，即绌公监池州顺安镇酒税。会今上即位，移滁州，又移知兴元府。自丁谓得罪徙南方，论者皆以公宜复用，而公亦且得疾不起矣。享年六十二，官至尚书主客郎中。明年，天圣七年，葬和州之历阳县。后若干年，公夫人张氏葬，而公墓垫，乃改卜合葬于真州杨子县万宁乡铜山之原。

公子六人，于是存者二人，曰某，为殿中丞，曰某，为进士。其四人皆已卒，曰某，开封府士曹参军，曰某，楚州宝应县主簿，曰某、曰某，为进士。而公以殿中君积赠官至右谏议大夫。某，公兄孙也，受命于叔父而为铭。铭而次公之行事不能详者，以不得事公，而公之没，叔父皆尚少故也。呜呼！于公之行事虽不得其详，其略所闻如是，盖可以考公德矣。铭曰：

王亡晋封，远迹南土，公始有庙，妥其祢祖。孰强以傲？孰忌以争？孚予恭宽，在室而亨。嶷嶷之节，因时乃发，曰黜予咎，匪仇予遏。避善不名，亦不陨闻，置铭新墓，维以长存。

【解题】

本文写作时间不可确考。其叔祖名王贯之，王氏一门从贯之登进士开始起家。王安石奉其叔父、贯之之子之命作此铭。

处士征君墓表

淮之南有善士三人，皆居于真州之杨子。杜君者，寓于医，无贫富贵贱，请之辄往。与之财，非义辄谢而不受。时时穷空，几不能以自存，而未尝有不足之色。盖善言性命之理，而其心旷然无累于物。而予尝与之语，久之而不厌也。

徐君，忠信笃实，遇人至谨，虽疾病召筮，不正衣巾不见。寓于筮，日得百数十钱则止，不更筮也。能为诗，亦好属文，有集若干卷。

两人者，以医筮故，多为贤士大夫所知，而征君独不闻于世。征君者，讳某，字某，事其母夫人至孝。居乡里，恂恂恭谨，乐振人之穷急，而未尝与人校曲直。好蓄书，能为诗。有子五人，而教其三人为进士。某今为某官，某今为某官，某亦再贡于乡。征君与两人者相为友，至欢而莫逆也。两人者皆先征君以死，而征君以某年某月某甲子终于家，年七十七。

噫！古者一乡之善士必有以贵于一乡，一国之善士必有以贵于一国，此道亡也久矣。余独私爱夫三人者，而乐为好事者道之，而征君之子又以请，于是书以遗之，使之镵诸墓上。杜君讳婴，字大和。徐君讳仲坚，字某。

【解题】

本文写作时间不可考。文章题为“处士征君墓表”，而所铭记者则“淮之南”“善士三人”。

太子中舍沈君墓志铭

沈氏世家吴兴，其后有陵者仕吴越王，卒官明州，家之，五世而生公。公讳兼，字子达，以五举进士得同学究出身，再补尉，有能名。用举者迁卫尉寺丞，知湖之归安县，移知邵武之归化，又有能名。迁太子中舍，通判苏州，其以能闻愈甚。

公好刚，遇事果急不顾计。为通判日，与守争可否，不为之小屈。重犯转运使，使、守相与害公，入之法，除名，天子薄其罪，免所居官而已。公归怡怡，间为五字诗自戏娱，无躁戚言。卒于家，年七十三，庆历六年七月也。

子男一人，起；女三人。起好学，通政事，能守节法，为进士，与安石同时得科名者也，公之坐狱，为判官滁州，立弃官从公以得罪，世以为孝。将以某年某月葬公某处，以夫人柳氏祔，先三月来求铭。与铭曰：

生也不得其须而死，死也何有，有嘉者子。呜呼，已矣夫！

【解题】

本文写作时间不可确考。沈廉性刚烈，为其上所不容，终致罢官。王安石与沈廉之子沈起为同年进士，故为之铭。

建昌王君墓表

君建昌南城人，姓王氏，讳某，字君玉，少则贫窭，事亲尽力，未尝佚游慢戏以弃一日，亦未尝屈志变节以辱于一人。故虽食蔬水饮而父母有欢愉之心，徒步蓝缕而乡人有畏难之色。及其有子，则尽其方以教子，于是乡人之子弟皆归之，君随少长所能以教，又尽其力。盖娶邑里周氏女，有贤行，能助君所为。

生四子，无忌、无咎、无隐、无悔，皆进士。无忌早卒，而无咎独中第，为扬州江都县尉，率君之教，博学能文，笃行不怠。然人以为君能长者，以有是子，而非特其教之力也。君亦常举进士不中。某年，年六十五，以某月日卒于江都其子之官舍。

明年三月二十四日，葬所居县里屯之原。葬久矣，无咎始求予文，以表君墓。当时无咎弃台州天台县令，教授于常州，其学弥勤，其行弥厉，其志盖非有求于兹世而止，能使君显闻于后世，庶其在此。以予不肖而言之不美也，安能有所重以称君之孝子耶？亦论次之如此。

【解题】

本文写作时间不可确考。所铭王君玉举进士不第，终生不仕。死后多年，其子王无咎请王安石为铭。

秘书丞张君墓志铭

君讳某，字某，其先成都之新繁人。曾祖讳某，不仕。祖讳某，太宗时以高资徙内地，除三班奉职，非其好也，即辞去，不仕，始家真州之杨子而葬焉。皇考讳某，起进士，终登州军事判官，赠太常博士，生三子，而君长子也。

君宽和厚重，友爱诸弟甚笃，待朋友以信，而乐弃财物以宽人之急。年七岁，日诵书数百言，操笔为篇章立就。及壮年，举进士开封第一，遂以释褐，为宣州宁国县主簿。会南陵无令，州以君行令事，有能名。用举者令颍州之沈丘县，转著作佐郎，知江宁府上元县事，又皆有能名。移知英州，迁秘书丞。以嘉祐二年十二月某甲子卒于州寝，是时君年四十七，天子官其一子师轲太庙斋郎。君之疚病也，州人相与为君奔走请命，至有欲以身代者，盖其得人心如此。夫人河南县君丹阳吴氏，生三男，长即师轲，次某，次某，皆尚幼。五女，皆未嫁。某年某月某甲子，葬君某州之某县某乡某所之原。余与君相好，又同年进士也，故与为铭曰：

呜呼张公兮韡矣其光，其先蜀产兮后葬于杨。瞻先人兮兆此新茔，深泉高壤兮万世之藏。

【解题】

本文写作时间不可确考。王安石与所铭之张君友善，又同一年进士及第，故为之铭。

赠尚书吏部侍郎句公墓志铭

公句氏，讳希仲，字衮臣，景德六年以开封浚仪进士起家。历选于吏部，为扬州江都主簿、洪州新建县尉，权管句洪州奉新县事、开封府右军巡判官。其后除于审官，为监黄州岐亭镇茶盐酒税、监虔州税，知洪州分宁县，知容州，句当在京左右厢店宅务，知高邮军，知岳、安、袁、吉、筠五州。又其后除于中书，为知随州，又遂以疾求分司西京，而以皇祐三年四月丁亥卒于安州之传舍，享年七十一。散官至朝奉郎，职事官至光禄卿，勋至上柱国，赐绯鱼袋。

公通训诂，工篆隶书，能传其父学，又善为诗。其在高邮，岁大饥，以便宜振救，所活万余人。在鄂州，前吏以逃户诸税责邻人，至或无桑矣，而犹责其丝。公叹曰："上恩及于无告，而州县若此壅之，何也?"即奏除之。在吉州，州素多事，公至则御之以简，奸吏恶民，顾不得有为，至相与戒云："以俟其去。"奉寡嫂、畜孤兄子尤笃于恩礼。自为郎中，先任其兄子，次及诸从，最后乃荫公子。兄外孙尹构幼失父母，公收教之，再举进士礼部矣，顾言以构名闻，构由此补郊社斋郎。盖其为人敦厚长者，详于施人而略于养己如此。

句氏其先京兆人，公曾祖讳同章，始迁成都之华阳。祖讳令宣，皇赠光禄寺丞。父讳中正，为孟氏武泰军节度掌书记，太宗时，自潞州录事参军，召拜著作佐郎、直史馆，其后改直昭文。

在两馆二十六年，同馆士多去为将相，而修职守道，未尝为之少屈。以尚书屯田郎中卒于真宗之初，而葬浚仪，浚仪，今祥符也，故公子以某年某月某甲子葬公开封府之开封县保安乡永宁村。

公先配清河张氏，继配楚丘边氏、祥符刘氏，刘氏封延安郡君。三男子：谌，尚书屯田员外郎；诜，早世；请，太庙室长。女子九人，嫁尚书驾部员外郎王正巳，湖州德清县令郭真卿，尚书虞部郎中杨定，殿中丞刘偁，荣州录事参军张道古，起居舍人钟鼎臣，殿中丞杜师益，泰宁军节度推官谢京，登州司理参军王勗。及公之葬也，以公子谌故，张夫人追封仙游县太君，边夫人追封仙源县太君，刘夫人进封仁寿郡太君，而公亦赠官至尚书吏部侍郎。铭曰：

句宗华阳，世实京兆，来家东都，公考有庙。温温句公，有美有相，不衒不求，卒为圭璋。考翼在上，公承在下，为此幽宫，亦浚之野。

【解题】

本文写作时间不可确考。所铭句希仲乃句中正之子，“通训诂，工篆隶书，能传其父学，又善为诗”。

比部员外郎陈君墓志铭

陈晋公有子五人，其一人今宰相是也。公，晋公之中子，而今宰相弟。晋公讳某，事始卒在史官。公讳某，字某，九岁，用晋公恩守秘书省校书郎。晋公薨，恩改太常寺奉礼郎。服除，久之，会封禅恩，改大理评事，监凤翔府酒税，又会祀汾阴，改卫尉寺丞，归，以最升知邵武之邵武县。献文章，得试学士院，宰相才之，议与科名。公固辞，亲在，愿得进官职也，不愿得科名。从之，通判秀州，改大理寺丞，归，又献文章，表乞治剧郡，得淮阳军，改太子中舍。今上即位，恩加改殿中丞，是岁，赐绯衣银鱼，知临江军。还得睦州。荐者数人，天子以公名属审官，又徙知遂州。以齐国太夫人疾，辞还，改虞部员外郎。上便宜数事，得引对，因自赞，天子欲稍进用之，而遭齐国太夫人之丧以去。居无何，睦州人王稷上书斥公赦前数事，服除，犹坐是监虔州税。

明道元年，恩改比部员外郎，通判建州，改驾部。用举者徙知吉州，坐法免。起为比部，监泗州粮料，又坐法免。起为虞部，监饶州钱监。复得比部，归，羁居京师，久之，乃出监江阴军酒税。道疾病，上书自言："先臣恕得幸先皇帝，至大臣，臣阶先臣以得仕，屡进所学，蒙记识。方壮少时，颇汲汲欲自奋，收一日之效，以卒事陛下。而孤行单立，无党友之助，又薄命不幸，数遭小人，以见困蹶，负先臣余教，辱陛下器使之恩。今老矣，念终无以报盛德，深自愧耻，夙夜忧畏，以故得疾病且死。无田园以归，无强有力子弟以养，唯男一人世昌去年为进士，得嘉庆院解。臣兄在中书，奏不得试礼部，今当为远官，去臣旁远甚。陛下怜之，幸听臣分司，改世昌苏、常间一官，以卒养臣，天地之赐也。臣诚穷，即无自言，谁当为臣言者乎？"书入未报，竟卒于江宁，得年若干，时某年月也。

夫人某氏，子男两人，世昌，泉之晋江主簿，次世长前死。女两人，皆已嫁。主簿将以某年月葬公某处。葬有日，使来乞铭。初，公为临江军，先君为之佐，其后二十五年，安石得主簿于淮南，而兄事之，仍世有好，义不可以辞无铭也。

公，名臣子，少壮得美仕，间以文艺自进，意自以为且贵富世其家，而遭平世，概以文法持臣下，故其材不得有所肆，而卒以龃龉穷。其感激怨怼，往往见于文辞，主簿离其藁为二十卷，读之，知其心之所存也。而其求分司语尤悲，因掇其大概而存之。噫，其亦可悲也夫！铭曰：

于此有木焉，一本而中分，其材均，树之时又均，或断而焚，或剖以为牺尊。谁令然耶？其偶然邪？吾又何嗟？

【解题】

本文写作时间不可确考。所铭陈君乃宋代名臣之后，王安石的父亲做过他的佐官，而王安石就任淮南时，又与其子游，并曾兄事之。

司封郎中张君墓志铭

君张氏，讳式，字景则。其先建州浦城人，后徙建安。盖弗仕者三世，讳汉夫者，曾祖也，讳谟者，祖也，讳希颜者，父也。父以君贵，乃赠尚书职方员外郎。有气节，知君可教，乃付家事长子，而纵君游学。及壮，长文辞，行义为乡里所推。

天禧二年，释进士褐，主福州闽县簿。又主南剑将乐簿，有银冶，坐岁课不足，系者常数百人，君籍其人，使富贫财力相兼，课遂有羡，无系者。归，以劳除开封府祥符县尉，赵稹将并州，辟军事判官。稹所为有不可于众，徐启谕弗讦，稹以故听，而君亦以此称长者。未几，遭母夫人丧。服除，改秘书省著作佐郎，知福州古田县。耕籍田恩，迁太常博士、知开封府咸平县。吕许公罢宰相，以许州观察判官辟，从之。又通判饶州，狱有十数年不决者，君一言而决。会择河北吏，御史中丞举君，得洺州，赐绯鱼。又以选知虔州，虔于东南州为最剧，君能镇抚之以无事。三司市绸绢十余万，非经数，君拒弗市，民以君为有赐也。又知濠、寿二州，人缢其妻而以自杀告，狱既具，诘立服，举州欢以为明。居顷之，召为开封府推官，坐榜掠囚死，出知岳州。皇祐二年九月六日卒，享年六十二。官至尚书祠部郎中。

君廉静好书，长于政事，所居官举，既去而人思。见时事有不便，往往能极言之无所忌。赵元昊反时，诱人出财助边，诱多得赏，于是吏或劫富人出其财，君疏罢之。为开封推官时，宫中以私财为佛寺置田，又疏以为乱法，后遂以君言而止。既老矣，终不肯治田宅，所得禄以置书，曰："吾子业此，足以自活，不然，虽田宅何足？"

妻姓徐，濮阳县君。子六人：悉、志、思、惎、恐、意。悉以君故，得太庙斋郎，与惎同时中进士第。女二人，皆已嫁。某月某日葬君某乡某里。铭曰：

张祖留侯，世穷久幽。君始士服，起家以学。发于州县，治见称举。有言朝廷，弊事用除。维清厥诲，尚后弗渝。

【解题】

本文写作时间不可确考，所铭张式为汉留侯张良之后，长于政事、敢于直言。

赠礼部尚书安惠周公神道碑

公讳某，字某，姓周氏。为人倜傥有大节，敏于文学，达于政事。真宗初即位，以进士甲科除将作监丞，通判齐州，即有能名。召还为著作郎、直史馆、提点开封府诸县镇公事，历三司户部度支判官，又皆有能名。遂以右正言知制诰、判吏部流内铨。数进见奏事，真宗以为材。其后置登闻鼓院、纠察在京刑狱及考进士以糊名誊录之法，真宗皆自选主者而辄以属公。居纠察未几，遂以枢密直学士知开封府，听断明审，无留事。真宗滋以为材，至尝幸其府问劳，赋诗乐饮然后去。以公更外事未久，故不即大用，而以公知河中府。又以知永兴，移天雄军，所至辄有声绩，数赐诏书奖谕。于是真宗知公果可付以政，即召还，除给事中、同知枢密院事，既而又以为尚书礼部侍郎、枢密副使。真宗得疾几不瘉，丁晋公用事，逐去寇莱公，而以公为党，亦逐去之。以尚书户部侍郎知青州，既而又已为太常少卿，知光州。仁宗即位，稍迁秘书监，知杭、扬二州。晋公得罪去，还公礼部侍郎，留守南京。召见之，将复用，而公病矣，乃请知颍州。自颍徙陈，自陈徙汝，至汝若干年，以某年某月某甲子卒，春秋五十九。讣闻，天子为震悼，赠礼部尚书，赙赐录其子孙加等，谥曰安惠。

初，公奋白衣，数年遂知制诰，特为真宗所礼，禁中事大臣所不得闻者，往往为公道之。公亦慷慨为上言事，无所挠，而其言秘，世莫得尽闻。东封还，公卿大夫皆献文章颂功德，公独上书进戒。及在枢密，进止侃侃，不以丁晋公方盛为之诎节，故为所逐。

公好收挽后进士，得一善汲汲如世之夸者为已进取。未尝问家人生产，好读书，善为文，有《文集》二十卷，独奏事诸草，则公既焚之矣，无在者。爱其弟越甚笃，与越皆以能书为世所称，每书辄为人取去。积阶至金紫光禄大夫，勋至上柱国，爵至汝南郡开国公，食邑至四千一百户，食实封至九百户。尝为东京留守判官、东封考制度副使，亦皆真宗所自选也。

周氏世为淄州邹平人，公曾祖考讳某，祖考讳某，皆儒者，以学行知名山东。考讳某，仕历御史，终尚书都官员外郎。及公贵，赠曾祖考某官，祖考某官，考某官。公夫人王氏，北海郡夫人，先公一年卒。于公之卒也，公子延荷为大理寺丞，延让为太常寺太祝，延寿为东头供奉官、阁门祗候，延俊为大理评事。以某年某月某甲子葬公郑州新郑县平康乡之北原，而以王氏祔。其后若干年，公子延俊为尚书都官郎中，累赠公至某官，始追序公世次阀阅行治来请曰："先人名位功德尝显矣，而墓碑无刻，诸孤独延俊为后死，微夫子许我，则无以诒永久。"嗟乎！公之事远矣，盖虽公子有所不及知，故所次止于如此。然观公所以进，而公之材可见，视公所以逐，而公之行可知，懔懔乎一世之名臣矣，所次如此，不为略也。铭曰：

群献俣俣，御于帝所。出入百年，将相文武。有如周公，左右真宗。自初筮仕，以至谋国，晦显险夷，考终一德。公去州郡，无民不思。公来朝廷，天子所知。发论造功，每成无隳。谁私党雠，用国威福。闻上不豫，乃谗乃逐。既投有罪，而以公归。退施一州，遂陨于腓。美矣邦士，公之季子。铭诗墓门，戴以龟趾。

【解题】

本文写作时间不可确考。所铭者乃真宗朝及仁宗初年之名臣，才能、品行俱值称道，“凛凛乎一世之名臣矣”。

曾公夫人吴氏墓志铭

夫人吴氏，太常博士南丰曾君之配，世家临川。二十四归曾氏，三十有五以病终。子男三，巩、牟、宰，女一。时博士方为越州节度推官，某年月日乃启其殡临川，葬南丰之某地。前葬，巩谋于宗之长者，而请于博士曰：夫人事皇姑万寿太君，承颜色教令，一主于顺，斟酌衣服饮食，尽其力，皇姑爱之如己女。于大人得辅佐之宜，于族人上下适其分。今其葬，宜得铭秘之墓中，于以永永延夫人之德，无不可者。博士曰：然。乃来求铭。夫人固早没，不及见其存时，虽然，博士先人行也，而又巩于友莫厚焉。于夫人之葬而铭也，其何让？铭曰：

宋且百年，江之南有名世者先焉，是为夫人之子，葬夫人于此，于戏。

【解题】

本文写作时间不详。吴氏为王安石之好友、散文大家曾巩之母。

仙游县太君罗氏墓志铭

仙游县太君罗氏，世家南剑州之沙县。秘书少监陈君讳某之妻，比部员外郎侇、古田县尉侃、卫尉寺丞佩、同学究出身伟、殿中丞偁之母。年八十三，以某年某月某甲子卒。女一人，适张氏。孙男女若干人。

太君有贤行，事皇姑萧氏顺焉，诸姒慕其所为，后亦皆称孝妇。经纪内治，能勤不懈，以至于老。少监君行治劳烈称天下，有施于后世，其子孙蕃衍，能中其家法，皆由太君善相其夫而能教子。陈氏之所以兴，太君与有力焉。铭曰：

呜呼夫人！有德有祉。妇于严姑，酒食燕喜。乃相君子，陈宗以兴。乃教众儿，有以贤称。乐其室家，以暨孙曾。岿然寿宠，宜后之承。

【解题】

本文写作时间不可确考。罗氏“经纪内治，能勤不懈”，“陈氏之所兴，太君（即罗氏）与有力焉”。

建阳陈夫人墓志铭

夫人建阳陈氏，嫁同县人余君为继室。余君讳楚，有子四人，其二人则夫人之子。夫人之少子翼，生三岁而余君卒。余氏，世大姓也，夫人尽其产以仁先母之子，而使翼之四方游学。戒曰：“往成汝志必力，无以吾贫为恤。”于是翼年十五，盖在外十二年，而后以进士起家为吏，归见夫人于乡里。方此时夫人闭门穷窭，几无以自存，母子相泣，闾巷聚观，叹息曰：“贤哉是母，有子食其禄，宜也!”盖食其子之禄十四年。翼尉宿松，而夫人年七十八，以某年某月卒于宿松之官舍，某年某月某日葬宣州宣城县凤林乡竹塘里。夫人之子，长曰某，死矣。翼有文学，善议论，虽久困无所合，然一时闻人多称之者，其卒能追荣夫人乎！于其葬，临川王某铭曰：

在句之阴，有幽新宅。谁筮葬母，瘗铭斯石？子闽余姓，母氏惟陈。茕茕其行，婉婉其仁。善禄有终，名则不泯。

【解题】

本文写作时间不可确考。陈夫人为继室，能尽力抚养其夫前妻之子而令己子出游学，以贤称于乡里。

内殿崇班钱君墓碣

内殿崇班、广德军兵马都监钱君之墓，在和州之历阳鸡笼乡永昌里。初，钱氏以布衣起，王吴越，当五代时，诸侯王僭悖，独常顺事中国，道闭无所出，则间以其方物取海上输之天子。至宋受命，欲一天下，吴越王即帅其属朝京师而尽献其地，天子受其地，王之淮海，而褒显其子孙。盖至于今百年，钱氏之有籍于朝廷者，殆不可胜数，而以才称于世，尝任事者，比比出焉。

君讳某，字某，右屯卫将军讳某之子，昭化军节度使讳某之孙，吴越文穆王讳某之曾孙，钱氏以才称于世者也。其为子弟也，父昆称良焉；其为父兄，又能教其子弟；其为吏，又能修其职事，而天子尝任之以为材。始以季父思公荫补三班借职，稍迁至内殿崇班，知钦州，州人甚爱之。归，奏事殿中称旨，遂迁内殿承制、提点广南西路刑狱。在广西四年，以功次迁供备库副使，刺举当法，贤士大夫多誉之。

当是时，侬智高为奸，数嫚边吏，边吏莫能抗，诸州又皆无兵，君即奏请戍兵以待变。奏至五六，而大臣终不许，即复上书求罢，又不许，而侬智高果反。君坐诎三官，监饶州酒。居久之，稍复迁至内殿崇班、广德军兵马都监。至广德之明年，嘉祐二年，君年七十一矣，以三月某甲子卒。昭化之治和州也，凡十八年，有惠爱于州人，其卒，子孙遂留以葬。故君子淇、沂、沃、溥，奉君丧以某年某月某甲子归葬于永昌先人之兆。而淇、沂以余曾从事于文辞，自君之将葬至于今三年，跋涉而从余以求铭数矣，然不止而愈勤，噫！其若是，余不可以无铭。于是为之叙次，使归而镵诸墓。

【解题】

本文写作时间不可确考。所铭钱君，曾提点广西西路刑狱，并最先觉察侬智高之必反，屡次奏请戍兵待变。

吴处士墓志铭

君吴氏，讳某，字某，其先建安大姓。曾大父讳某，建州长史，大父讳某，馆驿巡官、检校尚书吏部员外郎，皆江南李氏之所置也。方李氏时，吏部府君之父子，同时仕江南者以十数，至君之考讳某，始以汀州军事推官归选于朝，主郑之新郑簿。

君少孤，事母夫人至孝，与其弟轲相爱。春秋祭先人，虽老矣，眡牲省器，皆不以属子孙，俯仰齐栗，如见其享之者，已祭，未尝不悲哀也。读书取大旨通而已。或劝之谋利，曰："吾贫久矣，人以我为忧，而我以是为乐，不能改也。"

有子三人，甫、申、冉，皆不使事生产，曰："士而贫，多于工商而富也。"三人者皆以进士贡于乡，而申为太平州军事推官。君年七十八，某年某月某日卒于太平之官舍，甫等护其柩归葬于江州某县某乡某原，某年某月日也。夫人前君卒，别葬，实南阳叶氏。始君所居毁于水，乃奉母夫人来客江州，爱其山川而遂家之，故其葬也以归焉。申之友南阳张颉论次君之事如此。而申以告曰：“先人不幸，力为善而不获显于天下，今其葬，宜得铭，使后世有见焉。”

嗟乎，予不及识君矣！然予之故人多能言君之教诸子尽其道，故卒皆有立，而申之文行尤以知名于世。方今士大夫之列于朝者，天子于其父母皆有以宠嘉之，其官封之卑巨视其子，所以劝天下之为父母而慰其子之心。以君之善教而子之材，宜及其身有高爵盛位之报焉。其生也，既不及，其没也，孰知其不卒享也哉！是故不宜无铭也。铭曰：

士或为仁，称止一乡，至其后兴，厥闻乃光。或业以勤，而传之记，维是不朽，实君有子。

【解题】

本文写作时间不可确考。所铭吴处士，终生未仕，以教子尽其道而为人称道。

尚书度支员外郎郭公墓志铭

公讳维，字仲逸，少好学，有大志。年二十五，起为泰州司理，调泰、真二州判官，以能闻。监真州之酒税。丁母忧，服除，改著作佐郎，知南丰县。俗喜讼，令始至，豪猾辄构事入县，察令能否。公至，即得其妄，穷而徙之，由此无敢犯公法。改新都县，又以治称，既去，民思之，相与绘公像祠焉。使者荐其材，就知雅州。王蒙正姻连明肃太后家，侵民田几至百家。有诉者，更数狱，无敢直其事，诏公治之。其行也，人为公惮。公至则拔根擿节，不漏毫末，以田归民，蒙正坐除名。既归，天子目之，赐之朱衣，得尚书屯田员外郎，知常州。至州，索宿奸数人流之，州以无事。移提点淮南刑狱，吏不治道，闻公至，往往预以事求解，部中肃然。迁度支以卒，庆历二年正月也。凡仕二十七年。

公刚毅能断，当事勇，不自恤。繇景德、祥符之间，四海平治，宽文法待吏，而吏乃相习为遨嬉浮沉者，或按一吏，则交议群诋，以为暴刻生事，日浸月积，而民敝于下矣。至公始按吏，而独急于权幸。有大臣出镇杨，不治，曲以礼事公，公奏斥，不报，既代，犹斥之，以是被按，一无憾言。以声威闻，而所至即有惠爱。安石尝羁游过常，里中民有以亵语相骂者，其长者怒曰："尔欲忘郭屯田邪?"盖公在常以此治其民，时卒已九年矣，犹不忘之。惜乎朝廷方欲显用，而公已不幸。其出于治者，犹未足以尽其志，故不悉书，特掇其一二而存之，此足以见公之志也。

祖某，不仕，父某，赠殿中丞，母刘氏，仙源县太君，妻张氏，南阳县君。子男三人：先正，乌江尉；聪正，举进士；祥正，星子主簿。女六人。以某年月日葬公于某处，公之里也。将葬，先正等以今司封员外郎赵诚书来乞铭，先人与公祥符八年以进士起，而公子且与安石道近，有好也，铭不敢让。铭曰：

翼翼汾阳，子仪始王，德完道粹，功盖于唐。宜享世泽，流如海长，原原南寓，孰嗣而昌?公生而明，刚简自徇，拔身贫羁，谊不辱进。苏穷斥奸，惠立威振，而年不长，志不时尽。既奋既材，天奚弗憖?刻铭在幽，来者之讯。

【解题】

本文写作时间不可确考。所铭郭维，与王安石的父亲为同年进士，"刚毅能断，当事勇，不自恤"。

翁源县令杨府君墓表

君讳某，字某，故华阴杨氏，其为临江军之清江人，盖亦已久矣。曾皇祖曰某，仕江南李氏为大理评事；皇祖曰某，皇考曰某，真宗时以行义闻，尝召之，不起。初，宰相王随少时与友善，仁宗即位，随知杭州，谋以皇考奉章入贺，既至，度不可屈，乃已。后终推子弟一官，以与其子，得太庙斋郎，君是也。初任袁州萍乡县尉，会令免，独当一县。豪猾吏民以君少，共为十余狱尝之，君立断治，大服。又选饶州德兴县主簿，举余干县令，大水，民乏食，有死者，君以便宜出常平米，计口贱粜；又诱富人发钱米，所活人盖数万。县人蘧琏捕答盗，父因杀子诬琏以求赂，君治服，语琏曰："汝归以米百石铺贫民，所以谢我。"至州，州吏疑琏大姓持赂。当是时，范文正公为将，问琏汝来时长官何言。琏道君语。公曰："杨某治此不自嫌，可以无疑也。"琏卒得雪，归铺民如君语。盖君为文正公所信如此，而能得民乐输多此类。又除韶州翁源县令，转运使举监广州市舶司。至一月卒，年四十二，某年某月某日也。以某年某月某日，葬某县某乡某里。君事后母孝至，然谨于人丧，或大寒，脱衣买棺以赴之。平生如此不一，既已，未尝为人道。死之日，家所有独其父书十余箧。举者甚众，然仕终不遂，其可惜也已。娶陈氏，子曰遽，漳州军事判官；曰通，池州建德县尉，皆时所谓才士也，天所以报施，盖将在于是。

【解题】

本文写作时间不可确考。所铭杨某，为官清廉，能为百姓着想，但仕途不顺，未能尽其志。

十一　祭吊

李通叔哀辞　并序

通叔李不疑，世为闽民。通叔再从太学进士试，斥不送；自京师归面其亲，道建溪，溪水暴下，反其舟，溺死，年二十八云。初予既孤，寄金陵家焉，从二兄入学为诸生，常感古人汲汲于友，以相镌切，以入于道德。予材性生古人下，学又不能力，又不得友以相镌切，以入于道德，予其或者归为涂之人而已邪，为此忧惧。既而遇通叔于诸生间，望其容而色晬然类君子，即而与之言，皆君子之言也。其容色在目，其言在耳，则予放心不求而归，邪气不伐而自遁去。求其所为文，则一本于古，华虚荡肆之学，盖未尝接于其心，诚有以开予者。予得而友之，忧惧释然，作《太阿》诗贻之，道气类之同而合也。通叔亦作《双松》诗，道气类之同，而期之久也以为报。自予之得通叔，然后知圣人户庭可策而入也，是不惟喻于其言而已，盖观其行而得焉者为多。其再斥于太学而归也，予待礼部试，留京师，别且言曰："通叔去而归，某也不没而入于愚也其几矣。明年亦斥而归，或得官，皆宜在淮、江之南，某也不可以之闽，通叔来若何?"通叔曰："是亦不疑之言也。"明年，从事淮南，将问且召焉，则未也，或以死状讣，既恸且疑，且幸其不然。会有江南之役，遇闽人，辄问状。还泊东流，尉许程者，闽人也，乃知讣者信。又知陈安石者，亦溺死。安石字伯起，亦闽人，予尝问通叔素友，独言伯起云。噫！二子岂行殆也？其亦命而已矣。予悲通叔穷以夭也，其道之不及民也，又悲天之不予相也，作哀辞。

我思古人兮，维友之求，燕处日讲兮，行相为谋。相翼以进兮，相持以修，要归于道兮，不入于尤。卒圣若贤兮，其本则然，我无以是兮，甚惧以忧。猗嗟吾子兮，畜德挟材，杰然自如兮，不群庸游。考讲六艺兮，造穷微深，匪富贵慕兮，匪贱穷羞。曰予既逢兮，朝夕其旁，仁义之光兮，忠信之陬。邪志荡夷兮，正气独完，吾子赐我兮，于安以畴。尚曰子兴兮，羽仪于世，吾君德泽此兮，淳漓固偷。孰神不棐兮，陨子于溪，子生适然兮，欲谁仇。所嗟存者兮，志孤道辽，子之不就兮，一朝而休。死不以所兮，谁得子尸，谁襚于棺兮，谁坎于丘。予欲恸哭兮，子岂有闻，子不可作兮，予生之愁。

【解题】

本文作于仁宗庆历二年（1042）。李通叔是王安石在金陵做诸生时交的学友，二人意气相投、相得甚欢。惜乎通叔"穷以夭"，对此，王安石十分悲哀，感叹"天之不相予也"。

祭鲍君永泰王文

年月日，官某，敢告于鲍君之神。农之劳，神之所知也。岁之四时，而于冬为最隙，然犹筑场圃，治屋庐，涂囷仓，粪田畴，未尝一日而晏然以休息。今兹令又以其暇时，属之使治渠川，比常岁，则农之劳盖有加焉，神宜哀怜而有以相之也。治之无几也而雨。雨且止，丁壮老弱相与行水而涸之。犹未也，而又雨。非民独病也，而令亦夙夜以忧。惟神相之以霁，令是役早有卒也。夫令之所以忧，其职民也。惟神之食于民也为已久，其忧之亦不可在令后也。谨告。

又祭鲍君文

年月日，敢再告于鲍君之神。谒于神之明日，而天地廓然以温，民赖以供役。且卒事而复雨。雨淫不止，民愁而令恐。意者令之治行，无有可媚于神者，而神不卒听之乎？令则有罪，而民何尤？且霜雪风雨之滥淫，固其责自神，而无与于令也。巍然南面，飨人之归事已而利泽不加焉，亦神羞也。惟神降意以从令之言毋忽，令亦能发明神之令德，使民世事神不懈而有加焉。谨告。

【解题】

上二文写作时间难于确考，从文章内容看，当作于鄞县知县任上。文章祷告于鲍君之神，求其“发明神之令德”，止淫雨，便民兴修水利。

祭盛侍郎文

安石闻之，行义弗高，位与年尊，惭者则己；行义既高，位与年下，憾者则人。在己无惭，在人无憾，有若公然，其又奚言？惟昔先人，捐我诸孤，实在公藩，公泫然哀。襚死赙存，托殡得宫，寓处得庐，一出公恩。公或我临，不有其尊。我奖我矜，均其子孙。戴德莫酬，谁谓我人？去公三年，问不再行，岂曰怠忘，贱不敢烦。补官扬州，公得谢归，曾几何时，讣者来门。哭泣作书，以吊后昆。欲酹棺前，縻不可奔。会有吏役，尽室而南，戢恨含惭，转移寒暄。乃今来归，公丧且期，才命使人，薄进蘋蘩。嗟嗟公恩，死其敢谖！

【解题】

本文写作时间难以确考，当作于仁宗庆历年间。安石追忆了盛侍郎为己葬父、呵护自己的故事，惜自己官事缠身，不能及时亲自去吊祭，并云“嗟嗟公恩，死其敢谖”。

祭范颍州仲淹文

呜呼我公，一世之师。由初迄终，名节无疵。明肃之盛，身危志殖。瑶华失位，又随以斥。治功亟闻，尹帝之都。闭奸兴良，稚子歌呼。赫赫之家，万首俯趋。独绳其私，以走江湖。士争留公，蹈祸不慄。有危其辞，谒与俱出。风俗之衰，骇正怡邪。蹇蹇我初，人以疑嗟。力行不回，慕者兴起。儒先酋酋，以节相侈。

公之在贬，愈勇为忠。稽前引古，谊不营躬。外更三州，施有余泽。如酾河江，以灌寻尺。宿赃自解，不以刑加，猾盗涵仁，终老无邪。讲艺弦歌，慕来千里。沟川障泽，田桑有喜。

戎孽猘狂，敢齮我疆。铸印刻符，公屏一方。取将于伍，后常名显。收士至佐，维邦之彦。声之所加，虏不敢濒。以其余威，走敌完邻。昔也始至，疮痍满道。药之养之，内外完好。既其无为，饮酒笑歌。百城晏眠，吏士委蛇。

上嘉曰材，以副枢密。稽首辞让，至于六七。遂参宰相，厘我典常。扶贤赞杰，乱冗除荒。官更于朝，士变于乡。百治具修，偷堕勉强。彼阏不遂，归侧帝侧。卒屏于外，身屯道塞。谓宜耇老，尚有以为。神乎孰忍，使至于斯！盖公之才，犹不尽试。肆其经纶，功孰与计？

自公之贵，厩库逾空。夷其色辞，傲讦以容。化于妇妾，不靡珠玉。翼翼公子，弊绨恶粟。闵死怜穷，惟是之奢。孤女以嫁，男成厥家。孰堙于深？孰锲乎厚？其传甚详，以法永久。

硕人今亡，邦国之忧。矧鄙不肖，辱公知尤。承凶万里，不往而留。涕哭驰辞，以赞醪羞。

【解题】

本文作于仁宗皇祐四年（1052）。王安石受知于范仲淹，对范仲淹极为推崇，称其为“一世之师”、“名节无疵”；对范屡遭贬斥，极为愤忿，言“神乎孰忍，使至于斯！盖公之才，犹不尽试”。

群牧司祭文

呜呼惟公，学问文章，丘山之郁，湖海之茫。弼我密命，作刑四方，寅恭淑慎，天子所臧。駉駉之良，兵赖以盛，公用勤告，遂图厥政。某等在职，维公之依，孰夺以逝，邈乎不归？殡引就行，有翩其旗，来陈薄物，以告长违。

【解题】

本文作于仁宗至和、嘉祐年间，作者任群牧司判官时。死者是安石的顶头上司，安石作此文献于其灵前，“以告长违”。

景灵宫三殿看经堂开启中元节道场青词

伏以三元令节，厘事有经。祗荐洁诚，宗祈祉福。仰匡庇贶，覃及庶黎。

景灵宫保宁阁下元节道场青词

伏以殊廷外建，嘉节俯临。夙设灵坛，蠲烝顺祝。冀蒙真圣，垂祐群黎。

醴泉观宁圣殿开启为民祈福保夏道场青词

伏以圣真丕冒，品庶具依。当蕃启之盛时，用熏修之故事。仰祈聪直，俯鉴斋精。溥垂庇祐之仁，申锡寿康之福。

醴泉观宁圣殿开启年交道场青词

伏以像图夙设，坛席载严。当此岁阴之交，率时禳祝之旧。仰惟庇贶，俯逮黎元。

集禧观洪福殿开启谢雨道场青词

伏以旱暵成灾，惧物生之疵疠，祓斋以祷，荷神睠之顾绥。载辟灵场，式陈昭报。尚冀涵濡之施，以终庇祐之仁。

在京诸宫观景灵宫等处祈雪青词

伏以华岁几终，同云未兆。物将疵疠，咎在眇冲。敢罄斋精，上求嘉应。冀蒙贶施，孚佑含生。

谢晴青词

伏以密云作雨，旸不时若。蒙神赐祐，菑沴用除。奔走祓斋，以谢灵贶。祀仪有秩，不敢怠忘。

坊州秋祭圣祖大帝青词

伏以祠城在望，御馆如存。敢因揫敛之辰，祗用吉蠲之荐。冀蒙垂祐，府赐降歆。

沧瀛州地震设醮青词二道

一

伏以地德安静，震非其常。阴阳厥愆，以告咎罚。禬禳有典，仰赖监歆。所冀方偶，具膺庇贶。

二

伏以自河以北，坤载不宁。敷置净筵，以祈后福。仰惟皇觉，敷祐群生。监此斋精，俯垂庇贶。

北岳庙为定州地震开启祭祷道场青词

恭以地职持载，静惟其常。今兹震摇，以警不德。涉河而北，又用惊骚。惟岳有神，芘绥厥壤。祓除祠馆，按用祈仪。请命上灵，冀蒙孚佑。敢忘寅畏，以答眷歆。

南京鸿庆宫开启皇帝本命道场青词

伏以宝命有诒，以自求而致福。至神无体，随所感而应诚。祇奉灵科，实存故事。冀蒙垂福，俯暨含生。

延祥观开启太皇太后本命道场青词二道

一

伏以宝历有诒，眇躬实嗣。获承慈范，仰荷神休。方元命之在辰，按旧仪而庀事。庶蒙庆祐，永锡寿祺。

二

伏以圣功辅世，已大济于艰虞；神道示人，用宠绥于祉福。敢因谷旦，祇奉灵科。冀大锡于寿祺，得永承于慈范。

崇先观奉元殿开启皇太后本命灵宝道场青词

伏以克绍庆基，实蒙慈训。遘兹元命，若昔宗祈。冀灵鉴之俯昭，垂寿祺之永锡。

灵厘内殿开启太皇太后生辰道场青词

伏以坛席盛陈，科仪肃设。眷言慈荫，祝此诞辰。永绥寿考之祺，上赖神灵之祐。

灵厘内殿开启皇太后生辰道场青词

伏以集黄冠之胜众，仰紫极之真游。按用科仪，营祈祉福。仰求聪鉴，俯应诚心。

西太一宫开启皇太后生辰道场青词

伏以真圣在天，式序照临之位；眇冲嗣历，永惟顾复之恩。敢因诞毓之辰，祗荐熏修之事。仰祈眷祐，俯察倾输。推纯嘏以及亲，与群生而均贶。

龙图阁开启皇太后生辰道场青词

伏以妙善可依，每俯从于诚悃；至恩难报，唯仰祝于寿祺。祗奉灵科，隆施净供。上赖监歆之力，永绥顾复之慈。

广圣宫开启真宗皇帝忌辰道场青词

伏以深追讳日，祗奉灵科。仰求神福之繁，率用邦仪之旧。永惟道荫，昭此诚祈。

福宁殿罢散三长月祝圣寿道场青词

伏以顺长嬴之嘉月，按斋祓之灵科，庶用熏修，溥膺眷祐。精衷以荐，厘事既成。仰赖圣真，俯昭诚悃。

福宁殿开启三长月道场青词

伏以降年有永，实繇阴骘之功，嗣历无疆，必谨灵承之志。帅时典故，若昔科仪。仰赖监观，俯垂庇贶。

福宁殿罢散三长月道场青词

伏以监观在上，禳祝有仪。祗率旧章，仰祈况施。茂惟休福，俯逮烝黎。

福宁殿开启三长月道场青词

伏以皋月纪时，凯风应律。罄斋精而上祷，冀真圣之俯临。永赖监观，普垂庇祐。敢忘寅畏，仰答顾歆。

福宁殿罢散三长月道场青词

伏以协用灵科，宗祈永命。惟神心之降格，获厘事之告成。冀与群元，并膺遐福。

福宁殿开启南郊道场青词

伏以钦柴宗祈，为国大事。前期斋祷，旧典有稽。仰冀灵明，俯垂眷祐。

【解题】

以上青词二十六道，时间难以一一确考。大约皆作于仁宗嘉祐年间，时安石任知制诰。

集禧观开启保夏祝圣寿金箓道场密词

伏以时在炎烝，物方蕃祉。即祠庭之精闷，竭清道之严祇。仰冀监观，俯垂庇祐。具绥福履，申弭疾殃。覃及群黎，永膺戬谷。

崇先观开启保夏祝圣寿金箓道场密词

伏以眷祐无疆，熏修有旧。当朱明之纪候，祈苍昊之垂仁。申锡休嘉，外覃品庶。敢怠灵承之志，永膺丕冒之恩。

延福宫开启皇后生辰道场密词

伏以统洽后宫，协承先庙。诞辰俯及，厘事有常。惟万德之博临，冀百祥之永锡。

延福宫开启皇太后生辰道场密词

伏以协承宝命，恩维拊育之深，俯应群情，法有揔持之妙。斋场夙设，庆事备终。敢祈西竺之威神，永佑东朝之福履。

金明池开启谢雨道场密词

伏以蕃启在时，蕴隆为虐。罄斋精而上祷，蒙膏润之旁流。祗报灵休，式陈净供。尚祈终赐，无使后艰。

兴国寺开先殿奏告太祖皇帝孝明皇后祝文

伏以像设有严，神游所御。瞻衣冠而如在，惧风雨之弗除。庀事将兴，涓辰既吉。永赖灵明之鉴，俯昭怵惕之怀。

西京应天禅院奏告太祖太宗真宗皇帝御容祝文 告迁奉安还本殿之意

伏以殊庭有侐，馆御如存。吉日既蠲，缮修惟谨。式陈嘉荐，以妥明灵。

启圣院永隆殿奏告太宗皇帝元德皇后祝文

伏以威神所感，营缮有期。考礼旧章，宜时洁告。茂惟灵德，俯鉴至怀。

太庙八室奉慈诸庙奏告南郊祝文

伏以三岁一郊，实昭大报。前期洁告，国有故常。仰冀灵明，俯垂鉴祐。

诸皇后陵奏告谢南郊礼毕祝文

伏以禋飨郊宫，国之重事。唯蒙慈庇，以获休成。筴祝有经，敢忘用旧。

景灵宫英德殿奉安英宗皇帝御容祝文

伏以先圣旧祠，祖宗所御。嗣兴宝构，追奉灵游。诹日既嘉，具仪以妥。徂惟在上，永保厥宁。

天章阁延昌殿权奉安英宗皇帝御容祝文

伏以相名山于洛宅，既兆寝园；仿原庙于汉仪，将迁馆御。洁除秘宇，严奉晬容。冀灵跸之少安，副衷情之罔极。

西京应天禅院坼修太祖神御殿祭告祝文

庙刹有严，威神所御。将改新于宝构，永钦奉于晬容。仰冀灵明，俯垂鉴佑。

景灵宫修盖英宗皇帝神御殿上梁祭告太岁已下诸神祝文

伏以钦奉仙游，肇营宝构。举修梁而揆日，具蠲馐以宁神。祓此后艰，仰繄大祐。

慈孝寺崇真彰德殿为经霖雨垂脊脱落奏告祝文

伏以雨淫告灾，垣屋或坏。惟神所御，有圮弗支。诹用灵辰，改新厥构。蠲为祇荐，于礼有常。

太庙后庙奉慈庙雅饰告祝文

伏以三岁一郊，祖宗成法。灵明所御，绘饰有时。方此僝工，礼当洁告。

西太一宫立秋祝文

伏以候火既流，占灰甫应。真游所御，灵畤具存。率循旧章，作荐常事。仰祈锡福，大芘含生。

中太一宫立冬祝文

伏以馆御国郊，庇贶天物。祠宫筴祝，在礼有初。涓选吉时，作荐常事。敢祈孚祐，施及群黎。

九宫贵神祝文

伏以卜用灵辰，躬修禋享。清坛所兆，洁告有常。

景灵宫里域真官祝文

伏以宗祈阳郊，祗见神祖。葆兹净域，夙赖真灵。祗率旧章，式陈嘉荐。

天地社稷宫观等处祈晴青词祝文

积阴为沴，淫雨弗止，荡决漂垫，将为民灾。惧德不类，以干咎罚。是用斋袚，宗祈明灵。冀蒙垂矜，遂获开霁。休嘉之锡，实被含生。

五岳四渎诸庙祈晴祝文

淫雨弗止，将为民灾。惧德不孚，以罹咎罚。是用奔走，祷于明神。惟神监观，惠以时旸。非民独蒙嘉福，神亦永有休享。

定州北岳为地震祭祷祝文

伏以自河以北，阳出镇阴。人用不宁，咎由菲德。永惟聪直，庇祐一方。祗饬使人，斋精以祷。尚蒙歆鉴，无有后艰。

文德殿告迁御容祝文

伏以绖冠即事，丧纪有终。黼座厥神，哀怀靡极。度新宫而馆御，诹吉日以徂迁。式冀灵明，永歆丰洁。

南郊青城彩内毕功大殿上开启保安祝寿讽孔雀明王经斋文

伏以祀兆方严，斋场夙设。实延净众，开诵梵文。既蒙大施之仁，助锡丕平之福。

南郊青城彩内毕功大殿上开启保安祝寿讽法华经斋文

伏以帷宫既具，皇邸将临。发诵秘文，施其景福。仰惟觉慈之覆，俯绥禋享之成。

五台开启南郊礼毕道场斋文

伏以灵承在上，惧休命之难，大报于郊，惟盛仪之获。祇循故事，恪报厥成。仰赖顾歆，终垂庇贶。

内中延福宫性智殿开启太皇太后生辰道场斋文

伏以大阴协兆，良月御时。猥以眇躬，获承慈范。敢因谷旦，祇集胜缘。实赖等慈，具绥景福。

十月一日永昭陵下宫开启资荐仁宗皇帝道场斋文

伏以大明光藏，上智之所发挥；妙摠持门，群灵之所归赖。岁阴逝矣，陵阙超然。凭净众以有祈，冀真游之无碍。

福宁殿开启资荐英宗皇帝道场斋文

伏以凭几之言未远，涤场之候更新。摧慕安穷，攀号靡及。旁招净众，归诚甘露之门；仰祝灵游，取证法云之地。

中元节福宁殿水陆道场资荐英宗皇帝道场斋文

伏以正等上缘，含生永赖。荐龙施之净供，助宿植于神游。仰冀灵明，俯昭哀恳。

万寿观广爱殿资荐章惠皇太后忌辰道场斋文

伏以讳日俯临，祠庭外闷。遴柬黄冠之众，宗祈紫极之神。按用前科，追营后福。庶超升之莫御，繄庇贶之有加。

天章阁延昌殿开启权奉安英宗皇帝御容道场斋文

伏以翠旄所御，玉色如存。将改莅于清间，少即安于秘近。旁招净众，仰助胜缘。凭妙觉之揔持，冀皇灵之升济。

温成皇后陵献殿内开启冬节道场斋文

伏以光灵所宅，崇奉有仪。因令节以熏修，冀具乘之祈助。仰希锡福，俯逮含生。

金明池上开启祈雨粉坛道场斋文

伏以肃设祠坛，宗祈解泽。膏润之祥甫兆，赫炎之惧更深。实恃灵明，厚矜黎庶。遂令沾足，用格丰穰。

金明池上开启谢雨道场斋文

伏以常旸告罚，将害粢盛。夙设灵场，载祈膏泽。神休既格，昭报有仪。尚惟孚佑之仁，终保嘉生之享。

龙图天章宝文阁接续开启祈雪道场斋文

伏以岁序就穷，尚愆嘉雪。能仁应世，闵此含生。冀佑上灵，锡之休证。式陈净供，以告斋诚。

泗州塔谢晴斋文

天灾于民，淫雨不止。祓除斋戒，并走以祈。实蒙等慈，俯应诚悃。永惟庇贶，其敢弭忘。

后苑天王殿坼修了毕斋文

伏以拟辰居之奥密，饬祆像之严威。缮治告功，祓斋祈福。

庶凭至善，永保多盘。

【解题】

以上密词、斋文、祝文三十九道，写作时间难以一一确考。大概作于仁宗嘉祐和神宗熙宁这两个时期。

降圣节皇帝谢内中露香表

伏以昊天锡命，实佑永图，良月御时，载临嘉节。率循故事，升荐至诚。仰冀灵明，溥垂庇贶。

冬至节皇帝谢内中露香表

伏以四气随旋，一阳来复。仰瞻穹昊，祗荐芬香。所冀含生，并蒙垂福。

先天节皇帝谢内中露香表

伏以眇躬无似，实膺骏命之休；厘事有初，敢废灵承之旧。冀蒙仙圣，俯监斋精。

天贶节皇帝谢内中露香表

伏以灵命告休，嘉名纪节。用露熏之故事，酬乾施之至恩。仰赖监观，俯垂歆祐。

八月一日永昭陵旦表

伏以暑往御时，宵中应律，载班秋朔，申荐庙尝。伏惟尊谥皇帝体道成乾，施仁应物。率土方涵于圣化，宾天遽怆于神游。追龙驾于空衢，莫知所税，瞻鸟耘之新陇，但有至怀。

十月一日永昭陵奏告仁宗皇帝旦表

伏以月乘该阂，时御闭藏。岁回薄以将更，物盛多而可享。恭惟尊谥皇帝，德符穹昊，功济黎元。方求大隗之居，遂兆成周之葬。光灵在望，感恻交怀。

十月一日起居永安陵等处诸陵表

伏以日星随旋，岁月从迈。物更收揫之候，人积凄怆之怀。恭惟尊谥皇帝躬睿广之材，抚休明之运，协九皇而高世，追三后之在天。方以眇躬，嗣膺神器。想威灵之如在，感气序以增欷。

十月一日起居永安陵等处诸后陵表

伏以哀恫在疚，未尽通丧。弦晦如流，载更良月。恭惟尊谥皇后降厘妫汭，播美河洲，著慈范以如存，流徽音而可想。溯陵永望，感节深追。

冬至节上诸陵表

伏以气复黄宫，晷移北陆。物验土灰之应，官修云物之占。恭惟尊号皇帝睿广应期，休明作乂，收功既往，垂范方来。感时序之变流，想威灵而惨结。

南郊青城皇帝问太皇太后皇太后圣体表

臣名言，自宫徂郊，夙夜祇事。方此寒沍，阙于定省。伏惟比日寝食宜加。

太皇太后回答皇帝问圣体书

太皇太后致书于皇帝：奉祠郊宫，为国大事。夙兴夜寐，固已勤劳。勉慎节宣，以膺禧福。

皇太后回答太庙皇帝问圣体书

太后致书于皇帝：躬率群臣，肇见祖考。孝思之至，何以自胜？尚慎兴居，以保休福。

寒食节起居永定陵宣祖诸陵等处表

伏以榆火戒时，栢城在望。荐豆籩之新物，弗获躬亲，象几席之平居，实存馆御。黝烝有旧，纡慕无穷。

寒食节起居诸陵昭宪等诸后表

伏以桐华伊始，火令载障。获嗣庆图，仰蒙慈芘。追淑灵而漠逮，历时序以增思。

中元节三陵起居诸后表

伏以素秋伊始，华月既盈。物御气以夷伤，心感时而凄怆。伏惟尊谥皇后，惠风无斁，慈范有诒。猥以眇冲，仰承庆裕。瞻幽灵之所宅，结永慕之至怀。

冬至节上诸皇后陵表

伏以四时交御，一气潜萌。庆虽属于履长，悲岂忘于追慕。恭惟尊谥皇后升俪尊极，协成休明。德范有诒，方美王雎之挚，容衣不闷，尚瞻褕翟之华。永想光灵，讵胜摧感。

寒食节上南京鸿庆宫等处太祖诸帝表

伏以火禁肇修，春祺溥被。维是奉粢之礼，适当濡露之时。恭惟尊谥皇帝，德协上穹，功施后裔。傣神乡而弗返，廞圣像以如存。纡慕威灵，载怀感怵。

中元节起居外州诸宫观诸帝神御殿表

伏以夷则御辰，商声甫协，望舒戒节，阴魄既盈。伏惟尊号皇帝道迈往初，恩涵品汇。于属车之所御，有原庙之旧仪。方此戒寒，岂胜追远。

中元节起居诸陵表

伏以方秋厥初，既月之望，昊天始肃，繁露未晞。伏惟尊谥皇帝若昔大猷，受天明命。躬有灵德，燕及后昆。猥以眇躬，绍膺庆绪。垂恩罔极，宁忘骏命之休；厘事有初，敢废灵承之旧。冀蒙仙圣，俯鉴斋精。

十月一日起居扬州太祖神御殿表

伏以徂岁如流，甫更良月。遗衣所御，实有经祠。方属投艰。仰承锡羡。瞻威灵而如在，历时序以增思。

冬至节上南京鸿庆宫等诸帝表

伏以子位杓回，黄宫气应。既兆天正之始，方扶阳律之微。恭惟尊号皇帝，体道迈仁，膺时建极。豫游所次，馆御如存。抚时序之变更，仰威神而感恻。

先天节奏告仁宗皇帝表

伏以金气御时，商声应律。仰阅火流之速，俯沾露降之凄。伏惟仁宗皇帝功协圣谋，道侔乾则。垂至仁而丕冒，庆实无穷；感素节以深追，悲何有极。

南郊下元节更不于景灵宫朝拜奏告圣祖大帝表

伏以帝系所元，仙游如在。载更令节，当款殊庭。以卜禋祠，将陈祼献。惟祭仪之难黩，冀神监之具昭。

南郊礼毕皇帝谢内中功德表

伏以蠲烝庙祧，洁告郊畤。实蒙芘贶，以获顾歆。惟锡福之无穷，曷归诚之有已。

南郊礼毕福宁殿奏谢英宗皇帝表

伏以膺命绍休，诹时协吉。告洁粢于庙室，奠嘉玉于郊丘。虽祗奉圣谟，获无疆之庆赖，而深追神眷，重罔极之哀摧。

真宗皇帝忌辰奏告永定陵景灵宫慈德殿表

伏以庆灵回薄，永芘后昆。时序徂迁，奄更讳日。威神在望，感怵兼怀。

集禧观开启为民祈福祈晴道场默表

伏以雨淫为灾，民用愁垫。式陈净供，以致诚祈。冀格灵明，遂蒙开霁。惟洁粢之无害，仰休飨之有依。

【解题】

以上祭表二十七篇，写作时间难以一一确考。大约皆作于仁宗嘉祐年间，时王安石任知制诰。

祈　雨　文

惟神美名正气，索之前史详矣。噫！昔人也，挺王臣之节，忠信我任，德谊我负，故时君倚焉。今其神也，享庙食之贵，阴阳吾职，祸福吾柄，故州民赖焉。今千里旱暵，及时不雨，农夫悼心，郡将失色。某遂躬率僚属，来请于大庑下。惟神全死生之大名，开聪明于一方，霈甘霪以足民食，则前谓人神之灵，于古今无愧焉。尚飨。

谢　雨　文

夫庙其貌，神其灵，函聪明正直之德，俾祸福倚伏之时，用默于民而不知其所以用者，斯之谓至神乎？太守领天子命，藩一都会，岁时丰凶疾苦，得劳佚之，使百姓无愁叹之声，斯太守之事也。神，阴也。阴阳契合，若影响然。曏以郊原旱暵，及夏不雨，耘者耔者，悼心自失，遂祈福于大庑下。惟神恻然开明灵，惠然纳至诚，言然而云兴，祷然而雨零。苗枯而生，民默而声，又得非神之至乎？今吏民洁牲醴，奔走欢呼，请偿其灵，某不佞，辄书为千古世谚。尚飨。

【解题】

上二文写作时间难以确考。安石自称太守，则当作于知常州或知舒州时，即仁宗嘉祐、英宗治平年间。祈雨、谢雨，今天看来，未免可笑，但安石爱民之心可见一斑。

祭束向元道文

呜呼束君！其信然耶？奚仇友朋，奚怨室家？堂堂去之，我始疑嗟。惟昔见君，田子之自。我欲疾走，哭诸田氏。吾縻不赴，田疾不知。今乃独哭，谁同我悲？始君求仕，士莫敢匹。洪洪其声，硕硕其实。霜落之林，豪鹰俊鹗。万鸟避逃，直摩苍天。踬焉仅仕，后愈以困。洗藏销塞，动辄失分。如羁骏马，以驾柴车，侧身堕首，与蹇同刍。命又不祥，不能中寿。百不一出，孰知其有？

能知君者，世孰予多？学则同游，仕则同科。出作扬官，君实其乡。倾心倒肝，迹斥形忘。君于寿食，我饮鄞水。岂无此朋？念不去彼。既来自东，乃临君丧。闷闷阴宫，梗野榛荒。东门之行，不几日月。孰云于今，万世之别？嗟屯怨穷，闵命不长。世人皆然，君子则亡。予其何言？君尚有知，具此酒食，以陈我悲。

【解题】

本文写作时间难以确考，大约作于仁宗时。束元道是安石的好友，安石称“能知君者，世孰予多？学则同游，仕则同科”。于其丧，安石乃作此祭文，“以陈我悲”。

祭王回深甫文

嗟嗟深甫，真弃我而先乎？孰谓深甫之壮以死，而吾可以长年乎？虽吾昔日执子之手，归言子之所为，实受命于吾母，曰：“如此人，乃与为友。”吾母知子，过于予初，终子成德，多吾不如。呜呼天乎！既丧吾母，又夺吾友，虽不即死，吾何能久！搏胸一恸，心摧志朽，泣涕为文，以荐食酒。嗟嗟深甫，子尚知否？

【解题】

本文作于英宗治平二年（1065）。王回是作者的挚友，二人相得甚欢。作者并作有《王深甫墓志铭》。

祭欧阳文忠公文

夫事有人力之可致，犹不可期，况乎天理之溟漠，又安可得而推？惟公生有闻于当时，死有传于后世，苟能如此足矣，而亦又何悲！

如公器质之深厚，智识之高远，而辅学术之精微，故充于文章，见于议论，豪健俊伟，怪巧瑰琦。其积于中者，浩如江河之停蓄；其发于外者，烂如日星之光辉。其清音幽韵，凄如飘风急雨之骤至；其雄辞闳辩，快如轻车骏马之奔驰。世之学者，无问乎识与不识，而读其文，则其人可知。

呜呼！自公仕宦四十年，上下往复，感世路之崎岖。虽屯遭困踬，窜斥流离，而终不可掩者，以其公议之是非。既压复起，遂显于世，果敢之气，刚正之节，至晚而不衰。方仁宗皇帝临朝之末年，顾念后事，谓如公者，可寄以社稷之安危。及夫发谋决策，从容指顾，立定大计，谓千载而一时。功名成就，不居而去。其出处进退，又庶乎英魄灵气，不随异物腐散，而长在乎箕山之侧与颍水之湄。然天下之无贤不肖，且犹为涕泣而歔欷。而况朝士大夫，平昔游从，又予心之所向慕而瞻依？

呜呼！盛衰兴废之理，自古如此。而临风想望不能忘情者，念公之不可复见，而其谁与归？

【解题】

本文作于神宗熙宁五年（1072）。是年闰七月，一代文豪欧阳修与世长辞。安石此文，对欧阳修的道德文章、丰功伟绩推崇备至，抒发了无尽的哀思，感情极其深沉。

郊祀昊天上帝册文

伏以眷命作邦，百年于此，蒙休承福，外内用宁。施及冲人，嗣膺历服。燎禋有典，称秩惟时。

郊祀皇地祇册文

伏以大报于郊，有典咸秩，厥作成物，配天同功。合食泰坛，义存一体。猥以冲眇，绍休前人，絜承昭事，不敢不察。

郊祀配帝太祖皇帝册文

伏以命于帝廷，肇造区夏，扫除僭悖，人以永宁。陟配天郊，实存旧典。灵承圭荐，其敢忘初。

朝享景灵宫圣祖大帝册文

伏以灵德在天，实基皇命，降依下土，临况后人。方以眇躬，进承郊庙，神游所御，献享惟时。庶几顾歆，永有蒙赖。

朝享仁宗皇帝册文

伏以体道迈德，宠绥臣民，休嘉垂延，燕及于后。肆以寡昧，获承郊宫，祼馈有仪，敢忘用旧。

朝享英宗皇帝册文

伏以灵德美行，实兆初潜，神民所歆，实命自至，祗绍考服，循而弗改，用谧土宇，以诒冲人。登祔新宫，历兹嘉月，燎禋有旧，祼享惟时。

【解题】

以上册文六道，写作时间不可确考，大约作于神宗熙宁年间。

英德殿上梁文

天都左界，帝室中经。诞惟仙圣之祠，夙有神灵之宅。嗣开宏构，追奉晬容。方将广舜孝于无穷，岂特尚汉仪之有旧？

先皇帝道该五泰，德贯二仪。文摛云汉之章，武布风霆之号。华夏归仁而砥属，蛮夷驰义以骏奔。清跸甫传，灵舆忽往。超然姑射，山无一物之疵；邈矣寿丘，台有万人之畏。已葬鼎湖之弓剑，将游高庙之衣冠。

今皇帝孝奉神明，恩涵动植。纂禹之服，期成万世之功；见尧于羹，未改三年之政。乃眷熏修之吉壤，载营馆御之新宫。考协前彝，述追先志。孝严列峙，寝门可象于平居；广祐旁开，辇路故存于陈迹。官师肃给，斤筑隆施。揆吉日以庀徒，举修梁而考室。敢申善颂，以相欢谣。

儿郎伟！抛梁东。圣主迎阳坐禁中。明似九天升晓日，恩如万国转春风。

儿郎伟！抛梁西，瀚海兵销太白低。王母玉镶方自执，大宛金马不须赍。

儿郎伟！抛梁南，丙地星高每岁占。千障灭烽闻开岭侥，万艘输赍引江潭。

儿郎伟！抛梁北，边头自此无鸣镝。即看呼韩渭上朝，休夸窦宪燕然勒。

儿郎伟！抛梁上，仿佛神游今可想。风马云车世世来，金舆玉罼年年往。

儿郎伟！抛梁下，万灵隤祉扶宗社。天垂嘉种已丰年，地产珍符方极化。

伏愿上梁之后，圣躬乐豫，宝命灵长。松茂献两宫之寿，椒繁占六寝之祥。宗室蕃维之彦，朝廷表干之良。家传庆誉，代袭龙光。肩一心而显相，保馈祀之无疆。

【解题】

本文作于神宗熙宁年间。乃为英宗皇帝神御殿上梁所作的祭文。

祭张安国检正文

呜呼！善之不必福，其已久矣，岂今于君，始悼叹其如此？自君丧除，知必顾予。怪久不至，岂其病欤？今也君弟，哭而来赴。天不姑释一士，以为予助。何生之艰，而死之遽！君始从我，与吾儿游，言动视听，正而不偷。乐于饥寒，惟道之谋。既掾司法，议争谳失，中书大理，再为君屈。遂升宰属，能挠强倔，辩正狱讼，又常精出。岂君刑名，为独穷深，直谅明清，靡所不任。人恌莫知，乃恻我心。君仁至矣，勇施而忘己。君孝至矣，孺慕以至死。能人所难，可谓君子。呜呼！吾儿逝矣，君又随之，我留在世，其与几时？酒食之哀，侑以言辞。

【解题】

本文写作时间难以确考，当在神宗熙宁、元丰年间。张安国曾从安石游，与安石子雱友善。今安国之丧，复引起安石丧子之痛，叹曰“我留在世，其与几时”。

祭曾鲁公文

肃肃鲁公，为时臣宗。小大具宜，济以勤恭。实相累朝，有德有庸。帝序之爵，三公是秩。神介之祉，乃终有吉。显允嗣子，能匹公休，赞我事枢，符帝之求。公荣在家，禄养具美，既寿且康，顺以卒齿。公则无憾，以返其真。天子震悼，逮及国人。况如安石，辱知最久。西望涕颐，以荐食酒。

【解题】

曾鲁公，即曾公亮，他被封为鲁国公。曾鲁公死于神宗元丰元年（1078）。本文大概就作于此时。曾鲁公曾举荐王安石于神宗。

祭吴冲卿相公文

呜呼！公命在酉，长我一时。公先我茁，我后公萎。中间仕宦，有合有离。后我所践，公辄仍之。出则交辔，处则连榱，坐肘则并，行肩则差。岂愿敢及，天实我贻。公之停蓄，及所设施，有诰有诔，亦有铭诗。又将有史，传所不疑。我既惫眊，何辞能为。婚姻之故，唯以告悲。

【解题】

吴冲卿，名充，字冲卿。曾任观文殿大学士。卒于神宗元丰三年（1080）。安石之二女嫁与吴充之子吴安持，故云“婚姻之故，唯以告悲”。

祭北山元长老文

元丰三年九月四日，祭于北山长老觉海大师之灵。自我壮强，与公周旋，今皆老矣，公弃而先。逝孰云远，大方现前。馔陈告违，世礼则然。尚飨！

【解题】

本文作于神宗元丰三年（1080）九月。王安石与觉海大师交厚，曾作《白鹤吟》赠之。

祭周几道文

初我见君，皆童而帻。意气豪悍，崩山决泽。弱冠相视，隐忧困穷。貌则侔年，心颓如翁。俯仰悲欢，超然一世。皓发黧馘，分当先弊。孰知君子，赴我称孤？发封涕洟，举屋惊呼。行与世乖，惟君缱绻。吊祸问疾，书犹在眼。序铭于石，以报德音。设辞虽褊，义不愧心。君实爱我，祭其知歆。

【解题】

本文写作时间难以确考。文章称“初我见君，皆童而帻”，“皓发黧馘，分当先弊”，则当是作于晚年。文章虽然不长，但感情十分真挚。

祭先圣文

惟王之道，内则妙万物，而外则为王者，为绪余于一时，而鼓舞于万世。学者范围于覆焘之中，而不足以酬高厚之德。今与诸生释奠而不敢后者，兹学校之仪，而兴其所以爱礼之意也。

祭先师文

外物不足以动心而乐者，可谓知性矣，然后用舍之际，始可以语命。而三千之徒，圣人独以公预，此所以学校有释菜之事而以公配享焉。

【解题】

以上二文写作时间不详。时诸生入学行祭礼，以孔子为先圣、颜渊为先师而祭享之。

祭高师雄主簿文

我始寄此，与君往还。于时康定，庆历之间。爱我勤我，急我所难。日月一世，疾于跳丸。南北几时，相见悲欢。去岁忧除，追寻陈迹。淮水之上，冶城之侧，握手笑语，有如一昔。屈指数日，待君归龄。安知弥年，乃见哭庭。维君家行，可谓修饬。如其智能，亦岂多得。垂老一命，终于远域。岂唯故人，所为叹惜。抚棺一奠，以告心恻。尚飨。

【解题】

本文写作时间不详。文章回忆了自己与高师雄自康定、庆历年间定交以来的种种往事，寄托了对高师雄的怀念。

泰兴令周孝先哀辞

吁嗟于思兮，孝于父母，施于族姻兮，亦及朋友。云然兮宜不富，又曷为兮不寿？藐藐兮其子，茕茕兮其妻。无庐与田兮，哀者其谁？吾无奈何兮，哀以吾辞。

【解题】

本文写作时间不详。文章称赞了周孝先的品德，痛惜其撇下孤儿寡母，英年早逝。

祭李省副文

呜呼！君谓死者必先气索而神零。孰谓君气足以薄云汉兮，神昭晰乎日星，而忽陨背乎不能保百年之康宁。惟君别我，往祠太一，笑言从容，愈于平日。既至即事，升降孔秩。归鞍在涂，不返其室。讣闻士夫，环视太息。矧我于君，情何可极。具兹醪羞，以告哀恻。尚飨。

【解题】

本文写作时间不详。文章先叙死者生前对死亡的看法，不敢相信他竟突然离开人世。

祭吕望之母郡太文

呜呼！贤矣夫人，善持门闾。皓若玉雪，一其终初。允孝维妇，允仁维姑。实生才子，我所叹誉。秉义率法，困而不渝。夫人之教，著不可诬。归殡窀穸，无悔无愉。维子之故，具此俎壶。

【解题】

本文写作时间不详。文章称郡太之贤及其才，并说明作文之由。

祭程相公琳文

呜呼！公在京师，为天子毗，发论强强，不苟其为。公于四方，为镇为屏，推良抑奸，两适宽猛。自伯休父，有称于周，及公千年，追配前休。时文而文，时武而武，顾我无状，辱公等仵。庶见吉召，乃闻凶归，驰哀一觞，终古之违！

【解题】

本文写作时间不详。此文系代高若讷枢密作。安石也曾作文祭高若讷。

祭秦国夫人文

于惟夫人，顺慎和恭。上之岐岐，实护于中。开号大邦，福禄之隆。康宁寿考，而以荣终。丧车其行，肇此明发。上用旧德，情之郁结。凡我在位，敢忘心怛。奠云将之，具此薄物。

【解题】

本文写作时间不详，亦为代高若讷作。文章称秦国夫人“顺慎和恭”、“康宁寿考”。并言“凡我在位，敢忘心怛”。

祭刁博士绎文

惟君其先，黻冕之华。君弱而良，遂世其家。越天圣初，上始即位。开延闻人，间不容伪。若古尧虞，稷契亲逢。君子其时，奋追群龙。五两之纶，三钟之粟。沉才下吏，间关楚蜀。碣扬州，辅佐元侯。朝其或者，明试谟谋？最未及论，泯焉之幽。龟紫纷如，朱丹其车。昔之同升，泰亦众已。胡宁若人，乃此乎止？旻天介寿，宜良者多。良者弗寿，谓旻天何！亲发堕颠，子发犹羁。惟堂一恸，谁者无悲？令龟得日，棺还无咎。铭旌悠悠，羽翣南首。惟君之旧，惟僚及友。徘徊路旁，涕落奠觞。

【解题】

本文写作时间不详，大约作于仁宗时。作者将刁绎遭遇仁宗，比作稷契亲逢尧舜，感叹“良者弗寿，谓旻天何”。

祭虞靖之文

刚耿直谅，醇明博美，敢于为义，我实知子。达我所愿，穷吾所耻，奈何终穷，命也天只！前年仆马，来自田里，白颠夷齰，相见悲喜。输吾肝膈，莫逆其韪，衰老邂逅，绸缪山水。念我难继，庶今少止，翻然为辞，遂隔生死。寓哀一酹，呜呼已矣！

【解题】

本文写作时间难以确考。文章称“衰老邂逅”，大概作于晚年。

祭陈浚宣叔文

嗟乎宣叔，学以为己，不溺于俗，孤骞介峙。孰以不羸，孰忤不强？卒踬穷巴，乃命不祥。怡怡在宫，翼翼在外，胡是不福，贵奸寿悖？我思古人，禄世其初，悲君之食，不逮于孤。古不背死，隆亲急故，今此营营，谁赡谁助？自昔海滨，以心相投，俱官于南，邂逅绸缪。颜合意同，云谁无友？谅直之好，于君实厚。有志不施，又困无财，虽痛何为，维以告哀。

【解题】

本文写作时间不详。文章痛惜陈宣叔“有志不施，又困无财”，写此文寄托自己的哀思。

祭李审言文

呜呼！噫公之才，岂独我知？公数困厄，岂人能为？所畸乎人，岂能无疵？所侔乎天，我乃知之。交不就利，高明所忌。莅不失宜，孤寡所思。凡今君子，疢实在兹。公亦知我，如我公知。厥交淡如，唯正无私。哀今亡矣，侑酾以辞。

【解题】

本文写作时间不详。安石与李审言相知甚深，君子之交。文章称“公亦知我，如我公知。厥交淡如，唯正无私”。

祭沈中舍文

惟公之生，于朝缙绅，夫人嫔之，以作封君。皆以寿终，而世有人。昔我先子，公伦之旧，施于不肖，遂为世友。不腆之文，既藏于丘，惟是区区，以赞醪羞。

【解题】

本文作于仁宗庆历六年（1046）。安石与沈中舍之子为同科进士，既为沈中舍撰墓志铭，复作此祭文。

祭曾博士文

呜呼！公以罪废，实以不幸。卒困以夭，亦惟其命。命与才违，人实知之。名之不幸，知者为谁？公之闾里，宗亲党友，知公之名，于实无有。呜呼公初，公志如何！孰云不谐，而厄孔多？地大天穹，有时而毁。星日脱败，山倾谷圮。人居其间，万物一偏，固有穷通，世数之然。至其寿夭，尚何忧喜！要之百年，一蜕以死。方其生时，窘若囚拘。其死以归，混合空虚。以生易死，死者不祈。唯其不见，生者之悲。公今有子，能隆公后。惟彼生者，可无甚悼。嗟理则然，其情难忘。哭泣驰辞。往侑奠觞。

【解题】

本文写作时间不详。文章盛称曾博士之才与德，而叹其命蹇运乖。安石虽然豁达地称“要之百年，一蜕以死”，但仍不免为死者“哭泣驰辞”。

祭苏虞部文

君慎足以保其身，和足以谐于世，嗟乎不淑，而不永年。受命徂东，才三年耳，孰云今者，君以丧归。交游之情，哀痛何极，聊陈薄奠，以告长违。

【解题】

本文写作时间不详。安石称赞了苏虞部的“慎”、“和”，悲其不得寿考，作此文祭之。

祭杜待制文

士耻无材，耻不修身，身修而材，有不及民。兄世可愿，于公皆有，孰窘其年，不使难老？贵者善防，其有孰窥？公心豁豁，不置墙帷。有挟易骄，不难拒善，公义所在，服之无贱，推以时施，宜以每成，又况于公，强果以行。物贵于时，常以其少，悲矣予思，我知其久。钟山北蟠，江落而东，完厚密牢，万世之宫。其归孰知？愚与在此，酹公以文，以配铭史。

【解题】

本文写作时间不详。文章颂杜待制心胸坦荡、从善如流。并云：“悲矣予思，我知其久……酹公以文，以配铭史。”

祭丁元珍学士文

我初闭门，屈首书诗。一出涉世，茫无所知。援挈覆护，免于阽危。雝培浸灌，使有华滋。微吾元珍，我始弗殖。如何弃我，陨命一昔？以忠出恕，以信行仁。至于白首，困厄穷屯。又从跻之，使以踬死。岂伊人尤？天实为此。有槩彼石，可志于丘。虽不属我，我其徂求。请著君德，铭之九幽。以驰我哀，不在醪羞。

【解题】

本文写作时间不详。文章追述了丁元珍对自己的呵护，叹其

“困厄穷屯”，寄托了自己的哀思。

祭刁景纯学士文

呜呼刁公，不忮不求。坦然立行之平，裕然与人之周。既贵贱以同观，亦始终之相侔。惟其动必依于仁，故其寿若此之修。望音容而已远，欲亲吊以无由。慨临风而出涕，辞以侑乎醪羞。

【解题】

本文写作时间不详。于刁景纯之丧，安石不能亲往吊之，只能“慨临风而出涕”，著斯文以祭之。

祭韩钦圣学士文

嗟为君兮邦之特，目扬秀兮颜发泽。纷百家兮并涉，超独怀兮道德。博荡荡兮无畛，宽恂恂兮莫逆。出当官兮发论，使权强兮累息。年何尤兮止此，禄不多兮谁啬。具壶觞兮酹哭，攀丧车兮启夕。岂独愁兮吾僚，隐多闻兮谅直。顾笑语兮已矣，冀来嘉兮魂魄。

【解题】

本文写作时间不详。安石悲韩钦圣“年何尤兮止此，禄不多兮谁啬”，具壶觞酹，作斯文祭。

祭沈文通文

呜呼文通，一世之英，耀矣其光，铧矣其荣。有所不为，为无不果；有所不学，学无不成。故治行简于人主之心，名声溢于时士之口。谓且复起，谋谟左右。何与之以如此之才，而不副之以须臾之寿？悲伤叹息，举世皆然，岂特故人，为之流涟？驰哀一酹，以诀终天。

【解题】

本文写作时间不详。安石称沈文通为“一世之英”，感叹上天“与之以如此之才，而不副之以须臾之寿”。

祭杜庆州杞文

呜呼庆州，一世之英。濯濯其灵，粲粲其明。材能称于天下，言行信于朝廷。孰多其予，而不足以龄？不肖之身，始佐公杨。公后来东，有赐于明。昔饮同堂，今奠于庭。酒肴则薄，丰者维诚。再拜事公，敢不如生？

【解题】

本文写作时间不详。安石曾任杜庆州之佐吏，赞其“材能称于天下，言行信于朝廷”，于其丧，具酒食并斯文以祭。

祭张左丞若谷文

呜呼！公作升州，先君实佐。公为其子，请昏于我。先君不幸，公觐京师，讣逮公门，公哭殊悲。吊问赙祭，使来以时。乃今公薨，独以窭故，财无以禭。祭又不时，独悲以慕。惟公之生，明惠裕和。善恕于人，恩实我多。虽祭不时，其吐之耶。

【解题】

本文写作时间不详。安石之父曾为张若谷之佐官，其长妹又适若谷之子张奎。若谷之丧安石未能及时赴吊，但云“虽祭不时，其吐之耶”。

祭高枢密若讷文

越初生民，降讫于兹。废兴乱治，成败安危，猷为之君，辩论之师。章书传记，箴赋铭诗，乖离诡驳，有万其辞。公于其间，靡所不知。江含海畜，其富无訾，孰穷其源？孰究其涯？作时宗工，出长群司，洋洋厥闻，可以敷施。谓且永年，左右诹咨，曷云其凶，弗耄弗期。凡我常僚，曷已其思？为此薄物，以将我悲。

【解题】

本文写作时间不详。安石曾为高若讷之僚属，及其丧，作斯文，颂其盛德，寄以哀思。

祭吕侍读文

呜呼！伯夷相唐，尚父宾周，受氏胙国，重光奕休。于辰之逢，发我文靖，公实冢嗣，缵前之庆。御书翰林，典礼太常，是为世臣，焜耀家邦。方骞方奋，厥陨谁使，震惊咨嗟，上自天子。凡居此列，惟公弟僚，于公之殡，祗荐醪羞。

【解题】

本文写作时间不详。文章称吕侍读荣宗耀祖，为国之栋梁；及其丧，天子、群臣皆“震惊咨嗟”。安石因著此文以祭之。

祭马龙图文

呜呼！余托业于进士，熟君名于垂髫。既备官于淮南，刁为县之风谣。去幕府而西游，依国门之嶕峣。始逢君之执靮，屡顾我而回镳。逮杨子之既见，方皖城之穷漂。遂有通家之好，终无挟长之骄。君言事以北出，予罢官而南侨。一江亭之邂逅，话宿昔以终宵。以牧官之在列，当御史之还朝。又追随于暇日，心所好而忘遥。距乖隔之几何，忽水浅而风飘。画半涂于万里，弃余日于一朝。维知君之日久，信智迈而才超。考前人之治乱，讲后世之昏昭。释众言之抵牾，排异学之倾摇。众相纷以异绪，君独悟而同条。嗟墁人之已矣，斤欲奋而谁要？望丹舟而陨涕，具樽酒以来浇。想明灵之犹在，冀薄礼之能招。

【解题】

本文写作时间不详。文章追忆了与马龙图交往的种种故事，盛赞其才、其德，作斯文祭之，以寄托无限哀思。

祭马玘大夫文

呜呼惟君，才敏强明，为时能吏。剿剧拨烦，易于屈指。近畏远怀，有誉无訾。使于岭南，俗易夷鄙。江东内迁，厥势方起。孰云一朝，寿止如此。摅怀以辞，荐此薄菲。

【解题】

本文写作时间不详。文章叹马玘“才敏强明，为时能吏”，刚要大展宏图，却不幸早逝。安石因具酒食与此文以祭。

十二　杂体

伤　仲　永

金溪民方仲永，世隶耕。仲永生五年，未尝识书具，忽啼求之。父异焉，借旁近与之，即书诗四句，并自为其名。其诗以养父母、收族为意，传一乡秀才观之。自是指物作诗立就，其文理皆有可观者。邑人奇之，稍稍宾客其父，或以钱币乞之。父利其然也，日扳仲永环丐于邑人，不使学。

予闻之也久，明道中，从先人还家，于舅家见之，十二三矣。令作诗，不能称前时之闻。又七年，还自扬州，复到舅家，问焉。曰："泯然众人矣。"王子曰："仲永之通悟，受之天也。其受之天也，贤于材人远矣。卒之为众人，则其受于人者不至也。彼其受之天也，如此其贤也，不受之人，且为众人。今夫不受之天，固众人，又不受之人，得为众人而已邪？"

【解题】

本文作于仁宗庆历三年（1043）。本文寓理于事，叙议结合，乃散文中之精品。

同学一首别子固

江之南有贤人焉，字子固，非今所谓贤人者，予慕而友之。

淮之南有贤人焉，字正之，非今所谓贤人者，予慕而友之。二贤人者，足未尝相过也，口未尝相语也，辞币未尝相接也。其师若友，岂尽同哉？予考其言行，其不相似者，何其少也！曰，学圣人而已矣。学圣人，则其师若友，必学圣人者。圣人之言行岂有二哉？其相似也适然。

予在淮南，为正之道子固，正之不予疑也。还江南，为子固道正之，子固亦以为然。予又知所谓贤人者，既相似，又相信不疑也。

子固作《怀友》一首遗予，其大略欲相扳以至乎中庸而后已。正之盖亦常云尔。夫安驱徐行，轥中庸之廷，而造于其堂，舍二贤人者而谁哉？予昔非敢自必其有至也，亦愿从事于左右焉尔。辅而进之，其可也。

噫！官有守，私系会合不可以常也，作《同学一首别子固》，以相警且相慰云。

【解题】

本文作于仁宗庆历三年（1043）。子固，即王安石好友曾巩，字子固。文中所言正之是王安石另一好友孙正之，参见《送孙正之序》。

先大夫述

王氏其先出太原，今为抚州临川人，不知始所以徙。其后有隐君子某，生某，以子故赠尚书职方员外郎。职方生卫尉寺丞某，公考也。公讳某，始字损之，年十七，以文干张公咏，张公奇之，改字公舜良。

祥符八年，得进士第，为建安主簿。时尚少，县人颇易之。既数月，皆畏，翕然，令赖以治。尝疾病，阖县为祷祠。县人不时入税，州咎县，公曰："孔目吏尚不时入税，贫民何独急邪？"即舁校置府门，取孔目吏校以归，杖二十，与之期三日。尽期，民之税亦无不入，自将已下皆侧目。为判官临江军，守不法，公遇事辄据争之以故事。一政吏为文书谩其上，至公辄阁。军有萧滩，号难度，以腐舡度辄返，吏呼公为"判官滩"云。豪吏大姓，至相出钱求转运使下吏出公领新淦县，县大治，今三十年，吏民称说如公在。改大理寺丞，知庐陵县，又大治。移知新繁县，改殿中丞。到县，条宿奸数人上府，流恶处，自余一以恩信治之，尝历岁不笞一人。

知韶州，改太常博士、尚书屯田员外郎。夷越无男女之别，前守类以为俗然，即其得可已，皆弗究。公曰："同是人也，不可渎其伦。夫所谓因其俗者，岂谓是耶？"凡有萌蘖，一切擿发穷治之。时未几，男女之行于市者，不敢一涂。胡先生瑗为《政范》，亦掇公此事。

部县翁源多虎，公教捕之。民言虎自毙者五。令断虎头，舆致州，为颂以献。公麾舆者出，以颂还令，其不喜怯，不以其道说之不说也如此。蜀效忠士屯者五百人，代不到，谋叛。韶，小州，即有变，无所可枝梧，佐吏始殊恐，公不为动，独捕其首五人，即日断流之。护出之界上。初，佐吏固争请付狱，既而闻其徒谋，若以首赴狱，当夜劫之以叛，众乃愈服。公完营驿仓库，建坊道，随所施设有条理。长老言自岭海服朝廷，为吾州守未有贤公者。丁卫尉府君忧，服除，通判江宁府，阅两将，一以府倚公办。宝元二年二月二十三日，以疾弃诸孤官下，享年四十六。

公于忠义孝友，非勉也，宦游常奉亲行，独蜀西川以远，又法不听，在新繁未尝剧饮酒，岁时思慕，哭殊悲。其自奉如甚啬者，异时悉所有以贷于人，治酒食，须以娱其亲，无秋毫爱也，人乃或以为奢。居未尝怒笞子弟，每置酒，从容为陈孝悌仁义之本，古今存亡治乱之所以然，甚适。其自任以世之重也，虽人望公则亦然，卒之官不充其材以夭，呜呼！其命也。呜呼！其命也。

母谢氏，以公故封永安县君。娶某氏，封长寿县君。子，男七人，女一人适张氏，处两人。将以某月日葬某处，子某等谨撰次公事如右，以求有道而文者铭焉，以取信于后世。

【解题】

本文作于仁宗庆历八年（1048）。“先大夫”，即安石之父王益。王安石作此文，以付曾巩，请他据此为王益作墓志铭。

题王逢原讲孟子后

逢原在常江阴时，学者有问以《孟子》，而逢原为之论说，是以如是其详也。未几而逢原卒，故其书才终于一篇，而考之时不同，盖其志犹未就也。虽然，观其说，亦足以概见之矣。若逢原所谓见其进未见其止也，其卒时年二十八。呜呼！惜哉。逢原卒于嘉祐己亥六月，后七年讲义方行。

【解题】

本文作于英宗治平三年（1066）。王逢原（名令，字逢原），是安石之好友，惜乎英年早逝，安石惜其志未伸，叹“见其进未见其止”。

与妙应大师说

妙应大师智缘，诊父之脉，而知子之祸福。翰林王承旨疑其古之无有。缘曰：“昔秦医和诊晋侯之脉，而知良臣必死，良臣之死，乃见于晋侯之脉，诊父而知子，又何足怪哉！”熙宁庚戌十二月十九日，某书。

【解题】

本文作于神宗熙宁三年（1070）。文章记妙应大师“诊父之脉，而知子之祸福”，并引秦医和之事，证其可信。

相　鹤　经

鹤者，阳鸟也，而游于阴，因金气、依火精以自养。金数九，火数七，六十三年小变，百六十年大变，千六百年形定。生三年顶赤，七年飞薄云汉，又七年夜十二时鸣，六十年大毛落，茸毛生，乃洁白如雪，泥水不能污，百六年雌雄相视而孕，一千六百年饮而不食，胎化产，为仙人之骐骥也。夫声闻于天故顶赤，食于水故喙长，轻于前故毛丰而肉疏，修颈以纳新故天寿不可量。所以体无青黄二色，土木之气内养，故不表于外也。是以行必依洲渚，止不集林木，盖羽族之清崇也。其相曰：“隆鼻短喙则少瞑，露睛赤白则视远，长颈竦身则能鸣，凤翼雀尾则善飞，龟背鳖腹会舞，高胫促节足力。”其文，李浮丘伯授王子晋，又崔文子学道于子晋，得其文，藏嵩山石室，淮南公采药得之，遂传于代。熙宁十年正月一日，临川王安石修。

【解题】

本文作于神宗熙宁十年（1077）。是年，王安石退居江宁。文章先对鹤作全面介绍，后叙《相鹤经》及其由来。

题　旁　诗

旁近有诗云：“杜家园上好花时，尚有梅花三两枝。日莫欲归岩下宿，为贪香雪故来迟。”俞秀老一见，称赏不已，云绝似唐人。旁喜作诗，如此诗甚工也。

【解题】

王安石之长子雱卒于熙宁九年，次子旁，应安石之请，任职江宁府粮料院。本文作于神宗元丰元年（1078），寥寥数语，欣喜之情溢乎文外。

议郊庙太牢

谨按《礼记·王制》，“祭庙之牛角握”；《周礼·小司徒》，“凡小祭祀奉牛牲”。又古者诸侯五庙，礿祠烝尝每庙一太牢。大夫三庙有。天子之大夫，故曰“大夫用索牛”，谓之“索”者，求得而用之，但不在涤而已。诸侯之祔祭用太牢，吉祭则少牢，自诸侯与天子之大夫，时祭用牲如此，然则天子之祭用牛者可知矣。唐郊祀并宗庙、社稷等祭悉用太牢，其后稍易旧制，九庙时享有摄事共用一犊。国朝开宝初，诏亲祠太庙共用一犊，又诏常祀惟昊天上帝用犊，自余大祀以羊豕代之。嘉祐中，仁宗亲祫，即每室用太牢，自余三年亲祀，八室共用一犊，有司摄事，惟以羊豕。

《记》曰：“先王之制礼也，不可多也，不可寡也，惟其称也。”是故君子太庙而祭谓之礼，曰君子，谓大夫以上也。夫以天下奉其祖祢，而庙享牲牢用过乎俭，不可谓称。今三年亲祠而八室共用一犊，及祫享盛礼有司摄事而用少牢，则非称。欲乞三年亲祠并时飨有司摄事，伏请太庙每室并用太牢一。

贴黄

窃恐朝廷以牛数多，或乞时飨且仍旧制。

右奉圣旨唯亲祠并祫享每室用太牢。

【解题】

本文作于神宗熙宁年间，具体时间不详。文章是论述郊祀、宗庙祭祀用牲的问题。

议郊祀坛制

先王所以交于神明，坛坎、牲币、器服、时日、形色、度数莫不依其象类。《易》曰："一阴一阳之谓道。"乾，阳物也；坤，阴物也。冬日至，祀天于地上之圆丘，所谓为高必因丘陵，而因天事天也。夏日至，祭地于泽中之方丘，所谓为下必因川泽，而因地事地也。盖阳以圆为形，其性动；阴以方为体，其性静。天阳而动，故祀于地上之圆丘，而礼神以苍璧，璧亦圆也。地阴而静，故祭于泽中之方丘，而礼神以黄琮，琮亦方也。今祀地以为圆坛而国阳之地上，岂圣人以类求神之意哉？熙宁郊仪，祭皇地祇坛八角，祭神州地祇坛广四十八步、高五尺。今则变方为圆坛，神州筑方坛而复无坎，皆不应礼。伏请皇地祇、神州地祇为方坛，坛之外为坎，庶协古制。

右奉圣旨改圆坛为方丘，余不行。

【解题】

本文作于神宗熙宁年间。文章阐明祭皇地祇、神州地祇，应以方坛。

郊宗议

问：郊祀后稷以配天，宗祀文王于明堂以配上帝，二者皆配天也，或于郊之圆丘，或于国之明堂，或以冬至之日，或以季秋之月，或以祖，或以祢，或曰配天，或曰配上帝，何也?

对曰：天道升降于四时。其降也，与人道交；其升也，与人道辨。冬曰上天与人道辨之时也，先王于是乎以天道事之；秋则未辨乎人也，于是乎以人道事之。以天道事之，宜远人，宜以自然，故于郊、于圆丘；以人道事之，则宜近人，宜以人为，故于国、于明堂。始而生之者，天道也；成而终之者，人道也。冬之日至，始而生之之时也；季秋之月，终而成之之时也。故以天道事之，则以冬之日至；以人道事之，则以季秋之月。远而尊者，天道也；迩而亲者，人道也。祖远而尊，故以天道事之，则配以祖；祢迩而亲，故以人道事之，则配以祢。郊天，祀之大者也，遍于天之群神，故以配天；明堂则弗遍也，故以配上帝而已。

夫天与人异道也，天而以人事之，何也?

曰：所谓天者，果异于人邪?所谓人者，果异于天邪?故先王之于人鬼也，或以天道事之：萧合稷黍臭阳达于墙屋者，以天道事之也。鸣呼，天人之不相异，非知神之所为，其孰能与于此?

此礼尚矣，孔子何以独称周公?

曰：严父莫大于配天者，以得天为盛，天自民视听者也，所谓得天，得民而已矣。自生民以来，能继父之志、能述父之事而得四海之欢心以事其亲者，未有盛于周公也。

【解题】

本文当作于神宗熙宁年间。文章以问答的形式，阐明郊祀、宗庙祭祀及与之相关的一些问题。

书刺客传后

曹沫将而亡人之城，又劫天下盟主，管仲因勿背以市信一时可也。予独怪智伯国士豫让，岂顾不用其策耶？让诚国士也，曾不能逆策三晋，救智伯之亡，一死区区，尚足校哉？其亦不欺其意者也。聂政售于严仲子，荆轲豢于燕太子丹。此两人者，污隐困约之时，自贵其身，不妄愿知，亦曰有待焉。彼挟道德以待世者，何如哉？

读柳宗元传

余观八司马，皆天下之奇材也，一为叔文所诱，遂陷于不义。至今士大夫欲为君子者，皆羞道而喜攻之。然此八人者，既困矣，无所用于世，往往能自强以求别于后世，而其名卒不废焉。而所谓欲为君子者，吾多见其初而已，要其终，能毋与世俯仰以自别于小人者少耳！复何议于彼哉？

【解题】

以上二文写作时间不详。这两篇文章都是读史之读后感，都能于众议之外道自己所见。所议精当，言之成理。

书李文公集后

文公非董子作《仕不遇赋》，惜其自待不厚。以予观之，《诗》三百，发愤于不遇者甚众。而孔子亦曰："凤鸟不至，河不出图。吾已矣夫!"盖叹不遇也。文公论高如此，及观于史，一不得职，则诋宰相以自快。今吾于人也，听其言而观其行，言不可独信久矣。虽然，彼宰相名实固有辨。彼诚小人也，则文公之发，为不忍于小人可也。为史者，独安取其怒以己失职耶？世之浅者，固好以其利心量君子，以为触宰相以近祸，非以其私则莫为也。夫文公之好恶，盖所谓皆过其分者耳。

方其不信于天下，更以推贤进善为急。一士之不显，至寝食为之不甘，盖奔走有力，成其名而后已。士之废兴，彼各有命。身非王公大人之位，取其任而私之，又自以为贤，仆仆然忘其身之劳也，岂所谓知命者耶？《记》曰：“道之不行，贤者过之，不肖者不及也。”夫文公之过也，抑其所以为贤欤？

【解题】

本文写作时间不详。文章议论了李文公之所为，认为众人所谓李文公之过，正是李文公贤于众人之处。

读江南录

故散骑常侍徐公铉奉太宗命撰《江南录》，至李氏亡国之际，不言其君之过，但以历数存亡论之。虽有愧于实录，其于《春秋》之义，箕子之说，徐氏录为得焉。

然吾闻国之将亡必有大恶，恶者无大于杀忠臣。国君无道，不杀忠臣，虽不至于治，亦不致于亡。纣为君，至暴矣，武王观兵于孟津，诸侯请伐纣，武王曰：“未可。”及闻其杀王子比干，然后知其将亡也，一举而胜焉。季梁在随，随人虽乱，楚人不敢加兵。虞以不用宫之奇之言，晋人始有纳璧假道之谋。然则忠臣国之与也，存与之存，亡与之亡。

予自为儿童时，已闻金陵臣潘佑以直言见杀，当时京师因举兵来伐，数以杀忠臣之罪。及得佑所上谏李氏表观之，词意质直，忠臣之言。予诸父中旧多为江南官者，其言金陵事颇详，闻佑所以死则信。然则李氏之亡，不徒然也。

今观徐氏录言佑死，颇以妖妄，与予旧所闻者甚不类。不止于佑，其它所诛者，皆以罪戾，何也？予甚怪焉。若以商纣及随、虞二君论之，则李氏亡国之君，必有滥诛，吾知佑之死信为无罪，是乃徐氏匿之耳。

何以知其然？吾以情得之。大凡毁生于嫉，嫉生于不胜，此人之情也。吾闻铉与佑皆李氏臣，而俱称有文学，十余年争名于朝廷间。当李氏之危也，佑能切谏，铉独无一说，以佑见诛，铉又不能力诤，卒使其君有杀忠臣之名，践亡国之祸，皆铉之由也。铉惧此过，而又耻其善及于佑，故匿其忠而污以它罪，此人情之常也。以佑观之，其它所诛者又可知矣。噫！若果有此，吾谓铉不惟厚诬忠臣，其欺吾君不亦甚乎！

【解题】

本文写作时间不详。文章分析了徐铉《江南录》对亡国之君及潘佑的“实录”，认为“铉不惟厚诬忠臣，其欺吾君不亦甚乎”。文势跌宕起伏，言之成理。

石仲卿字序

子生而父名之，以别于人云尔。冠而字，成人之道也。奚而为成人之道也？成人则贵其所以成人而不敢名之，于是乎命以字之。字之为有可贵焉，孔子作《春秋》，记人之行事，或名之，或字之，皆因其行事之善恶而贵贱之，二百四十二年之间，字而不名者十二人而已。人有可贵而不失其所以贵，乃尔其少也！

闽人石仲卿来请字，予以子正字之，附其名之义而为之云尔。子正于进士中名知经，往往脱传注而得经所以云之意。接之久，未见其行己有阙也，庶几不失其所以贵者欤！

【解题】

本文写作时间不详。文章阐述了名、字的特点及为石仲卿取字“子正”之意。

洪 范 传

五行，天所以命万物者也，故“初一曰五行”。五事，人所以继天道而成性者也，故“次二曰敬用五事”。五事，人君所以修其心、治其身者也，修其心、治其身而后可以为政于天下，故“次三曰农用八政”。为政必协之岁、月、日、星辰、历数之纪，故“次四曰协用五纪”。既协之岁、月、日、星辰、历数之纪，当立之以天下之中，故“次五曰建用皇极”。中者，所以立本，而未足以趣时，趣时则中不中无常也，唯所施之宜而已矣，故“次六曰乂用三德”。有皇极以立本，有三德以趣时，而人君之能事具矣。虽然，天下之故犹不能无疑也。疑则如之何？谋之人以尽其智，谋之鬼神以尽其神，而不专用己也，故“次七曰明用稽疑”。虽不专用己，而参之于人物、鬼神，然而反身不诚不善，则明不足以尽人物，幽不足以尽鬼神，则其在我者不可以不思。在我者，其得失微而难知，莫若质诸天物之显而易见，且可以为戒也，故“次八曰念用庶证”。自五事至于庶证，各得其序，则五福之所集，自五事至于庶证，各失其序，则六极之所集，故“次九曰向用五福、威用六极。”

敬者何？君子所以直内也，言五事之本在人心而已。农者何？厚也，言君子之道施于有政，取诸此以厚彼而已。有本以保常，而后可立也，故皇极曰建。有变以趣时，而后可治也，故三德曰乂。向者，慕而欲其至也；威者，畏而欲其亡也。

“五行。一曰水，二曰火，三曰木，四曰金，五曰土”，何也？五行也者，成变化而行鬼神，往来乎天地之间而不穷者也，是故谓之行。天一生水，其于物为精，精者，一之所生也。地二生火，其于物为神，神者，有精而后从之者也。天三生木，其于物为魂，魂，从神者也。地四生金，其于物为魄，魄者，有魂而后从之者也。天五生土，其于物为意，精、神、魂、魄具而后有意。自天一至于天五，五行之生数也。以奇生者成而耦，以耦生者成而奇，其成之者皆五。五者，天数之中也，盖中者所以成物也。道立于两，成于三，变于五。而天地之数具。其为十也，耦之而已。盖五行之为物，其时、其位、其材、其气、其性、其形、其事、其情、其色、其声、其臭、其味，皆各有耦，推而散之，无所不通。一柔一刚，一晦一明，故有正有邪，有美有恶，有丑有好，有凶有吉，性命之理、道德之意皆在是矣。耦之中又有耦焉，而万物之变遂至于无穷。其相生也，所以相继也；其相克也，所以相治也。语器也以相治，故序六府以相克；语时也以相继，故序盛德所在以相生。《洪范》语道与命，故其序与语器与时者异也。道者，万物莫不由之者也。命者，万物莫不听之者也。器者，道之散；时者，命之运。由于道、听于命而不知者，百姓也；由于道、听于命而知之者，君子也。道万物而无所由，命万物而无所听，唯天下之至神为能与于此。夫火之于水，妻道也；其于土，母道也。故神从志，无志则从意。志致一之谓精，唯天下之至精为能合天下之至神。精与神一而不离，则变化之所为在我而已。是故能道万物而无所由，命万物而无所听也。

“水曰润下，火曰炎上，木曰曲直，金曰从革，土爰稼穑”，何也？北方阴极而生寒，寒生水，南方阳极而生热，热生火，故水润而火炎，水下而火上。东方阳动以散而生风，风生木，木者，阳中也，故能变，能变，故曲直。西方阴止以收而生燥，燥生金，金者，阴中也，故能化，能化，故从革。中央阴阳交而生湿，湿生土，土者，阴阳冲气之所生也，故发之而为稼，敛之而为穑。曰者，所以命其物。爰者，言于之稼穑而已。润者，性也。炎者，气也。上下者，位也。曲直者，形也。从革者，材也。稼穑者，人事也。冬，物之性复，复者，性之所，故于水言其性。夏，物之气交，交者，气之时，故于火言其气。阳极上，阴极下，而后各得其位，故于水火言其位。春，物之形著，故于木言其形。秋，物之材成，故于金言其材。中央，人之位也，故于土言人事。水言润，则火熯，土溽，木敷，金敛，皆可知也。火言炎，则水洌，土烝，木温，金清，皆可知也。水言下，火言上，则木左，金右，土中央，皆可知也。推类而反之，则曰后，曰前，曰西，曰东，曰北，曰南，皆可知也。木言曲直，则土圜，金方，火锐，水平，皆可知也。金言从革，则木变，土化，水因，火革，皆可知也。土言稼穑，则水之井洫，火之爨冶，木、金之为械器，皆可知也。所谓木变者何？灼之而为火，烂之而为土，此之谓变。所谓土化者何？能熯，能润，能敷，能敛，此之为化。所谓水因者何？因甘而甘，因苦而苦，因苍而苍，因白而白，此之谓因。所谓火革者何？革生以为熟，革柔以为刚，革刚以为柔，此之谓革。金亦能化，而命之曰从革者何？可以圜，可以平，可以锐，可以曲直，然非火革之，则不能自化也，是故命之曰从革也。夫金，阴精之纯也，是其所以不能自化也。盖天地之用五行也，水施之，火化之，木生之，金成之，土和之。施生以柔，化成以刚，故木桡而水弱，金坚而火悍，悍坚而济以和，万物之所以成也，奈何终于挠弱而欲以收成物之功哉？

“润下作咸，炎上作苦，曲直作酸，从革作辛，稼穑作甘”，何也？寒生水，水生咸，故润下作咸。热生火，火生苦，故炎上作苦。风生木，木生酸，故曲直作酸。燥生金，金生辛，故从革作辛。湿生土，土生甘，故稼穑作甘。生物者，气也；成之者，味也。以奇生则成而耦，以耦生则成而奇。寒之气坚，故其味可用以耎；热之气耎，故其味可用以坚。风之气散，故其味可用以收；燥之气收，故其味可用以散。土者，冲气之所生也，冲气则无所不和，故其味可用以缓而已。气坚则壮，故苦可以养气；脉耎则和，故咸可以养脉；骨收则强，故酸可以养骨；筋散则不挛，故辛可以养筋；肉缓则不壅，故甘可以养肉。坚之而后可以耎，收之而后可以散；欲缓则用甘，不欲则弗用也。古之养生、治疾者，必先通乎此，不通乎此而能已人之疾者，盖寡矣。

“五事，一曰貌，二曰言，三曰视，四曰听，五曰思。貌曰恭，言曰从，视曰明，听曰聪，思曰睿。恭作肃，从作乂，明作哲，聪作谋，睿作圣”，何也？恭则貌钦，故作肃；从则言顺，故作乂；明则善视，故作哲；聪则善听，故作谋；睿则思无所不通，故作圣。五事以思为主，而貌最其所后也，而其次之如此，何也？此言修身之序也。恭其貌，顺其言，然后可以学而至于哲。既哲矣，然后能听而成其谋。能谋矣，然后可以思而至于圣。思者，事之所成终而所成始也，思所以作圣也。既圣矣，则虽无思也、无为也，寂然不动，感而遂通天下之故可也。

“八政，一曰食，二曰货，三曰祀，四曰司空，五曰司徒，六曰司寇，七曰宾，八曰师”，何也？食、货，人之所以相生养也，故一曰食，二曰货。有相生养之道，则不可不致孝于鬼神，而著不忘其所自，故三曰祀。有所以相生养之道，而知不忘其所自，然后能保其居，故四曰司空，司空所以居民。民保其居，然后可教，故五曰司徒，司徒所以教民。教之不率，然后俟之以刑戮，故六曰司寇。自食货至于司寇，而治内者具矣，故七曰宾，八曰师。宾所以接外治，师所以接外乱也。自食货至于宾师，莫不有官以治之，而独曰司空、司徒、司寇者，言官则以知物之有官，言物则以知官之有物也。

“五纪，一曰岁，二曰月，三曰日，四曰星辰，五曰历数”，何也？王省惟岁，卿士惟月，师尹惟日，上考之星辰，下考之历数，然后岁月日时不失其政，故一曰岁，二曰月，三曰日，四曰星辰，五曰历数。历者，数也；数者，一二三四是也，五纪之所成终而所成始也，非特历而已。先王之举事也，莫不有时；其制物也，莫不有数。有时，故莫敢废；有数，故莫敢逾。盖尧舜所以同律度量衡，协时月正日，而天下治者，取诸此而已。

“皇极，皇建其有极，敛时五福，用敷锡厥庶民”，何也？皇，君也；极，中也。言君见其有中，则万物得其所，故能集五福以敷锡其庶民也。

“惟时厥庶民，于汝极，锡汝保极”，何也？言庶民以君为中，君保中，则民与之也。

“凡厥庶民，无有淫朋，人无有比德，惟皇作极”，何也？言君中则民人中也。庶民无淫朋，人无比德者，惟君为中而已。盖君有过行偏政，则庶民有淫朋，人有比德矣。

“凡厥庶民，有猷、有为、有守，汝则念之，不协于极，不罹于咎，皇则受之，而康而色，曰予攸好德，汝则锡之福，时人斯其惟皇之极”，何也？言民之有猷、有为、有守，汝则念其所猷、所为、所守之当否。所猷、所为、所守不协于极，亦不罹于咎，君则容受之，而康汝颜色以诱之。不协于极，不罹于咎，虽未可以锡之福，然亦可教者也，故当受之而不当谴怒也。《诗》曰“载色载笑，匪怒伊教”，康而色之谓也。其曰我所好者德，则是协于极，则非但康汝颜色以受之，又当锡之福以劝焉。如此则人惟君之中矣。

不言“攸好德，则锡之福”，而言“曰予攸好德，则锡之福”，何也？谓之皇极，则不为已甚也。攸好德，然后锡之福，则获福者寡矣，是为已甚，而非所以劝也。曰予攸好德，则锡之福，则是苟革面以从吾之攸好者，吾不深探其心，而皆锡之福也。此之谓皇极之道也。

“无虐茕独而畏高明”，何也？言苟曰好德，则虽茕独，必进宠之而不虐；苟曰不好德，则虽高明，必罪废之而不畏也。盖茕独也者，众之所违而虐之者也；高明也者，众之所比而畏之者也。人君蔽于众，而不知自用其福威，则不期虐茕独而茕独实见虐矣，不期畏高明而高明实见畏矣。茕独见虐而莫劝其作德，则为善者不长；高明见畏而莫惩其作伪，则为恶者不消。善不长，恶不消，人人离德作伪，则大乱之道也。然则虐茕独而宽朋党之多，畏高明而忽卑晦之贱，最人君之大戒也。

“人之有能、有为，使羞其行，而邦其昌”，何也？言有能者，使在职而羞其材，有为者，使在位而羞其德，则邦昌也。人君孰不欲有能者羞其材，有为者羞其德，然旷千数百年而未有一人致此，盖聪不明而无以通天下之志，诚不至而无以同天下之德，则智以难知而为愚者所诎，贤以寡助而为不肖者所困，虽欲羞其行，不得也。通天下之志，在穷理；同天下之德，在尽性。穷理矣，故知所谓咎而弗受，知所谓德而锡之福；尽性矣，故能不虐茕独以为仁，不畏高明以为义。如是则愚者可诱而为智也，虽不可诱而为智，必不使之诎智者矣；不肖者可革而为贤也，虽不可革而为贤，必不使之困贤者矣。夫然后有能、有为者得羞其行，而邦赖之以昌也。

“凡厥正人，既富方谷，汝弗能使有好于而家，时人斯其辜”，何也？言凡正人之道，既富之然后善。虽然，徒富之，亦不能善也，必先治其家，使人有好于汝家，然后人从汝而善也。汝弗能使有好于汝家，则人无所视效，而放僻邪侈亦无不为也。盖人君能自治，然后可以治人；能治人，然后人为之用；人为之用，然后可以为政于天下。为政于天下者，在乎富之、善之，而善之，必自吾家人始。所谓自治者，“惟皇作极”是也；所谓治人者，“弗协于极，弗罹于咎，皇则受之，而康而色，曰予攸好德，汝则锡之福，无虐茕独而畏高明”是也；所谓人为之用者，

“有能、有为，使羞其行，而邦其昌”是也；所谓为政于天下者，“凡厥正人”是也。既曰能治人，则人固已善矣，又曰富之然后善，何也？所谓治人者，教化以善之也；所谓富之然后善者，政以善之也。徒教化不能使人善，故继之曰“凡厥正人，既富方谷”；徒政亦不能使人善，故卒之曰“汝弗能使有好于而家，时人斯其辜”也。

“于其无好德，汝虽锡之福，其作汝用咎”，何也？既言治家不善不足以正人也，又言用人不善不足以正身，言崇长不好德之人而锡之福，亦用咎作汝而已矣。

“无偏无陂，遵王之义，无有作好，遵王之道；无有作恶，遵王之路；无偏无党，王道荡荡；无党无偏，王道平平；无反无侧，王道正直；会其有极，归其有极。曰皇极之敷言，是彝是训，于帝其训。”何也？言君所以虚其心，平其意，唯义所在，以会归其有中者。其说以为人君以中道布言，是以为彝、是以为训者，于天其训而已。夫天之为物也，可谓无作好，无作恶，无偏无党，无反无侧，会其有极，归其有极矣。荡荡者，言乎其大；平平者，言乎其治。大而治，终于正直，而王道成矣。无偏者，言乎其所居；无党者，言乎其所与。以所居者无偏，故能所与者无党，故曰“无偏无党”；以所与者无党，故能所居者无偏，故曰“无党无偏”。偏不已，乃至于侧；陂不已，乃至于反。始曰“无偏无陂”者，率义以治心，不可以有偏陂也；卒曰“无反无侧”者，及其成德也，以中庸应物，则要之使无反侧而已。路，大道也；正直，中德也。始曰“义”，中曰“道”，曰“路”，卒曰“正直”，尊德性而道问学、致广大而尽精微、极高明而道中庸之谓也。

孔子以为“示之以好恶，而民知禁”，今曰“无有作好，无有作恶”者，何也？好恶者，性也，天命之谓性，作者，人为也，人为则与性反矣。《书》曰：“天命有德，五服五章哉；天讨有罪，五刑五用哉。”命有德，讨有罪，皆天也，则好恶者岂可以人为哉？所谓示之以好恶者，性而已矣。

“凡厥庶民，极之敷言，是训是行，以近天子之光。曰天子作民父母，以为天下王。”何也？言凡厥庶民，以中道布言，“是训是行，以近天子之光”者，其说以为天子作民父母，以为天下王，当顺而比之，以效其所为，而不可逆。盖君能顺天而效之，则民亦近君而效之也。二帝三王之诰命，未尝不称天者，所谓“于帝其训”也，此人之所以化其上也。及至后世，矫诬上天以布命于下，而欲人之弗叛也，不亦难乎？

“三德，一曰正直，二曰刚克，三曰柔克”，何也？直而不正者有矣，以正正直乃所谓正也；曲而不正者有矣，以直正曲而所谓直也。正直也者，变通以趣时，而未离刚柔之中者也。刚克也者，刚胜柔者也；柔克也者，柔胜刚者也。

“平康正直，强弗友刚克，燮友柔克”，何也？燮者，和孰上之所为者也；友者，右助上之所为者也。强者，弗柔从上之所为者也；弗友者，弗右助上之所为者也。君君臣臣，适各当分，所谓正直也。若承之者，所谓柔克也；若威之者，所谓刚克也。盖先王用此三德，于一嚬一笑未尝或失，况以大施于庆赏刑威之际哉，故能为之其未有也，治之其未乱也。

“沈潜刚克，高明柔克”，何也？言人君之用刚克也，沈潜之于内；其用柔克也，发见之于外。其用柔克也，抗之以高明；其用刚克也，养之以卑晦。沈潜之于内，所以制奸慝；发见之于外，所以昭忠善。抗之以高明，则虽柔过而不废；养之以卑晦，则虽刚过而不折。《易》曰：“道有变动，故曰爻；爻有等，故曰物；物相杂，故曰文；文不当，故吉凶生焉。”吉凶之生，岂在夫大哉？盖或一嚬一笑之间而已。

《洪范》之言三德，与《舜典》、《皋陶谟》所序不同，何也？《舜典》所序，以教胄子，而《皋陶谟》所序，以知人臣，故皆先柔而后刚；《洪范》所序，则人君也，故独先刚而后柔。至于正直，则《舜典》、《洪范》皆在刚柔之先，而《皋陶谟》乃独在刚柔之中者，教人、治人宜皆以正直为先，至于序德之品，则正直者中德也，固宜在柔刚之中也。

“惟辟作福，惟辟作威，惟辟玉食。臣无有作福、作威、玉食。臣之有作福、作威、玉食，其害于而家，凶于而国，人用侧颇僻，民用僭忒。”何也？执常以事君者，臣道也；执权以御臣者，君道也。三德者，君道也。作福，柔克之事也；作威，刚克之事也。以其侔于神天也，是故谓之福。作福以怀之，作祸以威之，言作福则知威之为祸，言作威则知福之为怀也。皇极者，君与臣民共由之者也。三德者，君之所独任而臣民不得僭焉者也。有其权，必有礼以章其别，故惟辟玉食也。礼所以定其位，权所以固其政，下僭礼则上失位，下侵权则上失政，上失位则亦失政矣。上失位失政，人所以乱也。故臣之有作福、作威、玉食，其害于而家，凶于而国，人用侧颇僻，民用僭忒也。侧颇僻者，臣有作福、作威之效也；僭忒者，臣有玉食之效也。民侧颇僻也易，而其僭忒也难。民僭忒则人可知也，人侧颇僻则民可知也。其曰“庶民有淫朋，人有比德”，亦若此而已矣。

于淫朋曰庶民，于僭忒曰民而已，何也？僭忒者，民或有焉，而非众之所能也。天子、皇、王、辟，皆君也，或曰天子，或曰皇，或曰王，或曰辟，何也？皇极于帝其训者，所以继天而顺之，故称天子；建有极者道，故称皇；好恶者德，故称王；福威者政，故称辟。道所以成德，德所以立政，故言政于三德而称辟也。建有极者道，故称皇，则其曰“天子作民父母，以为天下王”，何也？吾所建者道，而民所知者德而已矣。

“七稽疑，择建立卜筮人，乃命卜筮，曰雨，曰霁，曰蒙，曰驿，曰克，曰贞，曰悔，凡七，卜五，占用二，衍忒”，何也？言有所择、有所建，则立卜筮人。卜筮凡七，而其为卜者五，则其为筮者二可知也。先卜而后筮，则筮之为正悔亦可知也。衍者，吉之谓也；忒者，凶之谓也。吉言衍，则凶之为耗可知也；凶言忒，则吉之为当亦可知也。此言之法也，盖自始造书，则固如此矣。福之所以为福者，于文从畐，畐则衍之谓也；祸所以为祸者，于文从咼，咼则忒之谓也。盖忒也、当也，言乎其位；衍也、耗也，言乎其数。夫物有吉凶，以其位与数而已。六五得位矣，其为九四所难者，数不足故也；九四得数矣，其为六五所制者，位不当故也。数衍而位当者吉，数耗而位忒者凶，此天地之道、阴阳之义，君子小人之所以相为消长，中国夷狄之所以相为强弱。《易》曰："人谋鬼谋，百姓与能。"盖圣人君子以察存亡，以御治乱，必先通乎此，不通乎此而为百姓之所与者，盖寡矣。

"立时人作卜筮，三人占，则从二人之言"，何也？卜筮者，质诸鬼神，其从与违为难知，故其占也从众而已也。

"汝则有大疑，谋及乃心，谋及卿士，谋及庶民，谋及卜筮"，何也？言人君有大疑，则当谋之于己，己不足以决，然后谋之于卿士，又不足以决，然后谋之于庶民，又不足以决，然后谋之于鬼神。鬼神尤人君之所钦也，然而谋之反在乎卿士、庶民之后者，吾之所疑而谋者，人事也，必先尽之人，然后及鬼神焉，固其理也。圣人以鬼神为难知，而卜筮如此其可信者，《易》曰"成天下之亹亹者，莫大乎蓍龟"，唯其诚之不至而已矣，用其至诚，则鬼神其有不应，而龟筮其有不告乎？

"汝则从，龟从，筮从，卿士从，庶民从，是之谓大同，身其康强，子孙其逢吉"，何也？将有作也，心从之，而人神之所弗异，则有余庆矣，故谓之大同，而子孙其逢吉也。

"汝则从，龟从，筮从，卿士逆，庶民逆，吉。卿士从，龟从，筮从，汝则逆，庶民逆，吉。庶民从，龟从，筮从，汝则逆，卿士逆，吉。"何也？吾之所谋者疑也，可以作，可以无作，然后谓之疑。疑而从者众，则作而吉也。

“汝则从，龟从，筮逆，卿士逆，庶民逆，作内吉，作外凶”，何也？尊者从，卑者逆，故逆者虽众，以作内，犹吉也。

“龟筮共违于人，用静吉，用作凶”，何也？所以谋之心、谋之人者尽矣，然犹不免于疑，则谋及于龟筮，故龟筮之所共违，不可以有作也。

“庶征，曰雨，曰旸，曰燠，曰寒，曰风，曰时”者，何也？曰雨，曰旸，曰燠，曰寒，曰风者，自“肃时雨若”以下是也；曰时者，自“王省惟岁”以下是也。

“五者来备，各以其叙，庶草蕃庑”，何也？阴阳和，则万物尽其性、极其材。言庶草者，以为物之尤微而莫养，又不知自养也，而犹蕃庑，则万物得其性皆可知也。

“一极备凶，一极无凶”，何也？雨极备则为常雨，旸极备则为常旸，风极备则为常风，燠极无则为常寒，寒极无则为常燠，此饥馑疾疠之所繇作也，故曰凶。

“曰休征，曰肃时雨若，曰乂时旸若，曰哲时燠若，曰谋时寒若，曰圣时风若。曰咎征，曰狂恒雨若，曰僭恒旸若，曰豫恒燠若，曰急恒寒若，曰蒙恒风若。”何也？言人君之有五事，犹天之有五物也。天之有五物，一极备凶，一极无亦凶，其施之小大缓急无常，其所以成物者，要之适而已。人之有五事，一极备凶，一极无亦凶，施之小大缓急亦无常，其所以成民者，亦要之适而已。故雨、旸、燠、寒、风者，五事之证也。降而万物悦者，肃也，故若时雨然；升而万物理者，乂也，故若时旸然；哲者，阳也，故若时燠然；谋者，阴也，故若时寒然；睿其思，心无所不通，以济四事之善者，圣也，故若时风然。狂则荡，故常雨若；僭则亢，故常旸若；豫则解缓，故常燠若；急则缩栗，故常寒若；冥其思，心无所不入，以济四事之恶者，蒙，故常风若也。

孔子曰："见贤思齐，见不贤而内自省也。"君子之于人也，固常思齐其贤，而以其不肖为戒，况天者固人君之所当法象也，则质诸彼以验此，固其宜也。然则世之言灾异者，非乎？曰：人君固辅相天地以理万物者也，天地万物不得其常，则恐惧修省，固亦其宜也。今或以为天有是变，必由我有是罪以致之；或以为灾异自天事耳，何豫于我，我知修人事而已。盖由前之说，则蔽而葸；由后之说，则固而怠。不蔽不葸、不固不怠者，亦以天变为己惧，不曰天之有某变，必以我为某事而至也，亦以天下之正理考吾之失而已矣，此亦"念用庶证"之意也。

"王省惟岁，卿士惟月，师尹惟日"，何也？言自王至于师尹，犹岁、月、日三者相系属也。岁月日有常而不可变，所揔大者不可以侵小，所治少者不可以僭多。自王至于师尹，三者亦相系属，有常而不可变，所揔大者不可以侵小，所治少者不可以僭多。故岁、月、日者，王及卿士、师尹之证也。

"岁月日时无易，百谷用成，乂用明，俊民用章，家用平康。日月岁时既易，百谷用不成，乂用昏不明，俊民用微，家用不宁。"何也？既以岁、月、日三者之时为王及卿士、师尹之证也，而王及卿士、师尹之职，亦皆协之岁、月、日时之纪焉，故岁有会，月有要，日有成。大者省其大而略，小者治其小而详，其小大、详略得其序，则功用兴，而分职治矣，故百谷用成，乂用明，俊民用章，家用平康。小大详略失其序，则功用无所程，分职无所考，故百谷用不成，乂用昏不明，俊民用微，家用不宁也。

"庶民惟星，星有好风，星有好雨"，何也？言星之好不一，犹庶民之欲不同。星之好不一，待月而后得其所好，而月不能违也，庶民之欲不同，待卿士而后得其所欲，而卿士亦不能违也，故星者，庶民之证也。

“日月之行，则有冬有夏”，何也？言岁之所以为岁，以日月之有行，而岁无为也，犹王之所以为王，亦以卿士、师尹之有行，而王无为也。春秋者，阴阳之中；冬夏者，阴阳之正。阴阳各致其正，而后岁成。有冬、有夏者，言岁之成也。

“月之从星，则以风雨”，何也？言月之好恶不自用而从星，则风雨作而岁功成，犹卿士之好恶不自用而从民，则治教政令行而王事立矣。《书》曰：“天听自我民听，天视自我民视。”夫民者，天之所不能违也，而况于王乎，况于卿士乎？

“五福，一曰寿，二曰富，三曰康宁，四曰攸好德，五曰考终命”，何也？人之始生也，莫不有寿之道焉，得其常性则寿矣，故一曰寿。少长而有为也，莫不有富之道焉，得其常产则富矣，故二曰富。得其常性，又得其常产，而继之以毋扰，则康宁矣，故三曰康宁也。夫人君使人得其常性，又得其常产，而继之以毋扰，则人好德矣，故四曰攸好德。好德，则能以令终，故五曰考终命。

“六极，一曰凶短折，二曰疾，三曰忧，四曰贫，五曰恶，六曰弱”，何也？不考终命谓之凶，早死谓之短，中绝谓之折。祸莫大于凶、短、折，疾次之，忧次之，贫又次之，故一曰凶短折，二曰疾，三曰忧，四曰贫。凶者，考终命之反也；短折者，寿之反也；疾忧者，康宁之反也；贫者，富之反也。此四极者，使人畏而欲其亡，故先言人之所尤畏者，而以犹愈者次之。夫尹人者，使人失其常性，又失其常产，而继之以扰，则人不好德矣，故五曰恶，六曰弱。恶者，小人之刚也；弱者，小人之柔也。

九畴曰初，曰次，而五行、五事、八政、五纪、三德、五福、六极特以一二数之，何也？九畴以五行为初。而水之于五行，貌之于五事，食之于八政，岁之于五纪，正直之于三德，寿、凶短折之于五福、六极，不可以为初故也。

或曰：“箕子之所次，自五行至于庶证，而今独曰自五事至于庶证，各得其序，则五福之所集，自五事至于庶证，各失其序，则六极之所集，何也?”曰：“人君之于五行也，以五事修其性，以八政用其材，以五纪协其数，以皇极建其常，以三德治其变，以稽疑考其难知，以庶证证其失得，自五事至于庶证，各得其序，则五行固已得其序矣。”

或曰：“世之不好德而能以令终与好德而不得其死者众矣，今曰好德则能以令终，何也?”曰：“孔子以为‘人之生也直，罔之生也幸而免’。君子之于吉凶、祸福，道其常而已，幸而免与不幸而及焉，盖不道也。”

或曰：“孔子以为‘富与贵人之所欲，贫与贱人之所恶’，而福极不言贵贱，何也?”曰：“五福者，自天子至于庶人，皆可使慕而欲其至；六极者，自天子至于庶人，皆可使畏而欲其亡；若夫贵贱，则有常分矣。使自公侯至于庶人，皆慕贵，欲其至，而不欲贱之在己，则陵犯篡夺之行日起，而上下莫安其命矣。《诗》曰：‘肃肃宵征，抱衾与裯，寔命不犹。’盖王者之世，使贱者之安其贱如此。夫岂使知贵之为可慕而欲其至，贱之为可畏而欲其亡乎?”

【解题】

《洪范》本是《尚书》中的一篇，所载乃箕子答周武王之语。本文是王安石为《洪范》作的传，对其进行解释、阐述。文章写作时间难以确考，大约是在神宗元丰年间进献给神宗的。

书洪范传后

王安石曰：古之学者，虽问以口，而其传以心；虽听以耳，而其受以意。故为师者不烦，而学者有得也。孔子曰：“不愤不启，不悱不发，举一隅不以三隅反，则不复也。”夫孔子岂敢爱其道，骜天下之学者，而不使其早有知乎！以谓其问之不切，则其听之不专；其思之不深，则其取之不固。不专不固，而可以入者，口耳而已矣。吾所以教者，非将善其口耳也。

孔子没，道日以衰熄，浸淫至于汉，而传注之家作。为师则有讲而无应，为弟子则有读而无问。非不欲问也，以经之意为尽于此矣，吾可无问而得也。岂特无问，又将无思。非不欲思也，以经之意为尽于此矣，吾可以无思而得也。夫如此，使其传注者皆已善矣，固足以善学者之口耳，不足善其心，况其有不善乎？宜其历年以千数，而圣人之经卒于不明，而学者莫能资其言以施于世也。

予悲夫《洪范》者，武王之所以虚心而问，与箕子之所以悉意而言，为传注者汩之，以至于今冥冥也，于是为作传以通其意。呜呼！学者不知古之所以教，而蔽于传注之学也久矣。当其时，欲其思之深、问之切而后复焉，则吾将孰待而言邪！孔子曰：“予欲无言。”然未尝无言也，其言也，盖有不得已焉。孟子则天下固以为好辩，盖邪说暴行作，而孔子之道几于熄焉，孟子者不如是不足与有明也。故孟子曰：“予岂好辩哉？予不得已也。”夫予岂乐反古之所以教，而重为此浇哉！其亦不得已焉者也。

【解题】

本文写作时间不可确考。作者《进洪范传表》称“谨取旧所著《洪范传》”，具体写作时间不可详知。本文当作于《洪范传》成书之后。而献《洪范传》则在神宗元丰年间。

题张忠定书

忠定公没久矣，士大夫至今称之，岂不以刚毅正直有劳于世如公者少欤？先公年十七，以文见公，实见称赏，遂易字舜良，时在昇州也。窃观遗迹，不胜感恻之至。

【解题】

本文写作时间不详。安石之父年轻时曾受知于张忠定，安石敬其刚毅正直，故题。

读孟尝君传

世皆称孟尝君能得士，士以故归之，而卒赖其力以脱于虎豹之秦。嗟乎！孟尝君特鸡鸣狗盗之雄耳，岂足以言得士？不然，擅齐之强，得一士焉，宜可以南面而制秦，尚何取鸡鸣狗盗之力哉？夫鸡鸣狗盗之出其门，此士之所以不至也。

【解题】

本文写作时间不详。文章虽然很短，仅有九十字，但写得很有气势，沈德潜称其“语语转，笔笔紧，千秋绝调”（《唐宋八家文读本》）。

孔子世家议

太史公叙帝王则曰《本纪》，公侯传国则曰《世家》，公卿特起则曰《列传》，此其例也。其列孔子为《世家》，奚其进退无所据耶？孔子，旅人也，栖栖衰季之世，无尺土之柄。此列之以传宜矣，曷为《世家》哉？岂以仲尼躬将圣之资，其教化之盛，舄奕万世，故为之《世家》以抗之，又非极挚之论也。夫仲尼之才，帝王可也，何特公侯哉？仲尼之道，世天下可也，何特世其家哉？处之《世家》，仲尼之道不从而大，置之《列传》，仲尼之道不从而小。而迁也自乱其例，所谓多所抵牾者也。

【解题】

本文写作时间不详。文章认为不该将孔子列入《世家》，论证司马迁将孔子列入《世家》为“自乱其例”。

许氏世谱

伯夷，神农之后也，佐尧、舜有大功，赐姓曰姜。其后见经者四国：曰申，《诗》所谓申伯者是也；曰吕，《书》所谓吕侯者是也；曰齐，曰许，《春秋》所书齐侯、许男是也。周衰，许男常从大侯征伐会盟，竟于春秋。及后世无复国，而子孙以其封姓。然世传有许由者，尧以天下让由，由不受，逃之箕山，箕山上盖有许由冢焉。其事不见于经，学者疑之。或曰：“由亡求于世者耳，虽与之天下，盖不受也，故好事者以云。”而由与伯夷，其生后先，所祖同不同，莫能知也。

汉兴，许氏侯者六人，柏至侯盎，宋子侯瘛，严侯猜，此三侯者，其始以将封，而史不书其州里。平恩侯广汉，博望侯舜，乐成侯延寿，此三侯者，同产昆弟也，以外戚起于宣、元之世，昌邑人也。盎孙昌，尝为丞相。延寿及广汉弟子嘉，尝为大司马。至王莽败，许氏始皆失其封云。

后汉会稽有许荆者，循吏也。许慎者，以经术显。许峻者，为《易林》传于世。许杨者，治鸿隙陂，有德于汝南，汝南之民报祭焉。许靖者，避地交州，后入蜀，先主以为太傅，与从弟劭俱善论人物。劭兄虔，亦知名，世称平舆渊有二龙焉。慎、峻、杨、靖，皆汝南人也。许褚者，家于谯，以忠力事魏，封侯牟乡。许慈者，家南阳，入蜀，父子为博士。

司马晋时有许孜者，东阳人也，德行高，察孝廉不起，老于家，其子曰生，亦有至性焉。初，许氏爵邑于周，子孙播散四方，有纪者犹不乏焉，至昌邑始大著，间兴于汝南，其后祖高阳者为最盛。然高阳之族，不见其所始。有据者，仕魏，历校尉、郡守，生允，为镇将军。允三子，皆仕司马晋。奇，司隶校尉；猛，幽州刺史。奇子遐，侍中；猛子式，平原太守。自允至式皆知名。允后五世询，司马晋尝召官之，不起。询孙珪，为旌阳太守于齐。珪生勇慧，齐太子家令。勇慧生懋，笃学，以孝闻，卒于梁，为中庶子。懋生亨，为陈卫尉卿，尝领史官，次齐、梁时事，有子善心，为之卒业。

是时，有许绍者，善心族父也，通守夷陵，治有恩，流户自归数十万，卒有劳于唐，爵安陆郡公。圉师、钦寂、钦明其后也。圉师，绍少子，宽博有器干，别自封平恩侯，与敬宗俱为龙朔中宰相。钦寂谓绍曾大父也，万岁中，帅师当契丹，为所败，执以如安东，使说守者降。至安东，曰："贼今且破灭，公勉守无忘忠也。"契丹即杀之。是岁，弟钦明亦遇杀。钦明为凉州都督，行，卒遇突厥，亦执使说降灵州，顾为虏言告守者所以破贼。兄弟将兵，一旦同以身徇边鄙，贤者荣之。

敬宗者，善心子也，始以公开郡于高阳，与其孙令伯以文称当世。天宝之乱，敬宗有孙曰远，与张巡以睢阳抗贼，自以不及巡，推巡为将，而亲为之下。久之，食乏无助，煮茶，纸以食，犹坚守。贼所以不得南向，以睢阳弊其锋也。卒与俱死者，天下豪俊义士云。

唐亡，远孙儒，不义朱梁，自雍州入于江南，终身不出焉。

儒生稠，沉毅有信，仕江南李氏，参德化王军事。稠生规，好道家言，不以事自恩，尝羁旅宣、歙间，闻旁舍呻呼，就之，曰：“我某郡人也，察君长者，且死，愿以骸骨属君。”因指橐中黄金十斤，曰：“以是交长者。”规许诺，敬负其骨千里，并黄金置死者家。大惊愧之，因请献金如亡儿言以为许君寿，规不顾竟去。于是闻者滋以规为长者。卒，葬池州。后以子故赠大理评事。生遂、逖、迥三子。

遂，善事母。里母励其子，辄曰：“汝独不惭许伯通乎?”祥符中，天子有事于太山，加恩群臣，逖当迁，让其兄遂，天子以遂为将作监主簿。遂子俞，俞字尧言，名能文章，大臣屡荐之，有与不合者，官以故不遂。尝知兴国军大冶县，县人至今称之。俞两子均、垍，为进士。

逖字景山，尝上书江南李氏，李氏叹奇之，以为崇文馆校书郎，岁中，拜监察御史。后复上书太宗论边事，宰相赵普奇其意，以为与己合，知兴元府，起鄐侯废堰以利民。治澧、荆、扬三州，为盗者逃而去。其事兄如事父，使妻事其长姒如事母。故人无后，为嫁其女如己子。有子五人：恂，黄州录事参军；恢，尚书虞部员外郎，怡，今为太子中舍、签押淮南节度判官厅公事；元，今为江淮、荆湖、两浙制置发运使；平，泰州海陵主簿。五人者，咸孝友如其先人，故士大夫论孝友者归许氏。元以国子博士发运判官，七年遂为其使，待制天章阁，自天子大臣莫不以为材。其劳烈方在史氏记，余故不论而著其家行云。

迥字光远，其事母如伯通之孝，事其兄如景山之为弟也，慷慨有大意，少尝仕进，后不复仕，与其兄俱葬颜村。有子会，为进士，方壮时，亦慨然好议天下事，今为太庙斋郎。

临川王安石曰：余谱许氏，自据以下，其绪传始显焉。然自许男于周，其后数封，而有纪之子孙多焉。于是论之。夫伯夷之所以佐其君治民，余读《书》未尝不喟然叹思之也。《传》曰：

"盛德者必百世祀。"若伯夷者，盖庶几焉。彼其后世忠孝之良，亦使之遭时，沐浴舜、禹之间以尽其材，而与夫夔、皋、罴、虎之徒俱出而驰焉，其孰能概之邪？

【解题】

本文写作时间不详。作者叙许氏族谱，自伯夷至其朝，贤者、显者，一一为叙平生事迹，虽头绪纷繁，但叙述条理清晰，有条不紊。

题燕华仙传

燕华仙事异矣。黄君所为传，亦辩丽可喜。十方世界，皆智所幻，推智无方，幻亦无穷。必有合焉，乃与为类，则王夫人之遇，岂偶然哉。

书金刚经义赠吴珪

惟佛世尊，具正等觉，于十方刹，见无边身，于一寻身，说无量义。然旁行之所载，累译之所通，理穷于不可得，性尽于无所住，《金刚般若波罗蜜》为最上乘者，如斯而已矣。

【解题】

以上二文写作时间不详。王安石晚年退居江宁，以参禅自娱，其时颇多这类文章。

猎　　较

《猎较》，刺时也。昔孔子仕于鲁，鲁人猎较，孔子亦猎较。

或问乎孟轲曰："孔子之仕，非事道欤?"曰："事道也。""事道奚猎较也?"曰："孔子先簿正祭器，不以四方之食供簿正。"不猎较，则若无以祭然，盖孔子所以小同于俗，犹有义也，义固在于可为之域。而后之人习于随者，一不权义之可否，污身贬道，豫然以和众自得。甚者伤人伦，败风俗，至于无号，则诿曰："孔子亦尝猎较矣。"悲夫！作是诗以刺焉。

猎较猎较，谁禽我有。国人之怵，君子所丑。猎较猎较，祭占其祥。国人之序，君子何伤?

【解题】

本文写作时间不详。《猎较》是安石所作的讽谕诗。文章认为，孔子虽猎较，"犹有义也，义固在于可为之域"。批评了那些以"孔子亦尝猎较"为借口，"污身贬道，豫然以和众自得"者。

策问十道

问：尧举鲧，于《书》详矣，尧知其不可，然且试之邪，抑不知之也?不知，非所以为圣也；知其不可，然且试之，则九载之民其为病也亦久矣。幸而群臣遂举舜、禹，不幸复称鲧，此亦将以九载试之邪?以尧之大圣知鲧之大恶，其知之也足以自信不疑矣，何牵于群臣也?必曰："吾唯群臣之听，不自任也。"圣人之心急于救民，其趣舍顾是否何如，岂固然邪?必以为后世法，得无明哲之主牵制以召败者邪?或曰："尧知水之数，故先之以鲧。"或曰："久民病以大禹功。"是皆不然，尧必不以民病私禹，禹必不以利民病而大己功。以民病私其臣，利民病以为己功，乌在其为尧、禹也?又以为泥于数，其探圣人兹浅矣。且谓之有数，鲧何罪其殛死也?圣人之所以然，愚不能释，吾子无隐焉耳。

问：皋陶曰："在知人，在安民。"大哉，古之君臣相戒如此！夫虽有知人之明，而无安民之惠心，未可与为治也。有安民之惠心，而无知人之明，则不能任人，虽欲安民，亦有所不能焉。然而天子之尊也，四海之富也，自公至于士凡几位，自正至于旅凡几职，所谓知人者，其必有术，可以二三子而不知乎？

问：圣人治世有本末，其施之也，有先后。今天下因敝不革，其为日也久矣，治教政令未尝放圣人之意而为之也，失其本，求之末，当后者反先之，天下靡靡然入于乱者凡以此。夫治天下不以圣人所以治，其卒不治也，则为士而不闲圣人之所以治，非所以为士也。愿二三子尽道圣人所以治之本末与其所先后，以闻于有司。

问：《记》曰："追王太王、王季、文王，不以卑临尊也。"夏、商受命，固有祖考，奚无追王之事耶？

问：圣人之为道也，人情而已矣。考之以事而不合，隐之以义而不通，非道也。《洪范》之陈五事，合于事而通于义者也，如其休咎之效，则予疑焉。人君承天以从事，天不得其所当然，则戒吾所以承之之事可也，必如传云人君行然，天则顺之以然，其固然邪？"僭常旸若"，"狂常雨若"，使狂且僭，则天如何其顺之也？尧、汤水旱，奚尤以取之邪？意者微言深法，非浅者之所能造，敢以质于二三子。

问：迹诗书传记百家之文，二帝、三王之所以基太平而泽后世，必曰礼乐云，若政与刑，乃其助尔。礼节之，乐和之，人已大治之后，其谓助者几不用矣。下三王而王者，亦有识礼乐之情者乎？其所谓礼乐如何也？儒衣冠而言制作者，文采声音云而已。基太平而泽后世倘在此邪，宋之为宋久矣，礼乐不接于民之耳目何也？抑犹未可以制作耶？董仲舒、王吉以为王者未制作，用先王之礼乐宜于世者，如欲用先王之礼乐，则何者宜于世耶？

问：舜命九官，三后在焉。《吕刑》所谓三后恤功于民，乃尧命之，何也？曰：“伯夷降典，折民惟刑；禹平水土，主名山川；稷降播种，农殖嘉谷。”以功次之，禹也、稷也、伯夷也，其可也；以事次之，民之灾也、富之也、教之也，其可也。今考其文辞，未有次焉，何也？曰：“士制百姓于刑之中，以教祗德。”降典也，则以民云；制于刑之中，则以百姓云，何也？

问：夏之法至商而更之，商之法至周而更之，皆因世就民而为之节，然其所以法，意不相师乎？

问：《易》曰：“黄帝、尧、舜垂衣裳而天下治，盖取诸乾坤。”说者曰：“垂衣裳以辨贵贱；乾坤，尊卑之义也。”夫垂衣裳以辨贵贱，自何世始？始于黄帝，独曰黄帝可也，于尧、舜，曰尧曰舜可也，兼三世而言之，吾疑焉。二三子姑为之解。

问：《诗》论商之所以王，本之契；论周，本之后稷。夫成汤、文、武之仁圣而以当桀、纣之天下，此夏、商所以破灭而商、周得之也，彼千岁之稷、契何功焉？其本之也，不有说耶？

问：挂兵于夷狄，以弊百姓，畋游倡乐，赏赐无节，而台榭陂池宫室之观侈，此国之所以贫。今皆无此，而有司之所讲，常出于权利，然亦不足于财。信任亲戚后宫之家，尊显公卿大臣之世，布衣岩穴之秀，蔽障而不得仕，此官之所以旷。今皆无此，而所使在位皆公天下之选也，然亦不足于士。异时尝多兵矣，而不以兵多故费财，今民之壮者多去而为兵，而租赋尽于粮饷，然亦不足于兵。异时尝多马矣，而不以马多故费土。今内则空可耕之地以为牧，盖巨万顷，外则弃钱币以取之四夷，然亦不足于马，此其故何也？

【解题】

上策问十道，写作时间不详。策问是取士的一种方式，主要用有关经义、政事的一些问题，请应试者回答，以定取舍。以上十个问题为安石所拟。